HEYNE

Fantasy

Herausgegeben von Friedel Wahren

Von BRIAN STABLEFORD erschienen in der Reihe
HEYNE SCIENCE FICTION & FANTASY:

Die Genesys-Trilogie

1. Das Blut der Schlange · 06/9134
2. Das Feuer des Salamanders · 06/9135
3. Das Rätsel der Chimäre · 06/9136

BRIAN STABLEFORD

Das Rätsel der Chimäre

DRITTER ROMAN DER
GENESYS-TRILOGIE

Deutsche Erstausgabe

WILHELM HEYNE VERLAG
MÜNCHEN

HEYNE SCIENCE FICTION & FANTASY
Band 06/9136

Titel der Originalausgabe
CHIMERA'S CRADLE
THE THIRD BOOK OF GENESYS
Übersetzung aus dem Englischen von Michael Siefener
Das Umschlagbild malte Thomas Thiemeyer
www.thiemeyer.de

Umwelthinweis:
Dieses Buch wurde auf chlor- und säurefreiem Papier gedruckt.

Deutsche Erstausgabe 1/2002
Redaktion: Angela Kuepper

Erstausgabe bei Legend Books/Random House UK, London

http://www.heyne.de
Printed in Germany 2001
Umschlaggestaltung: Nele Schütz Design, München
Technische Betreuung: M. Spinola
Satz: Schaber Satz- und Datentechnik, Wels
Druck und Bindung: Nørhaven, Dänemark

ISBN 3-453-18825-X

Inhalt

TEIL EINS

Über den Rand hinaus, gefangen in Schicksal und Verhängnis

Der Ort, an dem die Menschen zum ersten Mal auf die Welt kamen, wurde von dem Schiffsvolk Idun genannt, in Erinnerung an einen Ort, den es nie gegeben hatte, aber an den sie sich dennoch erinnerten und den sie verehrten. Das Volk aus dem Schiff erbaute dort eine Stadt, doch seinen Söhnen und Töchtern war es nicht gegeben, lange in der Stadt zu leben.

»Ihr müsst in die Welt hinausgehen und euch vermehren«, sagten die Urväter zu dem Volk dieser Welt. »Ihr müsst in alle Gebiete ziehen, die euch einen Lebensraum zu bieten vermögen: in jeden Wald, zu jeder Ebene und an jeden Strand. Ihr müsst überall dort eigene Städte errichten und sie so gut wie möglich gegen Fäulnis und Zerfall schützen. Dort, wo ihr keine Städte errichten könnt, müsst ihr anderen Lebenswegen folgen, doch ihr dürft kein Land unbetreten lassen, auch nicht die entferntesten Gegenden der Welt, denn der Zweck des menschlichen Lebens ist es, das Böse zu bekämpfen, wo immer es angetroffen wird.«

Als die Stadt Idun zu Staub zerfiel, so wie die Städte dieser Welt es zu tun pflegen, machten die Urväter keinen Versuch, sie wieder aufzubauen. Zu ihren verbliebenen Söhnen und Töchtern sagten sie: »Geht und folgt euren Brüdern und Schwestern in alle Gebiete der Welt, denn unserer harrt eine andere Arbeit, bevor wir von hier fortgehen können. Wo einst eine Stadt war, werden wir einen Garten anlegen, doch es wird ein Garten der Gifte sein. Verbietet es euren Nachkommen nicht, diesen Garten zu besuchen, aber heißt sie vorsichtig zu sein, denn sie werden gut daran tun, ihn viele Generationen lang zu fliehen.«

Der Garten von Idun wurde zur Quelle vieler Übel und gefährlicher Dinge, aus welchem Grund das Volk dieser

Welt ihn die Wiege der Chimäre nannte, doch sie nannten ihn auch die Mitte der Welt, um sich selbst daran zu erinnern, dass sie ebenfalls chimärische Wesen waren. Die besten der neuen Chimären, die in dem Garten gezeugt und gewiegt wurden, folgten dem Volk dieser Welt, als es sich in den Wäldern und Ebenen zerstreute, doch die schlimmsten von ihnen vergifteten die Gegend rund um den Garten. Das Volk dieser Welt beschwerte sich über diese Ungerechtigkeit, aber ohne Erfolg. »Sogar das, was nie zuvor bekannt war, mag noch erschaffen werden«, sagten die Meister der Weisheit, »aber es kann nicht geplant werden. Die Wiege, in der es zur Welt kommen und genährt werden wird, muss auch das Böse hervorbringen, aber am Ende wird das Böse besiegt werden und die Ordnung wird die Oberhand gewinnen.«

Das Volk aus dem Schiff gab dem Volk dieser Welt so viele irdische Geschenke wie möglich, aber das wertvollste aller Geschenke war eines, das sie nicht geben durften, und das war ein unvergänglicher Stein. An Bord des Schiffes gab es viele Arten von Stein, die dort unvergänglich waren, denn Zerfall und Fäulnis hatten keine Macht über das Schiff und Unvergänglichkeit war hier ein Leichtes. In der Welt jedoch herrschten Vergänglichkeit und Fäulnis.

»Der Kampf gegen das Böse wird in dieser Welt ein harter Kampf sein«, sagten die Meister der Weisheit zu ihren Söhnen und Töchtern, doch der Krieg ist die Mutter aller Waffen und der Krieg gegen das Böse ist die Mutter der Waffen, durch welche das Böse eines Tages überwunden wird. Noch gibt es keinen unvergänglichen Stein in der ganzen Welt, doch es wird nicht immer so sein. Wir haben den Garten von Idun angelegt, damit eines Tages der unvergängliche Stein aus dem Becken des Lebens hervorgehen wird, genährt von Milch und Blut. Wenn dieser Tag kommt, müssen die Kinder eurer Kinder den Stein ergreifen und von ihm Gebrauch machen und das Böse, das der Zerfall und die Fäulnis ist, in das Gute wandeln.«

Die Weisheit der Genesys

1

Als Andris Myrasol erwachte, hatte er das Gefühl, dass sein Körper nicht zu ihm gehörte oder dass er zumindest gegen Andris' Eigentümerstellung protestierte, da er zu lange und in unerträglicher Weise missbraucht worden war. Das Gefühl wäre nicht so schlimm gewesen, wenn Andris nicht tatsächlich den Verdacht gehegt hätte, dass ihm teilweise die Kontrolle über das Reich seines Körpers entglitten wäre.

Er lag ruhig da und versuchte, sich wieder in die Gewalt zu bekommen. Erleichtert entdeckte er, dass er seinen schmerzenden Leib in etwas sichererem Griff als noch am vergangenen Tag hatte.

Vielleicht wird es diesmal wirklich besser, dachte er. *Vielleicht befinde ich mich endlich auf dem Wege der Besserung.* Dieser Gedanke war eher ein Ausdruck von Hoffnung als von Wahrscheinlichkeit.

Er wusste, dass er lange Zeit krank gewesen war, auch wenn er nicht sagen konnte, wie viele Tage er gelitten hatte. Noch bevor Philemon Taub und Venerina Sirelis ihm den puren Geist der Wasser verabreicht hatten, war er tagelang krank gewesen. Manchmal hatte er sich zwar recht wohl gefühlt, aber im Nachhinein war ihm klar, dass es ihm nicht mehr gut gegangen war seit der Nacht, in der Shabirs Stoßtrupp ihn von Aulakh Phars Wagen fortgeschafft hatte. Seitdem hatten sich Phasen des Deliriums mit Augenblicken abgewechselt, in denen sein Geist und Körper annähernd normal funktioniert hatte.

Der Trank, den Philemon ihm mit dem Versprechen verabreicht hatte, er werde sich danach besser fühlen, hatte stattdessen seine Verwirrung verdoppelt. Andris wusste nicht mehr, wie viele Tage seit der Schlacht im Haus der Gemeinschaft vergangen waren. Sein Kurzzeitgedächtnis war schrecklich unzuverlässig geworden, doch er erinnerte sich scheinbar klar und deutlich an alles, was mit ihm geschehen war, bevor er sich zum ersten Mal in die Bittersüßen Sümpfe gewagt hatte.

Es wird bald besser gehen, versicherte er sich in einem Versuch, positiv zu denken. *Es muss. Ich kann es mir nicht leisten, krank zu sein, während wir noch in Gefahr schweben.*

Ohne die Augen zu öffnen oder sich mehr als unbedingt notwendig zu bewegen, überzeugte sich Andris von seinen wiedergewonnenen Fähigkeiten. Er zuckte nacheinander mit den Fingern und den Zehen und war erleichtert, dass er sie alle spürte. Sein Körper war nicht übermäßig schlaff und sein Gehirn nicht unerträglich träge.

Nachdem er seine körperlichen und geistigen Fähigkeiten überprüft hatte, versuchte er, sich über seine Lage klar zu werden. Das war eine weitaus schwierigere Aufgabe.

Wenigstens lebe ich noch, dachte er. *Wenn man bedenkt, dass ich vor kurzem den größten Teil der Bittersüßen Sümpfe durchquert habe, während ich nicht ganz bei Sinnen war, und eine Horde Riesenschlangen angegriffen und je zwei auf einmal fertig gemacht habe, wobei ich nur mit einer Geländerstange bewaffnet war, ist das schon ziemlich erstaunlich. In Anbetracht der Tatsache, dass ich auch in einen Nestkrieg verwickelt wurde, während ich die tiefsten Kammern eines Dragomitenhügels durchstreifte – um die Entführung durch einen vor Angst wahnsinnigen General gar nicht erst zu erwähnen –, kann ich wohl sagen, dass die Tatsache, dass ich noch lebe, ein schlagender Beweis dafür ist, dass ich ein Glückspilz bin. Auch bin ich in meiner misslichen Lage nicht allein. Prinzessin Lucrezia ist jetzt an meiner Seite und Ssifuss scheint vorzuhaben, bei uns zu bleiben …*

Er brauchte einige Augenblicke, um sich an die Namen seiner anderen Gefährten zu erinnern, aber schließlich gelang es ihm. *Was Venerina Sirelis und den Jungen angeht,* fuhr er bei sich fort, *so sind sie wenigstens als Handlanger von Nutzen, und in ihren Köpfen könnten nützliche Informationen stecken, falls es uns gelingt, die wahre Weisheit von all diesem deistischen Klimbim zu trennen, von dem sie durchdrungen ist …*

Dann schlug er die Augen auf und entdeckte, dass er auf dem Rücken lag und in die Sterne blickte.

Da er nie ein großer Astronom gewesen war, konnte Andris keinen Unterschied zwischen diesen Sternen hier und denjenigen feststellen, die über Ferentina leuchteten. Für ihn sah jeder Flammenstern gleich aus und das silbrige Bett aus Licht, in dem sie lagen und das aus dem Licht von Millionen weiter entfernter Sonnen bestand, war für ihn nichts anderes als ein Hintergrund. Er hatte niemals versucht, seine Augen daran zu gewöhnen, die leichten Unterschiede in der Farbe und der Leuchtkraft wahrzunehmen, die jeden Flammenstern unverwechselbar machten, und ebenso wenig hatte er versucht, die Muster, die sie bildeten, im Gedächtnis zu behalten; er war ein Kartenzeichner und kein Navigator. Dennoch wusste er, dass dies die südliche Hemisphäre der Welt war und dass die Sterne, zu denen er hochschaute, anders waren; wenigstens einige davon mussten Sterne sein, die er vor der Überquerung der Dragomitenberge noch nie gesehen hatte.

Ich bin ein Abenteurer, dachte er, *und vielleicht sogar ein Held. Ich gehöre zu den Glücksrittern und bin so verwegen und tapfer wie der Beste von ihnen. Wenigstens glaube ich das. Sind das drei Gnaden? Es ist doch das, was die meisten Menschen als Gnade ansehen würden, oder nicht?*

Er hatte keine Lust, die Soll-Seite seiner gedanklichen Bilanz in Angriff zu nehmen und seine Probleme aufzuzählen, doch es blieb ihm nichts anderes übrig, als trotzdem an sie zu denken. Wie schlapp auch sein Kurzzeitgedächtnis geworden sein mochte – die Schwierigkeiten, in denen er steckte, konnte er nicht einfach beiseite schieben.

Er und seine Gefährten saßen in einer feindlichen Wildnis fest und es trennten sie weniger als zehn Stunden von einer großen Streitmacht aus berittenen Männern und Riesenschlangen, die auf dem Weg zu ihnen war. Sie hatten nur sehr wenig Wasser und sogar noch weniger Nahrungsmittel und bloß ein einziges gutes Messer für fünf Leute. Schlimmer noch: Als Rayner am vergangenen Abend einen Spitzbaum erklettert hatte, um zu sehen, was östlich von ihnen lag, hatte er berichtet, dass eine weitere große Gruppe einem etwa parallelen, aber leicht auf sie zuführenden Kurs folgte. Auch diese Reisenden waren ihnen möglicherweise feindlich gesinnt – oder wenigstens mussten sie davon ausgehen, bevor sie keinen guten Grund gefunden hatten, der dagegen sprach. Und als ob das nicht schon genug wäre, fügte Andris dieser Liste noch den Umstand hinzu, dass es für ihn keine Möglichkeit gab, in Erfahrung zu bringen, ob Merel Zabio noch lebte, und wenn dem so sein sollte, ob sie es dann bis zum Feuer des Salamanders geschafft hatte – und ob es ihm in diesem Fall jemals gelingen würde, sie dort wieder zu sehen.

»Bist du wach, Andris?« Die geflüsterten Worte schnitten so tief in seinen Wachtraum, dass sie ihn trotz ihrer bemühten Sanftheit aufschreckten. Er vermutete, dass die anderen noch schliefen und die Prinzessin sie nicht aufwecken wollte. Er drehte sich um und sah ihr ins Gesicht. Seine Augen hatten sich an die Dunkelheit gewöhnt, doch sie saß im Sternenschatten eines Riffs aus totem Fels; solche Stellen waren in letzter Zeit immer schwieriger zu finden gewesen. Die seltsamen lebenden Felsen, die Venerina Sirelis fließende Steine nannte, waren in dieser Gegend sehr häufig anzutreffen, und dort, wo sie fehlten, war der Boden nicht minder unangenehm, denn hier wuchsen stachelige Kakteen und starre Sprösslinge einer ungewöhnlich aggressiven Baumart in großer Zahl. Dornenbüsche wie diejenigen, welche die Durchquerung der Bittersüßen Sümpfe zu einem solchen Albtraum gemacht hatten, umgaben immer noch jeden schlammigen Graben und jeden noch so winzigen See mit einem dichten Verteidigungsring.

»Wie spät ist es?«, flüsterte Andris. Es schien ihm das Einfachste zu sein, Lucrezias Frage mit einer Gegenfrage zu beantworten, zumal er das Gespräch in Gang halten wollte.

»Ich weiß es nicht«, gab Lucrezia zu. »Ich habe mich noch nicht an diese südlichen Sterne gewöhnt. Vielleicht ein paar Stunden nach Mitternacht, aber noch eine ganze Weile vor Sonnenaufgang. Wir haben früh angehalten – ich glaube, du befandest dich wieder am Rande eines Zusammenbruchs. Erinnerst du dich überhaupt an gestern?«

Andris versuchte es, aber er war vorsichtig damit, den letzten Tag, an den er sich schwach erinnern konnte, als ›gestern‹ zu bezeichnen. Ihm war unangenehm deutlich bewusst, dass er der unglückseligen Gewohnheit verfallen war, ganze Tage aus dem Gedächtnis zu verlieren, manchmal sogar zwei oder drei hintereinander. Er setzte sich auf und streckte die Rückenmuskeln.

»Wie lange ist es her, seit Rayner diese andere Karawane entdeckt hat?«, fragte er vorsichtig.

»Das war vorgestern«, sagte sie mit einem leisen Seufzer.

»Das habe ich mir gedacht«, log er. »Also sind wir noch in südlicher Richtung unterwegs?«

»Eher südwestlich«, antwortete sie. »Venerina ist davon überzeugt, dass auch die andere Karawane aus Sklaventreibern besteht. Sie hat möglicherweise vor, sich mit derjenigen zu verbinden, die die Deistengemeinschaft ausgeplündert hat, oder sie ist nur zum selben Ziel unterwegs... Aber wie dem auch sei, wir müssen unseren Plan sehr bald ausführen. Wir haben keine andere Wahl.«

Andris fragte sich, ob er wissen musste, was Lucrezia mit ›unser Plan‹ meinte. Während er sich daran zu erinnern versuchte, rückte Lucrezia ein Stück näher und kam aus dem Sternenschatten heraus. Ihr Gesicht war verhärmt, aber nicht nur wegen des Schlafmangels. Sie war nie dicklich gewesen, doch das wohlgenährte Aussehen, das sie noch in den Tiefen des Dragomitennestes gehabt hatte, hatte sie verloren. Jetzt war sie bleich und abgespannt; beinahe konnte sie, die Goldene, als Bernsteinfarbene durchgehen. Sogar im Sternenlicht glitzerten ihre Augen, als stünden sie in Flammen. Sie sah keineswegs mehr wie eine Prinzessin aus. Ihr Haar und ihre Kleidung waren so schmutzig wie bei einem gewöhnlichen Vagabunden.

Während sie beide als Gäste in dem großen Haus am Ufer des Sees des Farblosen Blutes gewohnt hatten, war Lucrezia sauber und adrett und durch und durch gelassen gewesen, doch das lag schon einige Tage zurück – mindestens vier, vielleicht auch sechs oder sieben, je nachdem, wie viele Andris vergessen hatte, während seine Gedanken sich auf Wanderschaft befunden hatten.

»Wir brauchen dich, Andris«, sagte sie eindringlich. »Wir haben keine wirkliche Chance, es ohne dich zu schaffen. Bei allem Respekt vor Ssifuss und ihren Bogenschießkünsten: Du bist der einzige echte Kämpfer, den wir haben, und du bist so viel wert wie zwei oder drei von der gewöhnlichen Sorte. Du musst dich zusammenreißen. Venerina meint, dass du das kannst. Sie sagt, dass sie dir keine sehr starke Dosis von der Droge gegeben haben und dass alle Gifte sorgfältig aus ihr extrahiert waren. Sie glaubt, dass du dich jetzt eigentlich in einem besseren Zustand befinden müsstest, auch wenn die Sumpfgifte dir schlimmer zugesetzt haben sollten, als es den Anschein hatte.«

»Sie hat keine Ahnung«, murmelte Andris zu seiner Verteidigung. »Ich bin eben anders – nicht wie die Leute aus der Deistengemeinschaft. Ich weiß nicht, was mit mir geschieht, aber es ist sicherlich nicht das, was sie erwartet haben.« Er war jetzt kein überzeugterer Deist als früher, aber er spürte, dass der Vorgang des *Werdens,* der begonnen hatte, als er von Shabirs Stoßtrupp in den Schlaf geschickt worden war, noch nicht abgeschlossen war und sich immer noch auf ein unvorstellbares Ziel zubewegte.

»Du musst dich nicht verteidigen«, sagte Lucrezia. »Auch ich bin anders. Ihr kostbarer Geist der Wasser könnte überhaupt nicht in mich eindringen. Mein Fluch heißt Schlangenblut.«

»Ist das der Grund, warum wir nach Südwesten und nicht nach Südosten unterwegs sind?«, fragte er besorgt. »Zieht Euch Euer Schlangenblut in die Richtung der Silbernen Dornen und des Handschuhs der Freude in der Hoffnung, dass Ihr ihnen bis zur Mitte der Welt folgen werdet? Ist *das* jetzt Euer Plan?«

»Du weißt genau, dass es nicht so ist«, antwortete sie – aber ihre Stimme klang nicht gerade überzeugend.

»Ihr solltet meiner Erinnerung auf die Sprünge helfen«, sagte er und wunderte sich, warum es ihm so schwer fiel zuzugeben, dass er sich nicht erinnern konnte. Es war doch schließlich nicht seine Schuld.

Sie streckte die Hand aus und berührte ihn sanft an der Schulter, als wolle sie seinen schwelenden Zorn besänftigen. »Du warst nicht die ganze Zeit bei Sinnen«, gab sie zu. »Vielleicht waren wir etwas zu verschwiegen, während wir den Plan ausgearbeitet haben. Venerina hegte die Befürchtung, dass wir Ssifuss nicht mehr trauen können.« Sie warf einen Blick zur Seite – vermutlich dorthin, wo die Schlange im Schlaf lag.

»Warum sollten wir uns auf Ssifuss nicht mehr verlassen können?«, fragte Andris vorsichtig. Soweit er wusste, hatten sie keinen Grund für ein solches Misstrauen.

»Ich bin sicher, dass wir es können«, sagte Lucrezia. »Sie scheint genauso viel Angst wie wir vor dem Trupp hinter uns zu haben, vielleicht sogar noch mehr. Sie sagt, dass sie nicht an Riesenschlangen geglaubt hat, sondern sie als Ungeheuer der Legende angesehen hat. Mossassor war offenbar anderer Meinung und Ssifuss fragt sich allmählich, in welchen Punkten Mossassor wohl ebenfalls Recht haben mag. Aber all das bedeutet für Venerina wenig oder gar nichts. Sie hat Angst, was durchaus verständlich ist, wenn man bedenkt, was da hinter uns her ist.« Andris verstand Venerinas Angst.

»Ssifuss scheint für die Riesenschlangen keinerlei verwandtschaftliche Gefühle zu hegen«, sagte Andris.

»Sicherlich nicht«, pflichtete Lucrezia ihm bei. »Sie verehrt dich geradezu, weil du so viele getötet hast.«

»Also holen die Riesenschlangen und ihre menschlichen Verbündeten in ihrer Jagd nach uns langsam auf«, sagte Andris, nur um sicher zu gehen, dass er alles richtig verstanden hatte, »und ihre Freunde sind nicht weit hinter ihnen. Aus diesem Grund müssen wir unseren Plan bald in die Tat umsetzen.«

»Ich bin nicht sicher, ob sie tatsächlich Jagd auf uns machen«, meinte Lucrezia vorsichtig. »Sie sind bestimmt in Richtung Süden unterwegs und sie haben es eilig, aber es ist auch möglich, dass sie ihre Gefangenen zu irgendeinem unbekannten Ziel hinter diesem Wall bringen, der sich am südlichen Horizont entlangzieht, und nicht einmal wissen, dass wir uns vor ihnen befinden. Das ist unsere einzige Hoffnung – und wir brauchen jeden Vorteil, den wir bekommen können.

»Was für ein Wall?«, wollte Andris wissen.

»Es ist kein *richtiger* Wall«, sagte Lucrezia geduldig. »Ich weiß aber nicht, wie man es sonst nennen könnte. Wir haben nur einen kurzen Blick darauf werfen können, bevor der Sonnenuntergang ihn in Schatten getaucht hat. Vielleicht sind es die Silbernen Dornen, falls diese nur eine andere Art von Spitzbäumen sein sollten.«

Andris runzelte die Stirn. »Wie lange ist es her, seit wir das Boot verlassen haben?«

»Sechs Tage.«

»Dann muss es mindestens noch weitere sechs Tage dauern, bis wir die Silbernen Dornen erreichen, wenn man meinen Karten vertrauen kann«, gab er zu bedenken. »Möglicherweise sind es sogar acht oder zehn – ich vermute, dass wir nicht so schnell vorangekommen sind, wie es geplant war.«

»Um was es sich bei der Linie am Horizont auch immer handeln mag«, sagte sie, »wir werden morgen darauf stoßen. Alles, was ich weiß, ist, dass es sich um etwas Riesiges handelt, das sich weit nach Osten und Westen erstreckt.«

»Das ist nicht möglich«, meinte Andris. »Auf der betreffenden Karte ist an dieser Stelle nichts von Bedeutung eingezeichnet. Daran müsst Ihr Euch doch erinnern – schließlich habt Ihr die Karte gesehen, die ich für Fraxinus gezeichnet hatte. Die Farben waren zwar alle falsch, aber der Maßstab war richtig. Es ist ein Marsch von gut zwölf oder sogar fünfzehn Tagen vom südlichen Rand der Sümpfe bis zu den Silbernen Dornen und das Nest des Phönix liegt hinter ihnen.«

Sie erwiderte: »In diesem Fall haben entweder die Männer, die deine Karte entworfen haben, dieses Merkmal des Geländes als unwichtig angesehen oder es war noch nicht da, als sie an der Karte arbeiteten. Venerina sagt, dass sie von einem so genannten Großen Riff gehört hat und dass es sich bei unserem Wall genau darum handeln soll. Sie kennt Gerüchte, nach denen es dort Nahrung und Wasser gibt; außerdem soll es ein ziemlich sicherer Ort sein, auch wenn das Land dahinter äußerst trügerisch ist.«

»Auf der Karte, die man mir zu zeichnen beigebracht hat, gab es nichts, was *das Große Riff* hieß«, entgegnete Andris steif.

»Wenn sich die Landschaft ändert, müssen die Leute eben neue Namen erfinden«, gab die Prinzessin milde zurück. »Du musst nur aufstehen; dann kannst du sehen, wie sich sein zerklüfteter Rand schwarz gegen die Sterne abhebt. Aber du musst bis zur Morgendämmerung warten, um seine wahre Gestalt und Größe abschätzen zu können. Zu dieser Zeit sollten wir schon recht nahe herangekommen sein. Wir müssen uns beeilen. Venerina vermutet, dass die Kreaturen, die die Gemeinschaft vernichtet haben, auf der Suche nach Wasser sind, und die Tatsache, dass die andere Gruppe zum selben Ziel unterwegs ist, bestärkt diese Vermutung. Wir müssen als Erste dort sein. Du musst dich unbedingt zusammenreißen. Wir haben nur die eine Chance.«

»Eine Chance für was?«, fragte Andris vorsichtig. »Ich bitte um Entschuldigung, falls Ihr es mir schon einmal gesagt habt, aber ich kann mich einfach nicht…«

»Wir müssen versuchen, die Gefangenen zu befreien«, sagte sie offen heraus. »Ich glaube, dass uns das gelingen könnte, wenn wir es schlau genug anstellen.«

Der Umstand, dass sie in einem vertraulichen Flüsterton sprach, verlieh ihren Worten einen noch außergewöhnlicheren Klang, als sie schon allein wegen ihrer Bedeutung besaßen. Andris dachte über die Folgen nach und fragte sich, ob es da nicht einen wesentlichen Punkt gab, den er übersehen hatte. »Wie viele Gefangene sind es?«, fragte er.

»Ssifuss schätzt, dass es etwa vierzig sind.«

Andris versuchte sich daran zu erinnern, wie viele Marodeure die Gemeinschaft angegriffen hatten und wie viele Riesenschlangen er angeblich umgebracht haben sollte, doch Lucrezia wartete seine Antwort nicht ab. »Wir schätzen, dass etwa fünfzig Männer bei ihnen sind«, sagte sie. »Es sind nicht mehr als ein Dutzend Riesenschlangen, vielleicht sogar weniger als zehn. Sie haben drei Wagen mit jeweils etwa einem Dutzend Männer darin und insgesamt ungefähr fünfzig Pferde. Wenn die anderen Reiter, die Rayner erspäht hat, wirklich die zweite Hälfte ihres Stoßtrupps sind und wenn es ihnen gelingt, sich zusammenzuschließen, bevor sie das Riff erreichen, kannst du diese Zahlen vermutlich verdoppeln.«

»Wir sind nur zu fünft«, wandte Andris ein, »und wir besitzen nicht eine einzige anständige Waffe, es sei denn, Ihr seht den Bogen und Speer der Schlange als eine solche an. Ich weiß, dass sie eine geübte Bogenschützin ist, aber…« Er verstummte, als er begriff, warum es so wichtig war, an eine Wasserquelle zu kommen. Schließlich war die Prinzessin eine Hexe und sie trug ihr Waffenarsenal noch immer um ihre Hüfte gebunden. »Aber die Gefangenen werden auch trinken müssen«, sagte er nach einer kurzen Pause. »Wenn Ihr das Wasser vergiftet – vorausgesetzt, Ihr habt so viel Gift, dass es durch das Wasser nicht zu sehr verdünnt und damit harmlos wird –, vergiftet Ihr auch die Gefangenen.«

»Es gibt verschiedene Arten von Giften«, sagte Lucrezia zu ihm. »Selbst die stärksten – das heißt diejenigen, die auch die größtmögliche Verdünnung überstehen – töten nicht unbedingt. Wir brauchen sie weder umzubringen noch zu lähmen; wir brauchen sie nur zu schwächen. Vier Menschen und eine Schlange können gegen eine vorübergehend kampfunfähige Streitmacht eine Menge ausrichten, wenn sie sorgfältig den richtigen Zeitpunkt abpassen.«

Vier Menschen und eine Schlange, die nur so groß wie ein Mensch ist, gegen fünfzig oder hundert Mann sowie zehn oder zwanzig Riesenschlangen!, dachte Andris. *Was ist das für ein Plan!* »Ich bin froh, dass Ihr das alles mit so peinlicher Genauigkeit ausgearbeitet habt«, bemerkte er trocken. »Die wunderlichen Einzelheiten dieses Plans passen gut zu seiner unglaublichen Fairness.«

»Sie haben die Gemeinschaft ohne Vorwarnung angegriffen«, erinnerte Lucrezia ihn, obwohl sie spüren musste, dass seine Worte nicht wirklich ernst gemeint waren. Er lebte schon viel zu lange, um sich bei einem Kampf auf Leben und Tod noch um faires Verhalten zu kümmern, selbst wenn Hexerei ins Spiel kam. »Sie kamen, um Gefangene zu machen, aber sie haben nicht gezögert, diejenigen, die ihnen Widerstand leisteten, zu töten. Wir haben das Recht, alle denkbaren Mittel anzuwenden, um die Leute, die sie gefangen genommen haben, zu befreien – und wir sind Venerina und ihren Gefolgsleuten sicherlich den Versuch schuldig. Ich weiß, dass ich versucht habe, dich vor den Deisten zu warnen, als sie planten, dir diesen Trank zu geben, aber das ändert nichts an der Tatsache, dass sie uns das Leben gerettet haben. Wenn sie nicht gewesen wären, hätte ich wohl nicht überlebt – und du wahrscheinlich ebenso wenig. Wir können uns jetzt nicht aus der Verantwortung stehlen. Es ist nicht nur so, dass wir keine Vorräte haben, die wir mitnehmen könnten – wir müssen eine Schuld abtragen.«

Andris zog ihre moralischen Überlegungen nicht in Zweifel. Die Gemeinschaft *hatte* ihnen das Leben gerettet. Es *gab* eine Schuld, die beglichen werden musste, falls überhaupt die Möglichkeit dazu bestand. Er leckte sich die Lippen und blickte wieder hoch in den sternübersäten Himmel. »Ist Ssifuss damit einverstanden?«, fragte er.

»Ich glaube ja«, antwortete Lucrezia. »Bisher ist sie bei uns geblieben. Ich glaube, dass uns keine andere Wahl bleibt, als zuzuschlagen, sobald wir die Gelegenheit dazu haben.«

»Wenn es schief geht«, betonte Andris pflichtbewusst, »wird es wahrscheinlich *schrecklich* schief gehen. Wenn nur einige von ihnen nicht genug aus Eurem vergifteten Teich trinken, werden sie uns in Stücke reißen. Aller Wahrscheinlichkeit nach werden wir entweder selbst als Gefangene enden oder man wird uns töten.«

»Das ist mir bewusst«, entgegnete die Prinzessin. »Ich weiß selbst noch nicht, ob ich eine gute Hexe bin… aber wir können nicht einfach fortlaufen und uns zum Feuer des Salamanders begeben. Vielleicht warst du gestern nicht dazu in der Lage, mir beizupflichten, aber jetzt bist du es. Du musst deine Rolle in diesem Spiel übernehmen, Andris. Ohne deine Schnelligkeit und deine Stärke haben wir nicht die geringste Chance.«

Ich wäre nicht hier, dachte Andris, *wenn diese Hexenschülerin nicht daheim in Xandria ihre Kunst an mir hätte ausprobieren wollen.* Aber ihm war klar, dass das jetzt nicht mehr von Bedeutung war. Er konnte nicht einfach zurückgehen und noch einmal von vorn anfangen. Er musste zum Rest seines Lebens von der Stelle aus starten, an der er augenblicklich stand, egal in welchem Zustand er sich befand.

»Ich erinnere mich allmählich etwas besser an gestern«, sagte er und hoffte, dass diese Behauptung wahr würde. »Es war kein guter Tag, oder?«

»Nein«, sagte sie, »überhaupt kein guter. Die Brösel, die wir zum Essen hatten, schmeckten faul, und das Wasser war auch nicht viel besser. Unsere Kleidung und unsere Stiefel sind abgewetzt und der Boden ist mit Kreaturen übersät, die uns mit ihren steinernen Kiefern an den Knöcheln packen wollen. Wenn du nicht so große Füße hättest... nun, das tut nichts zur Sache. Wir haben den gestrigen Tag überstanden und wir werden auch den morgigen überstehen – aber wir werden kämpfen müssen. Wir haben keine andere Wahl.«

»Nein«, sagte Andris und krümmte die Finger, wie um ihre Stärke zu testen. »Vermutlich nicht.«

2

Als die ersten hellen Strahlen des Tageslichts den östlichen Horizont durchbrachen, blieb Lucrezia stehen. Sie hob den furchtsamen Blick vom Boden. Sie war neugierig, was die vielen Farbtöne der Morgendämmerung mit dem Riff aus Schatten machen würde, die am südlichen Horizont lauerte und ihre Ankunft erwartete.

Das beinahe weiße Glitzern des Sternenlichts wurde rasch von dem tiefen Blau verschluckt, das nun über den gesamten Horizont kroch und immer heller wurde – aber es war nicht der ferne Wall, sondern der Untergrund, der sich angesichts der Farben und der Helligkeit wandelte. Die rätselhaften Schattentümpel, die Lucrezia vorsichtig umgangen hatte, wurden zu grob gemusterten und dunkel getönten Massen aus verschiedenen Umrissen und Größen. Während sich ihre Augen an die neuen Lichtverhältnisse gewöhnten, erschien es einen Moment lang tatsächlich so, als würden diese Massen *fließen* – aber sobald die Metamorphose des Geländes abgeschlossen war, erstarrten sie wieder zu harter Unnachgiebigkeit. Wenn sie wirklich flossen, dann flossen sie ausnehmend langsam.

Hier waren die Baumkronen ausladender und grüner denn je, obwohl die Bäume selbst weit auseinander standen. Unter den ausgebreiteten Ästen hatten sich einige Schattenpfuhle gehalten. Die Bäume trugen keine Früchte und nur wenige Vögel versammelten sich in ihrem Blattwerk; diejenigen, die zu sehen waren, befanden sich vermutlich auf der Jagd nach Insekten.

Lucrezia setzte ihren behelfsmäßigen Hut auf und sicherte ihn so gut wie möglich. Noch bestand wenig Notwendigkeit für den Schutz, den er gewährte, doch er war für sie ein Bestandteil des Rituals, mit dem sie den neuen Tag begrüßte. Venerina tat dasselbe; auch sie und Rayner hatten eine Pause eingelegt.

Andris Myrasol und Ssifuss befanden sich in einiger Entfernung vor ihnen, denn sie hatten gerade erst bemerkt, dass ihre Gefährten angehalten hatten. Jetzt standen sie da und schauten fragend zurück; ihr Gehabe und ihre Haltung spiegelten sich auf eigentümliche Weise im anderen wider. Lucrezia fragte sich, ob sie beide so etwas wie ein Paar abgeben konnten, auch wenn sie physisch kaum zueinander passten. Sie blickte an ihnen vorbei auf die Landschaft, die sie erwartete, und auf die Barriere, die deren Begrenzung markierte.

So weit das Auge reichte, erstreckte sich nach Westen und Osten die zerklüftete Silhouette dessen, was Venerina das Große Riff genannt hatte; an beiden äußeren Enden krümmte es sich nach Süden hin fort.

Jetzt war deutlich zu sehen, dass es eher wie der Rand eines Waldes als wie ein künstlicher Wall aussah, wenn auch sein ›Blattwerk‹ sehr merkwürdig war. Es gab nur wenig Grün darin und genauso wenig Purpur, das die unirdische Vegetation oft anstelle des irdischen Grüns trug. Die vorherrschenden Farben waren Braun- und Grauschattierungen, doch es gab auch Silber und dieses Silber schien tatsächlich die Form nadelähnlicher Spitzen anzunehmen, die denen der Spitzbäume ähnelten, welche von Kartenzeichnern auf der Suche nach sinnträchtigen Bezeichnungen vielleicht als ›Dornen‹ benannt worden waren. Aber nicht alle Farben waren metallisch; in den höheren Regionen waren Rot und Blau kunterbunt durcheinander gesprenkelt und glitzerten wie poliert im Sonnenlicht.

Lucrezia verglich die Masse und Ausdehnung der Barriere mit ihrer Erinnerung an die Große Mauer in Xandria. Die Große Mauer erforderte die unablässigen Bemühungen hunderter Männer für den Erhalt ihrer Festigkeit, doch das hier war ein lebendes Wesen, das sich selbst erneuerte und instand hielt. Sie konnte die Entfernung und den Maßstab dessen, was sie sah, noch nicht genau abschätzen, aber sie wusste, dass der Raum, den es umschloss, wenn es sich wirklich zu einem Kreis krümmte – was es anscheinend tat –, mindestens so groß sein musste wie die gesamte Provinz Xandria und tausendmal größer als die Stadt gleichen Namens.

Sie erinnerte sich auch an die Barrikade, welche die Männer aus den Neun Städten aus den Knochen und Körperteilen der Dragomiten errichtet hatten. Gemessen an den Farben war das, was da vor ihnen lag, davon nicht sehr verschieden; auch jener Wall hinter den Dragomitenbergen war von Braun- und Grautönen beherrscht gewesen und hatte nur sehr wenig Grün gezeigt. Damit aber endete die Ähnlichkeit. Die Barrikade, die die Dragomiten und Hügelfrauen dazu anhalten sollte, das Schmale Land wieder zu verlassen, war eine traurige und trübe Angelegenheit gewesen; auf den Platten aus Dragomitenchitin, welche den größten Teil ihrer Masse darstellten, hatte nur sehr wenig Glanz gelegen. Die Fäulnis hatte bereits auf tausenderlei Arten ihr Werk begonnen. Diese Barriere hier glänzte noch und auf irgendeine seltsame Weise schien sie lebendiger zu sein als die fruchtbaren Felder Xandrias oder der Wald der Absoluten Nacht.

Wenn die höheren Wesenheiten, die den Wall bildeten, tatsächlich Bäume waren, dann waren sie sicherlich nicht von der Sorte, die blattreiche Kronen ihr Eigen nannten. Ihre gewundenen Zweige hatten einen eindeutig kupfernen Glanz und die höchsten von ihnen schienen außer dem Rot und Blau, das sie sprenkelte, beinahe nackt zu sein. Im Gegensatz dazu waren die unteren reichhaltig in hauchdünne, spinnwebähnliche Faltenwürfe gekleidet, bei denen es sich möglicherweise um träge Parasiten handelte.

»Dort«, sagte Venerina Sirelis und zeigte mit zitterndem Finger auf eine bestimmte Stelle. »Wo die verzweigten Bäume besonders hoch wachsen und die kleineren die üppigsten Farben zeigen. Dort werden wir auf Wasser stoßen. Das ist der Zugang, auf den unsere Feinde zuhalten, und die Bresche, in der wir den Spieß umdrehen werden.«

Lucrezia warf unwillkürlich einen Blick hinter sich, doch die Feinde waren noch nirgendwo zu sehen. Das Gelände war nicht eben genug und es gab zu viele Bäume, um ihr einen ungehinderten Blick nach Norden zu gestatten, doch Lucrezia zweifelte nicht daran, dass die Feinde weiterhin geduldig hinter ihnen herzogen.

»Es wird nicht leicht sein«, sagte Lucrezia und blickte nach vorn, wo Andris Myrasol und Ssifuss ungeduldig ein paar Schritte zurück gegangen waren. Sie billigten die Entscheidung ihrer Gefährten, eine Pause einzulegen, eindeutig nicht. »Andris ist noch benommen und wir haben kaum eine brauchbare Waffe...« Sie verstummte; es hatte keinen Sinn, all das auszusprechen.

»Der Geist des Sees ist noch bei uns«, versicherte Venerina ihr und versuchte, die letzten Reste ihrer Entschlusskraft aufzubieten, »und er hat unsere Verfolger noch nicht freigegeben. Sie tragen noch immer die Sumpfgifte in sich – sogar die Schlangen. Ihr hattet eure eigene Medizin und wir haben euch noch mehr davon gegeben, aber sie haben keine. Sie werden müde, durstig und verwundbar sein.«

Lucrezia sah den armen Rayner an, der so müde und verwundbar aussah, wie ein Mann es nur konnte, obwohl doch der Geist der Wasser angeblich für und nicht gegen ihn arbeitete. Sie wusste, dass er jedes Wort der Unterhaltung mithören konnte, und hielt es deshalb für das Beste, seine Hoffnungen nicht zu zerstören. *Wir wissen nicht, welche Medizin sie zur Verfügung haben,* dachte sie, aber sie sagte es nicht laut.

»Was ist los?«, wollte Andris wissen.

»Nichts«, entgegnete sie. »Geht weiter – wir folgen euch.«

Der Bernsteinfarbene gab sich damit zufrieden; er drehte sich einfach wieder um. Ssifuss zögerte einen Augenblick länger und wartete, bis die anderen tatsächlich ihren Marsch fortsetzten. Sie liefen jetzt im Gänsemarsch; Andris hatte die Führung übernommen. Es war eine gute Formation, die jedem außer dem Führer einen vorgezeichneten Kurs durch den Irrgarten der lebenden Steine ermöglichte – und Andris war schließlich ein Zeichner aus Berufung.

Lucrezia versuchte, so lange Kräfte zu sammeln, bis sie wenigstens wieder so stark wie während ihres kurzen Aufenthalts im Haus der Gemeinschaft war, aber sie war nicht sicher, ob ihr dies gelingen würde.

Als sie mit Hyry Keshvara nach Süden gereist war, hatte sie den Eindruck gehabt, als sei ihr einziger wirklicher Feind die Unbequemlichkeit – und dass alles gut würde, wenn es ihr gelänge, sich an ein Leben ohne den üblichen Luxus in König Belins Innerem Sanctum zu gewöhnen. Wie unbequem es ihr auch in Hyrys Gesellschaft geworden war, wo sie sich von minderwertigem Essen ernähren und alle Schmerzen ertragen musste, die ihr beißende Insekten und blasengequälte Füße nur zufügen konnten, war sie doch nie der Ansicht gewesen, dass der Preis des Abenteuers zu hoch sei. Dieser Glaube war erst bei dem Massaker an Djemil Eyubs Männern im Wald der Absoluten Nacht und angesichts der nachfolgenden Verstrickung in einen dragomitischen Nestkrieg ins Wanken geraten, aber nicht zerstört worden. Es hatte mehr als genug Gelegenheiten gegeben, in denen ihre Entschlossenheit auf die Probe gestellt wurde, während sie und ihre Gefährten in den Bittersüßen Sümpfen umhergeirrt waren, doch den größten Teil dieser Zeit hatte sie hilflos im Delirium verbracht.

Leider waren die letzten Tage ganz anders und viel schwieriger gewesen.

Während ihre aus fünf Mitgliedern bestehende Gruppe stetig südwärts der seltsamen Gesellschaft, die die Gemeinschaft zerstört hatte, vorangezogen war, war Lucrezias Glaube an das große Abenteuer allmählich verblasst. Die Sehnsucht und Leidenschaft, die sie zur Flucht aus Belins Zitadelle getrieben hatte, erschien ihr jetzt eindeutig dumm gewesen zu sein. Sie sah sich vielen unangenehmen Fragen gegenüber, denen sie sich nicht verschließen konnte. Welches Ziel hatte sie jetzt noch außer dem, mit dem Leben davonzukommen? Was außer Sicherheit war es wert, dass man danach suchte? Was war an ihrer Neugier verdienstvoll, da diese Neugier sie ständig in äußerste Gefahr brachte?

Sie wünschte, sie hätte jemanden, mit dem sie darüber reden könnte, aber sie hatte sowohl Hyry Keshvara als auch Ereleth verloren. Andris brachte in solchen Angelegenheiten lediglich brutal einfache Argumente an und gab damit zu erkennen, dass es ihm unmöglich war, die Art von innerem Antrieb zu verstehen, die Lucrezia aus dem Sanctum vertrieben hatte, während Venerina Sirelis ihre eigene, sehr verschiedene Sicht der Dinge hatte, mit der Lucrezia sich einfach nicht anfreunden konnte.

Vielleicht wäre die Lage etwas erträglicher gewesen, wenn die Prinzessin nicht so sehr dazu geneigt hätte, sich selbst für die unzähligen Missgeschicke verantwortlich zu machen, die zu ihrer augenblicklichen Situation geführt hatten. Schließlich hatte sie es verhindert, dass sich Hyry Keshvara zum geplanten Zeitpunkt mit Carus Fraxinus treffen konnte. Wenn sie nicht aus Xandria geflohen wäre, hätten weder Ereleth noch Dhalla die Zitadelle verlassen – und wenn sie nicht von den Dragomiten gefangen genommen worden wäre…

An diesem Punkt aber verwickelte sich das Knäuel der Möglichkeiten zu sehr, als dass sie ihm noch länger zu folgen vermochte.

Insgesamt war die Lage weitaus schlechter, als sie es sich je hatte vorstellen können.

Das bloße Gehen war jetzt bereits so anstrengend geworden, dass Lucrezia sich fragte, ob sie je wieder so gesund sein würde, wie sie es in Xandria gewesen war. Sie fühlte sich, als ob das Leben aus ihr heraussickerte. Beinahe beneidete sie Andris Myrasol um seinen seltsamen Geisteszustand, in den er seit kurzem jedes Mal eintauchte, wenn er bloß gewohnheitsmäßig handeln musste. Er reagierte zwar keineswegs mehr so mechanisch wie damals, als er das Boot gerudert hatte, in dem sie von dem Haus der Gemeinschaft geflohen waren, aber er war bisher nicht wieder zu dem Mann geworden, der er gewesen war, als er sie vor der streunenden Dragomite gerettet hatte. Er erholte sich langsam, aber er schien sich noch immer den weitaus größten Teil des Tages in einen abgeriegelten Bereich seiner Phantasie zurückzuziehen.

Sie waren bereits drei Stunden unterwegs, als Ssifuss Andris einholte und ihm auf die Schulter klopfte, um ihn zum Anhalten zu bewegen. Der Bernsteinfarbene gehorchte sofort. Die Schlange hatte noch etwas Wasser in ihrem Sack, das sie zu genau gleichen Rationen austeilte, als Lucrezia und die anderen beiden zu ihr aufgeschlossen hatten.

»Müsssen vorssichtig ssein«, riet die Schlange ihnen, nachdem sie einen sicheren Rastplatz gefunden und sich niedergelassen hatten. »Manche ssteinernen Dinge nicht gefährlich, aber nicht einfach ssu entsscheiden. Am bessten vorssichtig ssein.«

Lucrezia quittierte die Warnung der Schlange mit einem pflichtbewussten Nicken. Sie beobachtete, wie Rayners Blick ängstlich hin und her flog, während er den Abstand zwischen ihm und den nächsten ›ssteinernen Dingen‹ abmaß. Die Angst des Jungen war verständlich; er hatte beinahe einen Finger verloren, weil er nicht hatte glauben wollen, dass die Steine ihre Fallen rasch genug schließen konnten, um ihn zu erwischen.

»Wie viel weißt du über diese steinernen Kreaturen?«, fragte Lucrezia Venerina Sirelis, die sich neben sie gesetzt hatte. »So etwas gibt es in Xandria nicht.«

»Nur sehr wenig«, erwiderte die Deistin. »In den Sümpfen kommen sie selten vor. Es sind Eindringlinge; sie sind kein Bestandteil des großen Organismus, dessen Herz der See des Farblosen Blutes ist. Manchmal lauern sie unter Schlamm verborgen auf dem Grund von seichten Tümpeln und manchmal kann man sie sogar in den Untiefen des Sees erkennen. Sie scheinen sich durch das Aufsaugen von Schutt zu ernähren. Ihre Oberfläche ist zuweilen wie vernarbt von kleinen Fallen, mit denen sie wahrscheinlich Insekten und Würmer fangen, aber bevor ich hierher kam, habe ich nie ein solches Wesen gesehen, dessen Fallen groß genug waren, um einen menschlichen Fuß darin zu fangen. Reisende haben immer schon von großen Steinen berichtet, die zu beiden Seiten eines schlafenden Mannes ihre Kiefer aufsperren können, wenn er den Fehler gemacht hat, sie für leblosen Fels zu halten, aber ich habe solche Geschichten früher nie ernst genommen.« Als sie sprach, warf sie einen Blick auf Rayner, doch der Junge wollte sie nicht ansehen.

Lucrezia hatte bereits während früherer Rastzeiten einige der fließenden Steine untersucht und war gelinde erstaunt über die komplizierten Muster, die wie von dem Meißel eines Steinmetzen gezeichnet zu sein schienen, doch Ssifuss war nicht gewandt genug in der menschlichen Sprache, um einen ausführlichen Bericht über diese Geschöpfe geben zu können. Sie hatte Lucrezia berichtet, dass die Steinernen begierig darauf waren, alles Lebendige zu fangen und einzukerkern, und dass manchmal auch Kreaturen aus dem lebendigen Stein hervorkamen, doch darüber hinaus wusste sie nichts zu berichten.

»Es heißt, dass die Würmer, die aus den Steinen kommen, überhaupt keine Würmer sind, sondern die Sporen der Steinkreaturen«, fügte Venerina hinzu. »Philemon könnte es genauer erklären.« Danach verfiel die Deistin in Schweigen; sie betrauerte noch immer den Verlust Philemons.

»Die lebendigen Wände der Dragomitenhügel müssen mit diesen Kreaturen entfernt verwandt sein«, sagte Lucrezia nachdenklich. »Andris hat eine Kammer gesehen, in der eine dieser Wände mit weit auseinander gezogenem, aber anscheinend menschlichem Fleisch ausgekleidet war, das so aussah, als lebte es. Vielleicht sind grobe Fallen die geringste der Gefahren, die wir fürchten müssen – einige dieser Kreaturen könnten zu hinterhältigeren Arten der Gefangennahme und Absorption in der Lage sein. Die große Mehrheit kann ihre Gestalt wohl nur in sehr begrenztem Umfang verändern, aber zwischen ihnen lauern vielleicht andere, die weicher und dehnbarer sind.«

»Gottes Gestalten haben viele Formen«, sagte die ältere Frau bedächtig. »Sein System ist unendlich in seiner Vielfalt.«

»Hat dir das der Geist der Wasser gesagt?«, gab Lucrezia spöttisch zurück. Sie war all dieser hochtrabenden Behauptungen schon müde gewesen, bevor die Deisten Andris dazu überredet hatten, Philemons verhängnisvolles Gebräu zu trinken, und sie konnte sie auch jetzt nur schwer ertragen.

»Der Geist der Wasser benötigt keine Worte«, erwiderte Venerina mechanisch. »Wir, die wir dies akzeptiert haben, fühlen die Einzigartigkeit der Schöpfung auf direktem Wege. Wir sind uns völlig dessen bewusst, ein winziger Teil der Gemeinschaft des Sees und der Welt und des Großen Plans sein, der sich von Stern zu Stern bis in die entferntesten Gebiete des Universums erstreckt.«

»Ereleth hat mir das Geheimnis einer Droge offenbart, die eine ähnliche Wirkung besitzt«, entgegnete Lucrezia trocken, »aber Hexen sehen sie nur als ein Mittel an, um die Männer verrückt zu machen. Da ich gesehen habe, was dein Trank mit Andris angestellt hat, bin ich eher dazu geneigt, den Überlieferungen der Hexenkunst als deinem phantasievollen Glauben zu vertrauen.«

»Du verstehst es einfach nicht«, verteidigte sich die andere Frau. »In dir gibt es etwas, das dem Geist der Wasser Widerstand leistet. Ich weiß nicht, ob es Hexerei oder das Blut der Schlange ist, aber wenn du nur dazu in der Lage wärest, dich hinzugeben, brauchtest du keine Argumente für die Wirklichkeit und Allmacht Gottes. Es ist und bleibt eine Tatsache, dass du so sehr ein Teil seines Systems und seiner Absichten bist wie ich selbst.«

»Ich werde versuchen, mich darüber zu freuen«, sagte Lucrezia. Sie bemühte sich, ihre Feindseligkeit zu dämpfen, aber sie konnte sich ihrer eigenen Gedankengänge nicht erwehren und fuhr fort: »Wenn wir uns wirklich das Universum als ein Ganzes vorstellen, wäre das Bild von einem ins Gigantische vergrößerten Dragomitenhügel, der Milliarden Arten von Eiern aus allen möglichen irdischen Schoßwänden ausstößt, vielleicht gar nicht einmal so falsch.«

Die Deistin war mit diesem Vergleich offenbar unzufrieden, aber sie protestierte nicht dagegen. Auch sie beschäftigte sich mit derlei Fragen. »Erinnerst du dich daran, dass die Schlange über sich und ihre frühere Gefährtin gesagt hat, sie seien *aus demselben Boden?*«, meinte sie. Wie Andris und Lucrezia hatte sie es sich angewöhnt, die Schlange als ›sie‹ zu bezeichnen, obwohl sie wusste, dass das Geschöpf kein Geschlecht besaß.

Lucrezia erinnerte sich sehr wohl an diese Bemerkung. Sie hatte vermutet, dass Ssifuss und Mossassor aus demselben Eigelege geschlüpft waren, das vielleicht wie das einer Schildkröte in den weichen Sand gelegt worden war. Aber sie begriff die andere Erklärung, die Venerina offenbar anbringen wollte, sofort.

»Du glaubst, es könnte bedeuten, dass sie von einer lebenden Wand geboren wurden, die einer dieser Steinkreaturen gleicht? Das wäre möglich. Es ist denkbar, dass jede dieser geformten Sporen einer langsamen Metamorphose unterliegt – wie eine ausgewachsene Motte, die in einer Steinpuppe gebildet wird und sich schließlich freikämpft, indem sie sich auf etwa dieselbe Art abnabelt wie der Kopf, den Andris in seinem Gepäck mit sich herumträgt, sich von der Wand der Dragomitenkönigin abgenabelt hat. Willst du die Schlange danach fragen oder soll ich es tun?«

»Sie mag deinen Freund am liebsten von uns allen«, sagte die Deistin, die erstaunt darüber war, dass Lucrezia ihre Schlussfolgerungen vorhergesehen hatte. »Wenn schon einer neugierig werden muss, dann sollte es der Bernsteinfarbene sein.«

»Wenn dieser halb menschliche Kopf, der sich Andris aufgedrängt hat, nur eine von hundert verschiedenen Arten von Wachstum sein sollte«, grübelte Lucrezia und sponn ihren Gedankengang weiter, »dann könnte die Dragomitenkönigin noch andere Gebärmethoden haben, als in rascher Folge Eier auszustoßen. Wenn die Veränderungen beginnen, so wie es bei den Dragomiten geschehen ist, als ihre Berge verseucht wurden – oder wenn eine Saat der Umwälzung gesät wird, wie es durch den Nestkrieg der Fall war –, könnten Kreaturen, die mit den Dragomitenköniginnen entfernt verwandt sind, sehr viel produktiver auf diese Veränderungen reagieren, als es den Königinnen möglich ist.«

»Vielleicht«, stimmte Venerina zu. Sie enthielt sich eines frommen Kommentars über die unendliche Genialität Gottes.

»Mossassor sagte zu Hyry Keshvara, dass *Pädogenese* der Schlüssel zu dem ist, was augenblicklich mit der Welt geschieht«, fügte Lucrezia hinzu. »Aulakh

Phar hat die Bedeutung dieses Begriffs an Fliegen erklärt, die viele Generationen lang als Maden leben, solange in ihrem Lebensraum genügend Nahrung vorhanden ist, die sich aber irgendwann als flugfähige Fliegen auf die Suche nach neuen Nahrungsquellen begeben. Vielleicht liegt die Gefährlichkeit der Steinwesen nicht darin, dass ihre Fallen ganze Menschen verschlingen können, sondern darin, dass sie sich in tödlichere Wesen verwandeln werden, wenn sie Lust und Laune dazu haben... was jetzt der Fall sein könnte. Vielleicht werden sie es schließlich müde, nur winzige Fliegen und niedere Würmer hervorzubringen. Vielleicht sind all diese Nester aus Dunkelheit Wiegen von Chimären, so wie es auch der Dragomitenhügel auf seine besondere Weise war.«

»Wir können nur hoffen, dass dem nicht so ist«, sagte Venerina. »Selbst wenn sich nur einige von ihnen zu einer Gesellschaft von Golems zusammenschließen würden, wären wir ihnen hoffnungslos unterlegen.«

»Was ist ein Golem?«, fragte Lucrezia. »Das Wort habe ich noch nie gehört.«

»Es stammt aus den Überlieferungen«, erklärte die ältere Frau, »aber es ist nur eine Geschichte daraus – eine Geschichte über einen Magier, der einen Menschen aus Lehm erschuf, um seine Nachbarn vor den Nachstellungen eines Tyrannen zu schützen. Als das Geschöpf seine Aufgabe erfüllt hatte, verwandelte ihn der Magier wieder in Lehm zurück. Der Lehmmensch besaß keinen eigenen Namen, aber er wurde Golem genannt – so als ob es vor ihm bereits Golems gegeben habe und vielleicht auch später wieder geben würde.«

Wie bei Andris, wage ich zu sagen, dachte sie. *Ihr habt versucht, ihn in einen Deisten zu verwandeln, aber stattdessen habt ihr ihn in einen Lehmklumpen verwandelt.*

»Kennt man diese Geschichte in Xandria etwa nicht?«, fragte Venerina neugierig.

»Nicht innerhalb der Zitadelle«, gab Lucrezia zu. »Es hört sich wie die Art von Geschichte an, die sich das gewöhnliche Volk erzählt, wobei sie Männern wie meinem Vater die Rolle des Verfolgers zuschreiben. Wenn sie in Xandria überhaupt bekannt ist, würde Checuti sie wohl kennen.«

Sie biss sich auf die Lippen und versuchte, ihnen wieder Weichheit und Feuchtigkeit zu geben, doch es war hoffnungslos. Sie fragte sich, was aus Checuti geworden sein mochte, nachdem sie in den Sümpfen getrennt worden waren. War es möglich, dass er noch lebte? Wenn es Andris gelungen war, zu Fuß die Sümpfe zu durchqueren und sie dabei in seinen Armen zu tragen, dann hatte Checuti auf seinem Pferd durchaus eine Chance, auch wenn ihm die Glieder fürchterlich jucken würden.

Bis zu diesem Gedankengang war ihr nicht bewusst gewesen, wie sehr sie hoffte, dass Checuti noch lebte. Sie befand sich so weit fort von ihrer Heimat, dass sie niemanden mehr verlieren wollte, den sie – zumindest bei optimistischer Sicht der Dinge – zu ihren Freunden zählte.

3

Kurz nachdem am zweiten Tag ihrer Reise das Zwielicht verblasst war, brach das Pferd, das Jacom Cerri aus Amyas' zerstörtem Wagenzug mitgenommen hatte, zusammen. Er versuchte, es wieder auf die Beine zu schmeicheln, aber er wusste genug über Pferde und gelangte schnell zu dem Schluss, dass seine Bemühungen sinnlos waren. Schließlich schnitt er dem Tier die Kehle durch.

Wenn dies einen Tag früher geschehen wäre, hätte

Jacom noch halb erwartet, dass seine Begleitung auf das tote Pferd spränge und es als Mahlzeit ansähe, aber er hatte inzwischen genug Gelegenheiten gehabt, die Gewohnheiten der Manticore zu studieren. Obwohl die Kreatur den Körper eines Tigers hatte, hatte sie doch nicht dessen Fressgewohnheiten. Manticoren schienen gekochtes Essen zu bevorzugen, so wie es Kreaturen zukam, welche die menschliche Sprache so gut beherrschten wie die Menschen selbst und die sich Namen gegeben hatten, die denen der Menschen sehr ähnlich klangen.

Die Manticore, die Jacom gefangen genommen hatte – oder, wenn man es anders sah, sein Leben gerettet hatte –, nannte sich selbst Kasdeja. Jacom war es noch nicht gelungen, mehr als ihren Namen herauszufinden, aber er hatte versucht, aus all seinen Beobachtungen seine Schlüsse zu ziehen. Der riesige Mund des Monstrums war mit Zähnen ausgestattet, die in allem außer der Größe seinen eigenen glichen, was eine weitere Bestätigung für die Annahme war, dass seine Kost der von Jacom ähnlich sein musste. Diese Schlussfolgerung hatte Jacom eine gewisse Erleichterung verschafft. Wenn der Körper eines Tigers nicht den Appetit eines Tigers verursachte, folgerte er, dann musste der Skorpionstachel auch nicht unbedingt mit der Aggressivität eines Skorpions einhergehen.

Wegen seiner Fremdartigkeit wirkte der Stachel der Manticore auf Jacom viel bedrohlicher als die gewaltigen Krallen, welche die Kreatur aus ihren schrecklichen Tatzen ausfahren konnte. Die Krallen der Chimäre konnten Jacom leicht auseinander reißen, aber sie erschienen beinahe gewöhnlich im Vergleich zu der furchtbaren Klaue am Ende ihres segmentierten Schwanzes.

»Soll ich das Pferd schlachten?«, fragte Jacom seinen siegreichen Gegner. »Brauchen wir sein Fleisch?« Er wusste überhaupt nichts über das Gebiet, das vor ihnen lag; die Manticore hatte ihm zwar mitgeteilt, dass ihre Reise mehrere Tage dauern würde, aber sie hatte nur sehr wenig darüber gesagt, wie die Gegend beschaffen war, die sie durchqueren mussten. Die menschliche Sprache verursachte der Kreatur keine auffälligen Schwierigkeiten und sie hatte sich darum bemüht, diese Tatsache deutlich zu machen, als sie sich Jacom zum ersten Mal genähert hatte, doch als er zugestimmt hatte, mit der Manticore dorthin zu gehen, wohin sie ihn führen wollte, war Kasdeja in ein frustrierendes Schweigen verfallen. Jetzt bot sich die erste gute Gelegenheit, mehr herauszufinden.

»Nimm das beste Fleisch«, wies ihn Kasdeja grob an.

Jacom hatte nichts dagegen einzuwenden, Befehle zu erhalten, doch er konnte das unangenehme Gefühl nicht abschütteln, dass in der Art, wie die Manticore mit ihm sprach, eine gewisse Nachäffung spürbar war. Vielleicht lag es auch daran, dass das Gesicht der Manticore eine überaus deutliche Travestie eines menschlichen Gesichts war, das viel zu groß in den schweren Kopf des Monstrums eingepasst war.

Jacom zog ein Häutungsmesser aus seinem Gepäck und machte sich an die Arbeit. Er hoffte, den Eindruck von Fähigkeit erwecken zu können, auch wenn dies ein Teil der militärischen Ausbildung war, den er bisher noch nie in die Praxis hatte umsetzen müssen. Als er mit Fraxinus' Karawane wie auch mit Amyas' Miniaturstreitmacht gezogen war, hatte es jedes Mal andere gegeben, die willens gewesen waren, diese Tätigkeit auszuführen.

»Jetzt werden wir langsamer vorankommen«, bemerkte Jacom, während er sein Messer führte.

Kasdeja hatte sich hingehockt und beobachtete ihn bei der Arbeit wie ein riesiger, plumper Jagdhund. »Das macht nichts«, sagte die Manticore. »Das Gebiet vor uns ist nicht gut für Pferde.«

»Wir haben Glück gehabt, mit ihm überhaupt so weit zu kommen, ohne dass einer der gemusterten Steine es am Huf gepackt hat«, stimmte Jacom zu. »Sie sind so fest und so langsam, dass sie völlig harmlos erscheinen, aber ich weiß, dass sie es nicht sind. Amyas hat mich vor ihnen gewarnt.«

Die Manticore erwiderte nichts darauf.

»Welche Art von schlimmem Gebiet liegt denn nun wirklich vor uns?«, fragte Jacom. Er blickte nach Westen, während er sprach, doch im Licht der Sterne gab es außer einem Wirrwarr von Schattenfetzen wenig zu sehen.

»Das wirst du noch früh genug merken«, erwiderte die Manticore träge.

»Wie nahe sind wir jetzt der Wiege der Chimäre?«, fragte Jacom. Er erinnerte sich daran, dass der Manticore diese Bezeichnung bekannt gewesen war, als er sie früher schon einmal verwendet hatte. »Auf Andris Myrasols Karte war etwas eingezeichnet, das Silberne Dornen heißt, und der Handschuh der Freude verläuft durch sie hindurch. Dann gab es das Nest des Phönix, das die Mitte der Welt umgibt. Es war wie ein Ring geformt.«

»Ich habe die Silbernen Dornen durchquert«, gab Kasdeja zu. »Solche Wälder sind halbwegs sicher, wenn man vorsichtig ist, aber trotzdem meidet man sie am besten.«

»Es muss sie schon sehr lange geben, wenn sie bereits in den Überlieferungen unserer Urväter erwähnt sind«, sagte Jacom nachdenklich. »Was ist mit den anderen Namen – haben sie für dich irgendeine Bedeutung?«

»Das ist nicht unser Gebiet«, sagte die Manticore ausweichend. »Es gibt da so etwas wie einen Ring, und zwar am Rand des Krieges. Auch das wirst du noch selbst sehen.«

»Was ist der *Rand des Krieges*?«, wollte Jacom wissen.

»Du wirst es noch sehen«, wiederholte die Manticore verdrießlich. »Du wirst noch genügend Zeit zu reden haben, wenn alles gut geht. Hab keine Angst.«

Jacom wusste nicht, ob ihn die Kreatur mit ihren Ausflüchten aufziehen wollte oder ob sie wirklich nicht wusste, welche Antworten sie ihm geben sollte. Jetzt war der Kadaver des Pferdes abgehäutet. Der Gestank war entsetzlich. Das Blut des toten Tieres war ein wenig geklumpt, doch noch immer bedeckte ein wahrer Ozean aus roter Klebrigkeit Fleisch und Boden. Seine Hände waren blutbeschmiert. Das rohe Fleisch ließ sich selbst mit seiner Stahlklinge nicht einfach durchschneiden. Rostfraß hatte seinen Tribut von der früher einmal scharfen Schneide gefordert.

»Wie hast du die menschliche Sprache gelernt?«, fragte Jacom. »Wer hat sie dir beigebracht?« Selbst wenn er aus diesem Gespräch nichts erfahren sollte, lenkte es ihn doch von seiner ekelhaften Tätigkeit ab.

»Ich habe sie gelernt, als ich aufwuchs, so wie du«, sagte die Manticore zu ihm, als ob das selbstverständlich sei. Es war *nicht* selbstverständlich. Jacom hatte keine Ahnung, ob die Kreatur vom Schoß eines weiblichen Exemplars seiner eigenen Rasse geboren worden oder völlig ausgewachsen aus der Oberfläche irgendeines riesenhaften gemusterten Steins hervorgetreten war. Er hatte keinen Grund zu der Annahme, dass das Fortpflanzungssystem der Manticoren dem des irdischen Lebens glich, aber es gab viele Gründe zu der Annahme, dass es nicht so war.

»Wie viele Jahre dauert es, bis eine Manticore ausgewachsen ist?«, fragte Jacom. »Ein Mensch ist nach sieben oder acht Jahren erwachsen.«

»Ich bin neun Jahre alt«, sagte Kasdeja.

»Hast du Brüder und Schwestern?«

»Alle Manticoren sind Brüder«, teilte ihm die Kreatur mit. »Meine einzigen Schwestern gleichen *deiner* Art und ich habe auch Brüder von deiner Art. Du und ich, wir sind nicht so verschieden.«

Jacom wog die Bedeutung dieser Aussage so sorgfältig wie möglich ab, während er fleischige Stücke aus der Lende des Pferdes schnitt.

»Auch die Dragomiten haben Schwestern, die meiner eigenen Art gleichen«, bemerkte Jacom. »Ich will gar nicht wissen, wie nahe sie mit mir verwandt sind. Ich weiß nicht einmal, wie eng ich mit den Riesinnen verwandt bin. Ich bin schließlich nur ein einfacher Soldat – aber du hast gewusst, was ich bin, als du mich gefangen genommen hast, nicht wahr?«

Darauf gab die hockende Manticore keine Antwort. Kasdeja ließ sich einfach nicht provozieren. Er gähnte breit, aber er war weder müde noch gelangweilt; er ruhte sich bloß aus, solange er die Gelegenheit dazu hatte.

Als Jacom so viel mageres Fleisch wie möglich aus dem Rumpf und dem Widerrist des toten Pferdes ausgelöst hatte, sah er sich nach Brennmaterial für ein Feuer um. Er konnte das Fleisch nicht einsalzen; die einzige Möglichkeit, es haltbar zu machen, bestand darin, es zu kochen und zu räuchern. Die Manticore beobachtete ihn dabei ohne große Neugier.

»Es muss sehr unbequem sein, keine Hände zu haben«, bemerkte Jacom. Er riss mehrere farnähnliche Pflanzen aus, deren Blätter infolge der Dürre ausgetrocknet waren; die brüchigen Wedel konnten ihm als Fidibus dienen.

»Meine Schwestern und ihre zweibeinigen Brüder haben Hände«, bemerkte die Manticore gleichgültig. »Und wir haben Krallen und Stachel. Zusammen haben wir also alles, was wir brauchen.«

Jacom musste auf der Suche nach brauchbarem Holz immer weiter fort gehen und er musste es mühsam mit dem Messer abschneiden. So dauerte es einige Zeit, bis er dazu in der Lage war, der Manticore weitere Fragen zu stellen. In der Zwischenzeit hatte er so etwas wie einen Plan entwickelt.

Er sagte: »Ich vermute, dass deine Art die Dragomitenkriegerin deiner besonderen Gemeinschaft ist: die fürchterlichen Wächter, deren Aufgabe es ist, mögliche Feinde einzuschüchtern und sie zu bekämpfen, wenn es nötig sein sollte. Was immer du mit dem *Rand des Krieges* meinst: Es ist offensichtlich, dass ihr euch im Krieg mit den Kreaturen befindet, die Amyas' Kompanie angegriffen haben. Eure Offiziere sind zweifellos diejenigen, die Hände haben.« Er sagte *Offiziere* und nicht *Herren*, da er selbst ein Offizier war, und er fragte sich unwillkürlich, ob sein Rang dafür verantwortlich war, dass er für diese mysteriöse Mission, auf die er und die Manticore sich begeben hatten, ausgewählt worden war.

»Wir sind nicht wie die Dragomiten«, sagte Kasdeja. Es war eine weniger enthüllende Antwort, als Jacom gehofft hatte, aber er war entschlossen, sich damit nicht zufrieden zu geben.

»Natürlich sind Dragomitenkriegerinnen rein vom Instinkt gesteuerte Wesen«, fuhr er fort. »Die Partnerschaft mit den Menschen hat die angeborene Intelligenz ihrer Königinnen vermehrt, aber sie selbst sind nicht intelligent. Du hingegen bist es auf alle Fälle – es sei denn, du wirkst nur so, weil du sprechen kannst. Es ist aber auch möglich, dass du eine begrenzte Anzahl an Reaktionsmustern besitzt. Vielleicht plapperst du die Worte *Du wirst schon sehen* und *Du wirst es schon noch herausfinden* einfach vor dich hin, wann immer du dir unsicher bist.«

»Vielleicht«, stimmte die Manticore zu. Ihre Stimme klang verdächtig belustigt.

Jacom fühlte sich seiner Aufgabe einfach nicht gewachsen. Sicherlich hätten Carus Fraxinus oder Aulakh Phar – oder sogar Hyry Keshvara – viel mehr aus der Manticore herausbekommen als er. Er holte Streichhölzer aus seinem Gepäck und rümpfte die Nase, als er bemerkte, dass es vernünftiger gewesen wäre, das Feuer in größerer Entfernung von dem geschlachteten Pferd zu entzünden. Reichlich spät fragte er sich, ob der Blutgeruch in die nicht gerade windstille Luft aufsteigen würde. Er hatte beobachten können, dass die Höllenhundrudel einen weiten Bogen um die Manticore schlugen, aber in diesem verseuchten Gelände mochte es noch schlimmere Geschöpfe als die Höllenhunde geben. Kasdeja hatte gewartet, bis die humanoiden Kreaturen, die Amyas' Kompanie angegriffen hatten, wieder verschwunden waren, bevor er Jacom gefangen nahm.

»Ich habe gehört, dass es Leute mit Schlangenblut gibt, die in Zeiten der Umwälzungen zur Mitte der Welt getrieben werden«, sagte Jacom zu der Manticore, als er die zarten Flammen des neu entzündeten Feuers anfächelte. »Natürlich ist es denkbar, dass das reiner Aberglaube ist, aber wenn es doch stimmen sollte, brauchtest du nicht auf der Suche nach Männern wie mir umherzustreifen. Du müsstest dich nur hinsetzen und darauf warten, dass sie zu dir kommen.«

»So einfach ist das nicht«, gab Kasdeja zu und kratzte sich mit einer überraschend zarten Bewegung seiner viel zu großen Pranke hinter dem rechten Ohr.

»Vermutlich nicht«, pflichtete Jacom ihm bei. »Es muss einen erbitterten Wettkampf geben, wenn man bedenkt, dass Horden von Kreaturen wie diejenigen, die uns überfallen haben, durch das ganze Land reiten. Sie schienen aber nicht sehr daran interessiert, Gefangene zu machen.«

»Es waren Mörder«, sagte die Manticore. »Du wirst vielleicht noch mehr von dieser Art sehen – und sogar noch schlimmere. Es wird wahrscheinlich nicht leicht sein, zu unserem eigenen Territorium durchzukommen.«

»Warum hast du dir überhaupt diese Mühe gemacht?«, wollte Jacom wissen. »Warum bist du so weit gereist, um mich zu finden – oder jemanden wie mich? Wozu brauchst du mich?«

»Das wirst du noch rechtzeitig erfahren«, war alles, was Kasdeja sagen wollte – doch er zögerte, bevor er sprach, so als habe er eigentlich noch mehr sagen wollen.

»Du bist *nicht* dumm, oder?«, meinte Jacom mit unbekümmerter Taktlosigkeit. »Du hast wirklich einen eigenen Verstand. Dein Kopf ist innen so menschlich wie außen. Jedenfalls ist er mindestens so menschlich wie dieser Kopf, den Andris Myrasol aus dem Dragomitenhügel mitgebracht hat. Unirdisch, aber menschlich... wenn das überhaupt einen Sinn ergibt. Ich habe einmal eine Schlange getroffen, die glaubte, dass menschliche Wesen eine Krankheit sind, eine Erkrankung der Welt, die man abschütteln muss. Ich habe nie daran gedacht, sie zu fragen, ob sie damit auch die Dragomitenfrauen und andere anscheinend menschliche Kreaturen meinte, die aus fremdartigem Fleisch geboren wurden... oder aus fremdartigem *Boden.* Was für einen Krieg führen du und deine Brüder genau, Kasdeja?«

Einen Augenblick lang glaubte Jacom, dass die Manticore wieder einmal sagen würde: »Das wirst du schon noch sehen«, doch diesmal führte ihr Zögern tatsächlich zu einer anderen Antwort.

»Du bist neugierig«, bemerkte die Kreatur, »und ungeduldig.«

»Das ist eine Eigenschaft, die wir echten Menschen nun einmal haben«, sagte Jacom. »Bist du nicht auch neugierig?« Er war erstaunt darüber, dass diese Frage ein leichtes Stirnrunzeln auf Kasdejas normalerweise unbewegliches Gesicht zauberte.

»Auf unsere eigene Weise«, entgegnete die Manticore.

Jacom wusste, dass diese Bemerkung ihm etwas enthüllte, auch wenn sie ausweichend klang. Wenn er nur herausbekäme, worum es ging. »Wie unterscheidet sich deine Weise von meiner?«, fragte er rasch.

»*Wir* sind alle eines Geistes«, erwiderte Kasdeja auf eine Art, die Jacom stark an die Hügelfrau Jume Metra erinnerte. »All unsere Überlieferungen sind geborgt«, fügte er hinzu, »aber wir glauben trotzdem an sie. Ihr habt Überlieferungen von euren Urvätern, aber ihr geht eure eigenen Wege. Wir sind die aufdämmernde Zukunft, während ihr bloße Überbleibsel der Vergangenheit seid.« Die letzte Sätze klangen, als seien sie ein Zitat, doch sie stammten von keiner der Überlieferungen, die Jacom kannte.

Jacom hatte keine Ahnung, was er mit diesen seltsamen Worten anfangen sollte, und er wünschte, er könnte das Rätsel an jemanden mit einem klügeren Kopf weitergeben, doch jetzt war er allein und es bestand kaum eine Aussicht darauf, Carus Fraxinus oder Hyry Keshvara jemals wiederzusehen. Er suchte verzweifelt nach der richtigen Frage, die eine passende Erklärung hervorzulocken vermochte, doch jetzt hatte sich Kasdeja wieder erhoben und wandte sich ab, als bedauere er es, bereits so viel gesagt zu haben.

»Vielleicht hast du mehr gemeinsam mit den Menschen, die bei den Dragomiten leben, als mit meiner eigenen Art«, sagte Jacom schnell. »Ich bin in den Tiefen eines Nestes gewesen und habe dort eine menschliche Drohne getroffen – und einer meiner Gefährten hat lange mit einer halb menschlichen Königin geredet.«

Während er sprach, versuchte Jacom, dem Blick der Manticore standzuhalten, doch der Rauch des Feuers brannte ihm in den Augen; er wusste, dass er sich beeilen musste, um frisches Brennmaterial zu sammeln.

»Das ist gut«, sagte Kasdeja zurückhaltend. »Meine Brüder und Schwestern werden interessiert sein, davon zu hören.« Aber als er sprach, wich er weiter zurück und überließ es Jacom, sich aus dem, was er bisher gehört hatte, einen Sinn zusammenzureimen.

Jacom hatte sich nie besonders angestrengt, die Überlieferungen der Genesys auswendig zu lernen, aber in den letzten Zehntagen war er oft genug an deren Kernaussagen erinnert worden. Das Volk aus dem Schiff hatte eine Stadt erbaut, die zu Staub zerfallen war; dann hatten sie an ihrer Stelle einen Garten geschaffen: einen Garten voller Gifte, welcher die Quelle vielen Übels war, den sie aber die Mitte der Welt und gleichzeitig auch die Wiege der Chimäre nannten.

Wie lautet noch gleich der nächste Abschnitt?, fragte er sich und wünschte, er hätte seinen Lehrern damals besser zugehört, doch er hatte solche Dinge als völlig unwesentlich für sein eigenes Leben und seine Zukunftsaussichten angesehen. *Sie waren ebenfalls Chimären. War es nicht so? ›Sie‹ sind die Leute dieser Welt. Und dann… die besten der neuen Chimären folgten den Menschen in den Wald und in die Ebenen… aber die schlimmsten von ihnen verdarben das Land rund um den Garten. Bedeutet das, dass Kasdeja und seine Verwandtschaft zu den schlimmsten Wesen gehören, welche die Wiege der Chimäre hervorgebracht hat? Ist der Krieg, von dem er spricht, ein Krieg zwischen Heeren von Chimären, von denen einige ausgesandt worden sind, um alles zu töten, was ihnen begegnet, während andere Gefangene nehmen? Aber was ist der Preis, um den sie Krieg führen… und wie lange tobt der Krieg bereits… und wie lange wird er noch andauern?*

Jacom glaubte sich daran zu erinnern, dass der nächste Abschnitt aus den Überlieferungen der Genesys jener war, der über den unvergänglichen Stein berichtete und ihn ›das wertvollste aller Geschenke‹

nannte – aber wie das alles zusammenhing, konnte er sich einfach nicht vorstellen. Mossassor – die Schlange, die *nicht* der Ansicht war, dass die Menschen eine Krankheit waren, welche die Oberfläche ihrer Welt verpestete – suchte ebenfalls nach einem Garten, schien aber keine klarere Vorstellung als die Prinzessin oder die Königin davon zu haben, was sich dort befand oder warum dieser Garten die Suche wert war. Wie konnte auch nur irgendetwas davon einen Sinn ergeben?

»Du verstehst all das nicht besser als ich, nicht wahr?«, rief Jacom Kasdeja hinterher. »Du tust das, was dir deine Überlieferungen befehlen, aber du verstehst nicht, warum sie es dir befehlen. Du fühlst dich getrieben, aber du weißt nicht warum. Du weißt nicht einmal, warum du das wissen solltest, weil du nicht weißt, wie viel im Laufe der letzten hundert Generationen vergessen worden ist. *Das* haben wir alle gemeinsam, nicht wahr? Menschen, Schlangen, Salamander und all die Ungeheuer aus der Legende. Wir alle haben unsere Überlieferungen, aber wir alle haben den Sinn vergessen, der hinter ihnen steht.« Er war sehr stolz, diese tiefe, wenn auch bittere Einsicht ausgesprochen zu haben. Er wünschte, er hätte ein besseres Publikum, das seine Weisheit höher zu schätzen wusste, damit er wenigstens einigen von denen, die ihn für dumm hielten, das Gegenteil beweisen könnte.

»Du scheinst mit den Grenzen der *menschlichen* Unwissenheit gut vertraut zu sein«, erwiderte die Manticore, indem sie sich an einem überwältigenden Sarkasmus versuchte, »aber die Dinge liegen nicht so einfach, wie du glaubst.«

»Nein«, sagte Jacom, der es vorzog, diese rätselhafte Bemerkung als Beweis dafür anzusehen, dass er Recht hatte. »Ich vermute, das tun sie nicht.«

Die Nacht wurde stetig dunkler, als sich ein Flickenteppich aus Wolken langsam von Süden her über den Himmel legte, doch die noch unverdeckten Sterne leuchteten weiterhin sehr hell. Als Jacom weiteres Brennmaterial für das Feuer sammelte, bereitete es ihm keine Schwierigkeiten, den Steinwesen, die in großer Zahl über den Boden verstreut lagen, auszuweichen. Es gab nur wenige Bäume und Büsche, aber er fand die toten Schalen von etlichen kürbisähnlichen Pflanzen, die sich leicht zum Feuer tragen ließen, vorausgesetzt, man war vorsichtig mit den brüchigen Dornen, die ihre Oberflächen übersäten.

»Bist du nur hinter menschlichen Gefangenen her?«, fragte er, als er sich wieder an die Arbeit machte und Kesdaja sich erneut dem Feuer genähert hatte. »Werden deine Brüder auch Schlangen mitbringen? Auch Salamander, wenn es ihnen möglich ist?«

»Meine Brüder werden Schlangen mitbringen, wenn sie können«, sagte Kasdeja schroff zu ihm. »Die meisten Schlangen haben vergessen, wie man fliegt, und diejenigen, die es nicht vergessen haben, meidet man am besten, aber die Salamander erinnern sich noch daran. Die Salamander werden von selbst kommen, so wie sie es schon immer getan haben.«

Jacom hatte noch nie einen Salamander gesehen, aber er hatte Berichte und Gerüchte über ihre Stämmigkeit und Ausdauer gehört. Er hatte aber nie davon gehört, dass sie fliegen konnten.

»Wenn sie fliegen können, wird ihnen die Reise zweifellos viel leichter fallen als uns«, sagte Jacom. »Ich fürchte, ich kann nicht halb so schnell gehen wie du.« Er hatte lange genug beobachten können, dass die Manticore so schnell und ausdauernd wie ein trabendes Pferd war.

»Kannst du ohne Sattel reiten?«, fragte die Manticore ihn.

»Ich habe es noch nie versucht«, erwiderte Jacom.

»In einer so zivilisierten Nation wie Xandria hat es niemand nötig, auf dem bloßen Rücken eines Pferdes zu reiten. Selbst wenn ich es schon einmal getan hätte, bezweifle ich, dass es mich in die Lage versetzen würde, eine Manticore zu reiten – wenn es das ist, was du im Sinn hast.«

»Wir sollten es versuchen«, sagte Kasdeja. »Das Land außerhalb des Randes ist schon gefährlich genug und das Gebiet im Inneren ist noch schlimmer.«

»Gibt es viele andere Ungeheuer, die dich gern um deinen Fang erleichtern würden?«, wollte Jacom wissen.

Die Manticore gab keine Antwort darauf, doch Jacom nahm an, dass Kasdejas Schweigen eine Zustimmung war.

»Bestimmt gibt es Kreaturen, die noch monströser sind als du«, sagte Jacom. »Wirst du um mich kämpfen, wenn es nötig werden sollte?«

»Wenn da nicht mein Stachel und meine Stärke wären, wärst du schon lange verloren«, versicherte Kasdeja ihm. »Ich werde dich so gut wie möglich beschützen.«

Jacom zweifelte nicht daran, dass das stimmte, aber es reichte keineswegs aus, um das Ungeheuer zu mögen oder ihm zu vertrauen. Er behielt sich im Stillen vor, eigene Entscheidungen darüber zu treffen, in welche Gesellschaft er sich begeben wollte, wenn er je die Gelegenheit erhalten sollte, sie sich auszusuchen.

Trotzdem fühlte er sich geborgen, als er sich zum Schlafen niederlegte, denn er wusste, dass die Manticore schweigend Wache hielt – und er fühlte, dass er einen lohnenden Tag hinter sich hatte, wenn er ihn nach dem einzigen Maßstab beurteilte, der noch für sein Schicksal Geltung hatte: nach dem Maßstab des Verstehens.

4

Andris ging zurück zu der Stelle, wo Lucrezia und Venerina Sirelis ins Gespräch vertieft waren. Er war ein wenig verärgert darüber, dass die Prinzessin ihn nicht einbezogen hatte. War er es nicht mehr wert, ihr Vertrauen zu genießen, da sie nun einen Mutterersatz gefunden hatte?

»Dieses Riffdings ist nicht auf meiner Karte eingezeichnet«, sagte er fast beleidigt, als er sich hinhockte. »Wenn die Säulen mit den silbernen Spitzen wirklich die Silbernen Dornen sind, haben sie ihr Reich ziemlich ausgedehnt, seit unsere Urväter ihre Landkarten entworfen haben.«

»Wir befinden uns jetzt jenseits der Gültigkeit deiner Karte«, sagte Lucrezia zu ihm, »und auch jenseits der Gültigkeit der Überlieferungen. Die Welt hat sich verändert.«

Ssifuss war ihm gefolgt; als er sich setzte, reckte die Schlange ihren langen Hals und beugte sich auf eine seltsam vertrauliche Art über seine Schulter. Ihr Schopf war jetzt vollständig ausgebreitet und sah aus wie eine seltsame Kopfbedeckung und ihre gespaltene Zunge zuckte über die dünnen Lippen.

»Isst nicht gut«, sagte Ssifuss und zeigte mit der Hand auf das vor ihnen liegende Gebiet. »Isst überhaupt nicht gut.«

Diese Worte wirkten wie das Echo von Mossassors bevorzugter Redeweise, doch der Tonfall war entschieden anders. Mossassor hatte jedes Mal traurig geklungen, wenn sie etwas als ›nicht gut‹ betrachtete. Ssifuss hingegen klang eindeutig ängstlich. Vielleicht war dieser Eindruck ja falsch, doch davon war Andris nicht überzeugt. Er hegte den schlimmen Verdacht, dass das Große Riff kein geeigneter Ort war, um einen Hinterhalt zu legen und sich auf ein Kräfteverhältnis von zehn oder zwanzig zu eins einzulassen.

»Warum nicht?«, fragte Lucrezia. »Was ist denn so gefährlich daran?«

»Alless«, sagte die Schlange. »Hier ssind nur flache Ssteine. Dort, glaube ich, wir finden *richtige* Bewohner in Tiefe.«

Diesen Ausdruck hatte Andris nie zuvor gehört, aber er bemerkte ein Glimmen in Lucrezias Blick, das andeutete, dass sie etwas darüber wusste. Deshalb fragte er eher sie als die Schlange: »Was sind die Bewohner der Tiefe?«

»Jume Metra hat einmal etwas über sie gesagt«, erklärte Lucrezia. »*Es wird immer Bewohner der Tiefe geben.* Damals habe ich angenommen, dass sie sich auf die Dragomitenköniginnen bezog, aber es sieht so aus, als ob es noch andere Lebensformen auf dieser Welt gibt, die mit den Dragomiten verwandt, aber nicht mit ihnen identisch sind.«

Andris dachte darüber nach. Wenn die Dragomitenköniginnen nur eine von vielen Lebensformen waren, die unter der Erdoberfläche lebten und deren Bauten von labyrinthischen, lebendigen Korridoren durchzogen wurden, wie würden dann ihre größten und merkwürdigsten Verwandten aussehen? Er sah Ssifuss an, doch bevor die Schlange etwas sagen konnte, hatte Lucrezia wieder das Wort ergriffen.

»Wir wissen, dass die Welt selbst hohl ist«, sagte sie nachdenklich.

»Was soll denn das bedeuten?«, fragte Andris. Die Worte kamen harscher aus seiner ausgetrockneten Kehle, als er beabsichtigt hatte.

»Ich weiß es nicht«, erwiderte sie. »Das ist ebenfalls etwas, das Jume Metra gesagt hat. Ich dachte, sie meint *ihre* Welt – die kleine Welt ihres Dragomitenhügels, aber vielleicht stimmt das nicht. Vielleicht meinte sie die *ganze* Welt. Vielleicht ist sie insgesamt lebendig – und die Silbernen Dornen sind nur die gigantischen Haare an ihren Lippen… oder an ihrem Geburtskanal.«

Sie lachte nicht, obwohl sie es anscheinend als Witz gemeint hatte. Andris lachte ebenso wenig. Was er im Dragomitennest gesehen hatte, hatte seinen Sinn für Humor hinsichtlich fremder Fortpflanzungssysteme zerstört. Wieder schaute er Ssifuss an, doch Ssifuss zögerte; es war zweifelhaft, ob die Schlange mehr als die Hälfte von dem verstanden hatte, was Lucrezia gesagt hatte. Als sie schließlich etwas von sich gab, war es nur dies: »Müsssen weiter. Brauchen bald Wassser.«

Andris unternahm große Anstrengungen, um sich zu konzentrieren, als sie sich wieder auf den Weg machten, denn er befürchtete, er könne ansonsten erneut in einen Automatismus verfallen. Er bündelte seine Aufmerksamkeit auf die seltsame Landschaft, die vor ihnen lag, und mahnte sich, wenigstens seine inneren Zwiegespräche aufrechtzuerhalten, falls seine Gefährten zu müde für ein Gespräch waren.

Als sie näher an das Große Riff herankamen, erkannte er, dass es weitaus kompliziertere Strukturen aufwies, als er angenommen hatte. Die größten Teile, deren höchste Abschnitte den zerklüfteten Rand des scheinbaren Walls bildeten, waren verschiedenartiger, als es aus der Entfernung den Anschein gehabt hatte. Diejenigen, die Venerina ›Dendriten‹ genannt hatte, besaßen tatsächlich eine gewisse Ähnlichkeit mit Bäumen, denn sie trugen ein Geäst. Vom unteren Teil ihrer Stämme war nichts zu sehen; sie waren vom dichten Unterholz verborgen, doch ihre ›Kronen‹ streckten sich in schneckenförmigen Drehungen nach außen; aus ihnen wuchsen eng gewundene Unteräste hervor. Die Zweige hatten die Farbe einer Bronzenen-Haut, außer an den Stellen, wo sie von kürbisähnlichen Ausbuchtungen gewölbt wurden, die in allen möglichen Grauschattierungen von einem annähernden Weiß bis zu einem Fast-Schwarz gefärbt und stellenweise indigoblau oder dunkelrot gesprenkelt waren. Die unteren Zweige waren mit Girlanden aus klöppelspitzenartigen Kriechern geschmückt. Bisweilen schlangen sich diese Äste um andere große Gebilde, die kerzengerade in die Höhe wuchsen: um steile Türme, die wie hoch aufgerichtete Rattenschwänze wirkten. Die Türme waren nicht nur an der Spitze versilbert, sondern reichlich mit etwas bedeckt, das aus dieser Entfernung an silbernes Haar erinnerte.

Das müssen die Silbernen Dornen sein, dachte er. *Vielleicht herrschen sie auch noch in einer Region im Inneren dieses seltsamen Kreises, so wie es meine Karte angibt – und vielleicht halten sie immer noch Wache um den Handschuh der Freude herum, was immer das auch sein mag – aber hier bilden sie eine riesige, seltsame Gemeinschaft.*

Es gab noch weitere hohe Gebilde, deren Spitzen aus all den verworrenen Lebensformen herausragten. Einige von ihnen sahen wie gigantische Fächer aus, während andere an die ausgebreiteten Schwingen großer Raubvögel erinnerten. Ihr unteres Ende war inmitten eines Durcheinanders von siedelnden Wesen nicht auszumachen. Die meisten von ihnen glichen riesigen Pilzen mit vielfarbigen Kappen, einige wiederum sahen aus wie geöffnete Sonnenschirme, während andere unangenehm deutlich an gigantische Penisse erinnerten. Viele schienen von farbigen Netzen eingeschlossen oder überzogen zu sein, aber ob das parasitäre Auswüchse oder lediglich Teile der exotischen Organismen selbst waren, konnte Andris nicht sagen.

Er schloss zu Ssifuss auf. »Das ist auf alle Fälle das Irrwitzigste, was ich je gesehen habe«, sagte er, aber die Schlange konnte mit seinen Worten nicht viel anfangen. »Seltsam«, sagte er stattdessen. »Sehr seltsam.«

»Sseltssamer Boden«, erwiderte die Schlange klagend. »Isst immer sschlecht, aber jesst noch sschlechter.«

»Warum ist er jetzt noch schlechter?«, fragte Andris. Er wusste, dass eine Art von Umwälzung in der Welt stattfand. Carus Fraxinus hatte ihm das bereits in Xandria gesagt und diese Neuigkeit war von jedem bestätigt worden, den er seitdem getroffen hatte, aber niemand schien auch nur die leiseste Ahnung zu haben, wie diese Umwälzung aussah. »Hat Lucrezia Recht? Werden die Eingeweide der Welt selbst etwas gebären – die monströsen Abkömmlinge deiner mysteriösen Bewohner der Tiefe?«

»Weisss nicht, wie viele Bewohner in Tiefe«, sagte die Schlange. »Weisss nicht, wie tief. Ssind viele Ähren, aber weisss nicht, wass *darunter liegt*. Weisss nur, dasss Dinge *herausskommen* – haben nur Mythen, die unss ssagen, wass ess isst. Mossassor glaubte, Mythen haben Recht. Ich habe nicht geglaubt, aber jesst… Dinge kommen wirklich herauss. Ssind Riessen – weisss nicht, wass ssonsst. Isst bei dir dassselbe, nicht wahr?«

»Vermutlich«, gab Andris zu. »Genau wie Carus Fraxinus war Ereleth sicherlich der Ansicht, dass einige unserer Mythen auf Wahrheit beruhen. Das Problem ist, dass wir das meiste vergessen haben und nicht mehr wissen, wie wir die Wahrheit von der Phantasie trennen sollen. Im Grunde haben weder Ereleth noch Fraxinus eine genaue Vorstellung davon, was im Augenblick vor sich geht.«

»Bei unss dasselbe«, sagte Ssifuss. »Aber wenn Mossassor Recht hat, müsssen wir nach Garten ssuchen. Isst *wichtig*.«

»Ist es das, wozu du dich entschlossen hast? Gehst du auf die Suche nach dem Garten von Idun, so wie Mossassor es vorhatte?«

Die Schlange schüttelte ihren schuppigen Kopf, während ihre gespaltene Zunge über den trockenen Rand ihres Mundes zuckte. »Musss Mossassor finden, wenn ich kann«, sagte sie. »Musss ersst Wassser finden, vielleicht auch Nahrung. Dann…«

Die Kreatur schien ihn erwartungsvoll anzuschauen und darauf zu warten, dass er den Satz zu Ende führte. Der Grund dafür war nicht schwer zu erraten.

»Dann versuchen wir es mit Lucrezias Plan«, sagte Andris. »Ich weiß nicht, wie gut sie ihre Hexenkunst beherrscht, aber ich vermute, dass wir es auf einen Versuch ankommen lassen müssen. Ohne Waffen und Pferde kommen wir nirgendwo schnell hin. Sie und ich haben eine Schuld abzutragen. Ich vermute, du weißt, was eine Schuld ist?«

»Wir wisssen Sschulden«, stimmte ihm die Schlange zu. »Müsssen kämpfen – aber nicht leicht. Du weissst, ssie ssind keine Mensschen? Keine Sschlangen, keine Mensschen. Etwass anderess. Etwass Sseltssamess.«

»Ich war mir nicht sicher«, sagte Andris. »Wenn es keine Menschen und Schlangen sind, was sind sie dann? Warum haben sie die Gemeinschaft angegriffen und sie zu Gefangenen gemacht? Wohin sind sie unterwegs und warum?«

»Dort hinein«, sagte Ssifuss, wahrscheinlich als Antwort auf die letzte Frage. »Weisss nicht warum. Ssind nicht auss sselbem Boden wie wir. Einige mögen ausssehen wie wir, ssind aber anderss. Isst nicht gut. Etwass sstimmt nicht, sschon sseit *langer* Sseit nicht. Krankheit dess Bodenss. Sschlimme Krankheit. Isst sschlecht für Sschlangen – und für Mensschen.«

Andris erinnerte sich daran, dass Hyry Keshvara gesagt hatte, Ssifuss habe früher einmal die Meinung gehegt, die Menschen seien eine Art von Krankheit, welche die Welt verseucht. Offensichtlich war die Schlange jetzt zu dem Schluss gekommen, dass es neben den Menschen sogar noch schlimmere Krankheiten gab, denen man dringendere Aufmerksamkeit schenken musste.

»Dieser *Boden*, von dem du andauernd sprichst – derjenige, aus dem du und Mossassor stammen«, sagte Andris und versuchte auf diese Weise noch einmal, das Rätsel zu durchdringen, »das ist doch etwas Lebendiges, nicht wahr? Ich weiß, dass dir der Vergleich mit der Dragomitenkönigin nicht gefällt, aber es hat etwas mit diesen *Bewohnern der Tiefe* zu tun, oder? Kommt ihr von dorther?«

Ssifuss schüttelte erneut den Kopf, aber diese Geste war keine Verneinung; vielmehr schien die Schlange nach Worten zu suchen, die zur Erklärung dienen konnten. »Nicht *von da*«, sagte sie. »Nicht wie die Wessen hinter unss – überhaupt nicht. Ja, isst lebendig. Isst da, wo wir hingehen. Isst Band, dass unss verbindet. Isst *unss*. Mensschen haben sso etwass nicht.«

Andris wäre diesem Punkt sicherlich weiter nachgegangen, obwohl Ssifuss anscheinend bereits ihr Möglichstes gegeben hatte. Doch die Hitze der aufsteigenden Sonne bereitete ihm Kopfschmerzen und er fühlte sich ein wenig benommen. Er setzte seinen Hut auf, aber der war zu zerfetzt, um noch einen guten Schutz zu bieten.

Ssifuss hatte seine Erschöpfung bemerkt und hielt es offenbar für das Beste, das Gespräch zu beenden. Die Schange ging nun wieder vor ihm her, damit sie ein wachsames Auge auf die ›fließenden Steine‹ werfen konnte, die den Zugang zu dem Großen Riff übersäten. Andris ließ sie vorangehen; wenn diese Schmerzen der Preis für seine Konzentrationsfähigkeit waren, dann war er wohl zu hoch.

Andris zwang sich dazu, mit militärischem Gleichschritt zu marschieren. Er hielt den Kopf so ruhig wie möglich und die Augen nach vorn gerichtet. Ihm war klar, dass er auf diese Weise vielleicht wieder in Trance fallen würde, doch er hatte das Gefühl, dass er sich gerade halten und zielgerichtet bewegen musste, um nicht völlig die Gewalt über sich zu verlieren.

Andris hatte die Riffe im Gleitenden Meer gesehen und verstand deshalb, warum man der Formation, die er nun betrachtete, diesen Namen gegeben hatte. Ein geschwätziger Seemann hatte ihm einmal erklärt, dass die Meeresriffe aus kleinen Tieren bestanden, welche mit den Schalentieren verwandt waren. Anstatt sich mit undurchdringlichen Rüstungen zu umgeben, bevorzugten es die Riffkreaturen, knollenförmige Stängel auszubilden – gewundene Türme oder fächerartige Gebilde, die sie vom Meeresboden aus in die knapp unter der Oberfläche liegenden Wasserschichten ausstreckten, in denen es vor Kleinstlebewesen, von denen sie sich ernährten, nur so wimmelte. Mit diesem Wissen ausgerüstet, hatte Andris sich die Mühe gemacht, die seltsamen unterseeischen Wälder zu bestaunen, die in stillen Lagunen wuchsen und sich wie breite Bänder entlang der Küstenlinie bestimmter Inseln erstreckten, wobei sie dem Verlauf des Strandes folgten.

Derselbe Seemann hatte ihm erklärt, dass bei der Erdumdrehung die Gravitation der Sonne das Wasser des Gleitenden Meeres anzieht, und zwar im Westen, wenn sie aufgeht, und im Osten, wenn sie versinkt; so bewege sie das träge fließende Wasser durch die lebendigen Siebe der Riffkreaturen. Die Ähnlichkeit zwischen den Gebilden, welche die Riffkreaturen schufen, und einigen von denen, die jetzt vor ihm lagen, war deutlich zu erkennen; es waren dieselben Arten von Stängeln und fächerartigen oder kugelförmigen Auswüchsen. Es gab auch noch viele andere Umrisse, die man sich jedoch leicht als weitere Parasiten auf einem Riff vorstellen konnte.

Andris wusste aber auch, dass die Gemeinsamkeiten zwischen dem Territorium, das vor ihm lag, und den

Riffen des Gleitenden Meeres mehr Fragen aufwarfen, als sie beantworteten. Welcher Seemann war hierher gekommen und hatte die Übereinstimmungen mit einem Riff bemerkt? Wenn diese hohen Stängel durch die Arbeit von vergleichsweise kleinen Geschöpfen errichtet wurden, die am Ende eines jeden Zweiges saßen, wovon ernährten sie sich dann? Es gab keine vor Leben wimmelnde Luftschicht hoch über der Wüste, die nur darauf wartete, von umsichtigen Jägern erbeutet zu werden. Genauso wenig gab es Gezeiten in der Luft, die eine solche Beute vor und zurück trieb.

Aber irgendwie musste das alles einen Sinn ergeben, ein Muster darin stecken – eine Art von *Plan*. Um das zu erkennen, benötigte Andris nicht den Trank, den Philemon Taub ihm gebraut hatte. Er hatte es bereits gewusst, als er durch die Sümpfe marschiert und durch die Stiche der zahllosen Dornen ins Delirium gefallen war. Sogar davor hatte er es schon gewusst, auch wenn es ihm nie gelungen war, eingehend über diese Erkenntnis nachzudenken. Wenn es ihm aber jetzt gelänge, die Teile des Puzzles in der richtigen Reihenfolge zusammenzusetzen, könnte er vielleicht herausbekommen, unter welcher Art von ›Krankheit‹ die Welt litt und warum diese Krankheit nach so langer Zeit wieder aufgeflammt war.

Wir sehen uns als Individuen an, sagte er zu sich selbst, *aber in gewisser Hinsicht sind wir keine. Jeder von uns ist so etwas wie eine eigene Welt voller winziger Kreaturen, die in uns in verschiedenen, abgestuften Beziehungen von Freundschaft und Feindschaft leben. Innerhalb unseres Körpers gibt es endlosen Wettstreit und endloses Zusammenwirken, was sich auf unser Bewusstsein und auch auf unseren physischen Zustand auswirkt. Wir sind ständig Invasionen unterworfen. Einige von ihnen wehrt die Gemeinschaft unseres Seins ab, einigen anderen unterwerfen wir uns – entweder freiwillig oder unter Druck.*

In gewisser Weise ist auch die Welt als Ganzes ein Individuum, obwohl wir viel zu winzig sind, um ihre Individualität zu bemerken. Was für uns wie eine endlose Kampfesorgie aussieht, gehorcht größeren Mustern und größeren Zyklen. Selbst das Universum besitzt so etwas wie ein Schema – welchen Irrtümern die Deisten auch unterliegen mögen, in diesem Punkt haben sie sicherlich Recht –, aber uns geht nur diese Welt etwas an. Die Welt muss ihren eigenen Lebenszyklus haben und das, was im Augenblick geschieht, muss ein Teil davon sein. Irdische Lebensformen werden geboren, wachsen, paaren sich, erzeugen Nachkommen, und wenn ihre Zeit gekommen ist, sterben sie – aber das unirdische Leben arbeitet nach einem anderen Muster, oder wenigstens kann es sich anderer Muster bedienen. Anscheinend werden Schlangen aus Eiern ausgebrütet und legen Eier, aber sie paaren sich nicht und stehen in einer mysteriösen Beziehung zu einem lebendigen Boden.

Er sollte über all das mit Lucrezia und Venerina Sirelis sprechen und sie bitten, ihm bei der Lösung dieses Rätsels behilflich zu sein, aber er brachte es einfach nicht fertig, sich umzudrehen. Er wusste, dass er wieder fortzugleiten drohte, aber im Augenblick schien dies das geringere von zwei Übeln zu sein. Jedenfalls fühlte er, dass, wenn er sich nur in den richtigen Geisteszustand versetzen konnte, er das Muster *sehen* würde, nicht auf die Art, in der Venerina es zu sehen behauptete – als ob es ein Gott wäre –, sondern auf eine wahrere Art, die seinen Hunger nach einer Erklärung wirklich zu stillen vermochte. Er fühlte, dass es ihm mit der Hilfe des Geistes der Wasser gelingen konnte.

Vielleicht unterliegt das Individuum Welt wie ein Insekt periodischen Metamorphosen, dachte er. *Wenn das stimmt, dann haben diese Metamorphosen eine tief greifende Auswirkung auf all die kleineren Kreaturen, die Teil seiner größeren Struktur oder auch nur Weggefährten innerhalb die-*

ser Struktur sind. In den nördlichen Ländern ist es den Menschen gelungen, den Boden ihren eigenen Zwecken zu unterwerfen, doch überall südlich des Waldes der Absoluten Nacht haben die unirdischen Formen ihr Reich behauptet. Den Menschen ist es nicht möglich, den Wechseln zu widerstehen, welche diese Regionen überrollen – genauso wenig wie die Salamander und Schlangen, die die unirdischen Gegenstücke zu den Menschen sind.

Dennoch – wenn man der Weisheit der Genesys und Ereleths geheimen Geboten trauen kann, scheint es so zu sein, dass unsere Urväter uns dazu bestimmt haben, aktiv auf die Art von Wechsel zu reagieren, der sich im Augenblick vollzieht, und an seiner Entfaltung teilzuhaben.

Und während diese Gedanken sein stur nach innen gekehrtes Bewusstsein beschäftigten, überließ sich Andris pflichtgemäß und mechanisch der Führung von Ssifuss. Der Pfad, dem sie folgten, wurde mit jeder Stunde gewundener, doch er brachte Andris immer näher zu jenem großen Wall, hinter dem möglicherweise alle Antworten auf seine Fragen verborgen lagen.

5

Als sie den Rand des Großen Riffs erreicht hatten, sah Lucrezia, dass sie noch mindestens einen Kim von den größten der gewaltigen Dendriten entfernt waren. Die höchsten der sich auftürmenden Spitzbäume, die sie zunächst als die Silbernen Dornen erkannt hatte, waren sogar noch weiter weg und befanden sich möglicherweise hinter dem verfilzten Dickicht des Riffes selbst. Hier war das Vorankommen schwieriger als auf der Ebene, denn es gab viele Gebilde, die man umgehen musste, und ein

Übermaß an rätselhaften Wesen, die man wohl besser mied.

Lucrezia holte Ssifuss und Andris ein. Ssifuss hielt sofort an, doch Andris war wieder in seine alte Benommenheit zurückgeglitten. Lucrezia musste ihn heftig am Arm zerren. Als sie endlich seine Aufmerksamkeit erlangt hatte, blieb der Bernsteinfarbene stehen, doch es schien ihm eine beträchtliche Anstrengung zu bereiten, Lucrezia in die Augen zu sehen. Als sie endlich davon überzeugt war, dass er wieder bei vollem Bewusstsein war, hatten auch Venerina und Rayner zu ihnen aufgeschlossen. Sie alle schauten sich neugierig um.

Lucrezia hatte bemerkt, dass die meisten der hier gedeihenden fließenden Steine nicht flach auf dem Boden lagen. Stattdessen bildeten sie parasitäre Platten auf den festen Oberflächen der fächerartigen Riffkreaturen und den wuchernden Kappen der ›Pilze‹ sowie dickstrangige Netze zwischen den Zweigen der baumähnlichen Gefüge.

»Gefährlich«, sagte die Schlange und deutete auf ein einzigartig verziertes Netz, das anscheinend aus zarten Kristallfäden zu bestehen schien. »Nichtss berühren.«

»Hast du so etwas schon einmal gesehen?«, fragte Lucrezia.

Die Schlange schüttelte den Kopf. »Haben Überlieferungen. Warnen unss vor weichen Ssteinen. Die klebrigen ssind noch gefährlicher, glaube ich.«

Lucrezia zog daraus den Schluss, dass nicht alle Kreaturen, die als fließende Steine bezeichnet wurden, fest und schwerfällig waren. Einige waren ›weich‹, andere waren ›klebrig‹ und das steigerte ihre Fähigkeit, Dinge aufzusaugen, und machte sie noch gefährlicher. Andris nickte, um zu zeigen, dass er verstanden hatte, aber Lucrezia hatte den Eindruck, dass er immer noch etwas geistesabwesend war. Die Schlange war anscheinend ebenfalls dieser Ansicht; sie machte ein leises, spuckendes Geräusch, mit dem sie üblicherweise ihre Ungeduld und Enttäuschung kundtat.

»Es ist schon in Ordnung, Ssifuss«, versicherte Lucrezia ihr. »Wir haben verstanden. Ich glaube, Andris kann dich deutlich genug hören.«

Venerina und Rayner sahen sich voller Angst an und gaben Ssifuss durch Gesten zu verstehen, dass sie sich diese Warnung zu Herzen nahmen.

Davon war Ssifuss nicht überzeugt. »Müsssen vorssichtig ssein«, sagte sie zu Andris und packte den Bernsteinfarbenen an dessen zerfetztem Ärmel, um ihrer Warnung Nachdruck zu verschaffen. »Wenn wir klettern, *dürfen nicht berühren.*«

Schließlich gelang es Andris, ein Wort auszusprechen. »Klettern?«, fragte er verwundert.

»Es ist in Ordnung, Ssifuss«, sagte Lucrezia noch einmal. »Ich werde fürs Erste das Klettern übernehmen. Andris ist dazu noch nicht in der Lage – und vermutlich ist er sowieso zu schwer.«

Andris fasste das offenbar als Beleidigung auf und versuchte, sich zu sammeln. Er wand sich aus dem beharrlichen Griff der Schlange und sah auf seine Gefährten nieder.

»Mir geht es prächtig«, log er. »Wenn wir klettern müssen, so kann ich das übernehmen.«

Lucrezia machte sich nicht die Mühe, nachdrücklich auf ihrer Meinung zu bestehen. »Zuerst müssen wir die Wasserquelle ausfindig machen«, sagte sie an alle gemeinsam gerichtet. »Das sollte nicht schwer sein, aber jetzt, da wir uns zwischen diesen Dingern befinden, brauchen wir einen höheren Aussichtspunkt, um die Lage zu peilen. Wenn wir hoch genug kommen, sollte es uns möglich sein, die Stärke unseres Feindes bei seinem Eintreffen genauer abzuschätzen. Wir müssen wissen, ob die beiden Gruppen bereits zu einer einzigen verschmolzen sind. Es wäre auch gut zu wissen, was im Süden liegt. Selbst wenn wir uns dazu entschließen sollten, erst nach Osten zu gehen und nach Fraxinus zu suchen, müssen wir möglicherweise in das Herz dieses Landes eindringen. Falls diese kupferfarbenen Äste stark genug sind, können wir vielleicht sogar hoch genug klettern, um die halbe Strecke bis zur Wiege der Chimäre zu überblicken – das heißt, ich kann es vielleicht. Im Gegensatz zu Andris bin ich vermutlich leicht genug, um bis ganz nach oben klettern zu können.« Als der Bernsteinfarbene den Mund aufmachte, um dagegen zu protestieren, fügte sie rasch hinzu: »Du hast viel an Gewicht verloren, aber du bist noch immer mehr als doppelt so schwer wie ich.«

»Ich kann klettern«, warf Rayner ein. »Ich bin fast so leicht wie du und viel stärker. Es ist besser, wenn ich das mache.«

Lucrezia runzelte die Stirn, obgleich er Recht hatte. »Wir gehen *beide*«, sagte sie beharrlich.

Ssifuss hob die Hand und spreizte die Finger; vermutlich sollte es eine besänftigende Geste sein. Rayner zuckte mit den Schultern, als ob er sagen wollte, dass er nicht vorgehabt hatte, einen Streit anzufangen.

Lucrezia schaute zu den kupferfarbenen Ästen hoch, die sich aus dem Stammverbund der höchsten Dendriten in die Luft schraubten. Sie hatten einen metallischen Glanz, doch Lucrezia wusste, dass dieser möglicherweise ein völlig anderes Gewebe einhüllte. Dort, wo sie über die pilzähnlichen Gebilde herausragten, die sich um die tiefsten Stellen der Dendritenstämme drängten, waren sie dicker als der Oberschenkel eines Mannes, doch weiter oben wurden sie dünner, bis sie nur noch den Umfang eines schlanken Armes hatten. Es war unmöglich abzuschätzen, wie stark oder brüchig sie waren.

Sie fasste Mut, als sie sah, dass sich zwischen den Zweigen etwas bewegte. Vögel flatterten hin und her und sie konnte das leise Brummen von Insektenflügeln hören. Zumindest einige der Kreaturen, die sich um die kupfernen Zweige wanden, waren zu Bewegungen fähig und glitten an ihnen entlang, als wären sie dünne Würmer, die den Drehungen eines hölzernen Gewindes folgten – aber ob es wirklich Würmer oder Schlangen oder ungewöhnlich aktive Kriechpflanzen waren, konnte sie nicht erkennen.

»Dieser da sieht am kräftigsten von allen aus«, sagte Venerina Sirelis und zeigte auf ein außergewöhnlich hohes Gebilde, das etwa dreihundert oder vierhundert Met entfernt stand und dessen oberste Äste beinahe so hoch lagen wie diejenigen, die sich viel tiefer im Inneren befanden. »Die Netze scheinen sich nur um die untersten Zweige zu drängen. Es sieht nicht schwierig aus, bis in eine sichere Höhe zu klettern.«

»Das wollen wir uns näher ansehen«, sagte Lucrezia und ging los, noch während sie sprach. Im Augenblick hatten weder Andris noch Ssifuss etwas dagegen, sie gehen zu lassen und selbst die Nachhut zu bilden. Sie passte auf, wo sie hintrat, als sie einen Weg zum Stamm des massiven Dendriten auskundschaftete, wobei sie sorgsam darauf bedacht war, so wenige Gewächse wie möglich zu berühren. Sie konnte jedoch nicht jeden Kontakt mit den dicht gedrängten Pilzen vermeiden, deren Haut sich ganz anders als die von Pilzen anfühlte; sie war viel härter – wie abgelagertes Holz oder wie Muschelschalen. Sie überwand rasch ihre schlimmsten Befürchtungen, doch sie hielt sich an Ssifuss' Rat und blieb von den kristallinen Spinnweben fern. Sie bemerkte nichts, was klebrig aussah.

Als sie schließlich den Stamm des Dendriten erreicht hatte, entdeckte Lucrezia, dass er aus sieben einzelnen Stängeln bestand, die sich zu einem dicken Strunk zusammengeschlossen hatten. Jeder von ihnen hatte an sechs oder sieben Stellen auf seinem Weg in den Himmel Äste ausgebildet. Zusätzlich zu den knollenartigen Gewächsen, welche die Äste in unregelmäßigen Abständen anschwellen ließen und von denen die meisten größer als ein menschlicher Kopf waren, endete jeder Spross in einem kleinen, kugeligen Körper, der eine erstaunliche Ähnlichkeit mit einem riesigen Augapfel aufwies und einen leuchtend schwarzen Fleck anstelle einer Pupille besaß.

Wie Venerina richtig bemerkt hatte, befielen die parasitischen Gebilde, die kalzinierten Spinnweben glichen, nur die unteren Zweige, und es schien nicht sonderlich schwierig zu sein, sich einen Weg an ihnen vorbei zu suchen.

Lucrezia prüfte die Stärke der Äste, die aus einem der verschlungenen Stämme hervorwuchsen. Sie waren in der Tat sehr stark. Es war schwer, die Tragfähigkeit der dünneren, höheren Zweige abzuschätzen. Andris machte einen eigenen Versuch; sein Gewicht überbot sie um mehr als einen halben Met.

»Es fühlt sich eher wie Metall als wie Stein an«, bemerkte er. »Vielleicht ist das wirklich Bronze – aber es gibt nicht die geringste Spur von Grün- oder Blaufäule. Habt Ihr jemals ein derart sauberes und unverrostetes Metall gesehen?«

»Dennoch ist es nicht unvergänglich«, sagte Lucrezia. Siehst du diese schwarzen Streifen hier und dort? Das *ist* irgendeine Art von Fäule. Aber du hast Recht – ich habe noch nie ein so sauberes Werkzeug oder eine Steinmetzarbeit gesehen, die so frei von Steinfäule ist wie die härtesten dieser Steinkreaturen. Der Zerfall scheint hier nicht dieselbe Macht zu haben wie bei uns zu Hause.«

»Dessen bin ich mir nicht sicher«, wandte Andris ein. »Ich frage mich, ob nicht das genaue Gegenteil der

Fall ist – ob das Reich der Steinfäule in dieser Gegend nicht möglicherweise so heimtückisch ist, dass es sich bis hinunter in die Eingeweide der Erde erstreckt. Die Dragomitenberge waren nur die Spitze viel größerer, in die Erde eingegrabener Gebilde; hier könnte es ähnlich sein.«

»*Bewohner der Tiefe*«, murmelte sie, wobei sie diesen Begriff wohl schon vorher im Sinn gehabt hatte.

»Sstimmt«, bemerkte Ssifuss. »Einige Ssteindinge reichen tief hinunter. Ssehr, ssehr tief. Boden *isst* krank, glaube ich.«

»Das hier mag wie ein Meeresriff aussehen«, fuhr Andris fort, weil er seinen Gefährten noch immer beweisen wollte, dass er wieder im Vollbesitz seiner geistigen Kräfte war, »aber es ist keines. Vielleicht sind diese Dinger wirklich die Augen eines gewaltigen steinernen Wurms, dessen Körper unter uns begraben liegt – und vielleicht ist all das nur seine äußere Haut.«

»Wir sollten besser weitermachen, Lucrezia«, sagte Rayner, der bereits damit begonnen hatte, sich in die unteren Äste hochzuziehen, wobei er sich gewissenhaft von den Netzen fern hielt. Lucrezia verspürte eine Art Befriedigung bei dem Klang ihres Namens. Andris hätte mit großer Sicherheit ›Hoheit‹ angefügt.

Der Junge hatte mit seiner Kletterfähigkeit und seiner Stärke nicht übertrieben. Er kam schnell voran.

Lucrezia tat so, als wolle sie ihm folgen, und wand sich frei, da Andris eine schwere Hand auf ihre Schulter gelegt hatte, um sie zurückzuhalten. »Ihr seid die Hexe«, erinnerte er sie verdrießlich. »Wenn Ihr herunterfallt, sind wir alle verloren. Lasst mich gehen.«

»Rayner hat Recht«, sagte sie zu ihm. »Das ist nur eine Aufgabe für die Leichtesten von uns. Ich werde vorsichtig sein. Vertrau mir.«

Er schien ihr tatsächlich zu vertrauen, denn er ließ sie gehen.

Rayner hatte einen guten Start und die Beweglichkeit der Jugend auf seiner Seite. Lucrezia vermutete, dass er nicht älter als fünf Jahre war. Sie mühte sich ab, um ihn einzuholen, aber in diesem Rennen hatte sie keine Chance. Es war tatsächlich ein Rennen, denn der Junge wollte offensichtlich gewinnen. Lucrezia ließ ihm den Vorsprung; sie hatte keine Lust, sich zu beeilen. Sie wollte so sicher wie möglich sein, dass jeder neue Ast ihr Gewicht auch wirklich trug.

Alle Vögel, die auf den oberen Zweigen gehockt hatten, waren längst fortgeflogen, als Rayner ihre Sphäre erreichte, aber die wurmartigen Geschöpfe, die sich um die geschwungenen Äste wanden, hatten es nicht eilig wegzukommen. Rayner nahm die Warnungen der Schlange sehr ernst und machte einen weiten Bogen um sie, aber Lucrezia war neugierig und sah sie sich aus der Nähe an. Sie waren länger, als sie zuerst vermutet hatte; einige erstreckten sich über vier oder fünf Met. Sie konnte an keinem der beiden Enden Anzeichen von Augen oder Mündern entdecken und ihr Körper war mit allen Arten von Wülsten und haarigen Auswüchsen gezeichnet, sodass Lucrezia sie nicht einfach als Würmer oder irdische Schlangen ansehen konnte. Einige der Umrisse, die aus ihren Körpern hervorsprossen, sahen denjenigen sehr ähnlich, die sich auf den Oberflächen der fließenden Steine befanden, sodass sie sich unwillkürlich fragte, ob die Würmer eher mit jenen Kreaturen verwandt waren als mit den Pflanzen- und Tierrassen, die ihr vertraut waren, auch wenn sie offenbar zu schnelleren Bewegungen fähig waren. Sie mochten zwar grundsätzlich träge sein, aber als Lucrezia zu nahe an sie herankam, schlängelten sie sich mit bemerkenswerter Geschwindigkeit davon.

Wegen der Pausen, die sie eingelegt hatte, um die kleineren Gefährten der Dendriten zu studieren, entfernte sich Rayner immer weiter von Lucrezia. Als die Vorsicht und das Misstrauen gegen die Stärke der dünneren Äste sie dazu bewogen, nicht mehr höher zu klettern, wartete der Junge bereits zehn oder zwölf Met über ihr. Er hockte unbeschwert auf einem gebogenen Zweig, der nicht dicker als sein Unterarm war.

»Dort!«, sagte Rayner, als er sah, dass Lucrezia angehalten hatte.

Er zeigte in die Richtung zurück, aus der sie gekommen waren. Ihre Verfolger waren noch weit entfernt, aber deutlich zu sehen. Lucrezia konnte die drei Wagen und die gewundene Kolonne der marschierenden Gefangenen ausmachen und es war gerade eben möglich, die Riesenschlangen von den berittenen Männern zu unterscheiden. Doch Lucrezia hatte keine Zeit, sie zu zählen, denn Rayner deutete bereits in eine andere Richtung und sagte: »Und dort!«

Lucrezia schirmte die Augen gegen die aufsteigende Sonne ab, als sie nach Osten schaute, und sah eine weitere Bewegung knapp unterhalb des Horizonts. Sie blinzelte und versuchte, einige Details zu erkennen, aber die Gruppe war noch zu weit entfernt. Wenn es sich um berittene Männer handelte – und sie war sich ziemlich sicher, dass Berittene darunter waren –, so war es noch völlig unmöglich, ihre Anzahl abzuschätzen. Die zweite Gruppe befand sich in beträchtlicher Entfernung hinter ihren unmittelbaren Verfolgern und es schien so, dass diese beiden Rotten nicht aufeinander treffen würden, bevor sie das Riff erreichten.

Lucrezia fragte sich, ob das eine gute Neuigkeit war. Oder bedeutete es eine Katastrophe? Falls sie im Kampf gegen die erste Sklavenbande erfolgreich waren, mussten sie dann noch eine verzweifelt harte Schlacht gegen die zweite schlagen? Oder konnte es sein, dass die andere Gruppe doch nicht die zweite Hälfte einer größeren Streitmacht war? Waren sie vielleicht sogar Feinde der Kreaturen, die die Gemeinschaft angegriffen hatten – und daher Verbündete Lucrezias und ihrer Gefährten?

Die Prinzessin versuchte, die Entfernungen auszurechnen, welche die beiden herannahenden Kompanien von ihrem Standort trennten, aber das war nicht einfach. Genauso schwer war es, ihre Geschwindigkeit abzuschätzen. Sie nahm an, dass die Gruppe, die von Norden her kam, drei oder vier Stunden vor der anderen hier eintreffen würde, wenn beide ihre augenblickliche Geschwindigkeit beibehielten, aber das war keine ausreichende Zeitspanne, wenn es sich tatsächlich bei beiden Gruppen um Feinde handeln sollte. Sie biss sich leicht auf die rissige Unterlippe und fragte sich, wie sich diese neuen Einsichten auf den Plan auswirkten, den sie und Venerina ausgeheckt hatten.

Dann endlich drehte sie den Kopf und schaute hinter sich auf das Gebiet, das im Süden lag.

Sie hörte, wie Rayner rief: »Ich sehe Wasser!«, aber sie wandte sich nicht in die Richtung, in die der Junge zeigen mochte. Etwas anderes hatte ihre Aufmerksamkeit erregt und gefangen genommen.

Das Große Riff war in der Tat nichts als ein Riff und kaum mehr als einen Kim breit und von ihrem Aussichtspunkt aus konnte sie zwischen den höheren Dendriten hindurch auf das Gelände sehen, das dahinter lag. Bereits auf den ersten Blick wurde es deutlich, dass das Land, das innerhalb des gekrümmten Riffs lag, nicht im Geringsten der Ebene ähnelte, die sie gerade durchquert hatten.

Die am stärksten Schwindel erregende Landschaft, die Lucrezia je gesehen hatte, waren die Dragomitenberge gewesen, die allesamt steile Abhänge und bucklige Spitzen gehabt hatten; zwar hatte sie bislang nur wenige Vergleichsmöglichkeiten, aber sie war sich sicher gewesen, dass sie etwas derart Exotisches wohl kaum je wieder zu Gesicht bekommen würde. Die Landschaft innerhalb des gebogenen Riffs war nicht so abschüssig wie die der Dragomitenberge, aber sie schien mindestens genauso seltsam, ja vielleicht sogar noch seltsamer zu sein. Sie war zu einer regelrechten Orgie aus Bergkämmen und Felsspalten zusammengedrückt, zwischen denen sich etliche kegelförmige Hügel erhoben, die von einer reichen, exotischen Vegetation überzogen waren. Es waren genug smaragdgrüne Farbtöne zu sehen, um die Vermutung nahezulegen, dass es dort wenigstens einige irdische Pflanzen gab, doch herrschten Blau und Purpur vor. Es gab nur wenige der gewundenen Riffdendriten, dafür aber eine Überfülle von stacheligen Pflanzen jener Art, die Venerina Spitzbäume genannt hatte; unter ihnen befanden sich viele Gewächse, deren glänzende Spitzen – die oftmals in langen Reihen zusammenstanden und daher wie die erhobenen Speere oder Halbpiken eines Zuges xandrianischer Fußsoldaten wirkten – sie als Silberne Dornen auswiesen. Aber die meisten der Spitzbäume waren überhaupt nicht silbern, sondern schwarz oder blau.

All das war erstaunlich, doch Lucrezia hatte nicht erwartet, etwas Vertrautes zu erblicken, und daher war sie über die Einzigartigkeit dieser Landschaft nicht bestürzt. Es gab tatsächlich nur ein einziges Element, das vollkommen fehl am Platze wirkte.

Obwohl ihr Anfang von der verfilzten Masse des Riffs verborgen wurde, erstreckte sich tief in die fremdartige Wildnis hinein eine gewundene, aber deutlich erkennbare Straße, die so langweilig und grau wie jede beliebige Hauptstraße in Xandria war. Viele der Kurven waren versteckt, da die Straße den Linien der Berge folgte und sich um die Zusammenballungen zerklüfteter Spitzen wand, doch Lucrezia konnte genug von ihr sehen, um zu erkennen, dass sie südwärts führte, so weit das Auge reichte, und vielleicht noch viel weiter. Sie schien so direkt wie möglich zur Mitte der Welt zu führen.

In einem Gelände, das Ssifuss als höchst gefährlich bezeichnet hatte, war eine solch paradox anmutende Straße zwar sehr verlockend, aber gleichzeitig durch den rätselhaften Willkommensgruß, den sie bot, auch überaus bedrohlich.

Warum, um alles in der Welt, sollte es hier eine Straße geben?, fragte sie sich. *Wer hat sie erbaut – und für wen? Führt sie diejenigen, die sie benutzen, zur Wiege der Chimäre oder an irgendeinen anderen Ort – und werden diejenigen, die auf ihr nach Süden gehen, je zurückkehren?*

6

Zu seiner großen Erleichterung war Jacom nicht gezwungen, ohne Sattel zu reiten. Obwohl Kasdeja beträchtlich kräftiger als das Pferd war, das Jacom vorher geritten hatte, musste der Gurt nur ein wenig weiter gestellt werden, bevor der Sattel, die Steigbügel und die Satteltaschen auf den Rücken der Kreatur passten. Das Zaumzeug wurde aus praktischen Erwägungen weggelassen; auch nahm Jacom nicht einem Augenblick lang an, dass Kasdeja zugestimmt hätte, Zügel zu tragen.

Die Mähne der Manticore war zottelig genug, um sich daran festhalten zu können, und Jacom gewöhnte sich rasch an das seltsame Gefühl in seinen Händen. Er gewöhnte sich ebenfalls an den beißenden Körpergeruch der Kreatur, der den Gestank des geräucherten Fleischs in seinem Gepäck überlagerte.

»Was würde König Belin für eine solche Kavallerie

geben?«, murmelte Jacom, als sie durch die Ebene zogen. Sobald er aufgestiegen war, hatte er bemerkt, dass er jetzt den Ohren der Manticore näher war als zu der Zeit, da er neben ihr hergeritten war. Ein zusätzlicher Vorteil lag darin, dass die Manticore antwortete, ohne dabei ihren verächtlichen Blick auf Jacom zu richten.

»Wenn ein König Manticoren unter seinem Kommando hätte«, gab Kasdeja trocken zurück, »brauchten sie keine Reiter – aber wir sind nicht wie Dragomiten oder Höllenhunde. Wir jagen nicht in Rudeln.«

»Wir genauso wenig«, entgegnete Jacom, »aber das hält uns nicht davon ab, uns für ein gemeinsames Ziel zusammenzurotten.« Nach einer kurzen Pause sagte er: »König Belin hält sich eine Kompanie Riesinnen, angeblich als Wächterinnen für das Innere Sanctum seiner Zitadelle, in Wirklichkeit aber, damit sie auch im Herzen seines Reiches anwesend sind. Sie sind zufrieden damit, zu dienen, auch wenn kein Mann sie je dazu zwingen könnte, etwas zu tun, was sie nicht tun wollen. Ich wage zu behaupten, dass König Belins Kompanie Manticoren genauso willkommen heißen würde.«

»Manticoren wollen keine Herren haben, denen sie dienen müssen«, sagte Kasdeja, als er über den unfruchtbaren Boden trottete und verächtlich die geringe Gefahr missachtete, die von den gemusterten Steinen für seine gewaltigen Pfoten ausging.

»Nein?«, fragte Jacom. »Ich habe geglaubt, dass du mich zu deinen Herren bringen willst.«

»Ich bin genauso wenig ein Sklave wie ein Mörder«, teilte ihm die Manticore hochmütig mit.

»Nun«, sagte Jacom, »ich war schon Teil einer Expedition, die Schlangen und Dragomiten sowie eine Riesin und eine Hexe umfasste. Ich wage zu behaupten, dass ich zur Not auch Teil einer Unternehmung sein könnte, an der sich Manticoren beteiligen. Ob du nun ein Partner oder ein Söldner bist, so scheinst du doch Teil einer größeren Gruppe zu sein, in deren Auftrag du und deine Brüder neue Rekruten verschiedener Art suchen.«

Kasdeja sprang auf diesen Köder nicht so an, wie Jacom gehofft hatte, aber er ließ sich immerhin in ein Gespräch verwickeln. »War die Riesin ein Mensch oder eine Schlange?«, fragte er. Es war das erste Mal, dass die Kreatur ein Anzeichen von Neugier zeigte. Jacom fühlte, wie eine Woge des Triumphes und der Hoffnung ihn durchfuhr. Fraxinus wäre sicherlich stolz auf ihn gewesen – und die Prinzessin ebenso.

»Ein Mensch«, antwortete er und widerstand der Versuchung, *natürlich* hinzuzufügen. »Warum? Willst du eine aufgabeln? Das wird nicht leicht sein. Ich würde es nicht wagen, bloß mit einem Schwert gegen dich zu kämpfen, aber Dhalla würde es sofort tun und ich wüsste nicht, auf wen von euch beiden ich wetten sollte.«

»Aus welchem Boden kommen menschliche Riesinnen?«, wollte Kasdeja wissen. »Von innerhalb des Randes?«

»Ich glaube, sie stammen aus den Wüsten in den östlichen Gebieten des xandrianischen Reiches«, sagte Jacom. Er weigerte sich, dasselbe quälende Spiel wie sein Eroberer zu spielen. »In der Zitadelle erzählt man sich viele Geschichten über ihren Ursprung, aber die meisten davon sind nur lüsterne Spekulationen. Die Tatsache, dass sie ausnahmslos weiblich sind, gibt Anlass zu allen Arten von ungehobelten Gerüchten über die Methoden, mit denen sie sich angeblich fortpflanzen. Wenn es in Belins Streitmacht eine rein männliche Kompanie von Manticoren gäbe, würde man wahrscheinlich ähnliche Witze über *ihre* Abstammung und Gewohnheiten reißen.«

»Was sagen denn die Riesinnen dazu?«

»Nichts, soweit ich weiß«, entgegnete Jacom. »Ich vermute, sie halten es für das Beste, solche Zoten keiner Antwort zu würdigen, obwohl Prinzessin Lucrezia, meine frühere Gefährtin, glaubte, dass die Frage nach der Fortpflanzung der Riesinnen ein Rätsel wäre, das in Verbindung mit den Schlangen steht.« Er hätte noch mehr sagen können, doch er beließ es dabei und hoffte, dass die Manticore den Faden aufnehmen und etwas Licht in diese Mysterien bringen würde.

Was Kasdeja aber tatsächlich sagte, war dies: »Was du Wüsten nennst, ist möglicherweise ein weitaus fruchtbarerer Landstrich, als du dir vorstellen kannst.« Es klang wie ein weiteres Rätsel. Jacom hatte den Eindruck, dass es zwischen ihnen eine Verständigungslücke gab, die auch die Wesen, zu denen er nun gebracht wurde, wahrscheinlich nicht ausfüllen konnten.

»Was für eine Art von Menschen sind die Brüder und Schwestern, die dir ihre Sprache beigebracht haben, Kasdeja?«, fragte er, während er sich etwas tiefer in den Sattel duckte. »Sind sie aus Eiern geschlüpft wie die Dragomitenfrauen oder aus einem Schoß, so wie ich?«

»Was macht das für einen Unterschied?«

»Ich bin neugierig und will es einfach wissen«, sagte Jacom. Er war immer noch der Meinung, dass die Prinzessin darauf bestanden hätte, diesen Punkt weiter zu untersuchen, und ihn zu jeglichem Fortschritt darin beglückwünscht hätte. »Bist du geschlüpft oder wurdest du geboren, Kasdeja? Warst du jemals ein Kind oder bist du aus einem riesigen gemusterten Stein herausgekrochen, und zwar voll entwickelt?«

»Jedes lebende Wesen wird auf die ihm eigene Art geboren«, erwiderte Kasdeja förmlich und deutete damit an, dass er sich beleidigt fühlte, »und jedes Wesen durchlebt so etwas wie eine Kindheit. Das eine schlüpft aus einem Ei oder einer Puppe, das andere schlängelt sich aus einem Schoß oder aus einer klebrigen Blase in der Erde. Alle Dinge verändern sich, wenn sie wachsen, einige mehr als andere. Du magst mich für seltsam halten, Jacom Cerri, aber das hier ist genauso meine Welt wie deine, und deine Art hat keine andere mehr.«

Ich habe ihn getroffen!, dachte Jacom ohne das geringste Bedauern. *Irgendwie habe ich seinen Stolz verletzt.* Er wollte diesen unerwarteten Vorteil ausnutzen und grübelte darüber nach, was er als Nächstes sagen sollte. Dabei war er sich bewusst, dass er von allen Mitgliedern von Carus Fraxinus' Expedition am schlechtesten für eine solche Aufgabe geeignet war, doch sogar das verschaffte ihm einen gewissen Nervenkitzel. Er hatte immer den Eindruck gehabt, dass Ereleth, Phar und die Prinzessin ihn als Dummkopf ansahen, als den weltfremden Sohn eines Obstbauern, und das hatte ihn stets geärgert. Doch wo waren sie jetzt, da er mit voller Geschwindigkeit auf dem Rücken einer Manticore in die Mitte der Welt ritt? Bestenfalls befanden sie sich beim Feuer des Salamanders, hunderte von Kim hinter ihm, schlechtestenfalls … nun, das bedurfte wohl kaum einer Überlegung.

»Der Mann, der unsere Expedition über die Dragomitenberge angeführt hat, bestand darauf, dass wir alle auf derselben Seite stehen, ob uns das bewusst ist oder nicht«, sagte Jacom zu der Manticore. »Er sah nichts Unerhörtes darin, ein Bündnis mit Schlangen und Dragomiten einzugehen – er war sogar darauf erpicht. Er glaubte nicht, dass vernunftbegabte Wesen jemals natürliche Feinde sein können und vom Schicksal dazu verdammt sind, einen Auslöschungskrieg zu führen. Wenn er hier wäre, würde er dich als möglichen Freund und Verbündeten ansprechen, als einen ausgehobenen Rekruten in der großen Verschwörung der Intelligenz gegen die Unwissenheit – aber ich bin etwas vorsichtiger als er und ich bin nicht so sicher, dass man ohne weiteres Bündnisse zwischen Menschen und anderen Lebensformen schließen kann, ob wir nun eine gemeinsame Sprache sprechen oder nicht.«

Kasdeja erwiderte mit einer Spur von Arglist in der Stimme: »Du wirst noch überrascht von deiner Fähigkeit sein, Bündnisse einzugehen.«

»Soll das eine Drohung sein?«, fragte Jacom. »Wenn ja, dann verlange ich, dass du sie offen und deutlich aussprichst.«

»Hab keine Angst«, antwortete die Manticore nicht zum ersten Mal. »Wenn wir bis zu unserem Gebiet durchkommen, wird dir dort nichts geschehen. Unser Garten ist sogar für Menschen besser als derjenige, den du die Wiege der Chimäre nennst. Ich weiß nicht, warum das so ist, aber ich bin mir dessen sicher. Unser Boden kann dir mehr bieten als der Boden, den deine Urväter bestellt haben.«

»Den unvergänglichen Stein?«, riet Jacom in Erinnerung an die Überlieferungen der Genesys.

Der Laut, den Kasdeja tief in seiner Kehle machte, hätte ein Lachen sein können. »Nichts ist unvergänglich«, sagte er, »und das braucht es auch nicht zu sein. Was zählt, ist das Leben. Unser Boden bietet die Zukunft.«

»Unsere Überlieferungen bezeichnen den unvergänglichen Stein als das wertvollste aller Geschenke«, sagte Jacom unsicher. Er erinnerte sich daran, was die Manticore über *die im Entstehen begriffene Zukunft* gesagt hatte, aber er war nicht schnell genug, um zu fragen, was die Zukunft bringen mochte.

»Ihr habt eure Überlieferungen missverstanden«, sagte die Manticore. »Das wirst du sehr bald begreifen – was keine Drohung ist. Glaub mir, du hast großes Glück gehabt, dass du unter unseren Schutz gefallen bist. Es wäre dir schlecht ergangen, wenn du dir irgendein anderes Wesen innerhalb des Kreises ausgesucht hättest. Sei jetzt still – ich muss auf den Boden achten.«

Obwohl die Sterne hell genug zwischen den vereinzelten Wolken hindurchschienen, war es Jacom unendlich schwer gefallen, das Gelände, das sie durchreisten, eingehend zu beobachten; deswegen hatte er es ganz aufgegeben. Obwohl sich die gemusterten Steine immer noch mit vielen Arten von Büschen und Kakteen und den ladestockartigen Stielen der Gleiterpflanzen abwechselten, hatte sich Jacom bereits so an die Landschaft gewöhnt, dass er deren Eintönigkeit nicht weiter beachtet hatte. Sobald aber Kasdeja Jacoms Aufmerksamkeit wieder auf sie lenkte, bemerkte er eine kaum wahrnehmbare Verwandlung in der Haltung der Manticore, die andeutete, dass sich etwas Wesentliches verändert hatte.

Kasdeja folgte keinem schnurgeraden Kurs mehr und ein- oder zweimal änderte er die Richtung ziemlich abrupt. Jacom versuchte herauszubekommen, was die Kreatur mied und warum, doch die Stellen, die sie umgingen, lagen tiefer im Schatten als alles andere in ihrer Umgebung. Schließlich gab er es auf, das Problem durch Beobachtung lösen zu wollen.

»Sind das Wasserpfützen, die du umgehst«, fragte er, »oder eine gefährliche Art von fließenden Steinen?«

Einige Augenblicke lang schien es so, als wolle die Manticore ihn einfach ignorieren, doch dann stieß die Kreatur einen lauten Seufzer aus. »Sie sind nicht flüssig«, erwiderte Kasdeja, »aber trotzdem so etwas wie Pfützen. Wenn wir das nächste Mal eine Pause einlegen, musst du dich unbedingt von ihnen fern halten. Sie können dich binnen weniger Minuten einsaugen und selbst meine Kraft reicht möglicherweise nicht aus, um dich wieder herauszuziehen.«

»Also handelt es sich um eine Art von lebendem Treibsand«, schlussfolgerte Jacom. »Um weichere und gierigere Vettern der gemusterten Steine.«

»Diese hier sind ziemlich klein«, fügte die Manticore hinzu, als wolle sie ihre Aussage von vorhin abmildern, »und wir könnten uns wahrscheinlich ohne allzu große Schwierigkeiten befreien, wenn ich einen falschen Tritt mache, aber bei einigen von denen innerhalb des Kreises ist das eine andere Sache. Dort ist *alles* lebendig, wie reglos es auch scheinen mag. Alles ist ein Teil von etwas Größerem, auch wenn die Glieder, welche die Einzelteile zusammenhalten, alles andere als offenbar sind. Du musst davon ausgehen, dass *alles* gefräßig ist, bis es dich vom Gegenteil überzeugt. Nimm diese Warnung ernst – und auch wenn wir nicht so weit gehen werden, solltest du wissen, dass die so genannte Wiege, die deine Vorfahren erschaffen haben und die in der Nabe des großen Rades liegt, die gefährlichste Gegend von allen ist.«

»Für dich vielleicht«, sagte Jacom.

»Für *dich*«, beharrte Kasdeja. »Meine Brüder und ich kennen diese Orte, soweit man sie überhaupt kennen kann, und deshalb solltest du mir vertrauen. Ich will dich nicht verlieren, und wenn du von mir fortläufst, bist du aller Wahrscheinlichkeit nach verloren – wenn nicht an die Art von Räubern, denen du auf der Straße begegnet bist, dann an etwas noch Schlimmeres. Sie könnten sogar mir Schwierigkeiten machen, wenn sie zahlreich genug sind, aber sie haben Verstand genug, um fernzubleiben. Und du musst Verstand genug haben, um in meiner Nähe zu bleiben, damit nicht der Boden selbst dich in einem einzigen Atemzug verschluckt.«

Jacom war nicht ganz sicher, wie ernst er all das nehmen sollte. Er hegte den Verdacht, dass die Kreatur log, um ihn gefügig zu machen, aber gleichzeitig wusste er, dass es eine Dummheit wäre, auch nur eine unbedachte Bewegung zu riskieren. Eines zumindest stand fest: Die Manticore kannte dieses Gelände.

Jetzt bemerkte er einen zerklüfteten Schattenrand, der sich am Hoizont auftürmte. Das war vermutlich der ›Rand‹, von dem die Manticore gesprochen hatte. Trotz der Last auf seinem Rücken und der Vorsicht, mit welcher er den lebendigen Treibsand umrundete, lief Kasdeja so schnell, dass sie in weniger als zwei Stunden dort sein würden.

»Machen wir bald eine Pause?«, fragte Jacom. »Ich will mich zwar nicht beschweren, aber du bist im Rücken etwas breiter als jedes Pferd, das ich bisher geritten habe, und meine Beine fühlen sich an, als würden sie langsam auseinandergerissen.«

Die Manticore gab ein leises Geräusch von sich, das vielleicht ihre Verachtung ausdrücken sollte, aber alles, was sie sagte, war: »Bald.«

Andris Myrasol hätte einen viel besseren Manticorenreiter abgegeben als ich, dachte Jacom. *Auch Dhalla könnte es besser, wenn sich eine Manticore dazu bereit erklären würde, sie an Bord zu nehmen. Vielleicht wurden die Riesinnen ja sogar mit dem Hintergedanken erschaffen, Manticoren zu reiten.* Der letzte Gedanke aber lag zu nahe bei all den dummen, dreckigen Witzen, die sich die Zitadellenwache über ihre angeblichen Verbündeten erzählte, und Jacom hatte sich noch genug von seiner angeborenen Prüderie bewahrt, um seine Phantasien nicht weiter zu verfolgen.

Wenigstens scheint er um meine Sicherheit besorgt zu sein, sann er stattdessen. *Er hat offenbar vor, mich in gutem Zustand bei seinen mysteriösen Geschwistern abzuliefern. Die Frage ist: Was haben sie mit mir vor? Er befiehlt mir, keine Angst zu haben, aber er nennt mir keinen Grund dafür, warum ich ihm vertrauen soll. Heißt das, dass er mich täuscht und mich meinem Verhängnis entgegenträgt?*

Oder sollte ich der Tatsache größeres Gewicht beimessen, dass er mich lebend gefangen hat und darum bemüht zu sein scheint, mich vor den Gefahren zu beschützen, die uns noch immer bedrohen?

»Du solltest dich gut festhalten«, sagte die Manticore und unterbrach seine Gedanken harsch. »Nicht alle meine Gegner haben Verstand genug, um mir aus dem Weg zu gehen.«

Jacom hob blitzartig den Kopf, um zu sehen, was diese neue Warnung ausgelöst hatte. Dabei packte er die Mähne der Manticore noch fester mit beiden Händen. Die Manticore konnte offenbar bei Nacht viel besser sehen als er, denn er erkannte in der Dunkelheit vor ihm nur ganz geringe Anzeichen einer Bewegung. Irgendetwas war dort, aber er vermochte weder zu sagen, was es war, noch um wie viele Wesen es sich handelte.

»Bin ich eine so kostbare Trophäe?«, murmelte er, als er sich mit aller Macht abmühte, zu sehen, was es zu sehen gab, und einige flüchtige Umrisse vor dem beinahe schwarzen Hintergrund entdeckte.

»Das sind Mörder, keine Sammler«, erwiderte die Manticore. »Erwarte von ihnen weder Hilfe noch Rettung. Sie werden uns die Glieder aus dem Leib reißen und uns auffressen, wenn sie die Gelegenheit dazu bekommen sollten.«

Jacoms Verdacht, dass diese Einschätzung nicht ganz korrekt war, hielt nicht lange an. Als sich die Bewegungen in seinem Blickfeld schließlich zu deutlich erkennbaren Umrissen verdichteten, verspürte er schreckliche Angst.

Er hatte halb erwartet, eine Kompanie berittener Männer – oder Halbmänner – wie diejenigen zu sehen, gegen die er bereits gekämpft hatte, aber die fünf Kreaturen, die auf sie warteten, waren überhaupt nicht menschenähnlich. Sie sahen wie riesige, flügellose Vögel aus, obwohl sie Schuppen anstelle von Federn zu haben schienen. Sie waren schon nahe genug, dass er die scharfen Zähne in ihren großen, schnabelähnlichen Schnauzen erkennen konnte: Zähne, die das Licht sogar noch besser einfingen als die kieselartigen Schuppen, die ihre Körper bedeckten.

»Halt dich fest und duck dich«, wies Kasdeja ihn an, als die Schar näher kam.

Der Sinn dieses Befehls war klar und deutlich. Ohne das Schwert, das er auf Kasdejas Anweisung hin fortgeworfen hatte, konnte Jacom nichts anderes tun, als so wenig wie möglich auf sich aufmerksam zu machen. Das Messer, mit dem er das Pferd enthäutet hatte, war in einem solchen Kampf von keinerlei Wert und auch nicht Gegenstand der Ausbildung gewesen, die er in den Kriegskünsten erhalten hatte.

Als er das Flackern in den Augen der auf ihn zustrebenden Geschöpfe und ihre ausgestreckten Klauen sah, machte sich Jacom keine Sorgen mehr darüber, was ihn innerhalb des Kreises erwarten mochte; sein einziger Gedanke war, das hier zu überleben. Er packte die Mähne seines eigenen Untieres noch fester und duckte sich so tief wie möglich – doch er hielt seine angsterfüllten Augen offen und betete, dass die Manticore ihren Stachel mit vollkommener Präzision zu führen verstand.

7

Dem Großen Riff mangelte es nicht an Verstecken, doch Lucrezia fiel die Wahl keineswegs leicht. Einerseits mussten sie sich weit genug von dem Teich fern halten, an dem ihre Feinde wahrscheinlich lagern würden, damit diese sie nicht vorzeitig entdecken konnten. Andererseits mussten sie nahe genug sein, um schnell und zielgerichtet handeln zu können, sobald ihr Plan aufging.

Das Gift, mit dem sie den Teich gewürzt hatte, war keines, das ihre Feinde betäuben würde, aber es sollte ausreichen, um ihre Muskeln so weit zu entspannen, dass es ihnen nicht mehr möglich war, ihre Waffen zu ergreifen oder auch nur einen Arm zu ihrer Verteidigung zu heben. Niemand würde daran sterben – ebenso wenig die Gefangenen, die zwangsläufig das Schicksal der Feinde teilen mussten –, doch mit etwas Glück würde es sie so verwundbar machen, dass man sie lässig mit dem Messer oder der Keule töten konnte. Das einzige Problem bestand in der Dosierung; der Teich war möglicherweise tief genug, um die Droge bis zur Unwirksamkeit zu verdünnen, wenn er zu heftig aufgewühlt wurde. Lucrezia blieb nur die Hoffnung, dass die Ankömmlinge schnell und viel trinken würden. Sie hoffte ebenfalls, dass der Durst der Riesenschlangen im Verhältnis zu ihrer Größe stand.

Schließlich ließ sie sich mit Andris und Ssifuss in der Hülse eines kugelrunden Gebildes nieder, deren einst aktive Teile schon lange tot zu sein schienen, auch wenn die Fäule sie noch nicht zu Staub zermahlen hatte. Die äußere Wand der Hülse war mit allen Arten geduldiger parasitärer Gewächse verziert, doch das Innere war vergleichsweise kahl und wäre völlig weiß gewesen, wenn nicht das Sonnenlicht, das durch tausende von Poren und Spalten hineindrang, so viele Schatten geworfen hätte.

Der Boden des Verstecks war groß genug für die drei und ihre mageren Besitztümer – die jetzt nicht mehr ganz so mager waren, denn sie hatten so viele kürbisähnliche Hohlformen wie möglich gesammelt, in denen sie einen großen Vorrat an Frischwasser aufbewahrten, das sie geschöpft hatten, bevor Lucrezia den Teich vergiftet hatte.

Sie hatten keine Zeit gehabt, ähnliche Vorräte an Nahrung anzulegen, obwohl Ssifuss einen einzigen Pfeil nach einem großen Vogel abgeschossen hatte, den ihre Nähe nicht abgeschreckt hatte. Die Erfahrung, welche die Schlange bei der Durchquerung der Bittersüßen Sümpfe im Bogenschießen gesammelt hatte, hatte ihre Fähigkeiten zwar erheblich verbessert, doch dem Vogel war es gelungen, den Pfeil unter seinem Flügel mit dem Schnabel herauszuziehen und zu entkommen. Vermutlich würde er nicht weit kommen, aber sie hatten nicht die Zeit, ihm nachzujagen. Vermutlich hatte jetzt bereits ein anderes Raubtier oder ein Aasfresser die Gelegenheit ergriffen und der Pfeil war nicht ganz umsonst abgeschossen worden.

Als sie sich auf die Lauer legten, war Ssifuss immer noch unruhig. Falls die Schlange der Meinung war, es wäre noch genug Zeit für eine weitere abenteuerliche Jagd geblieben, war sie vorsichtig genug, nichts darüber verlauten zu lassen. Lucrezia hingegen glaubte nicht, dass sie lange warten mussten; sie nahm an, dass es schon sehr bald Neuigkeiten gab.

Rayner hatte sein Geschick hinreichend bewiesen, sodass er die heiß ersehnte Aufgabe des Ausgucks erhalten hatte. Er war an der Nordseite des Teichs postiert worden und hatte die Anweisung bekommen, so hoch wie möglich zu klettern, ohne dass er gesehen werden konnte, damit er sowohl die Männer und Monstren, die das Haus der Gemeinschaft geplündert hatten, als auch die zweite, näher kommende Kompanie im Auge behalten konnte. Venerina Sirelis hatte ebenfalls darum gebeten, als Beobachtungsposten eingesetzt zu werden, um die Gefangenen zählen und identifizieren zu können. Sie befand sich jetzt an der näher gelegenen Seite des Teichs, von wo aus sie ihre Beobachtungen sofort an Lucrezia, Andris und Ssifuss weitergeben konnte.

Während sie damit beschäftigt gewesen waren, ihre Vorbereitungen zu treffen, war die Zeit sehr schnell vergangen, aber sobald sie nichts anderes mehr tun konnten, als dazusitzen und abzuwarten, zerrte die Untätigkeit schwer an Lucrezias Nerven. All die Ängste, die sie bisher erfolgreich unterdrückt hatte, strömten jetzt in ihren ermüdeten Geist zurück. Was wäre, wenn die Mischung der Pulver, die sie zubereitet hatte, sich zu stark in den verborgenen Tiefen des dunklen Wassers auflöste? Was war, wenn die Ersten, die davon tranken – seien es Menschen oder Pferde oder Riesenschlangen –, sofort alle Anzeichen einer Vergiftung zeigten, sodass der Rest nichts trank, sondern zuerst eine Durchsuchung des Geländes durchführte? Was war, wenn die Droge zwar die gewünschte Wirkung zeigte, ihnen aber zu wenig Zeit für die Vernichtung der ersten Truppe ließ, bevor die anderen eintrafen und ihren Genossen zu Hilfe eilten? Was war, wenn sie die mit Drogen voll gestopften Gefangenen nicht an einen sicheren Ort bringen konnten, bevor die mysteriösen Mitglieder jener zweiten Gruppe in Erscheinung traten?

»Wie fühlst du dich jetzt, Andris?«, fragte sie den Bernsteinfarbenen, nicht weil sie im Hinblick auf die kommende Auseinandersetzung Zweifel an seiner Verfassung hegte, sondern weil sie das dringende Bedürfnis nach Ablenkung verspürte.

»Ich kann meinen Part übernehmen«, versicherte er ihr mit einer Stimme, die zwar düster, aber fest war. Er biss sich auf die Unterlippe und blickte finster drein. Es war deutlich zu sehen, dass er in tiefgründigen Gedanken versunken gewesen war – eine Angewohnheit, der er nicht übermäßig gefrönt hatte, bevor sie die vergifteten Sümpfe betreten hatten, die ihn aber jetzt völlig zu überwältigen drohte.

Auch wenn ein paar tiefe Gedanken dem Bernsteinfarbenen wohl kaum schaden konnten, vermisste Lucrezia doch seine frühere Munterkeit und sein eher übertriebenes Selbstvertrauen. Dieser Stolz hatte in der Selbstgefälligkeit gewurzelt, die er infolge seiner engen Beziehung zu seiner Cousine empfunden hatte und die ein Außenstehender in Anbetracht der Unansehnlichkeit des Mädchens und ihrem Mangel an Bildung wohl als überzogen angesehen hätte. Vielleicht war es nicht völlig überraschend, dass er sich verändert hatte. Trotzdem wäre Lucrezia jetzt sehr dankbar gewesen, wenn er sich seine Selbstsicherheit bewahrt hätte.

»Ich wünschte, du hättest nicht zugestimmt, Philemon Taubs verdammungswürdige Droge zu schlucken«, sagte sie düster. »Wenn du dich nur noch eine halbe Stunde lang zurückgehalten hättest...«

»Es ist nicht die Droge«, sagte er. »Wenigstens glaube ich das nicht. Sie hat mir vielleicht nicht gut getan, aber ihre Auswirkungen haben mich nicht davon abgehalten, mir den Weg aus dem Haus freizukämpfen, als wir angegriffen wurden, oder dieses Boot mit größtmöglicher Geschwindigkeit durch die südlichen Bereiche des Sumpfes zu rudern. Sie hat mir nichts unmittelbar enthüllt, so wie Venerina und Philemon es mir versprochen hatten, aber ich glaube, dass ich tatsächlich näher an das Verständnis dessen herangekommen bin, was im Augenblick geschieht. Ich weiß, dass es eigentlich keinen Sinn ergibt, aber der so genannte Geist der Wasser scheint mir wirklich irgendeine Art von Offenbarung aufzudrücken.«

»Ich sähe es lieber, wenn du dich wenigstens jetzt auf die Dinge konzentriertest, die gerade im Gange sind«, sagte Lucrezia zu ihm.

»Genau das tue ich ja«, sagte er. »Ich werde diese Ungeheuer umbringen, die die Gemeinschaft so mir nichts, dir nichts ausgeplündert haben – aber ich hoffe, zwei oder drei von ihnen lange genug am Leben lassen zu können, damit sie mir sagen werden, was sie da tun.«

Lucrezia hegte den Verdacht, dass sie bereits herausgefunden hatte, was die Riesenschlangen und ihre Verbündeten taten – oder wenigstens wohin sie unterwegs waren.

»Dieser in die Richtung der Wiege der Chimäre führende Dammweg, den ich gesehen habe, wirkt in jeder Hinsicht wie künstlich geschaffen«, sagte sie, »auch wenn ich nicht begreife, wie er das Werk menschlicher Hände sein kann, wenn dieser Ort wirklich so gefährlich ist, wie Ssifuss meint. Die Leute, welche die Gemeinschaft auf der Suche nach Gefangenen überfallen haben, werden ihn bestimmt benutzen. Ich weiß nicht, wer sie sind, aber es ist klar, dass sie ziemlich weit umhergezogen sind, um Gefangene zu machen.«

Offensichtlich hatte Andris auch über diese Sache nachgedacht. »Wir haben sie Sklaventreiber genannt«, sagte er gedankenvoll, »aber eigentlich haben wir keinen Grund zu der Annahme, dass sie Venerinas Leute als Sklaven genommen haben. Niemand würde ohne ein sehr starkes Motiv in die Bittersüßen Sümpfe gehen… und wenn Plünderer wie diese dorthin gegangen sind, haben sie es bestimmt auch in anderen Richtungen versucht. Das beweist die Existenz der zweiten Gruppe mit aller Deutlichkeit. Wahrscheinlich sind einige zu den Städten am Fluss gezogen und andere zum Feuer des Salamanders. Wenn die zweite Gruppe einen anderen Sklavenzug aus Shabirs Gebiet mitbringt, könnte es auch noch einen dritten und vierten geben. Selbst wenn Euer verrückter Plan aufgeht, könnten wir in großen Schwierigkeiten stecken – so wie jeder, der versucht, die Ebene zu durchqueren.«

Sie wusste, dass er jetzt an Carus Fraxinus dachte – und an Merel Zabio.

»Es ist kein verrückter Plan«, teilte sie ihm steif mit. »Es ist ein vollkommen durchdachter Plan – die einzige Chance, die wir haben, wenn man bedenkt, wie wenige wir sind und dass wir keine Vorräte haben. Es ist wirklich eine Chance.«

»Der Plan selbst bereitet mir keine Sorgen«, versicherte Andris ihr mit einer wegwerfenden Handbewegung. »Ich wollte Euch nicht beleidigen. Wie dem auch sei, er ist sehr viel weniger verrückt der Streich, den ich Shabirs Streitmacht spielen wollte, als ich ihnen sagte, dass Eure Hexenkunst eine Seuche in ihren Reihen verbreiten kann. Es ist nur so, dass es möglicherweise nicht ausreicht, diese Halbmenschen und ihre gezähmten Schlangen zu töten. Wir müssen wirklich unbedingt herausfinden, wer sie sind und was genau sie vorhaben. Wir wissen bereits, dass es eine zweite Horde gibt, die sich nur wenige Stunden hinter der ersten befindet, und wir müssen in Erfahrung bringen, ob es hinter dieser noch weitere gibt.«

»Das sollte uns durchaus möglich sein«, sagte Lucrezia, obwohl sie sich dessen nicht ganz sicher war. »Wenn wir all diejenigen töten, die sich noch bewegen können, bleiben vielleicht einige übrig, die durch die Droge völlig hilflos geworden sind und die wir befragen können.« *Es sei denn,* dachte sie, *dass wir keine Zeit mehr dazu haben. Die Zeit ist unser eigentlicher Feind – und unser schlimmster dazu.*

Andris zuckte mit den Schultern. Er war offensichtlich zutiefst beunruhigt – nicht nur über taktische Fragen. Früher einmal war er förmlich immun gegen die Fragen gewesen, die Ereleth und Carus Fraxinus gequält hatten, doch jetzt, da sie auch von ihm Besitz ergriffen hatten, versuchte er, die verlorene Zeit aufzuholen. Er hatte sich verändert und Lucrezia hatte keine Ahnung, wie tief greifend diese Veränderung war. Vielleicht verlor sich die Wirkung des Geistes der Wasser jetzt, da die Sümpfe so weit hinter ihnen lagen – vielleicht aber auch nicht.

»Erzähl uns von den Riesenschlangen«, sagte Andris – nicht zu Lucrezia, sondern zu der Schlange, die in der Nähe saß und geduldig ihrem besorgten Wortwechsel gelauscht hatte. »Erzähl uns, warum du nie an sie geglaubt hast – und warum du jetzt bereit bist, die Waffen gegen sie zu ergreifen.«

Ssifuss drehte den Kopf ein wenig von einer Seite zur anderen, doch diese Geste drückte kein Nein aus. Es hatte eher den Anschein, als denke Ssifuss angestrengt nach, um die richtigen Worte zu finden.

»Riessensschlangen bösse«, sagte sie schließlich. »Ssehr bösse. Monsstren. Überlieferungen ssagen: *Habt Angsst vor ihnen*. Habe geglaubt, dass ssei nicht nötig. Ssersstören, wie Krankheit.«

»Wie eine Krankheit?«, wiederholte Lucrezia. »Das sagst du immer wieder – aber warum genau sind sie wie eine Krankheit?«

Auch darüber dachte Ssifuss lange und angestrengt nach, doch die Antwort, die sie schließlich gab, war ziemlich vage.

»Viele Sschlangen glauben, Mensschen ssind Krankheit«, sagte sie, wobei sie es taktvoll unterließ, die anderen daran zu erinnern, dass sie noch vor wenigen Tagen selbst zu diesen vielen gehört hatte. »Etwass, dass nicht *hierher gehört*. Etwass, dass Land vergiftet und ssersstört, wass unss gehört. Länder nördlich dess Waldess ssind ssehr sseltsam für unss. Die meissten Sschlangen hasssen Mensschen und halten ssich von ihnen fern… aber niemand ssagt kämpfen, niemand ssagt, Sschlangen ssollten Krankheit *heilen*. Überlieferung ssagt, warten, die Sseit ssoll heilen. Überlieferung ssagt, Sseit *wird* heilen, ssagt aber nicht, wie. Viele Sschlangen glauben, *heilen* heissst, dasss alle Mensschen ssterben, aber Mossassor glaubt etwass anderess. Mossassor glaubt, Mensschen und Sschlangen kommen einess Tagess ssussammen, werden nicht dassselbe, aber vom sselben Sstamm. Kein Wort dafür, aber glaube, etwass wie *Brüder*. Nicht sso mit Riessensschlangen. *Nicht* Brüder, niemalss. *Sschlimme* Krankheit. Gehört ssich nicht. *Gefahr* für alless, wass wir haben, für alless, wass wir ssind.«

Lucrezia war von Ssifuss' Rede beeindruckt, welche die weitaus längste war, die sie je vor ihren Gefährten gehalten hatte. Die Prinzessin glaubte, dass sie eine dramatische Änderung in der Haltung der Schlange anzeigte; offenbar hatte die Schlange jetzt den Umstand akzeptiert, dass sie als gleichberechtigter Partner in dieser Unternehmung ganz auf der Seite der Menschen stand. Aber es gelang Lucrezia nicht, einen Sinn in den Worten der Kreatur zu finden.

Andris schien in der gleichen Verlegenheit zu sein, aber wenigstens war er gewandt genug, um die Sache weiter zu verfolgen. Er sagte: »Willst du damit ausdrücken, dass Mossassor glaubte, Menschen und Schlangen würden eines Tages eine für beide Seiten nützliche Beziehung eingehen, die die Schlangen aber mit den Riesenschlangen niemals eingehen könnten?«

»Ja«, erwiderte Ssifuss. »Glaube sschon.«

Das war keine sehr hilfreiche Antwort – doch die menschliche Weisheit war gleichermaßen kryptisch. Wenn die geheimen Überlieferungen mit der Bezeichnung ›Genesys-Apokryphen‹ das waren, was sie zu sein vorgaben, dann standen die Menschen in der Schuld der Schlangen, weil vor langer Zeit im Garten namens Idun etwas vorgefallen war, und die Menschen sollten sowohl die Schlangen als auch die Salamander als mögliche Verbündete im großen Spiel des Lebens ansehen – vielleicht sogar als mögliche *Brüder*, was immer Ssifuss auch mit dem Gebrauch dieses Wortes andeuten wollte. Über die Riesenschlangen aber schwiegen sogar die Genesys-Apokryphen hartnäckig. Normale Menschen und menschliche Riesen schienen keine Schwierigkeiten mit einem friedlichen Nebeneinander zu haben, doch mit den Schlangen und ihren eigenen legendären Verwandten verhielt es sich offenbar ganz anders.

»Das, was ich gesehen habe, kann doch nicht wirklich eine Straße sein, oder?«, sagte Lucrezia schließlich, obwohl sie nur zu gern geglaubt hätte, dass es sich doch um eine solche handelte.

Ssifuss gab keine Antwort darauf; was immer auch die Überlieferungen der Schlangen über weiche und klebrige Steine zu berichten hatten, sie wusste offensichtlich nichts über Straßen zur Wiege der Chimäre. Es war Andris, der den Faden aufnahm. »Das Wasserloch kann nicht ihr endgültiges Ziel sein«, sagte er mit einem Schulterzucken. »Sie wollen viel weiter hineingehen. Wenn der Handschuh der Freude, der auf meiner Karte eingezeichnet ist, einen ungefährlichen Korridor durch die Silbernen Dornen bildet, könnte es auch noch andere geben.«

»Alless sschlechter Boden«, sagte Ssifuss. »Gefährlich.«

»Nicht schlecht genug, um Riesenschlangen und ihre menschlichen Gefährten abzuschrecken«, betonte Andris. »Wenn sie ihre Gefangenen bereits so weit gebracht haben, müssen sie ein bestimmtes Ziel haben und eine sichere Route kennen, um es zu erreichen – eine Route, die sowohl für Menschen als auch für Riesenschlangen geeignet ist.«

Bevor Ssifuss darauf etwas erwidern konnte, schlüpfte Venerina Sirelis durch die enge Spalte, die ihnen den Eintritt in das Innere der muschelähnlichen Hülse ermöglicht hatte.

»Sie befinden sich jetzt am Wasserloch«, sagte sie. »Leider nicht alle. Die Karren sind langsamer und bei ihnen sind mindestens ein Dutzend Männer und auch die Gefangenen. Die Reiter und die Riesenschlangen sind vorausgeeilt. Sie werden zweifellos so gierig über das Wasser herfallen, wie wir es vorausgesehen haben, Schlangen wie Menschen… aber sie werden bereits die ersten Anzeichen der Vergiftung zeigen, bevor die Nachhut eintrifft.«

Lucrezia wusste, dass es eine schlechte Nachricht war. In diesem Fall war die Aufsplitterung der feindlichen Kräfte nicht hilfreich. Sie hörte, wie Andris leise einen Fluch ausstieß und nur die Ruhe behielt, weil die Würfel gefallen waren und ein Rückzieher nicht mehr in Frage kam.

»Hast du sie gezählt?«, wollte Lucrezia wissen.

»Neunzehn Menschen, elf Schlangen«, entgegnete Venerina ohne Zögern. »Das ist die Vorhut. Mindestens zwölf weitere Männer und etwa vierzig Gefangene sind bei den Wagen. Keiner der Gefangenen scheint sehr jung oder sehr alt zu sein, aber vielleicht befinden sich einige, die nicht laufen können, in den Wagen. Sie sind schlecht ernährt worden, aber wahrscheinlich sind sie trotzdem stark. Der Geist der Wasser wird sie bei Kräften halten.«

Lucrezia wusste, dass Venerina wild entschlossen war und nach allen möglichen Anzeichen suchte, welche die Chancen für einen Sieg wahrscheinlicher machten. Neunzehn plus zwölf ergab bloß einunddreißig; also waren es weniger, als sie zunächst angenommen hatten. Diese Nachricht war in der Tat gut, selbst wenn sich die angeblichen zwölf doch als zu niedrig geschätzt erweisen sollten.

»Wir müssen die erste Gruppe sehr schnell erledigen«, murmelte Andris. »Wenn sie wirklich hilflos sind, kann man dreißig Kehlen mir nichts, dir nichts durchschneiden.«

Dabei verschwieg er, dass die weiteren zwölf oder

fünfzehn Kehlen ohne den Vorteil der Hilflosigkeit wesentlich schwerer zu durchschneiden sein würden.

»Wir haben keine Zeit mehr«, sagte Lucrezia. Sie fühlte, dass sie jetzt die Führung übernehmen musste, da sie allein die Wirksamkeit ihrer Hexenkunst abschätzen konnte. »Wir müssen jetzt sofort zuschlagen, damit wir möglichst viel Zeit haben, bevor die Wagen hier ankommen. Wir können nicht darauf warten, dass sie ohnmächtig werden. Die Hilflosigkeit wird sie noch schnell genug überkommen, während wir uns ihnen nähern.« Dessen konnte sie sich zwar nicht sicher sein, aber sie musste es einfach sagen.

Niemand machte den Versuch, ihre Worte infrage zu stellen oder ihr zu widersprechen, doch ihr war klar, dass die Stille nicht bedeutete, dass es keine Zweifel gab. Allerdings begriff jeder, dass Widerspruch nicht zweckdienlich war.

Als sie ihr schattiges Versteck verließen, blendete das gleißende Sonnenlicht Lucrezias Augen und rief in ihr den Wunsch hervor, das sanftere Licht der Nacht möge ihnen zu Hilfe kommen und ihre Tat in Schatten tauchen. Sie versteifte sich und erinnerte sich daran, dass sie früher schon einmal mit der ruhigen und gefühllosen Kraft einer geschulten Hexe getötet hatte.

Ich muss tun, was man von mir erwartet, sagte sie zu sich selbst, *und ich sollte die Hoffnung hegen, dass ich eines Tages diese Geschichte Ereleth erzählen kann, damit sie stolz auf ihre Schülerin ist.* Sie war sich allerdings der Tatsache unangenehm deutlich bewusst, dass das ›muss‹ des ersten Entschlusses im zweiten bereits zu einem ›sollte‹ aufgeweicht war.

8

Andris hielt den Kopf tief gesenkt, während er auf den Teich zukroch, an dem sich der Feind versammelt hatte. Lucrezia und Venerina Sirelis kämpften sich links von ihm voran, während Ssifuss sich zu seiner Rechten befand. Er fragte sich, wie nahe sie herankommen mussten, bis sie den Zustand ihrer Gegner genau einschätzen konnten.

Als das Haus der Gemeinschaft angegriffen worden war, hatte sich Andris in einem Zustand befunden, der es ihm nicht erlaubt hatte, seine Angreifer zu studieren. Alle Aufmerksamkeit, deren er fähig gewesen war, hatte er auf die monströsen Schlangen gerichtet. Trotz der zahlreichen möglichen Verstecke und trotz des Umstandes, dass die Gegner keine Wachen aufgestellt hatten, war es nicht leicht, sie zu beobachten, ohne das Risiko einzugehen, gesehen zu werden. Andris war so aufmerksam wie möglich, während er sich vorwärts bewegte, da er wusste, dass jede winzige Information über die möglichen Verteidigungsmittel ihrer Feinde äußerst wertvoll war.

Die Reiter waren in jeder Hinsicht armselig gekleidet; ihre Hemden und Hosen waren zerfetzt und schlecht zugeschnitten. Bemerkenswert an ihrer Kleidung war lediglich, dass diese aus einer Art schuppiger Haut geschneidert war, die wie die von Schlangen aussah. Diese seltsame Ähnlichkeit mit ihren monströsen Gefährten ließ sie selbst umso monströser erscheinen. Ihre Sättel und ihr Zaumzeug waren von viel besserer Qualität als ihre Kleidung, doch Andris neigte zu dem Verdacht, dass die einzige Anerkennung, die sie deswegen verdienten, sich auf ihre Fähigkeiten als Diebe bezog. Er wusste, dass diese Marodeure von Westen her zum See des Farblosen Blutes gekommen waren; deshalb war es höchst unwahrscheinlich, dass sie ihre Reittiere in den Städten am Fluss gestohlen hatten, doch die Tiere waren von ähnlicher Statur wie jene von Shabirs Kavallerie und das Zaumzeug war ähnlich metallarm.

Er war froh, feststellen zu können, dass ihre Waffen ebenfalls primitiv waren. Hauptsächlich handelte es sich um Keulen und diejenigen Klingen, die Andris erkennen konnte, waren eher aus einer steinähnlichen Substanz als aus Stahl gefertigt. Er zweifelte nicht daran, dass diese Dolche mit ihren Spitzen beträchtlichen Schaden anrichten konnten, aber wenigstens waren es keine Schwerter und er glaubte auch nicht, dass sie vergiftet waren. Er und seine Gefährten hatten natürlich alle Vorteile auf ihrer Seite; er hatte den Speer, den Ssifuss ihm gegeben hatte, während die Schlange einen Köcher voller Pfeile hatte, die alle von Lucrezia mit Gift bestrichen worden waren. Venerina hielt das einzige Messer, das ihnen verblieben war und das auf ähnliche Weise bestrichen war, aber es war einfach zu klein, um von großem Nutzen zu sein; sie und Lucrezia mussten sich so bald wie möglich wirksamere Waffen suchen.

Es blieb ihm nicht viel Zeit, um die Lage zu erfassen, doch es hatte für Andris den Anschein, als seien die Marodeure keine Männer, die viele Worte machten, auch wenn dies vielleicht eine Auswirkung ihrer offenkundigen Erschöpfung war. Er vermutete aber, dass sie trotz dieser Erschöpfung nie vorgehabt hatten, lange an dem Teich zu bleiben. Sie unternahmen nicht den Versuch, ein richtiges Lager aufzuschlagen, und hatten sich nicht einmal die Mühe gemacht, ihre Pferde abzusatteln. Wahrscheinlich hatten sie nur eine Pause eingelegt, damit sich die Pferde ausruhen und sie selbst ihren Wasservorrat auffrischen konnten, und waren entschlossen, das Riff mit der geringstmöglichen Verzögerung hinter sich zu bringen.

Als er nur noch etwa zwanzig Met von dem Teich entfernt war, erkannte er, dass Lucrezias Hexerei allmählich wirkte – zumindest bei den Männern und ihren Reittieren. Einige der Pferde torkelten wie betrunken und er konnte den Ausdruck des Erstaunens auf den Gesichtern derjenigen sehen, die auf das, was mit ihnen geschah, zu reagieren versuchten. Er sah, wie ein Mann zu Boden ging, dann ein zweiter – doch niemand rief eine Warnung, während die anderen noch an der Uferböschung knieten und die Hände zu Schalen formten.

Mindestens die Hälfte der Riesenschlangen trank ebenfalls. Sie hatten sich auf ihre vorderen Gliedmaßen herabgelassen, als wären sie vierbeinige Tiere – aber diejenigen, die bereits wieder eine aufrechte Stellung eingenommen hatten und sich über ihre knienden Gefährten erhoben, zeigten bisher keinerlei Anzeichen einer Unpässlichkeit.

Andris' kurze und heimliche Beobachtungen erlaubten ihm nicht, etwas über das genaue Verhältnis zwischen den Schlangen und ihren menschlichen Gefährten herauszufinden. Die Schlangen schienen noch schweigsamer als ihre Verbündeten zu sein; niemals sah er, wie eine von ihnen sprach, weder mit einem Menschen noch mit jemandem aus ihrer eigenen Rasse. Er war nicht sicher, ob sie in diesem Unternehmen gleichberechtigte Partner oder lediglich die Jagdhunde waren. Falls die Gruppe einen Führer hatte, so konnte Andris nicht auf den ersten Blick sagen, welcher Mann oder welches Geschöpf das sein sollte, und für eine eingehendere Bobachtung blieb keine Zeit. Etwas in der Art, wie die Menschen umeinander herumliefen, erinnerte ihn an die Dragomitenfrauen, die Fraxinus' Karawane durch die südlichen Gefilde der

Dragomitenberge begleitet hatten, doch vielleicht vermischte sich diese Erinnerung nur mit dem, was er jetzt sah. Weil er wusste, dass einige Geschöpfe zwar wie Menschen aussahen, aber nicht aus einem menschlichen Schoß geboren worden waren, war er bereit zu hoffen, dass es sich mit diesen hier genauso verhielt. Das würde es etwas leichter machen, sie zu töten.

Obwohl niemand eine Warnung brüllte oder einen Befehl bellte, verbreitete sich dennoch Unruhe in der Gemeinschaft, deren Mitglieder endlich die Gefahr erkannt hatten, in der sie schwebten. Aber niemand kam sofort zu dem Schluss, dass sie angegriffen wurden; ihre Panik bewirkte nicht, dass sie zu ihren Waffen griffen. Stattdessen starrten sie auf ihre Hände und stampften mit den Beinen auf, wie um den Gliedern ihre Kraft zurückzugeben. Diejenigen, die sich um den Teich drängten, schauten auf, aber niemand sprang hoch oder spuckte das Wasser aus. Sie hatten das, was mit ihnen geschah, noch nicht in Verbindung mit dem Löschen ihres Durstes gebracht.

Von den Wagen war noch nichts zu sehen, doch Andris war klar, dass sie nicht mehr weit entfernt sein konnten. Er schätzte die Entfernung ab, die ihn von dem nächsten seiner Feinde trennte, und versuchte herauszufinden, ob eine ihrer Waffen von größerem Nutzen für ihn wäre als der Speer, den Ssifuss ihm gegeben hatte. Er konnte zwar nicht eine einzige erkennen, die er leicht zu ergreifen vermochte, wenn er vorpreschte, doch er hoffte, dass Lucrezia und Venerina mehr Glück haben würden. Die Schlange hatte zweifellos die beste Waffe, vorausgesetzt, sie beherrschte die Kunst des Bogenschießens wirklich – aber es blieb abzuwarten, wie viele Pfeile sie abfeuern konnte, bevor eines ihrer Ziele ihr zu nahe kam.

Während er sich straffte und für den Einsatz bereitmachte, sah Andris, dass die Riesenschlangen die

Köpfe zusammensteckten und ihre Arme wie zur Beruhigung ausstreckten. Wenn es Instinkt war, der sie leitete, dann war es ein schlechter Instinkt, denn sie konnten keinen wirkungsvollen Gebrauch von ihren peitschenden Schwänzen machen, während sie so nahe beieinander standen – besonders nicht in der Position, die sie gedankenlos eingenommen hatten, denn auf der einen Seite von ihnen erhob sich ein wandähnliches Gebilde und auf der anderen standen in ungünstiger Nähe zwei mächtige Dendritenstämme. Wie ihre menschlichen Verbündeten befanden sie sich jetzt in eindeutiger Not, aber sie hatten bisher nicht zu ihren Waffen gegriffen. Noch lag der Überraschungsvorteil bei den Angreifern aus dem Hinterhalt.

»Jetzt!«, rief Andris und schoss nach vorn.

Ein Pfeil flog neben ihm durch die Luft, nahe genug, dass er ein wenig ausweichen musste, auch wenn ihn nur der Gedanke an die mit Gift bestrichene Spitze trieb. Das Geschoss traf eine der Riesenschlangen mitten in die Brust und senkte sich tief in ihr Fleisch. Das Ungeheuer schaute erstaunt nach unten, und obwohl es nicht zu Boden ging, verspürte Andris eine Woge der Freude.

Ein weiterer Pfeil folgte dem ersten; er war auf ein anderes Geschöpf gezielt, traf es an der Schulter und hatte keine unmittelbare Auswirkung, aber wenigstens war es ein zweiter Treffer.

Andris hielt seine Lanze waagerecht vor sich, doch die Menschen, auf die er zielte, hatten genug Zeit, um ihn kommen zu sehen, und bemühten sich nach Kräften, ihm aus dem Weg zu gehen. Er konnte das Grauen in ihren Gesichtern sehen, als sie versuchten, beiseite zu springen, und erkannten, dass ihre Glieder nicht so reagierten, wie sie sollten. Einigen gelang es, sich vorerst in Sicherheit zu bringen, aber sie torkelten und fielen nach allen Seiten hin um. Andere griffen liegend nach ihren Waffen, konnten aber nicht mehr aufstehen. Er traf niemanden, als er die Luft mit der Speerspitze durchschnitt, doch er war mit der Wirkung seiner Stöße nicht unzufrieden, denn die Männer taumelten hilflos durch die Gegend, während sie versuchten, seinem Speer auszuweichen.

Anstatt zwischen sie zu laufen und sich in die Gefahr zu begeben, dass sie ihm ein Bein stellten und ihn zu Boden zerrten, hielt Andris an und ergriff eine schwere Keule, die vor seinen Füßen lag. Er nahm die Keule in die rechte Hand und den Speer in die linke. Sein Schlachtplan war sehr einfach: mit der Keule hoch zielen, um Schädel zu zerschmettern, mit dem Speer tief zielen, um Sehnen und Beinmuskeln aufzuschlitzen.

Er konnte weder Rayner noch Venerina Sirelis erspähen, doch er sah, wie sich Lucrezia zu seiner Linken vorwärts bewegte. Während er vorangestürmt war, war sie gekrochen. Sie ergriff ein Messer, das eine längere Klinge als das von Venerina hatte, packte dann ein zweites und tunkte die Klingen beider Messer in eines der Gürtelsäckchen, die offen von ihrer Hüfte herabhingen, bevor sie sich in das Kampfgetümmel warf. Es war eine gute Entscheidung, denn sie hatte nicht die Muskeln, um wie ihre Freundin Dhalla eine schwere Waffe zu schleudern, doch sie hatte geschickte Hände, in denen auch ein Paar leichterer Klingen blutige Früchte tragen konnte.

Andris machte sich keine Illusionen über die Last der Erwartung, die auf seinen Schultern lag; deshalb verweilte er nicht lange unter den zu Boden gegangenen Menschen. Er zerschmetterte die Köpfe von dreien, die noch die Kraft besaßen, den Körper vom Boden zu heben, und schnitt zwei anderen, die sich wie Würmer auf seine Stiefel zuwanden, die Kehle durch. Dann lief er auf die Stelle zu, wo sich die Riesenschlangen versammelt hatten, und schlug unterwegs nach allen Seiten aus. Die monströsen Schlangen stoben auseinander, als er kam, aber das bereitete ihm keine Sorgen – es verhalf Ssifuss zu Zielen, auf die sie schießen konnte, ohne das Risiko eingehen zu müssen, Verbündete zu treffen.

Andris wusste aus Lucrezias Erzählung, dass er damals im Haus der Gemeinschaft fünf der Giganten getötet oder kampfunfähig gemacht hatte, obwohl sie hellwach und bewaffnet gewesen waren; daher war ihm klar, dass sie selbst im Vollbesitz ihrer Kräfte schwerfällig waren. Jetzt aber war mindestens die Hälfte von ihnen durch das Gift, das sie getrunken hatten, in ernsthaften Schwierigkeiten und all seine Befürchtungen verschwanden unter dem Druck des Adrenalinstoßes, der ihn vorwärts trieb. Er schlug mit Speer und Keule gleichzeitig nach den Köpfen der Ungetüme.

Noch immer flogen Pfeile mit mechanischer Regelmäßigkeit heran; Ssifuss leerte systematisch ihren Köcher. Selbst die Volltreffer verursachten keine tödlichen Wunden, doch sie erhöhten sowohl die Verwirrung als auch die Qualen der Kreaturen. Als Andris zum ersten Mal in Reichweite ihrer herumtappenden Hände kam, war noch nicht eine der elf Riesenschlangen zu Boden gegangen, doch nur vier von ihnen hatten Waffen ergriffen; die übrigen tasteten ohne ein richtiges Ziel umher.

Andris war ein sehr großer Mann und trotzdem türmten sich die Schlangen noch über ihm auf. Er war auch ein sehr starker Mann, doch die Ungeheuer hatten eine feste Haut und einen noch festeren Schädel und ihre vor Wut aufgeblasenen Köpfe reichten hoch hinaus. Er fühlte sich wie ein wespenähnliches Insekt, das in einen Schwarm scharfäugiger Vögel eindringt, doch er besaß auch einen wespenähnlichen Stolz auf die Kraft und das Gift seines Stachels. Der

Speer schnitt drei von ihnen den Hals auf, bevor er endgültig stecken blieb, doch mit der Keule schlug Andris weiterhin zu. Es war nicht leicht, nach oben zu zielen, und er konnte keine Schläge landen, die so überwältigend wie diejenigen waren, mit denen er die Menschen gefällt hatte, doch er spürte trotzdem, wie Kiefer brachen und Kehlen unter seinen Schlägen zugedrückt wurden.

Er hatte den Speer wieder zurückgezogen und stach jetzt zu, anstatt zu schlitzen. Eines der Ungetüme versuchte, die Klinge zu packen, aber es gelang ihm nicht. Die schuppige Haut der Schlangen war nur schwer aufzuschlitzen – selbst eine Stahlklinge wäre nicht mit Leichtigkeit in das Fleisch der Riesenschlangen gedrungen –, aber dennoch verursachte jeder Schlag, den er ihnen versetzen konnte, einen gewissen Schaden und er versetzte sie schneller, als er sie zählen konnte.

Trotzdem gingen sie nicht zu Boden – nicht einmal jene, in deren Brust ein vergifteter Pfeil steckte.

Einige schreckliche Sekunden lang glaubte Andris, dass er ein Narr gewesen war – dass sein Stachel letztlich doch nicht so machtvoll war und dass sie ihn ergreifen und zerreißen würden, als wäre er bloß ein störendes Insekt. Unter anderen Umständen hätten sie dies sicherlich getan, doch als sie versuchten, ihn zu packen, bewegten sie sich sehr unbeholfen, als ob sie mit ihren von Fieber und Alter geschwächten Gliedern im Dunkeln umhertappten. Er tanzte vor ihnen mit einer Beweglichkeit herum, die seinen Hunger und seine Müdigkeit Lügen strafte; so vermochten sie ihn weder zu zerschmettern noch zu fangen.

Die großen Schlangen trugen außer einem Lendenschurz, wie auch Ssifuss ihn besaß, keinerlei Kleidung. Sie hatten weder Gürtel noch andere Tragegurte und daher keine Waffen zur Hand. Zwei oder drei von ihnen wandten sich ab und suchten nach Speeren oder

Knütteln, aber die meisten von ihnen gebrauchten bloß die Hände. Die Riesenschlangen hatten eine große Reichweite, besonders wenn sie sich vorbeugten, doch ihre vorderen Gliedmaßen waren nicht annähernd so kräftig wie ihre Beine, denn sie waren im Verhältnis zum Körper weitaus dünner. Andris brauchte mit seinen beiden Waffen nur reflexartige Paraden zu machen, um die gestrafften Finger zu zerschneiden und die schmalen Fäuste zu zerquetschen.

Währenddessen flogen die Pfeile noch immer. Andris vermutete, dass der Vorrat an ihnen langsam ausgehen musste. Aber jetzt endlich fielen die Riesen nieder; das Gift, das sie getrunken hatten, zeigte im Zusammenspiel mit dem Gift in ihren Wunden allmählich Wirkung.

Andris setzte die scharfe Seite der Speerspitze weiterhin gegen Finger und Unterarme ein, wenn es nötig wurde, und gegen Brustkörbe und Waden, wenn er genug Platz für einen Angriff hatte. Seine Keule stieß gegen Köpfe und Ellbogen mit einer Kraft, die betäubend wirken musste.

Trotz ihres anfänglichen Unvermögens, ihn zu packen oder zu entwaffnen, hätten die Schlangen den Spieß noch umdrehen können, wenn nicht in diesem Augenblick Verstärkung angerückt wäre. Gerade als es so schien, als könnten die sechs oder sieben noch aufrecht stehenden Schlangen ihre Kräfte bündeln und ihn überwältigen, erschien eine weitaus geschmeidigere Schlange, die sich ihren schwerfälligen Verwandten entgegenstellte. Ssifuss hielt jetzt eine gute, wenn auch kurze und schmale Metallklinge in der Hand, die sie genauso eifrig führte, wie sie ihren Köcher geleert hatte.

Falls die Riesenschlangen überrascht waren, dass jemand von ihrer eigenen Art sich gegen sie wandte, so zeigten sie es weder durch ein hörbares noch durch ein sichtbares Zeichen. Vier ließen von Andris ab, um sich dem Neuankömmling entgegenzuwerfen. Das gab Andris den Platz, den er brauchte, um nach denjenigen auszuschlagen, die noch vor ihm standen. Er sah, wie einer der Gegner fiel, dann ein zweiter, und obwohl er wusste, dass es nicht allein seine Schläge waren, die sie gefällt hatten, verspürte er eine Woge des Triumphs. So mussten sich die Helden der Sagen und Legenden gefühlt haben, wenn sie Feuerdrachen und Manticoren abschlachteten.

Andris ließ die Keule fallen, damit er den Speer mit beiden Händen halten konnte. Er schwang die Waffe mit aller Kraft in einem horizontalen Bogen und zielte unter das letzte Paar schwerfällig herumtastender Hände. Der Speer stieß in den vorgestreckten Bauch seines Angreifers und Andris wirbelte sofort herum, um dieselben Dienste denjenigen Schlangen zuteil werden zu lassen, die sich Ssifuss zugewandt hatten.

Ssifuss war durch den Schlag eines massiven Schwanzes zu Boden gegangen und noch immer benommen. Der Riese, der sich jetzt über seinem kleineren Verwandten erhob, hätte diesem den Schädel zerschmettert, wenn er eine weitere Sekunde Zeit gehabt hätte, um den Schlag auszuführen, doch Andris war zur Stelle und ging dazwischen. Der Schlag erfolgte nie.

Andris trieb den Kopf seines Speeres in den Hals des Riesen; die scharfe Seite der Klinge schlitzte ihm die Kehle und die Arterien auf. Die Kreatur wurde sofort zurückgeschleudert, sowohl durch ihre eigene Reaktion als auch durch die Macht des Schlages; ihre Keule flog zur Seite.

Ssifuss verlor keine Zeit. Sogleich sprang sie auf die Beine und ergriff eine Waffe. Andris und Ssifuss standen jetzt Seite an Seite und ihre verbliebenen Gegner taumelten umher wie Betrunkene kurz vor dem Zusammenbruch. Die beiden schlugen im Gleichklang aus. Ihre Schläge hatten eine unmittelbare und machtvolle Wirkung; die Riesen gingen einer nach dem anderen zu Boden und denjenigen, die ihre Plätze einnahmen, erging es auch nicht besser.

Alle Riesen, die von den Pfeilen getroffen worden waren, welche Ssifuss abgefeuert hatte, waren gestürzt. Lucrezias Giftmischung zeigte nun ihre volle Wirkung. Falls es unter ihnen einige gab, die nicht von dem Wasser getrunken hatten, so machte das jetzt keinen Unterschied mehr. Andris wurde von einem verirrten Arm am Kopf getroffen, aber er geriet nicht einmal ins Taumeln. Als es einer der gewaltigen Kreaturen gelang, ihn mit ihrem Schwanz am Kopf zu treffen und ihn dadurch zu Boden zu strecken, war die Schlacht schon so gut wie gewonnen.

Auch Ssifuss wurde von einem peitschenden Schwanz getroffen, doch die kleinere Schlange benutzte ihren eigenen Schwanz, als wäre er ein zusätzliches Bein, und hatte daher sogar dann noch genügend Halt, um ihr Messer tief in den Schwanz ihres Feindes zu bohren, als sie schließlich umgeworfen wurde. Das Gift an Ssifuss' Klinge konnte nicht sofort wirken, doch als Andris sah, wie das rote Blut aus der Wunde des Riesen sprudelte, wusste er, dass der Hieb tödlich war. Er konnte es sich leisten, seine Aufmerksamkeit zumindest teilweise wieder auf die menschlichen Feinde zu richten, und bemerkte, dass es innerhalb seiner Reichweite nur noch sehr wenige davon gab.

Als Andris kreuz und quer über das Schlachtfeld lief, musste er hier einem vorgestreckten Fuß und dort einer zugreifenden Hand ausweichen, doch die beiden letzten Riesen waren so langsam und unbeholfen, dass sie keine Bedrohung mehr darstellten. Es gelang ihm, den Speer wieder aufzuheben und mit ihm zuzustechen: einmal, zweimal, dreimal. Ssifuss war ein wenig zurückgewichen und die beiden verbliebenen Gegner liefen hinter Andris her, doch sie schienen nichts mehr ausrichten zu können; sie waren nur noch große Ziele, die darauf warteten, aufgeschlitzt zu werden.

Andris schlitzte sie nicht auf, doch die Speerspitze verursachte drei weitere tödliche Schnitte, bevor sie abbrach und er auf der Suche nach einem Ersatz umherhastete. Als er endlich einen gefunden hatte, stand nur noch eine einzige Schlange aufrecht und Ssifuss hielt ihrem letzten Schlag stand. Die große Schlange fiel auf die kleinere, aber wenigstens fiel sie und Andris wusste, dass Ssifuss kräftig genug gebaut war, um diesen Aufprall zu überleben, vorausgesetzt, sie schnitt sich nicht mit ihrer eigenen Klinge.

Andris senkte die Waffe, die er ergriffen hatte, auf eine Höhe, die nur für menschliche Feinde geeignet war, doch von denen gab es keine mehr.

Der Gestank war entsetzlich, aber es waren kaum noch Geräusche zu hören. Es hatte nur sehr wenige Angstrufe und noch weniger Schmerzensschreie gegeben. Die Gifte hatten ihren Opfern die Möglichkeit geraubt, sich gegen ihr Schicksal aufzulehnen. Darin lag sicherlich eine gewisse Gerechtigkeit; es waren Kreaturen, die ohne Umstände das Haus der Gemeinschaft angegriffen hatten und ihr Tod war in keiner Weise bedauernswert.

Einen Augenblick lang frohlockte Andris bei dem Gedanken, dass alles vorüber und der Kampf entschieden war – doch dann kam der erste der Wagen an, nur wenige Minuten zu früh.

9

Jacom wusste, dass er in dem sich anbahnenden Kampf von keinerlei Nutzen sein konnte, aber der Gedanke, dass seine Rolle lediglich darin bestand, sich an Kasdejas Mähne festzuhalten, beruhigte ihn nicht im Mindesten. Wie fürchterlich der Feind auch sein mochte, er hätte viel lieber ein Schwert in der Hand gehabt. Die einzige wirksame Medizin, die er gegen Angst kannte, war ein heftiger Kampf; den Luxus nachzudenken konnte man sich nicht erlauben, wenn es um Leben und Tod ging.

Als die fünf vogelähnlichen Geschöpfe über die einsame Manticore herfielen, erkannte Jacom, dass es tatsächlich Reptilien waren. Er vermutete, dass sie näher mit den Krokoliden als mit dem flugunfähigen Geflügel verwandt waren, das wegen seiner Eier und seines Fleisches von einigen der Kleinbauern auf den Besitzungen seines Vaters gehalten wurde. Ihre Schwimmfüße und Beine sahen aus wie bei einem Wasservogel, doch ihre oberen Gliedmaßen ähnelten Flügeln noch weniger, als es zunächst den Anschein gehabt hatte.

Jacom hatte nie verstehen können, warum flugunfähige Vögel ihre nutzlosen Flügel behalten hatten, anstatt ihre oberen Gliedmaßen zu einem anderen Zweck weiterzuentwickeln. Diese Kreaturen hier schienen etwas besser beschaffen. Obwohl er den Zweck ihrer ›Schwingen‹ nicht zu erraten vermochte – es waren mantelähnliche Auswüchse, die an den oberen Gliedern angewachsen waren –, endeten die Arme selbst doch in klauenartigen Händen von überraschender Feingliedrigkeit. Zu seinem großen Erstaunen bemerkte er, dass diese Hände Waffen hielten: nadelscharfe Dolche, die aussahen, als seien sie aus schwarzem Glas gefertigt. Er hatte ähnliche in den Händen einiger weniger Männer aus General Shabirs Streitmacht gesehen.

Der Anblick dieser Waffen ängstigte ihn mehr als der Anblick der Reihen von scharfen Zähnen, die die krokolidähnlichen Kiefer der Kreaturen bestückten und sie als spezialisierte Fleischfresser auswiesen. Die Zähne zeugten nur von der möglichen Wildheit der Tiere; aber die Dolche in ihren Händen wiesen auf ihre mögliche Intelligenz hin. Kasdeja hatte bereits verächtlich von dem wahrscheinlichen Grad dieser Intelligenz gesprochen, doch er besaß nur einen einzigen Stachel, wie viel Gift darin auch gespeichert sein mochte. Während Jacom rittlings auf dem Rücken der Manticore saß, war sie nicht dazu in der Lage, ihre eigenen dolchähnlichen Klauen bestmöglich einzusetzen.

Wenn ich bloß mein Schwert hätte, dachte Jacom, *dann könnte ich wenigstens etwas helfen, wenn auch nicht viel. Wie es aussieht, bin ich jetzt lediglich ein Hindernis.* Das war natürlich nicht seine Schuld, doch deshalb waren die Aussichten nicht weniger alarmierend.

Die fünf Reptilien schienen Respekt vor der Kampfkraft der Manticore zu haben. Sie bewegten sich auf das Ungetüm zu, als wollten sie ein Fünfeck um es bilden und es von allen Winkeln aus gleichzeitig angreifen. Sie tanzten vor und zurück, als Kasdeja hierhin und dorthin einen Ausfall machte, und hielten sich vorsichtig von seinem Stachel fern. In der Art, wie sie ihr Manöver ausführten, lag nichts Ungeduldiges, was den Eindruck verstärkte, dass sie denkende Wesen waren.

Offenbar bestand Kasdejas Vergeltungsstrategie darin, mit aller Macht zu versuchen, sich den Rücken freizuhalten. Jacom erkannte, dass das schwierige Gelände ihnen vielleicht sogar zum Vorteil gereichen konnte. Den Angreifern gelang es nicht, ihr Fünfeck zu vervollständigen, da die Manticore ihre Position nahe einer flachen Grube einnahm, die von einer dunklen und klebrigen Substanz überquoll, vor der die Reptilien deutliche Angst zeigten. Dank Kasdejas ernsten Warnungen wusste Jacom gut genug, welcher Gefahr sich die Reptilien gegenübersahen. Er wusste allerdings auch, dass das Einnehmen einer Position so nahe am Rande eines Untergrundes, der begierig darauf wartete, die Manticore zu ergreifen und in sich hineinzusaugen, eine List war, die sich gegen sie wenden konnte. Auch Kasdejas Bewegungsmöglichkeiten waren dadurch eingeschränkt; er konnte in diese Richtung keine Ausweichmanöver machen, wollte er nicht mit den Hinterläufen in den schlammigen Rachen des Todes rutschen.

Wenigstens zu Beginn erwies sich die Taktik der Manticore als tadellos. Die Reptilien behandelten die Grube mit genauso großer Vorsicht wie den Stachel ihres Gegners und wurden so gezwungen, eine engere Formation zu bilden, als ihnen wahrscheinlich lieb war.

Kasdeja senkte das Hinterteil ab und hob den Kopf, sodass er sich auf nur einer Vorderpfote abstützen musste und die andere heben konnte, deren Krallen er ausgefahren hatte. Jacom war sehr froh, dass er den Sattel und die Steigbügel hatte, in denen er sich halten konnte; wenn er gezwungen gewesen wäre, ohne Sattel zu reiten, wäre es ihm um einiges schwer gefallen, seine Position beizubehalten.

Die Reichweite der Manticore war größer, als Jacom es erwartet hatte. Daraus schloss er, dass Kasdejas Schultern ungewöhnlich dehnbar sein mussten, doch die Reptilien blieben genauso vorsichtig außerhalb der Reichweite der Klauen, wie sie die Reichweite des Stachels mieden. Sie waren in der Tat so vorsichtig, dass sie eine ganze Minute und länger, nachdem Kasdeja seine Position eingenommen hatte, ohnmächtig zauderten und nach einer vorteilhafteren Stellung Ausschau hielten. Während Jacom sie beobachtete, wuchs in ihm die Hoffnung, die Angreifer könnten sich eines Besseren besinnen und den Kampf aufgeben – aber das war leider nicht der Fall.

Mit einem Mal handelten die Reptilien in völligem Gleichklang, obwohl keines ein sichtbares oder hörbares Signal gegeben hatte. Sie kamen rasch heran; ihre spitz zulaufenden Köpfe mit den offenen Mäulern schossen nach vorn. Sie schlugen mit ihren kleinen Händen aus und versuchten, mit ihren spitzen Dolchen der Manticore ins Gesicht zu stechen.

Kasdejas Stachel peitschte dem Reptil entgegen, das sich am weitesten links in der Schlachtordnung befand. Die bedrohte Kreatur riss rasch den Arm über den geduckten Kopf, sodass die mantelähnliche Membrane plötzlich zu einem Schild wurde. Jacom fragte sich, ob das ihre einzige Funktion war. Der Stachel der Manticore bohrte sich in die Membrane und schnellte dann wieder zurück. Das Reptil schien mit diesem Ergebnis recht zufrieden und enthüllte sein Gesicht sofort wieder, um einen neuen Angriff zu führen.

Im Augenblick hatte es den Anschein, dass die austeilenden Klauen der Manticore weitaus mehr Schaden angerichtet hatten als ihr Stachel, denn ihre Krallen hatten nicht weniger als drei der auf sie zuschießenden Köpfe erwischt, wobei sie einem der Ungetüme das linke Auge herausgerissen und die Schnauzen von zwei anderen blutig gekratzt hatten. Die drei Mäuler waren zugeschnappt, ohne etwas zu erwischen. Das fünfte Reptil war das erste, das dafür Vergeltung üben konnte; seine Kiefer schlugen weniger als zehn Sem von Jacoms zupackender Hand entfernt in den Hals der Manticore – aber Kasdejas Mähne war so dick und drahtig, dass die sich eingrabenden Zähne kein Blut hervorbrachten und vielleicht nicht einmal bis auf die

Haut durchkamen. Jacom hörte Kasdejas zischenden Atem, aber es lag kein Schmerzenslaut darin.

Die Bestie, welche die Manticore gebissen hatte, bezahlte schwer für ihren mageren Erfolg; der Schwanz, der vorhin nach rechts ausgeschlagen hatte, schnellte jetzt zurück, als sei er eine Peitsche. Dieses Ziel war nicht in der Lage, einen schützenden Mantel über sich zu breiten, weil es seine Hände in der Hoffnung ausgestreckt hatte, der Schulter der Manticore Stichwunden beizubringen. Der Stachel traf das Geschöpf dort am Hinterkopf, wo der Schädel mit der Wirbelsäule verbunden war, und das Reptil schrie vor Schmerzen auf, als es nach hinten zuckte und seine zusammengebissenen Kiefer Kasdeja einen großen Haarbüschel ausrissen.

»Halt dich fest!«, rief Kasdeja, als sich die Köpfe, die seine umherdreschenden Klauen verwundet hatten, einfach nicht zurückziehen wollten. Jacom hatte eine vage Ahnung davon, was jetzt kommen würde. Er lockerte seinen Griff ein wenig, bevor er das raue Haar wieder mit all seiner Kraft packte.

Als die Reptilien ihren vermeintlichen Vorteil auszunutzen versuchten, taumelte Kasdeja auf seine gewaltigen Hinterpfoten und erhob sich drohend. Jetzt schlug er mit beiden Vorderpfoten gleichzeitig aus. Vielleicht hatten die Angreifer geglaubt, dass er dazu mit einem Reiter auf dem Rücken nicht in der Lage wäre, oder vielleicht hatten die vergleichsweise harmlosen Wunden, welche die Manticore ihnen bisher zugefügt hatte, ihre Reaktionen durcheinandergebracht. Ihre tastenden Schnauzen und ausgestreckten Arme zitterten unschlüssig, ihre Koordination war zusammengebrochen.

Wenn die vier verbliebenen Kreaturen ihre Bewegungen geschickt gelenkt hätten, wäre ihnen jetzt vielleicht ein tödlicher Schlag geglückt. Der Hals und die

Brust der Manticore waren ungeschützt, als sie ihr Klauenpaar gleichzeitig einsetzte, aber zwei der Reptilien hatten ihre Stilette zurückgerissen, als sie sich gegen den peitschenden Stachel verteidigen mussten, und die anderen beiden arbeiteten einander entgegen.

Jetzt geschah alles so schnell, dass Jacom die verschiedenen Schläge, die Kasdeja machte, nicht mehr genau erkennen konnte. Er hatte das Gesicht zu nah an den Hinterkopf der Manticore gepresst und wäre sowieso nur dazu in der Lage gewesen, in eine einzige Richtung zu schauen. Er spürte, wie sich die Schultern seines Reittiers hoben, als es mit den Vorderbeinen ausschlug, und er wusste, dass der Stachel unablässig mit scheinbar unmöglicher Geschwindigkeit durch die Luft peitschte, aber er sah nur sehr wenig von dem, was mit den Angreifern geschah, bis sich Kasdeja wieder auf alle viere herabließ. Selbst dann blickte Jacom instinktiv zuerst hinter sich, um zu sehen, wie nahe er daran war, von dem Rücken der Kreatur hinab in den dunklen Schlick zu rutschen, der ihn sofort verschlungen hätte.

Der Rand der Grube war nur wenige Sem von der hintersten der großen Pfoten der Manticore entfernt, doch auch diese Pfote stand auf festem Boden und die Hinterbeine gaben nicht nach.

Als Jacom wieder nach vorn sah, bemerkte er, dass zwei der Reptilien bereits flohen, und zwar mit einer Geschwindigkeit, die ihn erstaunte. Sie liefen mit unheimlich wirkendem Gleichschritt und verschwanden in den Schatten des Großen Riffs. Die anderen drei lagen sterbend da. Ihre Körper zuckten unkontrolliert im Griff des Stachelgiftes, während ihre weit geöffneten Münder ohne großen Erfolg versuchten, gequälte Schreie auszustoßen. Der Laut, den sie tatsächlich zustande brachten, war nicht mehr als ein gemurmeltes, klagendes Jammern.

Kasdeja streckte eine Vorderpfote aus und trat eine der verwundeten Kreaturen zur Seite. Der Körper fiel in die wartende Grube. Das Reptil war offenbar leichter, als seine Körpermasse andeutete, denn es ließ sich ohne weiteres forttreten. Es schlug um sich, als der schwarze Schlick es ergriff, aber das Schlagen bewirkte nur, dass es umso schneller sank. Jacom zweifelte nicht daran, dass es gierig verschluckt wurde.

Kasdeja bahnte sich vorsichtig seinen Weg zwischen den zwei verbliebenen Reptilien und behielt beide im Auge, damit sie ihn nicht mit einem letzten krampfartigen Zucken überraschen konnten.

»Bist du schlimm verletzt?«, fragte Jacom, sobald sie in Sicherheit waren. Während er sprach, schaute er auf die linke Flanke der Manticore nieder, wo dunkles Blut austrat und das lohfarbene Fell rot sprenkelte.

»Es ist nichts«, versicherte Kasdeja ihm.

»Du hattest Recht«, sagte Jacom. »Sie hätten den Verstand haben müssen, sich von dir fern zu halten.«

Die Manticore gab nichts auf seine Komplimente. »Innerhalb des Rades müssen wir vorsichtiger sein«, sagte Kasdeja. »Dort gibt es zu viele blinde Durchgänge und enge Spalten. Mörder wie diese Reptilien bevorzugen es, im offenen Gelände zu kämpfen, aber bei ihren Brüdern ist das anders.«

»Was waren das für Geschöpfe?«, fragte Jacom, der noch immer darauf wartete, dass sein Herz nicht mehr gar so ängstlich hämmerte. »Von so etwas habe ich noch nie gehört.«

»Wenn du ihnen einen Namen geben willst, nur zu!«, entgegnete Kasdeja. »Es reicht, dass sie Mörder sind, und das ist vermutlich *alles*, was sie waren.«

»Etwa wie Dragomitenkriegerinnen?«, fragte Jacom unsicher. »Ausgebrütet für den Nestkrieg: Stoßtruppen, die ausgeschickt werden, um zu jagen und zu zerstören. Aber sie besaßen Hände und Waffen. Sie müssen intelligenter sein als die Dragomitenkriegerinnen.«

»Ich bezweifle, dass sie eine Sprache oder Überlieferungen hatten«, erwiderte Kasdeja, »und ihr Instinkt hat sie verraten, indem er sie in ein Duell mit einer Manticore getrieben hat – es sei denn, du warst es, der sie angelockt hat, und nicht ich. Vielleicht wären sie uns aus dem Weg gegangen, wenn sie dich nicht auf meinem Rücken gesehen hätten, mein Freund.«

Jacom schenkte der Tatsache gebührende Aufmerksamkeit, dass die Manticore ihn ›Freund‹ genannt hatte, doch er befürchtete, dass es eher sarkastisch gemeint war. »Warum sollten sie ein so großes Risiko auf sich nehmen, bloß um einen Menschen zu töten?«, hielt er dagegen. Das schien ihm das größere Rätsel zu sein.

»Es gibt Wesen auf dieser Welt, die deine Art nicht mögen – aber es gibt auch Wesen, die deine Art so sehr mögen, dass sie es nicht ertragen können, euch in anderen Händen als den ihren zu sehen. Ich habe keine Ahnung, zu welcher Sorte diese Reptilien gehörten, aber es ist möglich, dass sie von eurem eigenen Grund und Boden kamen – dass sie ein Produkt dessen waren, das du *Wiege der Chimäre* nennst.« Auch diese Vermutung schien sarkastisch gemeint zu sein, doch es lag eine unterschwellige Ernsthaftigkeit in ihr, die der Bemerkung die Spitze nahm; es war, als wisse Kasdeja um die düsteren Folgen, die sich aus dieser Möglichkeit ergaben.

»Wenn sie von dem Ort kamen, den meine Urväter erschaffen haben«, sagte Jacom vorsichtig, »dann bezweifle ich, dass sie ausschließlich zu mörderischen Zwecken in die Welt gesetzt wurden. Unsere Überlieferungen gebieten uns, großzügig zu sein, auch zu Kreaturen, die von uns sehr verschieden sind.«

Das beeindruckte Kasdeja keineswegs. »Zu welchem

Zweck wurde denn die Streitmacht, zu der du kürzlich noch gehörtest, aufgestellt und gedrillt?«, fragte die Manticore. »Wohl kaum, um Dragomiten zu jagen – und sicherlich nicht, um Manticoren zu jagen. Mir scheint, dass ihr alles andere als großzügig seid, nicht einmal zu eurer eigenen Art. Die Wiege der Chimäre gebiert Geschöpfe, die mir selbst nicht unähnlich sind, und andere, die noch viel seltsamer sind als ich. Ich will nicht sagen, dass sie tatsächlich diese Mörderwesen geboren hat, aber ich muss sagen, dass sie es könnte und würde.«

»Ich kann nicht glauben, dass der Plan, den unsere Urväter gemacht haben, auch Kreaturen wie diese einbezieht«, erwiderte Jacom so ruhig wie möglich. »Wenn es so wäre, dann würden die Überlieferungen sicherlich von ihnen berichten. Ich weiß nicht, was für eine Art von Krieg hinter diesem seltsamen Wall tobt, aber es scheint klar zu sein, dass diese Reptilien Feinde der Menschheit und auch Feinde der Wiege der Chimäre waren.« Still fügte er für sich hinzu: *Aber die Tatsache, dass du sie bekämpft hast, selbst wenn es nur um meinetwillen war, überzeugt mich noch nicht davon, dass du wirklich berechtigt bist, mich Freund zu nennen.*

»Der Wechsel und die Umstände schaffen seltsame Bündnisse«, versicherte ihm die Manticore. »Sei froh, dass du nicht abgerutscht bist, als ich aufrecht stehen musste. Ich hätte dich nicht retten können, wenn du auf den dunklen Grund gefallen wärst – wenn ich es versucht hätte, wärest du wahrscheinlich entzwei gerissen worden.«

»Dann sollte ich mir also der Tatsache bewusst sein, dass ich ein sehr wertvolles Geschöpf bin«, gab Jacom zurück. Er war der Meinung, dass auch er sich jetzt einen gewissen Sarkasmus erlauben durfte. »Es wäre ein trauriges und dümmliches Schicksal, von Rivalen auseinander gerissen zu werden, die mich für sich beanspruchen oder sicherstellen wollen, dass mich niemand bekommen kann, wenn es ihnen schon nicht gelingt.«

»Du bist kein *so* wertvoller Schatz«, versicherte ihm die Manticore sardonisch, aber sie gab auch keine genauere Einschätzung von Jacoms Wert ab.

Sie befanden sich jetzt unmittelbar vor dem seltsamen ›Wald‹, den Kasdeja den Rand des Krieges nannte, und Jacom sah sich neugierig um und fragte sich, ob die ›Bäume‹, die aus Stein und Metall zu bestehen schienen, tatsächlich lebendig waren.

Wenn ich die Prinzessin oder sogar der weltweise Kaufmann wäre, dachte er, *könnte ich von weitaus größerem Nutzen sein – aber ich bin nur ein demütiger Gardehauptmann, der wegen seiner Unfähigkeit ins Exil geschickt wurde. Ich sollte überhaupt nicht hier sein. Das mag das Schicksal derer sein, die mit dem Blut der Schlange geschlagen sind, oder derjenigen, in deren weitem Herzen das Feuer des Salamanders hell lodert, aber es sollte nicht dem Sohn eines Obstbauern passieren.*

Wenn er jemals zurückkehrte und seine Geschichte in Xandria erzählte, würde keiner, der ihn vorher gekannt hatte, ihm Glauben schenken. Das konnte er auch niemandem vorwerfen. Wenn er jemals nach Xandria zurückkehren sollte, hätte wahrscheinlich sogar er selbst Schwierigkeiten zu glauben, dass all dies kein Albtraum gewesen war.

»Würdest du mich für eine bessere Trophäe im Stich lassen?«, fragte Jacom. »Nach welchen Kriterien würdest du dich zwischen zwei Menschen entscheiden?«

»Mach dir darüber mal keine Sorgen«, riet ihm die Manticore. »Jetzt, wo ich dich habe und sogar Blut vergossen habe, um dich zu behalten, werde ich dich bestimmt nicht mehr gehen lassen. Bei mir bist du sicher.«

Jacom wünschte, er hätte Verstand genug, um entscheiden zu können, ob der letzte Satz eine Lüge war oder nicht – und was er in dem einen oder anderen Fall bedeuten mochte.

10

Lucrezia war bestürzt darüber, dass ihr Appetit aufs Töten sofort verschwand, als sie sich an der Schlacht beteiligte.

Als Ereleths Lehrling war sie schon in frühem Alter in der Geisteshaltung geschult worden, die einer Giftmischerin angemessen sind, und sie hatte diese Haltung mühelos bis in das Erwachsenenalter hinein aufrechterhalten. Als Hexenprinzessin war es ihre Pflicht und Aufgabe, die vielen Wege zu kennen, auf die man Leute töten konnte, und bei der Ausübung ihrer Kunst durften sie keine Gewissensbisse plagen. In der Zitadelle von Xandria hatte sie ohne Skrupel zu Studien- und Übungszwecken getötet und nicht die geringste Schwierigkeit darin gesehen, ihrer Berufung gemäß zu handeln. Als sie zum ersten Mal durch die Umstände dazu gezwungen worden war, ihre Kunst zur Selbstverteidigung einzusetzen – als sie und Hyry Keshvara in Khalorn von Räubern überfallen worden waren –, hatte sie sich dieser Herausforderung mit hemmungsloser Grausamkeit gestellt und ihren Erfolg als Bestätigung ihrer Fähigkeiten angesehen.

Unglücklicherweise war zwischen damals und jetzt eine Menge geschehen.

Sie hatte hilflos zusehen müssen, wie Jume Metras Kriegerinnen Djemil Eyubs Männer grundlos abschlachteten. Sie hatte hilflos zusehen müssen, wie sich die Dragomiten in den Korridoren der Macht aus keinem ersichtlichen Grund gegenseitig meuchelten. Genauso hilflos war sie gewesen, als sie nur sehr wenig von der Schlacht an der Brücke mitbekommen hatte, bei der Checutis Bomben und Dhallas Speer einer Hand voll Dragomiten dabei geholfen hatten, eine ganze Streitmacht auszuradieren – doch sie hatte die Nachwirkungen dieser Schlacht gesehen. Sie war über das von Leichen übersäte Schlachtfeld gewandert, dessen Anblick, Geräusche und Gestank ihre Sinne mit spöttischer Unverfrorenheit bestürmt hatten, und sie hatte nur zu gut gewusst, dass all das unnötig gewesen war. Wenn General Shabir auch nur ein Fünkchen Verstand besessen hätte, wäre dieses Blutvergießen vermeidbar gewesen; es war nichts als Verschwendung und Sinnlosigkeit.

Ein gewaltsamer Tod war für sie nicht mehr eine Sache der Notwendigkeit und Kunstfertigkeit; er war zu einer schwarzen Farce geworden, die vollkommen sinnentleert war. Den gegenwärtigen Kampf sah sie unweigerlich in demselben Licht. Warum hatten diese monströsen Narren die Gemeinschaft angegriffen? Warum hatten sie einem Ort des Friedens Tod und Zerstörung gebracht? Warum hatten sie eine so machtvolle Vergeltung erzwungen?

Es war alles nur Verschwendung: Verschwendung und Sinnlosigkeit.

Trotzdem machte sie sich an ihr Werk. Ihr blieb keine andere Wahl. Sie wünschte, sie würde sich besser dabei fühlen, doch all ihr Zorn war in der Planung und der Erkenntnis der Notwendigkeit des Ganzen aufgegangen. Jetzt fühlte sie gar nichts mehr außer einem zupackenden Ekel, der in ihren Eingeweiden wühlte. Sie empfand nicht länger den verzweifelten Reiz der Angst, um von jeder feineren Art von Anregung ganz zu schweigen.

Vielleicht, dachte sie, *bin ich trotz aller Hoffnungen Ere-*

leths und trotz ihrer Zuversicht doch nicht für die Hexerei geschaffen.

Als sie aber aus ihrem Versteck hervorgekrochen war, verlor sie keine Zeit und bewegte sich so unauffällig wie möglich zu dem nächstgelegenen Gepäckhaufen, den die in Schlangenhaut gekleideten Männer abgestellt hatten. Sie wurde entdeckt, bevor sie ihr Ziel erreicht hatte, aber nicht rechtzeitig genug, damit die Männer, die sie gesehen hatten, sie auch abfangen konnten. Einer oder zwei versuchten es zwar, doch sie verloren bereits die Kontrolle über ihre Glieder. Die meisten waren viel bestürzter über den Anblick von Andris, der aus dem Hinterhalt mit solch kühnen Bewegungen hervorbrach, dass er eher wie ein Riese als wie ein Mensch wirkte.

Sie hatte einen der Beutel an ihrem Gürtel geöffnet und war bereit, die Spitze jeder Waffe, die sie ergreifen konnte, mit Gift einzureiben, aber ihr war bewusst, dass auch das die groben Dolche nicht in magische Tötungsmaschinen verwandelte, die jeden Mann schon bei der ersten Berührung dahinrafften. Das erste Gesetz der Hexenkunst besagte, dass nicht die Substanz, sondern die Dosis das Gift machte, und sie wusste, dass die Dosis möglicherweise nicht ausreichen würde, um tödlich zu wirken. Dennoch, ihr vordringlichstes Ziel war es nicht zu töten, sondern kampfunfähig zu machen. Sie musste sicherstellen, dass alle menschlichen Feinde, die nicht bereits von der ins Wasser geschütteten Droge gelähmt waren, keine ausreichende Verteidigung mehr zustande brachten, und sie gedachte, so viele Kehlen und Augen wie möglich zu zerschlitzen, und zwar so schnell wie möglich. Und genau das tat sie, auch wenn es ein hohes Maß an Konzentration erforderte, sich nicht umzudrehen und zu sehen, wie es Andris und Ssifuss in ihrem Kampf gegen die Riesenschlangen erging.

Ihre menschlichen Gegner hatten sich noch immer um den Teich und um ihr Gepäck versammelt. Daher gab es keinen Mangel an Zielen und Lucrezia peitschte mit ihren Waffen hin und her und kerbte das Fleisch der ungeschützten Gesichter ein. Sie blendete sicherlich mehr als einen und erwischte einige an der Kehle und an den Schultern, aber es war schwer zu sagen, ob sie nicht sowieso durch das Gift, das sie bereits in sich hatten, zu Boden gegangen wären.

Rayner und Venerina taten es ihr zunächst gleich, doch bald verlor die Prinzessin sie zwischen den dicht beieinander stehenden Gebilden des Riffs aus den Augen.

Drei der Männer aus der Gruppe, die sie angegriffen hatte, besaßen noch genügend Geistesgegenwart, um sich zu bewaffnen und Anstrengungen zu ihrer Verteidigung zu unternehmen, doch die Waffen, nach denen sie gegriffen hatten, waren allesamt zu schwer – es waren Keulen und Wurfspieße – und sie hatten sich nicht genügend unter Kontrolle, um sie richtig zu schwingen oder mit ihnen zu zielen. Mit Messern wären sie zweifellos besser zurechtgekommen, doch anscheinend benutzten sie ihre Messer eher zum Essen als zum Kampf und daher versuchte nicht einer von ihnen, eine Klinge ins Spiel zu bringen. Lucrezia verlor eine der ihren, als sie ihr von einem zupackenden Arm entrissen wurde, doch die andere hielt sie fest. Sie war aus Metall und vermutlich von der Gemeinschaft erbeutet, und obwohl Rostfäule ihre Schneide angefressen hatte, leistete sie ganze Arbeit.

Sie wich mit Leichtigkeit einigen weiteren zitternden Gliedern aus, die nach ihr griffen, und genauso leicht entkam sie den kraftlos geführten Keulen und Speeren. Sie erlitt keinerlei Verletzungen, während sie sich ihren Weg durch die Menge hackte und schlitzte. Sie wusste nur zu gut, dass ihre Ausbildung zur Hexe sie nicht unverwundbar gemacht hatte, doch als sie hierhin und dorthin hastete und manchmal von drei oder vier torkelnden Körpern umgeben war, schien es beinahe so, als verbiete eine äußere Macht ihren Gegnern, Hand an sie zu legen.

Lucrezia musste ihren Opfern nicht hinterherjagen; sobald sie einmal mitten im Kampf war, näherten sie sich ihr freiwillig, wobei sie ungeschickt über ihre zu Boden gegangenen Gefährten stolperten. Lucrezia war weitaus behänder, doch selbst sie empfand es als geboten, zurück und zur Seite zu weichen, als die sich windenden Gestalten immer zahlreicher wurden und nach ihren Beinen griffen. Sie versuchte, ein weiteres Messer aufzuheben, doch als sie sich danach bückte, wurde es fortgetreten, und sie musste sich mit dem einen begnügen, das sie noch besaß und das im blutigen Rot etlicher Feinde glänzte.

Noch immer empfand sie nichts als Ekel, noch immer dachte sie daran, was für eine dumme und lächerliche Verschwendung diese erschreckende Vernichtungsaktion war.

Als der erste der Wagen eintraf, hatte sie jegliches Zeitgefühl verloren. Sie wusste nicht, wie viele Männer sie mit dem Messer verletzt oder wie lange sie dazu gebraucht hatte; sie war sich nicht einmal sicher, ob die Tatsache, dass sie immer noch in ihrer plumpen, schwerfälligen Art auf sie zukamen, bedeutete, dass es mehr waren, als sie vermutet hatte, oder ob sie sich einfach stur wieder erhoben, nachdem sie zu Boden gestoßen worden waren.

Als aber die Wagen ankamen, änderte sich die Situation plötzlich von Grund auf.

Die Männer, welche die Karren lenkten, hatten den Lärm des Kampfes bereits gehört, als sie noch in einiger Entfernung waren, und sie hielten schon ihre besten Waffen in den Händen. Diese Männer waren nicht im Mindesten benebelt; sie waren nicht einmal so müde wie ihre unglückseligen Gefährten.

Wenn sich auf jedem Wagen vier Männer befunden hätten, wäre es ein ganzes Dutzend gewesen. Das wären viel zu viele gewesen, doch Lucrezia erkannte, dass die meisten Männer sehr erpicht darauf gewesen waren, schnellstens zum Wasser zu kommen. Tatsächlich fuhren nur noch fünf oder sechs Männer in den drei Karren. Hinter ihnen musste es mindestens noch einmal so viele geben, die die Gefangenen vorwärts trieben, doch sie waren noch einige Minuten entfernt. Lucrezia war sich sicher, dass Venerina Sirelis und Rayner sich bereits auf den Weg gemacht hatten, um sie anzugreifen, und dabei ihr Bestes gaben. Auch würden die drei Wagen nicht als vereinte Kraft eintreffen, denn das verfilzte ›Unterholz‹ des Riffs erlaubte es den Gefährten nicht, eng beisammen zu bleiben. Sie waren bereits auseinander gerissen worden.

Die ersten beiden Gegner, die von ihren Fahrerbänken heruntersprangen, hatten Lucrezia voll im Blickfeld, und als sie auf die Prinzessin zukamen, waren sie offensichtlich der Annahme, dass sie keine Chance gegen sie beide hatte – doch während sie sich noch näherten, stürzte Rayner hinter einem fächerartigen Wall auf sie zu; in der rechten Hand hielt er einen gestohlenen Speer. In diesem Augenblick hätten die beiden Männer erkennen müssen, dass sie in Schwierigkeiten steckten, doch sie blieben erstaunlich lässig; sie hielten inne und stellten sich Schulter an Schulter. Vielleicht konnten sie nicht glauben, dass ihnen niemand zu Hilfe kam, oder vielleicht dachten sie, dass eine junge Frau und ein Knabe ihnen unmöglich etwas antun konnten – zumindest war ihre Reaktion auf den zweiflankigen Angriff unglaublich leichtsinnig.

Der eine der Neuankömmlinge trug eine Lanze, der andere einen Streitkolben, aber keiner von beiden schien genau zu wissen, wie er seine Waffe einsetzen musste oder gegen welchen seiner unmittelbaren Gegner er sie richten sollte. Während sie zögerten, warf Rayner seinen Speer, der sich in den Oberschenkel des Mannes mit der Lanze bohrte. Der andere schwang seine Waffe vor und zurück, als ob er versuchte, Lucrezia das Messer aus der Hand zu schlagen. Lucrezia wich ihm mit Leichtigkeit aus, doch Rayner, den die Gewalt seines Wurfes weiter als beabsichtigt nach vorn gerissen hatte, konnte dem Rückschlag des Streitkolbens nicht mehr ausweichen.

Der Junge trug einen harten Schlag auf die Hand davon, doch der Aufprall erschütterte auch den Angreifer. Lucrezia zögerte nicht und schoss vorwärts. Ihr Gegner streckte die Hand aus, um sie mit der freien Hand abzuwehren, doch er unterschätzte die Gefahr, in der er schwebte. Sie duckte sich unter dem ausgestreckten Arm hindurch und stieß dem Mann ihr Messer in die Leiste.

Sein Schrei schien sie zu durchschneiden und den Knoten in ihren Eingeweiden zusammenzupressen, doch sie verspürte weder Angst noch Triumph.

Diesmal steckte das Messer tief. Während der Mann zu Boden ging, entwand es sich ihrem Griff. Als sie sich freikämpfte und von ihrem sich windenden Opfer fortsprang – das zwar kampfunfähig, aber nicht bewusstlos war –, hielt sie nichts mehr in der Hand. Inzwischen rang Rayner mit dem Mann, den sein Speer verwundet hatte.

Während sich Lucrezia noch nach einem neuen Messer umsah, erschienen bereits die beiden nächsten Neuankömmlinge. Diese hatten gesehen, was geschehen war, und sie hatten daraus gelernt. Sie liefen nicht Gefahr, sofort überwältigt zu werden.

Aus den Augenwinkeln heraus konnte Lucrezia Andris sehen. Seine zerfetzte Kleidung war mit Blut getränkt, von dem sie hoffte, dass es nicht sein eigenes war, aber von Ssifuss war nichts zu sehen und der humpelnde Bernsteinfarbene war mehr als ein Dutzend Met entfernt.

Während sie sich noch wild umsah und die Tatsache verfluchte, dass keine passende Waffe in der Nähe war, wurde Rayner von der Faust des wütenden Mannes, den er verletzt hatte, zu Boden geprügelt. Lucrezia blieb nichts anderes übrig, als genau die Art von Waffe zu ergreifen, die sie nicht schätzte und mit der sie nicht so gut umgehen konnte: den Streitkolben, der ihrem Gegner gehört hatte. Die Waffe war viel zu schwer für jemanden mit ihrer leichten Statur und eher dazu geeignet, von einem berittenen Kämpfer geführt zu werden, der damit bloß nach unten knüppeln musste. Sie packte den Kolben mit beiden Händen und wollte sich so gut wie möglich verteidigen. Da stolperte der Mann, der Rayner niedergeschlagen hatte, auf sie zu. Er blutete stark am Oberschenkel, doch er schwang noch immer seinen Speer. Sie konnte das Lächeln sehen, das seinen Glauben daran verriet, dass sein erster Schlag sie entwaffnen und sein zweiter ihr den Schädel spalten würde. Sie bedauerte zutiefst, dass ihre Fingernägel abgebrochen waren; früher einmal waren sie spitze Waffen gewesen, wenn sie mit Gift bestrichen waren, doch sie hatte sie schon vor langer Zeit abbeißen müssen, damit sie sie nicht bei ihren täglichen Arbeiten behinderten.

Ihr Angreifer schwang seinen Speer, aber er zielte damit nicht auf sie, sondern auf die Waffe in ihren Händen. Sie unternahm keinen Versuch, den Schlag zu parieren, sondern bewegte sich so leichtfüßig wie möglich rückwärts und wich dem Haken aus. Es wäre nichts als Glück, wenn ihr ein weiterer Schritt nach hinten gelänge, ohne über einen Körper zu stolpern oder mit etwas Festem zusammenzustoßen, doch sie wagte nicht, sich umzusehen und die Lage zu peilen. Der Mann mit dem Speer humpelte weiter voran und streckte seine Waffe erneut zu einem harten Stoß aus.

Es gibt nichts, was ich tun kann, dachte Lucrezia. *Alles, was er benötigt, ist rohe Gewalt.*

Die Speerspitze wurde ein weiteres Mal geschwungen, doch diesmal war es eine Finte, und sobald sie der Waffe ausweichen wollte, wurde der Schwung zu einem Wurf, der ihre Deckung durchschlug. Es blieb ihr nichts anderes übrig, als abrupt nach hinten zu springen, und diesmal stolperte sie unvermeidlich.

Es wäre nicht so schlimm gewesen, wenn sie einfach zu Boden gefallen wäre, denn sie drehte sich im Fallen und hätte sich abrollen können, doch ihr Kopf stieß mit etwas sehr Hartem zusammen und die stechenden Schmerzen blendeten sie vorübergehend. Dennoch versuchte sie, sich fortzuwinden. Sie hoffte, dass sie dem tödlichen Stoß ausweichen konnte, solange sie sich bewegte.

Sie verstand jedoch nicht, warum dieser tödliche Wurf nicht kam, bis sie wieder sehen konnte und erkannte, dass ihr Angreifer von einer Lanze aufgespießt worden war, die ihm ein schutzbeflissener Andris Myrasol von den Nieren bis zum Nabel sauber durch den Bauch gerammt hatte.

»Steht auf!«, brüllte der Bernsteinfarbene sie an. Sie spürte die Kraft seines Zorns und verübelte sie ihm nicht. Es war deutlich zu sehen, dass er am Ende seiner Kräfte angelangt war, auch wenn das Blut, das ihn durchnässte, nicht sein eigenes war.

Jetzt kamen noch mehr Männer heran und außer Andris gab es niemanden sonst, der sich ihnen entgegenstellen konnte, solange Lucrezia nicht wieder auf die Beine kam. Noch immer war von Ssifuss nichts zu sehen und auch von Venerina Sirelis nicht. Rayner hingegen war sicherlich kaum dazu in der Lage, aufzustehen.

Sie kämpfte gegen die Schmerzen in ihrem Kopf an, biss die Zähne zusammen und versuchte mit aller Kraft, ihre Qualen fortzuwünschen. Innerhalb gewisser Grenzen schien es zu funktionieren. Sie konnte aufstehen, auch wenn alles vor ihren Augen verschwamm, als sie versuchte, ihren Blick und ihre Gedanken auf ein konkretes Ziel zu konzentrieren.

Es gab einen schrecklichen Zeitraum – etwa vier Sekunden –, in dem die vier Männer, die jetzt auf sie zuliefen, sie hätten töten können. Wenn die Angreifer nur den Verstand oder die Disziplin besessen hätten, ihre ganze Aufmerksamkeit auf dieses eine wesentliche Ziel zu richten, hätte die Gefahr durchaus bestanden – doch sie besaßen weder das eine noch das andere. Sie verschwendeten ihre Zeit damit, wild und ängstlich umherzuschauen, und waren überhaupt nicht in der Lage zu verstehen, was hier geschehen war und was immer noch geschah.

Lucrezia bemerkte das tödliche Grauen in ihren Augen und erkannte, dass sie bereits ziemlich entmutigt waren. Diese Männer – wer immer sie auch sein mochten – begriffen eindeutig nicht die Katastrophe um sie herum und hatten auch nicht die nötige Intelligenz, um geeignete Gegenmaßnahmen zu ergreifen. Vielleicht vermuteten sie, dass das, was ihren Gefährten zugestoßen war, etwas mit Hexerei zu tun hatte, doch wenn dem so war, dann besaßen sie die übliche, aus Aberglauben und Übertreibungen zusammengesetzte Vorstellung von Hexerei. Sie wussten nicht, welche Donnerschläge sie noch zu erwarten hatten, und ihr Schrecken war nicht der normale Schrecken von Kämpfern, die sich gegenseitig abschlachteten.

Doch jeglicher Stolz, den Lucrezia aufgrund dieser Erkenntnis hätte empfinden können, wurde von der Beobachtung untergraben, dass die todesängstlichen

Blicke nicht auf sie gerichtet waren, sondern auf ihren Gefährten.

Diese Männer hatten in enger Beziehung zu den Riesenschlangen gestanden, aber alles, was sie über Bernsteinfarbene wussten, hatten sie erst bei dem Überfall auf die Gemeinschaft gelernt. Sie hatten gesehen, wie Andris ihre monströsen Gefährten angegriffen und beinahe ein Dutzend von ihnen abgeschlachtet hatte; jetzt, als sie ihn am wenigsten erwartetet hatten, war er wieder erschienen und hatte anscheinend ein weiteres Dutzend gemetzelt. Es war nicht Lucrezia, sondern Andris Myrasol, den sie als den Hexenmeister ansahen; seine Gegenwart ließ sie beinahe bis zur Hilflosigkeit erstarren.

Während der Bernsteinfarbene wieder auf Lucrezia einschrie, weil er verzweifelt genau wusste, dass er ihre Hilfe brauchte, waren die Feinde, die sie beide längst hätten töten können, wie gelähmt vor Entsetzen und konnten ihre Gelegenheit nicht nutzen, ihn niederzuschlagen.

Sie bewegte sich auf ihn zu und hörte seinen Seufzer der Erleichterung.

Sobald sie wieder fest auf den Beinen stand, drückte ihr Andris eine Keule in die Hand, die leichter war als die, welche sie fallen gelassen hatte. Er selbst nahm den Speer, der dem Mann gehört hatte, den er aufgespießt hatte. Er hatte nicht nur genügend Platz, um diese Manöver unbehelligt auszuführen, sondern auch die Zeit, um seine Waffe einsatzbereit zu machen und sich einen ebenen Untergrund zu suchen, auf dem er fest stehen konnte.

Ihre Feinde beobachteten bloß, wie er das tat; keiner der drei wagte es, als Erster einen Ausfall zu machen. Wenn sie ihrem Instinkt gefolgt wären, so wären sie zweifellos fortgelaufen. Sie mochten zwar vieles vergessen haben, aber sie hatten nicht vergessen, dass es keinen Ort gab, zu dem sie fliehen konnten. Sie blieben dort stehen, wo sie innegehalten hatten, gefangen in ihrer eigenen Unzulänglichkeit.

Erst als Andris einen drohenden Schritt nach vorn machte, zwang die Verzweiflung sie dazu, das zu tun, was ihre List ihnen schon viel früher hätte einflüstern müssen. Sie stürmten auf Andris zu – aber es war zu spät.

Weil sie zu dritt und Andris allein war, wären sie vielleicht sogar jetzt noch in der Lage gewesen, ihn zu überwältigen, aber sie glaubten einfach nicht daran, dass sie gewinnen konnten. Sie sahen sich bereits als geschlagen an und deshalb waren sie es. Anders als der Mann, der es mit Lucrezia aufgenommen und gewusst hatte, dass er ihr an Kraft und Geschicklichkeit überlegen war, lächelten diese Männer nicht. Ihr Mund stand offen wie bei den zermürbten Sklaven, die Ereleth zu Demonstrationszwecken benutzt hatte.

Sie stieß im Gleichschritt mit dem Bernsteinfarbenen nach vorn und war sich bewusst, dass sie nicht genug Kraft besaß, um die Waffe wirkungsvoll zu führen, aber sie wusste auch, dass jeder Schlag, den sie ausführen konnte, wahrscheinlich tödlich war. Die Sklaventreiber hatten nicht begriffen, dass sie die Hexe war, die diese Schlacht mit Hilfe ihrer Kunst geplant hatte.

Niemand richtete seine Waffe gegen sie und keiner der Schläge, die die drei Männer in Andris' Richtung führten, bewirkte etwas. Er war zwar schon böse zugerichtet und voller blauer Flecken und trug nun noch einmal mindestens zwei Blutergüsse davon, doch er bohrte seinen Speer mit mehr als nur ausreichender Kraft in zwei behelmte Köpfe. Die Männer fielen wie zerbrochene Puppen zu Boden. Lucrezia machte den dritten mit einem Schlag gegen die Knie kampfunfähig, bevor ihn der Bernsteinfarbene erledigte.

Sie hielten beide nach weiteren Feinden in Schlangenhäuten Ausschau, doch es waren keine mehr auf den Beinen. Stattdessen sah Lucrezia Bronzene, die die leichte Kleidung der Gemeinschaft trugen. Sie besaßen keine Waffen, aber sie waren frei. Venerina Sirelis hatte ihren Teil zu der Schlacht beigetragen und das getan, was sie sich vorgenommen hatte. Es war alles vorbei.

Lucrezia stand noch aufrecht und trotzig da, während Andris auf die Knie fiel. Alle Stärke war aus ihm geflossen und seine glasigen Augen schienen durch die Welt hindurch in eine weit entfernte Unendlichkeit zu schauen.

»Wir haben es geschafft«, sagte Lucrezia. Sie zuckte zusammen, als sie sich entspannte und die Schmerzen in ihren Kopf zurückströmten.

»Manchmal, meine Herrin«, flüsterte der Bernsteinfarbene, als er unter seinen halb gesenkten Augenlidern zu ihr hochschaute, »wünschte ich, ich hätte das großzügige Angebot Eures Vaters angenommen und mich in die lebenslange Sklaverei bei den königlichen Steinmetzen begeben. Jetzt weiß ich um den Wert eines sicheren und geordneten Lebens.«

Lucrezia setzte sich neben ihn und stützte ihren Kopf, in dem es gewaltig hämmerte, mit den Händen ab. »Aber wir haben gewonnen«, murmelte sie. Sie war nicht sicher, wen von ihnen beiden sie zu überzeugen versuchte. »Wir haben ihnen das heimgezahlt, was wir ihnen schuldeten, und der Rest gehört jetzt uns.«

Sie versuchte verzweifelt, wie eine richtige Hexenprinzessin zu klingen, auf die Ereleth mächtig stolz sein konnte, aber sie war sich der Tatsache unangenehm deutlich bewusst, dass es ihr an der nötigen Überzeugung mangelte.

11

Andris fühlte sich völlig erschöpft und in keiner Weise zu der Arbeit fähig, die noch zu tun war. Es war ihm vollkommen klar, dass das, was jetzt vor ihnen lag, ausgesprochen schwierig werden würde, auch wenn sie den Kampf gewonnen hatten, denn es war nicht der ganze Kampf gewesen, sondern nur dessen erster Teil. Ein anderer und blutigerer Konflikt kam erst noch auf sie zu.

Er war jetzt einer von fünfzig und nicht mehr nur einer von fünf und seine Seite besaß nun etwa genauso viele Waffen wie der Feind, dem sie noch gegenübertreten mussten, aber die nächste Schlacht würde keine reine Formalität sein. Es bestand nicht die geringste Hoffnung, den größten Teil der zweiten Streitmacht mit Hilfe von Gift zu entwaffnen. Die Anzeichen des ersten Massakers konnten sie nicht verbergen; sobald die zweite Gruppe sich dem Teich bis auf hundert Met näherte, würde sie wissen, dass etwas Schreckliches geschehen war. Der Gestank würde es ihnen verraten, bevor sie noch einen einzigen Leichnam oder Blutflecken gesichtet hätten.

Wie blutig der Kampf, den er gerade hinter sich gebracht hatte, auch gewesen sein mochte, so war er doch gleichzeitig ein Leichtes gewesen. Jetzt hing die Luft genauso voll von unbeantworteten Fragen wie von dem fauligen Geruch des Blutes oder der verstreuten Eingeweide und Andris spürte, wie diese Fragen sein müdes Hirn überfielen.

»Es tut mir Leid, Andris«, sagte Lucrezia mit echtem Mitgefühl, »aber du musst aufstehen. Wir wissen noch nicht mit Sicherheit, aus welcher Art von Menschen oder Monstren sich die zweite Gruppe zusammensetzt, aber es ist klar, dass sie vor dem Einbruch der Nacht hier eintreffen wird.«

Andris kniete auf dem Boden, sein Hintern ruhte auf den Fußknöcheln; trotzdem war der Winkel, in dem er aufschauen musste, um in ihre dunklen Augen zu schauen, nur sehr flach.

»Eile wird nicht leicht sein, meine Dame«, sagte er, »es sei denn, Ihr habt ein Hexenmittel, mit dem Ihr den Gefangenen Stärke und Geschicklichkeit einhauchen könnt. Sie haben nicht von Eurem vergifteten Wasser gekostet, aber wenn man dem Schein trauen kann, sind sie schrecklich schwach.« Er sah sich um, während er sprach; die Wahrheit seiner Worte war nur zu deutlich zu erkennen. Die Leute, die in der Gefangenschaft der in Schlangenhaut gekleideten Männer und ihrer riesenhaften Gefährten gewesen waren, freuten sich sehr darüber, befreit worden zu sein, aber sie befanden sich in keinem guten Zustand. Sie brauchten Ruhe und Nahrung, doch sie würden nicht einmal genug Zeit haben, um aus den Kürbisflaschen zu trinken, die Venerina Sirelis unter ihnen herumreichte, bevor sie sie dazu drängte, sich auf den nächsten Kampf vorzubereiten.

»Die Möglichkeit, Rache zu üben, macht jedes Herz stark,« sagte Lucrezia zu Andris, obwohl er nur zu gut wusste, dass sie diese Lektion eher aus Sagen und Legenden als aus der Erfahrung gelernt hatte. »Mit etwas Glück haben wir eine richtige Streitmacht, wenn die Stunde unserer Verteidigung gekommen ist. In der Zwischenzeit …«

Sie verstummte, als Venerina Sirelis sich ihnen näherte.

»Rayner ist tot«, sagte die ältere Frau grob. Aus ihrem Gesicht und ihrer Stimme war jegliche Gefühlsregung gewichen. »Die Schlange ist verletzt, aber nur leicht. Jemand wird hochklettern müssen, damit wir abschätzen können, was sich uns da nähert.« Andris wusste, dass sie mit ›jemand‹ Lucrezia meinte.

»Es tut mir Leid«, sagte Lucrezia, womit sie sich auf Rayner bezog. »Ich werde klettern.«

Venerina erwiderte nichts darauf. Die Gleichung dieses Kampfes war einfach: ein Leben verloren, mehr als vierzig gerettet – wenigstens im Augenblick. Dennoch war der Verlust des Jungen schwer zu ertragen.

Andris war sich der Tatsache unangenehm deutlich bewusst, dass sie immer noch nicht wussten, wovor sie die Gefangenen gerettet hatten und was jetzt mit ihnen geschehen sollte. Venerina hatte offenbar vor, sie durch die Wildnis der gemusterten Steine zurück in die Sümpfe zu führen, um ihr gemeinsames Haus wieder zu beziehen und instand zu setzen, aber das würde nicht leicht werden, falls noch weitere Marodeure zwischen dem Riff und den Bittersüßen Sümpfen umherziehen sollten. Außerdem musste die Beute verteilt werden. Falls die zweite Schlacht so gut ausgehen sollte wie die erste, würde es genügend Wagen geben, die man leicht aufteilen konnte, doch bezüglich des Proviants würde es einige Diskussionen geben. Das Wasser, das sie aus dem Teich geschöpft hatten, bevor Lucrezia ihre Gifte hineingeschüttet hatte, bot keinen großen Vorrat – besonders jetzt, da so viele nach ihm verlangten. Andris vermutete, dass das Trinkwasser in einigen Tagen vielleicht wieder genießbar sein würde, aber die Zeit drängte und dieser Druck würde von jetzt an lange nicht mehr nachlassen.

»Du musst die anrückenden Feinde sorgfältig zählen«, sagte Venerina zu der Prinzessin. »Wir können nicht darauf hoffen, sie so zu überraschen wie diese hier, aber jetzt, da wir mehr Leute und bessere Waffen haben, sollte es uns möglich sein, eine andere Art von Hinterhalt zu legen. Wenn Gott es will, werden wir sie so vollständig vernichten, wie wir ihre Gefährten vernichtet haben.«

Venerina schien es egal zu sein, dass die möglichen Gefangenen der zweiten Gruppe – vorausgesetzt, es handelte sich überhaupt um Sklavenhalter – wohl kaum aus der Gemeinschaft stammen konnten. Die treibende Kraft in ihr war jetzt eher Hass denn Furcht. Andris hatte immer geglaubt, Deisten seien sanftmütig, und Venerina hatte auch wirklich milde gewirkt, bevor die Marodeure gekommen waren, doch jetzt bestand sie nur noch aus gerechtem Zorn.

»Vielleicht sollten wir fliehen«, wandte Andris ein, obwohl er wusste, dass dieser Vorschlag kaum auf Zustimmung stoßen würde. »Sie werden schon genug Probleme haben, wenn sie hier ankommen und entdecken, dass ihre Freunde abgeschlachtet sind und der Teich vergiftet ist.«

»Wohin willst du denn fliehen?«, wollte Venerina wissen.

»Nach Osten«, sagte Andris. Er ahnte, wie ihre Reaktion darauf aussehen würde. Sie hatte nur eine einzige Richtung im Sinn, und das war nordwärts.

»Sie würden uns bestimmt nachjagen«, erwiderte Lucrezia. »Die Wagen kommen innerhalb des Riffs nur langsam voran und die vor die Wagen gespannten Pferde sind die einzigen gesunden Tiere, die wir haben. Ihre Reiter wären viel schneller. Wir können uns nicht in Richtung Norden aus dem Riff herausbewegen, weil wir dann zu gut sichtbar wären, und der Boden im Süden wirkt trügerisch – mit Ausnahme des Streifens, der wie eine Straße aussieht, aber in die falsche Richtung führt.«

Andris schenkte ihr ein Stirnrunzeln, aber er verstand, warum sie sich verpflichtet fühlte, Venerina Sirelis zu unterstützen. Er wollte sich nicht auf eine Diskussion einlassen. Als Lucrezia das begriff, ging sie fort und machte sich auf die Suche nach einem Dendriten, den sie erklettern konnte. Ihre Kleidung war voller Blut, doch sie schien es nicht zu bemerken; es kümmerte sie offenbar nicht. Seine eigene Kleidung befand sich in einem noch schlechteren Zustand, aber es gab keine Möglichkeit, daran etwas zu ändern.

»Ich muss meine Leute auf den Kampf vorbereiten«, sagte Venerina matt. »Die einzige Wahl, die uns bleibt, besteht darin, in Stellung zu gehen. Wenn es vorbei ist, werden wir nach Hause ziehen.«

Die Deisten wollten nichts anderes, als in Ruhe gelassen zu werden, damit sie ihre rätselhafte Gemeinschaft mit dem Geist der Wasser wieder aufnehmen konnten; darin bestand für sie der ganze Sinn ihres Lebens. Sie waren bereit, alles zu riskieren, um sich gegen jede weitere Störung abzusichern.

»Wenn wir jemals die Zeit dazu haben sollten«, sagte Andris zu ihr, »musst du mir erklären, was genau dein Gott dir angeblich geoffenbart hat. Dein Versuch, mir eine unmittelbare Erleuchtung zu verschaffen, ist schief gegangen. Aber in der Zwischenzeit sollten wir uns um die Klärung einiger einfacherer Umstände kümmern.«

»Ssifuss tut in dieser Hinsicht bereits alles Schlangenmögliche«, sagte Venerina. »Du hast mindestens zwei der Schlangen zwar kampfunfähig gemacht, aber nicht getötet; sie sind noch bei Bewusstsein. Ich bezweifle, dass du einen der Menschen befragen kannst, die von dem vergifteten Wasser getrunken haben, aber du könntest einen Lebenden unter denjenigen finden, die zusammen mit den Wagen angekommen sind. Während ich mich um die Gefangenen kümmere, solltest du herausfinden, ob es möglich ist, eine Befragung durchzuführen – aber denke daran, dass es viel zu tun gibt und dafür nur wenig Zeit bleibt.«

Andris hob matt die Hand und gab damit zu erkennen, dass er ihre Anweisungen verstanden hatte. Dann kam er langsam wieder auf die Beine. Als er den Schauplatz des Gemetzels von seiner Höhe aus überblickte, erkannte er, dass der Versuch, unter den Gefallenen nach jemandem zu suchen, der noch sprechen konnte, eine schrecklich unangenehme Aufgabe war, doch er tröstete sich mit dem Gedanken, dass es Ssifuss war, die etwas aus den Riesenschlangen herausbekommen musste.

Die letzten drei Männer, mit denen er gekämpft hatte, waren alle tot, genauso wie derjenige, den er mit der Lanze aufgespießt hatte. Es dauerte aber trotzdem nicht lange, bis er jemanden entdeckte, der noch lebte. Den Wunden des Mannes nach zu urteilen hatte er wenig Chancen auf eine Genesung, doch es steckte noch genug Leben in ihm, um ihm sein verlöschendes Dasein noch unangenehmer zu gestalten, wenn er sich als wenig mitteilsam erweisen sollte.

Andris hoffte, dass es nicht nötig sein würde, Zuflucht zur Grausamkeit zu nehmen. Obwohl viele Jahre vergangen waren, seit er sich zuletzt mit voller Berechtigung als Prinz gefühlt hatte, betrachtete er sich immer noch als anspruchsvollen Menschen; in seinem ganzen Leben hatte er noch nie jemanden gefoltert.

Er begann damit, es dem Mann so bequem wie möglich zu machen, und holte ihm etwas Trinkwasser. Er ließ ihm auch genügend Zeit, damit er seine Umgebung studieren und das volle Ausmaß des Geschehenen erkennen konnte.

»Die Welt selbst ist schon feindlich genug«, sagte Andris, »da müssen wir uns nicht noch selbst zu Feinden machen. Wie du sehen kannst, bin ich ein Mann aus dem hohen Norden, der durch die halbe bekannte Welt gereist ist, um hierher zu kommen, und auf meinem Weg habe ich eine Menge Kämpfe gesehen. Aber ich habe keinen gesehen, der unbedingt notwendig gewesen wäre. Mein Name ist Andris Myrasol; willst du mir deinen nennen?«

Der Mann sah auf zu ihm; auf seinem Gesicht lag ein unergründlicher Ausdruck. Er schien eher ein Goldener als ein Bronzener zu sein, doch seine Gesichtsfarbe war rötlicher als alles, was Andris bisher aus der Nähe gesehen hatte. Seine Augen waren dunkel, doch sein Haar war von einer seltsamen, kupferähnlichen Farbe.

»Nur die Umstände haben uns zu Feinden gemacht«, betonte Andris. »Ich weiß nichts über dich und du nichts über mich. Zwischen uns gibt es keinen seit langer Zeit bestehenden Hass, aber du hast ohne Vorwarnung und ohne Grund das Haus angegriffen, dessen Eigentümer mich aufgenommen hatten. Das hier ist das Ergebnis eurer eigenen Strategie. Ich wüsste gern, was das sollte. Ich will damit nicht sagen, dass du mir eine Erklärung schuldest, aber ich würde sie trotzdem sehr gern hören. Wer bist du? Woher kommst du? Wohin wart ihr unterwegs, bevor ihr durch diesen Rückschlag aufgehalten wurdet, den ihr selbst zu verantworten habt?«

Der verwundete Mann starrte ihm ins Gesicht. Seine Augen waren sehr dunkel – sogar dunkler als die von Lucrezia – und es war unmöglich, etwas aus ihnen herauszulesen. Einen Moment lang fragte Andris sich, ob dieser Mann vielleicht nicht sprechen konnte – ob er vielleicht nur ein Tier in menschlicher Verkleidung war.

»Wohin wart ihr unterwegs?«, wiederholte Andris mit härterer Stimme, um anzudeuten, dass seine Geduld bald erschöpft war, doch es kam keine Antwort, ja nicht einmal das leisteste Zeichen, dass der Mann ihn verstanden hatte.

Andris war beinahe davon überzeugt, dass der Goldene ihn nicht verstehen konnte. Er fragte sich, ob es Menschen auf der Welt gab, die keine andere Sprache als diejenige kannten, die von den Riesenschlangen gesprochen wurde. Um sicher zu gehen, griff Andris nach dem Oberschenkel des Mannes, der von einer stumpfen Klinge böse zerfetzt worden war.

»Sag es mir«, herrschte Andris ihn so drohend wie möglich an.

Jetzt brach der Widerstand des Verwundeten endgültig zusammen.

»Wasser«, murmelte er gerade so laut, dass man ihn hören konnte.

Andris nahm einen Schluck aus der Kürbisflasche, die er mitgebracht hatte, und hielt sie dann dem Verwundeten entgegen, aber er ließ sie nicht los, als der Mann seine Hand danach ausstreckte. »Woher kommst du?«, fragte er wieder. »Wohin seid ihr unterwegs?«

Das Starren wurde noch finsterer und der Ausdruck auf dem rotgoldenen Gesicht noch verdrossener. Einige Sekunden lang zögerte er, doch dann murmelte er ein einziges Wort. Das Wort hieß *Garten.*

»Ein Garten«, wiederholte Andris und hielt ihm den Rand der Kürbisflasche an die durstigen Lippen. »Meinst du damit den Garten, der in den Überlieferungen der Genesys erwähnt wird? Den Garten von Idun?«

Der Verwundete trank erst einmal, bevor er antwortete. Dann wisperte er einige weitere Worte. Andris war beinahe sicher, dass sie *Garten der Gifte* lauteten. Es war unmöglich herauszufinden, ob der Mann wirklich nicht mehr sagen konnte; jedenfalls schien er sich kurz vor einer Bewusstlosigkeit zu befinden.

»Wo einst eine Stadt war, werden wir einen Garten anlegen«, zitierte Andris aus der Überlieferung der Genesys, *»doch es wird ein Garten der Gifte sein. Verbietet es euren Nachkommen nicht, diesen Garten zu besuchen, aber*

heißt sie vorsichtig zu sein... Ist das der Garten, den du meinst?«

Der Mann neigte den Kopf ein wenig; Andris wertete das als ein angedeutetes Nicken.

Müde fuhr Andris fort: »*Wir haben den Garten von Idun angelegt, damit eines Tages der unvergängliche Stein aus dem Becken des Lebens hervorgehen wird, genährt von Milch und Blut. Wenn dieser Tag kommt, müssen die Kinder eurer Kinder den Stein ergreifen und von ihm Gebrauch machen und das Böse, das der Zerfall und die Fäulnis ist, in das Gute wandeln.* Wie es scheint, wissen sogar die Schlangen von diesem Garten – augenblicklich befindet sich eine bei mir, die sich widerstrebend auf die Suche nach ihm gemacht hat. Führt uns die Straße hinter dem Riff zu ihm?«

Der Mann brachte als Antwort ein schwaches Lächeln zustande, als ob er sagen wollte: *Ja, aber ihr werdet in euer Verderben laufen.*

Andris wollte schon seine große Hand um den spindeldürren Hals des Mannes legen, doch er besann sich eines Besseren; eine würgende Hand war nicht gerade eine Gesprächshilfe. Er ließ die Hand abwärts gleiten, bis sie über dem Schlitz im schlangenhäutigen Waffenrock des Mannes verharrte, und zwar genau über der klaffenden Wunde in seinem Bauch. »Ich könnte deine Eingeweide Sem für Sem herausziehen«, betonte Andris. »Ich könnte sie an diesem steinigen Baum hier aufhängen, dessen vorstehende Wurzeln als Kissen für deinen Kopf dienen. Ich könnte dir aber auch das wenige an Bequemlichkeit lassen, das dir noch vergönnt ist, während du dein Leben aushauchst. Ich könnte dir dieses Wasser hier lassen, damit du es trinken kannst, wann immer du willst. Ich bin trotz meiner beträchtlichen Größe grundsätzlich ein empfindsamer Mann, aber deine Schlangenfreunde haben mich einfach zu schlimm zugerichtet, als dass ich noch allzu viele

Skrupel hege. Wenn du willst, dass ich dich in Ruhe lasse, dann sag mir, was ich wissen will; wenn nicht, lebst du vielleicht noch tagelang, *und zwar in anhaltenden Todesqualen.*«

Das kurze Glitzern in den dunklen Augen des Verwundeten zeugte von Wut und Unmut, aber der Mann hatte zu viel Verstand, um jetzt noch den Helden zu spielen.

»Garten braucht Fleisch«, murmelte er. »Einige Samen keimen nur in *menschlichem* Fleisch. Braucht Leute.«

Eigentlich hätte Andris nicht erstaunt sein dürfen, sondern dieses besondere Geheimnis selbst erraten können, aber trotzdem wurde er von Überraschung geschüttelt und fuhr mit einer heftigen Bewegung zurück. Dabei vergoss er Wasser aus der Kürbisflasche; der Verwundete starrte auf die verschütteten Tropfen.

»Ich verstehe«, sagte Andris. Jetzt brauchte er nicht mehr den drohenden Ton zu heucheln, der in seiner täuschend sanften Stimme mitschwang. »Vielleicht kennst du die Bronzenen, die die Dragomitenberge überquerten, um im Wald der Absoluten Nacht mit todbringenden Samen zu handeln. Ich vermute, ich sollte erfreut darüber sein, dass sich einige Puzzleteilchen endlich zusammenfügen – aber *warum* sucht ihr nach lebenden Menschen, die diese mörderischen Saaten nähren sollen? Seid ihr die Diener der Riesenschlangen oder sind sie *eure* Werkzeuge des Schreckens?«

Wieder griff der Mann nach der Flasche; wieder erlaubte Andris ihm nicht, sie zu nehmen.

»Alles Diener«, erwiderte der Mann. Seine Stimme quoll zischend zwischen seinen mit Blut befleckten Zähnen hindurch. »Alle dienen dem Garten oder nähren ihn. Alle gehorchen.«

»Und wer sind die Herren, denen ihr gehorcht?«, wollte Andris wissen.

Das Einzige, was der Mann hervorbrachte, war ein Zischen. Es war unmöglich zu sagen, ob es sich dabei um ein unnatürlich in die Länge gezogenes und abgewürgtes ›S‹ oder um ein Wort in der Schlangensprache handelte, oder ob es nur Luft war, die von einer versagenden Lunge ausgestoßen wurde. Wenn der Mann seine Unfähigkeit, eine Antwort zu geben, nur heuchelte, leistete er ganze Arbeit, doch Andris hatte nicht vor, ihn so leicht davonkommen zu lassen. Er gab ihm einen weiteren Schluck Wasser und hielt seinen Arm gegen den Unterleib des Mannes; er war bereit zuzudrücken.

»Nein!«, bettelte der Mann. »Ssssalaaaa...«

»Salamander?«, riet Andris. »Willst du damit sagen, dass die Salamander eure Herren sind?«

Das eindringliche Kopfschütteln des Mannes war nicht misszuverstehen; es war eine klare Verneinung. »Ssa... mans *feu*«, brachte die brechende Stimme zustande.

»Das Feuer des Salamanders?«, wiederholte Andris. »Du meinst doch sicherlich nicht den gleichnamigen Ort? Was meinst du mit *Salamanderfeuer*?« Jetzt lag in seiner eigenen Stimme eine Andeutung von Angst. Wenn Merel Zabio die Schlacht an der Brücke überlebt hatte, war der Ort, zu dem sie unterwegs war, das Feuer des Salamanders – genau derselbe Ort, zu dem auch er und Lucrezia reisen würden, falls sie ihrer augenblicklichen misslichen Lage entkommen konnten. Er wollte keine unheilvollen Neuigkeiten über das Feuer des Salamanders hören.

Aber der Mann schüttelte er erneut heftig den Kopf. »Nicht *Ort*«, keuchte er. »Das Ding *selbst*.« Er musste bemerkt haben, dass Andris ihn nicht verstand, und fürchtete offenbar die Folgen dieser Begriffsstutzigkeit, denn er machte sofort einen weiteren Versuch. »*Boden*«, sagte er. »Erde. Feuer. *Leben.*«

Andris schüttelte den Kopf und sah, wie die Augen des anderen vor Entsetzen glänzten. Der Bronzene machte einen letzten Versuch, doch alles, was er herausbringen konnte, war die vieldeutige Silbe: »*Schooo …*« Diese Silbe hing noch einige Zeit in der Luft, bevor sie dahinschwand. Der Verwundete versuchte verzweifelt, Luft in seine Lunge zu ziehen. Auf seinem Gesicht machte sich Entsetzen breit, als er erkannte, dass er nicht mehr atmen konnte.

»Schoß«, sagte Andris, der endlich begriffen hatte, was der andere hatte sagen wollen und was es bedeutete. »Du bist überhaupt kein Mensch, nicht wahr? Du bist wie die Dragomitenfrauen: geboren aus einem tief in der Erde steckenden, feuchten gemusterten Stein, einem Stein, der monströse Schlangen wie auch nachgemachte Menschen hervorbringen kann. Und Riesinnen – mit dem Feuer des Salamanders, das ihnen im Herzen brennt. Und irgendwo noch tiefer – gibt es da auch Drohnen? Köpfe mit Gehirnen darin… Gehirne, die wenigstens eine dunkle Ahnung davon haben, um was es hier geht, wenn ihr es schon nicht wisst?«

Er hielt inne, weil er erkannte, dass sich seine Vermutungen verselbständigten und er ihnen die Zügel schießen ließ. Er brauchte weitere Informationen und keine gedanklichen Höhenflüge.

»Warum?«, fragte er. »Warum wachsen diese Dornbüsche überhaupt? Welchen Sinn hat das Gift, das ihre Blüten produzieren?«

Der Verwundete konnte nicht mehr sprechen, doch es gelang ihm, den Kopf zu schütteln, während er versuchte, Atem zu holen. Andris erinnerte sich an etwas, das Jume Metra einmal gesagt hatte. *Wir sind alle eines Geistes*. Lucrezia zufolge hatte die Hügelkönigin dasselbe gesagt. Das Individuum diente dem mysteriösen

Zweck des Ganzen, ohne Fragen zu stellen, ja sogar ohne die Möglichkeit von Fragen in Betracht zu ziehen. Nur die Drohne, die ihn Bruder genannt hatte, hatte als Individuum gesprochen und selbst sie hatte es auf eine spöttische Weise getan.

»Ich muss mehr wissen«, sagte Andris, aber gleichzeitig wusste er, dass er nicht mehr erfahren würde. Entweder hatte er das Ausmaß der Verletzungen seines Informanten falsch eingeschätzt oder diese halb menschlichen Kreaturen waren weniger widerstandsfähig als die Mitglieder der Spezies, die sie nachahmten.

Der in Schlangenhaut gekleidete Mann hatte den Kampf um die Atemluft aufgegeben. Er war tot.

»Macht nichts«, murmelte Andris zu sich selbst. »In ein paar Stunden wird es hier noch mehr vor dir geben. Und das nächste Mal...«

12

Vergewissere dich, dass du genügend Wasservorräte hast«, riet Kasdeja Jacom, bevor sie den seltsamen Wald aus Kristall und Stein verließen, der die Länder um die Mitte der Welt umgab. »Diese primitiven Kreaturen bewahren ihre Vorräte in Becken auf, die jeder plündern kann, aber die Bewohner der Tiefe sind vorsichtigere Hamsterer und ihre Brunnen sind schwer anzuzapfen.«

»Ich habe die Dragomitenberge überquert«, rief Jacom der Manticore in Erinnerung, als er seine Wasserhaut vorsichtig in dem schlammigen Graben füllte, der zwischen zwei schlangenähnlich gemusterten Steinen verlief, »und ich war in den Tiefen eines Dragomitenhügels. Ich weiß ein wenig über die Kreaturen, von denen du redest.«

»Du weißt *ein wenig*«, pflichtete die Manticore ihm bei, »aber trotzdem solltest du meine Warnungen beachten.«

»Ich wüsste sehr viel mehr, wenn du dich endlich dazu herablassen würdest, mir mehr mitzuteilen«, gab Jacom zurück und trat von den Steinen zurück, deren Münder sich nach seinen verwundbaren Händen zu strecken schienen, auch wenn sie sich nicht erkennbar bewegt hatten. »Vielleicht wäre sogar das nicht genug, aber ich käme gern in den Genuss jeglicher Vorabinformationen, die du mir verschaffen kannst, bevor ich deine Herren treffe. Dann wäre ich für sie möglicherweise nützlicher – möglicherweise sogar nützlicher als du, denn im Gegensatz zu dir habe ich Hände.«

»Hände machen noch keinen Herrn«, erwiderte Kasdeja. »Den Beweis dafür hast du ja schon bekommen. Mörder haben Hände, damit sie den Dolch besser halten können. Du bist selbst ein Mörder, oder etwa nicht?«

Jacom seufzte, während er wieder in den Sattel auf dem Rücken des Ungetüms kletterte. »Genauso wenig macht die wilde Entschlossenheit, sämtliche Geheimnisse für sich zu behalten, einen Menschen zu einem Herrn«, gab er flink zurück. »Ich kenne zwar eine ganze Menge Leute in Xandria, die anderer Ansicht sind – Meister der Überlieferung und Zunftmitglieder, Wahrsager und Heiler –, aber sie irren sich. Sie glauben, dass ihre besonderen Überlieferungen sie über ihre Gefährten erheben, und deshalb hüten sie ihre angebliche Weisheit wie Geizhälse und sind äußerst sorgfältig darauf bedacht, dass ihnen nichts davon entschlüpft, aber in jedem Fall besteht das am strengsten gehütete Geheimnis in dem gewaltigen Ausmaß ihrer wahren Unkenntnis.«

Die Manticore trat aus dem Schatten des versteinerten Waldes und suchte sich ihren Weg sehr vorsichtig. Die Sonne war noch knapp über dem westlichen Horizont zu sehen, doch die Nacht nahte bereits. Sie hatten eine Weile in der verhältnismäßigen Sicherheit des Riffs gerastet und ihre Wunden versorgt, aber die Manticore machte immer noch den Eindruck, als ob die Zeit drängte. Selbst in ihrer Rast, während der sie Kräfte für den letzten Abschnitt ihrer seltsamen Reise gesammelt hatte, hatte eine Art Dringlichkeit gelegen.

Der dunkler werdende Boden, über den sie marschierten, schien im Sternenlicht beinahe unsichtbar zu sein, wenn da nicht die tiefen, noch schwärzeren Spalten gewesen wären, die ihn durchzogen. Die Manticore mied sie, wo es möglich war, und übersprang die kleineren. Die Gegend war eher ein Korridor als eine Ebene; das Gelände war in einer Entfernung von etwa fünftausend Met an jeder Seite ihres Weges noch viel stärker zerklüftet. Es erinnerte Jacom an die Dragomitenberge, doch die einzige Gemeinsamkeit bestand darin, dass es auch hier viele Abhänge und Bergspitzen gab. Doch diese Landschaft würde sich bereits aufgelöst haben, ihre Spitzen würden zu Stümpfen geworden und ihre scharfen Kanten bis zur Unkenntlichkeit abgeschliffen sein, bevor sich eine wirkliche Ähnlichkeit herausbilden konnte. Selbst in dem schwindenden Licht konnte er erkennen, dass die Abhänge hier aus einer Zusammenballung von modellierten Gesichtern und kunstfertig geschnittenen Facetten bestand: eine unendliche Wildnis aus zerbrochenen Statuen und zerschmettertem Glas.

»Kann man diese Spalten im Boden mit den Furchen in den gemusterten Steinen vergleichen?«, fragte Jacom sein Reittier. »Sind es Fallen und Schlingen, die jeden Unaufmerksamen einfangen sollen?«

»In diesem Gebiet gibt es nur wenige *Unaufmerk-*

same«, antwortete Kasdeja. »Die Spalten verschlingen mit Sicherheit alles, was nahe genug an sie herankommt, aber die Bewohner der Tiefe sind keine faulen Jäger, die sich bei ihrer Nahrungssuche auf solche milden Gaben verlassen. Die Risse lassen Luft und Wasser durch, aber sie dienen auch der Verteidigung.«

Die Stellen, auf die Kasdeja seine großen Pfoten setzte, schienen fest und unnachgiebig zu sein, aber sicherlich gab es in der Gegend noch mehr von diesen leimartigen Flecken, die die Manticore sorgsam mied. Er versuchte sich vorzustellen, was unter der Oberfläche liegen mochte, doch er hatte für seine Spekulationen nur das einzige Beispiel des Dragomitenhügels. Auf der Oberfläche dieser ausgedehnten Gebilde hier schien jedoch keinerlei ›Getreide‹ zu wachsen und es gab auch keine Arbeiterinnen, um es zu hegen und zu ernten. Wenn es wirklich Monstren gab, die in den Tiefen lauerten – und daran zweifelte er keinen Augenblick –, dann legten sie es im Augenblick nicht darauf an, gesehen zu werden.

Er dachte unwillkürlich an die Kammer, in der er und Andris Myrasol Wände entdeckt hatten, die mit einer rudimentären Masse aus menschlichem Fleisch bedeckt waren, als ob ein Dutzend Leute wie Weichkäse auf einer Scheibe Brot aufgestrichen gewesen wäre. Er fragte sich, ob das auch sein eigenes Schicksal sein mochte. Der ›Boden‹, der Kasdeja ausgebrütet hatte, hatte sicherlich einen guten Grund, warum er Besucher von draußen haben wollte – so wie die Prinzessin und die Königin sicherlich ihre Gründe hatten, warum sie sich als Besucher aufdrängten –, doch er konnte sich nicht einmal ansatzweise vorstellen, welchen Zweck ein solches Treffen erfüllen sollte. Er versuchte, Mut aus Kasdejas Versicherung zu schöpfen, dass diese massigen Vettern der gemusterten Steine in ihrer Ernährung nicht darauf angewiesen waren, die

Reisenden zu zermahlen, die sie in ihren Ritzen und Kanälen einfingen.

»Ich kenne Männer, für die es ein gewaltiges Privileg wäre, einen solchen Ritt zu unternehmen«, sagte Jacom, da ihm nichts Besseres einfiel. »Ich wünschte nur, dass ich mit einem von ihnen den Platz tauschen könnte.«

»Ich wage zu behaupten, dass er auf alle Fälle eine bessere Gesellschaft für mich wäre«, sagte Kasdeja trocken. »Aber unterschätz dich nicht – und jag dir nicht selbst Angst ein, indem du unnötige Albträume heraufbeschwörst. Wenn wir unseren Bestimmungsort errreicht haben, bist du vor mörderischen Angriffen wie denen, die du vor kurzem erlebt hast, sicher. Was danach mit dir geschieht, kann ich nicht mit Sicherheit sagen, aber du wirst in größerer Sicherheit sein als zu dem Zeitpunkt, zu dem ich dich aufgelesen habe. Du solltest mir dankbar sein. Ich hätte auch jemand anderen nehmen können.«

»Ich vermute, dass ein Mensch wie der andere ist«, sagte Jacom. »Die Männer, die das Letzte Bollwerk gegen dessen brutale Feinde zu verteidigen versuchen, haben vielleicht eine bronzene Haut und sie haben vielleicht mehr von den Überlieferungen vergessen als wir in Xandria, aber im Grunde unterscheiden sie sich nicht von den Menschen in meiner Heimat.«

»Das mag stimmen«, sagte die Manticore, »aber du darfst nicht nach dem äußeren Schein urteilen. Nicht alles, was menschlich aussieht, *ist* menschlich, und niemand weiß, wie viele Arten von Menschen es gibt. Wer weiß, welche Schätze tief in dir verborgen liegen, von denen sogar du selbst nichts ahnst?«

»Einer der Männer, der mit Freuden meinen Platz einnehmen würde, ist Aulakh Phar«, sagte Jacom. »Er neigte immer dazu, alles und jedes durch winzige Kreaturen zu erklären, die in uns leben: Bakterien, Viren und zahllose winzige Würmer, die angeblich in unserem Blut und Hirn und in unseren Eingeweiden und Knochen existieren. Er macht sie verantwortlich für alle Krankheiten und auch für einen Großteil unseres Wohlergehens. Er hat die Überlieferung vollkommen auf seiner Seite, das weiß ich; aber wie kann jemand etwas wissen, was man nicht sehen kann? Für mich riecht das alles nach Aberglauben.«

Kasdeja meinte dazu: »Du wirst mir vergeben, wenn ich nicht geneigt bin, dem Urteil eines Mannes in Bezug auf Aberglauben zu vertrauen, der vor zwei Tagen noch an der Existenz von Manticoren zweifelte.«

Tatsächlich vergab Jacom ihm in dieser Hinsicht. In anderen Angelegenheiten traute er inzwischen seinem eigenen Urteil selbst nicht mehr. Der gleichgültige Skeptizismus, der ihm in der geordneten Welt der Besitzungen seines Vaters und der sogar noch geordneteren Umgebung der xandrianischen Streitmacht so leicht gefallen war, schien an einem Ort wie diesem seine Bedeutung zu verlieren. Wenn gigantische Wesen unter der Haut der Welt lauerten, warum sollte er selbst dann nicht ebenfalls Kreaturen unter der seinen beherbergen?

Er wünschte, Aulakh Phar wäre jetzt bei ihm. Er war sicher, dass der alte Mann es leichter zustande bringen würde, Informationen aus der widerspenstigen Manticore hervorzulocken. Das war allerdings nicht der wesentliche Grund für seinen Wunsch – dieser bestand in seiner Einsamkeit, die mit jedem gigantischen Schritt, den Kasdeja in die hereinbrechende Nacht machte, zu wachsen schien. Jacom benötigte dringend einen Auftrieb für seinen Mut, den vertraute Gesellschaft ihm gegeben hätte. In dieser Hinsicht wäre Merel Zabio genauso nützlich wie Phar, ja vielleicht sogar nützlicher. Hyry Keshvara wäre noch viel nützlicher, und erst die Prinzessin…

An dieser Stelle bremste er sich. Der Wunsch, die Prinzessin befände sich in dieser misslichen Lage, nur damit er in den Vorzug ihrer Gesellschaft käme, stellte auf alle Fälle eine Pflichtvergessenheit dar und er betrachtete sich schließlich immer noch als pflichtbewusst. Daran musste er festhalten, denn was blieb von ihm sonst noch übrig außer blinder Angst? Solange er noch eine Vorstellung von seiner Pflicht besaß, war das Heldentum in ihm nicht ganz erloschen; es war ein kostbarer Ruhmesfunke, der ihn möglicherweise sicher durch dieses entsetzliche Abenteuer geleiten würde.

Der Gedanke daran, dass er in das Herz einer fremdartigen Wildnis verschleppt wurde, wo selbst der Boden trügerisch war, und keine nachvollziehbare Hoffnung hegen durfte, dort jemals wieder herauszukommen, war einem ausgeprägten Pflichtbewusstsein zwar nicht gerade förderlich, aber darum ging es nicht. Pflichtgefühl nahm nicht mit wechselndem Glück ab oder zu; es war etwas, das ein Mann sich in jeder Lage bewahren musste. Wenn seine Situation auch Furcht und bitteres Bedauern über all das begünstigte, was er unterlassen hatte – um jene Dinge erst gar nicht zu erwähnen, die er nie versucht oder gewagt hatte –, war das nur ein umso besserer Grund dafür, die Pflicht als eine Rüstung und gleichzeitig als ein Florett gegen das Schicksal zu benutzen.

Als die letzten Strahlen der blutroten Sonne über den westlichen Horizont leckten und durch die ferne, zerklüftete Linie der höchsten Dendriten schienen, wurde das Gelände, durch das die Manticore trottete, noch unheilvoller. Das ungewisse Licht der Flammensterne hob die Unebenheiten des Bodens übertrieben hervor und verlieh all seinen mäandernden Graten und gedrungenen Hügeln ein unheimliches Aussehen. Sterbendes Sonnenlicht zeichnete den dunklen Rachen jeder Grube und Spalte nach und hob die Schwärze der beschatteten Tiefen darin hervor. Das Sternenlicht besaß nicht die Kraft, viele Farben aufzudecken, doch Jacom erkannte trotzdem, dass es zu beiden Seiten ihres Weges Braun-, Grün-, Silber- und Blauschattierungen gab. Er wusste, dass das Braun nicht das gesunde Braun eines Pferdefells war und das Grün nicht das gesunde Grün unreifer Ähren. Das Silber war nicht wie der Glanz frisch geprägter Münzen und das Blau nicht das ruhige Blau des xandrianischen Himmels. Wohin er auch schaute, es gab überall eine erschreckende Verwirrung unheimlicher Farbtöne, die umso unheilvoller wurden, je mehr sie verblassten – und nicht einer von ihnen spendete ihm den Trost der Vertrautheit.

Ich darf es nicht als Wüste ansehen, riet Jacom sich selbst, *und auch nicht als die Haut einer gewaltigen Chimäre. Hier gibt es etliche einzelne Geschöpfe, auch wenn ich nicht sagen kann, wie viele es sind oder wie groß sie sein mögen. Sie drängen sich zusammen wie die Dragomitenköniginnen, füllen jeden zur Verfügung stehenden Raum aus und beanspruchen alles jeweils für sich selbst; sie stehen in endlosem Wettstreit miteinander. Sie sind von Natur aus gefräßig und nicht nur gierig nach Luft und Wasser und sonst allem, was das Feuer ihres fremdartigen Lebens in Gang hält; einige zumindest gieren nach menschlichen und anderen Wesen: nach Schlangen und Salamandern und Riesinnen. Es scheint in der Tat Wesen zu geben, die sich dieser Gier ergeben, während andere sie zu vermeiden suchen. Kasdeja nennt es Krieg, aber es ist nicht die Art von Nestkrieg, die mich früher einmal beinahe verschlungen hätte. Ich vermute, dass diese Bewohner der Tiefe sogar noch mächtiger und weitaus verwirrender sind als die Dragomitenköniginnen.*

Er erinnerte sich daran, was Kasdeja über die Salamander gesagt hatte, die sich dem Schicksal auslieferten, das auch ihn erwartete, aber er hatte ebenso die

Legende um Prinzessin Lucrezias Schlangenblut im Kopf und die seltsam eindringliche Neugier, die Carus Fraxinus antrieb – und das Feuer des Salamanders, von dem Dhalla behauptete, sie spüre es ruhig in ihrem Herzen brennen.

Die Tatsache, dass ich nichts von alldem zu haben scheine, sagte Jacom zu sich selbst, *muss nicht unbedingt bedeuten, dass ich kein Geheimnis in mir trage; es bedeutet vielleicht nur, dass ich nicht gelernt habe, es zu erkennen oder seine Natur herauszufinden, oder es ist eines, das kein Gegenstück im Bewusstsein hat. Schließlich hält auch Andris Myrasol sich für einen vollkommen normalen Mann, obwohl er das eindeutig nicht ist, und Hyry Keshvara hält sich zweifellos für eine ganz gewöhnliche Frau, obwohl sie in Wirklichkeit sehr außergewöhnlich ist. Und was ist mit Checuti, dieser bemerkenswerten Ansammlung von Widersprüchen? Warum habe ich zu der Manticore gesagt, dass alle Menschen ziemlich gleich sind, während ich genauso gut hätte sagen können, dass sie sich alle sehr voneinander unterscheiden?*

Die Kraft dieses Argumentes wurde zwar ein wenig von Jacoms Bewusstsein untergraben, dass die anderen Leute ihn immer als schrecklich gewöhnlich angesehen hatten und dass es seinem Widerspruch gegen diese Einschätzung immer an echter Überzeugung gemangelt hatte, aber dennoch wollte er diesen Gedankengang unbedingt weiter verfolgen. Schließlich war er es, der von der Manticore als ein Mann ausgewählt worden war, der es wert war, in die Grenzgebiete der Weltenmitte entführt zu werden. Seine Ergreifung mochte eine Sache des Zufalls gewesen sein, da der Angriff auf Amyas' Karawane ihn allein und verwundbar zurückgelassen hatte, doch wenn ihn die Manticore nicht als wertvoll erachtet hätte, hätte sie sich gewiss auf die Suche nach einer kostbareren Beute begeben.

Soll ich aus ganzem Herzen hoffen, dass Merel und Aulakh Phar es bis zum Feuer des Salamanders geschafft haben?, fragte er sich. *Oder darf ich hoffen, dass auch sie von einem von Kasdejas Brüdern gefangen wurden, sodass wir wieder vereint werden und uns gemeinsam den Gefahren stellen können? Wäre es eine zu wilde Hoffnung, wenn ich mich fragen würde, ob Andris Myrasol oder Hyry Keshvara ein ähnliches Schicksal ereilt hat?*

Der letzte Gedanke warf Fragen auf, die es wert waren, laut gestellt zu werden. »Wie viele Manticoren sind ausgesandt worden, um das Land hinter dem Rand des Rades abzusuchen?«, fragte er Kasdeja. »Wie viele Männer wie mich werden sie zu ihrem Brutplatz zurückbringen?«

»Ich habe hundert Brüder«, berichtete die Manticore, womit sie zu einem stillschweigenden Vergleich mit der Anzahl von König Belins Frauen und Töchtern einlud, »aber viele sind in ihrem Gebiet geblieben, während einige ausgesandt wurden. Vielleicht werde ich wieder und wieder ausgesandt, solange die Zeit günstig ist. Andere Menschen werden dich erwarten, wenn wir unser Ziel erreichen, und es werden noch mehr dort eintreffen. Du wirst nicht allein sein.«

Also darf ich noch hoffen, schloss Jacom. *Ich darf weiter hoffen, dass meine Freunde ebenfalls dort ankommen werden, was immer mir auch widerfahren sollte. Schließlich war Carus Fraxinus noch im Besitz seines Wagens, als ich ihn zum letzten Mal gesehen habe, und er hatte fest vor, über das Feuer des Salamanders zur Wiege der Chimäre zu reisen. Um das zu schaffen, muss er einen Weg nehmen, der nicht weiter als ein paar Kim von unserem augenblicklichen Kurs abweicht. Ich bin ihm gegenüber genauso verpflichtet wie mir selbst, falls es etwas gibt, das ich tun kann, um ihm den Weg zu ebnen.*

Sein tapferer Tagtraum wurde unterbrochen, als er etwas erspähte, das sich in den sternübersäten Himmel erhob; er sah es, obwohl seine Augen sich erst allmählich an die Lichtverhältnisse anpassten und die verwirrenden Schatten des Zwielichts unterscheiden lernten.

»Was ist das für eine dunkle Masse am Horizont?«, wollte er wissen. »Ich meine diejenige, die die Sterne im Nordwesten verdunkelt.«

»Das ist in gewisser Weise ein Wald, der aus hoch aufragenden Stämmen mit silbernen Spitzen besteht«, erläuerterte Kasdeja. »Wir nennen sie die Silbernen Dornen.«

Wirklich?, dachte Jacom und widerstand der Versuchung hinzuzufügen: *Wir auch.* Er erinnerte sich an die Worte, die auf Andris Myrasols Karte gestanden hatten. »Liegt der Handschuh der Freude hinter ihnen?«, fragte er leichthin.

Kasdeja zeigte sich von seinem Tonfall nicht beeindruckt. »Wir werden den Handschuh der Freude denen überlassen, für die er erschaffen wurde«, sagte er. »Du glaubst vielleicht, dass es dort sicher ist, und du würdest dort bestimmt Beschützer finden, die auf dich warten, aber wir sind zu einem Gebiet unterwegs, das weitaus weniger trügerisch ist. Was immer deine Überlieferungen dir auch sagen mögen, der Handschuh ist eine Straße ohne Wiederkehr. Deine Chancen sind größer, wenn du bei mir bleibst. Kannst du einen kegelförmigen Umriss erkennen, der südlich der Kronen liegt? Das ist unser Ziel. Seine Spitze sollte jetzt sichtbar sein.«

»Gerade so«, gestand Jacom.

»Du wirst es deutlicher erkennen, wenn wir näher herangekommen sind – das ist nur die Spitze. Die tieferen Hänge sind sanfter.«

Jacom bemerkte, dass die Silhouette des Kegels nicht in einer scharfen Spitze auslief; sie war oben abgeflacht, als ob sie gekappt worden wäre – oder als ob sie nicht nur äußere, sondern auch innere Abhänge hätte.

Vielleicht ist das der Mund, der uns verschlingen wird, dachte Jacom, *so wie eine der großen Spalten, die wir so sorgfältig meiden: eine weitere Fallgrube, die nicht deshalb ungefährlicher ist, weil sie sich in den Himmel erhebt wie der oberste Eingang in einen Dragomitenhügel. Aber ich bin schon einmal in einen solchen Schlund hinabgestiegen, und zwar freiwillig. Ich habe genügend Mut, wenn nicht sogar Weisheit. Ich werde tapfer hineingehen, was immer mich auch dort drinnen erwarten wird.*

Er war sich aber nicht völlig sicher, ob es der pflichtbewusste Soldat war, der da aus ihm sprach, oder der demütige Dummkopf.

13

Da sie so viele Stunden im Dachgarten des Inneren Sanctums verbracht hatte, in dem König Belin seine Frauen und Töchter hielt, war Lucrezia an große Höhen gewöhnt. Auch war es nicht das erste Mal, dass sie auf einen der kupferfarbenen Dendriten kletterte. Jedoch überraschte sie die Entdeckung, dass die Abwesenheit des armen Rayner diese Erfahrung erheblich veränderte. Und wenn auch die sinkende Sonne noch genügend Licht gab, damit man etwas erkennen konnte, besaß sie nicht mehr das alles enthüllende Feuer der Mittagsstunde.

Das Gefühl der Isolation, das sie überkam, als sie in das Reich der schlanken Zweige und schlangengleichen Kriecher kletterte, war verwirrend. Die tiefer liegenden Gebilde, die den größten Teil des Riffs bildeten, nahmen ein feindliches Aussehen an; die fächerartigen Gewächse wirkten jetzt wie wallende Klingen, während die Spitzen, die aus kugelförmigen Gebilden hervorstachen, geduldig auf die Gelegenheit zu warten schienen, Lucrezia aufzupfählen, sollte sie auch nur einen falschen Schritt machen.

Zum Glück aber war der schreckliche Gestank, dem man am Boden nicht entkommen konnte, in ihrer erhöhten Position nicht mehr wahrzunehmen, und es war nicht allzu schwierig, einen Aussichtspunkt zu finden, von dem aus sie, auch wenn sie hinunterschaute, den größten Teil der Leichname nicht erkennen konnte.

Sie sah sofort, dass die zweite Gruppe nicht mehr weiter als drei Kim vom Rand des Riffs entfernt war. Eine eingehendere Beobachtung aber verdeutlichte ihr, dass die Karawane so langsam vorankam, dass sie wahrscheinlich erst in einer Stunde hier eintreffen würde. Sie konnte die berittenen Männer nicht mit absoluter Genauigkeit zählen, aber sie schätzte, dass es etwa dreißig waren und dazu noch ungefähr ein Dutzend Riesenschlangen, die zu Fuß gingen. Lucrezias vage, aber inständig gehegte Hoffnung, dass die zweite Gruppe anders als die erste sein mochte, wurde durch den Anblick der Riesenschlangen vernichtet. Wie die erste Gruppe, so hatte auch diese drei Vorratswagen – und wie die erste führte sie eine Reihe aneinander gefesselter Gefangener mit sich. Auch sie waren mindestens dreißig an der Zahl.

Aber wir sind inzwischen mehr als vierzig, dachte sie und versuchte so, sich ein gesundes Maß an Hoffnung zu bewahren, *und wir sind genauso gut bewaffnet wie sie. Wenn Venerinas Leute so beherzt kämpfen, wie sie beten, und wenn wir uns den Ort aussuchen können, an dem wir kämpfen müssen, könnten sich die Riesenschlangen als ein nicht allzu mächtiger Gegner erweisen…*

Sie hielt inne, als ihr suchender Blick auf etwas anderes fiel: auf eine Bewegung am Horizont unmittelbar hinter der näher kommenden Kolonne.

»*Darauf* hätten wir gern verzichtet«, murmelte sie. »Zwei Sklavenzüge sind mehr als genug; drei sind einfach zu viel.« Sie blinzelte stark und versuchte, weitere Einzelheiten zu erkennen, doch die sich bewegenden Objekte waren so weit entfernt, dass sie nichts als Tupfer waren, und das dämmrige Licht machte es schwierig, auch nur vage Umrisse zu erkennen. Sie benötigte zwei volle Minuten, um einen Eindruck von dem Umfang und der Geschwindigkeit der dritten Kolonne zu erhalten, aber selbst dann war sie nicht sicher, ob ihre Schätzung richtig war.

Sie konnte keine Wagen sehen und war daher recht zuversichtlich, dass die weiter entfernte Gruppe ausschließlich aus berittenen Männern bestand, aber sie hatte keine Vorstellung davon, was für eine Art von Männern es sein mochte. Sie kamen sicherlich schneller voran als die Abteilung, der sie folgten, aber es war deutlich zu sehen, dass sie diese nicht einholen würden, bevor sie das Riff erreichte. Es war wahrscheinlicher, dass sie erst zwei oder drei Stunden später eintrafen – aber das war sicherlich nicht zu spät, um sich noch an einem Kampf zu beteiligen, selbst wenn er so bald wie möglich beginnen sollte. Wenn diese Schlacht bis zum bitteren Ende ausgefochten werden und ihre eigene Seite tatsächlich siegreich aus ihr hervorgehen sollte, war die Aussicht auf *noch einen* Kampf schier unerträglich.

Sie fragte sich, ob es möglich war, dass die dritte Gruppe nicht Feinde, sondern Freunde waren. Vielleicht jagten sie die Sklaventeiber, anstatt in ihre Fußstapfen zu treten?

Leider war die Zeit zu knapp, um einen eingehenderen Blick auf sie zu erhaschen. Die Nacht rückte heran. Die dritte Streitmacht konnte man nur als unbekannt ansehen. Sie biss sich vor Verdruss auf die Lippen. Das alles war zu viel: Schwierigkeit türmte sich auf Schwierigkeit und es war kein Ende in Sicht.

Lucrezia verdrehte die Augen, während sie den Rest des Horizonts von Norden nach Osten und Westen und schließlich nach Süden absuchte. Sie wusste nicht, ob sie erleichtert sein sollte, weil sie am Boden kein weiteres Zeichen von Bewegung mehr entdeckte. Der östliche Himmel war mit etwas getupft, das wie kleine Ballons aussah und das rötliche Licht der Sonne reflektierte, doch sie trieben in einer leichten Brise nordwärts. Im tiefen Süden erstreckte sich ein gräuliches Band, das vielleicht aus den hohen Gewächsen gebildet wurde, welche Andris Myrasol als die Silbernen Dornen bezeichnet hatte, doch sie waren zu weit entfernt, als dass Lucrezia Einzelheiten hätte ausmachen können.

In diesem Licht wirkte das Gelände zwischen dem Riff und dem grauen Band noch hässlicher als zuvor. Jetzt lag es im Schatten und seine zerklüfteten Hänge wirkten noch verrückter. Die ausgedehnten dunklen Flächen, die sie sprenkelten, weigerten sich, das unheimliche Licht zu reflektieren, während die stacheligen Gewächse und kleineren Steinkreaturen es nur zu gut widerspiegelten. Von dieser Höhe aus und bei diesem Sonnenstand hatte der größte Teil des steinigen Gebiets nördlich des Riffs einen einförmigen Glanz, als sei er poliert worden, was bei den Gebilden innerhalb des Riffs nicht der Fall war. Dessen hellere Flecken waren zu zahllosen flüchtigen Schimmern aufgesplittert, während die tiefen Spalten, die zwischen ihnen verliefen, den Eindruck erweckten, als habe die Erde nicht genügend Substanz, um den ihnen eingeräumten Platz auszufüllen. Die dunkleren Abschnitte wirkten unheimlich, vor allem wenn Lucrezia die Warnungen bedachte, die Ssifuss in Bezug auf alles Weiche und Klebrige ausgesprochen hatte.

Die ›Straße‹, die sie zuvor bereits bemerkt hatte, schnitt die Landschaft säuberlich in zwei Teile, auch wenn sie stark gekrümmt war. Lucrezia konnte nicht alle ihre Biegungen erkennen, doch sie war ziemlich sicher, dass sich die Straße ohne Unterbrechung weiterschlängelte. In Anbetracht der Art der Landschaft fiel es leicht zu glauben, dass nichts in ihr ohne zielgerichtete Bemühungen Bestand haben konnte – aber es war nur sehr schwer zu glauben, dass Menschen ohne fremde Hilfe eine Straße in einem solch fremdartigen Gebiet gebaut hatten.

Sie wollte gerade herabklettern, weil sie befürchtete, dass jemand aus der herankommenden Gruppe sie entdecken könnte, als sie erkannte, dass das straßenartige Band nicht einmalig war. Am Rande ihres Blickfeldes gab es im Westen einen zweiten gewundenen Weg, dessen Oberfläche die Strahlen der untergehenden Sonne wie ein Faden aus Feuer einfing.

Wenn das Riff tatsächlich ein großer Kreis war, der die Mitte der Welt umgab, dann konnte man die beiden ›Straßen‹ vielleicht als beschwipste Speichen eines gewaltigen Rades ansehen. Und wenn es zwei gab, dann konnte es auch noch mehr geben. War der rätselhafte Handschuh der Freude eine von ihnen? War er auf der Karte des Bernsteinfarbenen abgebildet, um einen sicheren Weg durch die Silbernen Dornen anzudeuten? Wenn ja, warum waren dann nicht noch andere Wege verzeichnet? Weil keine von ihnen sicher waren? Oder hatten sie einst, in jenen Tagen, als das von den Dendriten gesäumte Rad weitaus kleiner als heutzutage war, noch nicht existiert?

Lucrezia stellten sich diesbezüglich noch weitere und wichtigere Fragen, doch sie ließ sie unbeantwortet und kletterte durch die sich träge windenden Zweige hinunter zu den kräftigeren Ästen und dann hinab auf den Erdboden. Andris und Venerina warteten ungeduldig auf ihren Bericht.

»Die zweite Gruppe ist nicht die letzte«, sagte sie. »Vielleicht dürfen wir hoffen, dass sie von rachedürstenden Feinden verfolgt wird, aber auf keinen Fall können wir das als sicher annehmen. Wenn es wirklich der Fall ist, wäre es vernünftiger, den Kampf zu verschieben, bis die anderen eintreffen, aber wenn dem nicht so ist, sollten wir uns beeilen. Uns bleibt weniger als eine Stunde, um uns zu entscheiden.«

Die beiden wogen die Möglichkeiten gegeneinander ab. Der Ausdruck der Verblüffung auf Andris Myrasols Gesicht zeugte von seinen Schwierigkeiten, die Tatsachen zu begreifen. »Unser Glück scheint sich zu wenden«, sagte er. »Wenn diese Nestmänner die Neun Städte überfallen haben, werden die Überbleibsel von Shabirs Streitmacht sie nun verfolgen. Es wäre eine Ironie des Schicksals, wenn wir nun zusammen mit solchen Leuten gegen einen gemeinsamen Feind kämpfen würden – aber wir dürfen kein Risiko eingehen, denn es ist möglich, dass sie keine Feinde, sondern Verbündete der Nestmänner sind.«

»Es wäre aber ein genauso großes Risiko, über die Neuankömmlinge herzufallen, sobald sie hier eintreffen«, sagte Venerina mit einem Seufzer. »Mein Volk ist nicht kämpferisch und es hat während des Marsches durch die Ebene bereits stark gelitten. Ich wünschte, ich könnte behaupten, dass sie bereit zum Kämpfen sind, aber sie sind es nicht.«

»Ich wünschte, ich könnte von mir behaupten, dass ich für einen weiteren Kampf bereit bin«, sagte Andris bitter, »aber auf der ganzen Welt gibt es keinen Mann, der ständig neue Riesenschlangen umbringen kann. Wie viele sind es denn noch?«

»Zwölf«, sagte Lucrezia.

Seine einzige Antwort war ein trauriges Kopfschütteln.

Auch Venerina sagte nichts mehr, doch ihr Gesichtsausdruck machte deutlich, dass sie nicht glaubte, der zweite Kampf könne gewonnen werden, wenn man ihn sofort austrage. Sie hatte Lucrezia nicht gefragt, ob unter den Gefangenen in der zweiten Gruppe Mitglieder aus der Gemeinschaft waren, und Lucrezia wäre nicht in der Lage gewesen, ihr eine klare Antwort zu geben, doch sie wussten beide, dass das unwahrscheinlich war. Venerinas gerechter Zorn war mit dem Rest von Aufregung abgeklungen, den die Schacht hinterlassen hatte. Jetzt erlag sie verständlicherweise der Versuchung, ihre eigenen Leute in Sicherheit zu bringen und die anderen ihrem Schicksal zu überlassen. Scham machte es ihr unmöglich, etwas Derartiges vor Andris und Lucrezia auszusprechen, die nicht Teil der Gemeinschaft waren und trotzdem heldenhafte Anstrengungen gemacht hatten, um ihre Leute zu retten, aber es gab keinen Zweifel daran, dass ihr eigener Heldenmut ihr nun vergangen war. Das, was Andris ihnen über das Schicksal berichtet hatte, das die Gefangenen erwartete, machte es für Venerina noch schwieriger, ihre Entscheidung zurückzunehmen, doch es war Lucrezia klar, dass die befreiten Gefangenen nicht die einzigen Kampfunfähigen waren.

»Es ist ebenso vorstellbar, dass die dritte Gruppe überhaupt nichts mit den Leuten zu tun hat, denen sie folgt«, bemerkte Lucrezia nachdenklich. »Vielleicht sind es nur weitere Männer, die nach Mossassors sagenhaftem Garten suchen, oder andere Zauberer, die vom Blut der Schlange besessen sind.«

»Das ist typisch, nicht wahr?«, beschwerte sich der Bernsteinfarbene. »Jedes neue Ereignis führt zu weiterer Verwirrung; jedes Stückchen Information macht das Rätsel nur noch größer.«

»Wenigstens wissen wir, dass wir nichts falsch machen können, wenn wir die Männer in Schlangenhaut auf Leben und Tod bekämpfen«, sagte Lucrezia. »Es sei denn, du würdest es als poetische Gerechtigkeit ansehen, wenn ich von ihnen gefangen genommen würde und sie mir einen jener Samen einpflanzten, die ich früher einmal für dich vorgesehen hatte.«

»Nein, das würde ich nicht«, erwiderte er lustlos.

»Hast du von anderen Überlebenden noch weitere Informationen herausbekommen?«, fragte Lucrezia. »Hat Ssifuss etwas aus den Riesenschlangen herausgekriegt?«

»Nichts«, gab der Bernsteinfarbene zu. »Eine Hand voll von den falschen Menschen ist noch am Leben; das Gift, das sie getrunken haben, hat sie kampfunfähig gemacht, aber wir können es nicht wagen, sie noch länger am Leben zu lassen. Wenn sie soweit sind, Fragen zu beantworten, können sie auch wieder kämpfen, und wir dürfen es nicht riskieren, dass ihre Freunde sie auf dieselbe Art befreien, wie Venerina ihre eigenen Gefangenen befreit hat. Ssifuss scheint von ihren verwundeten Artgenossen keinerlei Antwort erhalten zu haben und sie weiß noch immer nicht, ob sie überhaupt der Sprache mächtig sind.«

»Das hilft uns nicht weiter«, sagte Venerina. »Uns bleibt weniger als eine Stunde, um uns über unseren Standpunkt klar zu werden. Wir müssen eine Entscheidung treffen.«

Aber wie viele von uns sollen abstimmen?, fragte sich Lucrezia. *Und wie sollen wir Meinungsverschiedenheiten beilegen?*

»Wir müssen sie abfangen, bevor sie beim Wasserloch ankommen«, sagte Lucrezia. »Das ist die einzige Möglichkeit, um sie zu überraschen.« Sobald sie aber ihre Meinung offen ausgesprochen hatte, erkannte sie, dass sie sie nicht würde durchsetzen können.

»Das geht nicht«, sagte Venerina matt. »Es ist nicht genug Platz dafür da. Selbst wenn sie keine Vorhut aussenden, müssten wir die Spitze der Kolonne schon angreifen, während das Ende sich noch nicht einmal innerhalb des Riffs befindet. Auf alle Fälle brauchen wir mehr Zeit, um Kräfte zu sammeln. Das Wasser ist noch gefährlich – und selbst wenn dem nicht so wäre, würden sie ihm nicht trauen. Wir müssen uns zurückziehen und mit den Wagen eine Verteidigungslinie bilden. Sollen sie doch zu uns kommen, wenn sie wollen.«

Wenn sie wollen!, dachte Lucrezia. *Sie hofft, dass sie es nicht tun werden. Sie will ihnen die Chance geben vorbeizuziehen, damit sie ihre Leute heimführen kann. Es sei denn, dass noch eine dritte Gruppe kommt.*

»Haben wir genügend Zeit für Vorbereitungen?«, fragte sie Andris.

Er schüttelte den Kopf. »Der Gestank treibt durch die Luft«, sagte er. »Ich bezweifle, dass wir sie überfallen können, bevor sie gewarnt sind, selbst wenn wir die Kraft dazu hätten. Wir sind die schwächere Streitmacht, Hoheit. Ich habe die befreiten Gefangenen beobachtet. Sie haben kaum Kraft genug, um das Schlachtfeld auszuplündern, von einem Kampf ganz zu schweigen. Venerina hat Recht: Für den Augenblick müssen wir uns zurückziehen. Wenn das bedeuten sollte, dass der Feind dadurch seine Kraft verdoppeln kann, sei's drum. Dieses Risiko müssen wir eingehen.«

Lucrezia wusste, dass Andris kein Feigling war und dass er auch dann kein Verständnis für Venerinas plötzliche Furcht hätte, wenn er deren Grund verstünde. Wenn er sagte, dass sie keine Alternative hatten, dann verhielt es sich auch so.

»Wo sollen wir unsere Verteidigungsanlagen errichten?«, fragte sie.

»Meine Leute haben einen geeigneten Platz gefunden«, sagte Venerina zu ihr. »Er ist gerade weit genug entfernt und wir haben genügend Zeit, um die Wagen dorthin zu schaffen. Es gibt einen Weg, der nicht allzu schwierig ist. Bis sie uns angreifen, haben wir eine richtige Festung gebaut.«

Lucrezias fragender Blick traf sich wieder mit dem des Bernsteinfarbenen. Er schaute zwar nicht glücklich, aber ohne die geringste Spur von Entsetzen drein.

»Ssifuss ist derselben Meinung«, sagte Andris. »Sie sammelt ihre Pfeile ein und alles andere, was sie finden kann.«

»In Ordnung«, sagte Lucrezia. »Die Entscheidung ist also gefallen.«

Venerina wandte sich sofort ab und gab den befreiten Gefangenen Befehle. Andris blieb, wo er war.

»Erinnerst du dich daran, was Philemon Taub zu dir gesagt hat?«, fragte er.

»Er sagte mir, ich dürfe nicht dem Drängen meines Schlangenblutes folgen«, antwortete sie; sie hatte sofort begriffen, was der Bernsteinfarbene meinte. »Er sagte, wenn ich es doch täte, würde es mich das Leben kosten. Aber so wie ich es verstehe, ist der Garten, zu dem diese Kreaturen hier unterwegs waren, nicht das Idun der Urväter, sondern ein Teil des vergifteten Bodens, der in der Nachbarschaft von Idun liegt und auch in den Überlieferungen erwähnt wird. Philemon hat mich vor unbestimmten Gefahren gewarnt und jetzt wissen wir, worin einige dieser Gefahren bestehen, aber keine von ihnen berührt das Wesen unserer Mission.«

»Das Wesen unserer Mission?«, wiederholte Andris ungläubig.

Lucrezia musste zugeben, dass ihre Worte sowohl lächerlich als auch aufgeblasen klangen.

»Für Erklärungen haben wir keine Zeit, Andris«, sagte sie. »Wenn wir wissen, ob wir überleben oder sterben werden, ist vielleicht Zeit dafür, aber nicht jetzt.«

»Aber ich glaube, dass ich allmählich begreife«, klagte er. »Ich glaube, ich weiß, worum es eigentlich geht.«

Du kennst nicht einmal die richtigen Worte, die du brauchst, um darüber nachzudenken, gab sie innerlich zurück, doch sie hatte Verstand genug, um ihre Meinung für sich zu behalten. *Aulakh Phar oder Ereleth wären vielleicht in der Lage zu verstehen, aber du und ich nicht.* Laut sagte sie: »Das ist gut. Wir wollen hoffen, dass du und deine Erkenntnisse die Nacht überstehen werden. Jetzt sollten wir erst einmal diese Wagen beladen und auf den Weg lenken. Wenn wir dem Feind schon kein böses Willkommen bereiten können, sollten wir sicher gehen, dass wir aus dem Weg sind, sobald sie begreifen, was mit ihren Vorgängern geschehen ist.«

14

Andris wäre froh gewesen, wenn die Nacht bewölkt gewesen wäre. Es war einfacher, sich in tiefer Dunkelheit versteckt zu halten, wenn die Suchenden gezwungen waren, Laternen zu nehmen.

Die größeren Bäume und Pflanzen, die das Dickicht des Riffs bildeten, warfen unheimliche Sternenschatten in jede Richtung, doch als schließlich der ganze Himmel von Horizont zu Horizont von Flammensternen erleuchtet wurde, konnte nichts mehr verhindern, dass der schwache Glanz beharrlich in jedes Versteck und jede Spalte kroch. Er wusste, dass er wahrscheinlich schlechter zu sehen war, als er befürchtete, doch trotzdem fühlte er sich wie auf dem Präsentierteller – ein plumpes Ziel, das nur auf das Surren eines Pfeiles oder den Aufprall eines Wurfspießes wartete.

Die Späher, die Venerina Sirelis ausgesandt hatte, hatten einen geeigneten Ort für die Wagen gefunden, doch es hatte heroische Bemühungen von allen Beteiligten erfordert, einen befahrbaren Weg durch das Riff zu schlagen und dann die Karren durch die schmalen Breschen zwischen den steinigen Auffaltungen zu lenken. Es war ihnen gelungen, die drei Karren als Seiten eines Vierecks zu platzieren, dessen vierte Seite von einem ungewöhnlich großen und harten Korallenfächer gebildet wurde. Der Boden vor dem gewaltigen Fächer war in einer Ausdehnung von etwa zwanzig Met völlig sauber; es gab lediglich eine Anzahl labyrinthischer, flacher Auffaltungen, deren bedrohlichste Spalten sie sorgfältig mit Abfall angefüllt und mit Steinmetzschaum auszementiert hatten, den sie in einem der Wagen gefunden hatten.

Der Platz, den die Wagen umschlossen, bedeckte etwas mehr als die Hälfte der Lichtung. Sie waren von offenem Gelände umgeben und hatten den freien Himmel über sich; von oben konnten keine Angreifer kommen. Andris hatte sich in den unteren Ästen des nächsten Dendriten postiert, damit er die wahrscheinlichsten Routen beobachten konnte, auf denen sich Menschen oder Monstren ihnen vom Teich her nähern konnten.

Er wusste, dass die zweite Gruppe inzwischen ihr Lager aufgeschlagen haben musste, wahrscheinlich nicht weit vom Teich entfernt. Er versuchte sich ihre Reaktion vorzustellen, als sie entdeckten, dass das Gelände mit frischen Leichnamen übersät war. Ihr erster Gedanke wäre natürlich, dass ihre Gefährten von einer größeren und viel stärkeren Streitmacht überwältigt worden waren. Wenn sie keine völligen Narren waren, würden sie sich fragen, ob man dem Teichwasser trauen konnte, und sie würden es sicherlich testen, bevor sie den ersten tiefen Schluck nahmen. Andris hatte aber keine Ahnung, was dieser Test ihnen mitteilen würde. Wenn das Wasser inzwischen genügend aufgewühlt worden war, konnte man es möglicherweise wieder trinken.

Sobald die Neuankömmlinge herausgefunden hatten, dass das Wasser vergiftet war, mussten sie wissen, dass eine einfache List erheblich zu dem Massaker an ihren Verbündeten beigetragen hatte – aber sie würden immer noch vermuten, dass ihre Feinde schon zahlreich gewesen waren, bevor ihre Reihen Verstärkung von den befreiten Gefangenen erhalten hatten. Falls sie ebenso besonnen waren, wie richtige Menschen es sein konnten, würden sie weder an Angriff noch an Rache denken. Vielmehr würden sie angstvoll Pläne für ihre eigene Verteidigung schmieden – Pläne, die noch stärker von Angst beherrscht sein würden, wenn sie ahnten, dass auch sie wiederum verfolgt wurden… es sei denn, sie wussten, dass die Verfolger ihre Freunde waren.

Unglücklicherweise war sich Andris der Tatsache nur allzu deutlich bewusst, dass die in Schlangenhaut gekleideten Männer *keine* richtigen Menschen waren, weshalb er nicht mit Sicherheit sagen konnte, wie sie reagieren mochten. Auch hatte er noch immer keine klarere Vorstellung von der Identität ihrer Verfolger als Lucrezia, während sie ihren Bericht abgeliefert hatte.

Andris verspürte die dringende Notwendigkeit, sich auszuruhen, und er hielt sich an der Hoffnung fest, dass die Neuankömmlinge wenigstens auf das Tageslicht warten würden, bevor sie etwas unternahmen. So hell die Sterne auch strahlten, war es doch bloßes Sternenlicht und der Boden des Riffs war so voller Schatten wie jedes beliebige Hinterhoflabyrinth in jeder beliebigen Stadt, die er bisher gesehen hatte. Sogar

Leute, die den grellen Glanz der Mittagsstunde verabscheuten und es gewohnt waren, in der Nacht nicht mehr als zwei oder drei Stunden zu schlafen, damit sie die Sanftheit des Sternenlichts voll auskosten konnten, wussten, dass in Finsternis getauchte Orte äußerst gefährlich waren.

Der gedämpfte Klang von Stimmen, die von unten heraufdrangen, verriet ihm, dass Venerina Sirelis mit ihren Wachen ins Gespräch vertieft war. Er hoffte, dass sie sie in der Kunst der Schlacht unterrichtete und nicht in der Politik des Rückzugs, doch er hätte es vorgezogen, wenn sie schwiegen. Obwohl das Riff nachts keinesfalls still war, da es von verschiedenen Arten von zirpenden und quakenden Geschöpfen bewohnt wurde, vermochte ihr Lärm nicht die besondere Klangfarbe menschlicher Stimmen zu übertönen. Das Riff war mit unzähligen natürlichen Hindernissen ausgestattet, die die Schallwellen unterbrachen, doch die Wagen befanden sich nicht weiter als einen halben Kim von dem Teich entfernt. Die Möglichkeit, dass sie von einem umherstreifenden Späher belauscht wurden, bildete eine weitere, unnötige Gefahr.

Andris, der sein halbes Leben lang ein einsamer Wanderer gewesen war, hatte große Übung darin, sich selbst abzulenken und zu unterhalten. Es gab vieles, worüber er nachdenken konnte – einschließlich der langsam Gestalt annehmenden Theorien, die er Lucrezia bei Sonnenuntergang erfolglos anzuvertrauen versucht hatte. Er spürte aber, dass er beinahe genauso dringend eine Pause von seinen Gedanken brauchte wie von der unablässigen Plage des Kampfes und der Flucht; also nahm er Zuflucht zu entspannenderen Überlegungen. Er stellte sich eine Unterhaltung zwischen sich und seiner Cousine vor.

Wohin sollen wir gehen, wenn all das hier vorbei ist?, fragte er sie. *Jetzt, wo wir so viel von der Welt gesehen und begriffen haben, sollten wir in der Lage sein, den Ort auszuwählen, an dem wir uns am liebsten niederlassen würden.*

Er zweifelte keinen Augenblick daran, dass Merel sesshaft werden wollte. Vielleicht war sie des nomadischen Lebens nicht so müde geworden wie er, doch sie war eine Frau, und zwar seiner Meinung nach eine viel *fraulichere* Frau als Hyry Keshvara oder Prinzessin Lucrezia, auch wenn sie keine große Schönheit war.

Xandria ist meine Heimat, erwiderte sie, *und es hat den beachtlichen Vorteil, der zivilisierteste Ort auf der ganzen Welt zu sein. Die Stadt selbst ist kein guter Ort, wenn man arm ist, doch entlang der Südküste des Gleitenden Meeres gibt es Städte, die wirklich sehr hübsch sind. Dort können sogar diejenigen ehrliches Geld verdienen, die ihren Mangel an nützlichen Weisheiten nur durch tierische Stärke wettmachen.*

Du würdest einen Arbeiter aus mir machen, nicht wahr?, sagte er neckend. *Vielleicht wäre ich als Seemann auf einem Handelsschiff gut aufgehoben; ich würde lange und gemächliche Reisen zwischen den Tausend Inseln hindurch machen. Die Bezahlung wäre mittelmäßig, aber ich könnte in jedem Hafen ein Mädchen haben.*

Bernsteinfarbene sind bei goldenen Mädchen nicht sehr beliebt, sagte sie zu ihm. *Sie halten sie für Dunkelland-Barbaren. Die Mädchen der Tausend Inseln träumen nicht von großen, ungeschlachten Kreaturen wie dir; sie bevorzugen schlanke und schlaue Goldene, die nützliche Überlieferungen kennen und gewandte Zungen haben. Wenn du ihnen erzählst, dass du ein Kartenzeichner bist, lachen sie dich aus und glauben, du seiest entweder ein Dummkopf oder ein Scharlatan. Für dich bedarf es eines besonderen Geschmacks, Prinz Myrasol, und ich bin bisher die Einzige, die einen solchen ausgebildet hat. Du solltest dankbar dafür sein.*

Oh, das wäre ich auch, versicherte er ihr und konnte es nicht verhindern, dass er hinzufügte: *Wenn ich nur sicher wäre, dass du noch lebst.*

Dasselbe könnte ich von dir sagen, entgegnete sie, *aber ich vertraue einfach darauf. Du bist jetzt bestimmt schon ein Held und Helden stehen ihre Prüfungen und Drangsale immer durch, damit sie am Ende ihre auserwählten Gefährtinnen in die Arme schließen können. Alle guten Geschichten haben ein solches Ende.*

Andris erwiderte: *In einer Geschichte hat der Erzähler immer die absolute Macht. Selbst wenn die Geschichte alt ist und seit den Tagen des Schiffs, das die Dunkelheit zwischen den Sternen durchsegelte, von Generation zu Generation weitergegeben wurde, hat der Erzähler trotzdem noch die Kontrolle über sie. Er muss nur das Richtige sagen. Wenn ein Wunder vonnöten ist, muss der Erzähler bloß sagen: »Und dann geschah ein Wunder.« Solche Macht verdirbt sowohl ihre Werkzeuge als auch ihre Benutzer, so wie es bei jeder anderen Macht der Fall ist. Die Erzähler werden zunehmend gewissenlos und die Hörer schrauben ihre Erwartungen immer höher. Das wirkliche Leben ist ganz anders. Wenn ein Mann eine Klinge in seinen Eingeweiden stecken oder Gift im Bauch hat, dann nützt es ihm nichts, zum Himmel aufzuschauen und zu sagen: »Ich bin ein Held; wo bleibt mein Wunder?« Weißt du, das ist es, was an Venerinas Art, die Dinge zu sehen, nicht stimmt. Sie glaubt, einen Blick auf ein größeres Ganzes erhascht zu haben, und fühlt sich dazu gedrängt, einen Erzähler zu erfinden, der sowohl die Macht als auch den Willen hat, für alle ein gutes Ende zu erschaffen, aber so liegen die Dinge nun einmal nicht. Es wäre nicht einmal so, wenn es auch im richtigen Leben eine Geschichte und einen Erzähler gäbe, der das Ende bestimmt. Wenn die Welt eine Geschichte wäre, dann wäre es eine voller Rätsel und Täuschungen, und wenn die Geschichte einen Erzähler hätte, dann wäre es irgendein uralter, blinder Mann, der etwas zitiert, das er in seiner fernen Jugend auswendig gelernt hat, ohne es zu verstehen.*

Ich glaube, jetzt widersprichst du dir selbst, bemerkte

Merel auf die verwirrende Weise, die sie manchmal an sich hatte, wenn sie sich genötigt fühlte, ihn von einem unkontrollierten Höhenflug zurück auf den Boden der Tatsachen zu bringen. *Selbst wenn nicht, scheinst du vergessen zu haben, dass all das nur eine Geschichte ist, deren Erzähler du selbst bist. Ich bin in Wirklichkeit gar nicht hier.*

Das ist mir klar, sagte er. *Weißt du, das ist ja das Problem. Ich kann dich ohne jede Anstrengung herbei beschwören und solange du hier bist, sagst du nur das, was ich hören will. Aber sobald ich aufhöre, mir selbst diese Geschichte zu erzählen, kehren Druck und Drangsal des Daseins zurück.*

Und die abscheuliche Anziehungskraft der Alliteration, bemerkte sie, obwohl die echte Merel so etwas nie gesagt hätte und wahrscheinlich nicht einmal wusste, was eine Alliteration war. Eine solche Bemerkung hätte wohl eher Lucrezia angestanden.

Andris setzte seinen Tagträumen an diesem Punkt ein Ende; er wünschte, sie hätten keinen leicht bitteren Geschmack auf seiner Zunge hinterlassen.

In der Ferne sah er eine Bewegung und drückte sich fest an den Ast, auf dem er lag, um weniger deutlich sichtbar zu sein. Die Schatten, die die höheren Äste warfen, machten es sehr schwer für jeden Beobachter, ihn zu erkennen – besonders in Anbetracht der Tatsache, dass so viele der anderen Zweige parasitären Baumbewohnern eine Heimstatt boten –, doch seine massige Gestalt mochte durchaus Verdacht erregen.

Die Kreatur, die sich bewegt hatte, versuchte ebenfalls, unauffällig zu sein; sie hielt sich in den dunkleren Schatten und bewegte sich mit Umsicht, doch in dieser Hinsicht hatte sie einen noch geringeren Vorteil als er. Während er nur reglos bleiben musste, war das andere Wesen auf der Pirsch – und während er bloß ein Halbriese war, hatte es eine wahrlich ausladende Statur.

Andris beobachtete, wie die Riesenschlange näher und näher kam. Ihr Herannahen war langsam und zögerlich und wurde von vielen argwöhnischen Pausen unterbrochen, doch entweder durch Zufall oder aus Absicht hielt sie sich auf dem Pfad, auf dem sie unweigerlich mit den Wagen zusammenstoßen musste.

Andris verschwendete keine Zeit mit dem Wunsch nach einem Bogen und einem Köcher voller vergifteter Pfeile. Er hatte bereits die begrenzten Wirkungen miterlebt, die solche Pfeile auf Geschöpfe wie dieses hatten, und er wusste, dass ein einziger Schrei der Warnung oder des Entsetzens genug wäre, um den Menschen und Monstren am Teich zu verraten, dass es nicht weit entfernt in dieser Richtung Feinde gab. Wenn der Späher menschlich gewesen wäre, hätte Andris sich sofort Hoffnungen gemacht, ihn still abzufangen, doch eine solche Kreatur konnte man nicht bloß mit Hilfe einer großen Bernsteinfarbenenhand ersticken. Auch wenn er innerhalb weniger Tage mehr von diesen Kreaturen getötet hatte, als jeder verantwortungsbewusste Geschichtenerzähler für möglich gehalten hätte, gab sich Andris nicht der Illusion hin, mit diesem Gegner leicht fertig zu werden.

Das Geschöpf legte erneut eine Pause ein; es war jetzt lediglich dreißig Met entfernt. Noch befand es sich im Schatten eines der kleineren und stärker zusammengerollten Dendriten. Das Geräusch flüsternder Stimmen erreichte noch immer Andris' Ohren, doch die Schlange konnte sie wahrscheinlich nicht hören. Aber von dort aus, wo sie stand, konnte sie mit ziemlicher Sicherheit den Baldachin eines der Wagen erkennen.

Andris war neugierig darauf, was das Ungeheuer unternehmen würde. Er wusste nicht, ob er hoffen sollte, dass es noch näher herankam und auf diese Weise sowohl ihn als auch sich selbst in Gefahr brachte, oder ob es umkehren würde, um die Nachricht zu überbringen, dass ein unbekannter Feind in unbekannter Stärke hier lagerte.

Die Schlange schien sich dieselbe Frage zu stellen. Sie machte zögerlich ein paar Schritte vorwärts. Ihre perlartigen Augen glommen, als sie den Glanz des Sternenlichts einfingen. Dann schlich sie wieder zurück. Andris hatte keine Ahnung, ob er entdeckt worden war oder nicht.

Sekunden vergingen, während die Schlange die Situation abwog. Andris hielt eine Weile den Atem an, doch er musste die Luft wieder aus der Lunge entweichen lassen, bevor sich die Schlange erneut bewegte. Sie kam näher und Andris machte sich bereit, um herunterzuspringen; er war überzeugt, dass er seine Gefährten für den Kampf aufwecken musste. Die Schlange hatte jedoch erst drei vorsichtige Schritte gemacht, als der Klang einer Trommel alle leiseren Geräusche des skelettartigen Waldes durchdrang.

Drei Schläge wurden von zweien gefolgt und dann wurde das Ganze wiederholt. Es musste ein Signal zum Sammeln sein, denn die Riesenschlange hielt sofort inne und kehrte unverzüglich um. Sie zog sich mit viel größerem Eifer zurück, als sie gekommen war. Andris schloss daraus, dass die Kreatur genauso erleichtert wie er selbst gewesen sein musste, als das Signal ertönte.

Sobald sie fort war, stieg Andris herunter. Er sah in die Richtung des Wagens, in dem Venerina Sirelis wartete, doch nach einem kurzen Zögern schwang er sich in den Karren, in dem er Lucrezia und Ssifuss im Schlaf vermutete. Er war nicht überrascht, als er bemerkte, dass sie wach waren. Sie reagierten auf seine Ankunft mit großer Beunruhigung.

»Ich bin's nur«, versicherte er ihnen. »Sie wissen, wo wir sind. Sie können nicht wissen, wie wenige wir sind oder ob wir uns alle hier versammelt haben, aber man hat uns entdeckt. Die Frage lautet: Was werden sie jetzt machen – und wann werden sie handeln?«

»Sie scheinen nicht von der Sorte zu sein, die Botschafter und Unterhändler bestellt«, sagte Lucrezia. »Ich vermute, sie werden weitere Späher schicken, um herauszubekommen, wie viele wir sind, und dann werden sie versuchen, uns zu umzingeln. Vielleicht sollten wir unseren Plan jetzt sofort in die Tat umsetzen.« Er nahm an, dass sie selbst nicht wusste, was sie mit *unser Plan* meinte; die Unsicherheit in ihrer Stimme war mehr als deutlich.

»Wir können nirgendwohin fliehen und wir haben nicht genug Leute, um *sie* zu umzingeln«, erinnerte Andris sie. »Wenn sie uns angreifen wollen, können wir weder daran noch an dem Zeitpunkt des Angriffs etwas ändern.«

»Sstimmt«, pflichtete Ssifuss ihm bei. »Können nichtss tun.«

»Sie *werden* kommen«, sagte Lucrezia grimmig. »Wie auch immer sie die Gefahren einschätzen mögen: Sie werden zu dem Schluss kommen, dass ihnen nichts anderes übrig bleibt.«

Andris war klar, dass sie wahrscheinlich Recht hatte; nachdem sie Späher ausgeschickt und sie ausfindig gemacht hatten, würden sie sicherlich zu der Ansicht gelangen, dass sie das Risiko eines Angriffs eingehen mussten – aber wann würde er erfolgen?

»Ich hätte mich wohl deutlicher ausdrücken müssen«, sagte er und gab sich alle Mühe, gelassen zu klingen. »Wir haben wahrscheinlich nicht mehr viel Zeit.«

Der Ausdruck in Lucrezias Augen schien zu sagen: *Wann wird das alles ein Ende haben?* Er hoffte, dass der Ausdruck in seinen Augen nicht zu antworten schien: *Wenn wir tot sind.*

15

Jetzt bist du in Sicherheit«, sagte Kasdeja zu Jacom. »Von jetzt an kannst du zu Fuß gehen. Nimm mir diesen Sattel vom Rücken und wirf ihn fort. Belade dich mit dem, was du tragen kannst, und lass den Rest zurück.«

Es gab nicht mehr viel, was man wegwerfen konnte. Sie hatten den letzten Rest ihrer Nahrung aufgegessen und in der Haut befand sich kaum noch genug Wasser, um sich die Lippen damit zu befeuchten. Jacom nahm den Sattel vom Rücken der Manticore herunter und vermutete, dass er wahrscheinlich genauso froh war wie Kasdeja, ihn loszuwerden.

Für Jacom hatte es den Anschein, dass ›klettern‹ eine passendere Bezeichnung als ›gehen‹ für das war, was nun vor ihm lag, aber der Hang war zumindest nicht annähernd so steil wie die abschüssigen Seiten eines Dragomitenhügels. Als er die Höhe des Berges abzuschätzen versuchte, kam er zu dem Schluss, dass mögliche Schwierigkeiten weniger von seiner Steilheit als von seiner Glätte ausgingen.

Sie waren bereits bis zu einer Höhe von etwa fünfzig oder sechzig Met über der Ebene aufgestiegen. Von hier aus hatte Jacom einen besseren Blick auf das Terrain, als er von dem Riff oder vom Sattel auf dem Rücken der Manticore aus hatte. Obwohl die frühe Nacht klar gewesen war, füllte sich der Himmel nach Mitternacht stetig mit dichten, grauen Wolken. Das Sternenlicht war zwar noch nicht verschwunden, aber es schien nur mehr sehr schwach.

Die Trübheit der dunkler werdenden Nacht schien die Düsterkeit und die seltsame Natur des Geländes zu verbergen. Die Risse und Spalten waren jetzt nicht mehr so deutlich zu sehen und die feinen Unterschiede zwischen dem festen Boden und den klebrigen Pfützen waren schwerer zu erkennen. Wenn er nicht um die wirre Färbung der Gegend gewusst hätte, wäre sie Jacom vielleicht durchaus wirtlich erschienen.

Zu seiner Überraschung erhaschte er einen Blick auf etwas, das sich in der Ferne bewegte – auf mehrere Etwas sogar. Es mussten Tiere von beachtlicher Größe sein – größer als die Manticore und keineswegs so flink. Sie waren für Jacom die ersten lebenden Wesen, die größer als Dammbauer waren, seit Kasdeja die dolchschwingenden Reptilien bekämpft hatte. Was immer das für Kreaturen waren, sie bewegten sich auf das Riff zu.

»Sind das deine großen Brüder?«, fragte er und zeigte auf die sich bewegenden Schatten.

»Keine Verwandten von mir«, entgegnete die Manticore. »Das hier ist Feindesland. In dieser Richtung ist der Krieg gefährlich nahe.«

Als sie kurz nach Sonnenuntergang einen Bergkamm erklommen hatten, war Jacom eine seltsame Linie aufgefallen, die beinahe völlig gerade durch die Landschaft schnitt. Auch wenn er nicht sicher sein konnte, machte es für ihn doch den Eindruck, als ob die Kreaturen dieser Linie folgten.

»War das eine *Straße,* die ich da hinten gesehen habe, als es noch heller war?«, fragte er ungläubig. »Folgen sie ihr zur Nabe des Rades?«

»Man könnte es eine Straße nennen«, sagte Kasdeja lakonisch. »Natürlich nicht von Menschen gebaut und auch nicht von anderen Händen. Sieh sie als einen großen, verschrumpelten Dorn an, wenn du willst, oder als das Horn eines Einhorns: etwas Hartes, Röhrenartiges, das durch den großen Morast getrieben wurde, um einen Kanal für weniger gewandte Abgesandte als mich zu bilden. Mein eigener Boden hat es nicht nötig, Energie oder Material für die Errichtung solcher Straßen zu verschwenden, doch die Wiege der Chimäre hat schon seit langem den Handschuh der Freude ausgestreckt und andere sind ihrem Beispiel gefolgt.«

»*Das* ist der Handschuh der Freude? Eine stachelige Röhre durch die Silbernen Dornen, die von der Kreatur ausgestülpt wurde, deren Nabel im Nest des Phönix liegt?«

»Allein eure Kartenzeichner sind für die Namen verantwortlich«, antwortete die Manticore.

Und für ihren Glauben an den Garten, den ihre Urväter errichteten, damit die Geographie, die sie beschrieben haben, gleich bleibt, fügte Jacom für sich selbst hinzu. *Wenn es noch eine gangbare Route durch die Silbernen Dornen gibt, kann sie nicht ohne einen Aufwand unterhalten werden. In einem Land wie diesem, in dem selbst die Steine lebendig sind, kann kein sicherer Weg ohne zielstrebige Bemühungen begehbar gehalten werden.*

Laut sagte er: »Welche Namen gibst *du* diesen Dingen?«

»Ich habe einmal gehört, wie man es eine Pseudohülse genannt hat«, gab die Manticore zu, »aber auch das ist nur eine andere Bezeichnung, die der Bequemlichkeit halber erfunden wurde.«

»Von wem?«, wollte Jacom wissen.

»Das wirst du noch früh genug selbst herausfinden«, gab Kasdeja zurück, indem er wieder zu seiner typischen Ausdrucksweise Zuflucht nahm. Doch dann fuhr er fort, als wolle er sich dafür entschuldigen: »Wie ich schon sagte, streckt die Wesenheit, die du Wiege der Chimäre nennst, mehr als einen dieser Wege an Rändern des toten Bodens entlang aus, wo die Konflikte ihrer Gegner sich in Pattsituationen festgefahren haben – aber niemand, der auf einer solchen Straße reist, kann sicher sein, dass er sein Ziel erreicht. Es ist weitaus sicherer, auf einer Manticore zu reiten, das kann ich dir versichern.«

»Ich habe keine Lust mehr, dankbar zu sein«, meinte Jacom. »Ich habe nicht darum gebeten, hierher gebracht zu werden.«

»Du hast hoffnungsvolle Freunde, die dir in deinem Kielwasser folgen«, erinnerte Kasdeja ihn. »Wenn sie glauben, dass sie lediglich der Karte folgen müssen, die du mir beschrieben hast, werden sie eine unangenehme Überraschung erleben. Hier ist nichts beständig außer dem Wandel und der Boden ist überall trügerisch. Das, was deine Überlieferungen *Feuer des Salamanders* nennen, kann erhellen, aber es kann auch verbrennen.«

»Sehr poetisch«, bemerkte Jacom. Er wusste, dass seine Bemerkung ungehobelt war.

»Hab keine Angst«, sagte Kasdeja. Trotz Jacoms Rüpelhaftigkeit blieb die Stimme der Manticore gelassen. »Ich wage zu behaupten, dass du jetzt sicherer bist als jeder Mensch im Umkreis eines Vierzigtageritts – vielleicht sogar sicherer als alle anderen auf der Welt.«

»Das sagst du«, konterte Jacom.

»Ja«, gab die Manticore zurück. »Soweit ich es beurteilen kann, ist es die Wahrheit.«

Wenn ich einen Versuch machen will, dem Schicksal zu trotzen, das er für mich vorgesehen hat, dachte Jacom, *dann muss ich ihn jetzt machen. Aber bleibt mir eine andere Wahl außer dem Tod? Gibt es wirklich ein Schicksal, das noch viel schlimmer ist – und wenn es das gibt, war dann das, was ich in dem Dragomitenhügel gesehen habe, ein Beispiel dafür?*

Sein Zögern war sinnlos; er hatte keine vernünftige Alternative außer der, weiterzugehen und eine Antwort auf seine Frage zu finden. Er stieg den Abhang hoch und tat sein Bestes, um mit der Manticore Schritt zu halten.

Die Oberfläche des kegelförmigen Berges glich nicht im Mindesten einem Dragomitenhügel, der seiner pilzartigen Saaten beraubt war. Jene nackten Hügel hatten ihn an große Haufen Vogelscheiße erinnert, die von der Sonne getrocknet und gehärtet worden waren – dieser Eindruck war durch den Verwesungsgestank noch verstärkt worden, der in jedem engen Tal hing und gegen den nur der stärkste Wind etwas ausrichten konnte. Dieser Berghang hier ähnelte eher einem Haufen frisch gesammelter Früchte, die zu einer einzigen fleischigen Masse mit einer einheitlichen Rinde verschmolzen waren. Die Struktur der ›Rinde‹ erinnerte ihn an eine Orange, auch wenn die Farbe nicht stimmte; sie war aber genauso gerunzelt, jedoch leicht poliert, sodass jeglicher Vorteil, den die Unebenheiten den Kletterern verschafften, durch die Glätte wieder zunichte gemacht wurde.

Der Regen setzte ein, bevor sie die Hälfte der Strecke zu dem abgeflachten Gipfel zurückgelegt hatten, der nach Jacoms Vermutung einen Krater von nicht mehr als einigen hundert Met Durchmessern beherbergte. Es schien kein Gewitter zu geben – wofür er in Anbetracht der Tatsache, dass sie sich dem höchsten Punkt im Umkreis von vielen Kim näherten, sehr dankbar war –, doch der Regen fiel stetig und kräftig und durchnässte ihn in wenigen Minuten bis auf die Haut. Die Uniform, die Amyas ihm in dem Gasthaus südlich von Antiar gegeben hatte, war inzwischen kaum mehr als ein Flickwerk aus Fetzen und Lumpen und sie wurde sogar noch unförmiger, als der Regen sie an seine Haut klebte.

Es hatte keinen Sinn, Kasdeja zu fragen, ob sie sich nicht besser einen Unterschlupf suchten und warteten, bis der Regen nachließ; im Gegensatz zu einem Dragomitenhügel besaß dieser Berg keine Vielzahl von Tunneln, die einen Eingang in ein labyrinthisches Inneres darboten.

Das Regenwasser machte die Oberfläche noch rutschiger, doch Jacom war sicher, dass der Hang nicht abschüssig genug war, sodass er im Falle eines Sturzes zumindest nicht den ganzen Weg hinunter zu dem Treibsand rollen würde, der so etwas wie einen Graben um den Berg bildete.

»Warum gibt es nur einen einzigen Eingang so hoch oben?«, fragte er seinen Gefährten. »Wenn der Körper dieser unvorstellbar riesigen Kreatur hauptsächlich unter der Erde liegt, könnte sie doch sicherlich Öffnungen am Fuß des Hangs bereitstellen – Öffnungen, die sie nach Bedarf freigeben und wieder schließen kann, falls dauernd offen stehende Portale sie der Gefahr einer Invasion aussetzen würden.«

»Kannst du Extramünder am Bauch oder an den Fußsohlen öffnen, wenn es dir passt?«, fragte Kasdeja, aber das war keine ehrliche Antwort und Jacom wusste es. Er gehörte nicht zu der Art von Lebewesen, die andere in ihr Fleisch aufsaugen konnten, und auch nicht zu der Art, die alle möglichen fleischlichen Chimären zu gebären vermochten. Genauso wenig war er dazu in der Lage, ›Pseudohülsen‹ über die Barrieren toten Gesteins hinweg auszustrecken. Er ließ aber die Angelegenheit auf sich beruhen; der Regen hatte seine Freude an dieser Form von Wettstreit gedämpft.

Er stolperte, streckte aber schnell die Hände aus, um einen Sturz zu verhindern. Es gelang ihm, das Gleichgewicht zu halten, obwohl seine Stiefel den Halt verloren. Zehn Schritte weiter rutschte er erneut aus und diesmal schlitterte er ein paar Met zurück und schürfte sich dabei ein wenig Haut vom Handballen und vom rechten Knie ab. Kasdeja schien darauf vorbereitet, auf ihn zuzuspringen und eine helfende Pfote auszustrecken, doch da Jacom gesehen hatte, was die ausgefahrenen Krallen an den großen, haarigen Pfoten auszurichten vermochten, war er nicht begierig, diese Hilfe anzunehmen.

Das Wetter war einige Tage lang so heiß gewesen, dass er den Regen herbeigesehnt und geglaubt hatte, dass eine kühle, feuchte Unterbrechung sehr willkommen sein würde, doch er war es bald herzlich leid, dass ihm seine Kleidung so durchweicht am Körper klebte. Das Frösteln, das der kalte Regen in seinem Körper bewirkte, war zu keinem Zeitpunkt angenehm, sondern wurde nur zu einem weiteren Störfaktor. Es gab keine andere Möglichkeit, als verbittert weiterzutrotten, um den Rand des Hügels so bald wie möglich zu erreichen.

Als sein Körper schwerer zu werden schien, verkürzten sich seine Schritte und er wurde immer wieder durch kleine Ausrutscher zurückgeworfen. Als er unter seinen durchnässten Augenbrauen hochschaute, schien sein Ziel nicht näher gekommen zu sein, doch Kasdeja ließ keine Anzeichen von Ungeduld erkennen.

Schließlich spürte Jacom, dass er nicht mehr weiter gehen konnte, obwohl der Bergrand jetzt kaum mehr als dreihundert Met entfernt war. Er setzte sich und schlang die Hände um den gebeugten Kopf.

Kasdeja beschwerte sich nicht darüber. Er machte sich sogar die Mühe, sich oberhalb von Jacom in seiner sphinxartigen Weise hinzuhocken, und gewährte ihm so einen gewissen Schutz vor dem Wasser, das die sanfte Steigung hinabrann.

Die Sicht war jetzt sehr schlecht, denn der Regen lag wie ein Vorhang über der von Spalten durchzogenen Ebene, und obwohl es möglicherweise nur eine optische Illusion war, hatte Jacom doch den Eindruck, dass die flache Unterseite der Wolkenschicht ihm viel näher als dem Boden war, von dem aus sie hochgeklettert waren. Das Gelände sah nun beinahe so gestaltlos wie die schwarze Wolke aus; die Silbernen Dornen waren in der Düsternis verschwunden und die gerade

›Straße‹ sowie die schattenhaften Reisenden darauf nicht mehr zu erkennen. Die Risse, die die Oberfläche äderten, schienen sich zusammengezogen zu haben – was vielleicht tatsächlich der Fall war.

»Mir wäre es lieber gewesen, wenn es geregnet hätte, als wir noch da unten waren«, bemerkte Jacom, »und dass die Sonne sich für unseren Aufstieg aufgespart hätte. Der Hang wäre bei trockenem Wetter viel leichter zu erklettern und von hier oben aus könnten wir den ganzen Weg bis zur Spitze sehen.«

»Wenn die Sonne brennen würde«, meinte Kasdeja, »würdest du dich über den Wasserverlust beschweren – und von hier aus gibt es nicht viel zu sehen, nicht einmal an einem ganz klaren Tag.«

»Von der Spitze aus ich hätte ich eine gute Rundumsicht«, sagte Jacom, dem dieser Gedanke jetzt zum ersten Mal kam. »Ich könnte in das Nest des Phönix schauen. Ich könnte die Wiege der Chimäre sehen: den Garten von Idun und den Teich des Lebens selbst!«

»Vielleicht wirst du es ja noch können, falls die Wolken genug Sternenlicht durchlassen«, sagte Kasdeja zu ihm. »Das meiste, was du wahrscheinlich sehen willst, bleibt selbst im hellsten Licht verborgen, aber du wirst noch weitere Gelegenheiten haben, in diese Richtung zu schauen. Du wirst sogar Gefährten haben, die dir besser als ich erklären können, was du dann sehen kannst. Im Augenblick besteht unser Ziel darin, auf den Gipfel zu gelangen und dann wieder abzusteigen. Sobald du dich ein wenig ausgeruht hast, müssen wir weitergehen.«

Jacom nahm seine schützenden Hände herunter und drehte den Kopf zurück. Der Regen wusch ihm das Gesicht und füllte ihm den Mund. In den letzten Tagen war er oft durstig gewesen und hatte umsichtig mit dem wenigen Wasser, das sie bei sich hatten, haushalten müssen; daher erschien ihm der augenblickliche

Überfluss wie eine Beleidigung – als ob sich das Schicksal und die Welt über ihn lustig machten.

Ich habe sie alle geschlagen, sagte er zu sich selbst und war entschlossen, nun seinerseits zu spotten. *Ich habe Carus Fraxinus geschlagen und Aulakh Phar, Hyry Keshvara und Prinzessin Lucrezia. Ich bin zwar vielleicht noch nicht bis zur Wiege der Chimäre gekommen, aber ich werde bald einen Blick auf sie werfen können. Ich habe das beinahe Unmögliche erreicht, während sie noch zwischen dem Rand des Krieges und dem Feuer des Salamanders hängen, falls sie überhaupt noch leben. Sie haben mich zu den unwichtigsten Mitgliedern ihrer Expedition gezählt – ich war für sie nichts als ein Söldner –, aber ich bin auf einer Manticore geritten und habe mit ihr zu Abend gegessen und ich habe einen Berg erklettert, der auf der Schwelle der Weltenmitte steht. Was würde jetzt Lucrezia von mir denken, wenn sie wüsste, dass ich all das geschafft habe?*

Er musste den letzten Satz vorsichtig formulieren, damit er die Worte »wenn sie mich jetzt sehen könnte« vermied. Er war sich durchaus bewusst, dass er trotz seiner unleugbaren Erfolge im Moment eine traurige Schmutzfigur abgab.

»Ich habe mich genug ausgeruht«, sagte er zu seinem Beschützer. »Wir können weitergehen.«

Diesmal war er damit zufrieden, der Manticore zu folgen, und Kasdeja ließ ihn in Ruhe und drehte sich nur manchmal um, um sich davon zu überzeugen, dass er noch da war. Jacom setzte mit sturer Entschlossenheit einen Fuß vor den anderen und jedes Mal, wenn er stolperte oder ausrutschte, kam er wieder auf die Beine. Er schenkte weder dem Blut Aufmerksamkeit, das ihm jetzt zäh von beiden Handballen troff, noch den scharfen Schmerzen, die von den Blutergüssen an den Knien herrührten.

Er ging einfach nur weiter, bis er den Gipfel erreicht hatte. Nun klarte sich der Himmel allmählich wieder auf. Der Sturm war vorüber und mit jeder Minute wurde das Sternenlicht heller. Von dort aus, wo er stand, konnte er fast nichts von dem erkennen, was sich hinter dem gegenüber liegenden Rand des Kraters verbarg – aber das war ihm zumindest im Augenblick egal. Zuerst musste er seine Neugier befriedigen und sehen, was innerhalb des Kraters lag.

Halb hatte er eine Art von Trichter erwartet, der sich zu einer Grube verengte, aber in Wirklichkeit gab es hier einen ziemlich steilen Abhang von nicht mehr als zwölf oder fünfzehn Met und darunter eine kleine Ebene, die mit dichter Vegetation bedeckt war, die an ein Dickicht aus hohem, aber seidigem Röhricht erinnerte. Es gab keine Anzeichen auf einen Eingang in das Innere des Berges, wenngleich das Dickicht ohne weiteres ein halbes Hundert davon verdecken konnte. Hinter dem Röhricht bemerkte er etwas, das wie die Kronen irdischer Bäume aussah, und zwischen den Bäumen entdeckte er kegelförmige Strukturen, die vielleicht die Dächer runder Hütten waren – oder steinerne Kuppeln wie jene, die er bisweilen in der Ebene unter ihm bemerkt hatte.

»Ich möchte um den Rand herumgehen«, sagte Jacom zu Kasdeja. »Bevor wir absteigen, möchte ich zur gegenüberliegenden Seite gehen und nach der Mitte der Welt Ausschau halten.«

Kasdeja musste diese Bitte erwartet haben. »Wenn du dazu noch Kraft hast«, sagte er. »Geh voraus; ich folge dir. Sei vorsichtig, dass du nicht ausrutschst – die Spitzen dieses Schilfs tragen Dornen.«

Jacom hatte auf den höchsten Wachtposten der Zitadelle von Xandria gestanden und über das Gleitende Meer oder die südlichen Felder geblickt und sich dabei gefühlt, als stehe er auf dem Dach der Welt. Ein anderes Mal hatte er am Fuße der gigantischen Bäume des Waldes der Absoluten Nacht gestanden – die höher waren als die Mauern der Zitadelle – und hatte das Dach der Welt als unerreichbar angesehen. Jetzt war er höher als die höchsten Bäume des Waldes und der sternerhellte und wolkengesprenkelte Himmel war beinahe zum Greifen nah – oder zumindest schien es so.

Als er den schmalen Pfad betrat, der um den Kraterrand herumlief, fühlte er sich wie auf einem Drahtseil, das über die dunkle Gesamtheit der Schöpfung gespannt war. Er hatte das Gefühl, dass er bald in das Herz der Genesys selbst schauen würde, das noch immer schlug, obwohl es von einer Schar steinerner Jäger umlagert war, die nach seinem Fleisch gierten. Der Umstand, dass es Nacht und nicht Tag war – und darüber hinaus eine neblige Nacht –, vermochte den Wert seiner Leistung nicht zu schmälern.

Was auch immer danach geschehen mag, sagte er zu sich selbst, so *kann mir doch niemand diesen Augenblick des Triumphs nehmen – nicht einmal der mächtige König Belin, der mich in dieses Exil geschickt hat. Wie tief ich auch fallen mag, ich bin auf dem Dach der Welt gewesen.*

16

Lucrezia kauerte sich hin, damit sie durch den schmalen Spalt zwischen der hölzernen Seitenwand des Wagens und der Leinwandplane spähen konnte. Ihre Position war unbequem und verlangte von ihr, die Muskeln angespannt zu halten, aber sie wagte es sowieso nicht, sich zu entspannen, denn sie fürchtete, die Müdigkeit könnte sie überwältigen. Sie wusste, dass man sofort Alarm schlagen würde, sobald ihre Feinde gesichtet wurden, doch sie wollte nicht mitten in einem Kampf aufwachen. Sie hätte auch wach bleiben können, ohne das Riff im Blick zu haben, aber solange sie die Augen geöffnet hatte, konnte sie es nicht aushalten, anderswohin zu schauen.

Das Licht war schlecht, denn die südliche Hälfte des Himmels war von tief hängenden Wolken bedeckt, doch die nördliche Hälfte war noch hell. Sie wusste, dass es jetzt an der Wiege der Chimäre regnen musste, aber es gab keinen wahrnehmbaren Wind, der die Regenwolken herblasen konnte, und keine unmittelbare Gefahr, dass das wenige Licht völlig erlöschen würde.

Bei ihr im Wagen waren sechs andere Leute, allesamt ehemalige Gefangene der Riesenschlangen und ihrer nicht ganz menschlichen Gefährten. Man hatte ihnen aus den Vorräten, die in den Wagen gelagert wurden, etwas zu essen und ungiftiges Wasser zu trinken gegeben, doch man konnte sie kaum als kampfbereit bezeichnen. Sie waren mehrere Tage lang durch schwieriges Gelände getrieben worden und hatten durchweg wunde Füße. Einige von ihnen litten an so vielen kleineren Verletzungen, dass sie kaum einen Speer heben konnten, und alle waren erschöpft und dem Zusammenbruch nahe. Doch sie hatten beileibe keine Lust, erneut gefangen genommen zu werden, und waren erpicht darauf, Rache an Kreaturen wie denen zu nehmen, die sie diesen schweren Prüfungen unterworfen hatten. Venerina hatte ihnen erzählt, was Andris und Ssifuss aus der Befragung der Feinde über das Schicksal erfahren hatten, das ihnen zugedacht gewesen war.

Der Mann, der unmittelbar neben Lucrezia saß, hatte gesehen, wie Andris Myrasol während der Flucht aus dem umzingelten Haus der Gemeinschaft eine der Riesenschlangen getötet hatte. Aus dieser Erinnerung schöpfte er so viel Mut wie nur möglich.

Er wisperte zu Lucrezia: »Wenn sie kommen, werden sie genauso müde sein wie wir. Vielleicht haben sie nicht so wunde Füße, aber sie werden sehr durstig sein. Ihre Waffen sind nicht besser als die der ersten Gruppe und sie werden kaum in der Übermacht sein.«

Lucrezia wusste, dass er damit nur sich selbst und seine Gefährten beruhigen wollte; deshalb pflichtete sie seiner Einschätzung bei, aber sie machte keinen Versuch, das Gespräch fortzuführen. Sie beide wussten, dass die Riesenschlangen das größte Problem darstellten, falls ein Angriff erfolgen sollte. Es war nicht schwierig für Ssifuss und Andris gewesen, sie zu erschießen oder zu erstechen, während sie noch benebelt waren, oder für Andris, einen oder auch zwei gleichzeitig in der Verwirrung eines Tumults fertig zu machen, doch die gegenwärtige Situation war anders. Diesmal hatten ihre Feinde alle Zeit der Welt, den Angriff sorgfältig zu planen und Aufstellung zu beziehen.

Ob das wirklich einen großen Unterschied machte, konnte sie nicht sagen, doch sie bedauerte längst die Entscheidung, den Kampf aufgeschoben zu haben, anstatt einen Hinterhalt zu legen und die Sache so bald wie möglich durchzustehen.

Obwohl Lucrezia äußerst wachsam war, war nicht sie es, die das erste Anzeichen für den beginnenden Angriff bemerkte. Jemand weiter vorn flüsterte: »Schaut nach rechts!«

Zuerst sah sie überhaupt nichts, doch dann erhaschte sie einen flüchtigen Blick auf reflektiertes Licht. Das Licht flackerte seltsam und einige Sekunden lang begriff sie nicht, warum das so war – doch dann erkannte sie, dass die versteckte Flamme, deren Licht von einem der fächerähnlichen Gebilde gespiegelt wurde, nicht bloß von einer Kerze stammte.

»Das ist Feuer!«, ertönte es im Flüsterton. »Sie versuchen uns auszuräuchern!«

Die Stimme hatte richtig geraten, aber es verbreitete

sich keine Panik. Lucrezia wusste, dass es nicht so leicht sein würde, wie es sich anhörte. Alles, was gegen die Leinwand geworfen wurde, würde einfach abprallen; das feste Gewebe fing selbst dann nicht leicht Feuer, wenn es trocken wie Zunder war. Genauso wenig würde das Holz in Flammen aufgehen, selbst wenn eine Brandbombe mitten zwischen den Rädern landen sollte.

Unglücklicherweise hatten die Angreifer einen anderen Plan, als einfach nur Brandbomben auf sie zu schleudern. Lucrezia sah, wie eine der Riesenschlangen aus der Deckung kam und einen Wurfspieß in ihrer riesigen Hand hielt. Hinter der Spitze der Waffe brannte etwas. Die Kreatur machte drei große Schritte vorwärts. Jemand feuerte einen Pfeil auf sie ab, doch er glitt von ihr ab, als sie den Wurfspieß mit aller Kraft schleuderte. Der Kopf des Speeres biss in die hölzerne Seite des Wagens, der ein wenig von Fäulnis aufgeweicht war. Der Speer drang tief ein, und obwohl der am nächsten sitzende Mann rasch seinen eigenen Speer wie einen Hebel benutzte und anscheinend hoffte, den brenndenden Schaft entfernen zu können, war er einfach nicht schnell genug. *Jetzt* kamen die Geschosse: Töpfe voller Öl, die die zuckenden Flammen anfachen sollten.

»Löscht das Feuer!«, rief jemand – aber sie hatten kein Wasser übrig, um die Flammen zu löschen, und als die Töpfe gegen die Seite des Wagens schlugen, fing das Öl Feuer und ergoss sich über das große Rad und die Seitenplanken.

Jetzt huschten weitere Schlangen am Rand der Lichtung vorbei; auch sie waren mit Speeren bewaffnet. Lucrezia zweifelte nicht daran, dass sie jeden der drei Wagen auf die gleiche Weise angriffen. Pfeile flogen von den Verteidigungsstellungen aus, doch Lucrezia wusste, dass ihre behelfsmäßige Festung schnell zur

Todesfalle werden konnte, wenn es ihnen nicht gelang, das Feuer zu ersticken.

Lucrezia hörte die dumpfen Geräusche der Speere, die ihr Ziel gefunden hatten, aber keiner schlug in ihrer Nähe ein. Sie hörte Schreie voller Zorn und Schmerz, als die Verteidiger mit stoffumwickelten Händen hinauslangten und versuchten, die brennende Spreu hinter den Speerspitzen unschädlich zu machen, doch inzwischen flogen immer mehr Feuertöpfe in weiten Bögen über das offene Gelände. Die Angreifer mussten sich den Pfeilen aussetzen, doch die Riesenschlangen konnten die Speere und Gefäße viel weiter und schneller werfen als jeder Mensch und sie waren kein leichtes Ziel. Die Pfeile, die sie trafen, waren zwar vergiftet, aber die Kreaturen hatten anscheinend nicht von dem schlechten Wasser getrunken und Lucrezia sah keine der Schlangen umfallen.

Die Spuren aus brennendem Öl, die die Töpfe nach ihrer Landung vergossen, sahen nicht sehr gefährlich aus, und wenn es nur drei oder vier gewesen wären, hätten die Verteidiger es mit ihnen aufnehmen können, doch die Angreifer wussten genau, dass ihnen nur wenige Minuten blieben, um ihr Ziel zu erreichen, und sie warfen nun Dutzende von Geschossen. Sie schienen ihre gesamten Vorräte an Bratöl und ebenso ihr Lampenöl aufzubrauchen und bald hüpfte das Feuer fröhlich von einer Spur zur nächsten – und all diese Spuren führten zu den Wagen.

Einige der Verteidiger sprangen herunter und hofften, die Flammen ausschlagen zu können, doch die Schlangen hatten noch weitere Speere und viele andere Geschosse; diese gingen jetzt in einem stetigen Regen nieder und die Menschen gingen zu Boden.

Wenigstens sind ihre Waffen primitiv, dachte Lucrezia. *Wenn sie Sprengstoff hätten und die Fähigkeit besäßen, solche Bomben wie die von Checuti zu basteln, könnten sie die*

Wagen in Windeseile in die Luft jagen. Aber das war nur ein geringer Trost, denn in einer Situation wie dieser waren auch primitive Waffen wirkungsvoll und die Verteidiger hatten schließlich auch keinen Sprengstoff, mit dessen Hilfe sie sich hätten rächen können.

Jetzt flogen keine weiteren ölgefüllten Töpfe mehr; die Angreifer hatten ihren Vorrat erschöpft, doch Lucrezia sah, wie die Flammen am Holz und an der Leinwand aller drei Wagen emporleckten, und sie konnte sich die Panik vorstellen, die durch die Reihen lief, als die Warnschreie sich in Schreckensschreie verwandelten. Mittlerweile befanden sich auch menschliche Angreifer in der Gefolgschaft der Schlangen. Das Licht war zwar hell genug, um sie erkennen zu können, doch das brennende Öl sandte Rauchwolken aus, die die Feinde zu verbergen drohten.

Lucrezia erinnerte sich an ihre Dankbarkeit darüber, dass die dunklen Wolken im Süden keine Anstalten gemacht hatten, nordwärts zu ziehen. Jetzt begriff sie, wie närrisch diese Dankbarkeit gewesen war. Heftiger Regen hätte die Strategie der Angreifer zum Gespött gemacht. Sie wünschte, sie hätte einen Bogen, damit sie sich zu den Männern gesellen könnte, die die Angreifer niederzumachen versuchten, aber gleichzeitig wusste sie, dass sie ja doch nichts getroffen hätte. Sie wusste ebenfalls, dass die Gifte, mit denen sie die Klingen der Verteidiger eingerieben hatte, sich in dem herrschenden Durcheinander nicht nur für die Feinde, sondern auch für die eigenen Leute als eine Gefahr erwiesen.

Glücklicherweise breitete sich das Feuer nicht so schnell aus und entwickelte auch nicht eine solche Hitze, dass es eine wahnsinnige Balgerei ums Entkommen gegeben hätte. Sie konnte Venerinas Stimme hören, die in einem der Wagen Ruhe befahl. »Seid vorsichtig!«, rief sie ihren Gefährten zu. »Es ist Zeit genug, um nacheinander auszusteigen!« Sie sah es als erwiesen an, dass sie fliehen mussten, denn inzwischen brannte das Feuer auf der gesamten Seite des Wagens, leckte gierig an den Rädern und breitete sich über die Flanken aus. Die befreiten Gefangenen ließen sich sowohl vorn als auch hinten herab, doch vom rückwärtigen Ende konnte man leichter absteigen. Auch Lucrezia nahm diesen Weg. Sie war vorsichtig darauf bedacht, mit ihrer Speerspitze keinem Menschen zu nahe zu kommen.

Der Rauch war schlimmer als die Hitze, aber er war noch nicht erstickend dicht. Sie hielt sich die Hand vor den Mund, doch es war nur eine symbolische Geste.

Zwei der Männer kreischten auf, als sie über Feuerpfützen liefen und angesengt wurden, doch in diesen Schreien lag genauso viel Ungeduld wie Schmerz; sie hatten ihren getöteten Wächtern die Schuhe abgenommen, um sie gegen ihre eigenen einzutauschen, und besaßen so einen gewissen Schutz gegen die Flammen. Ihr eigentliches Problem bestand darin, zu entscheiden, wohin sie fliehen sollten. Die meisten liefen instinktiv in den geschützten Raum innerhalb des Gevierts, sodass die brennenden Wagen eine Mauer zwischen ihnen und ihren Feinden bildeten, und niemand befahl ihnen etwas anderes. Lucrezia wusste jedoch, dass heiße Luft aufsteigt und dass ein Ort, der von Feuern umgeben ist, einen Wind erzeugt, der den Rauch und die Flammen nach innen saugt. Wenn sie die andere Richtung einschlug, würde sich zwar ihre Silhouette gegen das Feuer abzeichnen, doch sie vermutete, dass die Angreifer inzwischen fast ihren gesamten Vorrat an Waffen auf sie geschleudert hatten und es jetzt zu einem Kampf Mann gegen Mann – oder Frau – kommen würde.

Lucrezia stieg übervorsichtig aus dem Wagen, damit sie nicht mit den Füßen in das brennde Öl geriet, doch das war nur die erste ihrer Schwierigkeiten. Als sie im offenen Gelände stand, sah sie mit einem Blick, dass das brennende Öl viel zu weit verteilt war und zu viel Nahrung hatte, als dass man es löschen und die Wagen retten konnte. Auch kamen die Feinde jetzt hervor, um die Vorteile zu nutzen, die sich aus ihrem Erstschlag ergaben. Warnschreie der Männer, die bereits auf den Boden gesprungen waren, lenkten die Aufmerksamkeit unnötigerweise auf diese neue Gefahr.

Die Pferde, welche die Ex-Gefangenen gerettet hatten und die innerhalb des Gevierts zwischen den Wagen angebunden waren, waren durch das Feuer beunruhigt und ihre Panik machte die Lage für diejenigen, die sich in das Geviert geflüchtet hatten, nur noch schwieriger. Lucrezia bemerkte, dass sie und die paar anderen, die nach vorn hinaus geflohen waren, zu wenige waren, um so etwas wie eine Verteidigungslinie vor dem Feuersee zu bilden. Es erhob sich ein halbes Dutzend Stimmen, die nach Verstärkung riefen.

Die Feinde waren offenbar der Ansicht, dass ein Frontalangriff mit allen Kräften ihre einzige Gelegenheit war, auch wenn sie keine genaue Vorstellung von ihren Chancen gehabt haben mochten. Jetzt kamen sie von allen Seiten und mit derselben wütenden Verwegenheit heran, die ihre Verbündeten bei dem Angriff auf die Gemeinschaft an den Tag gelegt hatten. Lucrezia vermutete, dass sie hoch erfreut waren, eine solch abgerissene und schlecht formierte Verteidigungslinie vor sich zu sehen.

Einige der heranstürmenden Männer waren beritten und konnten so ihre Waffen bestmöglich einsetzen. Das hätte vielleicht keinen Vorteil bedeutet, wenn die Verteidigungslinie stärker gewesen wäre; die gegen die Pferde gerichteten Waffen waren Speere und die Tiere waren erfahren genug, um sich vor aufgerichteten Speeren in Acht zu nehmen. Die Mitglieder der

Gemeinschaft waren sich bewusst, dass eine feste Linie aus Speeren ein gutes Abschreckungsmittel war, und sie beeilten sich, eine solche zu bilden, doch es war bereits zu spät.

Lucrezia stach nach dem Hals eines der Pferde, als sein Reiter es vorwärts trieb. Das Pferd bäumte sich auf – vielleicht hatte es mehr Angst vor dem Feuer hinter Lucrezia als vor der Speerspitze – und der Reiter rutschte von seinem Rücken herunter. Lucrezia empfand ein Gefühl des Triumphes, als sich das Pferd wand und durchging und dabei zwei der Männer umwarf, die zu Fuß hinter ihm hergekommen waren, aber dieser Sieg war viel zu unbedeutend, als dass er das Kriegsglück hätte wenden können, das sie eindeutig verlassen hatte.

Sie beobachtete, wie zwei Riesenschlangen hinter den zu Boden gegangenen Männern herpolterten, und das Herz sank ihr bei diesem Anblick. Sie sah sich nach Unterstützung um und schrie nach ihr, doch der Lärm war so groß, dass ihr Schrei in der allgemeinen Verwirrung unterging. Jetzt kamen weitere Verteidiger heran, aber sie konnten noch immer keine richtige Linie bilden. Niemand, der aus dem von den brennenden Wagen begrenzten Geviert herauskam, lief wieder dorthin zurück, und niemand war dumm genug, weiter nach vorn zu preschen, doch sie hatten einfach nicht genug Zeit, um sich zu einer Formation zusammenzuschließen. Die Angreifer warfen sich ihnen mit neuem Enthusiasmus entgegen und waren sich ihres Sieges sicher.

Lucrezia blieb nichts anderes übrig, als ihre ganzen Kräfte auf ihr Überleben zu konzentrieren. Als sich die Angreifer auf sie stürzten, stach sie mit dem Speer zu und wirbelte ihn in verzweifelter Imitation der Bewegungen, die Dhalla und ihre Riesengefährtinnen immer während des Drills im Hof vor dem Inneren Sanctum der Zitadelle gemacht hatten. Zwei Männer gingen nieder. Sie waren leichtsinnigerweise geradewegs in die vergiftete Spitze gelaufen, doch die anderen waren vorsichtiger und Lucrezias nächste Verbündete waren zu weit entfernt, als dass sie ihr bei der Vernichtung ihrer Gegner hätten helfen können.

Während die Angreifer innehielten, um sich neu zu formieren, blickte Lucrezia von einer Seite zur anderen in der Hoffnung, Freunde zu entdecken. Sie sah, wie andere Angreifer fielen; manche rissen die Speerspitzen mit sich. Sie wusste, dass diese Männer verloren waren. Ihr Fall machte Platz für diejenigen, die hinter ihnen nachdrängten. Die Riesenschlangen schlugen nun mit langen Keulen aus und Lucrezia beobachtete, wie auch einige der Verteidiger fielen. Dann wurde sie wieder angegriffen und musste erneut mit dem Speer zustoßen.

Ihre Gegner waren darauf vorbereitet und wichen dem ersten Stoß aus, doch als sie die Waffe zur Seite schwang, erwischte sie einen der Männer an der Schläfe und warf ihn zu Boden. Doch ein anderer Angreifer schwang seinen Streitkolben gleichzeitig so kraftvoll gegen den Speer, dass er ihr aus der Hand gerissen wurde.

Lucrezia hatte ein Messer in ihrem Gürtel stecken, aber es war winzig, kaum mehr als eine Kralle. Sie ergriff es schnell mit der linken Hand, während sie mit der rechten in eine offen stehende Tasche fuhr und eine Hand voll Pulver herausnahm. Dieses warf sie dem Mann in die Augen, der ihr gerade einen Stich ins Herz versetzen wollte, und sie war flink genug, zur Seite zu springen, als er unbeirrt mit seinen Bewegungen fortfuhr. Sie versuchte den Nächsten, der sich ihr entgegenstellte, zu erdolchen, doch ihre Reichweite war zu gering; der Mann war zwar nicht groß, aber er hatte lange Arme und sein Messer war größer als ihres.

Seine Klinge war nicht aus Metall und sie war nicht vergiftet, doch sie war scharf. Lucrezia spürte, wie sie ihr das rechte Ohr aufschlitzte und in die Schulter drang. Einen Augenblick lang war sie überrascht, dass sie keinen Schmerz empfand – es war, als habe der Schock alle anderen Empfindungen ausgeblendet –, doch sie wusste, dass sie verletzt war, und zwar schwer. Wenn ihr nicht irgendein wundersamer Trick gelänge, mit dem sie sich retten konnte, würden die nächsten Sekunden ihre letzten sein. Sie schlug nach dem Mann aus, der sie verletzt hatte und der sich nun, nachdem sein Dolch ganze Arbeit geleistet hatte, innerhalb ihrer Reichweite befand. Sie rammte ihm ihre eigene Klinge in den Bauch, doch sie konnte nicht mehr rechtzeitig entkommen, als er die Arme um sie schlang.

Sie fielen zusammen hin.

Der Mann war nicht groß, aber er war schwer genug, um die Luft aus ihr herauszupressen. Der Sturz trieb den Dolch noch tiefer in seine Eingeweide und riss eine klaffende Wunde. Lucrezia spürte, wie die feuchte Wärme seines Blutes und seiner Gedärme sich über sie ergoss. Der Gestank war überwältigend. Der Mann bewegte sich ziellos. Es gelang ihr, ihn zur Seite zu rollen und sich so seines Gewichts zu entledigen.

Wenn die übrigen Angreifer gewartet hätten, hätten sie die Prinzessin mit Leichtigkeit töten können, doch als sie ihren Sturz mit angesehen hatten, waren sie weitergeeilt und jetzt befand sich niemand in Schlagweite. *Nun* kamen die Schmerzen. Sie zogen eine qualvolle Linie von der Schläfe bis zur Schulter. Der Arm fühlte sich an, als seien die Nerven, die die Muskeln mit dem Gehirn verbanden, abgeschaltet worden. Sie umfasste ihn mit der heilen Linken und sah sich hektisch um.

In diesem Augenblick erinnerte sie sich daran, wie sie es bedauert hatte, nicht aktiv an der Schlacht bei der Brücke teilgenommen zu haben. Jetzt wusste sie, wie dumm dieses Bedauern gewesen war.

Sie wich rückwärts von der raucherfüllten Arena zurück, in der noch der Kampf tobte. Selbst in dieser Entfernung spürte sie die grimmige Hitze des Feuers, das die Wagen verzehrte. Nun loderte alles hoch auf, war eine Wand aus Flammen. Lucrezia schaute nach rechts und links; es schien keinen Ort zu geben, an den sie sich zurückziehen konnte.

Es kamen immer mehr Angreifer heran, wenn auch inzwischen viele niederstürzten, da sie auf ernsthaften Widerstand trafen. Auch eine der Riesenschlangen ging nieder. Sie war von einem Speer aufgespießt worden, hatte aber noch auf den dafür Verantwortlichen eingeschlagen und ihm mit einem heftigen Streich ihrer eigenen stumpfen Waffe den Schädel gespalten.

Lucrezia rannte auf den einzigen Zwischenraum zu, den sie erkennen konnte. Sie hatte keinen anderen Gedanken mehr im Kopf außer dem Wunsch, dieser Abschlachterei zu entkommen. Einer der Angreifer setzte ihr nach, aber jemand fing ihn ab und rammte dem Mann eine Dolchspitze in den Leib. Sie konnte das Gesicht des Deisten, der ihr das Leben gerettet hatte, nicht erkennen, aber sie sah, wie seine Klinge vom Brustbein des Angreifers zu den Rippen auf der linken Seite schlüpfte und so eine tödliche Wunde schnitt. Der Halbmann krümmte sich vor Schock und Schmerz zusammen und konnte keinen Gegenschlag mehr landen.

Für den Bruchteil einer Sekunde fragte sich Lucrezia, ob sie die Waffe des Verwundeten aufheben sollte, doch stattdessen lief sie los, ohne dass sie eine bewusste Entscheidung getroffen hätte.

Ein weiterer Mann lief hinter ihr her, doch er erreichte sie nicht, denn jemand schlug ihn von hinten nieder. Inzwischen hatte sie den Rand der Lichtung erreicht und konnte einige kostbare Sekunden lang Luft holen. Sie hatte Angst davor, in die Schatten zu laufen, die von den Riffgebilden geworfen wurden, denn möglicherweise lauerten dort noch weitere Feinde. Also warf sie einen Blick zurück. Unglücklicherweise befand sie sich durch dieses Zögern nun in Reichweite einer der Schlangen, die mit ihrer Keule nach Lucrezia ausschlug. Sie duckte sich unter diesem Schlag hinweg und verspürte eine Woge der Befriedigung, als die Waffe die leere Luft über ihrem Kopf durchschnitt. Es blieb ihr nichts anderes mehr übrig, als die nächstmögliche Deckung zu nehmen. Sie tauchte in die Schatten ein. Immer noch hielt sie ihren rechten Arm fest.

Die Schlange schlug erneut nach ihr aus und sie duckte sich noch tiefer, als die Waffe vorbeizischte. Diesmal hatte die Keule aber nicht genug Schwung, um harmlos über Lucrezia hinwegzufliegen. Sie traf sie ins Genick und schlug sie nieder, während Lucrezia einen Sprung vorwärts machte. Als der neue Schmerz sie durchströmte und mit dem alten konkurrierte, war sie beinahe sicher, dass alle Knochen im Rückgrat gebrochen waren – doch es war ihr trotzdem noch möglich, sich während des Sturzes abzurollen und in Deckung zu huschen, als die riesige Kreatur ihr hinterhertaumelte.

Wenn es der Riesenschlange gelungen wäre, Lucrezia zu verfolgen, wäre die Prinzessin sicherlich getötet worden, doch sie hatte sich unter die Zweige eines stacheligen Dendriten gerollt und die Schlange stolperte zurück, als die Stacheln ihr in die Arme drangen. Sie war wohl überzeugt davon, dass der eine Schlag genug Schaden angerichtet hatte, denn sie wandte sich bald ab.

Lucrezia rollte sich ins Freie und kam wieder auf die Beine. Ihre Bewegungen erschienen ihr schrecklich unbeholfen, doch ihre Beine trugen sie in die Schatten hinein. Das Sternenlicht war hell genug, um ihr eine Vorstellung davon zu geben, wohin sie ging, und einige Augenblicke lang glaubte sie, ihr sei eine saubere Flucht gelungen, doch schon rannte sie in eine weitere Riesenschlange hinein. Diese hier war bereits zu Boden gegangen, denn sie war von mindestens einem vergifteten Pfeil getroffen worden, aber sie war noch nicht tot. Obwohl sie sterbend auf der Erde lag, langte sie nach Lucrezia.

Sie sprang zur Seite. Die tastende Hand griff ins Leere. Lucrezia stieß mit einer Korallenwand zusammen. Wenn der Aufprall ihr die rechte Schulter durchgerüttelt hätte, wären die Schmerzen sicherlich unerträglich gewesen, doch es war die linke, die zu leiden hatte. Dieser reflexartige Vorstoß war die letzte gezielte Bewegung der Schlange gewesen, aber sobald Lucrezia von der Wand zurückschnellte, erwischte sie der peitschende Schwanz der Kreatur von hinten und warf sie zurück gegen die Mauer. Diesmal schlug sie mit dem Kopf dagegen. Ihr wurde übel.

Sie taumelte fort und wusste nicht mehr, wo sie war.

Lucrezia fiel auf die Knie und kämpfte gegen die Bewusstlosigkeit an. Bevor ihr Blut in die Augen tropfte und sie zwang, sie zu schließen, sah sie noch, dass sie denselben Weg zurückgegangen war, auf dem sie hergekommen war, anstatt tiefer in die schützende Dunkelheit einzutauchen.

Die Schlacht war noch immer im Gange. Lucrezia stand verloren in einem verrückten Durcheinander von Leibern und war nicht mehr in der Lage, Freunde von Feinden zu unterscheiden. Das Licht schien wegen des Rauchs, der von den in Flammen stehenden Wagen aufstieg, viel schwächer geworden zu sein.

Ich darf nicht hinfallen, dachte sie. *Was immer auch passiert, ich darf nicht hinfallen.* Sie blinzelte heftig, um wieder einen klaren Blick zu bekommen.

Unglücklicherweise reichte ihre bloße Entschlossenheit nicht aus. Sie konnte das Blut nicht fortblinzeln und sobald sie sich wieder aus ihrer knienden Position erhob, wurde ihr schwindlig. Sie unternahm die größten Anstrengungen, um wenigstens auf den Knien zu bleiben, doch ihr Körper gehorchte ihr nicht länger.

Sie spürte, wie sie sehr langsam fiel. Als sie auf den Boden schlug, fühlte sich dieser Aufprall seltsam gedämpft an. Sobald sie ruhig auf dem Bauch lag, verschwand der Schwindel. Das Bewusstsein verlor sie nicht. Es wäre allerdings weitaus angenehmer gewesen, wenn sie es verloren hätte, denn sie schien nur noch aus Schmerzen zu bestehen.

17

Als die erste Flamme aufflackerte, wurde Andris schockartig von einem tiefen Schuldgefühl aufgerüttelt. Er hatte undeutliche Geräusche unter den tieferen Ästen des Dendriten gehört, in dem er sich postiert hatte, doch er hatte diese Geräusche als das Rascheln von Tieren angesehen; nichts hatte ihn davor gewarnt, dass weitaus größere Kreaturen auf dem Vormarsch waren.

Er öffnete den Mund, um eine Warnung zu rufen, doch er erkannte rasch, dass es keinen Sinn hatte. Zumindest einige der Feinde waren bereits an ihm vorbeigeschlichen, und wenn er jetzt etwas rief, würde er seine eigene Position verraten; auch würde es keinerlei sinnvollem Zweck mehr dienen, denn die ersten Funken hatten sicherlich bereits die Aufmerksamkeit der Wachen in den Wagen erregt.

Schon fünf Sekunden später wusste er, dass er richtig gehandelt hatte, indem er seinen Warnschrei unterdrückt hatte; es wurde Alarm geschlagen.

Zuerst begriff Andris nicht, wozu die Flamme dienen sollte; sie wurde kurz von einem massigen Körper verdeckt und tauchte dann wieder nahe bei den Wagen auf. Erst als der erste Topf mit Öl zerbrach und die Flamme zu einem lebhaften Feuer erblühte, erkannte er den Plan der Angreifer.

Noch immer wusste er nicht, was er tun sollte; er konnte nicht mehr Geräusche unter sich hören als zuvor. Er hatte keine Ahnung, ob den Feinden seine Position bekannt war und sie einen großen Bogen um ihn schlugen oder ob sie eine unnatürliche Heimlichkeit an den Tag legten und Menschen und Schlangen in alle Bereiche eines weiten Kreises schickten, von dem aus sie ihren Angriff auf die Wagen starten wollten. Falls es ihm gelang, sie von hinten zu überraschen, während ihre Aufmerksamkeit auf die Wagen gerichtet war, konnte er großen Schaden unter ihnen anrichten, doch das Problem dabei war der richtige Zeitpunkt seines Angriffs. Wenn er zu früh von dem Dendriten hinunterstieg und umzingelt würde, wäre er rasch überwältigt; wenn er hingegen zu lange wartete, kostete es am Ende einigen von denen, die er unbedingt retten wollte, das Leben.

Während er unschlüssig dasaß, wurde er von einer seltsamen Mischung unterschiedlicher Empfindungen ergriffen, die sich aus der Frage ergaben, was die Männer in Schlangenhaut eigentlich wollten. Einerseits verstand er nicht, warum es die Riesenschlangen und ihre Verbündeten so eilig hatten, einen Großangriff auf einen Feind mit unbekannter Schlagkraft zu führen, ohne wenigstens das Tageslicht abzuwarten; er verfluchte sie wegen dieser Leichtsinnigkeit. Andererseits war er die ganze Zeit über halbwegs überzeugt gewesen, dass sie gerade dies tun würden, und er verfluchte sich selbst wegen seines Zauderns. Dennoch waren diese beiden Flüche ausgesprochen halbherzig. Auch wenn das Leben heftige Verwicklungen bereithielt und ein unnützes Unglück nach dem anderen auf alle schleuderte, die in einer Verbindung zu Andris standen, konnte er sich darüber trotzdem nicht wirklich aufregen.

Andris wusste, dass er dort bleiben sollte, wo er war, wenn er vermeiden wollte, dass ihm etwas zustieß – und er wusste auch, dass ein vernünftiger Mann von Checutis Schlag genau das getan hätte. Wenn er aber in dem Kampf eine wesentliche Rolle spielen wollte, durfte er nicht in seinem Versteck bleiben; er besaß schließlich keinen Vorrat an Geschossen, die er von oben auf die Marodeure herabwerfen konnte.

Es war einfach die Wahl zwischen Kampf und Flucht und er hatte sich bereits dem Kampf verschrieben.

Ohne noch länger darüber nachzudenken, machte er sich an den Abstieg und hoffte, dass er gerade rechtzeitig am Boden ankommen würde, um die erste Welle der Angreifer von hinten zu überraschen.

Mit Hilfe zweier Sägen, die sich Andris von den eroberten Wagen ausgeliehen hatte, hatte er von einem der Dendriten einen Ast abgesägt, der so lang wie Andris selbst war und so dick wie seine Faust. Er hatte den Ast dort abgestellt, wo er ihn leicht wieder an sich nehmen konnte, was er jetzt mit großem Eifer tat. Die augapfelähnliche Rundung an der Spitze konnte als Keule dienen, doch ursprünglich hatte Andris vorgehabt, diese Waffe mit beiden Händen wie eine Lanze zu führen. Sie war äußerst schwer und würde die Kraft seines Armes sehr in Anspruch nehmen, doch ihre Festigkeit war ihm willkommen; sie gab ihm das Vertrauen, dass jeder Feind, den er frontal erwischte, durch den Schlag kampfunfähig wurde, selbst wenn es sich um eine Riesenschlange handeln sollte.

Leider war augenblicklich kein Feind zur Stelle. Jetzt hörte er, wie die Pferde wieherten, aber es war unmöglich herauszufinden, wo sie sich befanden, denn der Hintergrundlärm aus Rufen und Schreien schwoll aus der Richtung der Wagen noch immer unheilverkündend an. Überall um ihn herum waren Schatten, und obwohl seine Augen an die Lichtverhältnisse gewöhnt waren, verwirrte ihn das chaotische Spiel des schwachen Sternenlichts.

Der seltsame Automatismus, der ihn während seines ersten Scharmützels mit den Riesenschlangen gepackt hatte, schien seinen Griff um ihn völlig gelöst zu haben, doch Andris verspürte keine Scheu bei der Aussicht, wieder auf solche Gegner zu treffen. Auch hatte er keine große Angst, ja er war nicht einmal aufgeregt. Er hielt einfach nur seine Waffe in Bereitschaft, während er nach rechts und links schaute; dann ging er voran in die Richtung des Kampfplatzes.

Er glaubte, freie Bahn zu haben, doch dem war nicht so. Gerade als er zwischen zwei Steinsäulen hindurchgehen wollte, surrte eine massive, auf seinen Schädel gezielte Keule in den Zwischenraum. Wenn er die Lanze nicht in Bereitschaft gehabt hätte, wäre es ihm kaum gelungen, dem Schlag zu entkommen, aber er hielt sie beinahe senkrecht und mit dem ›Augapfel‹ nach oben, sodass er seinen Griff nur leicht ändern musste, um die andere Waffe abzufangen und sie beiseite zu schleudern.

Die Macht der Kollision verriet ihm sofort, dass es kein Mensch gewesen war, der nach ihm geschlagen hatte. Es war eine Riesenschlange – und zwar eine, die auf ihn gewartet hatte und offenbar genau wusste, welchen Weg er nehmen würde.

Recht spät begriff er, dass der Feind ihn tatsächlich längst erspäht hatte. Und nicht nur das – man hatte auch bemerkt, was für eine Art Mann er war, und danach die eigene Strategie ausgerichtet. Er verfluchte seine Unfähigkeit, die zu seiner Entdeckung geführt hatte, und tänzelte zurück, weil er erwartete, dass die Schlange ihr Versteck verlassen und ihm nachsetzen würde und er auf diese Weise die Möglichkeit erhielte, ihr einen tödlichen Schlag gegen den Kopf zu versetzen.

Leider kam sie nicht heraus. Sie bewegte sich zwar so, dass sie nun sichtbar war, aber es reichte ihr, sich in dem Durchgang zu postieren, durch den er hatte gehen wollen, und diesen zu blockieren. Andris brauchte sich nicht erst umzusehen, um zu erraten, dass sie nicht allein war, und er duckte sich bereits in Erwartung eines weiteren Schlages.

Er hatte keine Ahnung, wie viele Feinde im Hinterhalt auf ihn gewartet hatten oder was für Wesen es waren, aber er wusste, dass er in ungünstigem Gebiet erwischt worden war und es für ihn sehr schwierig sein würde, eine gute Verteidigungsposition zu finden. Wenn er bei dem Stammgefüge des großen Dendriten geblieben wäre, hätte er sich mit dem Rücken zu ihm stellen können, doch jetzt war es dafür zu spät. Schattenhafte Gestalten näherten sich ihm aus dieser und auch aus anderen Richtungen.

Andris warf sich mit einer gewissen Resignation in den Kampf; das Leben war zu einer reinen Angelegenheit des Austeilens von Ungerechtigkeiten geworden – bis zu dem Augenblick, an dem er daran gehindert würde. Es ging nur noch ums Überleben; die Schlacht in der Lichtung ging ihn nichts an, solange er sich nicht selbst gerettet hatte. Er schlug mit gleicher Großzügigkeit sowohl nach Männern als auch nach übergroßen Schlangen aus. Es waren mindestens vier und damit vier zu viel.

Sie zerstreuten sich unter seinen Schlägen, aber nicht so wie Kegel auf einer Kegelbahn. Er konnte sie einfach nicht treffen, solange er eine so große Fläche so schnell freihalten musste. Er kam sich massig und schwerfällig vor; es war absurd, von so vielen Feinden umgeben und nicht in der Lage zu sein, einen von ihnen zu Boden zu strecken. Ihnen unterlief nicht ein Fehler in der Einschätzung seiner Reichweite und sie waren klug. Dieser Kampf war keineswegs mit dem vergleichbar, den er am vergangenen Tag ausgefochten hatte, und auch mit keinem, den er in der letzten Zeit geführt hatte. Diese Männerimitate und ihre monströsen Gefährten hatten ihn richtig eingeschätzt und einen Plan gefasst, um seiner Stärke zu widerstehen.

Ein Geschoss schnellte hinter seinem geduckten Kopf hoch und ein anderes traf ihn am Oberschenkel. Er war überrascht, als er entdeckte, dass es weder ein Speer noch ein Pfeil war; beides hätte ihn dem sicheren Tod überantwortet. Es war nur ein Stein und ein weiterer flog gerade auf ihn zu. Keine der schattenhaften Gestalten kam vor, um mit ihm zu kämpfen.

Er wurde erneut getroffen, diesmal am Oberarm, doch wieder handelte es sich um nichts Gefährlicheres als einen Wurf mit einem Steinbrocken. Der Aufprall war schmerzhaft, machte ihn aber keineswegs kampfunfähig. Er weigerte sich, seine Deckung aufzugeben oder seine Verteidigungsstrategie zu ändern, und es gelang ihm, den nächsten Stein mit dem Ende seiner Lanze aus der Luft zu holen. Dann bewegte er sich schnell nach vorn und versuchte, den Kampf zu seinen Gegnern zu tragen. Er schlug um sich und traf endlich einmal, dann noch mal und noch mal.

Wie viel Schaden seine Schläge anrichteten, konnte Andris nicht genau abschätzen, aber es war sicherlich weitaus weniger, als er beabsichtigt hatte. Er war bereits so gewöhnt daran, sich mit Riesenschlangen zu duellieren, dass er gelinde überrascht war, dass sich vor seinem Angriff keine ihm genähert hatte. Doch jetzt kamen sie; sie rasten auf ihn zu, Männer wie Schlangen. Er knüppelte einen der beiden Halbmenschen zu Boden, doch er konnte sich nicht schnell genug bewegen, um sich ganz von ihnen zu befreien.

Die geballten Stacheln und Stämme der Riffstrukturen in der nächsten Umgebung verursachten Andris beinahe genauso viele Probleme wie den Schlangen. Die Schlangen konnten ihre massigen Schwänze nicht ins Spiel bringen und er konnte keinen gelungenen Schlag auf ihre Hände und schon gar nicht auf ihre Köpfe landen. Wenn man diejenige mitzählte, die ihn als Erste angegriffen hatte, waren es drei – genug, um jeden Menschen auf der Welt niederzumachen, außer vielleicht eine echte Riesin.

Er richtete all seine Gedanken auf sein Überleben aus und sah sich nach einem möglichen Fluchtweg um, doch es gab keinen.

Wenigstens werde ich einen oder zwei Schädel zerschmettern können, dachte er, doch seine Gegner mussten keine Gedanken lesen können, um sich vor dieser Gefahr in Acht zu nehmen. Er stieß nach ihnen, aber sie parierten seine Hiebe. Auch sie hatten vor zu überleben und gingen keine Risiken ein, während sie ihn unerbittlich voran und langsam in die Enge trieben.

Andris war sich sicher, dass die Verteidiger jetzt die Wagen in Panik verließen. Die Angreifer konnten sich nur recht dünn um die behelfsmäßige Festung verteilt haben und er fragte sich, ob seine Chance darin lag, in die Richtung des Kampfes zu flüchten, in der schwachen Hoffnung, dass seine Angreifer dann abgelenkt oder sogar von hinten angegriffen würden. Leider kam sogar der Mann, den er getroffen hatte, wieder auf die Beine und der Kordon, der sich um ihn gebildet hatte, zeigte nicht das geringste Anzeichen eines Risses.

Er stürzte sich in einen weiteren Angriff und diesmal tötete er den benommenen Mann, der seinen ersten Schlag überlebt hatte, doch die übrigen verteidigten sich mit lange geübter Effizienz. Er konnte keinen einzigen wirksamen Schlag gegen die Schlangen führen und spürte, dass er seine letzten Kraftreserven beinahe aufgebraucht hatte.

Er hob die Keule auf, die der Getötete getragen hatte, und schleuderte sie mit aller Kraft auf diejenige Schlange, die ihm am nächsten stand, doch die Waffe prallte vom Oberschenkel des Monstrums so wirkungslos ab wie der Stein, der ihn vorhin selbst am Bein getroffen hatte.

Andris wusste, dass ihm nichts anderes übrig blieb als ein letzter verzweifelter Versuch, den schrumpfenden Kordon zu durchbrechen. Er lief hinter der Keule her und gebrauchte seinen Stock wie eine Lanze, mit der er auf den Bauch einer der Schlange zielte. Sie ließ sich dadurch nicht einschüchtern, sondern schwang ihre eigene Keule, um die Lanze abzuschmettern. Andris lief trotzdem weiter und stieß mit der massigen Kreatur zusammen.

Die Riesenschlange war schwerer als er und besaß einen Schwanz, auf den sie sich stützen konnte. Andris gelang es nicht, sie umzurennen, und er selbst war es, der den schlimmeren Schock von diesem Aufprall davontrug. Die schiere Trägheit seiner Masse schob ihn vorwärts. Er stolperte über den gespreizten Fuß des Monstrums, doch dies rette ihn vor einem Schlag, der von der Seite aus auf ihn gezielt gewesen war. Er rollte sich ab und strebte nach einer freien Stelle hinter dem Kordon. Doch leider hatte er weder die Zeit, noch konnte er seine Muskeln so gezielt einsetzen, um sein Ziel zu erreichen; er wurde durch den gut gezielten Schlag eines Schlangenschwanzes abgefangen und durch dessen Wucht gegen den Stützschwanz derjenigen Schlange geschleudert, mit deren massigem Körper er eben noch zusammengestoßen war.

Andris war nicht wenig erstaunt darüber, dass man ihm die Zeit ließ, um aufzustehen, doch seinen Angreifern schien es wichtiger zu sein, ihn wieder zu umzingeln, als ihn fertig zu machen. Sobald er stand, fing er allerdings einen weiteren wohl berechneten Schlag ein, der ihm die Waffe aus der Hand riss.

Reflexartig wich er zur Seite, als eine der knotenbestückten Keulen, welche die Schlangen bei sich hatten, von der Seite auf seinen Kopf zuflog. Er wusste, dass für ihn keine Waffe näher war als diejenige, die man ihm entwunden hatte; also versuchte er sie zu erreichen. Doch allzu bald wurde ihm klar, dass er sie wahrscheinlich nie erreichen würde.

Es blieb ihm jedoch noch Zeit für den Gedanken, dass der Angriff seiner Feinde Methode haben musste, da sie Keulen statt Speere und Steinbrocken statt Messer benutzten. Er hatte sie schon einmal so kämpfen sehen, nämlich im Haus der Gemeinschaft, und er hatte später begriffen, dass sie es bevorzugten, ihre Feinde möglichst zu betäuben, damit sie ihre Quote an Gefangenen erfüllen konnten. Sie hatten ihm eine Falle gestellt, und zwar sehr umsichtig – und jetzt, da er das genaue Ausmaß ihrer Umsicht erkannte, verspürte er den ersten Anflug von Entsetzen. Bislang hatte er nicht gewusst, warum die Halbmenschen so begierig darauf waren, Gefangene zu machen, doch jetzt wusste er es: er hatte diese Information auf unfreundliche Weise aus einem Sterbenden herausgeholt und nun kehrte die Erinnerung daran zurück und versetzte ihn in panischen Schrecken.

Er sah den Gegenstand nicht, dessen schreckliche Masse mit seinem Hinterkopf zusammenstieß, und konnte deshalb nicht sagen, ob es ein Keulenknauf oder ein Schwanz war. Der Schlag machte ihn nicht bewusstlos, aber er warf ihn um.

Jetzt versuchte er nicht mehr aufzustehen, sondern

schlängelte sich über den Boden zu der behelfsmäßigen Lanze. Verzweifelt mühte er sich, sie in die Hand zu bekommen, denn er wusste, dass sie seine letzte und einzige Chance war, aber er erreichte sie nicht. Den Schlag, der seinen langen und zähen Bemühungen ein Ende setzte, spürte er nicht mehr und hatte nicht einmal die Gelegenheit, einen Schrei über sein grauenvolles Schicksal auszustoßen.

18

Jacom stand am Rande des Kraters. Im Augenblick achtete er nicht auf den schüttenden Regen, sondern starrte in die Richtung der Mitte der Welt. Kasdeja wartete entspannt und geduldig in einer Entfernung von einigen Met. Der nördliche Himmel war wolkenlos und dort leuchteten die Flammensterne hell, doch selbst für Mitternacht war das Licht keineswegs gut.

Im Westen konnte er gerade noch ein Plateau ausmachen, dessen Fläche sehr bleich zu sein schien. Wenn er den Vorzug des Tageslichts gehabt hätte, wäre die Weiße vermutlich recht grell gewesen und vielleicht hätte er einige Einzelheiten erkennen können, doch unter den gegenwärtigen Umständen war das Plateau kaum mehr als ein ferner Fleck, der zum Teil im Nebel verborgen lag. Es gab jedoch einen einzigen Umriss, der sich über den Rest erhob und das Sternenlicht mit ungewöhnlicher Präzision zurückwarf. Es war vielleicht das Oberteil eines Kegels, doch es erinnerte Jacom auf unangenehme Weise eher an die Spitze eines Dolches.

Im Norden des einsamen Gipfels und ein wenig näher an seiner augenblicklichen Position gab es eine weitere Erhebung. Ihre Wände waren nicht so steil wie die des Plateaus und sie reichte in der Höhe nicht annähernd an seine gegenwärtige Position heran, doch sie besaß ihre eigenen Verteidigungsanlagen in Form eines zerklüfteten Schutzwalls, der wie die Miniaturversion des Großen Riffs aussah. In diesen natürlichen Wall führte das straßenähnliche Band hinein, auf das er von viel weiter unten einen Blick geworfen hatte, doch von hier oben aus konnte er nicht erkennen, was für eine Art von Tor am Ende der Straße lag. Auch innerhalb dieses geschützten Geländes gab es eine Überfülle von Vegetation, doch in ihr Grün hatten sich dunklere Farben gemischt, einschließlich des Purpurs, das Jacom mit der unirdischen Vegetation in Verbindung zu bringen gelernt hatte. Wie auf dem Plateau verwischten die Wolken und der Regen die Einzelheiten, auch wenn hier kein Nebel zur allgemeinen Verwirrung beitrug.

Im Süden drängten sich weitere Berge zusammen, die schon eher an Dragomitenhügel erinnerten, auch wenn ihre Hänge in Braun ausgekleidet waren; es sah beinahe so aus, als trage jeder von ihnen eine gesunde Mähne aus struppigem Haar. Auch dieses Gelände besaß einen Schutzrand, aber es war kein hoher Wall, sondern nur ein glasartiger Kreis aus Grau und Schwarz, der vielleicht lebendig war, vielleicht auch nicht. Jacom vermutete, dass er tatsächlich lebte – und dass alles in dieser Gegend ein so langsames und geduldiges Dasein wie die gemusterten Steine führte.

»Was davon ist die Wiege der Chimäre?«, fragte Jacom die Manticore. Er erinnerte sich recht gut an Andris Myrasols Karte, aber er war sich nicht sicher, wo genau er sich befand, und der Wald, den die Silbernen Dornen angeblich zu beiden Seiten des Handschuhs der Freude bildeten, verbarg sich hinter einer

Trübheit, die trotz der Wolkenlosigkeit noch immer den nördlichen Horizont verhüllte.

»Das weiße Plateau, das von der Pyramide gekrönt wird«, erwiderte Kasdeja. »Der Garten innerhalb des Walls, der nördlich davon liegt, ist der Ort, wo Dornbüsche im Fleisch von lebenden Wirten wachsen und sie glauben macht, sie seien Orakel. Wenn du ihre Abgesandten sehen würdest, könntest du sie für richtige Menschen halten, doch diese Illusion hält nicht lange an. Jedenfalls befinden sie sich in der Gesellschaft von Riesenschlangen.

Das Gelände im Süden ist sogar für mich gefährlich. Vielleicht kamen die Halbmenschen, die deine Reisegesellschaft angegriffen haben, von dort, oder vielleicht die Echsen, die dumm genug waren, mich auf der anderen Seite des Riffs anzugreifen, oder vielleicht sogar beide. Es gibt natürlich noch andere Gebiete. Dasjenige, das deine Urväter bearbeitet haben, ist von Verteidigungsanlagen umgeben und heutzutage nicht mehr ohne weiteres zugänglich, wenn es das je gewesen sein sollte, obwohl meine Brüder sich dort Zutritt verschaffen können. Es schickt Abgesandte aus, aber sie sind nicht von deiner Art – ich weiß nicht warum. Ebenso wenig weiß ich, ob es die Fähigkeit hat, Invasionen und Zerfall – von oben und von unten – zu widerstehen, oder ob es ihm gelungen ist, Invasionen und Zerfall in der Vergangenheit zu widerstehen. Wenn ich sage, dass es dein Gelände, dein Boden ist – *irdischer* Boden, wie du es nennst –, rede ich von Überlieferungen und nicht von gesicherten Erkenntnissen. Wenn du und deine ganze Art noch immer hoffen solltet, dass die Rettung für eure unbedeutenden Reiche von dort kommen wird, so werdet ihr sicherlich enttäuscht.«

»Und was wird aus unseren angeblich so unbedeutenden Reichen, wenn keine Rettung kommt?«, wollte Jacom wissen.

»Du brauchst nicht zu befürchten, dass dein Volk ausgelöscht wird«, sagte die Manticore zu ihm. »Wenn das jemals möglich gewesen sein sollte, kann es jedenfalls jetzt nicht geschehen. Inzwischen sind einige von deinen Brüdern und Schwestern mit den Schlangen und Salamandern verwandt – und auch mit den Manticoren.«

»Ich bin nicht sicher, ob ich mit Schlangen, Salamandern und Manticoren verwandt sein möchte«, sagte Jacom, »wenn das bedeutet, dass ich auf den Zustand herabgewürdigt werde, in dem sich das Volk befindet, das mit den Dragomiten verkehrt.«

»Keiner von uns kann sich seine Brüder aussuchen«, teilte ihm Kasdeja nüchtern mit. »Selbst der Boden, der uns formt und nährt, scheint nicht in der Lage zu sein, die Form zu *wählen*, die seine Nachkommenschaft annimmt. Die Bewohner der Tiefe haben kein eigene Stimme und sie behalten selbst vor ihren Kindern ihre Geheimnisse für sich, wenn sie dafür Gründe sehen. Ein gewöhnlicher Verstand konnte diese Gründe bislang nicht erforschen und vielleicht wird es ihm nie gelingen.«

»Ist dein Verstand etwa gewöhnlich?«, fragte Jacom, obwohl er die Antwort bereits kannte.

»Gewöhnlich genug«, sagte die Manticore zu ihm, »auch wenn er ungewöhnlich erscheinen mag.« Das war beinahe so etwas wie ein Witz.

»Ist denn irgendein Verstand auf der Welt ungewöhnlich genug, um die Geheimnisse verstehen zu können, die deinesgleichen nicht zu ergründen vermögen?«, fragte Jacom.

»Das weiß ich nicht«, war die einzige Antwort, die er erhielt. Er fragte sich, ob ihm ein klares Ja oder Nein lieber gewesen wäre. Selbst wenn es hier keinen gehobenen Verstand gab, existierten doch vielleicht einige Intelligenzen in der Wiege der Chimäre, wo sie sich geduldig um das Becken des Lebens kümmerten, während sie auf das vorhergesagte Entstehen eines unvergänglichen Steines warteten. Sollte er um Fraxinus' und Phars willen darauf hoffen?

Jacom fragte sich, was geschehen mochte, wenn er vom Kraterrand sprang und holterdiepolter den Abhang herunterlief, auf das rätselhafte Plateau zu, das noch immer hinter seinem eigenen Wolkenvorhang halb verborgen lag. Es war ihm jedoch klar, dass er nicht schneller als die Manticore sein konnte. Kasdejas verdächtig entspannte Haltung verriet, dass er sein Ziel so gut wie erreicht hatte. Jetzt war nichts mehr dazu in der Lage, Jacom zu töten oder zu retten.

»Nun«, sagte Jacom und drehte sich um, damit er in das Innere des Kraters blicken konnte, »es hat den Anschein, als sei die Zeit gekommen, deinen Schöpfern gegenüberzutreten. Du gehst besser vor.«

»Das ist nicht nötig«, sagte Kasdeja. »Wir werden uns hier erst einmal trennen. Geh hinunter – und hab keine Angst. Was immer auch geschehen mag, du wirst nicht sterben. Ich bitte dich, glaube mir.«

Jacom runzelte die Stirn, während er versuchte, die genaue Bedeutung dieser sonderbaren Bitte zu verstehen, aber er zögerte nicht. Er schritt vom Rand des Kraters hinunter und schlitterte über die scheinbar harmlose Wildnis aus seidigem Gras. Er hatte vor, sich als Erstes den Weg zu den irdisch aussehenden Bäumen und den kegelförmigen Gebilden dazwischen zu bahnen. Höchstens dort würde er Menschen wie ihn selbst treffen – und da die Manticore ihn so lange allein über das lebendige Angesicht dieses sonderbaren Kontinents getragen hatte, sehnte er sich inzwischen nach menschlicher Gesellschaft.

Aber sobald er aufgebrochen war, bedauerte er auch schon seinen Tatendrang. Als er mit den Armen die seidig behaarten Stämme der schilfähnlichen Pflanzen teilte, wurden seine Handgelenke und Unterarme gepackt. Er spürte, wie geschmeidige Stängel sich um seine Glieder wanden und ihn gefangen hielten und hilflos machten. Er versuchte, sich freizukämpfen, doch es war zwecklos; die Schäfte wanden sich nur umso besitzergreifender um ihn.

Innerhalb weniger Sekunden konnte er sich überhaupt nicht mehr bewegen. Er war von Kopf bis Fuß eingewickelt.

Zu seinem tiefen Entsetzen bemerkte Jacom, dass die silbrigen Flechten, die jeder Stängel an seiner Krone trug, überhaupt nicht zerbrechlich waren. Sie hingen an seinem Gesicht wie eine Maske; sie blendeten ihn und versiegelten ihm den Mund und die Nase. Schlimmer noch: er spürte, wie sich die Spitzen der feineren Fäden wie eine Unmenge kleiner Nadeln in sein Fleisch eingruben.

Er versuchte zu kämpfen, doch er vermochte nichts auszurichten, und als sich alles in ihm drehte, begriff er, dass er langsam nach unten gezogen wurde. Seine Füße wurden in die Tiefen des lebenden Bodens gesogen, der unter dem seidigen Dickicht verborgen lag. Er erinnerte sich daran, was mit dem Körper des Mörders geschehen war, den Kasdeja verächtlich in den Matsch gestoßen hatte, neben dem er so heldenhaft gekämpft hatte.

Jacom erwartete, jeden Augenblick das Bewusstsein zu verlieren und dann zu ersticken. Eine oder zwei Minuten lang protestierte seine Lunge schmerzhaft dagegen, dass sie nicht mehr Luft holen konnte. Diese Empfindung war so heftig, dass er sich nach dem *coup de grâce* sehnte, den ihm die Bewusstlosigkeit darreichen würde – doch er verlor das Bewusstsein nicht. Tiefer und tiefer wurde er gezogen und währenddessen bohrten sich die neugierigen Nadeln immer weiter in sein Fleisch hinein. Er konnte spüren, wie sie sich vorarbeiteten, doch dieser Vorgang war nicht mit schlimmen Schmerzen verbunden. Als seine Lunge die schmerzhafte Rebellion beendete und Ruhe gab, fühlte er sich seltsam behaglich – und noch immer im Vollbesitz seiner Kräfte.

Langsam begriff er den Sinn dessen, was Kasdeja zu ihm gesagt hatte; was auch immer mit ihm jetzt geschehen mochte, er würde nicht sterben. Das Wesen, das ihn verschluckt hatte, war nicht auf Fleisch aus; es verlangte mehr von Jacom als das.

Jacoms erste Reaktion bestand darin, für das Wunder seines fortdauernden Bewusstseins dankbar zu sein, doch er hatte zu viel Zeit in der Gesellschaft von Aulakh Phar verbracht, der ständig versucht hatte, jedermann in seiner Reichweite so eingehend wie möglich in die Geheimnisse seiner zusammengeflickten Überlieferungen einzuweihen. Jacom wusste daher, dass die Funktion der Lunge darin bestand, Sauerstoff aus der Luft zu ziehen, der das Blut in seinen Arterien rötete, während es durch den Körper befördert wurde, um das matte Feuer des Lebens zu unterhalten. Daraus schloss er unwillkürlich, dass, wenn die Lungen seinem Blut keinen Sauerstoff mehr lieferten, die nadelähnlichen Wedel, die in sein Fleisch eingedrungen waren, dies nun übernommen hatten.

Hier handelte es sich nicht um ein Wunder, aber die Garantie, am Leben zu bleiben, die Kasdeja ihm gegeben hatte, war nicht unbedingt auch eine Garantie dafür, dass er so bleiben würde, wie er gewesen war. Wieder erinnerte er sich an das lebendige menschliche Fleisch, dass über die Wände in den innersten Kammern der Dragomitenkönigin ausgestrichen war, und er fragte sich, ob es noch Bewusstsein und die Möglichkeit besaß, seine Lage zu beklagen.

Der Umstand, dass er seine Situation begriff, machte seinen Abstieg nicht unbedingt angenehmer. Er war noch immer blind und taub und die Tatsache, dass jeder Sem seiner Haut so eng gefesselt war, erfüllte ihn mit Grauen erregender Klaustrophobie – es war ein rein psychologisches Phänomen, aber es verstärkte seine Angst und seine Qual aufs Äußerste. Wenn er jetzt den unappetitlichen Inhalt seines Magens erbrechen müsste, wäre das Ergebnis fürchterlich unangenehm, besonders weil es ihm anscheinend unmöglich war, das Erbrochene aus dem Körper hinaus zu befördern.

Er spürte noch immer eine Abwärtsbewegung, obwohl er sich nicht sicher war, ob er diesem Gefühl trauen konnte. Trotz seiner kecken Überzeugung, dass er mehr als nur eine Fleischspeise war, beschlich ihn unwillkürlich die Vorstellung, er sei ein Nahrungsbrocken, der durch außerordentlich gewundene Eingeweide wanderte und in Richtung eines Magens unterwegs war, der viel zu elastisch war, um ihn je wieder auszuspeien. Dieses Bild führte zu einem anderen, in dem er sich so vorkam, als würde er seziert, Schicht für Schicht und Organ für Organ, und als würden sein Hirn und seine Knochen sorgfältig neu geordnet und ausgerichtet, während er sich die ganze Zeit über bewusst blieb, wer er war und was mit ihm gemacht wurde. Er fragte sich, ob das, was er in den Tiefen des Dragomitenhügels gesehen hatte, das Äußerste an vorstellbarem Grauen gewesen war oder ob es etwas noch Schlimmeres gab.

Die Vorstellung, dass er umgestaltet und als Manticore oder als Mann mit einem Monsterkopf oder gar als vogelähnliches Reptil wiedergeboren werden könnte, erschien ihm plötzlich als hoffnungsfrohe Ernte aus einer gewaltigen Vielfalt entsetzlicher Möglichkeiten.

Wenn er hätte schreien können, hätte er es getan – aber sobald er den ersten unartikulierten Schrei getan hätte, hätte er zu rufen begonnen, und das, was er ausgerufen hätte, wären Fragen gewesen. Wie groß sein Schrecken auch sein mochte, er konnte doch nicht ganz den Hunger nach einem Sinn in diesem Chaos aus Rätseln verdrängen und es lag ein Krümelchen Beruhigung in dem Gedanken, dass er, wenn er tatsächlich in den Mittelpunkt der Welt fiel, vielleicht eine Stätte entdecken würde, an der wesentliche Fragen beantwortet werden konnten und auch beantwortet werden würden.

Allmählich verebbte seine Panik.

Schließlich verebbte auch das Gefühl des Hinabgesogenwerdens, doch möglicherweise war das eine reine Illusion. Er schien in eine Ruheposition geraten zu sein, in der seine Füße noch immer in die Richtung der innersten Tiefen wiesen und sein Kopf der Oberfläche am nächsten war. Seine Nerven wurden stärker und das schreckliche Gefühl, vollkommen eingeschlossen zu sein, ließ endlich nach.

Er verspürte nicht mehr das leichte, relativ schmerzlose Stechen, von dem er angenommen hatte, dass es sich dabei um die Eroberung seines Fleisches durch die Gliedmaßen des Riesen im Berg handelte, doch er hatte auch nicht das Gefühl, von seinem eigenen Körper getrennt worden zu sein. Er war nicht betäubt, und obwohl er keinen Finger rühren konnte, war er sicher – wenn auch nur auf einer intellektuellen Ebene –, dass sie noch an seinen Armen saßen und noch immer von der Essenz des Jacom Cerri durchpulst wurden.

Als seine Panik und sein Unbehagen nachließen und die Zeit verging – die nur an seinem Herzschlag zu messen war, den er noch fühlte, obwohl er nicht mehr atmen konnte –, wurde er allmählich von einer Empfindung heimgesucht, die eher Langeweile als Angst war. Er wollte, dass etwas geschah, und fühlte sich nicht in der Lage, allzu viel Geduld aufzubringen, um das Warten ertragen zu können.

Aus lauter Verzweiflung zählte er seine Herzschläge, auch wenn er nicht wusste, ob es achtzig oder hundertachtzig in der Minute waren.

Etwa bei zweihundert gab er das Zählen auf. Ein kurzer Anflug von Panik kehrte zurück; er konnte nicht sagen, wodurch sie verursacht wurde. Es dauerte einige Zeit, bis er erkannte, dass der Griff um ihn nachließ und der sanfte, aber bestimmte Druck auf seiner Haut allmählich abnahm.

Er unterdrückte einen paradoxen Angstanfall, weil er befürchtete, dass Freiheit möglicherweise nur die Freiheit zu ersticken bedeutete, und zwang sich abzuwarten, bis er schließlich vollkommen frei war.

Er wäre beinahe umgefallen, doch es gelang ihm, sich zu fangen und in einer aufrechten Position zu halten. Der Boden unter seinen Füßen schien fest und eben zu sein, und als es wieder Luft zum Atmen gab, war sie in ihrem Überfluss geradezu berauschend; sie war warm und feucht und es herrschte bestimmt kein Mangel an Sauerstoff in ihr.

Die Helligkeit um ihn herum nahm zu; gleichzeitig wuchs der Raum. Das Licht war schwach und rot, aber trotz seiner lebhaften Farbe nicht so beunruhigend, wie man hätte annehmen können.

Das Licht zeigte ihm, dass die Kammer, die für ihn ausgehöhlt worden war, etwa drei mal zwei Met in der Grundfläche maß und ungefähr zwei Met hoch war. Sie wies nicht einen einzigen rechten Winkel auf. Auf den ersten Blick waren die Wände eben und recht glatt und erinnerten in Farbton und Gewebe unangenehm an die blutigen Eingeweide eines frisch geschlachteten Tieres, doch Jacoms Augen hatten kaum Zeit, um sich auf das neue Licht einzustellen, als sich bereits Umrisse darin abzuzeichnen begannen.

Diese Umrisse waren vollkommen menschlich und von einer absolut normalen Größe. Die Gesichter, die ihn von allen Seiten anstarrten – es waren insgesamt vier –, waren die Gesichter gewöhnlicher Menschen. Sie erinnerten ihn irgendwie an Kasdeja, aber Jacom kam sich in ihrer Gegenwart nicht so winzig vor, wie es bei Kasdeja der Fall gewesen war. Die hässliche Röte floss aus ihnen hinaus und machte sie zuerst bronzen, dann golden – so golden, wie er selbst war. Es schien, als träten sie aus den Wänden hervor und würden als vollendete Erwachsene aus einem großen, klebrigen Schoß freigelassen. Ihr Austritt war sicherlich rätselhaft, aber das Rätsel steckte in den Wänden und nicht in den Gesichtern. Jacom selbst war jetzt eine rätselhafte Kreatur, oder etwa nicht? Auch er war in die Erde gesogen worden, hatte sich vereinigt mit dem Bewohner der Tiefe, der keine Stimme besaß und dessen Beweggründe selbst für seine Kinder unerforschlich waren.

Jacom leckte sich die Lippen. Halb hatte er erwartet, sie klebrig von irgendeiner widerwärtigen Flüssigkeit zu finden, doch sie waren weich und ziemlich trocken.

Ich bin tapfer genug für das hier, sagte er fest zu sich selbst. Nachdem er die Worte in seinen Gedanken geformt hatte, stellte er fest, dass sie sogar der Wahrheit entsprachen.

Die menschlichen Körper hatten sich jetzt beinahe ganz von den Wänden getrennt; er war sicher, dass sie genauso wie gewöhnliche Menschen gestaltet waren, wie ungewöhnlich ihr Verstand auch sein mochte. Er war ebenfalls sicher, dass, wenn sie sich ganz von den Wänden befreit hatten, um ihm Auge in Auge gegenüberzustehen, sie nach ihm greifen und ihn berühren und zu ihm sprechen würden. Das Einzige, was er sich nicht vorstellen konnte, war, was sie ihm zu sagen hatten und warum seine Antworten für sie von Interesse sein sollten.

»Nun gut, da habt ihr mich«, sagte er zu dem Gesicht, das sich jetzt vor ihm befand. Er begegnete dessen Blick so offen wie möglich. »Ich hoffe bloß, es war die Mühe wert, die euer Bruder auf sich genommen hat, um mich herzubringen.«

»Das werden wir sehen«, sagte der andere und streckte die Hand aus, um Jacom am Arm zu packen. »Wenigstens hoffen wir es.«

19

Jedes Mal, wenn Lucrezia versuchte, sich vom Boden zu erheben, wurde ihr schwindlig, wodurch sie gezwungen war, sich wieder hinzulegen. Sie befand sich in der unangenehmen und qualvollen Lage, nur dann im Vollbesitz ihrer Kräfte zu sein, wenn sie lag, obwohl der Vollbesitz ihrer Kräfte nicht gerade viel war; ihre Sinne teilten ihr lediglich mit, dass sie verletzt war. Obwohl sie wusste, dass sie noch immer Blut verlor, wurde seltsamerweise der Wundschmerz immer schwächer. Sie spürte, dass sie sich allmählich von ihren widerspenstigen Empfindungen *entfernte;* es war, als versuche ihr Geist, den Körper, der sie im Stich gelassen hatte, zu verleugnen.

Währenddessen wütete die Schlacht weiter, doch auch sie hatte sich ein Stück entfernt. Der freie Raum vor dem brennenden Wagen war nicht mehr überfüllt; manchmal erhob sich ein dunkler Schatten über Lucrezia und ging an ihr von rechts nach links oder in der umgekehrten Richtung vorbei, doch der Lärm der gegeneinander schlagenden Waffen war nicht mehr nahe.

Sie haben sich ins Riff zerstreut, dachte Lucrezia. *Sie haben sich nicht mehr verteidigen können und die Reihen aufgelöst.* Wenn es Venerinas Leuten bloß möglich gewesen wäre, eine bessere Verteidigungslinie zu bilden, hätten sie den Angriff möglicherweise abwehren können, doch sie hatten keine Lust auf den Kampf gehabt. Ihre schwache Entschlossenheit hatte sich in nichts aufgelöst und sie hatten sich eilig davongemacht, genau wie Shabirs Männer in der Schlacht an der Brücke.

War wohl alles umsonst?, fragte sie sich. *Haben Andris und Ssifuss eine ganze Kompanie von Riesenschlangen abgeschlachtet, um diese Leute zu befreien, nur damit sie beim ersten Anzeichen von neuer Gefahr auseinander laufen? Vergelten sie uns so unseren Heldenmut?*

So bittere Gedanken waren kaum tröstlich, aber sie waren leichter zu ertragen als die Angst vor ihrem eigenen nahen Tod. Sie konnte nicht genau sagen, wie schwer sie verwundet worden war, aber sie wusste, dass ihre Verletzungen bedenklich waren, und es gab keinen Arzt in einem Umkreis von tausend Kim. Auch war ihr klar, dass der Kampf noch nicht vorüber war. Wenn die Riesenschlangen und ihre halb menschlichen Verbündeten ihn gewinnen sollten, würden sie zurückkehren und sich der Überlebenden annehmen. Wenn man Lucrezia am Leben ließe, endete sie vielleicht als Futter für eine der monströsen Pflanzen, die sie selbst im Dachgarten des Inneren Sanctums anzubauen versucht hatte.

Sie erinnerte sich an den Hund und an den Sklaven. Es hatte nicht den Anschein gehabt, dass sie furchtbar litten, aber der Anblick dessen, zu was sie schließlich geworden waren, war genauso schrecklich wie verblüffend gewesen.

Sie versuchte noch einmal, den Kopf zu heben, aber sie hatte nicht die Kraft dazu. Alles, was sie tun konnte, war, sich auf den Rücken zu rollen und in die Rauchwolken hochzuschauen, die die Sterne verdeckten. Wenigstens trieb die Hitze jetzt den Rauch nach oben und saugte sauberere Luft von allen Seiten an; dadurch war das Atmen nicht mehr so schwierig.

Ein weiterer Schatten kam von links auf sie zu. Er bewegte sich stetiger als die anderen, die sie gesehen hatte, und schien nicht in Eile zu sein. Er stand nun neben ihr und sah auf sie herab.

Es war niemand, den sie kannte, und einen Augenblick lang hegte sie die Hoffnung, dass es einer der Männer aus der Gemeinschaft war – aber er steckte in einer Kleidung, die aussah, als sei sie aus Schlangenhaut geschneidert, und sie musste die Tatsache akzeptieren, dass es überhaupt kein Mensch war.

Lässig hielt er eine Keule mit einem Steinkopf in der Hand und machte auf diese Weise deutlich, dass er keine Angst hatte. Er glaubte sicherlich, die Schlacht sei vorüber und er und seine Gefährten hätten sie gewonnen. Er sah hinunter auf Lucrezia. Sie begegnete seinem Blick.

Er sagte nichts. Sein Blick war ruhig, als er ihre Lage abschätzte. Sie erwog die Möglichkeit, mit ihm zu sprechen und um ihr Leben zu feilschen, aber sie blieb still. Schließlich war sie eine xandrianische Prinzessin. Wie sehr sie auch versuchte, nicht mehr an ihren Rang zu denken, so konnte sie doch den Gedanken an Bettelei nicht ertragen und sie wusste, dass alles, was sie sagte, wie ein Betteln klingen würde.

Der Halbmann hob die Keule, um zuzuschlagen, und maß den beabsichtigten Hieb mit übertriebener Sorgfalt ab. Lucrezia wusste, dass er tödlich sein würde; der Mann war zu dem Entschluss gekommen, dass sie zu schwer verletzt war, um noch von Nutzen zu sein. Sie wich nicht zurück. Sie blinzelte nicht einmal. Sie sah dem Tod mit dem Stolz einer Prinzessin ins Auge.

Dann zuckte die Mannesimitation krampfartig und sie sah, wie der finstere Blick in seinen sternerhellten

Augen sich in einen Ausdruck des Schocks wandelte. Ihr war klar, dass er von hinten getroffen worden sein musste, aber sie wusste nicht womit, bis er nach vorn fiel und sie die Fiederung eines Pfeiles erkannte, der sich ihm zwischen die Schulterblätter gebohrt hatte.

Ssifuss!, dachte sie. Dann zuckte sie zurück, als der Körper der Kreatur auf ihr landete und quer über ihre Schenkel fiel. Sie versuchte sich von ihrem Widersacher freizukämpfen und auch er rang noch einige Sekunden lang und wand sich unter Schmerzen.

Es war eine andere Hand, die ihn schließlich fortrollte – und auch eine andere Hand, die ihm mit dem schnellen Streich eines Dolches den Rest gab. Es war nicht die Hand einer Schlange, sondern eine menschliche Hand wie die des Halbmannes, den sie getötet hatte.

Als Lucrezia erkannte, wem sie ihre Rettung verdankte, konnte sie nichts anderes empfinden als Verwirrung.

Jume Metra drückte den Finger gegen die Lippen, als sie sich von dem Körper der Kreatur, die sie niedergestreckt hatte, abwandte und sehen wollte, wie es Lucrezia ging. Sie warf rasche Blicke nach allen Seiten und strengte sich an, die Geräusche der fernen Schlacht aufzuschnappen und zu analysieren. Der rauchige Dunst, der das Sternenlicht verwischte, erhellte sich jetzt und die Umrisse der Hügelfrau waren deutlich zu sehen. Der Geruch des Brandes, der in der treibenden Luft lag, wurde von dem Gestank der Ausscheidungen überlagert, die die Eingeweide des Toten ausgestoßen hatten.

Mehr als zwei Minuten vergingen, während denen Lucrezia Metras Befehl, still zu sein, befolgte. Metra selbst tat nichts anderes, als das Blut von ihrer Klinge abzuwischen, wozu sie das Hemd des Toten benutzte.

Als Metra schließlich sicher war, dass niemand ihr

gefolgt war und niemand in der Nähe lauerte, nickte sie.

»Kannst du aufstehen?«, fragte sie leise.

»Ich glaube nicht«, flüsterte Lucrezia.

Die Hügelfrau schien nicht überrascht zu sein. »Versuch es gar nicht erst«, sagte sie. »Bald wird Hilfe kommen. Einige sind vor uns weggelaufen, aber es waren nicht alle zusammen – dieser hier hatte sich abgesetzt und vielleicht auch noch andere. Er wusste nicht, dass wir angekommen sind.«

Da war er nicht der Einzige, dachte Lucrezia grimmig. »Ich habe geglaubt, du wärest verloren – in den Sümpfen umgekommen«, murmelte sie.

»Dachte dasselbe zuerst auch von dir«, entgegnete die Dragomitenfrau. »Wir wussten, dass ihr keine Pferde hattet.«

»Wer ist *wir*?«, fragte Lucrezia. Sie wusste, dass Jume Metra und andere von ihrer Art fast immer ›wir‹ anstelle von ›ich‹ sagten, und deshalb war sie nicht sicher, ob der Plural wörtlich zu nehmen war.

»Checuti hat mich gefunden«, sagte Metra, als ob sie es selbst kaum glauben könnte. »Hat mir das Leben gerettet. Dann haben andere uns gefunden, sonst wären wir beide tot. Sie sagten uns, dass du am Leben bist. Als sie versuchten, uns zu ihrem Haus zu bringen, trafen wir auf welche, die flohen. Sie sagten uns, viele seien getötet worden, viele andere gefangen genommen. Etliche waren verletzt und brauchten Zeit, um sich zu erholen, genau wie wir. Es war eine schlimme Zeit.«

»Das kann ich mir vorstellen«, flüsterte Lucrezia.

»Schlimme Träume«, sagte Metra und berührte mit den Fingern ihre Stirn. »Wir waren sehr krank, aber man gab uns Medizin.«

»Bei mir war es genau so«, sagte Lucrezia. »Ich war nicht so schlimm in Mitleidenschaft gezogen wie du, aber ich wäre bestimmt im Sumpf umgekommen, wenn Andris mich nicht in Sicherheit gebracht hätte.«

Jume Metras verschattetes Gesicht zeigte kaum eine Regung, aber Lucrezia glaubte, dass sie ein Aufblitzen von Sympathie in den sternerhellten Augen der anderen entdeckt hatte. »Alle auf derselben Seite«, sagte Metra, als würde sie etwas zugeben, an das sie zuvor nicht geglaubt hatte.

Lucrezia wusste, dass dieses Eingeständnis alles einschloss, was in den Sümpfen und später geschehen war. Wenn Andris sie nicht gerettet hätte, hätten die Mitglieder der Gemeinschaft nicht Andris retten können und wären nicht auf die Suche nach Metra und Checuti gegangen – und Metra hätte keinen Pfeil in den Rücken des Mannes schießen können, der gerade Lucrezia hatte töten wollen. »Alle auf derselben Seite«, wiederholte Lucrezia sanft. »Sogar Checuti.« Darauf war sie auf eine widersinnige Weise stolz, als wäre es ihr Verdienst – aber bereits in Xandria hatte Checuti viel für sie getan.

Metra schlug die Augen nieder. Sie wusste, was sie ihm schuldig war. »Große Schlangen und Halbmänner hatten auch andere Gefangene«, sagte sie. »Zweite Gruppe kam zwischen uns.«

»Ihr seid mit den Sumpfbewohnern losgezogen«, sagte Lucrezia matt und versuchte mit aller Kraft, die einzelnen Teile des Puzzles zusammenzufügen. »Als es dir und Checuti gut genug ging, habt ihr euch mit den Überlebenden der Gemeinschaft zusammengetan und die Plünderer verfolgt – aber inzwischen waren *zwei* Gruppen von Plünderern vor euch. Habt ihr euch mit den Sumpfbewohnern zusammengetan, weil ihr geglaubt habt, dass ich und Andris unter den Gefangenen sind?«

»Wollten sowieso nach Süden«, sagte Jume Metra abwehrend. »Sicherheit in der Menge.« Die Hügelfrau spitzte wieder die Ohren und lauschte auf Anzeichen von Gefahr, doch der ferne Schlachtenlärm schien beinahe verstummt zu sein.

Metra hatte bislang ihr Messer mit der Stahlklinge einsatzbereit in der Hand behalten, doch jetzt steckte sie es in ihren Gürtel. »Hätten nicht so bald angegriffen«, sagte sie halb entschuldigend. »Sie waren zu stark und hatten zu viele große Schlangen bei sich. Müssen gewusst haben, dass wir hinter ihnen her waren, müssen Angst gehabt haben, als sie feststellten, dass andere Feinde bereits hier waren.«

Lucrezia begriff, dass der Angriff, unter dem sie und ihre Gefährten gelitten hatten, eher ein Akt der Verzweiflung als eine kalkulierte Tat gewesen war; die Menschennachbildungen und die Riesenschlangen waren zwischen die Fänge einer sich schnell schließenden Falle geraten und hatten nicht zu warten gewagt. Jetzt hatten sie ihre Gefangenen verloren, so wie es auch ihren Vorgängern widerfahren war. In ihrem Garten würde der fruchtbare Boden rar werden.

»Sie wussten, dass ihre einzige Chance darin bestand, die feindlichen Mächte hintereinander anzugreifen«, flüsterte Lucrezia. »Sie müssen geahnt haben, wie nahe ihr ihnen wart, aber es blieb ihnen nur die Hoffnung, dass ihr zu müde sein würdet, um ihnen in den Rücken zu fallen, während sie einen Großangriff gegen uns führten.«

Metra zuckte mit den Schultern. »Panik«, vermutete sie. »Ist dasselbe bei den Nestkriegen. Große Angst bringt Taten hervor, niemals Vorsicht. Ist vermutlich sicher jetzt, müssen aber auf Hilfe warten. Brauchen zwei, die dich tragen.«

»Werde ich sterben?«, flüsterte Lucrezia. Sie wusste, dass es an der Zeit war, sich dieser Möglichkeit zu stellen.

Metra schien ernsthaft und sorgfältig über ihre

Frage nachzudenken, auch wenn sie Lucrezias Körper nicht berührte. »Weiß nicht«, war ihre nicht sehr trostreiche Erwiderung. »Musst still liegen.« Sie wandte sich wieder ab, wie um nach Gefahrenherden zu suchen, doch es war deutlich zu spüren, dass sie im Augenblick einfach nicht in der Lage war, Lucrezias fragendem Blick standzuhalten.

Als die unheilvollen Worte der Hügelfrau ihre ganze Wirkung entfalteten, spürte Lucrezia, wie sie wieder ein Gefühl der Ohnmacht durchlief, doch sie kämpfte gegen die Bewusstlosigkeit an und gewann. Sie hoffte, dass das ein gutes Omen war.

»Was ist mit deinem Gepäck passiert?«, fragte sie, als sie bemerkte, dass Metra nichts mehr bei sich trug. Sie wollte ein unverfänglicheres Gesprächsthema finden. Es war ihr klar, dass die Hügelfrau ihre wertvolle Eierlast nicht aus einem unwesentlichen Grund zurückgelassen hatte.

»Keins mehr«, erwiderte Metra, ohne sich umzudrehen. »Tot und verrottet.«

Ihr Tonfall war neutral, doch Lucrezia wusste, welch schwer wiegende Bedeutung diese Worte besaßen. Jume Metra war jetzt die letzte Überlebende ihres Stamms und die ausgesprochen geringe – wenn auch durchaus vorhandene – Chance, ein neues Nest zu gründen, war für alle Zeit vertan. In gewisser Weise sah sie sich selbst bestimmt ebenfalls als tot und verrottet an, doch sie lebte und handelte nun in einem ganz anderen kollektiven Interesse. »Das tut mir Leid«, sagte Lucrezia. Sie wusste, dass sie kaum überzeugend klang.

Jume Metra sagte nur: »Jemand kommt.« Sie flüsterte diese Worte, doch es lag mehr Hoffnung als Furcht in ihnen. Sie erwartete Verbündete.

Es war in der Tat ein Verbündeter. Lucrezia erkannte den Umriss von Checutis Kopf, noch bevor er neben ihr niederkniete, um sie zu untersuchen. Sie konnte sehen, dass er froh war, sie lebend anzutreffen – doch sie erkannte auch, dass er sich Sorgen machte, ob sie wohl am Leben bliebe.

»Meine hoch geschätzte Dame!«, sagte er und versuchte, einen leichten und scherzhaften Ton anzuschlagen, so wie es seinem Ruf zukam. »Ich freue mich zu sehen, dass das Glück noch auf Eurer Seite ist. Ich hatte zu hoffen gewagt, dass Ihr unter den Gefangenen seid, die wir befreit haben, aber ich hatte nicht erwartet, dass Ihr Euch bereits selbst befreit und Eure Häscher getötet habt. Übrigens, ist Andris bei Euch?«

Nun runzelte sie die Stirn. Sollte es ihm denn inzwischen nicht bekannt sein, dass Andris bei ihnen war? Wo *war* Andris? Warum war nicht er anstelle von Jume Metra gekommen, um Lucrezia zu retten?

»Ich war nicht bei den Gefangenen«, teilte sie Checuti pflichtbewusst mit, auch wenn sie ihre Stimme nicht über ein Flüstern erheben konnte. »Wir waren vor ihnen hier und haben mit Hilfe von Hexerei einen Hinterhalt gelegt – fünf von uns gegen vierzig der anderen. Wir haben sie alle umgebracht.«

Ein Ausdruck des Erstaunens machte sich auf Checutis Gesicht breit.

»Und dann habt Ihr der zweiten Gruppe die Stirn geboten?«, fragte er. »Ihr beschämt uns, Hoheit. War Andris einer der fünf?«

Lucrezia runzelte wieder die Stirn. »Ist er denn nicht hier?«, fragte sie zurück. »Er sollte hier in der Gegend sein – und Ssifuss auch.«

»Ich habe keinen von beiden gesehen«, sagte Checuti zu ihr. »Nehmt Ihr an…?« Er sah zu den brennenden Wagen hinüber, die nun nur noch Asche und Glut waren.

»Nicht dort«, sagte Lucrezia. »Er hatte Wachdienst – Ssifuss ebenfalls –, aber sie haben keinen Alarm geschlagen. Andris glaubte wohl, er sei bereits vorher bemerkt worden, als der Späher…«

Sie versuchte erneut, sich aufzurichten, doch Checuti hielt sie sofort zurück. »Bitte bewegt Euch nicht, Euer Hochwohlgeboren«, sagte er. »Wartet eine Weile, bis ein weiterer starker Mann kommt. Wir werden so etwas wie eine Tragbahre brauchen, aber zuerst benötigen wir Wundsalbe. Wir haben Vorräte davon aus den Kellern jenes bemerkenswerten Hauses mitgenommen und wir haben Männer, die etwas von den Hexenkräften dieses verfluchten Sumpfes verstehen, aber Ihr müsst warten, bis sie eintreffen. Sie kümmern sich noch um die Gefangenen, die am Teich zurückgelassen wurden. Hat Metra Euch berichtet, dass Keshvara bei ihnen ist?«

»Hyry?« Lucrezias Herz schlug schneller bei dieser Nachricht. »Hyry lebt!«

»Sie ist ziemlich lebendig«, sagte Checuti. »Geschwächt, aber nicht verletzt.«

Metra schien von dieser Nachricht genauso überrascht zu sein wie Lucrezia. »Das wusste ich nicht«, sagte sie zur Erklärung, warum sie mit dieser Neuigkeit nicht bereits herausgeplatzt war.

»Sie war bei den Gefangenen«, sagte Checuti für den Fall, dass Lucrezia ihn beim ersten Mal nicht recht verstanden hatte. »Es sind hauptsächlich Leute aus den Neun Städten. Sie muss nach der Schlacht an der Brücke das gesamte Schmale Land durchquert haben, bloß um dann im tiefen Süden gefangen genommen zu werden. Ich hatte noch keine Möglichkeit, länger mit ihr zu reden, aber sie sagt, dass Phar und Merel Zabio überlebt haben und Jacom Cerri auch.«

»Darüber wird Andris sehr froh sein«, meinte Lucrezia. »Ssifuss ebenfalls.«

Checuti schürzte die Lippen, als sie Ssifuss' Namen aussprach. »Wenn die Leute, mit denen ich zusammen war, irgendeine Schlange gesichtet hätten«, sagte er besorgt, »hätten sie sie als Feind angesehen, ungeachtet ihrer Größe.« Er sah sich um und schätzte die Schatten und die Dichtigkeit der Riffgebilde ab.

Die Nacht war ein wenig dunkler geworden, vermutlich weil die Rauchwolken, die die südlichen Sterne verfinstert hatten, jetzt nach Norden zogen.

»Es gibt genügend Orte da draußen, wo sich Dutzende verstecken könnten«, sagte Checuti. »Oder sie liegen erschöpft da und sammeln ihre Kräfte. Es wird bis Tagesanbruch und noch länger dauern, bevor wir herausfinden können, wer noch lebt und wer gestorben ist. Ihr müsst in diesen letzten vierzig oder fünfzig Stunden vieles erlitten haben, meine Dame.«

»Du kannst dir keine Vorstellung davon machen«, versicherte Lucrezia ihm.

Ein junger Bronzener, den Lucrezia nicht erkannte – vermutlich ein Mitglied von Metras und Checutis Gruppe –, gesellte sich zu ihnen. Er berührte den Meisterdieb am Arm.

»Ein paar sind geflohen«, sagte er. »Etwa ein halbes Dutzend berittene Männer und ein paar Schlangen. Möglicherweise verstecken sich noch einige hier in der Gegend. Wir müssen also wachsam bleiben. Wenn diejenigen, die fortgeritten sind, noch Gefangene bei sich haben, können es nicht mehr als zwei oder drei sein.«

Lucrezia war zunächst überrascht zu sehen, dass Checuti wie ein Anführer behandelt wurde, doch sie begriff, dass es durchaus seine Richtigkeit hatte. Da Venerina Sirelis vorübergehend nicht da und Philemon Taub tot war, besaßen diejenigen, welche den Angriff auf das Haus der Gemeinschaft überlebt hatten, keinen Anführer mehr, und Checuti war sicherlich der Einzige unter ihnen, der eine gewisse Kampferfahrung hatte.

»Hol sofort einen Arzt«, sagte Checuti, nachdem er genickt und auf diese Weise zu verstehen gegeben hatte, dass er gehört hatte, was ihm mitgeteilt worden war. »Diese Frau hier braucht Hilfe. Es gibt eine Händlerin unter den Gefangenen, die wir soeben befreit haben – kurze Haare und so stark wie zehn von euch. Sie soll ebenfalls kommen, wenn sie kann; das hier ist ihre Freundin.«

Ihre Freundin!, dachte Lucrezia. *Prinzessin oder nicht, ich bin Hyrys Freundin. Hoffentlich ist sie derselben Ansicht.* Wieder versuchte die Bewusstlosigkeit sie zu überwältigen, obwohl sie sich nicht bewegt hatte, und wieder kämpfte sie erfolgreich dagegen an. Jume Metra stand unsicher auf. »Geh«, sagte Metra zu dem Bronzenen, als ob das Gewicht ihres Wortes die Dringlichkeit von Checutis Befehl verdoppeln könnte.

Der Bronzene drehte sich um und rannte in die Schatten hinein.

Der Meisterdieb sagte sanft: »Es scheint, meine Dame, dass wir nur Schachfiguren in einem verwickelten Spiel sind, das das Schicksal mit der Welt spielt. Noch vor hundert Tagen hatten weder Ihr noch ich einen anderen Gedanken im Kopf, als uns um unser Wohlergehen und um unsere Bequemlichkeit zu kümmern – und seht uns jetzt an! Wir retten einander das Leben mit einer solch mechanischen Regelmäßigkeit, dass wir zu Helden aus den alten Legenden geworden sind. Wir sind ein Dieb ohne eine einzige gestohlene Münze, eine Prinzessin ohne einen vagabundierenden Prinzen, eine Hügelfrau ohne Nest, eine Händlerin ohne Waren… und doch sind wir eine Gemeinschaft und befinden uns näher an der Wiege der Chimäre als der Narr, der uns alle in die Suche nach diesem Ort eingebunden hat.« Lucrezia wusste, dass er die Pause gemacht hatte, weil er nicht wusste, ob man Andris Myrasol zu ihrer Gemeinschaft rechnen konnte oder nicht. Sie wusste auch, dass er versuchte, sie zum Lachen zu bringen und mit seinem Witz und seinen Wortspielen ihre Stimmung ein wenig zu heben.

»Ich habe viel Blut verloren, nicht wahr?«, wisperte sie.

»Ihr habt noch genug Schlangenblut übrig«, antwortete er. »Habt keine Angst.«

»Nein«, versprach sie ihm – doch in dem Augenblick, in dem sie es versprach, verlor sie den Kampf gegen die umherstreifende, gierige Dunkelheit.

Checutis Anblick und der Klang seiner Worte verschwammen und sie fragte sich noch, ob sie jemals wieder erwachen würde.

20

Andris wusste, dass er träumte, aber das Letzte, was er wollte, war aufzuwachen. Innerhalb seines Traumes fühlte er sich sicher und entspannt. Innerhalb seines Traumes gab es Raum und Zeit, um all die Dinge zu tun und zu sagen und zu denken, die er nicht hatte tun und sagen und denken können, als er noch wach gewesen war.

Im wachen Zustand war er andauernd von Konflikten und Krisen umgeben; im Traum hatte er die Unendlichkeit als Tummelplatz und eine ganze Ewigkeit an Zeit.

Für eine Weile sprach er mit Lucrezia, obwohl sie unsichtbar war. Er hätte sie sehen können, wenn er es gewollt hätte – ja, er hätte eine ganze Landschaft um sie herum erschaffen können –, aber er verspürte nicht die Notwendigkeit dazu. Im Augenblick war er nur daran interessiert, sich selbst Gehör zu verschaffen, und es war überhaupt nicht von Bedeutung, wie flüchtig die Gegenwart seiner Zuhörerschaft war.

»Ich habe es zum ersten Mal gesehen, als wir in den Sümpfen waren«, sagte er, »aber damals habe ich die volle Bedeutung nicht erfasst. Der Trank, den Venerina mir gegeben hatte, hat nicht in der Weise gewirkt, wie sie und Philemon vermutet hatten, aber ich glaube, ich weiß, warum das so war. Wisst Ihr, es ist alles eine Sache des Maßstabs.«

Er zögerte, aber nicht weil er zweifelte, ob sie zuhörte oder dem Faden seiner Argumentation folgen konnte. Was das anging, so blieb ihr keine Wahl, da sie ein reines Traumgeschöpf war. Als er versucht hatte, ihr in den Sümpfen das Ergebnis seiner angeblichen Weisheit mitzuteilen, hatte sie nicht zuhören können, und als er es erneut versucht hatte, während sie sich im Haus der Gemeinschaft aufgehalten hatten, war sie nicht in der Lage gewesen, ihm zu folgen, aber jetzt hörte sie ihm zu und folgte seinen Gedankengängen.

»Wir sehen uns als winzige Wesen und die Welt als einen ungeheuer weiten Raum an«, fuhr er fort, »und wir haben einige seiner Gebiete gezähmt – aber für die winzigen Kreaturen, die in unserem Körper leben, sind *wir* der ungeheuer weite Raum. Ich glaube, die Welt ist weitaus eigenartiger, als wir annehmen – und weitaus eigenartiger, als unsere Urväter angenommen haben, als sie uns hier ansiedelten. Ich glaube, sie schufen die Überlieferungen im Hinblick auf eine ganze Reihe von Voraussetzungen, die sich als unrichtig herausstellten, weswegen sie sie in aller Eile angleichen mussten und sie damit zu einem plumpen Flickwerk machten. Ich glaube, die Welt gleicht viel stärker einem Körper, als es sich die Urväter vorstellen konnten, oder zumindest stecken Wesen von einer Größe in ihr, die wir kaum wahrnehmen und erst recht nicht verstehen können.«

»Riesen«, flüsterte sie.

»Nicht ganz«, wandte er ein. »Was wir Riesen nennen – seien es nun Menschen oder Schlangen –, ist fast so klein wie wir in Bezug auf den Maßstab, den wir uns vorstellen müssen. Selbst die Dragomitenkönigin – damit meine ich das ganze Innere des Hügels und nicht diese halb menschliche Kreatur auf ihrem absurden Thron – war nicht so groß. Selbst sie war nicht mehr als ein Insekt und diese Steinkreaturen, an denen wir auf unserem Weg hierher vorbeigekommen sind, sind kaum größer als Bakterien im Vergleich zu den Dingen, die ich meine. Ich rede von Wesen, die so groß sein können wie die gesamten Bittersüßen Sümpfe oder so groß wie der Wald der Absoluten Nacht. *Sie* sind die dominierenden Lebensformen auf dieser Welt und nicht etwa Menschen oder Schlangen oder Salamander... es sei denn, dass sie auf irgendeine einzigartige Art und Weise mit den Schlangen und Salamandern in Beziehung stehen... vielleicht weil die Salamander und Schlangen zu ihren zahllosen Nachkommen gehören, obwohl die Pädogenese ihnen dabei geholfen hat, Intelligenz zu entwickeln und dadurch ein gewisses Maß an Freiheit zu erringen. Ich meine damit nicht, dass sie die *Kinder* der Bewohner der Tiefe sind... sie sind eher wie *Sporen,* die Intelligenz kultiviert haben. Der Grund, warum wir diese unglaublich gewaltigen Wesen nicht sehen können, besteht natürlich darin, dass sie größtenteils unter dem Boden leben. Tatsächlich *sind* sie meistens der Boden.«

»Aber nicht in der Wiege der Chimäre«, warf Lucrezia ein, um zu verdeutlichen, dass sie wusste, wovon die Rede war, und dass sie fähig dazu war, sein gedankliches System selbst weiter auszubauen. »Die Wiege der Chimäre ist *unser* Grund und Boden – hat das nicht auch Ssifuss gesagt? Unsere *Erde* – die Erde, die die Urväter gemacht haben, damit sie das hervorbringt, was durch und durch *irdisch* ist.«

»Das stimmt«, pflichtete Andris ihr bei. »Als die Urväter ihre Stadt verloren, mussten sie einen Garten schaffen – einen Garten, dessen Anlage es notwendig machte, etwas von den Schlangen und etwas von den Salamandern zu borgen: Schlangenblut sozusagen und Salamanderfeuer. Doch Gärten wachsen langsam und Menschen altern schnell; deswegen konnte man nicht erwarten, dass das, was sie gepflanzt hatten, bereits während der nächsten Generationen Früchte tragen würde. Und in der Zwischenzeit…«

»In der Zwischenzeit sind sie gegangen«, sagte Lucrezia. »Sie sind fortgezogen und haben uns zurückgelassen.«

»In der Zwischenzeit«, wiederholte Andris und nahm damit den unterbrochenen Satz erneut auf, »reagierten die Geschöpfe, die bereits hier waren, auf ihre Weise auf die Übernahme ihrer Privilegien. Eine Art von Krieg begann: ein langsamer, sporadischer Krieg, der sich über Tausende von Jahren erstreckte. Ein Krieg, den wir uns kaum vorstellen und erst recht nicht verstehen können. Ein Krieg, der die Dinge auf eine Weise veränderte, die die Urväter nicht vorhergesehen haben können. Ein Krieg, in den wir verwickelt sind, ohne es zu wissen.«

»Jetzt wissen wir es«, widersprach Lucrezia ihm. »Es ist nicht zu übersehen. Seit dem Augenblick, an dem du den Fuß auf den Kai unterhalb der Mauern der Zitadelle gesetzt hast, befinden wir uns ständig im Kampf und es sieht nicht so aus, als würde er auch nur für einen Augenblick aufhören. Wenn wir zur Wiege der Chimäre gehen wollen – ob über das Feuer des Salamanders oder entlang einer anderen Route –, müssen wir uns jeden Schritt des Weges erkämpfen. Hat Philemon nicht versucht, uns das zu sagen, als er uns warnte, wir seien in Lebensgefahr, wenn wir nicht umkehrten? Er wusste natürlich nicht, dass die fragliche Lebensgefahr vom Großen Riff aus Fühler bis zu seinem eigenen friedvollen Refugium ausstrecken würde.«

»In gewisser Weise hatte er Recht«, sagte Andris. »Wir haben uns in schreckliche Gefahr begeben… aber jetzt sind wir hier und es führt kein Weg zurück. Es ist wichtig, dass wir eine Rolle in der kurzen Krise der Welt spielen, auch wenn wir uns nur vage vorstellen können, worum es dabei geht. Zumindest haben die Dinge in uns ihre Rolle zu spielen: Euer Schlangenblut und mein Geist der Wasser. Wir stecken mittendrin, zwischen dem sehr Großen und dem sehr Kleinen… aber das heißt nicht, dass wir bedeutungslos sind. Wir müssen unseren eigenen Beitrag leisten und werden unsere eigene Belohnung erhalten.«

»Und wie passt der Gott der Deisten in all das hinein?«, fragte sie.

»Die Deisten würden sagen, dass *wir* in *ihn* hineinpassen«, antwortete Andris. »Aber Gott ist nur der Name, den sie dem Spiel des Lebens geben – dem Spiel, an dem wir alle beteiligt sind, dem Spiel, in dem wir alle unsere Rollen haben. Was sie wirklich mit Gott meinen, auch wenn sie es nicht so sehen, ist lediglich die Anzahl von Regeln, nach der das Spiel gespielt wird: Regeln, die wir nicht aufstellen und nicht ändern können. Sie wurden eigentlich nicht *aufgestellt,* wenigstens nicht von einem *Schöpfer,* aber sie existieren und herrschen tatsächlich über die Grenzen des Machbaren. Ich verstehe jetzt viel besser, wo diese Grenzen liegen und warum es sie gibt. Der Geist der Wasser hilft mir dabei. Ich bin nicht nur Andris Myrasol, so wie Ihr nicht nur Prinzessin Lucrezia seid. Wir haben Welten in uns, die von allen Arten von unirdischen Rassen bevölkert werden, von denen einige seltsamer sind, als wir es uns vorstellen… vielleicht seltsamer, als wir uns vorstellen *können,* selbst wenn sie uns dabei helfen.«

Der Dialog verlor an Kraft. Er gab ihn auf und träumte einen anderen Traum. Dieser war beharrlicher, als ob er eine fremdartige Wesenheit sei, die sich ihm aufdrängte, und nicht eine Schöpfung seines eigenen fruchtbaren Hirns.

Ihm träumte, dass er fest an ein Pferd gebunden sei, welches viel zu mager war, um eine Last wie ihn lange Zeit hindurch tragen zu können. Es herrschte Tageslicht und die Sonne war unangenehm hell; wer immer ihn festgebunden hatte, hatte sich nicht die Mühe gemacht, ihm einen Hut aufzusetzen. Das Gelände, über das das Pferd ihn trug, befand sich innerhalb des großen Riffbogens; er war südwärts auf der ›Straße‹ unterwegs, die Lucrezia von den oberen Ästen des Dendriten aus gesehen hatte.

Er befand sich in Gesellschaft von sieben berittenen Männern und fünf Riesenschlangen. Es gab keine Wagen und keine weiteren Gefangenen. Allem Anschein nach waren seine Häscher nur mit einem einzigen Beutestück aus dem Riff geflohen, und das war er selbst. Einen Augenblick lang fühlte er sich geradezu geschmeichelt, doch dann begriff er, dass die Plünderer wegen mangelnder Wasservorräte keine andere Wahl gehabt hatten, als die Gefangenen, die sie durch die Wüste geführt hatten, freizulassen. Er selbst war nur eine Art von Trostpreis.

Es war ein unangenehmer Traum und Andris war froh, als es ihm gelang, ihn in die Dunkelheit zu verbannen und durch einen anderen müßigen Dialog zu ersetzen. Diesmal sprach er den Kopf der Drohne an, den er aus dem Dragomitennest mitgebracht hatte. Er hatte früher schon einmal im Traum mit der Drohne gesprochen, und nachdem Ssifuss Andris wieder mit ihrem Kopf zusammengebracht hatte, hatte er sie selbst im äußersten Delirium nicht vergessen.

»Es tut mir Leid, dass ich noch keine Möglichkeit

gefunden habe, dich mit einem neuen Körper auszustatten, Seth«, sagte er. »Ich war zu beschäftigt, musste in Schlachten kämpfen und Rätsel lösen.«

»Das ist schon in Ordnung«, sagte der Nestmann. »Uns bleibt noch genug Zeit.«

»Das hoffe ich«, antwortete Andris. »Das hoffe ich wirklich.«

»Der Weg ist noch lang«, meinte Seth gelassen, »aber die Zeit wird schnell vergehen.«

»Wie viel von all dem verstehst du?«, wollte Andris wissen. »Welche Weisheiten hast du dort unten in dieser seltsamen Kaverne bewahrt? Du hattest Geheimnisse, das weiß ich – Geheimnisse, die du vor deinen Schwestern verborgen hast. Wie bist du auf sie gestoßen? Wer hat sie dir erzählt? Wie lange hast du sie für dich behalten?«

»Gib mir nur eine Stimme«, sagte die Drohne, »und ich werde dir alles sagen.«

»Du hast eine Stimme«, betonte Andris. »Du sprichst doch jetzt mit mir.«

»Ich brauche eine eigene Stimme«, sagte der Kopf, als ob das offensichtlich wäre.

»Ich glaube, das ist das Problem«, antwortete Andris. »Wir alle brauchen eigene Stimmen, aber diejenigen von uns, die reden, wissen das nicht, und diejenigen, die es wissen, können nicht reden. Die Bewohner der Tiefe brauchen eigene Stimmen und eigene Gehirne, aber sie haben nur Kreaturen wie uns, die ihnen helfen. Sie haben Augen und sie haben Ohren, aber sie haben keine Stimme und keinen Verstand. Stell dir vor, wie es wäre, wenn die unsichtbaren Passagiere in unserem eigenen Fleisch und Blut Verstand und eine Stimme hätten, wir aber nicht.«

»Das muss ich mir nicht vorstellen«, sagte Seth. »Ich habe im Körper der Dragomitenkönigin gelebt, seit ich die ersten Atemzüge getan habe. Sie ist nur ein Insekt, aber trotzdem ist sie eine Bewohnerin der Tiefe. Vielleicht wird ihre Rasse das Spiel gewinnen und die Welt erben.«

»Das glaube ich nicht«, sagte Andris.

»Du *weißt* es nicht«, wies ihn der Kopf zurecht. »Du hoffst, aber du *weißt* es nicht. Niemand weiß es. Niemand kann es wissen.«

»Vielleicht nicht einer allein«, stimmte Andris ihm zu, »aber vielleicht eine ganze Legion.«

Dann träumte er, dass er in einem weichen Grab sei, das aus etwas Warmem und Klebrigem gemacht war – oder vielleicht war es ein Schoß und kein Grab oder ein Kokon und kein Schoß. Was immer es war, er war darin eingeschlossen. Es war ihm unmöglich zu atmen, aber seltsamerweise nicht unmöglich zu träumen. Er träumte, dass ein Gesicht über ihm schwebte und durch die durchscheinende Membrane, die ihn gefangen hielt, aufmerksam auf ihn herunterschaute.

Auch wenn er es nicht klar erkennen konnte, vermutete Andris, dass die Gestalt so groß wie ein normaler Mann war, aber etwa zehn Sem kleiner als er selbst. Ihre Gesichtszüge erinnerten ihn an die Kreatur, die ihn durch die Tiefen des Dragomitennestes zu dem geheimen Gemach geführt hatte, in dem die Königin ihre menschlichen Drohnen aufbewahrte. Ihre Augen waren groß, dunkel und nach vorn gerichtet. Ihre Haut war mit polierten Schuppen bedeckt. Ihr Mund war breit und ihr Kopf haarlos. Ihre Ohren waren abgerundet. Ihr verschwommenes Starren war unerschütterlich, es schien aber nicht feindselig zu sein; es vermittelte den Eindruck von Besorgtheit, so als ob die Gestalt nicht nur nach ihm schaute, sondern sich auch um ihn kümmerte. Andris hätte etwas gesagt, wenn es ihm möglich gewesen wäre, doch in dieser Phase seines Traumes war er stumm.

Er hatte keine Ahnung, wie viel Zeit verging, während er in der Gruft war – oder in dem Schoß oder in dem Kokon –, aber er wurde nicht ungeduldig. Die Ruhe war angenehm.

In einer anderen Phase des Traums sah er den Garten, aber er war nicht sicher, ob die Augen, mit denen er sah, seine eigenen waren.

Ein unerwartet steiler Hang führte hoch zum Kamm des Hügels, der eine Ausdehnung von etwa fünfzig oder sechzig Met besaß. Er war von mindestens zweihundert Büschen bedeckt, deren kräftigste in den Obstgärten Ferentinas durchaus als Bäume gegolten hätten. Die kleinsten umstanden die Torsos von Menschen, die bis zur Hüfte eingegraben waren, doch die größten hatten ihre Opfer – oder eher ihre Wirte – aus dieser Gefangenschaft herausgehoben, sodass sich ihre ›Stämme‹ vom Kopf bis zu einem hölzernen Sockel unter ihren Füßen erstreckten.

Jeder Busch oder Baum hatte zwei Hauptäste, die ihren Ursprung in den ausgestreckten Armen ihres menschlichen Elements hatten, doch diese Hauptäste verzweigten sich zu Dutzenden von weiteren Ästen und aus der Brust und der Schulter der Gefangenen sprossen Schößlinge in alle Richtungen. Jeder Ast trug zahlreiche zarte, spatelförmige Blätter und war mit gebogenen Dornen versehen, von denen jeder so lang wie eine Nähnadel war. Auch die Büsche trugen Blüten und Früchte: Blüten, so weiß wie abgeschälte Knochen, und Früchte, so rot wie menschliches Blut.

Alle Büsche hatten offene Augen und sie starrten mit unendlicher Geduld in die Welt, doch ihre Gesichter waren von Kummer verwüstet. In ihrem Gesichtsausdruck lag keine Qual, sondern Traurigkeit.

Es gab nicht den geringsten Zweifel, dass all die Wirte, in deren Fleisch die Pflanzen eingebettet waren, noch lebten, noch ein Bewusstsein hatten, noch aktiv waren trotz ihrer annähernden Reglosigkeit. Sie waren mit unsichtbaren Wurzeln im Boden verankert, aber sie waren nicht vollkommen reglos. Ihre Zweige waren beweglich und sie konnten den Kopf drehen. Sie sahen ihn an – oder denjenigen, dem die Augen gehörten, durch die zu sehen er das Privileg hatte –, und zwar genau so neugierig, wie er sie ansah. Sie bewegten die Glieder, wenn auch ohne großen Eifer, und regten sich, als ob eine launische Brise durch ihr Gezweig wehte.

Einer, der ihm am nächsten stand, öffnete den Mund und rief ihm zu: »Komm her!« Als er sich daraufhin nicht bewegte – soweit er es beurteilen konnte, hatte er nicht die Macht, sich zu bewegen –, rief ihn ein halbes Dutzend anderer. Ihre Stimmen überlagerten sich, einige sagten: »Komm zu mir!«, während andere ihn nach seinem Namen fragten, und einer oder zwei waren damit zufrieden, einen Willkommensgruß zu entbieten, der umso unheimlicher wirkte, weil er anscheinend völlig ernst gemeint war.

Die Chimären hielten mit ihrem Rufen inne, als er keine Antwort gab; nach einigen Minuten verfielen sie wieder in völliges Schweigen.

Es war deutlich, dass die Sammler, die sich um den Garten kümmerten, fleißig gewesen waren. Er erinnerte sich daran, dass die Zeit der Schwierigkeiten bereits vor einigen Jahren begonnen hatte – Zeit genug für jemanden, die Samen aus diesem Garten bis nach Xandria zu schicken. Wie viele andere Gärten wie diesen hatten seine Abgesandten in fernen Weltteilen bereits anlegen können? Äußerst wenige dort, wo es Menschen gab, um sie wieder auszurotten, vermutete er. Wie giftig diese Dornen auch sein mochten oder wie laut die Stimmen das Glück ihres Zustandes verkündeten – so etwas würde in keinem Land, in dem er bereits gelebt hatte, toleriert werden und schließlich hatte er die halbe Welt bereist, seit er Ferentina verlassen hatte.

»Ich werde kein Teil davon sein«, sagte er. »Ich will nicht.«

»Du befindest dich auf unserem Boden«, antwortete die nächste der Chimären; sie war diejenige, die ihn als Erste gebeten hatte, näher zu kommen. »Du kannst weder weglaufen noch kämpfen; die Erde selbst hält dich fest. Was kommt, das kommt. Du hast nur eine Wahl und die besteht darin, zuzuhören oder die Ohren zu verschließen. Du wirst dir selbst und auch uns weitaus nützlicher sein, wenn du uns sowohl deine Intelligenz als auch dein Fleisch leihst. Wir besitzen dein Fleisch bereits, wie du vermutlich schon weißt.«

Die Traumgestalt, die Andris bewohnte, schaute an sich selbst herab. Sie stand auf etwas, das wie ein Teppich aus weichem Moos aussah, aber er sah, dass die Abdrücke seiner Füße mehr als zwei Sem tief waren. Im Augenblick konnte die Gestalt die Füße frei heben, doch als er sich fragte, wohin sie ihren nächsten Schritt machen würde, solange sie noch sicher war, dass sie weitergehen konnte, verstand er, was die Chimäre zu ihm gesagt hatte. Dieser Ort hatte ihn bereits mit einer zweiten Haut versehen, die hart gearbeitet hatte, um ihn zu nähren, um ihm Wasser zu spenden und ihn in einem guten Zustand zu halten, während die Sammler ihn hergebracht hatten; sie würde ihn nie wieder freilassen.

»Ihr seid krank«, sagte Andris. Er konnte nicht sagen, was für eine Art von Stimme es war, mit der er diese Worte gebildet hatte.

Als die Worte in die Stille fielen, erkannte er, dass sie stimmten. Der Garten *war* krank. Die Zweige an den Büschen waren abgebrochen und bluteten;

die Blütenblätter waren zerfetzt. Sie verspürten keinen Schmerz, aber ihre Traurigkeit war wirklich. Sie fürchteten den Tod. Sie fürchteten die Auslöschung. Sie waren in einen Krieg verwickelt, den sie nicht gewinnen würden.

»Nein«, sagte er und versuchte, die Höhe und das Volumen seiner geborgten Stimme hochzuschrauben. »Das geht mich nichts an. Ich bin eine eigene Partei und befinde mich auf meiner eigenen Suche. Ich habe gegen Dragomiten gekämpft, aber gegen euch werde ich nicht kämpfen. Das werde ich nicht. Ich weiß, dass ich bloß träume, aber das werde ich nicht tun, nicht einmal im Traum. Ich habe mein eigenes Leben und meine eigenen Ziele. Was immer ihr mit mir macht, ich werde niemals ein Teil von dem hier sein. Niemals.«

Die Chimären starrten ihn traurig an. Er spürte, dass irgendwo in nächster Nähe andere Augen ihn mit der gleichen Traurigkeit und der gleichen Neugier anstarrten. Seth war auch dort, aber seine Augen waren noch geschlossen; wie Andris wartete er den rechten Augenblick ab. Lucrezia war fort; Andris konnte die Dunkelheit, in der er sie zurückgelassen hatte, nicht mehr wiederfinden.

Andris wollte in diese Dunkelheit zurückkehren, doch er vermochte es nicht.

Sein Traum verwandelte sich in einen Nachtmahr und der schlimmste Teil dieses Nachtmahrs bestand in dem wachsenden Verdacht, dass all dies gar kein Traum war und dass vielleicht der Teil davon, der tatsächlich ein Traum war, nicht so wichtig war wie der Teil, der nur ein Traum zu sein schien.

Nachdem er auf diese Gedanken gekommen war, war es nicht mehr schwierig, sich vorzustellen, dass er sich fest in der Erde verankert vorfände und zahllose mit giftigen Dornen bedeckte Zweige aus ihm sprießen würden, sobald er aus diesem Traum erwachte – wenn er denn je erwachte.

Er wollte schreien, aber er konnte es nicht. Er wollte weglaufen, aber auch das konnte er nicht. Sein Traum – jedenfalls soweit es wirklich ein Traum war – hielt ihn sicherer gefangen als jedes Gefängnis und er wusste, dass er nie mehr freigelassen würde. In diesem besonderen Albtraum gab es keine Erlösung.

TEIL ZWEI

Als Gefangene der Mutation und des Unglücks hin zu den Gärten der Verwandlung

Die Welt der Träume wird auf immer unruhig sein, denn das ist die Natur der Träume. Wir sind Kinder der Welt, aber wir sind auch Kinder der Welt der Träume; ihre Unruhe ist die Hoffnung und Not unserer sehnsüchtigen Herzen.

Es gibt Träume, die zurückschauen, als wären sie Erinnerungen, aber Erinnerungen kann man nicht trauen, denn sie unterliegen der Auflösung und dem Zerfall. Die Träume, die bis in das Paradies zurückschauen, sind Lügen, denn es gab niemals ein Paradies; es gab nur eine andere Welt, die wir verloren haben.

Die besten Träume sind die, welche nach vorn schauen. Die Kunst der Prophezeiung ist noch trügerischer als die Kunst des Erinnerns, doch Träume kann man in ehrendem Andenken halten und vor der Auflösung und dem Zerfall schützen. Erinnerungen kann man nicht wie einen Schatz hüten, bis das Becken des Lebens den unvergänglichen Stein in die Hände der Menschen legt, doch Prophezeiungen können gehütet werden, auch wenn es sich letztlich nur um die Träume handelt, die sie verkörpern und deren Einfluss sich dadurch fortsetzt.

Es gibt kein Schicksal, denn die Zukunft ist noch nicht erschaffen, doch unsere Träume werden eine Rolle bei ihrer Schaffung spielen und aus diesem Grunde sind sie in Ehren zu halten. Wenn wir nicht die besten Träume träumen, deren wir fähig sind, wird die Zukunft nicht so strahlend sein, wie sie es sein könnte. Es steht nicht in den Sternen geschrieben, dass die Menschen jede Welt erobern können, auf der zu leben sie sich entschlossen haben, und auch die Eroberung selbst könnte ein Trugbild sein, doch wo immer Menschen sind, werden sie auch bleiben, wenn sie in der Lage sind, einen Weg zu finden.

Menschliche Wesen sollten niemals Angst oder Scham vor Träumen oder vor einem Leben in Träumen empfinden. Was immer sie in ihrer Verzweiflung dagegen sagen werden: Jene menschlichen Wesen, die nicht träumen können, können nicht leben, weder jetzt noch in der Zukunft, die noch nicht erschaffen ist.

Die Weisheit des Baumes der Erkenntnis

1

Lucrezia trieb wieder und wieder in die Bewusstlosigkeit hinein und verlor die Übersicht über Stunden und Tage. Sie konnte sich daran erinnern, dass sie in regelmäßigen Zeitabständen aufgerichtet wurde, damit man ihr einen Becher an die Lippen und einen Löffel an die Zunge führen konnte. Sie trank und sie aß, aber sie tat es mechanisch und ohne jede Absicht.

Sie sah Gesichter und wusste, dass sie zumindest einige davon kannte, doch ein bewusstes Wiedererkennen und eine erkennbare Reaktion waren ihr nicht möglich. Man sprach mit ihr und manchmal sprach sie selbst, doch die Bedeutung all dieser Äußerungen entging ihrem schwerfälligen Verstand und hinterließ nicht den leisesten Eindruck in ihren Erinnerungen.

Sie verspürte ein gewisses Maß an Schmerzen, doch sie waren nur dumpf, und irgendwie schien es ihr, als gehörten sie nicht wirklich zu ihr. Tatsächlich hatte sie das Gefühl, dass nichts mehr zu ihr gehörte – weder ihr Fleisch noch ihre Empfindungen. Sie war sich bewusst, dass die Zeit verging, dass sich Dinge ereigneten, aber es war ihr nicht möglich, Anteil daran zu nehmen.

Es war ihr in jeder Hinsicht unmöglich, sich darum zu sorgen, ob sie weiterlebte oder nicht, doch ihr Fleisch besaß eine Zähigkeit, die ihr Geist nicht hatte. Ihr Blut besaß eine eigene Energie und Lebenskraft. Während sie im Limbus schwebte und jegliche Anteilnahme und Motivation verloren hatte, erneuerte sich das Blut in ihren Adern – und auch das Geheimnis in ihrem Blut erneuerte sich.

Es gab kein plötzliches Erwachen aus diesem Zustand; sie kam in langsamen Schritten wieder zu sich. Ein Willenselement schlich zurück in ihr Trinken und Schlucken. Sie sah sich endlich in der Lage, den Gesichtern, die sie noch umkreisten, als alle anderen schon fort waren, Namen zu geben – Hyry Keshvara, Checuti, Jume Metra. Sie konnte sich jetzt auch ein wenig an das erinnern, was man zu ihr gesagt hatte, und mit ihren Antworten ein wenig mehr Verständnis bekunden.

Noch immer floss die Zeit vorbei: Stunden, Tage. Noch immer trieb sie hilflos zwischen der wirklichen Welt und einer Welt, die nur die Beschaffenheit eines Traumes hatte.

Ihre Träume waren nicht unangenehm, doch als es ihr gelang, von ihnen Notiz zu nehmen, verspürte sie eine gewisse Unzufriedenheit über sie, weil sie so hartnäckig rückwärts gerichtet waren. Sie träumte vom Inneren Sanctum und von Ereleth und nicht einmal von Dragomiten und Schlachten und schon gar nicht von der Wiege der Chimäre und den anderen Gärten innerhalb des Großen Riffs. Ihre Träume waren ihrer Art nach Fluchtträume, doch sobald sie sich ihrer selbst wieder genügend bewusst geworden war, um sich ein Urteil über sie zu gestatten, erinnerte sie sich daran, dass die Zitadelle und ihre Erziehung zur Hexenprinzessin genau die Dinge gewesen waren, denen sie so dringend hatte entkommen wollen.

Schließlich entkam sie sogar dem Inneren Sanctum ihrer Träume. Die Mauern aus Belanglosigkeit, die sie so lange umschlossen hatten, waren verrottet, doch selbst jetzt konnte sie nicht einfach heraustreten. Zuerst musste sie tiefer schlafen, dann musste sie so erwachen, wie sie an jedem anderen Tag erwacht wäre, um feststellen zu können, dass sie der wunderbaren und gleichzeitig bedrohlichen Welt wiedergeboren war.

Sobald sie im Kopf etwas klarer war, erkannte sie,

dass sie auf einer erträglichen Matratze lag und mit einem guten Bettuch zugedeckt war. Sie war in ein dünnes Hemd gekleidet, das keinesfalls frisch gewebt war, aber sich so angenehm weich anfühlte wie die Matratze.

Sie befand sich innerhalb eines eng umgrenzten Raumes, der von der winzigen Flamme einer dünnen Kerze spärlich beleuchtet wurde; der Schein brach sich an einer Leinwandplane, die genau derjenigen glich, die über den verbrannten Wagen gespannt gewesen war, welcher bei dem Angriff der Riesenschlangen und ihrer monströsen Gefährten zu Asche verbrannt war.

Jemand lag in tiefem Schlaf neben ihr. Sobald sie sich aber zu bewegen versuchte, regte sich der Schläfer und wandte sich ihr zu. Es war Hyry Keshvara.

Als sie sah, dass Lucrezia die Augen geöffnet hatte, setzte sich die Händlerin auf. Sie schüttelte die Bürde des Schlafes mit einem Eifer ab, über den sich Lucrezia nur wundern konnte.

»Könnt Ihr mich hören, Prinzessin?«, fragte Hyry, als ob die Möglichkeit bestünde, dass Lucrezia dies *nicht* konnte.

»Ja«, sagte Lucrezia. »Es geht mir gut.« Es verging einige Zeit, bevor sie hinzufügen konnte: »Ich weiß, dass es mir gar nicht gut ging, aber das ist jetzt vorbei.«

Es brauchte mehr, um Hyry davon zu überzeugen, doch am Ende glaubte sie Lucrezia. »Ich hatte schon befürchtet, dass Ihr Euch nie wieder ganz erholen würdet«, gab die Händlerin zu. »Ich habe mich gefragt, ob Euer Geist auf immer beeinträchtigt sein würde, obgleich Euer Fleisch heilt.«

Lucrezia versuchte, sich aufrecht hinzusetzen, doch es gelang ihr nicht. Sie konnte kaum den Arm bewegen, aber sie schaffte es, die Finger zu heben und die Stelle am Hals zu berühren, wo die lange und gezackte Wunde verlief.

Sie fühlte weder Schorf noch empfand sie Schmerzen. Wenn es dort eine Wunde gab, so war sie nicht zu ertasten. Sie wusste, dass man ihr etwas gegeben hatte, um sie in den Schlaf zu schicken, während ihr Körper heilte. Hyry besaß dafür weder die geeigneten Drogen noch die Kenntnisse, um diese aus Lucrezias Hexenreiseapotheke zu borgen, also musste sie von einem Doktor verarztet worden sein – vermutlich von jemandem aus der Gemeinschaft. Sie verspürte einen Bärenhunger.

»Ihr hättet mir nicht das Bewusstsein nehmen dürfen«, sagte sie, als sie endlich einen zusammenhängenden Satz sagen konnte. »Ihr hättet mich wach lassen sollen.«

»Ihr wart schon bewusstlos, lange bevor der Doktor zu Euch gekommen ist«, erwiderte Hyry. »Wir mussten Eure Schnitte mit Wundsalbe zuschmieren. Die betäubenden Bestandteile der Salbe hielten Euch unter Kontrolle, aber der Arzt dachte, es sei das Beste, Euch zusätzlich noch Rauschkraut zu verabreichen. Zuerst glaubte er, Ihr hättet zu viel Blut verloren, um Euch noch einmal erholen zu können, aber anscheinend habt Ihr einen zähen Körper. Ich glaube nicht, dass es die Dienste des Arztes waren, die Euch durchgebracht haben, aber es erschien uns das Klügste, seinen Anweisungen zu folgen, auch nachdem er fort war. Checuti war derselben Ansicht.«

Während sie sprach, hatte Hyry einen Steinkrug hervorgeholt, ohne auf die entsprechende Bitte zu warten. Er enthielt etwas Stärkeres als Wasser, aber es löschte Lucrezias Durst. Es nahm dem Hunger die Spitze, auch wenn ihr klar war, dass sie recht bald feste Nahrung brauchte. In der Zwischenzeit beobachtete Hyry sie und versuchte offenbar herauszufinden, ob Lucrezia tatsächlich wieder völlig im Land der Lebenden angekommen war.

»Wie lange ist es her?«, fragte Lucrezia.

»Seit der Schlacht? Neun Tage. Venerina Sirelis und ihre Leute haben vor vier Tagen den langen Weg nach Hause angetreten. Sie haben uns einen Wagen und genügend Nahrung dagelassen. Wir hatten reichlich Gelegenheit, es uns bequem zu machen, auch wenn wir nicht ganz ungestört waren. Es gibt im Riff sowohl Raubtiere als auch Vögel und Kriecher und wir haben unser Lager nahe bei einem guten Wasserloch aufgeschlagen. Jume Metra hält Wache. Checuti schläft in seinem eigenen kleinen Nest.«

Lucrezia nahm noch einen Schluck aus dem Krug und war froh, dass die Flüssigkeit nicht nur nass war, sondern auch wärmte. Sie schloss, dass mit ›Kriechern‹ die schlangenähnlichen Wesen gemeint sein mussten, die sich um die oberen Zweige der Dendriten wanden, und sie war stolz, dass es ihr schon wieder möglich war, diese Verbindung herzustellen.

»Irgendetwas Festes?«, fragte sie. »Etwas zu essen, meine ich.«

Hyry durchstöberte den Wirrwarr, der sie beide umgab; es war schwer, im Kerzenlicht herauszufinden, woraus er bestand, aber Lucrezia empfand bereits die Menge an Dingen an sich als beruhigend. Nachdem sie mit einem immerwährend schrumpfenden Bündel durch die Sümpfe gewandert und dann mit nichts als ihrem Gürtel südlich über die Ebene der gemusterten Steine gezogen war, tat es gut, von *Dingen* umgeben zu sein. Hyry gab ihr etwas, das weder Brot noch Fleisch war; vielleicht handelte es sich um einen gebratenen Kriecher. Lucrezia wagte nicht zu fragen, was es war; sie kaute einfach darauf herum. Dieses Gefühl war angenehm und beruhigend.

»Was ist mit Andris?«, fragte sie nach einer kleinen Weile.

»Keine Spur von ihm«, sagte Hyry. »Spurlos verschwunden – Ssifuss ebenfalls. Vielleicht hat man sie gefangen genommen, aber sie sind auf keinen Fall irgendwo hier in der Gegend, weder tot noch lebendig. Venerinas Leute haben alles lange und eingehend abgesucht.«

Lucrezia brauchte ein wenig Zeit, um die Tragweite dieser Information zu begreifen; dann verließ sie die Begeisterung am Kauen schneller, als sie es für möglich erachtet hätte. »Bist du in Ordnung?«, fragte sie schließlich.

»Mir geht es im Augenblick sehr gut«, versicherte ihr die Händlerin. »Mir hat nie etwas gefehlt, das Nahrung und Ruhe nicht hätten kurieren können. Wenn aber Checuti und Jume Metra nicht gewesen wären... Ich vermute, dass die Bastarde, die mich eingefangen hatten, planten, mich einem der Büsche, die ich Euch gebracht hatte, zum Fraß vorzuwerfen. Selbst Checuti und Metra wären wahrscheinlich hilflos gewesen, wenn Ihr und Venerina Sirelis nicht die erste Gruppe erledigt und dann meine Häscher in einen Kampf verwickelt hättet.«

»Das war ich nicht«, sagte Lucrezia mit einer Stimme, die zu einem Flüstern herabgesunken war. »Es war auch nicht Venerina. Wir waren zwar dabei, aber es waren Andris und Ssifuss, die die Riesenschlangen besiegt haben. Ohne die beiden wären wir alle tot – oder Schlimmeres.«

»Und sie hatten die Möglichkeit dazu Eurer Hexenkunst zu verdanken«, fügte Hyry hinzu. »Wir haben die ganze Geschichte gehört. Ohne Euch... nun, ich bin wirklich sehr froh, Euch wieder vernünftig reden zu hören. Hat Checuti Euch gesagt, dass Aulakh Phar lebt – oder dass er zumindest lebte, als ich ihn zuletzt gesehen habe? Jacom Cerri und Merel Zabio ebenfalls. Wir wurden in Antiar getrennt, aber ich hörte, dass sie alle zusammen mit einem Bronzenen namens Amyas und einer kleinen Streitmacht nach Süden gezogen sind.«

»Andris Myrasol wäre sehr glücklich gewesen, wenn er diese Neuigkeit hätte hören können«, sagte Lucrezia. Bei dem Gedanken an seine mögliche Gefangennahme tat ihr Herz einen Satz.

Neun Tage!, dachte sie. *Neun Tage müssen lang genug gewesen sein, um den Garten zu erreichen, zu dem sie unterwegs waren – und wenn nicht, haben sie sicherlich jetzt einen Vorsprung, den wir nicht mehr aufholen können. Warum ist Venerina Sirelis nach Norden gegangen? Warum hat sie die Schulden, die sie Andris gegenüber hat, nicht beglichen?*

»Andris hat dreimal für Venerina Sirelis gekämpft«, sagte sie. »Dabei stand er jedes Mal Feinden gegenüber, die er nie zuvor gesehen hatte – Feinden, mit denen nur sehr wenige andere Menschen sich anzulegen gewagt hätten. Im Haus am See des Farblosen Blutes hat er Dutzenden zur Flucht verholfen. Dass er die Stellung gegen die betäubten Schlangen gehalten hat, hat mindestens so viel wie meine Hexenkunst zu unserem ersten Sieg hier beigetragen. Als die Wagen in Brand geschossen wurden, hätte er sich zu den oberen Zweigen des Dendriten zurückziehen können, aber stattdessen ist er heruntergekommen und hat getan, was er konnte, um die Schlangen wieder einmal in Schach zu halten. All das hat er vollbracht, während er ernstlich durch verschiedene Gifte verwirrt war, einschließlich einiger, die Venerina ihm absichtlich zu trinken gegeben hatte… und du sagst mir, dass sie einfach mit ihren Leuten nach Hause gegangen ist und ihn dem Wohlwollen seiner Feinde überlassen hat.« Das war zwar eine sehr lange Rede gewesen, aber sie hatte sie gut durchgestanden.

»So einfach war das nicht«, meinte Hyry unsicher.

»Nein?«

»Wir wissen nicht, ob er überhaupt noch lebt«, betonte die Händlerin. »Zuerst wussten wir nicht, ob er nicht doch noch jeden Augenblick auftauchen würde, und als wir sicher waren, dass er nicht mehr in der Nähe war, waren die nach der Schlacht geflohenen Männer und Riesenschlangen schon lange fort. Wenn wir ihnen nachgejagt wären, hätten wir alles aufs Spiel gesetzt, was wir gewonnen hatten. Wenn er gefangen genommen wurde, dann wurde er über äußerst gefährliches Gelände zu einem Ziel gebracht, an dem wahrscheinlich hunderte weiterer Männer und Riesenschlangen warten. Selbst wenn wir der Meinung gewesen wären, dass wir sie hätten einholen können, wenn wir sofort die Verfolgung aufgenommen hätten, wären wir Narren gewesen, wenn wir es versucht hätten. Venerina Sirelis war der Ansicht, dass sie zu allererst ihren eigenen Leuten gegenüber verantwortlich ist und dass die Gemeinschaft am Ende wäre, wenn sie die befreiten Gefangenen nicht nach Hause führte. Sie konnte es nicht zulassen, dass das Schicksal eines einzigen Mannes dem Überleben ihrer eigenen Leute im Wege steht.«

»Wenn die Gemeinschaft nicht für ihre Schulden aufkommt«, sagte Lucrezia schroff, »wozu soll sie dann weiterbestehen?« Aus ihr sprach Verdrießlichkeit und nicht der gesunde Menschenverstand; sie wusste nur zu gut, dass die Gemeinschaft Andris Myrasol schon einmal das Leben gerettet hatte und ihres dazu. Was der Bernsteinfarbene danach getan hatte, war mehr als genug, um seine Schulden Venerina gegenüber zu tilgen, aber es blieb die Tatsache, dass er nur ein einzelner Mann war; Venerina hingegen hatte für wenigstens fünfzig Leute zu sorgen. Wenn man Risiko und Verantwortung gegeneinander abwog, hätte es für die Anführerin der Gemeinschaft nur eine mögliche Entscheidung geben können – und Hyry hätte sie nicht vom Gegenteil überzeugen können, selbst wenn sie es gewollt hätte.

»Also sind wir jetzt zu viert«, sagte Lucrezia nach einer weiteren Pause. »Nur du und ich, Metra und Checuti. Warum sind wir nicht zum Feuer des Salamanders unterwegs?«

»Es ist das Beste, eine Weile zu warten«, erwiderte Hyry. »Wir alle brauchen ein wenig Erholung; wir haben nichts verloren, indem wir darauf gewartet haben, dass es Euch besser geht – und eine Zeit lang haben wir nicht gewagt, Euch zu bewegen. Ihr habt keine Vorstellung davon, wie nahe Ihr dem Tode wart, Hoheit.«

»Es gibt hier keine Hoheiten mehr«, sagte Lucrezia schwerfällig, »und ich glaube, ich verstehe sehr wohl, dass diese Halswunde beinahe tödlich gewesen wäre. Ich habe mehr Blut verloren, als noch in mir war.«

»Ja, beinahe«, pflichtete Hyry ihr bei. »Ohne medizinische Hilfe wäret Ihr tot – und selbst mit ihr habt Ihr mehr als gewöhnliche Kraft verbraucht. Jetzt, da Ihr Euch erholt habt, können wir neue Pläne schmieden. Bald wird die Morgendämmerung einsetzen. Wir könnten in wenigen Stunden weiterziehen, wenn…« Sie ließ den Satz unvollendet.

»Wenn was?«, fragte Lucrezia, obwohl sie sehr wohl wusste, was Hyry sagen wollte.

»Wenn wir uns wirklich entscheiden sollten, zum Feuer des Salamanders zu gehen«, meinte Hyry, »hält Checuti es für klüger – und sicherer –, uns einen Weg um das Riff herum bis zu der Stelle zu bahnen, wo Carus Fraxinus aller Wahrscheinlichkeit nach ankommen wird, wenn er vom Feuer des Salamanders zur Wiege der Chimäre unterwegs ist. Er sagte, er wolle dort warten, aber es ist sehr gut möglich, dass er uns inzwischen aufgegeben hat.«

Lucrezia entdeckte, dass es ihr endlich gelang, sich auf den Ellbogen abzustützen. Das ermöglichte ihr, Hyrys Blick offener zu begegnen. »Das können wir nicht tun«, sagte sie, obwohl sie sich der Tatsache unangenehm deutlich bewusst war, dass sie möglicherweise gar nichts anderes tun konnten. »Venerina Sirelis mag Andris und Ssifuss im Stich gelassen haben, aber wir nicht. Andris hat mich nie im Stich gelassen, obwohl er einen ziemlich guten Grund dazu gehabt hätte, und Ssifuss ebenso.«

Hyry hielt ihrem Blick stand. »Das kann nicht Euer Ernst sein«, sagte die Händlerin offen.

»Doch«, entgegnete Lucrezia.

Die Händlerin schien von diesem Widerspruch unbeeindruckt zu sein; Lucrezia vermutete, dass Hyry sich in die Annahme flüchtete, die Prinzessin sei noch immer krank und nicht ganz bei sich. Im Stillen musste Lucrezia zugeben, dass vier mit einem einzigen Wagen und einer Hand voll Pferde ausgerüstete Leute kaum hoffen durften, gegen ein halbes Dutzend Berittene und ein paar Schlangen zu obsiegen und schon gar nicht gegen eine möglicherweise noch größere Anzahl. Einer solchen Gruppe bis zu ihrem Zielort nachzujagen käme einem Selbstmord gleich, selbst wenn man die neun Tage beiseite ließ, die seit Andris Myrasols Verschwinden bereits vergangen waren.

»Was immer wir auch als Nächstes tun, wir sind auf uns allein gestellt«, fuhr Lucrezia fort. »Wir wissen nicht, ob wir uns wieder mit Fraxinus zusammenschließen können, sei es, dass wir zum Feuer des Salamanders ziehen oder in der Nähe des Riffs bleiben, aber wir wissen, dass unser letztendliches Ziel im Süden liegt und dass es so etwas wie eine Straße gibt, die dorthin führt.«

Hyry beschränkte sich auf ein kurzes Kopfschütteln. Vielleicht wollte sie noch etwas darauf erwidern, doch stattdessen drehte sie den Kopf, als Checuti in den Wagen kletterte.

»Ich habe eure Stimmen gehört«, sagte er. »Die Morgendämmerung ist nicht mehr fern. Wie geht es Euch, meine Dame?«

»Recht gut«, antwortete Lucrezia. »Hyry und ich haben uns gerade über die Möglichkeiten unterhalten, die jetzt vor uns liegen, da ich wieder gesund bin.«

Bevor Checuti sich bemerkbar gemacht hatte, musste er einiges von dem mitbekommen haben, was sie zuvor gesagt hatte. »Ich weiß, dass der Ruf Eures Schlangenblutes Euch in die Richtung der Wiege der Chimäre zieht«, begann er, »aber das Blut, das in meinen Adern fließt – und vermutlich auch jenes in den Adern der echten Schlangen –, übt keinen solchen Druck aus. Wenn Ssifuss hier wäre, würde selbst sie es wahrscheinlich als klüger erachten, sich mit Mossassor und Fraxinus zusammenzuschließen, bevor sie die Reise zur Mitte der Welt wagt.«

»Wenn Fraxinus in der Gesprenkelten Wüste überlebt hat, wird er vielleicht beim Feuer des Salamanders auf uns warten«, sagte Lucrezia, obwohl sie Hyrys Vermutung, dass er womöglich nicht warten würde, eigentlich nicht in Zweifel zog. »Bis dorthin und zurück ist es eine weite Reise.«

»Und alle Anzeichen deuten darauf hin, dass das Gelände dazwischen sehr schwierig und gefährlich ist«, pflichtete Checuti ihr bei. »Deshalb bleiben wir am besten in der Nähe des Riffs. Wenn man bedenkt, dass Ihr selbst einst vorhattet, dem Bernsteinfarbenen einen Dornenbusch einzupflanzen, Hoheit, liegt eine gewisse Ironie in Eurem gegenwärtigen Verlangen, alles bei einem verrückten Vorstoß zu riskieren, um Andris vor genau diesem Schicksal zu bewahren, oder etwa nicht?«

»Nach meinem Versuch, Andris aus dem Gefängnis meines Vaters freizukaufen, haben wir einen Pakt geschlossen«, betonte Lucrezia. »Einen Pakt, der uns alle einschließt, auch dich. Du glaubst vielleicht, dass du ihn unter Zwang eingegangen bist, aber schließlich habe ich dir das Gegenmittel gegen den listigen Wurm meiner Hausmutter gegeben, ohne um eine Gegenleistung zu bitten. Kannst du Andris' Gelöbnis wirklich so leicht beiseite wischen?«

»Wenn es tatsächlich eine Möglichkeit gäbe, ihn zu retten«, konterte Checuti nüchtern und anscheinend aufrichtig, »würde ich darauf brennen, sie zu ergreifen, aber wie Ihr sehr wohl wisst, haben wir ohne tatkräftige Hilfe überhaupt keine Chance.«

Jetzt, da sie sich von ihrem behelfsmäßigen Kissen erhoben hatte, begann Lucrezias Kopf zu schmerzen. Sie wusste, dass die Logik gegen sie war.

»Ich brauche frisches Wasser«, murmelte sie. »Bitte!«

»Ich hole es«, sagte Checuti und hob die Hand, als Hyry aufstehen wollte. Er ging auf demselben Weg, den er gekommen war.

»Was ist mit Jume Metra?«, fragte Lucrezia. »Wohin will sie jetzt gehen?«

»Ich glaube, sie sieht uns inzwischen als eine Art von Ersatznest an«, erwiderte Hyry. »Ohne ein gemeinsames Unternehmen, an dem sie teilhaben kann, wäre sie unweigerlich verloren, und ich bin sicher, dass sie allem zustimmen wird, was wir drei beschließen. Ich kann aber nicht sagen, wie verlässlich sie in Zukunft sein wird, falls die Dinge noch schwieriger werden sollten. Falls wir auf andere Dragomitenfrauen stoßen, könnte sie ihre Loyalität neu verteilen.«

Lucrezia vermochte darauf nichts zu entgegnen, das der Worte wert gewesen wäre. Sie senkte den Kopf zurück auf das Kissen und nahm sich vor, still liegen zu bleiben, bis Checuti das Wasser brachte.

»Ruhe tut Euch gut«, sagte Hyry zustimmend. »Die Dämmerung kommt – wir alle werden uns besser fühlen, wenn Tageslicht herrscht.«

Irgendwie bezweifelte Lucrezia das; sie war der seltsamen Überzeugung, dass sie sich für lange Zeit nicht mehr besser fühlen würde als jetzt.

2

Andris träumte und hatte weiterhin den Verdacht, dass seine Visionen mehr waren als bloße Halluzinationen.

In einer Phase seines Traumes wurde die weiche Maske, die sein Gesicht bedeckte, vorsichtig entfernt. Sie ging leicht ab; sie war zwar so klebrig, dass sie hier und dort noch haftete, doch ihre Entfernung bereitete ihm keinerlei Schmerzen. Zarte Finger puhlten geschickt die letzten Überreste an den Augen fort, bevor er die Lider hob.

Sein Blick wurde sofort von dem Gesicht angezogen, das über ihm schwebte und aufmerksam auf ihn herunterschaute. Es war kein menschliches Gesicht, auch kein Schlangengesicht, sondern hatte sowohl etwas Menschliches als auch etwas Schlangenähnliches an sich, auch wenn es von allen irdischen Kreaturen am ehesten einem Frosch ähnelte. Er hatte so etwas früher schon einmal gesehen, aber im Augenblick konnte er sich nicht daran erinnern, wo das gewesen war. Die dunklen Augen bohrten sich in Andris' Blick; die polierten Schuppen des haarlosen Kopfes der Kreatur stahlten und glänzten im reflektierten Tageslicht. Der Blick seiner dunklen Augen war so fest und so nachdenklich, dass er das Wesen der Kreatur zu kennzeichnen schien; zu welcher Rasse sie auch gehören mochte – oder zu welcher Rassenkombination –, sie war vor allem ein *Wächter*.

Während Andris ihn anstarrte, wich der Wächter ein

wenig zurück, doch er hielt weiterhin Andris' neugierigem Blick stand. Das Wesen blinzelte nicht, doch jetzt, da Andris es deutlicher sehen konnte, bemerkte er, dass sich hin und wieder eine durchscheinende Schutzmembran über die feuchte Oberfläche des Auges zog.

In einem Geistesblitz erinnerte er sich plötzlich daran, wo er solche Wesen schon einmal gesehen hatte: in den Tiefen des Dragomitennestes und dann wieder in der Tiefe des lebendigen Sees des Farblosen Blutes. Er kam zu dem Schluss, dass es mit den Schlangen und Salamandern verwandt sein musste: eine dritte unirdische, empfindungsbegabte Rasse, die aus irgendeinem Grund in den Überlieferungen nicht erwähnt wurde. Sobald er aber zu diesem Schluss gekommen war, zweifelte er auch schon wieder an ihm. Vielleicht handelte es sich gar nicht um eine eigene Rasse. Vielleicht war es eine Chimäre, die aus verschiedenen Sorten von fleischlichem Gewebe zusammengestückelt war. Vielleicht war das Wesen zum Teil menschlich, zum Teil schlangenähnlich und zum Teil ein Frosch. Solche Dinge waren in dieser Gegend der Welt vorstellbar; tatsächlich schien es hier nichts zu geben, das nicht eine exotische Mischung aus irdischem und unirdischem Fleisch war.

Träume ich noch?, fragte er sich. *Könnte ich in einem Traum so klar denken? Könnte ich in einem Traum meine Meinung ändern?*

»Wo bin ich?«, fragte Andris, doch er wusste, dass das eine dumme Frage war. Er wusste bereits, wo er war, ob er nun träumte oder wach war. Er befand sich in dem Garten. Die Frage, die er stellen musste, lautete: *Was* bin ich und zu was werde ich?

Als der Wächter seine unnötige Frage nicht beantwortete, sah Andris an seinem eigenen Körper herunter. Der obere Teil war noch immer dabei, die langsam auseinander fallende zweite Haut abzustoßen. Die durchscheinende Membran verschrumpelte schnell, und es bereitete ihm nicht die geringsten Schwierigkeiten, große Fetzen davon mit den Händen von seiner Brust und seinen Unterarmen abzuziehen. Es war nutzlos zu fragen, ob die Haut schon immer diese ekelhafte graue Tönung gehabt hatte oder ob diese Farbe nur ein Anzeichen dafür war, dass sie abstarb.

Der untere Teil seines Körpers besaß keine solche Bedeckung. Er hatte jeden Kontakt mit diesem unteren Teil verloren, der nun unsichtbar war.

Das macht die Sache klar, schloss er. *Ich träume. Kein Zweifel. Ein Traum.*

Weil er träumte und wusste, dass er träumte, wusste er, dass nichts übermäßig Sonderbares in der Entdeckung lag, dass er bis zur Hüfte in der moosigen Erde eingegraben war. Auch lag nichts allzu Beängstigendes in seiner Überzeugung, dass er nicht nur in der Erde vergraben worden war, sondern bei lebendigem Leibe halb von ihr verschlungen und mit ihrer Substanz verwoben worden war.

Weil er träumte und wusste, dass er träumte, schien nichts Paradoxes darin zu liegen, dass er akzeptierte, keine Beine oder Genitalien oder auch nur einen Nabel zu haben. Nun war er eins mit der Erde. Er wuchs aus dem Boden hervor – aber nicht wie eine Pflanze, nämlich darin eingebettet und doch noch von ihm getrennt, sondern als eine Ausstülpung des Bodens selbst.

Als Träumender konnte er ein solches Schicksal mit Gleichmut annehmen. Ganz anders wäre es natürlich gewesen, wenn er wach gewesen wäre.

Noch gab es keine Anzeichen dafür, dass grüne Sprösslinge aus seiner Haut wachsen würden, doch er wusste, dass sie zu gegebener Zeit erscheinen – und dass auch sie ein Teil des Bodens und seinem eigenen, angenommenen Fleisch keineswegs fremd sein würden.

Weil er träumte, verspürte er nicht den Widersinn in dem Gedanken, dass es dumm gewesen war, sich vor dieser Möglichkeit zu fürchten. Wenn Prinzessin Lucrezia ihm diese Saat in der Zitadelle von Xandria eingepflanzt hätte, wäre er nicht von etwas Fremdem besiedelt worden; er wäre lediglich zu etwas Neuem geworden, und obwohl zumindest am Anfang der Boden im Dachgarten des Inneren Sanctums nichts anderes als gewöhnliche Erde gewesen wäre, hätte er bald eine Metamorphose mitgemacht. Das war vielleicht sogar der wahre Zweck des Experiments: zuerst den Menschen verwandeln *und dann den Boden.* Die Bronzenen, die Hyry Keshvara im Wald der Absoluten Nacht getroffen hatte, hatten ihr das natürlich nicht gesagt. Sie hatten sie und auch die Prinzessin zum Narren gehalten. Wie viele andere Narren ohne Dunkelländeraberglauben und dunkelländische Furcht vor allem Unbekannten hätten sie in dem unirdischen Wald schon gefunden?

Das war das Problem mit den Händlern, entschied sein Traumselbst. Sie waren neugierige Geister; ihre angeborene Vorsicht gegen alles Neue und Seltsame war verkümmert. Sie waren darauf vorbereitet, *Möglichkeiten zu untersuchen.* Sie wollten andauernd Dinge wissen, die einfachere Menschen nicht wissen wollten. Carus Fraxinus glaubte, sein Forschergeist sei ein Zeichen von Intelligenz und Zivilisation, aber in Wirklichkeit war er nur eine Art von Krankheit: eine unschuldige Einladung an das Unheil und das Verderben.

»Wir alle sind *Welten*«, sagte sein Traumselbst zu dem Wächter, der aufmerksam zuhörte. »Wir alle tragen die Mittel in uns, die größeren Welten, in denen wir uns wiederfinden, umzuwandeln. Aus diesem Grund müssen wir sehr vorsichtig in unserer Lebensführung sein. Wir müssen uns bemühen, diese Umwandlungskraft in unserem Innern zu halten, anstatt sie herauszulassen, damit sie den Boden belebt, auf dem wir gehen. Weißt du, letztlich hatte Ssifuss Recht: Die Menschen sind eine Art Krankheit oder tragen wenigstens die Möglichkeit in sich, die Saat einer Krankheit zu *werden*. So wie die Krankheiten, die wir uns einfangen, uns auf viele bizarre Arten verwandeln können, vermögen wir ganze Welten zu verwandeln. Alles, was wir tun müssen, ist *aktiv* zu werden, sodass das Potenzial, das in uns schlummert, freigesetzt wird. Wie innen, so außen.«

Der Wächter gab keine Antwort, aber er zeigte sich aufmerksam. Er lauschte.

Andris fragte sich im Traum, ob er um Wasser bitten sollte, damit er sich die letzten Überreste der zweiten Haut abwaschen konnte, aber als er mit den Fingern über den nackten Unterarm fuhr, schien dieser viel sauberer zu sein als seit etlichen Tagen oder vielleicht sogar seit Jahren. Zu seiner nicht geringen Überraschung erkannte er, dass es ihn weder nach Wasser noch nach Nahrung verlangte. Sein Mund war feucht und im Magen verspürte er durchaus ein angenehmes Gefühl.

Er empfand eine neue und kostbare Art von Freiheit, die er nie für möglich gehalten hätte, als er noch verdammt gewesen war, sein wachendes Selbst zu bewohnen. Von jetzt an war er eins mit dem Boden. Von jetzt an brauchte er nicht mehr zu essen und zu trinken. Er hatte seine alten Bedürfnisse mit der falschen Haut abgestreift: Jetzt hatte er neue Bedürfnisse und es eröffneten sich ihm neue Horizonte.

In seinem Traum empfand er keinerlei Grauen bei dem Gedanken, dass die Zeit seiner Wanderschaft vorbei war. In seinem Traum wusste er, dass er sein Ziel erreicht hatte – dass dies genau das war, was er immer gesucht hatte, seit er Ferentina verlassen hatte.

»Ich bin, was ich bin«, sagte er zu dem geduldigen

Wächter. »Ich bin, was ich sein werde, und darin liegt kein Grund für Bedauern oder Erstaunen. Das hier ist mein Boden, nach dem ich mein ganzes Leben lang gesucht habe. Jetzt bin ich ein Teil davon und er ist ein Teil von mir. Ich bin keine Krankheit. Vielleicht wäre ich zu einer geworden, wenn die Prinzessin mir die Saat in Xandria einverleibt hätte, aber nicht hier. Hier war der Boden bereit, mich zu empfangen. Indem ich hierher gekommen bin, bin ich nach Hause gekommen. Ich bin kein Wanderer mehr. Ich bin kein Fremder mehr. Niemand wird mich mehr für etwas halten, das ich nicht bin. Niemand wird mich mehr mit Verachtung strafen, weil ich nicht wie er aussehe. Ich habe die Freiheit verloren, hungrig zu sein; ich habe die Freiheit verloren, müde zu sein; ich habe die Freiheit verloren, ins Gefängnis geworfen zu werden, schikaniert zu werden, erpresst und missbraucht zu werden. Ich habe den Garten gefunden, in dem ich mich in Sicherheit wiegen kann. Das ist ein Traum, aber es ist ein guter Traum und ein gesunder Traum.«

Der Wächter hörte ihn, erwiderte aber nichts.

Im Gegensatz zu dem, was er dem Wächter gesagt hatte, war Andris nicht ganz frei von Verwunderung und von Bedauern, weil er deutlich erkannte, dass es um den Garten nicht gut stand. Der Garten war mehr als einmal angegriffen worden. Man war brutal mit seinen Bewohnern umgegangen; ihre Zweige waren abgebrochen und ihre Blüten zerdrückt worden. Der Garten war *verletzt* worden und die Verletzungen waren noch nicht überstanden.

Andris kam zu dem Schluss, dass die Zeit der Schwierigkeiten, welche die Dragomitenhügel verwüstet und sein Abenteuer ermöglicht hatten, noch nicht vorüber waren; das Fieber, das den lebenden Boden befallen hatte, musste erst abklingen; sowohl Tod als auch andauernder Zerfall lagen noch im Bereich des

Möglichen. Andris wusste das, weil er jetzt Teil des Gartens war; sein eigenes Leben hing gemeinsam mit dem Leben des Gartens in der Schwebe, so wie Seths Leben gemeinsam mit dem Leben der Dragomitenkönigin in der Schwebe gehangen hatte.

Andris erinnerte sich daran, dass Seth so wie er selbst nur zur Hälfte ein Mensch gewesen war, dass Seth aber etwas ungemein Wichtiges gesagt hatte – etwas, das er im Gedächtnis behalten musste, egal welche verwirrenden Traumphasen er noch durchleben würde.

»Wahrscheinlich haben dir die Kriegerinnen gesagt, dass wir hier alle eines Geistes sind«, hatte Seth zu ihm gesagt, »aber das stimmt nicht. Sie verstehen es nicht. Wir sind weder alle eines Geistes noch eines Leibes, welchen Anschein die Dinge auch haben mögen.«

»Ich bin eins mit dem Leib des Gartens«, sagte Andris in der Sicherheit seines Traumes. »Ich bin eins mit der Saat, die in mir aufgeht: mit der Saat, die aus meinen Armen Äste machen und mich höher als alle anderen erheben wird; mit der Saat, die aus meinem Fleisch blutige Blüten formen wird. Wir alle sind hier eines Leibes und müssen alle eines Geistes sein. Wie könnte es sonst sein? Und doch… wir sind *nicht* alle eines Geistes. Ich habe meine eigenen Gedanken – und so wird es bleiben, solange ich in der Lage bin zu träumen.«

Das einzige Wesen, das seine Rede hörte, war der Wächter, doch Seth war der Sprache mächtig, solange Andris die Kraft hatte, seine Worte zu träumen, und es war Seth, der antwortete oder wenigstens zu antworten schien. »Du bist ein Mann, Andris, so wie ich«, sagte Seth. »Wir sind Brüder im Blute und im Geiste, und das können uns die Bewohner der Tiefe nicht nehmen, was immer sie auch tun mögen.«

Andris versuchte verzweifelt, einen Sinn in diesem Zwiegespräch zu sehen. Einen Schwindel erregenden

Augenblick lang fragte er sich, wessen Traum das war, den er da träumte, und ob er selbst nicht letztlich doch nur in der Einbildung eines gewaltigen, schlummernden Gottes existierte.

»Wechsel und Zerfall: nichts anderes sehen wir«, flüsterte er. »Ich bitte dich, Wandelloser: *Geh nicht weg von mir.*«

Nun verspürte er Grauen und hatte den Eindruck, im schrecklichsten Albtraum zu stecken. Er wusste, dass die Stimme, die von Seth zu kommen schien, in Wirklichkeit seine eigene war und dass ein Teil von ihm jenen anderen Teil, der ihn mit aller Gewalt beruhigen und die Ordnung aufrechterhalten wollte, zu warnen versuchte, dass Ruhe fehl am Platze war und dass das Chaos sich seinen Weg mitten in sein Herz und seine Seele gebohrt hatte.

Er streckte beide Hände nach dem stillen Wächter aus.

»Bring mir den Kopf, den ich aus den Tiefen des Dragomitennests mitgebracht habe«, bat er beharrlich. »Du musst mir meinen Bruder bringen, denn ohne seine Gesellschaft und ohne seine ausgleichende Gegenwart bin ich nur ein halber Mann. *Bring mir den Kopf meines Bruders!*«

Der Wächter ging. Er schien lange Zeit fortzubleiben, denn die Nacht brach herein und die Sterne kamen hervor; sie wurden von treibenden Wolken verdunkelt.

Aber in der nächsten Phase seines Traumes wiegte Andris Seths Kopf in den Armen.

»Wenn sie nicht so gewaltig und gebieterisch wäre«, sagte Seth, obwohl seine Augen und Lippen fest geschlossen waren und er nicht mehr als der *Samen* eines Mannes war, »würde man eine Mutter dieser Art besser eine Sklavin als eine Königin nennen. Ihr einziges Verlangen ist das Überleben des Bodens; sie kümmert sich keinen Deut um ihr eigenes Fleisch, das längst jeder Fähigkeit zum Selbstbewusstsein und Selbstschutz entwachsen ist. Doch du bist eine Drohne wie ich. Du bist Geist und Erinnerung, Weisheit und Lust. Du bist mein Bruder, ob du willst oder nicht. Alle Menschen, die gemeinsame Urväter haben, sind Brüder.«

Wie Andris aus leidvoller Erfahrung wusste, waren zumindest in Ferentina Brüder oft die tödlichsten Feinde, die in Erbangelegenheiten gar zu Mördern werden konnten. So war es in seiner Heimat gang und gäbe. Jetzt wusste er, dass es tausend Weisen gab, auf die die Menschen lebten, auch wenn er im Verlauf seiner Reisen nicht einmal tausend getroffen hatte. Vielleicht gab es eine Million Weisen, vielleicht sogar noch mehr.

Vielleicht konnte ein Mensch mit dem lebenden Boden verschmelzen und doch ein Mensch bleiben. Vielleicht…

Dann träumte er, dass er das Stechen von tausend Dornen in seinem Fleisch spürte. Er träumte, dass seine Sehnen zu Kriechern wurden, dass sein Blut zu Pflanzensaft wurde, dass seine Haut zu einer Blätterkrone wurde und dass sich sogar seine Gedanken grün färbten. Er träumte, aber er wusste, dass in diesem Traum mehr lag als bloße Einbildung.

Wir befinden uns im Krieg, dachte er. *Wir alle befinden uns im Krieg, ob es uns bewusst ist oder nicht. Der Krieg tobt sowohl in unserem Blut als auch in der äußeren Welt. Wie innen, so außen.*

»Was bist du?«, sagte er zu der Kreatur, die er bei sich den Wächter nannte. »Bist du Schlange oder Salamander, Mensch oder Pflanze?«

Der Wächter gab keine Antwort, aber er kam immer wieder zu Andris, um zu sehen, was aus ihm wurde und um seinen weitschweifigen Reden zuzuhören. Andris musste sich die Antworten im Namen des Wesens geben, so wie er die Antworten für Lucrezia und Seth gegeben hatte. Glücklicherweise hatte er alle Zeit der Welt, und in seinem Traum genoss er die Autorität, die er dafür benötigte.

»Worin liegt der Zweck des Gartens?«, fragte Andris den Wächter. »Warum ist der Boden so begierig darauf, seinen Samen in das Fleisch lebender Wesen einzupflanzen? Warum werden die Halbmänner und Riesenschlangen in die Welt hinter dem Riff ausgesandt, um nach Opfern zu suchen?«

»Das ist eine Frage, auf die man viele Antworten geben könnte«, erwiderte der Wächter, auch wenn er nicht den Mund bewegte und keinen Laut herausbrachte. »Man könnte sagen, dass unser Zweck allein im Überleben liegt, und zwar auf die einzige uns mögliche Art – aber es steckt mehr dahinter als bloßes Überleben. Das sagen dir deine Überlieferungen ebenso wie uns die unseren. Man könnte sagen, dass wir uns im Krieg befinden, dass wir um unser Leben kämpfen müssen wie jedes lebende Wesen, denn sonst wird unser Boden von seinen Nachbarn und Feinden verschlungen – doch es steckt mehr dahinter als bloßer Existenzkampf. Man könnte eher sagen, dass wir Akteure im Spiel des endlosen Wechsels sind und unseren Geist beugen, um bessere Seinsweisen zu finden, dass wir gierig nach Vergnügen, Macht, Weisheit und all den anderen Dingen sind, nach denen es jeden aktiven Geist verlangt. Wir haben mehr gemeinsam, als du dir vorstellen kannst, Andris Myrasol.«

Andris war nicht sonderlich überrascht, dass der Wächter seinen Namen kannte. Schließlich war es ein zeitweise von ihm entfremdeter Teil seines eigenen, angsterfüllten Geistes, der im Namen des Wächters sprach, und er kannte seinen eigenen Namen besser als jeder andere.

»Ich sehe, dass eure Sammler fleißig gewesen sind«,

sagte Andris und bemühte sich, leise zu reden, als er den Abhang hinunter auf seine neue Verwandtschaft schaute. Er war höher als alle anderen platziert worden. Wenn er hoch genug gewachsen sein würde, könnte er den ganzen Garten überblicken. »Ich weiß, dass sich diese schwierigen Zeiten über Jahre hinweg zusammengebraut haben – lange genug, um eure Saaten bis nach Xandria auszusenden, auch wenn dort keine einzige von ihnen Wurzeln geschlagen hat. Ich frage mich, wie viele Gärten wie diesen ihr in anderen Erdteilen habt anlegen können. Ich wage zu behaupten, dass es ziemlich wenige sind. Wo immer es Menschen gibt, um die Samen auszurotten, werden sie ausgerottet, und wo es keine Menschen gibt, die fruchtbares Fleisch zur Verfügung stellen, kann nichts gepflanzt werden.«

Das stimmte nicht ganz, denn sogar von seinem augenblicklichen Standort aus konnte er sehen, dass nicht alle Bäume im Garten menschliche Bewohner hatten; bei einigen handelte es sich um Schlangen und wieder andere Gestalten konnte er nicht erkennen. Er spürte aber, dass er im Grunde Recht hatte. Wo immer es auf der Welt Wesen wie ihn gab – Wesen, die eigene Beine und ihren eigenen Verstand hatten –, würde es Büschen wie diesen hier nicht erlaubt sein, Wurzeln zu schlagen. Ihrer heimtückischen Ansiedlung würde man sich genauso verzweifelt und unversöhnlich widersetzen, wie sich die Männer aus den Neun Städten dem Eindringen der zielstrebigen Dragomiten in ihr Territorium widersetzt hatten.

»Wie giftig diese Dornen auch sein mögen«, fuhr Andris fort, »und wie laut diese Stimmen auch das Glück ihres Zustands verkünden: dergleichen würde in keinem der Länder geduldet, in denen ich gelebt habe.«

»Die Sammler sind nicht so erfolgreich gewesen, wie

wir es uns gewünscht haben«, erwiderte der Wächter traurig, wenngleich er nicht den leisesten Laut von sich gab. »Die Straße zu den Ländern, in denen Menschen leben, ist lang und gefahrvoll, und es gibt Feinde, die noch furchtbarer sind als du. Die meisten von denen, die du da unten siehst, sind Produkte unserer eigenen Erde, bei denen nichts hinzugefügt oder geändert wurde. Wir hatten nie den besten Boden, und wir haben allen Grund, uns um seine Zukunft Sorgen zu machen. Der Garten wurde immer wieder von Ungeheuern überfallen, die auf seine Vernichtung aus waren. Du kannst das Vermächtnis ihrer Heimsuchungen überall sehen.«

Im Augenblick gab es keine Anzeichen von bewaffneten Männern oder Riesenschlangen im Garten. Ihre Abwesenheit schien genauso bedeutsam, wie ihre Anwesenheit es gewesen wäre. Sogar im Traum besaß Andris die Freiheit, sich zu fragen, ob der Garten keine Verteidigung hatte und was geschehen würde, wenn er erneut von »Ungeheuern, die auf seine Vernichtung aus waren«, überfallen wurde.

»Wenn du Fragen beantwortet haben willst«, sagte der Wächter zu ihm, »musst du jemand anderen fragen, aber du darfst nicht erwarten, dass sie alle Antworten kennt. Wir haben eine Meisterin der Überlieferungen, aber sie ist weder eine Hüterin noch eine wegweisende Intelligenz. Wenn du wissen willst, was du bist und zu was du werden wirst, musst du mit jemandem reden, der eine wirkliche Stimme hat, der zu dir mit anderen Worten als deinen eigenen sprechen kann – aber sie kann dir nur so viel sagen, wie sie weiß.«

»Das verstehe ich«, murmelte Andris. »Das Problem ist: Wo finde ich diese Person? Wem gehört die einzige Stimme, die der Garten aufbieten kann, wenn du keine hast? Wann kann ich diese ermüdende Debatte mit mir selbst zu einem Ende bringen und sie durch ein verständliches Gespräch ersetzen?«

»Wenn du gewachsen bist«, sagte der Wächter. »Wenn du den Kopf drehen und hinter dich schauen kannst.«

Bis jetzt hatte Andris nicht bemerkt, dass er den Kopf nicht drehen konnte, aber nun entdeckte er, dass es ihm tatsächlich unmöglich war. Sprösslinge waren aus seinem Fleisch hervorgebrochen, und indem sie ihre Freiheit gewonnen hatten, hatten sie der seinen ein Ende gemacht. Er konnte die Arme nicht mehr in freiem Willen ausstrecken, auch wenn sie sich langsam unter einem von innen kommenden Druck gerade bogen. Seths Kopf lag nicht mehr in der Wiege seiner Ellbogen, sondern saß jetzt auf seiner Handfläche wie eine große, obszöne Frucht.

Das ist ein Albtraum, sagte er sich. *Es scheint ein Traum zu sein, aber es ist keiner. Es ist ein Albtraum und er ist wirklich – nicht in allen Einzelheiten, sondern im Wesentlichen. Ich befinde mich hier im Krieg um meine Seele. Meinen Körper habe ich bereits verloren; mehr darf ich nicht verlieren. Was immer aus meinem Fleisch wird, ich muss ein Mann bleiben. Wenn eine Stimme zu hören sein wird, muss ich mir meine eigene bewahren, denn ansonsten wird es nichts mehr zu sagen geben außer »wir sind hier alle eines Geistes«. Ich glaube nicht, dass das jemals gestimmt hat; Jume Metra war eine Frau und keine Dragomite. Sie hatte sich nie völlig in ihrem eigenen Traum verloren. Ich stehe im Krieg mit mir selbst und ich muss gewinnen. Welche Verwirrung auch über mich kommen wird, ich muss gewinnen. Ich darf mich nicht in diesem Traum verlieren, der durch meine Adern, durch meine Nerven und mein Herz fließt. Ich darf mich nicht verlieren, nicht nur um meiner selbst willen, sondern auch um dessen willen, zu was ich werde. Ob das hier nun die Wiege der Chimäre oder nur ein bloßes Echo von ihr ist, das von den unirdischen Bewohnern der Welt heraufbeschworen wurde, es ist ein Teil desselben großen Spiels und ich bin noch immer ein Akteur darin. Was immer auch geschehen mag, ich muss ein Akteur bleiben.*

»Wir sind *nicht* alle eines Geistes hier«, sagte er zu dem Wächter. »Wir sind es nicht und werden es niemals sein. Die Bewohner der Tiefe können diesen Krieg nicht gewinnen. Sie werden ihn so lange nicht gewinnen, wie es Menschen auf der Welt gibt.«

Aber der Wächter wusste nicht, was er damit meinte – und zumindest im Augenblick wusste Andris es selbst nicht.

3

Carus Fraxinus nahm einen Schluck aus der Wasserflasche, die er neben sich auf der Bank stehen hatte, wann immer er den Wagen lenken musste. Sein breitkrempiger Hut hatte ihn vor den schlimmsten Auswirkungen der Sonneneinstrahlung geschützt, doch der Wassermangel schwächte seine Kräfte und seine Konzentration.

Während er die Gesprenkelte Wüste durchquert hatte, war er der Ansicht gewesen, dass dies das härteste und verwirrendste Gelände auf der ganzen Welt sein musste. Die Facetten der Myriaden von Staubpartikeln, die das Licht und die Hitze der Sonne in chaotischen Reflexionen zerstreuten, hatten der natürlichen Dürre noch eine Dimension der Bedrohung hinzugefügt. Aber diese Gegend schien noch schrecklicher zu sein, wenn auch auf verborgene Weise. Gleiterpflanzen und fließende Steine befanden sich hier in einem vorsichtigen, aber tödlichen Zermürbungskampf. Anstatt die Strahlung der Sonne zu streuen oder sie aufzusaugen, wie es die irdische Vegetation tat, schienen die Steine und ihre erbitterten Feinde sie in der Schwebe zu halten und bildeten so eine raffiniert unbehagliche Schicht, durch die der Wagen fahren musste. Die ornamentierten Steine wiesen einen seltsamen Glanz auf, als ob sie lackiert wären, und die stockgeraden Stämme der knospenden Gleiterbäume waren glänzend poliert wie dunkles Glas, in dem seltsame flüssige Bilder vorbeizogen und ineinander glitten.

Die beinahe völlig flache Landschaft, die zwischen den Baumgruppen lag, erschien täuschend unproblematisch; in Wirklichkeit aber verlangte sie dem Fahrer des Wagens starke Konzentration ab. Die Pferde hatten große Geschicklichkeit darin entwickelt, den offensichtlichsten Fallen zu entgehen, welche die gemusterten Steine ausgelegt hatten, und Fraxinus hatte sie mit schwereren Hufeisen versehen, bevor sie das Feuer des Salamanders verließen, aber die sechs, mit denen sie losgezogen waren – einschließlich der beiden, die Aulakh Phar und Merel Zabio mitgebracht hatten –, waren bereits wieder zu vieren zusammengeschrumpft, die allesamt benötigt wurden, um den Wagen zu ziehen. Selbst die Dragomitenkriegerinnen waren nicht unversehrt entkommen; nur noch zwei waren von ihnen übrig. Es war nicht nur eine Frage der Vorsicht, sondern auch des Glücks, dass die menschlichen Mitglieder der Expedition bisher noch keine wesentlichen Verletzungen davongetragen hatten. Trotz der Vorsicht, die sie unablässig walten ließen, waren nicht weniger als drei von ihnen zu verschiedenen Zeitpunkten am Fuß gepackt worden, und sie konnten von Glück reden, dass sie dabei nichts Wertvolleres verloren hatten als einen sorgfältig verstärkten Lederstiefel.

»Ist das nur meine Einbildung«, hatte Fraxinus Aulakh Phar gefragt, nachdem er selbst einmal nur mit knapper Not entkommen war, »oder werden diese herausgeputzten Pflastersteine wirklich immer aktiver?«

»Das ist keine Einbildung«, hatte Aulakh nachdenklich bestätigt. »Ihre Körper werden tatsächlich flüssiger, was man einfach dadurch überprüfen kann, indem man eine Messerklinge in sie stößt. Ich glaube, sie reagieren so auf die Invasion der in der Luft treibenden Sporen. Lange Zeit hindurch sind sie friedfertig und passiv gewesen und haben geduldig Reserven für die Zeit angelegt, in der sie ihre Kräfte mobilisieren müssen, aber jetzt reagieren sie auf einen Angriff. Das ist wohl das Muster dieser Zeiten des Entstehens. Ein winziger Auslöser setzt eine ganze Reihe von Reaktionen in Gang, die langsam den Boden selbst wecken, auf dem alle lebendigeren Lebensformen wandern müssen.«

»Dann ist es nicht so sehr eine Zeit des Entstehens als vielmehr eine Zeit des Verschluckens«, hatte Fraxinus gemeint, aber jetzt, da er in die Geheimnisse des Feuers des Salamanders eingeweiht war, wusste er, dass das, was von einigen Bodenarten aufgesogen wurde, nach einem jahrhundertelangen oder sogar jahrtausendelangen Schlaf wieder auftauchen konnte… und er wusste auch, dass das, was wieder auftauchte, sich verändert haben mochte, während es geschlafen hatte, dass es einer geheimen Alchemie des Fleisches unterworfen war, durch welche die geduldigen Experimente des lebenden Bodens sich in seltsamen Metamorphosen verkörperten.

Wie wäre es, fragte sich Fraxinus, *wenn man im Ganzen von einem der wirklichen Giganten des unirdischen Lebens verschlungen würde? Wenn ein Geschöpf von der Größe der Zitadelle von Xandria – oder sogar von der Größe der gesamten Stadt Xandria – mich verschluckte, nicht als Nahrung, sondern als einen wunderlichen Schatz? Wie würde es sich anfühlen, eingesponnen zu werden, während das menschliche Fleisch mit dem fremden Fleisch eine Verbindung eingeht? Wäre es bloß ein Sturz in die Bewusst-*

losigkeit oder wäre mehr dabei? Würde man Träume haben, und wären es dann allein meine Träume oder müsste ich sie teilen? Und was würde am Ende zurückkehren – wenn überhaupt etwas zurückkehrt? Wenn ich nach der Art der Salamander in irgendeine farbenprächtige Kreatur verwandelt würde, die mit der Fähigkeit des Fliegens gesegnet ist, an was könnte ich mich dann aus meiner früheren Existenz erinnern? Würde ich mich noch als Carus Fraxinus empfinden oder würde mein inneres Selbst im Gleichklang mit meinem Fleisch verändert? Könnte ich mich noch als menschlich ansehen oder würde ich zu einem Avatar des fruchtbaren Feldes, das mich einverleibt hatte?

Sein Gedankengang wurde unterbrochen, als jemand über die Rückenlehne der Bank kletterte, um neben ihm Platz zu nehmen. Wenn es Aulakh Phar gewesen wäre, hätte er angenommen, der Arzt sei gekommen, um ihm Gesellschaft zu leisten, aber es war Merel Zabio. Daher nahm er an, sie wollte der Enge entkommen, die im hinteren, übermäßig vollen Teil des Wagens herrschte, obwohl Vaca Metra es vorzog, bei den beiden ihr verbliebenen Kriegerinnen zu bleiben und Dhalla kaum je den Wagen betrat. Seit sie von ihren Wunden genesen war, die sie sich während der Schlacht an der Brücke zugezogen hatte, hatte die Riesin eine starke Abneigung gegen alle eng umgrenzten Räume entwickelt, auch wenn sie notwendigerweise an sie gewöhnt gewesen war, als sie noch in der Wache des Sanctums gedient hatte.

»Warum darf dieses Schwein von Shabir mitkommen?«, fragte Merel. »Er wird uns verraten, sobald er die Gelegenheit dazu hat. Unter seiner widerwilligen Höflichkeit steckt nichts als Hass.«

Merel hatte Shabir nicht verziehen, dass er sie von Andris Myrasol getrennt hatte, und wahrscheinlich würde sie ihm das auch nie verzeihen.

»Vielleicht wird er uns verlassen, falls sich unsere

Pfade mit denen einer Gesellschaft kreuzen sollten, die er der unseren vorzieht«, sagte Fraxinus gleichmütig, »aber wenn die Umstände ihn dazu zwingen, bei uns zu bleiben, wird er wohl seinen Teil zu unserem Unternehmen beitragen. Er ist kein böser Mensch – er hat nur getan, was er seiner Ansicht nach tun musste.«

»Du hättest ihn in der Wüste sterben lassen sollen«, meinte Merel ohne Reue. »Eine Schlange kann man nicht mit Freundlichkeit zähmen.«

Dank seiner langen und umfangreichen Erfahrungen im Reisen jenseits der Grenzen des xandrianischen Reiches hatte Fraxinus allen Grund zu der Annahme, dass das Sprichwort, das sie zitiert hatte, allzu hart war – wie es die meisten Sprichwörter waren –, aber er wollte sich nicht auf ein Streitgespräch über die Grenzen der Volksweisheit und die Kunst der Schlangenzähmung einlassen.

»Shabir könnte uns noch nützlich sein«, sagte Fraxinus stattdessen. »Was immer er auch sonst sein mag, er ist ein geschickter Kämpfer und seine Neigung zur Halsstarrigkeit könnte in einem Kampf unschätzbar wertvoll sein. Bisher sind wir lediglich Höllenhunden und Eidechslöwen begegnet. Zwei Dragomitenkriegerinnen stellen eine ausreichende Streitmacht dar, um die meisten Raubtiere einzuschüchtern, aber wenn man den Überlieferungen der Salamander trauen kann, steht uns weit Schlimmeres bevor. Halbmenschen, Manticoren und alle Arten von Riesen.«

»Das können sie nicht mit Sicherheit wissen«, gab Merel zurück. »Ich behaupte nicht, dass ich die Geschichte verstehe, die sie so umständlich gesponnen haben, aber ich weiß, dass die Salamander am Feuer des Salamanders sich nur auf Legenden gestützt haben, so wie wir selbst.«

Umständlich war sicherlich der treffende Ausdruck. Selbst mit Hilfe Mossassors und der Schlangen, die schon lange am Feuer des Salamanders lebten, war es für Ixtlplt und die ›Weisen‹ nicht leicht gewesen zu erklären, was sie über die Zeiten des Entstehens wussten – oder zu wissen glaubten. Die Sprachen der drei Rassen hatten viel zu wenig gemeinsam. Fraxinus glaubte jetzt, ein wenig von den seltsamen Lebenszyklen der Schlangen und Salamander zu verstehen, doch ihre merkwürdige Lebensanschauung blieb unerbittlich schwer nachzuvollziehen.

»Man sollte die legendenhaften Überlieferungen nicht zu gering achten«, sagte Fraxinus freundlich zu ihr. »Als die Urväter uns davon in Kenntnis setzten, dass die einzige Sünde die des Vergessens sei, meinten sie damit nicht alltägliche Fähigkeiten wie die der Töpfer und Metallwerker. Sie drangen darauf, dass wir ein Wissen im Gedächtnis behalten sollten, das wir nicht tagtäglich brauchen, sondern vielleicht nur einmal in tausend Jahren. Ich weiß nicht, wie viel uns schon verloren gegangen ist, während wir uns an solche Fragmente wie die *Apokryphen der Genesys* oder Ereleths geheime Gebote klammern, aber ich wünschte, wir hätten mehr behalten.«

Merel sagte darauf: »Wenn ich Phar richtig verstehe, ist es nicht nur so, dass solche Ereignisse bloß einmal in tausend Jahren eintreten, sondern dass sie auch jedes Mal verschieden sind. Ihm zufolge können wir nicht wissen, welche unserer alten Schreckgespenster aus ihren warmen und steinigen Gräbern hervorkriechen und welche neuen bei ihnen sein werden.«

»Das stimmt vermutlich«, gab Fraxinus zu. »Aber wir müssen versuchen, diesen Prozess zu verstehen. Wenn möglich, sollten wir ebenfalls herausfinden, ob es ein zugrunde liegendes Muster bei der Evolution neuer Formen gibt, das uns vielleicht in die Lage versetzt zu erkennen, wohin das Ganze führen wird.«

»Verlauf und Fortschritt«, sagte Merel. »Aulakh hat mir davon erzählt.«

Aulakhs Zunge war manchmal etwas zu schnell, dachte Fraxinus.

»Er sagt, dass das Feuer des Salamanders die Legenden Wirklichkeit werden lässt«, fuhr das Mädchen fort. »Er sagt, dass die geflügelten Salamander nicht die seit hunderten von Generationen erzählten Geschichten der unzuverlässigen Geschichtenerzähler geerbt haben und dass das, was sie aus dem lebenden Stein mitbringen, *Erinnerung* ist – verschwommen und vergeistigt, aber dennoch Erinnerung. Schade, dass sie nicht sprechen können, nicht wahr?«

In Wirklichkeit aber *konnten* die geflügelten Salamander sprechen. Sie konnten Worte in der Menschen- und Schlangensprache viel besser aussprechen als ihre schwerfälligen Artgenossen, aber es war nicht klar, ob sie eine tiefere Bedeutung in ihre Mimikry zu legen vermochten. Genauso wenig war klar, ob sie der Sprache ihrer eigenen Art mit bedeutend größerer Befähigung mächtig waren. Es war möglich, dass sie überhaupt nicht verstandesbegabt waren – doch fest stand, dass sie Erinnerungen besaßen. Sie wussten, zu welchem Zweck sie ›geboren‹ worden waren. Sie wussten, dass sie zur Wiege der Chimäre fliegen mussten, um in das Becken des Lebens hinabzusteigen, und dass sie, wenn die Zeit reif war, Abgesandte ausschicken mussten, die mit den inneren Wänden des Feuers des Salamanders verschmelzen würden. Was auch immer es bedeutete, es hatte in den Tagen der Urväter begonnen, als ein Salamander nach Idun die Gabe eines Baumes brachte, dessen Früchte Kenntnisse einer anderen Art trugen, und als Gegengabe eine Münze erhielt, die für ihn unbrauchbar war.

Fraxinus nahm an, dass der Baum und die Münze metaphorisch gemeint waren, wie das Feuer, das tapfer in den Tiefen der Chimärenwiege der Salamander brannte und in den Herzen der menschlichen Riesinnen, ganz zu schweigen von dem Blut der Schlange, welches die Urväter mit Versprechungen gekauft hatten und das noch immer in einigen menschlichen Adern floss. Nun verstand er diese Metaphern etwas besser. Das ›Blut‹, das die Urväter von den Schlangen erworben hatten, musste deren biologisches Erbe und der Schlüssel zu ihrer einzigartigen Natur sein. Der ›Baum‹, den sie von den Salamandern erworben hatten, musste *deren* biologisches Erbe darstellen und den Schlüssel zu *ihrer* ziemlich verschiedenen Natur. Die ›Münze‹, die die Urväter den Salamandern gegeben hatten, war etwas von ihrem eigenen Erbe, aber eher etwas Metallisches denn etwas Organisches; damit und mit den Versprechungen, die sie den Schlangen gegeben hatten, hatten die Urväter versucht, ein Bündnis zwischen den drei Rassen gegen etwas zu schmieden, das sie als einen gemeinsamen Feind ansahen: gegen die wahren Riesen, die Mossassor ›die Bewohner der Tiefe‹ nannte.

Aulakh Phar hatte mit seiner zu schnellen Zunge die Angelegenheit auf eine viel primitivere Ebene herabgezogen, indem er gesagt hatte: »Das alles hat mit Sex zu tun – und mit dem Fehlen von Sex in der unirdischen Welt.«

Fraxinus hatte nicht bemerkt, wie tief er in seine Gedanken versunken war, bis Merel sagte: »Es wird noch sehr gefährlich, nicht wahr? Bisher ist es schon schlimm gewesen, aber es wird noch schlimmer kommen.«

»Das können wir wirklich nicht wissen«, sagte er zu ihr, »aber solange wir zwei Dragomitenkriegerinnen und eine Riesin haben, sind wir weit davon entfernt, schutzlos zu sein – und gute menschliche Kämpfer sind ebenfalls sehr wertvoll. Ich bin genauso froh, dich hier zu haben wie Shabir.«

»Du hast mich nie gewollt«, meinte Merel. »Du wolltest nur Andris. Ich bin für dich doch bloß eine kleine Diebin.«

»Aulakh hat mir versichert, dass du eine gute Kämpferin bist«, konterte Fraxinus, »und ich weiß, dass du so viel Kraft und Mut wie der Beste von uns hast. Du bist zu entschlossen, als dass dich Angst oder Mühsal überwältigen könnten. Du gibst niemals auf. Glaub mir, du bist dein Gewicht in gutem neuem Stahl wert.«

»Wenn das bedeutet, dass ich meinen vollen Anteil an allem bekomme, was aus diesem Unternehmen herausspringt, möchte ich dir sehr herzlich danken«, gab Merel mit einem barschen Sarkasmus zurück, der nicht ganz den Umstand verbergen konnte, dass seine besänftigende Schmeichelei nicht völlig an sie verschwendet war. »Unglücklicherweise sagt mir meine Berechnung, dass wir noch lange nicht in der Gewinnzone sind.«

Fraxinus sagte: »Manchmal muss ein Kaufmann nur tiefer und tiefer in den Handel einsteigen und hoffen, dass der letztendliche Lohn ihn für all die Bestechungsgelder, die er in der Zwischenzeit gezahlt hat, entschädigen wird.«

»Was für Bestechungsgelder?«, spottete sie.

»Das ist natürlich metaphorisch gemeint«, erklärte er.

Für einen Augenblick herrschte eine diplomatische Stille, bevor sie die nächste Frage stellte. Er wusste bereits, wie sie lautete.

»Glaubst du wirklich, dass wir aus der ganzen Sache etwas herausholen können, das der Mühe wert ist?«, fragte sie auf subtilere Weise als üblich. Das Einzige, was im Augenblick ihrer Ansicht nach ›der Mühe wert‹ war, war allein ihr bleichgesichtiger Vetter.

Fraxinus gab darauf keine Antwort. Es war nicht so, dass er keine Antwort wusste, aber seine Aufmerksamkeit wurde von einer Bewegung in der Ferne in Anspruch genommen. Einige ausgedehnte Gleiterbaumgruppen standen im Weg, und das Gelände war nicht so eben, wie er es in der letzten Zeit gewohnt gewesen war, doch es gab keinen Zweifel daran, dass sich eine Gruppe von Berittenen aus Südwesten näherte. Die Reiter mussten den Wagen beinahe zur gleichen Zeit gesehen haben, zu der Fraxinus sie bemerkt hatte, denn ihre Formation änderte sich sofort. Eine der Dragomiten hatte sie ebenfalls entdeckt und näherte sich dem Wagen.

Merel begriff, dass sie für den Augenblick keine weitere Beruhigung erwarten konnte, und folgte der Richtung seines Blicks.

»Es sind nur Reiter«, sagte sie und schirmte die Augen mit der Hand ab. Wegen des seltsamen Lichts musste sie blinzeln. »Keine Manticoren oder andere Ungeheuer. Vielleicht zur Abwechslung nicht einmal Feinde.«

»Vielleicht nicht«, pflichtete Faxinus ihr bei, aber er war sich nicht sicher. Was die Salamander über halb menschliche Wesen gesagt hatten, die von den monströsen Wesenheiten rund um die Wiege der Chimäre ausgespuckt wurden, war nicht mehr nur von rein spekulativem Interesse.

Die Reiter suchten bereits nach einem Unterschlupf. Sie bewegten sich auf den Schutz der dichtesten Gleiterbaumgruppe zu, die es am Horizont gab. Fraxinus versuchte die Reiter zu zählen, doch er war sich bloß sicher, dass es mindestens ein Dutzend waren. Er war zuversichtlich, dass die Streitkräfte unter seinem Kommando den Wagen erfolgreich gegen eine Truppe von zwölf oder fünfzehn Reitern verteidigen konnten, aber es würde vielleicht kein einfacher Sieg werden.

»Wenn sie sich wirklich zu einem Angriff zusammenrotten«, bemerkte Merel besorgt, »können sie uns leicht abfangen. Der Boden ist nicht mehr so eben wie vorhin. Wenn wir Reißaus nehmen, riskieren wir, eines der Pferde zu verlieren, aber wenn wir uns dazu entschließen, ihnen die Stirn zu bieten, können sie in aller Ruhe Pläne schmieden. *Wenn* sie uns feindlich gesonnen sind.«

Ereleth lehnte sich über Merels Schulter, um herauszufinden, was los war. Dhalla, die hinter dem Wagen hermarschiert war, kam mit ihrem Speer in der Hand nach vorn.

»Soll ich herausfinden, wer oder was sie sind?«, fragte die Riesin mit einem Eifer, der andeutete, dass sie sich schon seit geraumer Zeit langweilte und der Aussicht auf ein wenig Abwechslung nicht abgeneigt war.

»Nicht nötig«, meinte Fraxinus. »Ich glaube, sie werden uns selbst sagen, was sie wollen.«

Aus der Gruppe von Gleiterbäumen, in der die rätselhafte Truppe Unterschlupf gefunden hatte, kam ein einzelner Reiter hervor. Er trug eine Stange oder eine Lanze, an der ein zerfetztes und verblichenes Kleidungsstück hing, das wahrscheinlich als weiße Flagge dienen sollte.

Während Fraxinus die Pferde zum Halten brachte, bewegte sich der einsame Reiter auf sie zu. Er trieb sein Pferd nicht zum Galopp an, denn er musste den Boden, über den er ritt, mit aller gebotenen Vorsicht und Sorgfalt beobachten, dennoch kam er schnell voran.

Fraxinus war bereits zu dem optimistischen Schluss gelangt, dass der Reiter ein Mensch sein musste, denn sonst hätte er nicht um die Bedeutung einer weißen Flagge gewusst, doch seine alten Augen waren der Aufgabe nicht gewachsen, den Mann zu erkennen, bevor es Merel Zabio gelang.

»Oh«, sagte sie ohne große Begeisterung. »Der schon wieder.«

»Wer?«, wollte Ereleth wissen, deren eigene Sehkraft ihren Zenit schon lange überschritten hatte.

»Es ist einer von Cerris Männern«, sagte Dhalla. »Dieser listige und dämliche Sergeant aus der Zitadelle. Du sagtest doch, er habe sich den Bronzenen verdingt.« Diese letzte Bemerkung war an Merel gerichtet, die Purkin das letzte Mal vor etwa fünfzehn Tagen gesehen hatte.

»Richtig«, sagte Merel, »aber ich vermute, dass er genauso wenig wie wir vorhatte, ihre Schlachten zu schlagen. Wenigstens ist er ein ausgebildeter Kämpfer. Davon kann man nicht genug haben, nicht wahr?«

Ereleth schielte angestrengt in das Hitzeflimmern und murmelte: »Vielleicht haben wir Pech und er kommt nicht, um uns seine Geschicklichkeit im Kampf anzubieten. Die Waffenstillstandsflagge bedeutet, dass er reden will – aber wenn er bloß wieder in unsere Dienste treten wollte, brauchte er eine solche nicht, oder?«

»Nein«, sagte Fraxinus nachdenklich, »das brauchte er nicht.«

4

Lucrezia bemerkte kaum, dass der Regen nicht mehr unablässig auf die Leinwandplane des Wagens trommelte. Hyry Keshvara hatte ihre Geschichte erzählt und Lucrezia hatte mit großer Anteilnahme zugehört. Checuti und Jume Metra hatten ebenfalls zugehört, auch wenn sie wohl den größten Teil davon schon erfahren hatten, als sie darauf gewartet hatten, dass sich Lucrezia von ihren Verletzungen erholte. Checuti lauschte aufmerksam, doch es war unmöglich, das Ausmaß von Jume Metras Interesse abzuschätzen.

Die Händlerin hatte ihre Zuhörerschaft bereits mit auf die lange Reise nach Antiar in der Gesellschaft von Tarlock Nath und Amyas genommen und ihnen einen Bericht über die kurze Wiedervereinigung mit Sergeant Purkin gegeben.

»Ich hatte Recht damit, dass Nath seine Familie so schnell wie möglich aus Antiar herausbringen wollte, und zwar zusammen mit so viel von seinem Vermögen, wie er tragen konnte«, berichtete Hyry ihnen. »Das Problem war, dass die Stadt zu einem Pulverfass geworden war und jederzeit in die Luft gehen konnte. Während wir in diesem baufälligen Heukarren mühsam Richtung Süden unterwegs waren, waren die Kavalleristen, die nach der Schlacht an der Brücke geflohen waren, ebenfalls zu hunderten nach Süden geritten, auch wenn sie sich in kleinere Gruppen aufgeteilt hatten und nicht wussten, ob und wann man sie für ihre Desertierung zur Rechenschaft zöge. Es liefen nicht nur paranoide Antiarier, sondern auch paranoide Ketherinaer, Mugolier und andere Leute durch die Stadt – und sie alle strebten zum Marktplatz, wo unzählige Gerüchte ins Kraut schossen.

Einige der Gerüchte stimmten natürlich. Der Bronzene versuchte wirklich, Söldner zu rekrutieren, die seinem eigenen Volk im tiefen Süden zu Hilfe kommen sollten. Andere Gerüchte waren aber völlig grundlos. Obwohl sie keine Namen wussten, hatten einige der Soldaten die Information aufgeschnappt, in unserer Gruppe befänden sich zwei Hexen, eine davon sei eine Königin, die andere eine Prinzessin. Einige sagten, es sei deren Hexenwerk gewesen, das die Schlacht an der Brücke entschieden hätte, indem sie eine Panik verbreitet hätten oder eine Seuche oder Goran weiß was sonst. Wie ihr euch vorstellen könnt, wurde die Tatsache, dass Tarlock Nath Gefangene mitgebracht hatte, unter denen eine reifere Frau war, die vielleicht die

Hexenkönigin sein konnte, und eine jüngere Frau, die vielleicht die Hexenprinzessin sein konnte, nur zu bald in dem Schmelztiegel bekannt – genau wie der viel wesentlichere Verdacht, dass Nath dabei war, der Stadt mit allem den Rücken zu kehren, was er tragen konnte, und die Leute, die ihn in die Vollversammlung gewählt hatten, mit ihren Problemen allein lassen wollte.

Vielleicht hätte der alte Narr mich nicht mit zum Markt nehmen sollen, aber ich hätte ihm kaum einen guten Rat geben können, welche Dinge es wert waren, mit nach Xandria genommen zu werden, wenn ich das Angebot nicht selbst hätte sehen können. Vielleicht war es übermäßig provokant, mit acht schwerbewaffneten Jungen aufzutauchen, obwohl er wahrscheinlich wirklich in Stücke gerissen worden wäre, wenn er diese Vorsichtsmaßnahme nicht ergriffen hätte. Wie dem auch sei, sobald das Gerücht umlief, dass er viel zu hohe Preise für lebenswichtige Vorräte zahlte und so die Preise in die Höhe trieb und sich zum Verräter machte, wurde die Menge sehr unangenehm.

Die Aufrührer hatten sich nicht zu einem gemeinsamen Ziel zusammengeschlossen; wenn sie das getan hätten, wären die Dinge vielleicht etwas geordneter über die Bühne gegangen. Ich glaube, einige der Händler und der wohlhabenderen Leute waren mehr an mir als an Nath interessiert, weil sie sich vorstellten, dass ich auch für sie von Nutzen sein könnte, wenn ich schon für Nath so wichtig war, und sie alle hatten ihre eigenen gedungenen Männer. Das war bestimmt der Grund dafür, dass Nath und ich so rasch von allen anderen getrennt wurden, als der Krawall schließlich ausbrach. Wenn die ersten Leute, die mich gepackt hatten, ihr Ziel erreicht hätten, wäre ich vom Regen in die Traufe geraten, aber während sie um mich kämpften, konnte ich fliehen.

Ich wusste, dass das Wichtigste, was ich brauchte, ein Pferd war, aber in einer solchen Lage gibt keiner sein Pferd freiwillig her, wenn ihm sein Leben lieb ist. Sobald ich fortgelaufen war, begriff ich, dass ich wohl jemanden töten musste, wenn ich an ein Pferd kommen wollte. Das Wagnis, das ich dabei eingehen musste, war beträchtlich. Ich versuchte, zu Fuß zurück zu Naths Haus zu kommen, weil ich glaubte, mich wieder mit Aulakh und Jacom zusammentun zu müssen – oder zweitbestenfalls mit Purkins Männern. Unglücklicherweise war es unmöglich, mich unbemerkt durch die Menschenmenge vor mir zu schlagen. Ich hatte nicht einmal ein Messer, und mir war klar, dass in dem Augenblick, in dem ich in einen Kampf verwickelt würde, die Einheimischen wie wütende Bienen um mich herumschwärmen würden. Also beschloss ich, ruhigere Straßen aufzusuchen und dort, wo die Wogen noch nicht so hoch schlugen, nach besseren Möglichkeiten Ausschau zu halten. Leider stand ich allein gegen eine ganze Stadt, und obwohl ich eine Goldene unter Goldenen war und geborgte Kleidung trug, gab es keinen Weg, wie ich mich unverdächtig machen konnte.

Ich wusste, dass es nur eine Frage der Zeit war, bis mich jemand schnappte, der mir feindlich gesonnen war. Also war es das Beste, wenn ich die Initiative ergriff. In Anbetracht der Tatsache, dass ich eine Ausländerin war, schien es nur folgerichtig, gemeinsame Sache mit anderen Ausländern zu machen. Ich konnte keine Bronzenen entdecken, aber ich entdeckte eine Gruppe Sabinalier, die überhaupt nicht wussten, was los war. Anhand ihrer Farben erkannte ich, wo sie herkamen, und ich vermutete, dass die Männer aus der südlichsten der Neun Städte die unzuverlässigsten Mitglieder von Shabirs Streitmacht waren.

Ich sagte den Sabinaliern, dass sich die Antiarier gegen die Bewohner der anderen Städte erhoben hätten und sie aus der Stadt jagten. Das stimmte fast, und so hatte ich keine großen Schwierigkeiten, sie zu überzeugen. Sie hatten zwar keine Pferde, aber sie wussten, wo sie an Bord eines Bootes kommen konnten. Eigentlich wollten sie mich nicht mitnehmen, obgleich ich mein Bestes tat, um sie davon zu überzeugen, dass ich ihnen nützlich sein könnte, aber schließlich musste ich mich nur von einem von ihnen vögeln lassen, um die Überfahrt zu bekommen. Es reichte, um mich bis nach Tawil zu bringen, wo es mir sinnvoll erschien, ihrer Gesellschaft den Rücken zu kehren.

Tawil stand nicht so nahe vor der Anarchie wie Antiar, vielleicht weil sich die Bevölkerung mehr oder wenig in der Notwendigkeit einig war, ihre Felder gegen die Bedrohung durch die Gleiterpflanzen zu schützen. Sie hatten sich noch etwas bewahrt, das Gemeinsinn und Organisation gleichkam, und sie waren nicht übergebührlich paranoid, was Fremde anging. Es war immer noch zu gefährlich, ein Pferd zu stehlen, aber es gelang mir, etwas Geld und saubere Kleidung zu stibitzen, ohne besondere Aufmerksamkeit zu erregen.

Ich hatte Gerüchte über Amyas' Karawane gehört, aber als ich dort ankam, wo sie sein sollte, hörte ich, dass sie bereits weitergezogen war, und der Groll, den sie hinterlassen hatte, fiel auf mich zurück. Ich geriet in einen Kampf mit einigen Einheimischen und hatte keine Wahl mehr, wohin ich fliehen konnte. Ich versuchte, nach Süden zu gelangen, wurde aber nach Westen getrieben, und es war nicht leicht, den Vorsprung vor meinen Verfolgern beizubehalten, da ich ja zu Fuß unterwegs war. Wenn es etwas einfacher gewesen wäre, wäre ich vielleicht nicht so unvorsichtig gewesen, doch so wie die Dinge standen, lief ich den Riesenschlangen und ihren halb menschlichen Gefährten geradewegs in die Arme. Sie sammelten mich mit beleidigender Dankbarkeit auf.

Solange sie noch in der Umgebung von Tawil fischten, glaubte ich, eine echte Chance zu haben, ihnen zu entkommen, besonders falls die Stadtleute eine Streitmacht gegen sie aufstellen sollten. Ich hätte zwar wissen müssen, dass das Aufstellen einer Streitmacht den Einheimischen nicht mehr möglich war, aber trotzdem klammerte ich mich an diese Hoffnung. Einmal glaubte ich, die Häscher würden tatsächlich hinter Amyas' Karawane her ziehen, aber dazu hatten sie leider zu viel Verstand – es war weitaus sicherer, Stadtleute zu dreien oder vieren aufzusammeln, ohne dabei einen echten Kampf zu riskieren. Als der lange Marsch nach Südwesten begann, wusste ich, dass es für mich keine Rettung mehr gab.

Ich versuchte, mir meine Kräfte so gut wie möglich zu einzuteilen, doch ungeachtet der Tatsache, dass wir zu Fuß gehen mussten, schwächten sie uns auf alle möglichen Arten. Die Reiter töteten ein paar Unruhestifter, um sicherzugehen, dass der Rest von uns keine Probleme machte, doch die Tawilianer und Sabinalier waren so entmutigt, dass sie jede Gegenwehr aufgaben, sobald sie eingefangen wurden; sie waren bereits durch die bloße Gegenwart der Riesenschlangen zu Tode erschrocken. In jüngeren Jahren hätte ich vielleicht etwas ausgeheckt, aber es stand nicht gerade zum Besten um mich, und so blieb mir nichts anderes übrig, als das Wartespielchen zu spielen. Natürlich hätte ich nie erwartet, dass *Ihr* irgendwo vor mir wäret, Hoheit, und auf der Lauer läget – oder dass Checuti von hinten mit einer ganzen Kavallerie anrückte.«

»Ich habe ihr schon gesagt, meine Dame, dass sie es im Vergleich zu uns leicht hatte«, warf Checuti ein. »Ich habe ihr die Geschichte erzählt, wie wir Kim nach Kim hinter uns gebracht und gegen Shabirs Soldaten gekämpft haben, nur um es danach im Sumpf mit Dutzenden von Krokoliden und räuberischen Vögeln aufnehmen zu müssen, während wir wegen all der Gifte, die unser Körper aufgesogen hatte, im Delirium lagen.«

»Ich bin sicher, dass du bei deinem Bericht deine übliche gewissenhafte Rücksicht auf Genauigkeit genommen hast«, warf Lucrezia ein.

»Venerina Sirelis erzählte uns, was geschah, nachdem Ihr am Ufer des Sees des Farblosen Blutes angekommen wart«, sagte Hyry, »aber ich bin mir über ihre gewissenhafte Genauigkeit noch weniger sicher als bei Checuti. Ich habe in Khalorn schon einmal Deisten getroffen, aber diese hier sind anders. Als wir uns trennten, übergab sie mir eine Nachricht für Euch.«

»Was für eine Nachricht?«, wollte Lucrezia wissen.

»Anscheinend verlangte Andris Myrasol eine Erklärung von ihr, aber sie hatte nicht die Zeit, sie ihm zu geben... und jetzt wird sie sie ihm nie mehr geben können: eine Erklärung, was sie und Philemon tatsächlich zu erreichen hofften, als sie ihn überredeten, irgendeinen Trank zu sich zu nehmen. Wisst Ihr, was sie mit dem Geist der Wasser gemeint haben könnte?«

Lucrezia nickte.

»Sie sagte: *Wenn es mir möglich gewesen wäre, es in Worten deutlicher zu erklären, hätte ich nie darauf bestanden, dass der Geist aktiv wird.* Sie behauptete, dass sie nicht wisse, warum der Trank versagte – sie glaubte, der Bernsteinfarbene habe sich bereits mit dem Sumpf und dem See versöhnt. Sie nahm an, dass er jetzt nur noch mit dem inneren Auge des Geistes sehen musste, damit er die Gestalt und den Geist Gottes erfuhr. Als ich sie fragte, was das bedeuten solle, sagte sie: *Wenn die Sinne dazu ausgebildet sind, ist Gott in allen Dingen manifest; sobald sein Plan bekannt ist, kann man alles als einen Teil davon ansehen.* Sie sagte, sie wisse sehr wohl, dass viele Menschen den Geist der Wasser nicht akzeptieren könnten, und es tue ihr sehr Leid, dass sie geglaubt habe, Andris sei einer von denjenigen, die es könnten. Sie bestand darauf, ihm keinen Schaden zugefügt haben zu wollen – und versuchte alles, um mich davon zu überzeugen, dass sie ihm das größte Geschenk hatten anbieten wollen, das sie besaßen. Sie glaubten, dass er sehen und verstehen und die Verbundenheit von allem innerhalb und außerhalb der Welt begreifen und seinen eigenen, wahren Platz im System der Dinge finden würde. Sie sagte, sie habe die Hoffnung noch nicht aufgegeben, dass er seinen Weg zu dem kostbaren Wissen finden werde, das sie ihm hatten mitteilen wollen, wenn er denn noch lebte.«

»Ich bezweifle, dass er aus einer solchen Hoffnung großen Trost schöpfen könnte – falls er wirklich noch lebt«, murmelte Lucrezia. »Hat sie gesagt, warum Philemon Taub meinte, dass wir nicht zur Wiege der Chimäre gehen dürfen, wenn uns unser Leben lieb ist?«

»Sie meinte, ich solle Euch sagen, dass der wahre Weg durch die Wasser führt und nicht durch Erde, Feuer oder Luft«, antwortete Hyry. »Weiterhin soll ich Euch sagen, dass Euer Blut Euch verraten wird, wenn Ihr es zulasst. Sie konnte es nicht erklären. Ich glaube nicht, dass sie wirklich wusste, wovon sie sprach. Das war alles nur Deistenirrsinn.«

»Der See lebt«, sagte Lucrezia zu ihr. »Wie die Dragomitenkönigin. Offenbar leben überall dort, wo so große unirdische Organismen existieren, Menschen in enger Gemeinschaft mit ihnen – Menschen, die sich ihnen angepasst haben. Sie alle glauben, dass ihre Art zu leben die einzig richtige ist. Um die Wiege der Chimäre ballen sich weitere dieser Organismen zusammen und wir befinden uns am Rande ihres Herrschaftsbereiches. Zumindest einige von ihnen senden Expeditionen auf der Suche nach frischem Blut aus. Das wäre wohl dein Schicksal gewesen.«

»Ich bin Euch sehr dankbar, dass Ihr mich davor bewahrt habt«, sagte Hyry; es war deutlich zu spüren, dass sie es ernst meinte.

»Das dürfen wir uns nicht anrechnen«, gab Lucrezia kleinlaut zu. »Wir wussten schließlich nicht, dass du dich unter den Gefangenen befandest.«

»O doch, das dürfen wir«, widersprach Checuti. »Da unsere Tat so unendlich nobel war, dürfen wir uns alles anrechnen. Du verdankst mir dein Leben, Keshvara, und ich erwarte, dass du das nie vergisst. Eines Tages verlange ich vielleicht von dir den gleichen Dienst.«

»Wir alle haben unseren Teil dazu beigetragen«, betonte Lucrezia. »Wenn ein Teil des Ganzen versagt hätte, wäre alles schief gegangen. Jeder von uns war auf die größten Bemühungen aller anderen angewiesen… und wenn überhaupt jemand noch einem anderen etwas schuldet, dann sollten wir an Andris Myrasol denken, denn er ist derjenige, der im Augenblick auf unsere Hilfe angewiesen ist.«

»Ich verstehe Euch«, sagte Checuti verhältnismäßig ruhig, »aber wenn wir aus Keshvaras abenteuerlichem Bericht eine Lehre ziehen können, dann ist es die, dass wir unsere Grenzen achten müssen.«

Lucrezia öffnete den Mund, um etwas zu entgegnen, doch sie war nicht weiter als bis zum ersten Buchstaben des Wortes *aber* gekommen, als sie von einem plötzlichen Stoß unterbrochen wurde. Der Wagen schlingerte unter dem Aufprall, der sich am vorderen Ende ereignet hatte; es war, als sei etwas sehr Schweres auf die Fahrerbank gefallen. Leider war die Plane noch wegen des Regens, der vor einiger Zeit aufgehört hatte, heruntergezogen, sodass niemand sehen konnte, was draußen los war. Checuti und Jume Metra ergriffen sofort ihre Speere, doch alle vier wichen vor der Plane zurück, weil sie zuerst sehen wollten, was das war, das da hereindrängte, bevor sie ihre Waffen einsetzten.

Lucrezia beobachtete bebend, wie die Finger einer nichtmenschlichen Hand durch den Spalt in der Leinwand griffen und an den verknoteten Seilen herumfummelten, mit denen sie gesichert war. Es war keine Schlangenhand, obwohl die Finger genauso schmal und geschickt waren.

Der Anblick dieser Hand reichte Checuti. Er zog den Arm zurück, um seinen Speer wie einen Wurfspieß schleudern zu können. Jume Metra schwang den ihren abwehrend. Dann jedoch schlingerte der Wagen ein zweites Mal, während etwas auf das hintere Ende kletterte. Eine weitere nichtmenschliche Hand griff dort durch den losen Verschlag, packte das hintere Ende von Checutis Speer und verhinderte so, dass er ihn werfen konnte.

Diese zweite Hand *war* die Hand einer Schlange. Genaugenommen war es Ssifuss' Hand, die offenbar gerade rechtzeitig von dort, wo immer sie gewesen sein mochte, zurückgekehrt war, um zu verhindern, dass ihre Freunde etwas Überstürztes taten. Lucrezia war sehr froh, die Schlange zu sehen, doch ihre Freude verlor sich nur zu bald in der Verwirrung der Ereignisse.

»Isst gut«, sagte die Schlange, die jetzt mehr denn je wie Mossassor klang. »Isst kein Feind! Isst gut!«

Lucrezia vertraute der Schlange fest genug und packte Checutis Waffe, damit er keine Möglichkeit hatte, sie zu entreißen. Jume Metra zögerte einen Augenblick, doch dann senkte sie ihre Waffe.

Die Plane an der Vorderseite des Wagens öffnete sich und hinter der Hand tauchte ein Gesicht auf. Es sah eher aus wie ein Dragomitengesicht als wie das einer Schlange; die Augen waren sehr groß im Verhältnis zu dem schmalen Kopf und um den lippenlosen Mund herum hatte das Wesen Fühler. Es besaß auch Antennen, die aber viel kürzer waren als bei einer Dragomitendrohne. Das Gewebe seiner Haut allerdings glich überhaupt nicht dem einer Dragomite; seine Schuppen waren sehr hell und reflektierten das dumpfe Tageslicht wie eine Menge winziger Spiegel.

Es sagte etwas, aber die Worte, die sich aus seinem Mund ergossen, glichen nichts, was Lucrezia je gehört hatte.

»Isst *gut*«, beharrte Ssifuss. »Isst Mythoss, isst Bote. Habe nie ssuvor gesehen, nie daran geglaubt, aber isst wahr. Mossassor…«

Der mythische Bote unterbrach die Schlange mit einer sehr viel lauteren Rede, deren gezischte Silben nur ein klein wenig fremdartiger als die ersten Worte klangen. Lucrezia begriff mit einigem Erstaunen, dass die Kreatur versuchte, mit Ssifuss in der Schlangensprache zu reden. Ssifuss hörte zu, schien aber große Verständnisschwierigkeiten zu haben. Als der Neuankömmling wieder in Schweigen verfiel, sagte auch die Schlange einige Zeit lang nichts mehr.

»Was ist los?«, wollte Checuti wissen. »Was hat das verdammte Ding gesagt?«

»Nicht ssicher«, erwiderte Ssifuss; vielleicht schämte sie sich ihrer Unfähigkeit, der Rede zu folgen. »Ssagt, ssei ein *echter* Ssalamander. Ssagt, isst nach Garten unterwegss. Ssagt, Mensschen ssollen folgen. *Glaube*, ssagt, dasss man Fraxinuss folgen ssoll, bin mir aber nicht ssicher.«

Der Neuankömmling, der angesichts dieser langwierigen Übersetzung ungeduldig wurde, sagte erneut etwas. Diesmal schien er sein Bestes zu geben, um in der Menschensprache zu reden, doch sein Stimmapparat war dafür noch weniger geeignet als der von Ssifuss. Wenn Lucrezia nicht vorbereitet gewesen wäre, hätte sie aus den seltsamen Tönen keinen Sinn heraushören können, doch nun glaubte sie, die Silben zu erkennen, welche die Kreatur zu formen versuchte.

»Frau-xi-nus«, übersetzte sie mit an Sicherheit grenzender Wahrscheinlichkeit. »Frau-xi-nus... Fraxinus... *kommt*. Zum *Garten* gehen. Zum *Garten* gehen.«

Leider aber war es unmöglich zu sagen, ob das, was das Geschöpf sagte, ein Befehl oder nur ein Ausdruck seiner eigenen Absicht war.

5

Andris träumte weiter, aber sein Traum behielt hartnäckig den Anschein von Wirklichkeit. Langsam begriff er, dass das, was er als Traum ansah, lediglich ein veränderter Bewusstseinszustand war, der durch Halluzinationen, die er selbst erschuf, nur noch stärkere Verwirrung stiftete. Dieses Wissen hatte noch nicht ganz die Macht verloren, ihm Schmerzen zuzufügen, aber er reagierte nicht mehr mit haltlosem Grauen auf den Gedanken, dass sein eigenes Fleisch und Blut tatsächlich von dem fremdartigem Boden verschlungen worden war. Er hatte das Gefühl, als stehe er nun jenseits allen Grauens, jenseits von Angst oder einem Schock, der ihm seine geistige Gesundheit rauben könnte – oder zumindest hoffte er das.

Er wusste, dass er dabei war, etwas völlig anderes zu werden als das, was er bislang gewesen war, aber er wusste auch, dass ein ähnlicher Wandel bereits bei ihm eingesetzt hatte, lange bevor er in den Garten gebracht worden war. Als er zum ersten Mal mit dem Betäubungsgift Bekanntschaft gemacht hatte, das die Leute aus den Neun Städten in den Bittersüßen Sümpfen ernteten, hatte er seine neue Fähigkeit erlangt, hart am

Rand der Wirklichkeit zu träumen, und er war in Berührung mit etwas in ihm selbst gekommen: mit etwas sehr Fremdartigem, das aber nicht *völlig* fremdartig war.

Andris wusste nicht, was mit ihm geschah, und er war auf keinen Fall bereit, die Meinung der Deisten zu teilen, nach der ihm irgendwie erlaubt worden sei, mit dem Gott zu kommunizieren, der die Summe aller Schöpfung und der Herrscher über ihr Schicksal war, aber er wusste, dass seine Visionen einen wahren Kern bargen.

Er war wirklich in den Garten gebracht worden.

Er war wirklich mit dessen lebendigem Boden vereinigt worden.

Es gab tatsächlich winzige Wesen, die in ihm selbst lebten und ihm keinen Schaden zufügten, sondern wirklich ein Teil von ihm waren. Diese Lebewesen hatten ihre eigene Aufgabe und vielleicht ihr eigenes Schicksal – und diese Aufgabe hatte etwas mit dem zu tun, was in und um die Wiege der Chimäre herum vor sich ging.

Andris widmete so viel Aufmerksamkeit wie möglich der Betrachtung der Natur und dem Fortschritt seiner langsamen Metamorphose, aber das war nicht leicht. Es war schwierig, sich zu konzentrieren, und andauernd lauerten weitere Täuschungen darauf, die Ergebnisse seiner Beobachtungen zu verwirren.

Er nahm an, dass er noch betäubt war, aber er konnte nicht sagen, ob das ein Segen oder ein Fluch war.

Wenn seine Empfindungen nicht betäubt gewesen wären, hätte er vielleicht unerträgliche Schmerzen empfunden, während die Saat in ihm die verwickelte Durchdringung seiner Organe und Gliedmaßen in Angriff nahm.

Vielleicht war es aber auch die Abwesenheit jeglicher genauen Empfindung, die ihn vor dem Verständnis dessen bewahrte, was mit ihm geschah und warum es geschah.

Die andere Möglichkeit bestand darin, dass seine Unfähigkeit, mit der fortschreitenden Umformung seines Fleisches in direkten Kontakt zu treten, nur nebensächlich war, nur eine zufällige Laune der Umstände.

Er empfand es als ausgesprochen schwierig, sein Zeitgefühl zu bewahren. Manchmal sah er, dass die Sonne schien, während er ein anderes Mal im Sternenlicht badete, aber er konnte die Stunden und die vergehenden Tage nicht zählen. Der wesentliche Maßstab für seine bisherige Existenz war ihm harsch entrissen worden. Bisher verspürte er weder Hunger noch Durst, und das Ausbleiben dieser vertrauten Empfindungen trug dazu bei, das Reich der Zeitlosigkeit zu festigen.

In seinem früheren Dasein war er sich der Gegenwart seiner Eingeweide gewöhnlich nicht bewusst gewesen war, außer wenn sie schmerzten oder genährt werden wollten, aber jetzt, da seine vordringlichen Gelüste nicht mehr existierten, fragte er sich, ob er noch berechtigt war, sich als dieselbe Person anzusehen, die er früher gewesen war. Sollte er in Anbetracht der Tatsache, dass er überhaupt nicht mehr dieselbe Art von Mensch war, nicht zugeben, dass Andris Myrasol tot war, und sein neues Selbst nicht als etwas ansehen, das gerade neu geboren wurde und einen neuen Namen benötigte?

Das war ein Gedanke, vor dem er zurückschreckte. Er wollte keinen anderen Namen haben. Er wollte nicht, dass sein altes Selbst getilgt wurde. Wie sehr er sich auch verändert haben mochte, er wünschte sich den Fortbestand als Individuum.

Allmählich träumte er nicht einmal mehr von seinem alten körperlichen Selbst. Seine Erinnerungen an Laufen, Sitzen, Klettern und Liegen verblassten völlig und lugten nur in kurzen, überraschenden Spasmen hervor, aber er klammerte sich trotzdem an die Überzeugung, dass er noch immer dasselbe Wesen, noch immer derselbe Andris Myrasol war.

Er wurde nicht vollkommen sich selbst überlassen. Regelmäßig wurde er von der Kreatur besucht, die er den Wächter nannte; manchmal war sie allein, manchmal in der Begleitung von anderen: üblicherweise von Menschen oder Wesen, die wie Menschen aussahen. Diese Besucher sprachen zuweilen miteinander, wenn auch jeweils nur kurz, doch Andris starrten sie lediglich mit abschätzendem Blick an und maßen das Wachstum der kräftigen Sprösslinge, die ihm aus den Schultern und dem Torso wuchsen.

Andris hatte nichts, mit dem er das leidenschaftliche Wachstum seines hybriden Fleisches vergleichen konnte, doch er hoffte, dass es ungewöhnlich schnell erfolgte. Wenn er schon zu einem Baum werden musste, dann wollte er ein außergewöhnlicher Baum sein: ein echter Prinz unter den Bäumen. Schließlich war er unter den Menschen ebenfalls ein echter Prinz gewesen, auch wenn nur herzlich wenige seiner Gefährten diesen Umstand je anerkannt hatten.

Wenn er den Rest seines Lebens als ein Teil des Gartens verbringen müsste, dann wollte er ein besonderer Teil sein: stärker, glänzender und wertvoller als der Rest.

»War ich wirklich die Mühen wert, die deine Plünderer auf sich genommen haben, um mich herzubringen?«, fragte er den Wächter einmal. »Jede Gruppe hatte vierzig Gefangene, bevor sie auf echten Widerstand stieß, aber sie haben sie alle verloren und schwere Verluste erlitten. Ich war ihr einziger Ersatz dafür, nicht wahr?« Er hoffte auf eine zustimmende Antwort.

»Es wird die Zeit kommen, wo du erfährst, was du wert bist«, erwiderte die Kreatur ausweichend – aber er gab sich die Antwort darauf selbst und wies sich auf diese Weise wegen seines Größenwahns zurück. Es war eine Angewohnheit, die er immer wieder an den Tag legte.

Andris hatte auch andere Besucher, während er benommen und halb betäubt war: kleine Vögel, Insekten und sogar langsam dahinkriechende Schlangen. Er bemerkte, dass sie alle von seinen Nachbarn geduldet wurden, aber da gab es noch andere, viel größere Vögel, deren gelegentliche Erforschungsversuche mit einer aggressiveren Reaktion bedacht wurden. Diese geierartigen Geschöpfe zogen sich eilig zurück, wenn dornenartige Zweige ausholten, um nach ihnen auszuschlagen. Einmal sah er, wie einer der Vögel niedergeknüppelt wurde. Als er nicht mehr zuckte, wurde er in den Boden hineingesogen. Obwohl Andris nicht darauf vertraute, dass er ähnliche Fähigkeiten besaß, da er kaum das beherrschen konnte, was er jetzt anstelle von Sehnen und Muskeln hatte, mieden ihn die größeren Vögel. Schließlich bemerkte er, dass die einzigen Büsche, denen sie sich näherten, diejenigen waren, die bis zu einem gewissen Grad geschwächt oder gesplittert waren; er schloss daraus, dass das geierartige Aussehen der Vögel kein reiner Zufall war.

Obwohl Andris nur schrecklich langsam lernte, wie er seine neuen Glieder gebrauchen konnte, gelang es ihm weitaus schneller, seine neue Stimme unter Kontrolle zu bringen. Er wusste, dass beinahe alle Gespräche, an die er sich erinnerte, ausschließlich in seiner Einbildung stattgefunden hatten, aber er war sicher, dass die Baumleute tatsächlich sprechen konnten, und daraus schloss er, dass sie noch so etwas wie Lungen haben mussten. Wann immer der Wächter sich ihm näherte, versuchte Andris zu reden, und obwohl die Kreatur nie antwortete – außer natürlich, wenn er sich selbst die Antworten gab –, sah er in ihren Augen eine Reaktion. Wie lange es dauerte, bis er seine neue Stimme von einem trunkenen Wispern zu alter Stärke und Sicherheit erheben konnte, wusste er nicht, aber schließlich gelang es ihm. In der Zwischenzeit fuhr er mithilfe seiner weniger verlässlichen, eingebildeten Unterhaltungen fort, nach Antworten zu suchen.

Seth diente ihm weiterhin als Schallmuschel für seine Spekulationen, wozu der Kopf allzeit bereit war, zumal er jetzt als pendelnde Frucht von einem von Andris' Ästen herabhing.

»Ich bezweifle, dass das die Art von Körper ist, die du haben wolltest, als du die Dragomitenkönigin verlassen hast«, sagte Andris entschuldigend zu der Drohne. »Ich vermute, dass du genug von dieser Art von gemeinsamer Existenz hast. Aber immerhin ist es so etwas wie ein Körper, und es muss eine Möglichkeit geben, dass er dir das neue Leben schenkt, das du dir so sehr gewünscht hast.«

»Leben ist Leben«, erwiderte der Kopf, ohne die Lippen zu bewegen. »Bettler können nicht wählerisch sein. Außerdem kann ich hier bestimmt wieder herauskommen. Ich habe ja keine Wurzeln geschlagen.«

»Du wirst einen anderen Bruder benötigen, der hier vorbeikommt und dich wie einen reifen Apfel von meinem Zweig pflückt«, betonte Andris. »Du hattest riesiges Glück, in den Tiefen des Dragomitennestes jemanden zu entdecken, der zufällig vorbeikam, und du hättest noch größeres Glück, so jemanden hier zu finden. Die Halbmänner, die mich hergebracht haben, scheinen nicht übermäßig mit brüderlichen Gefühlen ausgestattet zu sein.«

»Manchmal kommen auch andere her«, erwiderte Seth, »wenn auch eher als Eindringlinge und Zerstörer, aber wenigstens kommen sie. Solange der Boden lebt, gibt es Hoffnung – und wir müssen hoffen, dass er trotz der Invasionen, die ihn heimsuchen, lebendig bleibt. Wenn er stirbt und verrottet, sterben und verrotten wir mit ihm. Hör nicht auf die Versprechungen von Unsterblichkeit, Andris – sie sind nichts als Trug.«

»Ich bin mir nicht sicher, ob die Bewohner der Tiefe überhaupt sterben können«, erwiderte Andris. »Ich könnte mir vorstellen, dass sie manchmal einander verschlucken, so wie sie kleinere Dinge verschlucken, aber ich bin mir nicht sicher, ob sie jemals sterben.«

»Nester können aber sterben«, sagte Seth.

»Wirklich?«, erwiderte Andris. »Sterben sie wirklich, oder werden sie bloß ineinander eingesaugt, so wie sich Königin mit Königin verbindet?«

»Ist das ein Unterschied?«, gab Seth seinerseits zurück.

»Ich glaube schon«, meinte Andris. »Ich bin mir nicht sicher, ob man diesen Krieg zwischen den Bewohnern der Tiefe als eine Schlacht ums *Überleben* ansehen kann. Es ist vielleicht eher ein Eroberungskrieg, in dem die Verlierer in die Körper der Sieger aufgesogen werden.«

»Das ist dasselbe.«

»Da bin ich mir nicht so sicher. Es gibt eine Stelle über Eroberungen in Fraxinus' geliebten *Genesys-Apokryphen*, wo es heißt, dass jede Vorstellung von Eroberung nur Lug und Trug ist, genauso wie die Vorstellung eines dauerhaften Reiches. Ich wünschte, ich könnte mich an mehr erinnern. Vermutlich bin ich selbst in gewisser Weise erobert worden – besiegt und aufgesogen –, aber ich *fühle* mich weder besiegt noch aufgesogen. Mein Körper mag gefangen sein, aber mein Geist ist noch frei... in gewisser Weise sogar freier denn je zuvor.«

»Das ist möglich«, gestand Seth ein. »Ich bin der lebende Beweis dafür. Vielleicht sitzt dein Körper nicht so fest in der Falle, wie es den Anschein hat. Schließlich lernst du immer noch, und du veränderst dich noch immer. Wer weiß, zu was du fähig sein wirst, wenn du fertig bist? Das weiß vielleicht nicht einmal der Boden selbst.«

»Ich bin nicht sicher, ob der Boden überhaupt etwas weiß«, gab Andris zu. Während er sprach, versuchte er, einen Blick zurück über eine Schulter zu werfen, die er nicht mehr hatte, um zu sehen, was – oder wer – hinter ihm war. Er schaffte es noch nicht, aber er spürte, dass die Zeit nicht mehr fern war, in der es ihm gelänge.

Ich wage zu behaupten, dass der Boden seine Meinung dazu äußern wird, wenn er kann, dachte Andris. *Schließlich sind wir jetzt aus demselben Fleisch, ob uns das gefällt oder nicht. Ich bin bloß eine Drohne, genauso wie der arme Seth. Ob es mir möglich sein wird, meinen eigenen Kopf abzutrennen, wenn ich den Trick lernen kann – und nähme mich dann jemand in seine Obhut?*

»Egal, was mit mir geschieht«, sagte er laut, obwohl er Seth aus den Augen verloren hatte und jetzt zu etwas sprach, das weitaus verschwommener und weitaus schwerer vorzustellen war, »ich werde kein Teil von *dir* sein, wenn ich etwas dagegen tun kann. Wie viel von meinem Fleisch deine Saat auch verschlungen haben mag, wie viel von deinem Lebenssaft auch immer durch mein Blut und meine Knochen sickert, werde ich doch immer Andris Myrasol bleiben, der Prinz aus Ferentina. Du kannst so viele leere Freundschaftsgesten machen, wie du willst; das macht für mich keinen Unterschied. *Wir sind nicht eines Geistes.* Verstehst du das? *Wir sind nicht ein und dasselbe und werden es nie sein.*« Er wusste, dass dies möglicherweise nicht stimmte und er es nicht einfach dadurch zur Wirklichkeit machen konnte, indem er es aussprach, aber er fühlte sich trotzdem dazu gedrängt, um den Kern seines Selbst zu verteidigen.

»Wir wissen nicht einmal, ob es das ist, was wir sein sollen oder müssen«, erwiderte eine weibliche Stimme in einem seltsam traurigen Tonfall, »aber falls es so ist, bist du ein Narr, wenn du glaubst, dass du noch die Wahl hast.«

Die Sprecherin blieb unsichtbar. Der Wächter blieb sichtbar, aber der Wächter sprach nie; der Wächter wachte nur – und er hörte zu.

Mehr Zeit verging – auf die ungewisse Art, die ihr jetzt innewohnte.

Andris wuchs noch immer. Er wurde sehr groß, und er glaubte – oder wenigstens hoffte er es –, dass er zügelloser wuchs als jede andere Chimäre im Garten. Der untere Teil seines Körpers kam allmählich wieder aus dem Boden hervor, aber die Beine, die miteinander verschmolzen waren und nun seinen Stamm bildeten, schienen nicht mehr die Beine zu sein, die sie früher einmal gewesen waren, und seine Genitalien waren zu einem nur angedeuteten Auswuchs geschrumpelt.

Während die Schösslinge nach allen Richtungen aus ihm sprossen, wurde es für Andris immer schwieriger zu erkennen, was um ihn herum vor sich ging. Blattwerk, von dem er einfach noch nicht fertigbrachte, es als sein eigenes anzusehen, verdeckte ihm den Blick, sodass er kaum mehr erkennen konnte, wenn ein anderer Humanoid an ihm vorüberging, aber bald vermochte er die Arme zu heben und auch seine Krone hob sich. Erneut hatte er klare Sicht.

In der Zwischenzeit musste viel Zeit vergangen sein: Tage und Nächte, die er nicht zu zählen vermochte.

Er versuchte sich damit zufrieden zu geben, geduldig zu beobachten, wie die Blätter aus seinen Zweigen hervorbrachen. Er studierte mit größtmöglicher Anteilnahme die Form und das Wachstum der ersten weißen Blütenknospen, die sich inmitten der Blätter zeigten.

Während sein Stamm länger und stärker wurde, hoben seine hoch gestrecken Arme die Überfülle seiner Zweige ebenfalls nach oben und fort von seinem Kopf. Er spürte wachsende Zuversicht, dass er ein Riese unter den Bäumen sein würde, so wie er in gewisser Weise ein Riese unter den Menschen gewesen war.

Es war merkwürdig zu beobachten, wie Zweige, die ihr Wachstum zehn oder hundert Sem unter seinem Kinn begonnen hatten, ganz langsam nach oben wanderten, bis sich die niedrigsten von ihnen zwanzig Sem über der Höhe seiner Augen befanden. Der Körper, der das Fleisch der Pflanze umgeben hatte, während sie in seinen Eingeweiden gekeimt hatte, schien ihm jetzt manchmal selbst umschlossen und eingemauert in dem unirdischen Fleisch des Baumes zu sein, doch er verlor allmählich die letzten Reste eines Gefühls des Getrenntseins, und er wusste nicht, ob es die Mühe wert war, sich mit aller Gewalt an diese einzigartige Illusion zu klammern. Er konnte sich noch vorstellen, dass seine vertraute Gestalt verborgen in dem Baum steckte; dass sie zwar gedehnt und umgeformt, aber im Wesentlichen noch wiederherstellbar war, doch er wusste auch, dass seine Metamorphose viel tiefer reichte. Er konnte sich vorstellen, dass seine Arme außerordentlich verlängert worden waren und dass ihm der Kopf in die Brust gesunken war, aber eine solche Verdrehung der Tatsachen war wenig sinnvoll. Er fragte sich, ob es vernünftiger wäre, sich mit aller Macht dieser neuen Form anzupassen und sein neues und unirdisches Fleisch dem Einflussbereich seines Willens unterzuordnen.

Auf diese Weise mochte er dazu in der Lage sein,

den lebenden Boden zu einem Teil seiner selbst zu machen, anstatt zu einem Teil des Bodens zu werden.

Während meines ganzen Lebens bin ich ein Mann gewesen, sagte er zu sich selbst. *Ich war Soldat und Seemann, Arbeiter und Müßiggänger, Liebhaber und Lügner. Wenn ich noch einmal leben dürfte, würde ich alles anders machen. Wer würde das nicht? Wer außer einem Narren würde sagen: »Ich würde alles noch einmal genauso machen«? Jeder Mann, der dieser Bezeichnung wert ist, würde sagen: »Das habe ich schon einmal getan; diesmal werde ich etwas anderes versuchen.« Warum sollte ich nicht dankbar für die Gelegenheit sein, etwas völlig Neues zu versuchen? Solange ich ich selbst sein kann, kann ich alles sein, und wenn ich die Gelegenheit habe, ein Baum zu sein, dann sollte ich versuchen, der bestmögliche Baum zu sein. Wenn ich mit lebendem Boden verschmelzen muss, sollte ich das voller Tapferkeit tun. Wenn ich gezwungen bin, Teil eines Bewohners der Tiefe zu werden, muss ich sicherstellen, dass der Bewohner der Tiefe auch ein Teil von mir selbst wird.*

All das sagte er laut zu dem Wächter, und der Wächter schien ihm zuzustimmen, auch wenn sein froschähnlicher Mund nicht in der Lage war, ein Lächeln vorzutäuschen.

Langsam verstand Andris, wie es menschlichen Wesen möglich war, in den Korridoren der Macht zu wohnen und sich selbst Dragomiten zu nennen. Er verstand auch allmählich, wie lebende Wesen, die am Ufer des Sees des Farblosen Blutes hausten, den Geist der Wasser in sich willkommen heißen konnten und zu lernen versuchten, was er ihnen über das Spiel des Lebens beibrachte.

Aber selbst in seinem Traum konnte er Merel nicht vergessen – und solange er Merel nicht vergessen konnte, vermochte er den gelegentlichen Qualen eines scharfen und beißenden Verlustgefühls nicht zu entkommen. Manchmal sehnte er sich danach, sie wieder zu sehen; dann wieder hoffte er, das würde nie geschehen. Manchmal wollte er, dass auch sie Teil des Gartens wurde; dann wieder hasste er sich selbst, weil er ihr ein solches Schicksal wünschte.

»Auch das ist das Leben«, sagte er zu sich und zu dem Wächter. »Das Leben steckt voller Zweifel und Konflikte. Was auch immer das Leben sein mag, Zweifel und Konflikte sind ein wesentlicher Teil davon. Wir alle befinden uns im Krieg, sowohl mit uns selbst als auch mit allem anderen. Wie sonst könnten wir uns verändern und gleichzeitig unseren Fortbestand sichern? In uns muss es Spannung und Streit geben, denn sonst wären wir wie jene Steine, die nicht fließen und keine Gestalten auf ihrer Oberfläche haben. Wenn wir wach sind und wenn wir träumen, müssen wir Hoffnungen haben, die uns leiten, und Nachtmahre, die uns anspornen.«

Er wusste nicht, wie lange es her gewesen war, dass er ein echtes menschliches Wesen gesehen hatte, aber er hatte das Gefühl, dass es zu lange zurücklag. Selbst in seiner neuen Gestalt quälte ihn die Einsamkeit. Ihn verlangte nach Gesellschaft seiner alten Art – nach dem Klang vertrauter Stimmen und der Berührung durch vertraute Hände. Er wusste, dass er von anderen Wesen aus seiner *neuen* Art umgeben sein würde, bevor er sterben würde – oder sich wieder zu etwas anderem verwandelte –, aber er konnte nicht glauben, dass er jemals diese Sehnsucht nach vertrauten Stimmen und vertrauten Liebkosungen ganz verlieren würde; und er wollte diese Sehnsucht auch nicht verlieren.

Zuweilen beklagte er sein Schicksal und er konnte sich dafür nicht verdammen.

6

Ich habe gehofft, dass ihr es seid«, sagte Purkin und entspannte sich im Sattel, nachdem er sein Reittier vorsichtig in eine sichere Position gebracht hatte. »Ich bin sehr froh, euch zu sehen. Mir war klar, dass die Wagen, die Amyas aus den Neun Städten mitgebracht hat, in einiger Entfernung vor euch sein müssten, falls ihr es geschafft hattet, durch die Gesprenkelte Wüste zu kommen, aber ich habe befürchtet, es sei euch nicht gelungen.«

Das glaube ich dir gern, dachte Fraxinus und starrte auf die behelfsmäßige Friedensflagge. *Du hast es so sehr befürchtet, dass du beim ersten Anzeichen von Schwierigkeiten wie der Teufel geflohen wärst.*

»Er scheint es sich zur Gewohnheit zu machen, seine Herren im Stich zu lassen«, murmelte Merel so leise in Fraxinus' Ohr, dass Purkin es nicht hören konnte. »Amyas war bereit wegzusehen, als ich und Aulakh flohen, aber er war fest entschlossen, seine Kämpfer zu behalten. Irgendetwas muss passiert sein.« Das war offensichtlich.

»Es tut gut, dich wieder zu sehen, Sergeant«, sagte Fraxinus leichthin. »Ist Hauptmann Cerri bei euch?«

»Nein«, erwiderte Purkin. »Er ist entweder umgekommen oder zusammen mit den meisten meiner früheren Waffengefährten entführt worden.«

»Was ist geschehen?«, fragte Fraxinus besorgt. »Aulakh Phar erzählte mir von eurer Reise und ihrem Zweck, aber er meinte, dass alles in Ordnung war, als er euch verließ.«

»Es war weit davon entfernt, in Ordnung zu sein«, gab Purkin mit harter Stimme zurück. »Das Letzte Bollwerk, zu dessen Verteidigung wir eine so weite Strecke zurückgelegt hatten, war bereits belagert und kurz vor dem Fall, auch wenn wir das damals nicht gewusst hatten. Auf der Straße wurden wir von einer Horde monströser Geschöpfe angegriffen, die Tierköpfe auf menschlichen Körpern trugen. Diejenigen von uns, die den Kampf überlebten und in die Richtung des Bollwerks flohen, wurden zerstreut. Etwa fünfzig Reiter kamen durch und versuchten uns den Weg frei zu machen, aber es war alles umsonst.

Ich bin mit einigen meiner Leute und einer Hand voll Bronzener entkommen. Wir wurden erst nach Süden getrieben, dann nach Westen. Wir versuchten, uns mit den anderen zusammenzuschließen, aber das war uns nicht möglich. Diese Länder stecken voller Feinde: alle möglichen Sorten von bösartigen Tieren und Wesen, die wie Menschen aussehen, aber keine sind. Wir mussten uns versteckt halten, damit wir nicht geschnappt wurden. Wir waren nur zu vierzehn und nur fünf davon waren in der Zitadelle ausgebildet worden. Ich – das heißt, wir – entschieden uns, dass es das Beste wäre, denselben Weg, auf dem wir gekommen waren, zu den Neun Städten zurückzureiten. Wie schlimm die Dinge auch dort stehen mögen, hier draußen gibt es rein gar nichts, das uns irgendwie Hoffnung macht. Habt ihr etwas Wasser? Ich bin schrecklich durstig.«

Fraxinus ergriff den Wasserkrug, der neben ihm gestanden hatte, versicherte sich, dass der Korken fest darauf saß, und warf ihn dann Purkin zu. Der Sergeant versuchte, den Krug zu fangen, aber es gelang ihm nicht. Er musste absteigen, um ihn aufzuheben, aber er hatte sein Pferd auf sicheren Boden gelenkt und deshalb keine Schwierigkeiten, den Krug zu aufzunehmen. Dankbar trank er daraus.

»Wir sind selbst knapp an Wasser«, sagte Fraxinus vorsichtig. »Nahrung haben wir genug, weil die Dragomiten so gut darin sind, Gleiter aufzusammeln, aber Wasser ist hier in der Gegend schwer zu finden.«

»Keine Ahnung«, erwiderte Purkin und nahm den Hals des Kruges von seinen Lippen. »Es muss Wasser unter der Oberfläche geben, wenn man bedenkt, wie diese knorrigen Stängel sprießen, aber es wird sehr tief unten sein. Habe letzte Nacht im Westen Regenwolken gesehen, aber der Wind hat sie nicht hergeweht. Pech. Habt ihr beim Feuer des Salamanders gefunden, was ihr gesucht habt?«

»Wir haben Antworten auf einige unserer Fragen erhalten«, gab Fraxinus mit unbeteiligter Stimme zurück. »Die endgültigen Antworten sind in der Mitte der Welt zu finden.«

»Von dort kommen all diese nachgemachten Menschen«, sagte Purkin argwöhnisch. »Und nicht nur die, sondern auch noch schlimmere Dinge. Das Land im Südwesten ist äußerst gefährlich. Hab gestern ein paar große Vögel in diese Richtung fliehen sehen. Glitzerten in der Sonne, aber meistens kommen die Ungeheuer aus der anderen Richtung; sie sind entweder auf der Flucht oder auf der Jagd. Amyas zufolge war all das früher einmal Menschenland – die Städte der Ebene hatten ein Reich wie das von Belin. Jetzt, da das Bollwerk untergegangen ist, ist alles vorbei. Wenn ihr mich fragt, hat Xandria allen Grund, dankbar zu sein, dass die Dragomitenberge an seiner südlichen Grenze stehen. Wenn diese natürliche Barriere nicht wäre, würde das Land, das wir unsere Heimat nennen, wahrscheinlich genauso aussehen wie die Gegend hier. Es ist Zeit für uns zurückzugehen, falls wir das überhaupt noch können. Antworten sind es nicht wert, dass man für sie stirbt.«

Fraxinus machte sich nicht die Mühe, Purkin zu erklären, was die ›großen Vögel‹ in Wirklichkeit gewesen waren. »Wir können nicht zurückkehren«, sagte er trocken. »Nicht nach Xandria, nicht einmal zu den Neun Städten.«

»Ich glaube, das können wir durchaus«, widersprach Purkin. »Wenn wir dem Fluss nicht nach Norden folgen können, dann folgen wir ihm eben nach Westen – wir umgehen die Sümpfe und reiten in die Richtung der Grauen Ödnis. Es wird ein langer Weg sein, aber auf der Karte des Bernsteinfarbenen stand, dass der Fluss an der anderen Seite der Sümpfe nach Norden abbiegt. Wenn wir so weit kommen, sind wir wieder auf dem richtigen Weg. Selbst wenn wir uns nicht bis nach Xandria durchschlagen können, gelangen wir sicherlich in ein anderes irdisches Land. Amyas zufolge dauert so eine Katastrophe nicht ewig. Schlechte Zeiten kommen und gehen. Wir müssen einfach daran glauben, dass man diese Dinge überstehen kann, sonst sind wir verloren. So sehe ich das Ganze. Wenn man das, was man hat, nicht behalten kann, muss man es eben loslassen und abhauen.«

»Ich habe schon früher bemerkt, dass du dazu neigst, die Dinge auf diese Weise zu sehen«, gab Fraxinus trocken zurück. »Manchmal scheinst zu fortzulaufen, bevor es wirklich notwendig ist.«

»Wenn ich damals nur etwas früher abgehauen wäre, hätte ich jetzt mehr als fünf Männer dabei«, erwiderte Purkin schnell. »Wäre ich desertiert, als die meisten Kerle das Weite suchten, säße ich jetzt behaglich und in Sicherheit in Khalorn. Ihr seid nicht weggelaufen, aber ihr scheint genauso viele Probleme bekommen zu haben wie ich. Meiner Meinung nach solltet ihr mit uns kommen. Einige meiner Leute – das heißt, meiner neuen Leute – haben vielleicht etwas gegen die Vorstellung, sich mit Dragomiten zusammenzutun, aber ich werde ihnen erklären, dass die Biester zahm sind. Gemeinsam haben wir eine viel größere Chance, uns bis nach Hause durchzuschlagen.« Seine

Aussprache war umso undeutlicher geworden, je näher er dem Ende seiner kleinen Rede gekommen war, was eindeutig für seine Verzweiflung sprach.

»Ihr seid willkommen, wenn ihr euch uns anschließen wollt«, erwiderte Fraxinus ruhig. »Es ist noch ein weiter Weg bis zur Wiege der Chimäre, aber wir werden es schon schaffen. Wenn wir herausgefunden haben, was wir wissen müssen, werden wir nach Xandria zurückkehren.«

Purkin trank die letzten Tropfen Wasser aus dem Krug und sah sich um. Obwohl er die Leute im Wagen nicht erkennen und daher nicht abschätzen konnte, wie viele es waren, musste er wissen, dass ihm alle gebannt zugehört hatten.

»Ihr seid verrückt, wenn ihr auf demselben Weg weiterzieht«, sagte er unnötig laut. »Ihr seid nach Süden gekommen, um zu sehen, was es zu sehen gibt, aber ihr habt noch nicht genug gesehen, um zu wissen, dass es viel schlimmer ist als alles, was ihr erwartet. Ich weiß nicht, welche Antworten ihr bei dem Feuer des Salamanders bekommen habt, aber ich lege meine Hand dafür ins Feuer, dass sie die Wiege der Chimäre als nicht weniger gefährlich geschildert haben als die Gerüchte, die *mir* zu Ohren gekommen sind. Jeder, der nur ein bisschen Verstand hat, würde mit mir kommen – *jeder,* ob Königin oder Dieb, Riesin oder Kaufmann.«

Fraxinus fiel auf, dass der Sergeant weder Schlangen noch Dragomiten erwähnt hatte. Er war sich seiner Autorität in der zusammengewürfelten Expedition seit langem sicher gewesen, zumindest seit ihm Ereleth keine Konkurrenz mehr machte, doch jetzt sah er sich der ersten echten Bedrohung seiner Stellung gegenüber. Er wusste, dass er kein Recht hatte, jemanden aufzuhalten, wenn dieser der Meinung sein sollte, dass Purkins Ansichten der Wahrheit entsprachen. Er warf einen Seitenblick auf Merel und bemerkte zu seinem Unbehagen, dass sie tief Luft holte, um eine Antwort zu geben.

»Also gut, wir sind verrückt«, rief sie gereizt zurück, »aber wir sind nicht verrückt genug, um einem Führer wie dir zu folgen.«

Fraxinus unterdrückte ein Lächeln, aber er spürte, dass er sich mehr anstrengen musste, wenn er sich rechtfertigen wollte. »Es ist nicht nur Neugier, die mich vorantreibt, Sergeant«, sagte er. »Wenn wir nicht herausfinden, was hier vor sich geht, wird die gesamte menschliche Zivilisation vielleicht denselben Weg gehen wie die Städte der Ebene und das Bollwerk, das du verteidigen solltest. Du musst einsehen, dass bloße Verteidigung nicht genug ist – wie du selbst gesagt hast, hat es eine solche Weltkrise schon früher gegeben, aber sie hat keinen Niederschlag in unseren Überlieferungen gefunden. Vielleicht wird Xandria diesmal verschont bleiben – und ich wage zu behaupten, dass es dich nicht kümmert, was beim nächsten Mal geschehen wird, wenn unsere Abkömmlinge die Welt von uns geerbt haben –, aber wir können uns dessen nicht sicher sein. Die Auswirkungen haben sich bereits bis zum Wald der Absoluten Nacht ausgebreitet. Wir müssen in Erfahrung bringen, was hinter alldem steckt, wenn wir es denn überhaupt verstehen können, und wir müssen neue Überlieferungen schaffen, die sicherstellen, dass man sich daran erinnert und es versteht. Wenn wir es nicht tun, wer soll es dann machen?«

»Wenn es euch nicht gelingt«, gab Purkin zurück, »werdet ihr alle sterben. Ich werde nicht in die Falle reiten – ich geh nach Hause, wenn ich kann. Und das wäre viel leichter, wenn ihr bei mir wäret. Wenn wir alle zusammenbleiben, können wir es schaffen. Getrennt aber…«

Er überließ es seinen Zuhörern, ihre eigenen Schlüsse daraus zu ziehen, und vergaß geflissentlich zu erwähnen, dass ein Wagen und eine Riesin für ihn sehr viel mehr wert waren als seine abgerissene Kavallerie für Fraxinus. Fraxinus wusste aber, dass der Sergeant in gewisser Weise Recht hatte. In der Einigkeit lag ihre Stärke, und es lauerte immense Gefahr auf dem Weg, auf dem er und seine Expedition unterwegs waren.

Er sagte: »Wie es sich gerade trifft, habe ich einen Mann hier, dem wahrscheinlich daran gelegen wäre, das Kommando über deine Truppe zu übernehmen. Du bist nie mit ihm zusammengetroffen, aber diejenigen deiner Männer, die aus den Neun Städten stammen, werden ihn gut kennen. General Shabir!«

Purkins Gesicht hatte sich bereits verdunkelt, bevor Fraxinus den Namen ausgesprochen hatte; es verdunkelte sich sogar noch mehr, als sich Shabir nun hinter Fraxinus aufbaute.

»Das sind jetzt *meine* Männer – jeder Einzelne von ihnen«, versicherte Purkin rasch. »Ein früherer Rang bedeutet nichts mehr.« Er schien selbst nicht ganz überzeugt davon zu sein, aber er war eindeutig entschlossen, es so zu sehen.

»Ist dir daran gelegen, einem Deserteur einmal um die halbe Welt zu folgen, Shabir?«, fragte Fraxinus und sah den Mann an, der sich über seine Schulter lehnte. »Wenn ja: hier ist ein Rekrutierungsoffizier, der dich gern als Obergefreiten einstellen möchte.«

»Vielleicht sollte ich zu den Männern sprechen, die früher einmal in meiner Streitmacht gedient haben«, erwiderte Shabir. »Ich könnte mir vorstellen, dass sie inzwischen genug von diesem Mann haben, selbst wenn kein Eblaner unter ihnen sein sollte.«

Purkin gefiel diese Aussicht offenbar gar nicht, aber er hatte eine Antwort bereit. »Vielleicht würden sie lieber mit dir als mit mir nach Hause gehen«, sagte er,

»aber der einzige Ort, wo sie nicht hingehen werden, ist die Mitte der Welt. Sie haben bereits genug von deren Abgesandten. Vielleicht können wir uns das Kommando teilen, General – ich weiß, dass meine Männer mit mir durch dick und dünn gehen werden.«

Für den Bruchteil einer Sekunde glaubte Fraxinus, der General würde dieses Angebot annehmen, doch zu vieles hatte sich seit der Schlacht in der Gesprenkelten Wüste verändert. Der General hatte gehört, was Purkin zu sagen gehabt hatte, und er hatte bereits seine Entscheidung getroffen.

»Sag meinen Männern, dass ich hier bin«, befahl der Eblaner. »Sag ihnen, dass ich keine Angst vor dem habe, was vor uns liegt. Sag ihnen, dass sie willkommen sind, wenn sie mit uns ziehen möchten, aber sie müssen ihre eigene Entscheidung treffen.« Nachdem er gesprochen hatte, zog er sich voller Verachtung in das Innere des Wagens zurück.

»Hat noch jemand eine Botschaft für den Sergeanten?«, rief Fraxinus und erlaubte sich den Luxus eines Lächelns. Da bereits Merel und Shabir Purkins Angebot abgelehnt hatten, gab es sicherlich niemanden mehr, der noch einen Gedanken daran verschwendete.

Als niemand antwortete, drehte er sich wieder zu Purkin um und sagte: »Mein Angebot steht, falls du dich anders entscheiden solltest – wenn du oder einige von deinen Männern zu uns kommen wollt.«

Purkins Gesichtsausdruck war entschieden garstig; offenbar glaubte er, man verspotte und beleidige ihn, und er war sich der Loyalität seiner Männer nicht halb so sicher, wie Fraxinus sich der Loyalität seiner Gefolgsleute sicher war.

»Du weißt nicht, was vor dir liegt, Fraxinus«, sagte der Sergeant. »Ich habe nur den kleinsten Teil davon gesehen, aber ich weiß, dass eine Riesin und zwei Dragomiten nicht ausreichen, um durchzukommen. Auf euch warten ganze Heere, und auch wenn es keine richtigen Menschen sind, haben sie doch Pferde und Hände und Waffen, und ihnen ist gewiss nicht daran gelegen, zu reden oder zu verhandeln. Wenn du jetzt nicht umkehrst, lauft ihr alle in euer Verderben. Glaub mir, ich weiß es.«

»Was würde deiner Meinung nach Hauptmann Cerri tun, wenn er an deiner Stelle wäre?«, fragte Fraxinus ihn. »Oder dieser Amyas, von dem mir Aulakh Phar so viel erzählt hat?«

»Sie sind beide tot«, gab Purkin verbittert zurück. »Aber ich lebe noch. Ich glaube, ich darf mich deshalb als der bessere Kenner der Risiken ansehen, oder etwa nicht?«

»Nein«, sagte Fraxinus. »Du kannst mit uns kommen, wenn du willst. Wenn nicht, kannst du auf dich selbst aufpassen – das ist alles.«

»So einfach ist das nicht«, schoss Purkin zurück. Er hatte noch immer die Friedensfahne in der Hand und schien sich der Tatsache nicht bewusst zu sein, dass sie ihn eher als einen potenziellen Feind denn als Freund auswies. Er glaubte, noch weitere Drohungen in Reserve zu haben, aber das war falsch. Seine Einwände waren gehört und als unwesentlich abgetan worden.

»Doch, das ist es«, sagte Fraxinus beharrlich und packte alle Entschlossenheit, zu der er fähig war, in seine kalte Erklärung. »Du hast nicht die nötigen Mittel, um mit uns zu handeln. Wenn du deinen eigenen Weg gehen willst, werde ich dich sicherlich nicht aufhalten – aber du hast dein Angebot unterbreitet, als alle meine Leute dich hören konnten. Ich frage mich, welche Antworten ich bekomme, wenn ich meines unterbreite und all deine Männer mich hören und sich selbst entscheiden können.«

Purkin blickte finster drein. »Ich halte keinen mit Gewalt zurück«, sagte er wenig überzeugend. »Wenn sich jemand dir anschließen will, dann soll er doch abhauen – aber ich glaube, sie haben zu viel Verstand dafür.« Er sah von einer Seite zu anderen und warf einen schnellen Blick auf die Riesin und die beiden Dragomiten.

Fraxinus hegte keinen Zweifel daran, dass Purkin keine Skrupel gehabt hätte, den Wagen mit seinen Männern anzugreifen und zu plündern, wenn er weniger gut verteidigt wäre. *Shabir ist besser als er,* dachte er. *Wenigstens hat er an der Brücke in der Hoffnung gehandelt, seine Gefährten anzufeuern; er war nicht nur von Angst und Gier getrieben. Dies ist unser aller wahrer Feind: das Individuum, das jeden Verrat im Namen des Überlebens plant und ausführt.*

»Sag es ihnen trotzdem«, erwiderte Fraxinus milde. »Wir können nicht viel an Bequemlichkeit oder Nahrung bieten, aber wir hoffen, einiges Interessante zu sehen, und über ein oder zwei zusätzliche Pferde wären wir sehr glücklich.«

»Ihr seid verrückt«, sagte Purkin nicht zum ersten Mal.

»Es sind verrückte Zeiten«, antwortete Fraxinus. »In verrückten Zeiten dürfen nur Verrückte hoffen herauszubekommen, was los ist.«

Purkin setzte den linken Fuß in den Steigbügel und hievte sich wieder auf sein Pferd. Das Pferd wieherte eine leise Beschwerde, doch es war zu gut dressiert, um offen Widerstand zu leisten. »Falls ich jemals nach Xandria zurückkehren sollte«, sagte der Sergeant, »werde ich sicherstellen, dass man erfährt, was mit euch geschehen ist und warum es so gekommen ist. Wenn man sich überhaupt an deinen Namen erinnern wird, dann als Warnung vor der Torheit.«

»Man wird sich an mich erinnern«, sagte Fraxinus zu dem Sergeanten, als die Erinnerung an das Gesicht seines Sohnes für einen Augenblick deutlich hervortrat. »Selbst wenn keine Nachrichten Xandria erreichen, wird man sich an mich erinnern. Wenn ich mich nicht sehr täusche, bist du dagegen schon vergessen und so wird es auf ewig bleiben.«

Purkin wollte sich das letzte Wort nicht nehmen lassen. Als er schon fortritt, rief er als letzten Seitenhieb zurück: »Darauf würde ich nicht wetten.« Es war eine Drohung, wenn auch eine leere – zumindest hoffte Fraxinus das.

»Von nun an müssen wir sehr vorsichtig sein«, sagte Ereleth, als Fraxinus die Pferde mit Geduld und Schmeicheleien wieder vorwärts trieb. »Du hättest ihn nicht so verärgern dürfen.« In Anbetracht ihrer eigenen diplomatischen Fähigkeiten erschien Fraxinus diese Kritik ungerechtfertigt.

»Wir müssen sowieso vorsichtig sein«, erwiderte er ruhig. »Wenn Purkin Recht hat, werden wir es mit Feinden zu tun bekommen, die viel gefährlicher sind als er.«

»Er hat trotzdem Recht, nicht wahr?«, meinte Merel nachdenklich. »Wir *sind* verrückt. Ich hoffe noch immer, dass Andris lebt und irgendwo da vorn ist, aber ihr anderen… ihr wisst doch nicht einmal, auf was ihr hoffen sollt, oder?«

Fraxinus wünschte, er hätte eine Antwort darauf; doch er hatte keine. Alles, was er zu sagen vermochte, war: »Wir müssen in Erfahrung bringen, was mit der Welt geschieht. Es ist schließlich unsere Welt. Was sind wir denn, wenn wir uns weigern, ihren Gefahren und Geheimnissen die Stirn zu bieten? Wir müssen wissen, wie wir in das Gesamtsystem hineinpassen, selbst wenn sich herausstellen sollte, dass wir es nicht ändern können.«

Es war das erste Mal, dass er diese besondere Möglichkeit ausgesprochen hatte, auch wenn sie immer im Hintergrund gelauert hatte. Jetzt, da er ihr Ausdruck verliehen hatte, fühlte er sich nicht gerade besser.

»Sie werden uns folgen«, sagte Ereleth. »Sie werden wenigstens für eine Weile unsere Spur aufnehmen und unsere Einzelteile aufsammeln, falls wir in Schwierigkeiten geraten sollten, mit denen wir nicht fertig werden.«

»Vielleicht«, meinte Fraxinus gelassen, »aber wenn wir wirklich in Schwierigkeiten geraten, mit denen wir nicht fertig werden, macht es uns doch nichts mehr aus, wer unsere Einzelteile aufsammelt, oder?«

7

Lucrezia war froh, von dem Wagen herunterspringen zu können, der plötzlich unerträglich eng geworden war, als die geflügelte Kreatur an einer Seite hereingeschaut und die Schlange die andere blockiert hatte. Ssifuss und das geflügelte Wesen hatten sich jetzt von dem Wagen entfernt und ins Freie zurückgezogen; dort plapperten sie nun in zwei verschiedenen Sprachen.

Soweit es Lucrezia mitbekam, hatte die geflügelte Kreatur nur wenig Ahnung von der Sprache der Schlangen, auch wenn sie sich Mühe gab, Worte in dieser Sprache zu bilden. Ssifuss ihrerseits verstand nur äußerst wenige von den Silben, die aus dem Mund der Kreatur hervorsprudelten, und sie konnte sie nicht sinnvoll zusammensetzen. Lucrezia glaubte nicht, dass dieser Gesprächsversuch viel an wirklichen Informationen hervorbrachte.

Checuti führte Lucrezia und Keshvara an die andere Seite des Wagens. Jume Metra folgte ihnen. »Habt ihr so etwas schon einmal gehört?«, fragte sie die anderen.

»Nein, es sei denn, es handelt sich um einen Feuerdrachen«, erwiderte Hyry. »Es heißt doch, Feuerdrachen haben Flügel und helle Schuppen, nicht wahr? Wenn das Ding Feuer ausstößt, wird es sich zu erkennen geben.«

»Es kann das Wort *Fraxinus* ausstoßen«, sagte Checuti. »Das ist meiner Meinung nach seltsam genug. Vielleicht irrt Ssifuss mit ihrer Behauptung, es handle sich um einen Salamander – vielleicht hat es nur zu sagen versucht, dass es vom Feuer des Salamanders kommt.«

Lucrezia war bereits zu dem Schluss gelangt, dass die Kreatur tatsächlich vom Feuer des Salamanders kam und dass somit Fraxinus dieses Zwischenziel erreicht haben musste. Die Frage, um welche Art von Kreatur es sich bei dem Wesen handelte, schien ihr von untergeordneter Bedeutung zu sein. »Geht zum Garten« war der wahre Kern seiner Botschaft; das Problem lag darin zu entscheiden, ob ihnen damit nur mitgeteilt worden war, was Fraxinus vorhatte, oder ob sie darum gebeten wurden, dasselbe zu tun.

»Vielleicht ist der Glaube, dass Feuerdrachen Feuer spucken, nur ein Irrtum, der auf vagen Berichten beruht«, vermutete Hyry. »Vielleicht deutet der erste Teil ihres Namens nur ihren Ursprung an. Aber vielleicht ist es wirklich ein Salamander – eine Art von Salamander, die nur einmal in tausend Generationen vorkommt.«

»Pädogenese«, sagte Checuti.

Keshvara war die Erste gewesen, die diesen Begriff von Mossassor gehört hatte, und die Erste, die Aulakh Phar nach seiner Bedeutung gefragt hatte; sie wusste, was Checuti damit andeuten wollte. Sie sah zur Seite und warf einen Blick auf Lucrezia.

»Wenn Aulakh Phar Mossassor richtig verstanden hat«, erklärte sie, »sind die Schlangen und Salamander, die wir kennen, jugendliche Formen, die die Möglichkeit haben, sich zu reproduzieren, ohne sich um die letzte Stufe in ihrem Lebenszyklus zu kümmern. Ich habe mich bereits gefragt, ob die großen Schlangen, die die Bronzenen begleiten, die echten Erwachsenen dieser Spezies sind, obwohl sie weniger intelligent als ihre kleineren Brüder erscheinen.«

»Waren sie denn tatsächlich sehr viel weniger intelligent?«, fragte Lucrezia. Sie wusste, dass es Ssifuss nicht gelungen war, eine von ihnen zum Reden zu bringen, aber sie hatte dies als Halstarrigkeit und nicht als Unvermögen gedeutet.

»Mit mir haben sie gesprochen«, bestätigte Hyry. Sie schien leicht verärgert, dass man ihr Urteil infrage stellte. Da sie ihre Gefangene gewesen war, hatte die Händlerin mehr Möglichkeiten als Lucrezia gehabt, die Riesen zu beobachten. Sie wartete, bis Lucrezia nickte, bevor sie weiterredete. »Wenn man an die Maden und Fliegen denkt, ist es nicht so schwer zu glauben, dass etwas, das wie eine aufgeblasene Schlange aussieht – wie die Salamander eben –, sich darin verwandeln kann.« Sie deutete auf die geflügelte Kreatur und machte wieder eine Pause, während sie auf weitere Ermunterung wartete. Die geflügelte Kreatur drehte sich um, als Hyry auf sie zeigte, auch wenn es so schien, als höre sie Ssifuss weiterhin zu. Lucrezia hatte keine Ahnung, ob das Wesen verstand, was die Schlange zu ihm sagte.

»Weiter«, sagte Checuti.

»Ich glaube, sowohl Schlangen als auch Salamander werden aus Eiern ausgebrütet, die in etwas gelegt werden, das einem Dragomitennest gleicht«, fuhr Hyry fort, »und ich glaube, dass das Feuer des Salamanders nur eine Metapher für das ist, was das Nest dazu veranlasst, sozusagen auf Verpuppung umzuschalten. Ich glaube, Dhalla fühlt es manchmal im Herzen brennen, weil auch sie das Produkt eines ähnlichen Nests ist. Wir wissen bereits, dass solche Nester sowohl menschliche als auch nichtmenschliche Nachkommenschaft erzeugen kann. Ich glaube, Lucrezia hat Recht. Unser Besucher ist ein Salamander, der vom Feuer des Salamanders hergeflogen ist – und zwar eine Art von Salamander, die seit vielen Generationen niemand mehr gesehen hat.«

»Wenn er auf diese Weise vor noch nicht langer Zeit ausgebrütet wurde«, sagte Checuti nachdenklich, »dann halte ich die Tatsache allein, dass er überhaupt sprechen kann, für ein Wunder. Wenn ich mir das geflügelte Ding und Ssifuss ansehe, wie sie nebeneinander stehen, weiß ich übrigens genau, wer von ihnen das ausgewachsene Wesen und wer das Kind ist.«

»Aulakh zufolge«, meinte Hyry, »hängt die menschliche Intelligenz davon ab, dass wir unreif geboren werden. Unser Hirn entwickelt sich zusammen mit unserem Lernen und nimmt das Vermächtnis unserer gestaltenden Erfahrungen an. Vielleicht ist es bei den Salamandern und Schlangen genauso – vielleicht entwickelt sich auch ihre Intelligenz aus ihrer Unreife. Möglicherweise ist es eben der Tatsache, dass sie als nicht voll Ausgewachsene brüten können, zu verdanken, dass sie das Vermächtnis des Gelernten so wie die Menschen weitergeben können, nämlich als Überlieferungen der voll ausgewachsenen Larven an die noch nicht ausgewachsenen Larven. Wenn die geflügelte Gestalt wirklich ein erwachsenes Wesen ist, hat es vielleicht ein gewisses Maß an in der Jugend Erlerntem durch das Stadium seiner Verpuppung hindurch gerettet, aber es hat eben nicht alles behalten. Vielleicht ist es wirklich weniger intelligent als sein jugendliches Äquivalent.«

»Ssifuss war der Meinung, dass Riesenschlangen mythische Gestalten sind«, warf Lucrezia ein. »Jetzt weiß sie, dass sie es nicht sind – und sie weiß, dass Salamander auch eine andere Gestalt haben können.«

»Mossassor hat mir einmal erzählt, dass Schlangen gut im Vergessen sind, weil sie es sein müssen«, sagte Hyry. »Sie konnte nicht genau erklären, was sie damit meinte, aber das hier muss ein Teil davon sein.«

Checuti schaute jetzt nach oben. Seine Aufmerksamkeit war von etwas gefangen genommen, das er zwischen den gewundenen Zweigen der Dendriten entdeckt hatte.

»Seht!«, rief er.

Lucrezia reckte den Hals und drehte den Kopf langsam von einer Seite zur anderen, um durch das dichte Muster der sich schlängelnden Zweige und ihrer komplizierten Gehänge hindurchsehen zu können. Drei weitere geflügelte Wesen flogen in die Richtung des Riffs. Sie flogen mit überraschender Anmut, wie große, segelnde Vögel und nicht wie Insekten oder Fledermäuse, obwohl ihre Flügel mit feinen, juwelengleich schimmernden Schuppen besetzt und von einer fächerähnlichen Anordnung knochenartiger Streben eingerahmt waren. Aus dieser Entfernung waren ihre schmalen, eng an die Seiten gepressten Arme kaum mehr sichtbar, während sie ihre Beine ineinander verschränkt hatten, damit sie ein einziges Ruder ergaben.

»Warum sind sie zum Garten von Idun unterwegs?«, fragte Lucrezia.

»Das sind sie nicht«, sagte Hyry. »Sie sind zu irgendeinem Garten unterwegs, so wie es auch Mossassor war. Ich vermute, sie wissen nicht, wo er liegt oder warum sie zu ihm unterwegs sind; sie folgen bestimmt dem Diktat eines inneren Befehls. Vielleicht ist es das, was die gewöhnlichen Schlangen vergessen müssen, wenn sie frei sein wollen – es sei denn, die Zeit ist nahe; dann müssen sich einige von ihnen erinnern.

Vielleicht sind sie dann einfach gezwungen, sich zu erinnern, wie verschwommen auch immer diese Erinnerung sein mag.«

»Mossassor sagte etwas von einem *Versprechen*«, rief Lucrezia in Erinnerung. »Sie wollte, dass wir *zusammen* nach dem Garten suchen. Wollen das die Salamander ebenfalls?«

Hyry folgte noch ihren eigenen Gedankengängen. »Der Garten, den unsere Urväter anlegten, nachdem sie erfolglos versucht hatten, eine Stadt zu errichten, die sich gegen alle Arten von Fäulnis behaupten konnte, ist inzwischen nur einer von vielen«, sagte sie, »auch wenn das früher vielleicht anders war. Ich vermute, einige werden zu dem einen fliegen, andere wiederum zu einem anderen… und in der Zwischenzeit werden Legionen von Halbmenschen und erwachsenen Schlangen ausgesandt, um andere Arten von… von *was* zu suchen?«

»Von Fleisch?«, riet Checuti.

»Von Geist?«, meinte Lucrezia – aber sie glaubte nicht, dass einer von ihnen beiden Recht hatte.

»Sie wissen möglicherweise genauso wenig wie wir, was mit ihnen geschehen wird, wenn sie angekommen sind«, sagte Hyry. »Auch wenn das alles früher schon einmal geschehen ist, hat es weder bei den Menschen noch bei den Schlangen irgendwelche Überlieferungen hervorgebracht, und ich bezweifle, dass die Salamander mehr darüber wissen. Bestenfalls haben auch sie ihre halb vergessenen Mythen, genau wie wir… weil sie aufgehört haben, auf sie zu vertrauen, so wie es bei uns der Fall ist. Wenn doch bloß *alle* unsere Vorfahren sich die Mühe gemacht hätten, zu lernen und ihr Erlerntes zu bewahren…«

»Dazu hätten die Leute, die in den Garten oder die Gärten gegangen sind, auch wieder von dort zurückkehren müssen, und zwar weiser, als sie hineingegangen sind. Dasselbe gilt für Schlangen und Salamander«, meinte Checuti.

»Philemon Taub hat gesagt, dass, wenn wir verstehen, was uns zur Wiege der Chimäre zieht, wir auch verstehen, warum wir nicht dorthin gehen dürfen«, sagte Lucrezia. »Aber irgendetwas geschieht dort – etwas Lebenswichtiges. Es geht nicht nur darum, dass Fleisch verschluckt wird. Es hat mehr mit Geist als mit Fleisch zu tun… aber ich verstehe das alles nicht.«

»Das Problem ist«, betonte Checuti, »dass der Geist ebenfalls verschluckt und aufgesogen wird, wenn das Fleisch verschluckt wird. Für mich ist es das Wichtigste, so lange wie möglich in einem Stück zu bleiben; was für lebende Berge und belebte Moraste wichtig ist, geht mich nichts an.«

Der geflügelte Salamander, der auf dem Wagen gelandet war, erhob sich nun wieder in die Luft. Er sah schrecklich plump aus, als er energisch mit den Flügeln schlug, aber je höher er kam, desto anmutiger wurde er. Ssifuss kam zurück und gesellte sich zu den wartenden Menschen.

»Wo bist du gewesen, Ssifuss?«, wollte Lucrezia wissen. »Venerinas Leute sind schon seit Tagen fort – und vor ihnen hättest du dich auf keinen Fall verstecken müssen.«

Die Schlange schüttelte den Kopf. »Habe mich nichtderssteckt«, sagte sie. »Bin Andriss gefolgt. Haben ihn in weiche Sschale gessteckt, aber er lebt. Dachte, könnte ihn retten, aber ess waren ssu viele, waren ssu vorssichtig. Dachte, ess isst dass Besste, ssurückssugehen und Hilfe ssu holen. Isst gefährlich, aber Sstrassse isst gut.«

Lucrezia war verblüfft. Venerina Sirelis hatte sich selbst mit ihrem kleinen Trupp geweigert, Andris nachzusetzen, und hatte sich in die Behauptung geflüchtet, dass niemand wisse, ob der Bernsteinfarbene noch lebe – doch eine einsame Schlange war ihm hinterhergeeilt. Nachdem sie keine Möglichkeit gesehen hatte, es allein mit den Marodeuren aufzunehmen, war sie zurückgekehrt, um Hilfe zu holen – und das war die Schlange, welche die Menschheit lange Zeit hindurch als eine Seuche auf dem Antlitz der Erde bezeichnet hatte!

»Was hat das fliegende Wesen gesagt?«, wollte Checuti wissen.

»Ssagt, isst echter Ssalamander«, wiederholte die Schlange voller Zweifel. »Ssagt, isst auch Bote, aber hat nur wenige Worte gelernt. Glaubt, Fraxinuss isst noch unterwegss, geht nach Ssüden, weisss aber nicht, wie lange sschon. Mossassor isst bei ihm, auch die Riessin und sswei Dragomiten. Andere Mensschen, nicht ssicher, wie viele, glaube fünf. Müsssen mehr alss drei ssein, ssonsst einfacher ssu ssagen.«

Lucrezia zählte bereits. »Ereleth war nach der Schlacht bei ihm«, sagte sie, »und ebenfalls eine der Hügelfrauen. Dhalla hat auch das gegenüberliegende Ufer erreicht, aber außer Mossassor sonst niemand. Jacom Cerri, Merel Zabio und Aulakh Phar müssen es alle bis zum Feuer des Salamanders geschafft haben, wenn wirklich noch fünf andere Menschen bei Fraxinus sind.«

»Ihr habt Sergeant Purkin und seine Männer vergessen«, warf Checuti ein, »ganz zu schweigen von der Möglichkeit, dass sie auf andere Menschen gestoßen sind. Wir können nicht sicher sein, dass es jemand von Keshvaras früheren Kameraden geschafft hat.«

»Hat dein geflügelter Freund weitere Namen genannt?«, fragte Lucrezia die Schlange.

Ssifuss schüttelte den Kopf. »Nicht gut in Namen«, berichtete sie. »Ssagt, gehen ssum Garten, aber kann Namen nicht ssagen. Glaube, kann einen nicht von andern untersscheiden. Macht nichtss. Müsssen jesst

Andriss folgen.« Es war für Lucrezia nicht klar, ob die letzten Worte ein Vorschlag, eine Frage oder eine Absichtserklärung waren.

»Das wäre ein dummer Schachzug«, sagte Checuti. »Wenn wir auf Fraxinus warten, sind wir doppelt so stark.«

»Aber Fraxinus kommt hier nicht vorbei«, erwiderte Lucrezia. »Er folgt der Karte, die Andris für ihn gezeichnet hat – er wird weit von hier entfernt auf das Riff treffen und nach den Silbernen Dornen und dem Handschuh der Freude suchen.«

»Dann sollten wir ebenfalls dorthin gehen und ihn treffen«, sagte Checuti überzeugt.

»Müsssen ssu Andriss gehen«, meinte die Schlange ebenso überzeugt. »Isst Sschuld. Isst auch Sschuld für Mossassor, aber mit Andriss…« Da sie nicht die richtigen Worte fand, verlegte sie sich auf Gesten und mimte das Werfen eines Speers.

Lucrezia leitete daraus ab, dass die Schlange der Meinung war, sie verdanke Andris ihr Leben, das er während der gemeinsam ausgefochtenen Schlacht gerettet hatte, und dass diese Verpflichtung alles, was sie Mossassor schuldete, übertraf. Offenbar nahmen Schlangen Verpflichtungen wirklich sehr ernst.

»Wenn du ihn erreicht hast«, gab Hyry zu bedenken, »wachsen wahrscheinlich bereits Dornen in allen Richtungen aus ihm. Hat der Salamander dir nicht gesagt, wohin diese Plünderer ihre Gefangenen bringen?«

Alles, was Ssifuss darauf antwortete, war: »Ssie gehen ssu Garten.«

»Wie schnell wir ihm auch folgen mögen«, entgegnete Checuti, »wären wir doch auf ein Wunder angewiesen, um ihn retten zu können. Fraxinus wird inzwischen verstehen, was vor sich geht, auch wenn wir selbst es noch nicht ganz fassen können – wenn Phar wirklich bei ihm ist, haben sie sich bestimmt schon über jedes kleinste Detail Klarheit verschafft. Ich wüßte halt gern, in was ich mich hineinbegebe, bevor ich losziehe.«

Lucrezia verbiss sich die Bemerkung, dass er doch am liebsten überhaupt nicht weitergehen wollte. »Andris hat auch mir das Leben gerettet«, sagte sie zu Ssifuss. »Obwohl er wusste, was ich früher einmal mit ihm vorhatte, hat er mit mir und für mich – für uns alle – gekämpft, weil er eingesehen hat, dass wir alle auf derselben Seite stehen. Wir können ihn nicht seinem Schicksal überlassen, solange es noch eine Chance gibt, ihn davor zu bewahren.«

Hyry sah aus, als wolle sie ihre Behauptung wiederholen, dass man jetzt nichts mehr für Andris tun könne, aber sie traute sich nicht. Sie selbst war mehrmals den Krallen eines schrecklichen Schicksals entronnen, und daher wusste sie, wie es sich anhören würde, wenn sie dafür stimmte, dass ein anderer ihre Stelle einnahm.

Das wusste Checuti ebenfalls; deshalb wandte er sich Ssifuss zu. »Was genau schlägst du vor?«, fragte er.

Die Schlange zögerte nicht. »Ssum Garten gehen«, sagte sie. »Andriss finden.«

Lucrezia spürte, dass jetzt Entschlossenheit gefragt war. »In diesem Fall gehe ich mit dir. Checuti, du und Hyry und Jume Metra könnt eure eigenen Entscheidungen treffen.«

Ohne es allzu fest zu erwarten, hoffte sie, dass Checuti antworten würde, er könne sie natürlich nicht im Stich lassen. Er wartete jedoch ab, was die anderen sagen würden.

Es war Jume Metra, die zuerst sprach. »Es sind Kriegerinnen bei Fraxinus und vielleicht sogar eine menschliche Schwester. Das Nest ist noch nicht tot.«

Hyry brauchte keine weitere Ermutigung. »Ihr könnt

nicht mit der Schlange gehen, Hoheit«, sagte sie. »Es wäre Selbstmord.«

Diesmal fühlte sich Lucrezia nicht gedrängt, gegen den Gebrauch ihres Titels zu protestieren. »Du kannst mir nicht vorschreiben, was ich zu tun habe, Keshvara«, erwiderte sie auf genau die arrogante Art, die sie seit so langer Zeit abzulegen versuchte, »und wenn du es mit dem ernst meinst, was du einmal gesagt hast, ist es deine Pflicht, mir überallhin zu folgen.«

Hyry sah sehr unglücklich aus, und Lucrezia erkannte, dass die Händlerin wohl tatsächlich eine solche drängende Pflicht verspürte – nicht weil Lucrezia eine Prinzessin war, sondern weil sie ein Freundschaftsband geknüpft hatten, als sie durch den Wald der Absoluten Nacht geritten waren. »Das ist Wahnsinn«, sagte die Händlerin.

»Isst ess nicht«, warf Ssifuss ein. »Isst gefährlich, aber Sstrassse isst gut. Ihr reitet, isst ssicher – sso ssicher wie dass Riff. Gefahren überall. Wenn weitergehen müsssen, dann am bessten jesst gleich.«

Checuti hatte seine Entscheidung bereits getroffen. »Ihr könnt den Wagen nehmen, wenn Ihr wollt, meine Dame«, sagte er. »Metra und ich werden zu Pferd schneller am Rand des Riffs entlang reisen können.«

»Wir wollen den Wagen nicht«, sagte Lucrezia zu ihm. »Auch wir müssen schnell vorankommen, wenn wir noch eine Chance haben wollen, Andris zu erreichen, bevor ihn seine Häscher mit tödlichen Samen füttern.«

»Ihr könntet bereits zu spät kommen«, betonte Checuti.

»Genau wie Fraxinus«, gab Lucrezia zurück. »Das hier ist der schnellste Weg zur Wiege der Chimäre und den anderen Gärten, die sie umgeben. Ssifuss hat Recht: Wenn wir wirklich in diese Region eindringen müssen, sollten wir es sofort tun, und zwar auf einer Straße, die die Schlange bereits ausprobiert hat.«

»Uns aufzuteilen ist das Dümmste, was wir tun können«, beschwerte sich Hyry. »Wir müssen zusammenbleiben, wenn wir eine Überlebenschance haben wollen. Ich habe euch alle gerade erst wiedergefunden – das Letzte, was ich will, ist, auch nur einen von euch wieder zu verlieren.«

»Sie hat Recht, meine hochwohlgeborene Dame«, sagte Checuti und schaute Lucrezia immer noch unverwandt an. Seine Stimme war ruhig, aber in seinen Augen lag etwas, das verdächtig nach Belustigung aussah. »Ihr solltet wirklich bei uns bleiben. Wir haben einen ganzen Zehntag damit verbracht, Euch zu kurieren. Was soll das für eine Art von Dankbarkeit sein, jetzt geradewegs in den Rachen des Todes zu marschieren?«

»Die Art von Dankbarkeit, die ich Andris Myrasol schulde«, gab Lucrezia zurück. »Die Art von Dankbarkeit, die wir *alle* ihm schulden.«

Checuti schüttelte den Kopf. »Ich vermute, das ist nicht das erste Mal«, sagte er und erinnerte sich dabei wahrscheinlich an ihre übereilte Flucht aus der Sicherheit des Inneren Sanctums. Er wandte sich an Jume Metra. »Wir sollten jetzt besser unsere Sachen zusammenpacken.«

Lucrezia sah Hyry an, die ihre Entscheidung noch treffen musste. Hyry weigerte sich und schaute fort. »Welchen Weg auch immer wir wählen«, sagte die Prinzessin sanft, »stehen wir doch alle auf derselben Seite, oder nicht?«

Nur einer machte sich die Mühe, ihre Worte zu wiederholen. »Alle auf dersselben Sseite«, sagte die Schlange. »Sstimmt. Sstimmt jesst.«

Lucrezia konnte nur hoffen, dass die Schlange wusste, wovon sie sprach, und dass sie Recht hatte.

8

Gelegentlich träumte Andris, dass er noch gehen konnte. Er träumte, dass er durch den Garten spazierte und dass sich die Baumleute nach ihm umdrehten und ihn beobachteten, wie er an ihnen vorbei ging. Wenn das geschah, wusste er, dass es nur ein Traum innerhalb eines Traumes war, in dem sein verängstigter Geist zurückblickte und versuchte, sich ein tröstliches Überbleibsel seiner früheren Existenz zu bewahren, aber er mochte diesen Traum dennoch.

Wenn er kurzfristig Zuflucht in solchen Phantasien fand, redeten viele der Baumleute mit ihm und beruhigten ihn hinsichtlich seines Schicksals und seiner Zukunft. Man sagte ihm immer wieder, dass er keine Angst zu haben brauche, dass alles gut werde, dass er keinen Schaden leiden werde und dass der beste Teil seines Lebens noch vor ihm liege.

Sie sagten ihm sogar, dass er eines Tages vielleicht wieder frei sein werde – dass das, was aufgenommen und angepasst wurde, womöglich eines Tages freigelassen werde, um an einer weiteren Zeit des Entstehens teilzunehmen.

»Die Halbmänner, die ausgesandt werden, um frisches Blut zu holen, sind zweifellos die Nachkommen derjenigen, die mit dem Boden verbunden sind«, sagte Andris kummervoll zu ihnen, »aber sie sind bloße Echos ihrer Ahnen und sie sind nicht wirklich frei.«

Es schien ihm, dass die meisten der Baumleute nicht erwarteten, dass man ihnen glaubte, ob sie nun die Wahrheit sprachen oder nicht. Er ging davon aus, dass sie an das glaubten, was sie sagten, aber nicht, dass sie für ihre Spekulationen einen triftigen Grund hatten. Er glaubte, dass sie seine Skepsis spürten. Jedenfalls bestand er immer darauf, dass er keine Angst hatte. Er sagte ihnen, dass er das Schicksal, dem er ausgeliefert worden war, nicht mochte, dass er jedoch *keine Angst* habe.

Ihm gefiel der Gedanke, dass er sich schon seit geraumer Zeit jenseits der Angst befand.

In seinen Traumträumen vermochte Andris sich umzudrehen und einen Blick zurück auf die Gesichter zu werfen, die ihn beobachteten, wenn er an ihnen vorbeiging, und auch ihren Blick aufzufangen. Er wurde unwillkürlich an das menschliche Fleisch erinnert, das über die Wände in der innersten Kammer der Dragomitenkönigin verteilt war.

Damals hatte er sich geweigert, es eingehend zu betrachten; stattdessen hatte er sich auf den Halbmann konzentriert, dessen Kopf und Schultern ein vertrauterer Anblick gewesen waren. Inzwischen war er sich keineswegs mehr sicher, dass man dem Anschein trauen konnte. Jetzt wusste er, dass es viele Arten von Wesen gab, die menschlich aussahen, aber seiner eigenen Art keine besondere Loyalität entgegenbrachten. Er hatte die Frage, was es bedeutete, menschlich zu sein, inzwischen weit von sich geschoben.

Die menschlichen Gesichter in den Bäumen waren hauptsächlich die von Goldenen oder Bronzenen, und er verspürte kein besonderes Verwandtschaftsgefühl dem einen Bernsteinfarbenen gegenüber, den er in der Ferne sehen konnte. Mehr als die Hälfte von ihnen war männlich, aber ihre Überzahl war nicht groß. Das scheinbare Alter der Gesichter stand nur in einer losen Beziehung zum scheinbaren Alter ihrer pflanzlichen Parasiten. Einige der größten und dichtesten Kronen erhoben sich auf Stämmen, die nur halb so hoch waren wie er selbst, und ihre Gesichter schienen nicht älter als drei oder vier Jahre zu sein; andere, deren Glieder weit ausgebreitet und nicht im Geringsten knorrig waren, wiesen uralte Gesichter auf, die an das von Aulakh Phar erinnerten.

Immer hockten Vögel in den Zweigen der Büsche und pickten an den reifen roten Früchten, die bei Andris noch nicht gewachsen waren. Die Büsche waren wählerisch in der Frage, wem sie ihre Gunst erwiesen; sie unterwarfen sich nicht passiv jeglicher Inavsion. Es gab viele Arten von Insekten, aber diejenigen, denen die Baumleute am freundlichsten gesonnen waren, waren große, schläfrige Kreaturen, die wie riesige Bienen aussahen. Viele von ihnen schwebten über den Blüten, die sich noch an vielen Bäumen zeigten, aber an seinen eigenen Zweigen bisher noch nicht aufgegangen waren. Diese wurden toleriert, ja sogar regelrecht willkommen geheißen, aber die meisten anderen Insekten wurden durch abwehrende Gesten der dornengespickten Zweige abgeschreckt.

Andris war sich nicht sicher, warum einige Vögel und Insekten akzeptiert wurden und andere nicht; er vermutete, dass es mit deren Urspung und Natur zu tun hatte. All diese Vögel und Bienen waren vermutlich die Nachkommen von gemusterten Steinen und ihren Artgenossen und vielleicht sogar von den Bewohnern der Tiefe; ihre Ernährung war ein Teil des verwobenen Systems des lebenden Bodens.

Andris beobachtete sorgfältig die machtvollen Bewegungen, zu denen seine Nachbarn fähig waren, und die Art, auf die sie unwillkommene Besucher fern hielten und abwehrten. Viele der Bäume streckten sich seinem Traumselbst entgegen, als er an ihnen vorüberging; sie reckten ihre äußersten Spitzen, als ob sie ihre beruhigenden Worte mit einer sanften Berührung unterstreichen wollten. Es gelang nur einem oder zwei, ihn tatsächlich sehr zart zu berühren, und er machte keinen auffälligen Versuch, solche Kontakte zu vermeiden.

Diese eingebildeten Wanderungen führten ihn immer zurück zum Gipfel des Berges, aber als er sich dem Kamm näherte, verschwamm jedes Mal sein Blick; es gab dort etwas, das er noch nicht erkennen konnte: ein Baum, der größer war als alle anderen.

Es war sein Unvermögen, diesen besonderen Baum deutlich zu sehen, das ihn immer wieder daran erinnerte, dass er nicht mehr gehen konnte, weil er ja keine Beine mehr hatte. Wenn er vom Gehen träumte, fügte er in Wirklichkeit Eindrücke zusammen, die aus dem bestanden, was er von seinem starren Aussichtspunkt aus sehen konnte, und er vermochte diesen Traumbotschaften nichts hinzuzufügen, was *hinter* seinem Standort und damit jenseits seines Blickfelds lag. Um das herauszufinden, müsste er seinen neuen Körper genügend beherrschen können, um seinen Stamm zu biegen und den Kopf umzudrehen.

Er fragte sich, ob man ihn absichtlich dieser Prüfung ausgesetzt hatte; ob es eine Verlockung war, die bewirken sollte, dass er tiefer in sein neues Selbst eindrang.

Wenn dem so ist, dachte er, als er von seinem jüngsten Traum im Traum zu dem ehrlichen Albtraum der Wirklichkeit zurückgekehrt war, *dann funktioniert es jedenfalls. Ich habe mich in dieser Wildnis seltsamer Empfindungen verirrt, aber ich besitze noch meine Neugier. Ich erlebe alles, als wäre es ein Traum, weil die vertrauten Empfindungen meines früheren Selbst verschwunden sind, aber ich kann und will mich nicht ganz dem verführerischen Trost von Traumträumen hingeben. Ich will mein richtiges Bewusstsein zurückhaben. Ich will die bestmögliche Kontrolle über meine neuen Glieder, egal wie viele es sind und was für seltsame Sehnen sich auch in ihnen erstrecken mögen. Ich will den neuen Rhythmus meines innersten Selbst fühlen, welche Flüssigkeiten auch durch seine Gefäße rauschen mögen und ob ich ein Herz habe, das diese Flüssigkeiten weiterpumpt oder nicht. Ich will eine neue geistige Gesundheit haben, die diesen schrecklichen Wahnsinn ersetzt. Wenn ich eine Chimäre bin, dann bin ich eben eine Chimäre – aber ich muss Klarheit darüber haben. Ich muss die Macht der Vernunft haben, denn sonst bin ich ein Nichts.*

Er glaubte nicht eine Minute lang, dass er der erste Mensch war, der sich in dieser misslichen Lage befand und zu einer solchen Überzeugung gelangt war, aber er fühlte sich dennoch dazu berechtigt, sich als Held anzusehen.

Wann immer es der Traum erlaubte, konzentrierte er all seine Bemühungen auf das Problem, die Kontrolle über seinen neuen Körper zu erlangen. Er bewegte seine Gliedmaßen, trainierte sie und zog daraus genauso viel Vergnügen wie aus neuen Entdeckungen. Langsam wurde er zu einem Baum, der einige Besucher willkommen heißen und andere abweisen konnte, und er entdeckte während der Erneuerung seines ästhetischen Empfindens die Art von Anziehungskraft und Abscheu, die es ihm erlaubte, zwischen den Willkommenen und den Unwillkommenen zu unterscheiden, noch bevor sich seine Knospen zu Blüten geöffnet hatten.

Er versuchte auch, den Kopf zu bewegen, doch das war weitaus problematischer. Und vor allem versuchte er, den ganzen Körper zu drehen, damit er hinter sich schauen konnte. Er war sicher, dass dort etwas darauf wartete, von ihm gesehen zu werden; etwas, auf das er bereits vor langer Zeit einen Blick erhascht hatte, während er in einem tieferen Traum verloren gewesen war, bevor seine Metamorphose richtig begonnen hatte.

Schließlich gelang es ihm, sich weit genug umzudrehen, damit er hinter sich zu sehen vermochte – und sofort hatte er das Gefühl, dass sein Traum in eine neue Phase eintrat, die wichtiger war als alle vorherigen.

Hinter ihm gab es einen weiteren Baum, der größer war als alle, die er auf den unteren Hängen sehen konnte. Sobald er ihn sah, wusste er, dass dies das mächtigste Gewächs war, das der Boden bisher hervorgebracht hatte: der Gipfel seiner Leistungen – jedenfalls solange ihn Andris nicht übertraf.

Andris fragte sich kurz, ob der Samen dieses eindrucksvollen Baumes in den Körper einer Riesin eingepflanzt worden war, damit er sich von dem Salamanderfeuer ernähren konnte, welches angeblich in den Herzen der Riesinnen brannte, doch als er das in den massigen Stamm eingeschnittene weibliche Gesicht sorgfältig studierte, entschied er, dass dem nicht so sein konnte. In dem Gesicht lag nicht die Derbheit von Dhallas Zügen und schon gar nicht ihre Geduld und Gelassenheit. Das hier war ein Gesicht von durchschnittlicheren Proportionen, trotz des gewaltigen Umfangs des Stammes, mit dem das dazugehörige Fleisch nun verschmolzen war.

Abgesehen von dem Gesicht waren nur wenige Spuren menschlicher Gestalt sichtbar geblieben. In fast allen anderen Bäumen des Gartens konnte man noch die Umrisse von Schultern, Brüsten, Schenkeln und Füßen erkennen, während die bronzene oder goldene Färbung der menschlichen Haut noch das fremde Fleisch tönte, mit dem das menschliche verbunden war. Nicht so in diesem Fall: Der Stamm dieses Baumes war von einem dunklen Braun, das Andris niemals mit menschlicher Haut in Verbindung gebracht hätte, und seine Konturen besaßen kein Echo einer hervortretenden Hüfte oder eines sich verjüngenden Knöchels. Nur das Gesicht war menschlich, und selbst dieses war sehr dunkel und eher schwarz als bronzen. Die Augen lagen so hoch, dass er seine eigene Krone zurückbiegen musste, um ihren schrecklich trauervollen Blick einzufangen.

Die Iris war so schwarz wie die Pupillen, was den qualvollen Ausdruck beträchtlich vergrößerte.

Sobald ihr Blick sich traf, streckte sich der andere Baum ihm entgegen; er spürte, wie die wachsenden Spitzen ihrer langen und schlangengleichen Zweige die zarten Knospen berührten, die aus Andris' unzähligen Gliedern hervorsprossen. Er wich nicht zurück, als ihre nackten Dornen an seinen neuen Gliedmaßen entlangtanzten, ohne sie je zu ritzen. Er besaß jetzt eigene Dornen sowie Knospen, die zu weißen Blüten wurden, aber er machte keine Drohgebärde. An ihren Ästen saßen keine Blüten mehr und die letzten herabhängenden Früchte würden bald an den Stielen verrotten.

»Bist du die Königin dieses seltsamen Nests?«, fragte er, auch wenn er nicht sicher war, ob er wirklich sprach oder ob seine Worte nur eine weitere Plauderei in einer endlosen Reihe eingebildeter Gespräche waren. »Warst du es, die Horden von Ungeheuern ausgesandt hat, damit sie sich auf friedvolle Haushalte stürzen und menschliche Gefangene machen, deren lebendiges Fleisch als Wirt für das Unirdische dienen soll?«

»Dein lebendiges Fleisch war seit dem Augenblick deiner Empfängnis ein Wirt für das Unirdische«, entgegnete die andere. »Wenn das menschliche Fleisch nicht einen Pakt mit dem Unirdischen geschlossen hätte, wären deine Vorfahren innerhalb weniger Generationen nach ihrer Invasion ausgestorben. Du hast soviel Unirdisches in dir wie jeder deiner Artgenossen, Andris Myrasol – glaube nicht, du hättest weniger von einer Chimäre an dir als alle anderen hier, nur weil du es gewohnt warst, auf deinen eigenen Füßen zu laufen.«

Andris fragte sich, ob die Tatsache, dass sie seinen Namen ausgesprochen hatte, bewies, dass ihre Rede nur eine weitere Täuschung war.

»Ich habe vielleicht wie ein halber Riese ausgesehen«, sagte er vorsichtig, »aber ich war keiner. Ich war nur etwas größer gewachsen als der Durchschnitt. Ich kann dir versichern, dass ich durch und durch ein Mensch war.«

»Und ich kann dir versichern, dass keiner deiner Artgenossen menschlicher ist als ich selbst«, gab der Baum ohne echte Aggression zurück. »Das Unirdische ist immer bei euch und in euch, denn sonst könntet ihr nicht existieren. Eure Ahnen glaubten, sie hätten das Unirdische gezähmt und es zu einem reinen Werkzeug gemacht, aber es war nie so; es hätte niemals so sein können.«

»Wenn du schon meinen Namen kennst«, fragte Andris, »darf ich dann auch deinen erfahren? Oder hast du vergessen, was für einen Namen du hattest, bevor du zu diesem Ding aus Dornen und Blumen wurdest?«

»Du irrst dich über meinen Ursprung«, sagte sie. »Ich bin aus diesem Boden geboren worden; in mir fließt kein neues Blut. Falls ich jemals so gelebt haben sollte wie du, habe ich vergessen, wer oder was ich war... aber ich habe trotzdem einen Namen. Nenn mich Arilla.«

»Was geht hier vor sich, Arilla?«, fragte Andris sofort. »Ich weiß, dass der Garten lediglich eine Schuppe in der Außenhaut irgendeiner unirdischen Kreatur ist, die aus fließendem Stein besteht und sich bis tief in die Kruste der Welt erstreckt. Ich weiß auch, dass es andere – vielleicht sogar viele andere – dieser Wesen hier gibt. Kämpfen sie darum, den Boden, den meine Urväter für sich beansprucht haben, und den Garten, den sie zum Wohl der Menschheit angelegt haben, zurückzugewinnen?«

»Sie gieren nicht mehr so sehr danach, diesen Boden wieder für sich zu beanspruchen, wie sie danach gieren, einander zu verschlingen«, sagte Arilla zu ihm mit einer merkwürdig wehmütigen Stimme. »Wenn man den Überlieferungen der Schlangen vertrauen kann, müssen die Dinge früher einmal anders gewesen sein – aber selbst wenn diese Überlieferungen mehr als Mythen und Phantasien sein sollten, muss die Ankunft deiner Urväter alles verändert haben. Wenn man der menschlichen Überlieferung vertrauen kann, versuchten die Menschen aus dem Schiff, der Welt ihre eigene Ordnung aufzuzwingen, aber sie haben einmal versagt und beinahe auch ein zweites Mal. Anstelle von Ordnung brachten sie Chaos – oder zumindest die Drohung des Chaos. Ja, das hier ist ein Kriegsschauplatz, und der Ort, den ihr Idun nennt, liegt nahe seiner Mitte… aber wir wissen nicht, wie viele Feinde wir haben oder wie eine Lösung dieses Konflikts möglich ist, weder jetzt noch in der fernen Zukunft. Die schlimmsten aller Feinde sind unsere Unwissenheit und unser Mangel an Verständnis; zumindest in dieser Hinsicht unterscheide ich mich nicht sehr von deiner freilebenden Art.«

Meine freilebende Art!, dachte Andris. *Sie hätte eher sagen sollen: »Ich unterscheide mich nicht so sehr von dir«, denn ich bin jetzt ein Teil ihres Gartens; sie und ich sind ›wir‹. Sie redet nicht so, wie Jume Metra redete; sie gebraucht das Wort ›ich‹ recht zwanglos… aber was genau meint sie damit?*

Die herabsinkenden Zweige, deren Spitzen ganz sanft auf seinen eigenen Extremitäten gelegen hatten, zogen sich nun zurück. Er beobachtete ihre geschmeidigen Bewegungen und wusste, dass er noch große Fortschritte machen musste, wenn er seine neuen Glieder so vollendet beherrschen und ihre Fähigkeit zu zweckgerichteten Bewegungen gänzlich ausnutzen wollte. Er war stark, aber ohne Anmut; sie dagegen schien etwas weniger stämmig zu sein, dafür aber mehr in sich selbst zu ruhen – doch vielleicht war das nur ein Trugbild, das aus seinem Wissen herrührte, dass sie weiblich war.

»Wenn dieser lebende Boden seine eigenen menschlichen Körper hervorbringen kann, die er braucht, um sie mit monströsen Gewächsen zu verschmelzen«, fragte er, »warum müsst ihr dann so genannte Boten in die Welt hinaus senden, damit sie noch mehr Menschen entführen?«

»Der Boden braucht frisches Blut«, erwiderte Arilla. »Es ist das Einzige, was sein Wachstum unterstützt und dazu beiträgt, dass er stärker wird. Es ist das Einzige, was uns in der Schlacht, die wir seit unvordenklichen Zeiten schlagen, aufrechterhält. Wir haben nicht *dich* gebraucht – nicht das Bewusstsein, das du als dein Selbst ansiehst –, sondern die Dinge, die in dir sind: die unirdischen Dinge, die du beherbergst, so wie der Boden Kreaturen wie dich beherbergt. Du lebst sehr schnell im Vergleich zu dem Geschöpf, von dem ich ein Teil bin, aber die Dinge, die winzige Bestandteile deiner selbst sind, leben noch schneller und wandeln sich auch sehr rasch. Kannst du das verstehen?«

Zu seiner gelinden Überraschung erkannte Andris, dass er überhaupt keine Schwierigkeiten hatte, all das zu verstehen. Hatte er es nicht andauernd vor seinem geistigen Auge gesehen, seit er die Bittersüßen Sümpfe betreten hatte? Sogar noch davor hatte Aulakh Phar ihm gesagt, dass unzählige winzige Wesen in seinem Körper lebten – dass er in gewisser Weise eine eigene Welt war und eine unvorstellbar große Anzahl kleiner Passagiere beherbergte, die unabhängig von seinem Bewusstsein agierten. Er hatte es schon gewusst, bevor er es sich noch richtig bewusst gemacht hatte. Natürlich verstand er es.

»Ich habe mein eigenes Leben«, sagte er nachdenklich. »Ich wage zu behaupten, dass die Kreaturen, die in mir leben, genauso ihr eigenes Leben haben. Ich kann mir nicht vorstellen, dass sie ein größeres Verlangen als ich danach haben, bloßer Teil einer größeren Wesenheit zu sein.«

»Das ist keine Frage des Verlangens«, sagte Arilla. »Es ist eine Frage des Schicksals.«

Aber es gibt doch kein Schicksal!, wandte Andris ein. Er sagte es nicht laut; dennoch bestand er darauf. *Das ist sogar in meiner Heimat ein Sprichwort – und der blinde Bettler kannte eine genauere Version davon. »Es gibt kein Schicksal. Die Zukunft kann nicht vorhergesagt werden, doch der menschliche Geist geht schwanger mit einer Vielzahl von Möglichkeiten …«*

»Hab keine Angst«, sagte Arilla zu ihm wie in einem Widerhall der Ansichten ihrer seltsamen Geschwister. »Das ist kein Unglück. Es war nicht dein Geist, den die Mutter der Schlangen brauchte, aber sie hat ihn jetzt – und darüber solltest du froh sein, denn sie hat nicht vor, ihn zu zerstören. Ich verstehe deine Ängste und Befürchtungen, aber du wirst zu verstehen lernen, dass sie hier fehl am Platze sind. Ich kann dir nicht versprechen, dass du vor Verletzungen und Schmerzen verschont bleibst, denn Mörder haben schon öfter den Garten heimgesucht und werden sicherlich wiederkommen, aber du und ich befinden uns nicht mehr in der Reichweite des Todes. Ich *kann* dir die Möglichkeit versprechen, dass du hier ein längeres und reicheres Leben führen wirst, als du es dir je hast vorstellen können, als du noch auf deinen dummen Beinen umhergelaufen bist … und die Aussicht auf ein anderes Leben jenseits von diesem hier.«

In diesem Versprechen lag ein Widerhall des hoffnungsvollen Glaubens der Deisten, aber Andris erinnerte sich daran, dass Seth ihm gesagt hatte, er solle keinen Versprechungen hinsichtlich der Unsterblichkeit glauben. Hatte man Seth derartige Versprechen gemacht, als er sich gegen seine Natur und seine Königin auflehnte? Er gab zurück: »Ich befürchte, dass du und ich verschiedene Vorstellungen davon haben, was den Tod ausmacht, und von der Möglichkeit, jenseits seiner Reichweite zu leben… und wir haben sicherlich verschiedene Vorstellungen von einem reicheren Leben.«

»Du wirst dich noch eines Besseren besinnen«, sagte Arilla, während ihr Bild langsam verschwamm und dann verblasste. »Wenn dein Prozess des Werdens abgeschlossen ist, wirst du die Dinge klarer sehen.«

Er wusste nicht, ob dieses Verschwimmen bedeutete, dass es ihm gar nicht gelungen war, sich umzudrehen, aber leider schien es doch so zu sein. Er kämpfte dagegen an und war besessen von dem fieberhaften Verlangen, nichts mehr mit Träumen und Träumen in Träumen zu tun zu haben. Er glaubte, es sei nun an der Zeit, solche Kunstgriffe hinter sich zu lassen und sein neues Erbe anzutreten, um was auch immer es sich dabei handeln mochte… doch die Dunkelheit saugte ihn auf, noch bevor Arilla zu Ende reden konnte.

Er fand sich wieder in einem Traum innerhalb eines Traumes gefangen, doch diesmal rannte er, anstatt nur zu gehen.

Er rannte so schnell, wie ihn seine dummen Beine trugen, doch er rannte nirgendwohin, weil er nirgendwohin gehen konnte.

Diese Unsicherheit muss ein Ende haben, sagte er zu sich selbst. *Sie muss bald enden, sonst werde ich verrückt.* Aber er konnte nur hoffen, dass er nicht bereits verrückt war.

9

Die Krieger mit den nichtmenschlichen Köpfen wurden im ersten Licht der Morgendämmerung sichtbar, so wie sie es zweifellos geplant hatten. Es hatte kein Anzeichen dafür gegeben, dass etwas nicht stimmte, solange der Wagen im Sternenlicht ruhig auf den Horizont zugerollt war, doch der Wind hatte aus Nordost geblasen und Botschaften mitgebracht, die Vaca Metras Dragomiten wohl aufgeschnappt hatten. Nun, da das Tageslicht die dunkleren Schatten aus der Ebene verbannt hatte, konnten sich die Berittenen nicht länger versteckt halten, aber sie hatten offenbar die Wirkung ihres Erscheinens vorausberechnet.

Fraxinus zügelte sogleich die Pferde und überließ es Merel Zabio, die schlechte Nachricht im Innern des Wagens zu verbreiten, während er die Feinde zählte. Die größte Gruppe befand sich direkt vor ihnen; sie zählte mindestens vierzig Leute, aber sie waren zu eng zusammengedrängt, als dass Fraxinus sie hätte genau zählen können. Diese Hauptgruppe wurde von zwei anderen flankiert, die sich beide weiter vorwärts bewegt hatten, sodass sie einen Winkel von fünfundvierzig Grad zu dem stehenden Wagen und ihren eigenen Gefährten bildeten. Diese Gruppen hatten sich nicht so eng zusammengeschlossen. Fraxinus' Augen und Geist waren schnell genug, um zweiunddreißig auf der linken Seite und vierundzwanzig auf der rechten zu zählen.

Sobald sich die Krieger gezeigt hatten, reichte es ihnen, eine Zeit lang an Ort und Stelle auszuharren. Obwohl sie offenbar gewusst hatten, dass sich der Wagen ihnen näherte, hatten sie doch keine Möglichkeit gehabt, Fraxinus' Gruppe genau in Augenschein zu nehmen, und er fragte sich, was sie nun miteinander bereden mochten, während sie die beiden Dragomitenkriegerinnen und die Riesin beobachteten.

»Ich vermute, wir müssen Sergeant Purkin dankbar dafür sein, dass er uns gewarnt hat«, murmelte Fraxinus, als sich die anderen hinter ihm zusammendrängten, um sich ein Bild von der Lage zu machen, »aber ich wäre ein gut Teil glücklicher, wenn seine Gardisten hier wären und die Nachhut bilden könnten.«

»Wir sind früher schon in einer solchen Situation gewesen«, flüsterte Ereleth. »Wir haben einer ähnlichen Anzahl Feinde in der Gesprenkelten Wüste gegenübergestanden und sie mit Leichtigkeit geschlagen.«

»Da hattet ihr aber vier Dragomiten und nicht nur zwei«, warf Shabir ein. »Meine Männer waren der Erschöpfung nahe und der Boden war gegen uns.«

»Der Boden ist auch gegen *sie*«, sagte Fraxinus. »Er sieht vielleicht flach aus, aber er ist mit gemusterten Steinen übersät, die für Pferde eine viel größere Gefahr darstellen als für gewandte und geübte Dragomiten oder für die gestiefelten Füße einer Riesin. Außerdem sind sie bestimmt nicht so geschickte Reiter wie deine Leute. Ich wünschte, sie wüssten, wie leicht wir diese andere Schlacht gewonnen haben; das würde sie vielleicht vorsichtig machen. Vielleicht sind sie aber auch einfach zu dumm, um Angst zu haben.«

»Sie sind vielleicht zu dumm, um überhaupt etwas zu fühlen«, meinte Shabir. »Sie haben zwar menschliche Arme und Beine, aber sie haben den Schädel eines Affen.«

»Das sagt leider gar nichts über ihre Gehirne aus«, warf Ereleth ein. »Glaubst du, dass sie die menschliche Sprache gut genug beherrschen, um in ihr verhandeln zu können?«

Shabir schnaubte; ihn schien dieser Gedanke anzuwidern, doch Fraxinus wusste nicht, ob dies ein Ausdruck seiner Zweifel war oder ob der General sich an die Zeit erinnerte, in der *er* geglaubt hatte, durch verräterische Verhandlungen einen entscheidenden Vorteil herauszuschlagen.

»Bitte Merel, eine weiße Flagge zu hissen und sie nach vorn zu reichen«, sagte Fraxinus. »Es schadet bestimmt nichts, wenn wir es versuchen – aber wer immer sie tragen wird, muss vorsichtig sein. Ich will niemandem befehlen, diese Aufgabe zu übernehmen, aber ich habe ein wenig Angst, es selbst zu tun.«

»Jeder, der es versuchen sollte, ist ein Narr«, sagte Shabir; anscheinend hielt er sich für einen Experten in diesen Dingen. »Wenn sie auch nur ein paar Bögen und Pfeile haben, könnten sie einen Gesandten leicht niederschießen. Ihr müsstet entweder ein Pferd vom Wagen ausspannen oder zu Fuß gehen – und beides wäre unter den gegebenen Umständen ein höchst gefährlicher Schachzug.«

»Er hat Recht«, meinte Ereleth. »Es ist das Beste, die Fahne zu schwenken und auf eine Antwort von ihnen zu warten, falls sie uns eine geben wollen. Sollen *sie* doch Abgesandte zu uns schicken, wenn sie glauben, dass Verhandlungen sinnvoll sind.«

Früher hätte Fraxinus eingewandt, dass es in jeder Situation Verhandlungsmöglichkeiten gab, da es in der Natur des Menschen lag zu verhandeln, aber er wusste inzwischen, dass das, was man sogar in den unzivilisierten Grenzregionen des xandrianischen Reiches als gegeben hinnahm, hier in diesem Gebiet des Wahnsinns keinerlei Bedeutung hatte. Das, was die Salamander ihm erzählt hatten, wurde durch direkte Beobachtungen und durch Purkins Geschichte genügend untermauert. Wie wenig Sinn auch in wahllosem Abschlachten liegen mochte, so schien es hierzulande doch ganze Rassen zu geben, die sich ausschließlich diesem Zeitvertreib ergaben: Kreaturen, deren einziger

Lebenszweck darin bestand, alles zu töten, was sie nicht gefangen nehmen konnten.

Merel reichte eine weiße Flagge nach vorn und Fraxinus stellte sich auf die Fahrerbank. Er reckte sich weit über die Plane des Wagens, um die Strahlen der Morgensonne einzufangen.

In der Gruppe, die ihnen den Weg versperrte, gab es kein Anzeichen einer Antwort.

»Sie wollen sich erst über die Dragomiten und die Riesin klar werden«, sagte Shabir. »Wenn sie Intelligenz und die Fähigkeit zur Kommunikation besitzen, werden sie jetzt fleißig an einer Strategie arbeiten. Sie nehmen nicht die geringste Notiz von der Fahne.«

»Hinter uns ist nichts und niemand zu sehen«, meinte Merel Zabio, die damit Nachrichten von Mossassor weitergab. »Falls Purkins Männer uns noch in der Nacht auf den Fersen waren, sind sie entweder weit zurückgefallen oder haben irgendwo Unterschlupf gefunden.«

Dhalla stellte sich neben die Fahrerbank. Sie trug jetzt eine leichte Rüstung, die sie sich selbst aus Dragomitenchitin angefertigt hatte, indem sie die Rückenschilde ihrer früheren Gefährtinnen benutzte; Mossassor hatte ihr offenbar die Rüstung gegeben, als die Situation eindeutig geworden war.

»Wenn wir weiterziehen, werden sie uns aus drei Richtungen angreifen«, bemerkte die Riesin lakonisch. »Es ist besser, wir entscheiden uns für rechts oder links und stürmen auf eine der Flankengruppen zu, während wir eine einzelne Dragomite zurückhalten, damit sie uns Rückendeckung gibt. Wenn sie sich zerstreuen, können wir weiterfahren; wenn nicht, müssen wir sie niedermetzeln und uns dann um den Rest kümmern.«

Fraxinus schaute an der Riesin und der Dragomite vorbei, auf der Vaca Metra ritt. Die Hügelfrau war in

Hörweite, aber sie zog es vor, mit der Hand ein Signal zu geben. Sie gestikulierte wie wild.

»Der schlechtere Boden liegt rechts von uns«, folgerte Fraxinus aus ihren Bewegungen. »Das ist die Richtung, die wir nach der Erwartung des Feindes nehmen sollen. Sie werden sich wahrscheinlich zurückziehen und versuchen, uns auf trügerisches Gelände zu leiten.« Er bestätigte die Signale der Kriegerfrau und befahl danach, dass Dhalla und der Wagen sich nach links halten und Vaca Metras Kriegerin dieselbe Richtung einschlagen sollten, während die andere Dragomite zurückfallen sollte. Er wusste, dass Metra diesen Befehl von dort aus, wo sie sich befand, übermitteln konnte.

»Shabir – du und Mossassor bewaffnet euch am besten mit Bögen und geht an die rechte Seite«, fuhr Fraxinus in demselben beherrschten Ton fort. »Aulakh, kannst du nach vorn kommen und dich hinter mich stellen?«

»Bin schon da«, erwiderte Aulakh.

Fraxinus sah keinen Grund, warum er länger warten sollte, und legte die nutzlose Fahne zur Seite. Er warf einen letzten Blick auf die feindliche Streitmacht, dann zerrte er an den Zügeln der führenden Pferde und trieb sie mit der Peitsche an. Kurz danach lenkte er sie nach links und richtete den Kurs des Wagens auf die Gruppe der zweiunddreißig Reiter aus. Dhalla rannte jetzt; ihre weiten Schritte brachten sie in einen Vorsprung vor den Pferden, solange diese noch nicht ihre volle Geschwindigkeit erreicht hatten, aber Metras Dragomitenkriegerin, die über kürzere Entfernungen zu einem unglaublichen Tempo in der Lage war, konnte sie nicht überholen.

Die Reiter waren offensichtlich auf diese Möglichkeit vorbereitet. Die Bande, auf die der Wagen zurollte, formierte sich sofort in Linien und machte sich bereit, der Riesin und der Dragomite entgegenzutreten. Die kleinere Gruppe versuchte, um den Wagen herum und in eine Position zu kommen, von der aus sie dessen linke Flanke angreifen konnte. Die größte Gruppe stürmte ohne zu zögern heran und kam von rechts auf den Wagen zu.

Fraxinus sah sofort, dass die Reiter klug genug waren, sich mit dem Problem der Bekämpfung von Dragomiten und Riesinnen auseinanderzusetzen. Sie hatten richtig berechnet, dass Dhalla der weitaus gefährlichste ihrer Gegner war und dass sie sie möglichst mit Pfeilen zu Fall bringen mussten. Aber wie schon Shabirs Streitmacht vor ihnen hatten sie den Schaden, den ihre Pfeile anrichten konnten, offenbar überschätzt.

Nachdem die Bogenschützen Dhallas Rüstung bemerkt hatten, zielten sie auf ihre Hüfte und Oberschenkel, und zwei oder drei Pfeile bohrten sich tatsächlich in ihr Fleisch, aber Fraxinus wusste inzwischen, dass sie nicht tief genug eindringen konnten, um die Riesin zu bremsen. Auch hatten die Halbmenschen ihre Schnelligkeit und Reichweite unterschätzt, und der Erkenntnis, dass der erste Anschlag auf sie überhaupt keine Wirkung zeigte, war offenbar sofort die Einsicht gefolgt, dass die Angreifer Dhalla schon zu lange im Weg standen. Die Riesin hielt bereits ihren Wurfspeer ausgestreckt, als ob er eine Streitaxt wäre, und seine Stahlspitze fuhr wie eine Sense durch die Reihen ihrer Gegner. Sie besaß sogar die Frechheit, hoch zu zielen und auf die Männer und nicht auf die Pferde einzudreschen, da die letzteren bei einem Sieg willkommene Beute wären.

Mit den Dragomiten erging es den Reitern besser, denn sie hatten die Reichweite und Kraft ihrer Kiefer weitaus genauer abgeschätzt, als es ihren Gefährten bei Dhalla gelungen war. Sie wussten, dass die Kiefer nur jeweils einen der Reiter nach dem anderen angreifen konnten und die Brust dabei zeitweise keinen Schutz vor einem gut gezielten Speer bot, wenn sie die Ungetüme in enger und sorgfältiger Formation angriffen. Fraxinus beobachtete, dass sie als Reiter geschickt genug waren, um diesen Angriff zuerst einmal erfolgreich auszuführen. Es wäre ihnen sicherlich gelungen, die Kriegerin mit einem einzigen Streich kampfunfähig zu machen, wenn da nicht die Reiterin auf ihrem Rücken gewesen wäre, doch Vaca Metra war eine Meisterin in solchen Situationen und wusste genau, was sie zu tun hatte.

Der Speermann, der die Dragomite verwunden sollte, wurde von einem gut gezielten Pfeil aus dem Sattel gestoßen. Sobald er die Formation verlassen hatte, wurde diese von Verwirrung ergriffen; als die gewaltigen Kiefer bereits die Beine dreier Pferde durchgebissen hatten und die Männer in alle Richtungen abgeworfen wurden, war die Chance der Reiter, sich neu zu formieren, endgültig vertan.

Fraxinus blieb gerade noch genug Zeit, um diese beiden Ereignisse zu beobachten, bevor er sich seiner eigenen Situation zuwandte, aber er bekam nicht mehr mit, wie es weiterging. Die Reiter wussten genau, wie sie den Wagen anhalten konnten, und sie wussten ebenfalls, dass Fraxinus nichts tun konnte, um sie daran zu hindern, vorausgesetzt, sie waren schnell und sicher genug.

Sie kamen sehr flugs heran, beugten sich auf ihren Reittieren vor und hackten und schlugen mit ihren Lanzen und Klingen um sich; eines der den Wagen ziehenden Pferde wurde beinahe sofort verwundet, doch trotzdem raste das Gefährt weiter, weil es von seinem eigenen Schwung vorwärts getrieben wurde. Dem Pferd mit dem verwundeten Bein blieb nichts anderes übrig, als auf den drei verbleibenden Beinen weiterzulaufen, da es mit Gurten an die Deichsel des Wagens gebunden war, doch der Wagen schlingerte und schwankte und schüttelte sich, als die Beschleunigung zu einer Verlangsamung wurde. Fraxinus kämpfte mit den Zügeln und war fest entschlossen, den Wagen unter Kontrolle zu halten, als dieser langsam seitwärts glitt.

Aulakh Phar saß jetzt auf der Bank neben Fraxinus und schlug mit einer Pike aus, die früher einmal einem von Jacom Cerris Männern gehört hatte, aber es war selbst für einen starken Mann eine schwerfällige Waffe, und Phars dünne Arme konnten sie nicht mehr festhalten, als sie mit einem Ziel zusammenstieß.

Fraxinus duckte sich, als ihm ein kleiner Speer über den Kopf schwirrte und im Wagen verschwand, aber er hob den Kopf schnell wieder, denn die straffen Zügel rissen ihn in eine aufrechte Position. Er kämpfte noch immer um die Kontrolle über den Wagen, als ihn etwas von der Seite traf und niederschmetterte, wobei der arme Phar nach hinten kippte.

Einen Augenblick lang hielt Fraxinus die Zügel noch fest, doch er musste sie loslassen, als sie ihn von der Bank und damit unter die Räder des Wagens zu werfen drohten. Er griff nach dem Rand der Bank und wollte sich daran festhalten, doch ein langer Arm wand sich ihm um den Hals und verriet ihm dadurch, dass der Angreifer, der von seinem Pferd abgesprungen war, genauso viel Glück gehabt hatte wie er selbst. Jeden Augenblick erwartete er, erstochen und auf den Boden herabgezerrt zu werden, doch plötzlich verlor der Arm seine Kraft, und er wusste, dass jemand anderes – vermutlich Ereleth – ihm zuvorgekommen war und zugestochen hatte – mit tödlicher Wirkung. Es gelang ihm, sich weiter an der hölzernen Plattform festzuhalten und den Körper seines Angreifers abzuschütteln.

Der Wagen verlangsamte sich immer mehr, und das tote Gewicht des verletzten Pferdes zerrte so schwer an ihm, dass es keine Hoffnung gab, wieder in Fahrt zu kommen, ja nicht einmal, das Gefährt in eine gute Verteidigungsposition zu lenken. Fraxinus hob den Kopf, um zu sehen, was vor sich ging. Auf allen Seiten schienen sich Feinde zu befinden. Eine Woge schrecklicher, bestialischer Gesichter brandete ihm entgegen. In Anbetracht von Dhallas Erfolg und Vaca Metras Fähigkeiten verstand er nicht, wie es noch so viele sein konnten.

Ereleth drückte ihm eine Waffe in die Hand und versuchte sicherzustellen, dass er sie auch richtig packte. »Sei vorsichtig!«, schrie sie ihm ins Ohr. Er verstand es so, dass die Klinge vergiftet war und er sehr sorgfältig mit der Waffe umgehen musste, damit die Hexerei sich nicht gegen die eigenen Verbündeten wandte. Er wagte es nicht, sich auf die Bank zu stellen, sondern kroch an eine Seite und hielt das Schwert so weit vorgestreckt, dass seine Spitze weit fort von seinem eigenen Fleisch und dem seiner Freunde war.

Es gab zu viele Bewegungen und zu viel Verwirrung, als dass ihm ein wohl gezielter Stoß möglich gewesen wäre, doch Fraxinus spürte, wie die Klinge erst einmal, dann ein zweites Mal in etwas eindrang. Er konzentrierte seine ganze Aufmerksamkeit darauf, den Griff festzuhalten, damit ihm niemand die Waffe entwinden konnte.

Noch immer schienen überall Feinde zu sein, die im Gegenzug auf ihn einschlugen, doch dieser Eindruck war nur flüchtig. Er duckte sich unter einem Speerwurf hinweg und zuckte zusammen, als der Speer ihn leicht berührte, doch als er besorgt wieder aufsah, gab es nirgendwo mehr einen Speerwerfer. Er vernahm, wie sich Dhallas Stimme in einem heulenden Triumphgebrüll erhob, als sie den Mann fortschleuderte, der

Fraxinus zu töten versucht hatte. Eine Sekunde lang traf sein Blick auf den ihren, doch sie schaute bereits an ihm vorbei und zeigte mit ihrem blutigen Speer in seine Richtung.

»Da kommen sie!«, rief eine hohe Stimme von hinten. Er vermutete, dass es die von Merel war, auch wenn ihre Rauheit sie fast unkenntlich machte. »Doppelt so schnell und doppelt so viele!«

Er begriff zu seinem Entsetzen, dass dies die zweite Welle sein musste – und eine dritte würde bestimmt auch noch kommen. In gewisser Weise war es eine Gnade, dass es keine Zeit für Überlegungen gab und man nichts tun konnte, als das Schwert zu erheben, um so viel Schaden wie möglich anzurichten. Das Kriegsfieber, das ihm durch die Adern pulste, hatte jetzt seinen Höhepunkt erreicht, an dem nichts anderes mehr zählte als die Tat, und er stand so entschlossen auf, wie jeder abgehärtete Krieger es getan hätte, und war bereit, mit aller ihm zur Verfügung stehenden Kraft und Wut zuzuschlagen.

Erstaunlicherweise aber war der Kampf innerhalb weniger Sekunden vorbei. Nachdem die zweite Gruppe den Wagen erreicht und entdeckt hatte, dass die Riesin und die beiden Dragomiten noch kampftüchtig und anscheinend unbesiegbar waren, hielt sie es anscheinend nicht für wert, sich ernsthaft mit Fraxinus und seinen Gefährten einzulassen, denn schließlich waren sie mit gutem Stahl bewaffnet und kämpften von einer festen Plattform aus. Die Reiter jagten vorbei und machten sich nicht die Mühe, mehr als ein paar Pfeile abzuschießen. Diejenigen, die Speere besaßen, behielten sie – offenbar wollten sie sie für später aufsparen.

Es war für Fraxinus nicht leichter, sie zu zählen, als sie vorüberritten, als es vor dem Angriff gewesen war, doch es war leicht, die Niedergestürzten und Toten zu zählen, die sie zurückgelassen hatten, sobald sie sich neu formiert hatten und in vollem Galopp nach Süden geritten waren.

Während die Dragomiten die Verwundeten mit unbarmherziger Gemächlichkeit töteten, bemühte sich Dhalla, die reiterlosen Pferde einzusammeln. Vierzehn der Tiere waren ebenfalls tot, und ein weiteres Dutzend war davongetrabt, aber es gelang ihr, sieben einzufangen.

»Lasst einen der Reiter am Leben!«, rief Fraxinus Vaca Metra zu. »Wir müssen herausfinden, ob sie sprechen können, und wenn ja, was sie zu sagen haben.«

Vaca Metra hob die Hand und signalisierte ihm, dass sie ihn gehört und verstanden hatte. Die Kriegerin, auf der sie ritt, wurde sofort vorsichtiger im Gebrauch ihrer blutverschmierten Kiefer.

Fraxinus entdeckte, dass er am Kopf blutete. Sobald er nach der Wunde tastete, schmerzte sie stark, aber es war nicht mehr als eine Schramme.

»Wir wollen hoffen, dass sie vernünftig genug sind, uns jetzt in Ruhe zu lassen«, sagte Ereleth ohne große Überzeugung. »Wir wollen sogar hoffen, dass sie in diesem scheußlichen Land die Kunde verbreiten, wir seien mehr als alles andere hier zu fürchten. Ich bin die Kämpfe inzwischen leid.«

»Wie wir alle«, bestätigte Fraxinus. »Aber ich fürchte, die Bewohner der Tiefe haben noch nicht genug davon. Es hat den Anschein, dass sie auf ihre besondere Art bereits kämpfen, seit das Schiff, das unsere Vorfahren herbrachte, aufgesetzt hat. Wenn sie keinen neuen Lebensraum für sich finden, werden sie möglicherweise solange kämpfen, bis nur einer von ihnen übrig bleibt und die ganze Welt zu seiner Schale und seinem Fleisch wird.«

»Ich glaube nicht, dass es mich interessiert, ob es einer oder viele sind«, murmelte Ereleth. »Die geheimen Gebote, die ich geerbt habe, scheinen mit jedem

Tag, der vergeht, mehr und mehr eine Einladung zum Selbstmord zu sein.«

Fraxinus sagte müde: »Unglücklicherweise hängt das Schicksal unser eigenen Rasse vom Ausgang dieses Kampfes ab. Wenn wir überhaupt die Macht haben, den Ausgang beeinflussen zu können, hängt vielleicht das Schicksal unserer Enkel davon ab.«

Ereleth hätte entgegnen können, dass sie keine eigenen Kinder hatte, da sie eine Hexe war, doch sie sagte nichts. Zumindest war sie eine Hausmutter und alle Kinder Belins hatten in einem gewissen Grad unter ihrer Obhut gestanden. Sie wusste, was auf dem Spiel stand und was Pflicht bedeutete; ohne die Verpflichtungen, die ihre Position mit sich brachte, wäre sie nichts gewesen.

»Wir haben sie nicht zum letzten Mal gesehen«, sagte Aulakh Phar. »Ich bezweifle zwar, dass sie uns noch einmal offen angreifen werden, aber ich kann nicht glauben, dass es in ihrer Art liegt aufzugeben.«

»Es ist genauso wenig unsere Art«, erinnerte ihn Fraxinus. »Genauso wenig.«

10

Lucrezia war erleichtert, als sie entdeckte, dass der Schein nicht getrügt hatte und Ssifuss' Einschätzung richtig gewesen war. Die ›Straße‹, die zum Mittelpunkt des großen Riffkreises führte, war zwar weit davon entfernt, gerade und eben zu sein, aber sie war solide. Sie war auch breit genug, dass zwei Pferde nebeneinander reiten konnten, ohne in der Gefahr zu schweben, dass eines von ihnen auf gefährlicheren Grund ausweichen musste.

Sie war in der Tat sehr froh, dass zwei gesattelte Pferde Seite an Seite hinter der Schlange herritten, die die Gruppe führte. Wenn sich Hyry Keshvara dazu entschlossen hätte, mit Checuti und Jume Metra zu gehen, wäre ihr eigener Vorsatz hart auf die Probe gestellt worden. Dafür, dass sie die Trennung erzwungen hatte, zahlte es ihr Hyry heim, indem sie in dieselbe Stimmung mürrischer Missbilligung verfiel, in der sie sich auch befunden hatte, als sie von Xandrias Umland aus zum Wald der Absoluten Nacht geritten waren, doch Lucrezia vertraute darauf, dass der Zorn der Händlerin nicht lange andauern würde.

Sie besaßen ein zweites Paar Pferde, das hinter ihnen nebeneinander herritt und gehorsam Hyrys Zügeln folgte. Es waren kleine Tiere im Vergleich zu denen in Belins Ställen, und sie waren kaum dressiert, aber sie waren stark und gelehrig. Sie konnten eine schwere Last tragen und waren dazu auch durchaus bereit, obgleich sie dabei nicht eben eine große Anmut zeigten. Die Händlerin hatte ihre Gefügigkeit bis zum Letzten ausgenutzt und ihnen beinahe ihre gesamte Habe aufgeladen.

Das Gelände war keineswegs ohne Leben, und überdies war das Leben nicht begrenzt auf den lebenden Boden, dessen verschiedene Ausformungen zu beiden Seiten der Straße verstreut waren. Lucrezia sah Vögel in den Zweigen all der spitzen und dornigen Bäume, die von den Hügelkämmen aufragten, und sie sah auch Tiere: flinke Eidechsen und schuppige Ratten. Neugierig beobachtete sie, dass deren Wanderungen nicht auf die baumähnlichen Gebilde beschränkt waren; sie liefen auch über den Boden, suchten sich aber ihren Weg mit großer Vorsicht. Offensichtlich war nicht jeder Sem der Erdoberfläche gefährlich. Ssifuss hatte ihre früheren diesbezüglichen Behauptungen auf der Basis neuerer Erfahrungen widerrufen und ihren

Gefährtinnen gesagt, dass der Boden innerhalb des Riffs in vieler Hinsicht einfacher zu überwinden sei als der Boden draußen.

»Kleine fliesssende Ssteine mit vielen kleinen Fallgruben«, hatte die Schlange bemerkt. »Die grosssen haben weniger und ssind einfacher zu ssehen. *Weicher* Boden gefährlicher; Teile davon ssind ... *flüsssig*?«

Lucrezia hatte ihr bestätigt, dass ›flüssig‹ das richtige Wort war – und sie hatte bereits Gelegenheit zu der Feststellung gehabt, dass Ssifuss Recht hatte. Die einzigen Kreaturen, die vor ihren Augen in die Oberfläche eingesogen wurden, waren solche, die auf einen Untergrund geraten waren, der so trügerisch wie Treibsand war. Selbst dieser Boden aber stellte für einige der einheimischen Geschöpfe kaum ein Problem dar; die kleinen Eidechsen liefen schnell genug über solche Sumpfgebiete hinweg, ohne einzusinken.

Ssifuss hatte sie ferner vor dem Schlafen gewarnt und ihnen gesagt, dass selbst auf härterem Untergrund Dinge einsinken konnten, wenn sie lange genug auf ihm lagen, aber sie hatte ihnen auch versichert, dass ihnen genug Zeit für eine Reaktion auf eine solche Bedrohung blieb, wenn sie vorsichtig waren. Lucrezia war sich bewusst, dass diese andauernde Unsicherheit ein Ausruhen schwierig machen würde, aber sie war bereit, sich dieser Herausforderung zu stellen.

Einige der Pflanzen, die zu beiden Seiten der Straße wuchsen, sahen in Lucrezias Augen wie irdische Pfanzen aus, doch selbst jene, die eindeutig unirdisch waren, erweckten häuftig den Eindruck, als seien sie Eindringlinge, die nicht *hierher gehörten*. Daraus schloss sie, dass, wenn sie tatsächlich über die ›Haut‹ eines unglaublich großen gemusterten Steins reisten, es eine Haut sein musste, die eine Überfülle an Parasiten und Schmarotzern beherbergte, von denen einige Arten möglicherweise aus den irdischen Gärten von Idun stammten.

Aulakh Phar hatte ihr früher einmal erzählt, dass die lebende Oberfläche der menschlichen Haut unter einer dünnen Schicht abgestorbener Zellen verborgen lag und dass jede Pore und Falte dieser Maske mit unsichtbaren Kreaturen bevölkert war, sowohl irdischen als auch unirdischen. Seine Worte hatten sie an das winzige Unkraut erinnert, das in den Spalten der Mauer des Inneren Sanctums wucherte, und an die entfärbenden Flecken von Steinfraß, welche die inneren Mauern der Zitadelle sprenkelten. Es war seltsam beruhigend, jetzt ähnliche entfärbende Flecken auf der Straße unter den Hufen ihres Pferdes und auf den flachen Oberflächen des großen Mosaiks zu sehen, das sich uneben von Horizont zu Horizont erstreckte. Wenn es wirklich Dutzende Arten von Steinfraß gab, die geduldig die Haut der Riesen zerfraßen, die gegeneinander um den Besitz des Rings innerhalb des Riffs kämpften, dann war dieses seltsame Reich nicht unverwundbarer als Xandria. Mehr noch: wenn der sanfte, aber schleichende Zerfall durch Steinfraß keinen Unterschied zwischen den Werken der Menschen und den ungeheuerlichsten Einwohnern dieser Welt machte, dann musste es einen gewissen Grad an Übereinstimmung zwischen ihnen geben.

Die Feinde unserer Feinde zählen nicht unbedingt zu unseren Freunden, hatte Ereleth einmal während des Unterrichts in den Überlieferungen der Hexenkunst zitiert, *aber wenn wir klug genug sind, können wir sie zu unserem Werkzeug machen.* Anscheinend war der Steinfraß ein Feind all dessen, was *erbaut* war, ob es nun von Steinmetzen mit Hilfe ihrer Schäume errichtet wurde oder von den Bewohnern der Tiefe, damit es ihnen als natürliche Rüstung diente. Das war keine große Offenbarung; bestand nicht die *Überlieferung der Genesys* vor allem darauf, dass Verwesung und Zerfall schlichtweg der Feind von *allem* waren, einschließlich der Handlanger des Chaos selbst?

Lucrezia fragte sich, ob die Bewohner der Tiefe die Dinge genauso sahen, falls sie überhaupt etwas ›sehen‹ konnten. Wenn sie eine gewisse Art von Intelligenz besaßen – vielleicht geborgte Intelligenz wie die der Hügelkönigin in einem Dragomitennest –, erkannten sie dann nicht auch, dass der wahre Feind der Zerfall war? Konnte das der Grund sein, warum sie Boten aussandten, um Gefangene zu machen? Konnte das der Grund sein, warum sie auf gewisse Schlangen und Menschen eine unterschwellige Anziehungskraft ausübten? Waren sie auf der Suche – vielleicht auf blinder Suche – nach einem teuren Bündnis zwischen verschiedenen Arten von Fleisch, die ihnen zu einem entscheidenden Sieg über die Mächte des Zerfalls und der Verwesung verhelfen konnten? Glaubten sie auch – vielleicht unbewusst –, dass der Feind ihres Feindes als ihr Werkzeug, wenn nicht sogar als ihr Freund zu dienen vermochte?

Den Überlieferungen zufolge, dachte sie, *war es die schlimmste Nachkommenschaft aus der Wiege der Chimäre, die das Land vergiftete, das um den Garten von Idun lag. Die Menschen der Welt beschwerten sich darüber, aber die Meister der Überlieferung sagten ihnen, es gäbe keinen anderen Weg. Sie sagten, am Ende würde das Böse besiegt und Ordnung die Oberhand gewinnen. Am Ende würde das Becken des Lebens den unvergänglichen Stein gebären. Der lebende Boden muss danach noch stärker hungern als wir, weil der lebende Boden den unvergänglichen Stein für seine Rüstung und seine Gestalt benötigt, während wir ihn nur brauchen, um unsere Stadtmauern zu sichern … und für Inschriften.*

Lucrezia hatte nie ganz verstanden, warum die Überlieferungen so sehr auf dem Wert von Inschriften bestanden – schließlich besaßen doch die Menschen ihre Überlieferungen und hatten schon alle Arten von Material, auf dem sie schreiben konnten –, aber als sie versuchte, die Geheimnisse, die vielleicht in der Haut der Riesen geschrieben standen, zu lesen, verstand sie plötzlich das Versprechen der Überlieferungen. So wie die Dinge standen, konnte keine geschriebene Botschaft lange überdauern, ob sie nun auf Pergament gekritzelt oder in Stein gehauen war. Im ersten Fall überdauerte sie einige Tage, im letzteren einige Jahre, aber in jedem Fall war die Arbeit, die aufgewendet werden musste, um die Botschaft immer wieder abzuschreiben, zu beschwerlich, um die Worte für alle Zeit zu bewahren. Deswegen waren sämtliche Informationen der Verwesung und dem Zerfall unterworfen. Die Überlieferungen waren lückenhaft; sie erlitten andauernde und unwiederbringliche Verluste. Nur ›unvergänglicher Stein‹ bot Hoffnung auf Beständigkeit: ein Mittel, um Wissen zu verankern, sodass sein Fundament niemals mehr zerstört werden konnte.

Sie begriff auch, dass eine solche Evolution nicht nur menschlichen Wesen eine Möglichkeit bot. Schlangen und Salamander konnte sie ebenfalls nutzen – und genauso alle Geschöpfe, die wie Menschen, Schlangen und Salamander aussahen, aber in Wirklichkeit die Nachkommen der Bewohner der Tiefe waren. Man hatte ihr versichert, dass Schlangen ›gut im Vergessen‹ seien, weil sie ›es sein mussten‹. Vielleicht war es dasselbe bei allen monströsen Abkömmlingen der Dragomitenköniginnen und der gemusterten Steine. Vielleicht waren auch sie ›gut im Vergessen‹, während sie jahrhundertelang praktisch reglos dalagen – und vielleicht wäre eine Methode, Inschriften zu konservieren, auch für sie von Vorteil.

Sie wandte sich zu Hyry Keshvara, doch der mürrische Gesichtsausdruck der Händlerin erinnerte sie daran, dass sie zuerst den Abgrund zwischen ihnen überwinden musste, bevor sie solche Gesprächsthemen anschneiden konnte.

»Es tut mir Leid, Hyry«, sagte Lucrezia. »Ich weiß, du wolltest, dass wir zusammenbleiben, aber zu einer unlösbaren Meinungsverschiedenheit gehören zwei. Checuti hätte mit uns kommen können. Er hätte mit uns kommen *müssen*. Wenn ihm nur daran lag, seine Haut zu retten, hätte er bereits mit Venerina Sirelis zurück zum See gehen können.«

»Ihr braucht Euch nicht zu entschuldigen«, sagte Hyry zu ihr. »Ich habe meine eigene Entscheidung getroffen. Ich stehe nicht unter Eurem Kommando, *Hoheit*. Ich habe nie darunter gestanden.«

Lucrezia sagte darauf: »Wenn das so ist, warum schmollst du dann?«

Hyry blickte finster drein. »So sieht mein Gesicht halt aus, wenn ich müde bin«, entgegnete sie. »Die Hässlichkeit ist eingebaut; es handelt sich dabei nicht um eine Meinungsäußerung.«

Lucrezia wusste nicht, was sie darauf antworten sollte. Sie hielt es für das Beste, darauf nicht näher einzugehen. »Ich bin froh, dass du mit mir gekommen bist«, sagte sie. »Wenn du dich geweigert hättest, hätte ich vielleicht einen Rückzieher gemacht. Ich will Ssifuss nicht beleidigen, aber ich hätte mich sehr allein gefühlt, wenn ich keine menschliche Gesellschaft gehabt hätte – und dieses Abenteuer ist keines, das man allein unternimmt.«

»Wenn ich das gewusst hätte«, sagte Hyry enttäuscht, »hätte ich mich wohl anders entschieden. Wenn Checuti das gewusst hätte, hätte er es mir sicherlich gesagt – aber er war froh, als ich mich dazu entschied, mit Euch zu gehen, weil es sein Gewissen von der Last befreite, Euch allein fortzuschicken. Er hat Euch schon einmal in meine Obhut gegeben, falls Ihr Euch erinnert – er muss einen letzten Rest mütterlicher Empfindung in mir entdeckt haben, mit dem ich selbst nicht gerechnet hatte. Er hat tatsächlich so etwas wie ein Gewissen, wenn auch ein ziemlich verdrehtes. Ich hoffe, ihm gefällt die Gesellschaft der Hügelfrau – wenn jemand sie verführen kann, dann er.«

»Wenn er auf Verführung aus wäre«, sagte Lucrezia, »dann wäre er bestimmt mit Venerina gegangen. Es ist wohl kaum Ereleths Liebeszauber, der ihn zurück zu Fraxinus zieht.«

»Vermutlich nicht«, stimmte Hyry zu. Sie schien ein wenig überrascht, dass Lucrezia eine solche Antwort gegeben hatte; vielleicht war sie der Ansicht gewesen, dass das Innere Sanctum selbst gegen solche zersetzenden Andeutungen Schutz bot.

»Wie dem auch sei, Ssifuss scheint Recht gehabt zu haben«, sagte Lucrezia. »Die Straße ist gut. Sie ist errichtet worden, um ganzen berittenen Truppen den Weg zu ebnen. Ich sehe keinen Grund, daran zu zweifeln, dass sie uns sicher bis zum Garten im Herzen der Region führen wird.«

»Ich ebenso wenig«, sagte Hyry. »Aber was sollen wir tun, wenn wir dort angekommen sind, falls dem Bernsteinfarbenen keiner mehr helfen kann?«

»Dann sind wir wenigstens der Wiege der Chimäre ein gutes Stück näher gekommen«, meinte Lucrezia.

»Aber es wird keine Straße geben, die uns *dorthin* führt«, erwiderte Hyry. »Wahrscheinlicher ist, dass wir unüberwindliche Barrieren vorfinden werden. Wenn es eine Straße gibt, die unmittelbar in das Herz von Idun hineinführt, dann befindet sie sich bestimmt dort, wo sie auf Myrasols Karte eingezeichnet war, auch wenn diese vor tausenden von Jahren entworfen wurde und sich der Radius des Riffs seitdem stark ausgedehnt hat.«

Lucrezia konnte nichts dagegen halten und so lenkte sie das Gespräch in eine andere Richtung.

»Dieser lebende Boden muss so etwas wie einen Verstand haben«, sagte sie. »Die meisten seiner Kreaturen sind vermutlich Sklaven ihres Instinkts und weitaus weniger intelligent als frei lebende Menschen oder Schlangen, aber sie dienen einem genau umrissenen Zweck. Sie haben dich aus einem bestimmten Grund gefangen genommen, es steckt mehr dahinter als bloße Futterbeschaffung für eine fleischfressende Pflanze.«

»Ich wünschte, ich könnte mir dessen sicher sein«, sagte die Händlerin und schirmte die Augen vor der Sonne ab, als sie nach vorn schaute. Die baumähnlichen Wesenheiten, die unmittelbar vor ihnen zu beiden Seiten der Straße wuchsen, standen nicht eng zusammen und bildeten auch kein dichtes Spalier entlang ihres Weges. Im Gegensatz dazu ragte so etwas wie ein Wald am Horizont auf.

»Wir sind nicht die Einzigen, die in dieser Richtung unterwegs sind«, betonte Lucrezia. »Die geflügelten Salamander können sprechen und haben wahrscheinlich auch Verstand, und sie begeben sich auf der Suche nach den Gärten absichtlich in das Herz des lebendigen Landes. Als Mossassor dich entdeckt hatte, war sie erfreut über die Aussicht, mit dir gemeinsame Sache zu machen und dich mit auf die Suche zu nehmen.«

»Und Ihr habt das Blut der Schlange, während Ereleth ihre geheimen Gebote hat«, fügte Hyry hinzu. »Das ist mir alles bekannt – und ich weiß, dass alles, was sich hier abspielt, einem bestimmten Schema folgt. Es ist eher ein solches Schema wie das, welches dem Ei sagt, wie es zu einem Huhn heranwachsen kann, als das, was Männer wie Fraxinus und Checuti entwickeln, um sich zu bereichern, aber es ist trotzdem ein Schema, und wir sind jetzt ein Teil davon, ob wir es wollen oder nicht.« Während Hyry sprach, schlug sie nach einigen Insekten aus, die ihr ums Gesicht schwirrten, und konnte sie dadurch in Schach halten, doch Lucrezia bemerkte, wie sich eines der Tiere anscheinend unbemerkt am Hals der Händlerin niederließ. Sie lenkte ihr Pferd näher an Hyry heran und wedelte mit der Hand, um das Insekt zu verjagen. Als es fortflog, hinterließ es einen kleinen roten Fleck.

»Wir sind denkende Wesen«, sagte Lucrezia. »Wir sind nicht verdammt dazu, bloß Teil eines Planes zu sein. Wenn wir das System begreifen, haben wir vielleicht die Macht, es zu ändern.« Sie fuhr sich mit der Hand über den Hals, während sie sprach; sie war besorgt, dass auch sie heimlich gestochen worden sein könnte. Ihre Finger zerquetschten ein unvorsichtiges Insekt, und als sie es sich anschaute, bemerkte sie, dass sein zerschmetterter Leib rot von ihrem eigenen Blut war. Sie redete sich ein, dass es bloß ein Mückenstich war, nicht schlimmer als Dutzende, die sie erlitten hatte, als sie von Xandria aus südwärts gereist war, aber ihr Vorrat an Balsam hatte stark abgenommen.

»Vielleicht auch nicht«, sagte Hyry in höflicher Zurückweisung ihrer Agumentation. »Vielleicht werden wir nur eine bittere Lektion über den Unsinn unserer Bestrebungen und die Bestrebungen unserer Rasse lernen.«

»Das glaubst du doch nicht wirklich«, entgegnete Lucrezia.

»Es ist keine Frage des Glaubens«, gab Hyry zurück. »Solange noch alle Möglichkeiten offen stehen, müssen sie auch alle berücksichtigt werden.«

Die vor ihnen hergehende Schlange war ebenfalls von Fliegen umschwirrt, doch Lucrezia sah, dass Ssifuss keinen Versuch unternahm, sie fortzuscheuchen. Sie erinnerte sich daran, dass Ssifuss weitaus weniger als sie unter den Kratzern gelitten hatte, als sie die Bittersüßen Sümpfe durchquert hatten; die schuppige

Haut einer Schlange bot offenbar guten Schutz vor kleineren Abschürfungen und anderen Belästigungen. Während Lucrezia aber den Tanz der winzigen Insekten beobachtete, bemerkte sie, dass Ssifuss auch von größerem Ungeziefer mit farbigen Flügeln umgeben war, deren flatteriger Flug sie an die hübschen Schmetterlinge erinnerte, die einst häufige Gäste in ihrem Dachgarten gewesen waren. Sie schienen völlig harmlos zu sein, und als Lucrezia sah, dass sich eines von ihnen auf der bloßen Schulter der Schlange niedergelassen hatte, war sie nicht im Geringsten alarmiert – bis ihr Blick bis zum schmalen Rücken der Schlange herabwanderte, wo sie einen Farbfleck entdeckte, der nicht ganz zu dem Schuppenmusster passte. Wenn er ihr schon früher aufgefallen wäre, hätte sie ihm keinerlei Bedeutung zugemessen, aber jetzt erkannte sie, dass er eine Gemeinsamkeit mit dem Muster auf den Schmetterlingsflügeln aufwies.

Sie ritt nach vorn und versuchte das Insekt von der Schulter der Schlange fortzuscheuchen. Es ergriff nicht die Flucht, und als sie versuchte, das Tier abzupflücken, brach sein schlanker, stabähnlicher Körper von den ›Beinen‹ ab, die sich bereits in die Schuppen der Schlange gebohrt hatten. Die zarten Flügel zerbröckelten, und Lucrezia wischte sich gerade die Überreste von den Fingern, als Ssifuss nach der Stelle tastete, wo sich das andere Geschöpf niedergelassen hatte.

»Da ist noch eins auf deinem Rücken«, sagte Lucrezia. »Es hat sich tief eingegraben, mitsamt der Flügel. Das ist diese unangenehme Stelle, an die du mit deinen Händen nicht herankommst, aber wenn du willst, kann ich es wegkratzen.«

»Bitte«, sagte die Schlange.

Dazu musste sie absteigen. Es gelang ihr, ein wenig von der fremdartigen Substanz abzukratzen, aber das meiste war so fest in der darunterliegenden Schuppenhaut verankert, dass es wie ein natürlicher Bestandteil derselben aussah.

»Wir müssen nicht nur auf den Boden aufpassen«, bemerkte Lucrezia besorgt. »Wenn wir nicht zu dem fremden Fleisch gehen, dann kommt es halt zu uns. Es dauert vielleicht länger, uns auf diese Weise zu verschlingen, aber wenn diese Dinger mit uns verschmelzen können... vielleicht legen sie sogar Eier oder verteilen Sporen in unserem Körper.«

»Wir wissen nicht, ob sie das wirklich können«, warf Hyry ein.

»Habe keine Sschmerzen«, versicherte Ssifuss ihr. »Isst wie Ssumpf. Kleine Sstiche. Plage, aber nicht mehr.«

»Genau das bereitet mir Sorgen«, sagte Lucrezia. »Ich hätte in den Sümpfen leicht sterben können. Was wie ein bloßes Ärgernis anfing, wuchs sich zur vollkommenen Bewegungsunfähigkeit aus. Wenn Andris nicht gewesen wäre...«

Sie hielt inne, weil sie die Ironie begriff, die darin lag. Wenn Andris ihr in den Sümpfen nicht geholfen und sie trotz seines eigenen Zustandes nicht in Sicherheit gebracht hätte, wäre sie nun nicht hier. Sie hätte mit Checuti und Jume Metra gehen können. Aber waren die beiden wirklich in Sicherheit? Konnte irgendjemand in Sicherheit sein, wenn er einmal den Fuß auf die unsichere Oberfläche gesetzt hatte, welche die Bewohner der Tiefe bekleidete?

»Menschen können von innen heraus verwandelt werden«, sagte sie mit tiefer Stimme. »Das wissen wir. Ich habe gesehen, wie es passiert ist. Die Samen, die angeblich von der Wiege der Chimäre kamen, waren das Lockmittel, das dieses ganze Abenteuer in Gang gesetzt hat. Wir müssen vorsichtig sein – und du besonders, Ssifuss, da so viel von deiner Haut unbedeckt ist.«

»Können nicht ssurückgehen«, antwortete die Schlange.

Das stimmte und sie alle wussten es. Es hatte keinen Sinn, jetzt umzukehren; welche Gefahren ihnen auch immer drohen mochten, sie mussten sich ihnen stellen. Wenn ihr Körper von kleinen Wesen bestürmt wurde, die die Macht besaßen, sie zu verändern, dann war es sehr wahrscheinlich, dass dieser Prozess bereits begonnen hatte.

»Die Gefahr einer Infektion besteht immer«, sagte Hyry. »Immer und überall. Wir müssen uns auf unseren Körper verlassen und hoffen, dass er die Eindringlinge wirksam bekämpft… und vielleicht ein wenig Medizin zu Hilfe nehmen. Ihr seid eine Hexe, Hoheit, und so gut ausgerüstet wie möglich, um einer solchen Vergiftung entgegenzuwirken.«

»Richtig«, pflichtete Lucrezia ihr bei und schwang sich wieder in den Sattel. »Aber wir sollten trotzdem vorsichtig sein – so vorsichtig wie irgend möglich.«

Ssifuss marschierte weiter. Der Fleck auf ihrem Rücken, der zuvor noch vollkommen unwesentlich erschienen war, trat jetzt, als die Prinzessin einige Schritte hinter Ssifuss ihr Pferd auf gleiche Höhe mit Hyrys Reittier brachte, wie ein warnendes Signalfeuer hervor.

11

Die Zeit verging. Die Blumen, die auf Andris' Gliedern wuchsen, öffneten sich zur Sonne hin. Sie waren größer und weißer als die Blumen, die noch an einigen der anderen Baumleute zu sehen waren. Jede besaß sieben weiche Blätter, die sich zu einer Halbkugel mit wellenförmigen Rändern zusammenschlossen.

Im Herzen jeder Blume saß ein roter Fleck, aus dem ein wächserner Stiel und eine Anzahl Staubbeutel hervorsprossen; irgendwo in den Tiefen der verborgenen Organe der Blume befanden sich Drüsen, aus denen süßer Nektar leckte. Wenn die Bienen kamen, um diesen Nektar einzusammeln, kitzelten sie Andris' zartes Fleisch; es war kein unangenehmes Gefühl.

Während er sich in seinen Träumen verloren hatte, war Andris beinahe das Gefühl für Unangenehmes abhanden gekommen. Es war, als ob die Wandlung seines Körpers ihm zumindest im Augenblick die Möglichkeit genommen hätte, Schmerz zu empfinden. Es gab gute Gründe, darüber froh zu sein – schließlich hatte er in der letzten Zeit mehr als seinen gerechten Anteil an Schmerzen erhalten, aber trotzdem beunruhigte ihn dieser Umstand nicht unwesentlich. Schließlich war die Empfindung von Schmerzen Teil des Systems, das ihn selbst definierte und sein Leben gestaltete.

Sobald er sich aber über diese Dinge sorgte, fand er auch schon einen Weg, um seine Sorgen zu besänftigen. Er entdeckte, dass er nur an den Verlust Merels und an Rayners Tod denken musste oder auch an Shabirs Verrat und Ereleths Tyrannei, um Leid heraufzubeschwören, dessen Auswirkungen er bündeln konnte. Es war zwar kein physischer Schmerz, aber es war eindeutig Schmerz, und er reichte aus, um sein Selbst zu definieren und zu formen.

Solange er es vermochte, sich mit schlimmen Erinnerungen Schaden zuzufügen, war er noch Andris Myrasol mit allem, was dazugehörte. Obwohl er sich verwandelt hatte, blieb er im Wesentlichen der Prinz aus Ferentina, der Kartenzeichner und Vagabund, der Halbriese und Held. Wenigstens im Augenblick konnte er sich daran festhalten.

Als er das nächste Mal in der Lage war, seinen Körper weit genug herumzudrehen, um in Arillas Augen zu schauen, hatte er sich seine Fragen schon zurechtgelegt. Er hatte immer noch kein Zeitgefühl, und es war ihm auch nicht gelungen, viele andere Aspekte seiner neuen Existenz der harten Disziplin des Bewusstseins zu unterwerfen, aber er war halbwegs zuversichtlich, dass er inmitten des Aufruhrs der Halluzinationen das bestimmen konnte, was real war. Er wusste, wie er vorgehen musste – oder wenigstens glaubte er es zu wissen.

Er fragte sie, ob sie den Wunsch verspürte, zu gehen und in ferne Gegenden zu reisen, so wie es die Abgesandten des Gartens taten.

»Niemals«, erwiderte sie.

»Aber es muss doch möglich sein, oder?«, reizte er sie. »Der lebende Boden hat die Macht, seine vielen Kinder nach Lust und Laune zu gestalten. Wenn er uns in seinen Körper hineinziehen würde, könnte er uns sicherlich in jeder Form, die ihm beliebt, wieder ausspucken. Er könnte dir so leicht neue Beweglichkeit verleihen, wie er sie mir geraubt hat. Bist du nicht in der Lage, seine Bemühungen zu steuern? Bist du nicht seine Gebieterin, seine lenkende Intelligenz?«

Sie erwiderte: »Selbst wenn ich das wäre, hätte ich nicht mehr Macht als du, um meine eigene Umwandlung in die Wege zu leiten. Als du noch ein Mann warst, konntest du von deinem Körper nicht verlangen, dass er sich zu einer Schlange umformen sollte. Jedenfalls habe ich hier keine Befehlsgewalt – und du darfst nicht erwarten, selbst welche zu bekommen, wie hoch du auch wachsen magst.«

»Du hast eine Stimme«, betonte er. »Wie viel du von deinen früheren Leben auch vergessen hast, so hast du dir doch die Fähigkeit zu sprechen viel besser erhalten als deine widerspenstigen Artgenossen, die mich hierher gebracht haben.«

»Ich habe eine Stimme«, pflichtete sie ihm bei. »Wir alle haben Stimmen, auch wenn einige von uns vergessen haben, wie man sie benutzt. Sie gehören uns selbst. Der Bewohner der Tiefe hat keine Stimme. Er vertraut sich uns nicht an, und daher wissen wir nicht, ob er zu zielgerichtetem Handeln, zu Bestrebungen und Berechnungen in der Lage ist. Er ist stumm. Soweit wir wissen, wählt der Boden die Formen, die er hervorbringt, nicht aus – genauso wenig wie den Zeitpunkt ihres Entstehens. Wir sind ein Teil von ihm; seine Bedürfnisse sind auch unsere Bedürfnisse und sein Schicksal ist unser Schicksal – aber wir wissen nur das, was wir folgern können und an was wir uns erinnern, und wir wissen, wie schnell Erinnerungen verblassen. Wir wissen, was wir sind und was wir sein werden. Auch du wirst das wissen, wenn die Zeit reif ist.«

Ich sollte hoffen, dass all das der Wahrheit entspricht, dachte Andris. *Ich sollte hoffen, dass es nicht irgendeine Phantasie ist, die mein einsamer Geist heraufbeschwört. Aber auf alle Fälle muss ich weiterfragen. Ich muss weiterhin versuchen zu verstehen, denn das ist das Einzige, was mir übrig bleibt, ob ich nun Arme und Beine habe oder nicht. Es ist das Einzige, das man mir niemals durch irgendeine Metamorphose wegnehmen kann, und solange ich es noch habe, bin ich Andris Myrasol, Liebhaber von Merel Zabio, Freund von Carus Fraxinus und von Prinzessin Lucrezia von Xandria.*

»Werden die Riesenschlangen und ihre scheinbar menschlichen Verwandten als fertige Erwachsene ausgeworfen«, fragte er, »und können sie sofort sprechen und denken?«

»Jawohl«, sagte Arilla. »Ich kann nicht für andere Gärten sprechen, aber hier gibt es keine Kindheit.«

»Diese Fähigkeit zu sprechen und zu denken muss doch mit Erinnerungen einhergehen«, sagte er; es war sowohl ein lautes Nachdenken als auch eine Frage.

»Wie die kleinen gemusterten Steine, mit denen die Ebene nördlich des Riffs übersät ist, muss doch auch dieser Boden hier das, was er später freisetzt, erst einmal aufnehmen. Ihr Körper ist vielleicht verändert, doch wenn sie des Denkens und der Sprache mächtig sind, müssen die Riesenschlangen und die Halbmänner das Bewusstsein ihrer früheren Existenz bewahrt haben, auch wenn sie inzwischen vier oder fünf Generationen davon entfernt sind. Hat es für sie den Anschein, als seien sie aus einem langen Schlaf erwacht? Oder haben sie nur den Eindruck, dass sie von der einen Phase des Traums in eine andere fallen? *Du* musst früher einmal ein Mensch gewesen sein oder wenigstens ein Halbmensch, egal wie wenig du von diesem Leben noch weißt.«

»Ich habe Erinnerungen«, sagte sie unsicher, »aber ich bin mir nicht sicher, dass diese Erinnerungen etwas anderes sind als bloße Phantome. Später wirst du das verstehen. Du bist jetzt einer von uns.«

Vermutlich wollte sie mit der Bemerkung, dass ihre Erinnerungen vielleicht nur Phantome waren, die Befürchtung ausdrücken, dass sie ein zusammengesetztes Individuum war, welches mit einem groben Flickwerk aus Fähigkeiten und Talenten ausgestattet war, die schon lange von den Individuen, von denen sie stammten, abgetrennt waren.

»Es ist wahrscheinlich vorstellbar«, gab er zu, »dass Kreaturen wie die Bewohner der Tiefe den aus der Saat gesprossenen Individuen die Fähigkeiten des Denkens und Sprechens verleihen können – aber wie sollten ihre Worte ohne ein Netz aus Erfahrungen irgendeine Bedeutung haben?«

»Ich wage zu behaupten, dass ich mehr oder weniger intakt aus einem anderen Zeitalter heraus reproduziert wurde«, sagte sie, obwohl ihr Tonfall andeutete, dass sie nicht übergebührlich enttäuscht wäre, wenn sie je zu einer anderen Schlussfolgerung gezwungen würde. »Egal was jetzt mit mir passiert: Ich werde wiedergeboren, wenn nicht als das Geschöpf, das ich augenblicklich bin, dann in einer anderen Form. Bei dir wird es dasselbe sein, aber das heißt nicht, dass wir jemals mehr sein werden als bloße Zuschauer in dem Krieg, den die Bewohner der Tiefe gegeneinander führen. Wir sind Schachfiguren in einem Spiel, dessen Regeln wir weder kennen noch selbst herausfinden können.« Offensichtlich hatten auch sie früher einmal all die Rätsel, die ihn jetzt verwirrten, tief beunruhigt, aber sie erweckte den Eindruck, als hätte sie es schon vor langer Zeit aufgegeben, sie lösen zu wollen.

»Jemand muss die Regeln kennen«, behauptete Andris. »Wenn die mächtigsten Spieler hirnlos sind und nur blindlings ein angeborenes, aber zufälliges Verhaltensmuster befolgen, können die Regeln, nach denen sie vorgehen, doch nicht so schwer herauszufinden sein. Wenn es ein Dutzend oder vielleicht auch hundert Bewohner der Tiefe gibt und jeder von ihnen eine reiche Ernte von Erinnerungen und Verstand eingefahren hat, müsste die vereinte Macht dieses Verstandes dazu in der Lage sein, die Logik der Situation zu begreifen. Selbst wenn kein Einziger der Bewohner der Tiefe einen eigenen Verstand und eine eigene Stimme hat, sollte es auf alle Fälle mindestens einen geben, dessen intelligente Werkzeuge das Muster der Schachzüge erkannt haben, genauso wie die Art und das mögliche Ende des Kampfes, oder?«

»Vielleicht ja, vielleicht nein«, entgegnete sie teilnahmslos.

Damit konnte er sich nicht zufrieden geben. Er bedrängte sie weiter, aber am Ende blieb ihm nichts anderes übrig, als seine Frage selbst zu beantworten. Er überlegte, ob es deswegen wiederum wahrscheinlicher war, dass er allein in seinem Traum war und die Leere nur deshalb mit seltsamen Halluzinationen anfüllte, weil er seine schreckliche Einsamkeit nicht ertragen konnte.

»Kreativität kann nicht ziellos sein, denn sonst würde sich aus ihr nichts als Chaos ergeben«, sagte er zu seiner eigenen Beruhigung. »Die Vermischung von menschlichem und pflanzlichem Gewebe mag verwirrend sein, aber sie ist kein Chaos. Es steckt Methode dahinter, wenn auch vielleicht kein bewusster Plan. Wenn wir herausfinden könnten, was das für eine Methode ist, hätten wir möglicherweise die Chance, die Herrschaft über unseren eigenen Verstand auszuüben. Dafür gibt es zwar keine Gewissheit, und es gibt auch keine Gewissheit dafür, dass Verständnis uns Macht verleihen würde, aber wir müssen es unbedingt versuchen. Was bleibt uns denn sonst übrig?«

»Wir sollten abwarten«, sagte Arilla.

Auch damit war er nicht zufrieden. »Du hast die Fähigkeit zu denken und zu reden«, sagte er zu ihr. »Ob der Boden, der dich geboren hat, seine eigene Intelligenz besitzt oder nicht, ist unwesentlich. Du hast deine eigene und du solltest sie verteidigen. Wenn du vergessen hast, musst du dich zu erinnern versuchen; wenn du nicht verstehst, musst du zu verstehen versuchen; wenn du keinen Ehrgeiz hast, musst du ihn dir verschaffen... ansonsten wirst du auch noch das Letzte verlieren, was du hast.«

»Außer der Möglichkeit, meine Zweige zu bewegen, habe ich keinerlei Macht«, meinte sie wehmütig. »Selbst meine beweglichen Artgenossen stehen jenseits jeglicher Überzeugung und Erinnerung. In die Fasern ihres Seins sind Bedürfnisse eingeschrieben, die sie erfüllen müssen. Wir haben die Möglichkeit der Sprache, aber wir brauchen sie nicht. Du wirst das bald verstehen. Du bist einer von uns; du bist der Erbe unserer Natur und unseres Schicksals. Hab nur Geduld und du wirst Frieden finden. Die Probleme, die dich jetzt beschäftigen, werden sich bald auflösen.«

Das machte ihn wütend, auch wenn er darin eine gewisse Ironie entdeckte. Es war zu spät für ihn zu sagen, dass er nicht wachsen und nicht zu einer bloßen Pflanze werden wollte, die in den Strahlen der Sonne badete.

»Warst du wirklich früher einmal ein menschliches Wesen, so wie ich?«, fragte Andris sie etwas schroffer als gerechtfertigt. »Erinnerst du dich an das Leben, das du damals geführt hast? War dein Name damals schon Arilla? Ich bitte dich, versuche dich zu erinnern.«

»Ich kann mich nicht daran erinnern, jemals anderswo als hier gelebt zu haben«, sagte sie. »Soweit ich weiß, bin ich ausschließlich ein Produkt des lebenden Bodens, aber ich bin mir nicht sicher, ob meine Erinnerungen an eine andere Lebensart verloren gegangen sind oder ausradiert oder mir genommen wurden. Aber das macht keinen Unterschied. Es ist nur von Bedeutung, was wir jetzt sind. Du musst das annehmen und dich danach richten.«

»Vielleicht«, gab er zu, »aber ich bezweifle, dass ich je mit dir darin übereinstimmen werde, welcher Grad von Anpassung nötig oder wünschenswert ist.« Er fühlte sich seltsam heldenhaft, als er das sagte, aber er wusste, dass es nur eine schmeichelnde Illusion innerhalb seines Traumzustandes war. Sie wollte wohl nicht ohne weiteres auf diesen Vorwurf antworten.

»Hast du Träume?«, fragte er.

»Zu viele Träume«, antwortete sie.

»Träume, die bestimmt eine frühere Zeit der Aktivitäten widerspiegeln und dich an sie erinnern«, sagte Andris zuversichtlich. »Dein Verstand muss sehr lange Zeit geschlafen haben; sicherlich ist er irgendwie im Körper des lebenden Bodens gelagert und behütet worden. Vielleicht hat er sich während dieses Prozesses verändert. Vielleicht hast *du* es zugelassen, dass er sich veränderte. Vielleicht hast du dich nicht fest genug an das Bewusstsein deines Selbst geklammert: an deinen Namen, an dein Wesen, an deine Ziele. Vielleicht hättest du dich an alles erinnern können, wenn du es nur stark genug versucht hättest. Möglicherweise hättest du etwas erreichen können, wenn du dich bemüht hättest.«

»Es ist unwesentlich, was hätte sein können«, sagte sie, aber er glaubte ihr nicht.

»Ich wünschte, ich könnte in all dem einen Sinn sehen«, beschwerte sich Andris. »Es muss doch irgendwie einen Sinn ergeben. Wenn ich ihn nur verstehen könnte…«

»Du bist übertrieben ungeduldig, Andris«, sagte Arilla mit einer Spur bitterer Verachtung. »Du hast noch nicht begriffen, dass für Geschöpfe wie uns Tage und Jahre nichts mehr bedeuten – dass *Jahrhunderte* nichts mehr bedeuten. Genauso verhält es sich mit Erinnerungen und Sehnsüchten. Wir sind jetzt Bäume; uns bleibt nichts anderes übrig, als wie Bäume zu leben.«

Ist diese verräterische Stimme wirklich die Stimme eines anderen Wesens, fragte er sich, *oder ist es die Stimme meiner eigenen Zweifel, die nur von irgendwo hinter mir zu kommen scheint?*

»Vielleicht bedeuten Jahre und Jahrhunderte wenig für Wesen, die praktisch unsterblich sind«, gestand er ein. »Ich wage zu behaupten, dass die Drahtzieher in diesem Spiel und die Krieger in dieser Schlacht alle Zeit der Welt haben, um den Höhepunkt ihrer Geschichte zu erreichen. Vielleicht sind *wir* überhaupt nicht von Bedeutung, sondern nur die winzigen Wesen, die wir in unserem Fleisch und Blut mit uns herumtragen und die der lebende Boden braucht… aber dennoch sind wir hier. Wir sind, was wir sind, und was wir sind, machen wir selbst aus uns. Bäume haben vielleicht keine andere Wahl und müssen wie Bäume leben, aber ich bin menschlich, und wenn ich ein Baum sein muss, dann muss ich ein *menschlicher* Baum sein. Wenn ich ein Baum sein und andauernd als Baum wiedergeboren werden muss, dann muss ich wenigstens danach streben, ein besonderer Baum zu sein, ein einzigartiger Baum... ein Baum der Erkenntnis. Vielleicht werde ich versagen, aber ich muss es versuchen. Ich muss mich an die letzten Reste meiner Erinnerungen klammern und an meine letzten Verstandeskräfte. Bin ich denn kein Held?«

»Es ist bedeutungslos, was du *warst*«, beteuerte Arilla, »und du weißt noch nicht, welches Schicksal dir vorherbestimmt ist. Es wäre besser, wenn du jetzt nicht mehr fragtest; deine Fragen werden schon bald verwehen.«

Damit gab sie ihm zu verstehen, dass seine Neugier nicht zu befriedigen war und dass sie zusammen mit seinen Träumen verblassen würde, wenn er sich an seine neue Lebensweise angepasst hatte – aber es schien Andris, dass Arilla selbst sich nicht gerade klug oder glücklich angepasst hatte, wie oft sie auch dem Schlaf der Jahrhunderte überantwortet worden sein mochte.

»Ich kenne einen Mann namens Jacom Cerri«, sagte Andris, »der auf jede tief schürfende Frage mit einem Schulterzucken antwortet, als wolle er sagen: *Wer weiß? Was geht mich das an?* Ich bin nicht so wie er. Ich glaube, sogar er hätte eine bessere Antwort gegeben, wenn er sie gekannt hätte.«

»Vielleicht kennt sie niemand«, sagte sie. »Vielleicht wird sie niemand je kennen.«

Andris war gezwungen, sich nun wieder umzudrehen, denn seine gewundene Haltung war zu unbequem geworden. Er fragte sich, warum er so platziert worden war, dass sie hinter ihm stand. Hatte er ihr das zu verdanken oder war es bloßer Zufall? Oder war das alles nur ein Anzeichen seines selbstgeschaffenen Wahnsinns und eine Verzerrung seines kranken Geistes?

Er war versucht, in den wohlig ruhigen Schlaf zu gleiten, zu dem er inzwischen fähig war, dessen außerordentlichen Frieden zu genießen er jedoch noch lernen musste, aber etwas hielt ihn zurück. Er musste sich angestengt konzentrieren, um herauszufinden, was es war. Schließlich war er erfolgreich.

Er begriff, dass er ferne Stimmen hörte, die Alarmschreie ausstießen.

Sogar seine nächsten Nachbarn bewegten sich unruhig; sie riefen in großer Sorge nach den anderen und baten um Informationen. Er teilte sein sprießendes Blattwerk, damit er von seinem hoch gelegenen Aussichtspunkt aus den Hügel überblicken konnte.

Er sah genau das, was er zu sehen befürchtet hatte.

Die Anzeichen dafür, dass der Garten bisweilen von viel schlimmeren Feinden als den geierhaften Vögeln heimgesucht wurde, hatten ihn die ganze Zeit über umgeben, und er hatte schon immer gewusst, dass dieser Krieg zu Konflikten führte, in denen jeder Außenstehende verletzt oder getötet werden konnte. Er wusste nicht, ob er dazu verdammt war, auf ewig ein Außenstehender zu bleiben oder ob er einer der Akteure sein würde, aber es war klar, dass er keine Wahl hatte, ob er in die Auseinandersetzung hineingezogen werden wollte oder nicht oder auf welcher Seite er stehen wollte. Das hier war zumindest weder Traum noch Wahnsinn; *das hier* war vollkommen real.

Der Garten wurde wieder einmal angegriffen, und Andris hegte nicht den geringsten Zweifel daran, dass die Angreifer ihn zerfetzen würden, wenn sie die Gelegenheit dazu erhielten. Vielleicht verletzte es sein

Baumselbst nicht so schwer, wie wenn Glied für Glied aus seinem menschlichen Körper gerissen würde, aber es tat zweifellos weh – und ob er nun potenziell unsterblich war oder nicht, so gab es doch keinen Zweifel, dass er durchaus noch ein gewaltsames Ende finden konnte.

»Selbst als Bäume müssen wir kämpfen«, murmelte er, »und wenn wir schon kämpfen müssen, sollten wir dann nicht für all das kämpfen, was uns lieb und wert ist? Wenn wir schon kämpfen müssen, sollten wir dann nicht für *uns selbst* kämpfen?«

Darauf kam keine Antwort, aber er benötigte auch keine. Er wusste, dass er Recht hatte. Er wusste, dass diese Wahrheit selbstverständlich war. Es war jedoch fraglich, ob er überhaupt zu kämpfen vermochte.

12

Von den sieben Pferden, die Dhalla einfangen konnte, erwiesen sich nur fünf als tauglich. Drei davon mussten sofort in Dienst genommen werden, um den Wagen zu ziehen; die anderen beiden wurden zusammen mit dem nur leicht verletzten Tier aus dem ursprünglichen Bestand am hinteren Ende des Wagens angebunden. Die neuen Pferde waren schlechter als die alten, und Fraxinus hatte jetzt Grund zu bedauern, dass sich Purkin als so verstockt erwiesen hatte. Xandrianische Pferde waren viel besser als Zugpferde geeignet als die, welche nun mit dieser Aufgabe betraut waren.

Während Aulakh Phar und Merel Zabio sich daran machten, das beste Fleisch aus den toten Pferden zu schneiden, gingen Fraxinus und Ereleth dorthin, wo

Vaca Metra bei einem ihrer Angreifer Wache hielt; sie hatte den Dragomiten befohlen, ihn zu verschonen. Zum ersten Mal konnte Fraxinus jetzt eines der tierischen Gesichter deutlich sehen, und es gelang ihm nicht, einen Entsetzensschauer zu unterdrücken, als es ihn mit seinen nichtmenschlichen Augen ansah.

Die dunkelbraune Stirn und die Wangen des Wesens waren unbehaart, doch ein Kranz aus buschigem Haar lief ihm von den Schläfen bis zum Kinn. Seine Nase erinnerte an eine Schweineschnauze. Die Zähne in seinem Mund waren von einer außergewöhnlichen, dunkelgelben Färbung. In seinem Blick, der unter halb gesenkten Augenlidern auf Fraxinus fiel, lag keine Spur von Angst. Die Augen waren kohlrabenschwarz und blickten völlig unpersönlich drein.

»Wenn du sprechen kannst«, sagte Fraxinus, »dann solltest du es jetzt besser tun. Wenn du es nicht kannst oder willst, werden wir dich sofort töten – aber wenn du es kannst und etwas weißt, was wir vielleicht erfahren möchten, hast du eine Chance, am Leben zu bleiben.«

Der Gesichtsausdruck der Kreatur änderte sich ein wenig, als ob sie ihn verstanden hätte, aber eine andere Reaktion kam nicht von ihr.

»Wenn das eine sture Verweigerung sein soll«, sagte Fraxinus, »dann ist es eine sehr dumme Geste.«

»Schneid ihm den Hals durch«, riet Metra ihm gleichgültig.

»Ich bezweifle, dass es ein *er* ist«, sagte Ereleth und kniete sich hin, sodass sie die Spitze ihres Messers in die Lendengegend der leichten Tunika stechen konnte, die das einzige Kleidungsstück der Kreatur darstellte. Das Wesen machte eine Handbewegung, als wolle es sich schützen, während Vaca Metra die Schultern zuckte und damit andeutete, dass sie solche Spitzfindigkeiten als unwesentlich ansah.

»Rede, wenn du kannst«, sagte Fraxinus, doch die Kreatur starrte ihn immer noch mit beleidigender Entschlossenheit an.

Es schien keinen Grund zu geben, den Halbmenschen nicht exekutieren zu lassen, doch Fraxinus zögerte. Er wollte so gern erfahren, was die Kreatur wusste, wenn sie denn überhaupt etwas wusste. Er zögerte noch immer, als Merel ihm zurief: »Fraxinus! Mit Dhalla stimmt etwas nicht!«

Fraxinus drehte sich schnell um, doch Ereleth war schneller. Sie sahen gerade noch rechtzeitig, wie die Riesin, die schon auf die Knie gefallen war, langsam vornüber fiel. Sie hatte kaum mehr die Kraft, ihren Fall mit der Hand abzumildern.

Seit sie sich von den Wunden erholt hatte, die ihr in der Schlacht an der Brücke zugefügt worden waren, hatte Fraxinus sich angewöhnt, die Riesin als unbesiegbar anzusehen; erst jetzt erkannte er, dass sie sich nicht mitten in das Getümmel hatte stürzen können, ohne zahlreiche Wunden davonzutragen.

»Gift!«, zischte Ereleth. »Diese Pfeile müssen vergiftet gewesen sein!«

»Das bezweifle ich«, rief Fraxinus, während er losrannte und es Vaca Metra überließ, ihren eigenen Vorschlag in die Tat umzusetzen. »Es ist wahrscheinlich der Blutverlust.«

Die Riesin war noch bei Bewusstsein, als sie sie erreichten, doch sie litt offensichtlich unter Schmerzen. Ihr Gesicht war verzerrt und ihr Atmen angestrengt. Sie hielt die rechte Hand an die linke Brust, und einen Augenblick lang glaubte Fraxinus, dass sich eine Pfeilspitze geradewegs durch ihre Rüstung und ihre Rippen gebohrt hatte, doch Ereleth wusste es besser.

»Es ist ihr Herz!«, sagte die Hexenkönigin. »Ich habe so etwas schon einmal gesehen, in der Zitadelle.« Sie tastete bereits in ihrem Gürtel herum und suchte nach einer der vielen Täschchen. Fraxinus und Merel standen etwas abseits und ermöglichten es Ereleth so, sich neben dem Kopf der Riesin niederzuknien.

»Nicht schlucken«, sagte die Königin, während sie versuchte, etwas zwischen Dhallas zusammengepresste Zähne zu zwängen. »Leg es dir unter die Zunge und lass es da, damit es sich auflösen kann. Um Gorans willen, mach den Mund auf!«

Fraxinus kam es so vor, als müsse Dhalla um die Willensstärke kämpfen, die zum Öffnen des Mundes nötig war, aber sie schaffte es, und Ereleths Hand zwang die Medizin der Riesin in den Mund. Das Mittel zeigte keine unmittelbare Wirkung, und Fraxinus schaute unwillkürlich in die Richtung, in der die Angreifer verschwunden waren, um sicherzugehen, dass sie nicht mitbekommen hatten, wie die Riesin zu Boden gegangen war. Sie waren noch in der Ferne zu sehen, aber sie zogen davon und waren bereits zu weit entfernt, um irgendetwas deutlich erkennen zu können.

»Es scheint, dass das Salamanderfeuer in ihrem Herzen ausbrennt«, sagte Ereleth und schaute zu Fraxinus hoch. »Du hattest Recht, Fraxinus – es ist kein Gift. Es ist das Alter.«

»Das Alter?«, wiederholte Fraxinus. Er war noch vom Gang der Ereignisse verwirrt. »Wie alt ist sie denn? Und womit hatte ich Recht?«

»Als du mir auf deine allwissende Kaufmannsart erklärt hast, warum eine Riesin ein kräftigeres Herz braucht, als ein bloßer Größenzuwachs es ihr geben kann«, sagte Ereleth zu ihm, womit sie die letzte Frage zuerst aufnahm. »Sie ist zehn Jahre alt – nicht viel älter als Merel, wie ich zu behaupten wage, aber Riesinnen leben nicht so lange wie gewöhnliche Frauen. Weißt du, sie wachsen weiter, bis sie die Belastbarkeitsgrenze ihres Herzens erreicht haben. Sie verlieren niemals ihren Mut oder ihre Stärke, aber das Feuer, das sie in der Brust brennen fühlen, ist nichts anderes als die Dehnung des Herzmuskels. Jetzt wird sie erst einmal überleben, aber sie braucht viel Ruhe, bevor sie wieder kämpfen kann, und der nächste Kampf könnte der letzte für sie sein.«

Fraxinus benötigte einige Sekunden, bis er sich an das Gespräch erinnerte, auf das sich Ereleth bezog und das stattgefunden hatte, als sie sich einen Weg durch den Rand der Gesprenkelten Wüste gebahnt hatten. Er hatte behauptet, dass Dhalla so etwas wie eine Chimäre sein musste. »Damals schient Ihr nicht einer Meinung mit mir zu sein«, bemerkte er, aber er erinnerte sich deutlich daran, dass er und die Hexenkönigin zu jener Zeit noch erbitterte Gegner gewesen waren und nicht viel von Zustimmung gehalten hatten.

»Ich habe keinen Gedanken daran verschwendet, dass du Recht haben könntest«, gestand sie. »Ich bin selbst Südländerin und hatte über die Herkunft von Belins Riesinnen nur Gerüchte gehört, bevor ich ihm als seine Hexenkönigin angetraut wurde. Ich wusste natürlich, dass ich den dreckigen und phantasievollen Geschichten, die hinter vorgehaltener Hand erzählt wurden, keinen Glauben schenken konnte, aber ich habe gesehen, wie Riesinnen während ihres Dienstes krank wurden und starben. Ich stellte Nachforschungen bei denjenigen an, die Informationen aus erster Hand hatten, und zog daraus meine eigenen Schlüsse. Ich bezweifle, dass je eine Riesin nur halb so lange lebte wie ich, selbst wenn sie sich weigerte, sich so zu verausgaben, wie es Dhalla während der letzten paar Zehntage getan hat. Wenn die bloße Ahnung ihres Kampfgeschicks diese Ghule nicht in die Flucht geschlagen hätte, wäre sie jetzt wahrscheinlich schon tot.«

Fraxinus sah Shabir, der inzwischen neben ihnen stand, scharf an und erwartete halb, dass dieser seiner Meinung Ausdruck verleihen würde, er wäre ein weitaus glücklicherer Mann gewesen, wenn das hier vor seiner Gefangennahme in der Gesprenkelten Wüste geschehen wäre. Glücklicherweise aber hatte der General genügend Diplomatie erlernt, um den Mund zu halten. Jetzt, da er sich auf Gedeih und Verderb Fraxinus ausgeliefert hatte, hatte er einen so guten Grund wie jeder andere zu der Hoffnung, dass die Riesin ihnen sicheren Geleitschutz zur Wiege der Chimäre geben würde.

Fraxinus bemerkte dankbar, dass die Medizin, die Ereleth Dhalla eingetrichtert hatte, bereits ihre Wirkung tat. Der angespannte Ausdruck war aus dem Gesicht der Riesin verschwunden, und sie stemmte die Hand auf den Boden, als wolle sie sich aufsetzen.

»Warte!«, riet Ereleth ihr. »Ein paar Minuten noch. Dann wirst du langsam zum Wagen gehen. Leg dich eine Weile hin.«

Fraxinus fing den Blick der Hexenkönigin auf. Als er wegging, drehte er den Kopf und deutete damit an, dass sie ihm folgen sollte.

»Ich weiß«, sagte sie, bevor er noch seine Frage stellen konnte. »Es kann sein, dass wir sie schon sehr bald wieder brauchen. Wir sind noch weit von der Wiege der Chimäre entfernt und diese Monstren kehren vielleicht wieder zurück. Selbst wenn sie genug Verstand haben sollten, uns in Ruhe zu lassen, gibt es doch zweifellos noch mehr von ihnen, die vielleicht sogar schlimmer sind und irgendwo hinter dem Horizont auf uns lauern. In dieser Gegend hier scheinen die Menschen kurz vor der Auslöschung zu stehen, und das kann nicht das Werk einer *solchen* Angriffstruppe sein. Ich werde Dhalla meine besten Ratschläge geben und ihr befehlen, ihre Kräfte so gut wie möglich zu schonen, aber falls sie sich noch einmal in einen so verzweifelten Kampf wie den letzten stürzen muss, kann sie jeden Moment tot umfallen.«

Nun gesellte sich Vaca Metra zu ihnen. An ihrem Messer klebte frisches Blut von der Kehle der Kreatur, die nicht hatte reden wollen oder können, doch sie war nicht gekommen, um diese Tat zu berichten.

»Eine der Kriegerinnen hat sich das Bein gebrochen. Die Wunde ist zwar nicht tödlich, aber sie wird auch nicht mehr verheilen. Die Dragomite kann noch kämpfen und mit dem Wagen Schritt halten, aber wir sollten sie nicht mehr auf Nahrungssuche schicken.«

Sie fügte nicht hinzu: *Das nächste Mal, wenn drei oder vier Reiter gleichzeitig auf sie einstürmen, ist sie erledigt,* aber Fraxinus konnte diesen Schluss selbst ziehen. Ihm sank das Herz. Er war der Ansicht gewesen, dass sie unversehrt aus diesem Kampf herausgekommen seien, aber in Wirklichkeit hatten sie beinahe zwei ihrer drei besten Kämpfer verloren.

»Wir haben zwar ein halbes Dutzend Pferde gewonnen«, murmelte er in Ereleths Ohr, »aber dabei haben wir zu viel verloren.«

Jetzt starrte Ereleth in die Ferne und auf den Punkt am Horizont, wo man die fliehenden Feinde noch schwach erkennen konnte. »Wenn sie nur einen Funken Intelligenz besitzen«, sagte sie, »dann werden sie nicht zurückkommen. Es gibt einfachere Beute, vorausgesetzt, sie haben die Möglichkeit, eine bewusste Wahl zu treffen.«

Fraxinus erriet, was sie meinte. »Purkin«, sagte er. »Wenn dieser griesgrämige Narr sich bloß dazu herabgelassen hätte, seine Truppe mit der unseren zu vereinigen, hätten wir die Halbmenschen leichter abwehren können. Vielleicht hätten sie gar nicht erst versucht, uns anzugreifen.«

»Er wäre doch nur fortgelaufen«, meinte Ereleth.

»Einmal ein Deserteur, immer ein Deserteur. Er wollte sich nicht mehr mit uns zusammentun, weil er uns nicht in die Augen blicken konnte, und nicht etwa, weil er fest entschlossen war, zu den Neun Städten zurückzukehren.«

»Da bin ich mir nicht so sicher«, sagte Fraxinus; es klang jedoch kaum wie Widerspruch. »Er hatte wirklich Angst. Er hatte solche Wesen zuvor schon einmal gesehen, und zwar als Teil einer beachtlichen Truppe gut bewaffneter Soldaten. Ich glaube, er wollte wirklich unbedingt zurück in eine der Städte gehen, wo er unter der Art von Menschen ist, die er versteht: die Art, die *alle* Chimären hassen und fürchten.«

Ereleth hatte sich schon von ihm abgewandt, um wieder Dhalla behilflich sein zu können. Fraxinus ging und half Merel, die Beute auf der Ladefläche des Wagens zu verstauen, während Aulakh Phar dabei zuschaute. Fraxinus berichtete ihnen die Neuigkeiten.

»Die neuen Pferde sind schlecht«, sagte Merel düster. »Sie sind zu hart und zu lange geritten geworden und schlecht ernährt und nicht gut behandelt worden. Diese Kreaturen haben weder die Sättel noch die Waffen hergestellt, die sie geschwungen haben – das ist alles gestohlen. Sogar das Fleisch ist schlecht.«

»Und ich habe kein Konservierungsmittel, das diesen Namen verdient«, sagte Phar. »Wir sollten das Fleisch rasch kochen und so viel davon essen, wie unser Magen verträgt. Der Rest wird doppelt so schnell verwesen wie üblich.«

»Es hätte alles noch schlimmer kommen können«, sagte Fraxinus in dem verzweifelten Versuch, die Moral wiederherzustellen. »Wenn es bessere Speerwerfer gewesen wären, hätten sie mindestens einen von uns aufgespießt, und wenn es bessere Reiter gewesen wären, hätten Dhalla und die Dragomiten nicht so leicht eine Bresche in sie schlagen können. In beidem hatten sie nur rudimentäre Fähigkeiten, aber trotzdem dürfen wir nicht den Fehler machen, sie zu unterschätzen.«

»Warum haben sie uns überhaupt angegriffen?«, wollte Merel wissen. »Warum durchstreifen sie das Land auf gestohlenen Pferden und mit gestohlenen Waffen und haben nur den einen Gedanken in ihren Tierköpfen – zu töten und immer weiter zu töten? Das ergibt doch keinen Sinn.«

»Für uns nicht«, gestand Fraxinus. »Aber irgendwie muss eine Logik darin liegen, auch wenn wir sie nicht verstehen können.« Er sah zu Phar hinüber, bevor er hinzufügte: »Sie sind geschlechtslos, wie du zweifellos vorhergesehen hast.«

»Keshvara sagte, dass einige der Schlangen uns als Krankheit ansehen«, erinnerte sich Merel. »Vielleicht sind diese Kreaturen derselben Meinung.«

»Vielleicht«, stimmte Phar zu. »Du solltest dich aber daran erinnern, dass bisher keine Schlange und kein Salamander die Hand gegen uns erhoben hat. Eine Schlange hat unser aller Leben in den Dragomitenbergen gerettet und die Salamander am Feuer des Salamanders waren so gastfreundlich wie nur möglich. Eines haben wir in den letzten vierzig Tagen gelernt: nicht allzu schnell darüber zu urteilen, wer unser schlimmster Feind ist.«

Jetzt erst hatte Merel den zweiten Teil von Fraxinus' Bemerkung erfasst. »Warum hattest du erwartet, dass sie geschlechtslos sind?«, fragte sie Phar. »Vom Hals abwärts sind sie doch menschlich.«

»Die Geschlechtlichkeit war ein die Entwicklung betreffender Nachgedanke auf dieser Welt«, sagte Phar. »Die Dinge lagen anders in der Welt, in die unsere entferntesten Vorfahren hineingeboren wurden – in der Welt, an die wir uns den *Apokryphen der Genesys* zufolge in unseren tiefsten Träumen noch erinnern. Die meisten der irdischen Rassen – wenn nicht sogar alle –

benutzen den Geschlechtsverkehr als eine Möglichkeit, die Gene hin und her zu schicken, die aus uns das machen, was wir sind; so entstehen auf immer und ewig neue Kombinationen. Ich glaube, es hat etwas mit der Tatsache zu tun, dass sich die fernen Vorfahren allen irdischen Lebens im Wasser entwickelt haben. Es war für jede Rasse sinnvoll, Sperma zu produzieren, das zu den Eiern, die es befruchten sollte, schwimmen konnte – und unsere näheren Vorfahren behielten das grundsätzliche System bei, als sie allmählich das Land eroberten; sie veränderten es nur, sodass es zu ihrer neuen Lebensweise passte. Hier aber muss das Leben seinen Ursprung unter der Oberfläche des Landes gehabt haben, und es hat andere Wege gefunden, auf die es die Baupläne, die vielzellige Lebewesen hervorbringen, variieren kann. Das Basismodell unirdischer Fortpflanzung besteht nicht aus Sperma und Eiern, sondern… nun, stell dir vor, es bestünde aus Fliegen und gemusterten Steinen.

Menschen und irdische Tiere bringen neue Individuen hervor, die Charaktermerkmale unserer Väter und Mütter reproduzieren, und neue Variationen sind verhältnismäßig selten, doch unirdisches Leben kann Chimären hervorbringen. Es ist viel wandelbarer als irdisches Leben, aber diese Wandelbarkeit hat sowohl Vorteile als auch Nachteile. Komplexe irdische Lebensformen haben größtenteils die nichtgeschlechtliche Fortpflanzung aufgegeben, mit Ausnahme der Pflanzen, die aus Ablegern wachsen, aber die unirdischen Lebensformen benutzen die geschlechtslose Fortpflanzung routinemäßig seit Dutzenden oder gar hunderten von Generationen und unterbrechen sie in unregelmäßigen Intervallen mit regelrechten Ausbrüchen chimärischer Rekombinationen. Diese Ausbrüche, denen die meisten der wichtigen unirdischen Wesen freien Lauf lassen – diese Wesen sind riesige Kollektive, deren Elemente eher als Teile eines Ganzen denn als autonome Einzelwesen anzusehen sind –, treffen zeitlich zusammen und resultieren in Zeiten des Entstehens, die in Intervallen von einigen hundert oder tausend Jahren auftreten.«

Dem konnte Merel nicht folgen, auch wenn Fraxinus bemerkte, dass sie sich sehr darum bemühte. »Sind denn alle unirdischen Wesen, die wie Menschen aussehen, geschlechtslos?«, fragte sie, wobei sie versuchte, sich auf die Dinge zu konzentrieren, die sie verstand.

»Fast alle«, sagte Fraxinus. »Einige – wie Dhalla – haben noch sekundäre Geschlechtsmerkmale, aber sie pflanzen sich nicht durch Paarung fort. Es ist nicht unmöglich, dass es einige gibt, die eine vollkommene Mimikry ausgebildet haben und in der Lage sind, sich mit echten Menschen zu kreuzen und somit selbst zu echten Menschen zu werden, auch wenn einige ihrer Vorfahren keineswegs menschlich waren.«

»Sobald die erste irdische Rasse in das System chimärischer Fortpflanzung einbezogen wurde«, fuhr Phar in dem Versuch fort, Merel zu einem umfassenden und eingehenden Verständnis zu verhelfen, »brach die Unterscheidung zwischen irdischem und unirdischem Leben zusammen. Seit jener Zeit gibt es einen allmählichen Prozess des Verschmelzens – zumindest ist er nach unserem eigenen Zeitverständnis allmählich; er zeigt sich nur in langen Intervallen und in Orgien an Schöpferkraft.«

Daraus pickte Merel einen Informationsbrocken heraus, den sie problemlos dem hinzufügen konnte, was sie bereits wusste. »Darum geht es in all dem Gerede über das Blut der Schlange und das Feuer des Salamanders«, sagte sie. »Wenn das Ding, das die da hervorgebracht hat« – sie zeigte auf einen der halb menschlichen Leichname –, »auch Menschen hervorbringen kann, die sich mit wirklichen Menschen paaren, sind deren Abkömmlinge zum Teil unirdisch. Prinzessin Lucrezias Schlangenblut muss von einem nichtmenschlichen Vorfahren stammen, genauso wie Dhallas Salamanderfeuer.«

Fraxinus mahnte zur Vorsicht. »Das wissen wir nicht mit Sicherheit. Vielleicht ist es nur eine Legende.«

»Weißt du, das eine große Rätsel, das noch übrig bleibt«, fuhr Phar auf seine sture Weise fort, »besteht in der Frage, wie die Kreuzung beim ersten Mal überhaupt möglich war. Wenn das irdische und das unirdische Leben auf so erheblich verschiedene Weise begonnen und völlig unterschiedliche biochemische Systeme benutzt hat, wie war es dann möglich, dass sie je zusammenkommen konnten? Wieso waren die Wesenheiten, aus denen augenblicklich all diese chimärischen Dinge hervorgehen, dazu in der Lage, unser biochemisches System in das ihre einzubinden? Die Menschen aus dem Schiff hatten das bestimmt nicht erwartet, aber wenn wir uns an die Überlieferungen erinnern, fanden sie es recht bald heraus. Danach machten sie neue Pläne... aber das, was wir geerbt haben, ist Pfuscharbeit – nichts als ein Flickwerk aus Provisorien und hoffnungsfrohen Improvisationen.«

Fraxinus sagte: »Das wichtigere Rätsel hat aber mit den Zukunftsaussichten und nicht mit den lange vergangenen Anfängen zu tun. Die Frage ist: Was wird am Ende all dieser Verwirrungen stehen?«

»Glaubst du, dass wir die Kontrolle über all das erlangen können?«, fragte Merel. »Können wir das tun, was die Salamander getan haben, und den lebenden Boden zähmen?«

»Wenn sie das bloß getan hätten«, sagte Phar und schüttelte verzweifelt den Kopf. »Uns ist bereits eine begrenzte Züchtung nach dem Vorbild der Salamander gelungen. Auf diese Weise bringen Dhallas Meister der Überlieferung die Riesinnen hervor. Das Problem besteht darin, dass die mächtigsten Spieler in diesem Spiel noch ungebändigt sind und immer ungebändigter werden. Kontrolle wäre eine feine Sache, aber es wird unseren Nachkommen schon schwer genug fallen, bloß zu überleben. Die Meinungen darüber, wie schwer ihr Kampf sein wird, scheinen ziemlich auseinander zu gehen.«

»Welche Meinungen?«, wollte Merel wissen und blickte von Phar zu Fraxinus und wieder zurück.

Fraxinus sagte sanft: »Aulakh meint damit, dass wir wirklich nicht wissen, ob es eine schreckliche Tragödie wäre, wenn die Fusion von irdischem und unirdischem Leben bis zum Ende weiterginge. Wenn die Welt dann noch menschliche Wesen hätte, würde es doch nichts ausmachen, ob sie gemischte Vorfahren und unirdisches Blut in sich haben.«

Merel sah angemessen erstaunt drein und sagte: »Ihr meint also, dass es nichts zur Sache tut, wenn solche *Dinge* – und andere wie sie – die einzige Menschenart wäre, die auf der Welt übrig bleibt?«

Fraxinus antwortete geduldig: »Ich meine damit, dass wir nicht mit Sicherheit wissen können, ob das nicht schon längst der Fall ist – oder selbst wenn nicht, ob es einen wesentlichen Unterschied machte, wenn es so wäre.« Er wünschte, er hätte es besser ausdrücken können, doch Merel war seinen Gedeankengängen gefolgt. Ihr Erstaunen wandelte sich in Verwirrung, als sie diese bemerkenswerte Behauptung überdachte.

Nun war Dhalla wieder auf den Beinen. Ereleth stand unter ihrem Ellbogen, als wolle sie die Riesin stützen. Fraxinus musste bei dem Gedanken lächeln, dass ein dürres Wesen wie Ereleth etwas so Massiges wie eine Riesin stützen wollte. Trotzdem war die Besorgnis der Hexenkönigin rührend und Dhalla schien zutiefst dankbar dafür zu sein. Anstatt auf den Wagen zuzugehen, wozu Ereleth sie drängte, streckte die Riesin die rechte Hand aus und zeigte auf einen Punkt am Horizont, der nur wenige Grade südwestlich lag.

»Mehr«, sagte sie knapp, als ob sie befürchtete, jede weitere Silbe könne ihr Herz erneut schwächen.

Fraxinus kletterte auf den Wagen und stellte sich auf die Fahrerbank, um eine bessere Übersicht zu haben. Er schirmte die Augen gegen die Sonne ab und betrachtete die winzigen Tupfer, die sich am Rande seines Blickfeldes bewegten und in der dunstigen Luft, die von den sonnengewärmten Felsen aufstieg, nur verschwommen zu erkennen waren.

»Ich glaube nicht, dass es eine ernst zu nehmende Streitmacht ist«, sagte er müde, nachdem er sicher war, dass es sich nicht nur um den Kopf einer langen Kolonne handelte. »Aber wir sollten sicherheitshalber vorbereitet sein. Wir müssen uns beeilen.«

Er war sich jedoch bewusst, dass es ihnen schwer fallen würde, sich zu beeilen, und der Gedanke, so kurz vor dem Ziel zu scheitern, verursachte eine schreckliche Bitterkeit in seinem Hals.

Das war nicht das, was er sich erhofft hatte, als er seine Wagen aus Xandria herausgelenkt hatte, und es stand nun sehr viel schlechter um sie, als er je erwartet hätte.

13

Ssifuss hielt ziemlich abrupt an, doch Lucrezia musste nicht einmal an den Zügeln zerren. Ihr Reittier blieb ohne jeden Befehl stehen und musste sogar vorwärts getrieben werden, damit Lucrezia an die linke Seite der Schlange kam. Hyrys Pferd ging pflichtbewusst an die rechte Seite.

Sie waren am Gipfel eines flachen Hügels angekommen, dessen Kamm das Gelände dahinter ihren neugierigen Blicken entzogen hatte, während sie mühsam den Hang erklommen hatten. Jetzt sahen sie, dass die Lage nicht ganz so unkompliziert war, wie sie gedacht hatten. In dem flachen Tal unter ihnen teilte sich die ›Straße‹, und jeder der beiden Arme führte in den dichten Wald aus nadelähnlichen Erhebungen, deren eng beieinander liegende Spitzen sie bereits aus der Ferne gesehen hatten.

Als Lucrezia sich kurz in die Steigbügel stellte, konnte sie bestätigen, dass es hinter den Spitzen ein höher gelegenes Gelände gab, dessen Hänge mit einem anderen ›Wald‹ aus dunkleren und undeutlicheren Gebilden bedeckt wurden. Sie zweifelte nicht daran, dass auch durch diesen Wald ein Weg führte, vielleicht sogar mehr als nur einer, aber sie war sich nicht mehr so sicher, dass es einfach sein würde, dem richtigen Pfad zu folgen, selbst wenn sie herausfanden, welcher der richtige war.

»Die Reiter, die Andris entführt haben, müssen eine dieser Straßen genommen haben«, sagte Lucrezia, während sie ihr Pferd hügelabwärts auf die Weggabelung zutrieb und die Schlange überholte. »Sie haben bestimmt irgendwelche Zeichen hinterlassen. Wenn wir ihren Spuren folgen, werden wir auf dem richtigen Weg sein.«

»Vielleicht«, sagte Ssifuss und nahm ihren automatenhaften Marschierschritt wieder auf.

»Die Spuren, die sie hinterlassen haben, sind möglicherweise nicht leicht zu erkennen«, sagte Hyry zu der Schlange. Die Händlerin hatte einen diskreten Abstand von einigen Schritten zwischen sich und Ssifuss gelassen. »Ein paar der Männer, die mich gefangen genommen hatten, besaßen Pferde mit Eisenhufen, die sie bestimmt den Leuten aus den Flussstädten gestohlen hatten, aber andere hatten unbeschlagene Tiere. Sie haben vielleicht keine Spuren auf dem Boden hinterlassen. Er sieht zwar hart aus, aber er besteht nicht aus starrem Gestein; sein langsames Fließen kann durchaus jedes Zeichen der Reiter ausradiert haben.«

Lucrezia sah keinen Sinn in weiteren Spekulationen, da man die Sache leicht überprüfen konnte. Sie trieb ihr Ross voran und ritt zu der Stelle, wo sich das gehärtete Band teilte; dort stieg sie ab. In dem spitzen Winkel, der von den auseinander laufenden Straßen gebildet wurde, befand sich ein ansehnlicher Teich, auf den ihr durstiges Pferd unweigerlich zulief. Sie folgte ihm, packte es am Zaumzeug und hielt es zurück, bis sie die Hand in den Teich getaucht und danach an ihrer feuchten Hand gerochen hatte.

Es schien alles in Ordnung zu sein. Wenn die Straße tatsächlich für Menschen, Pferde und Riesenschlangen angelegt worden war, wäre es sinnvoll, sich Vorräte zuzulegen. Sie erlaubte dem Pferd zu trinken, was es dankbar tat. Lucrezia formte die Hände zu einer Schale und trank selbst etwas, bevor sie das Zaumzeug losließ und zurückging, um ihre Untersuchung durchzuführen.

Als Lucrezia von der einen abzweigenden Straße zur anderen lief, wurde es sofort deutlich, dass Hyrys Ansicht über die Fähigkeit der Straße, alle Zeichen auszulöschen, unhaltbar war; es gab eine Menge Spuren. Unglücklicherweise aber zeigten *beide* Abzweigungen schwache Anzeichen kürzlicher Benutzung. Sie fragte sich, ob das bedeutete, dass sie beide gleich sicher waren – oder gleich unsicher.

Ssifuss stellte sich neben sie und setzte den Strohhut ab, der ihren haarlosen Kopf vor der brennenden Sonne schützte; dann kniete sie sich und untersuchte den Boden. Lucrezia sah, dass der Fleck auf dem Rücken der Schlange, wo sich der ›Schmetterling‹ mit ihrer Haut verbunden hatte, etwas schwächer geworden war, aber die Entfärbung hatte sich ausgebreitet, als ob es Steinfäule sei, die ihr Reich langsam auf der Oberfläche einer Wand ausdehnt. Lucrezia fasste sich an den Hals und die Wangen, auf denen sich inzwischen drei kleine Stiche angesammelt hatten, und besah sich ihre Handgelenke, auf denen sich vier weitere befanden. Die Schwellungen waren winzig und juckten kaum; es war auf keinen Fall schlimmer als bei den ersten Kratzern, die ihr in den Bittersüßen Sümpfen zugefügt worden waren, aber das beruhigte sie nicht so sehr, wie sie es angenommen hätte.

Hyry ließ ihr eigenes Pferd und die beiden Packtiere bei dem Wasserloch zurück. Angeregt durch Lucrezias Beispiel untersuchte sie ihre Haut. Als ihre Finger einen Riss im linken Hosenbein ertasteten, stieß sie einen Fluch aus.

»Was ist los?«, fragte Lucrezia besorgt.

»Nur eine Zweckenzecke«, erwiderte Hyry. »Ich brauche allerdings ein Feuer, damit sie sich zurückzieht; ich will nicht, dass sie den Kopf in mir zurücklässt.«

Lucrezia nahm ein Streichholz aus einer ihrer Taschen und fand eine geeignete Oberfläche, an der sie es entzünden konnte. Es wollte aber nicht brennen und verschmierte den Phosphor an seinem Kopf über die Schuppen des stacheligen ›Baumes‹. Das zweite Zündholz jedoch funktionierte, und sie hielt die flackernde Flamme an die angeschwollene Zweckenzecke, während Hyry die Ränder des zerrissenen Stoffes auseinander zog. Die Zweckenzecke fiel ab; in ihrem Körper zischte das gestohlene Blut.

»Willst du etwas Salbe für die blutende Wunde haben?«, fragte Lucrezia.

»Ist schon in Ordnung«, versicherte Hyry ihr barsch. »An so was bin ich gewöhnt.«

Ssifuss hatte ihre Untersuchung beendet. »Da entlang«, sagte sie, während sie zu dem Teich ging, um ihren Durst zu löschen. Sie zeigte auf den linken Pfad.

»Wie kommst du darauf?«, fragte Lucrezia.

»Riecht bessser«, entgegnete Ssifuss.

»Willst du damit sagen, dass du noch einen Rest von dem Geruch der Männer wahrnehmen kannst, die Andris entführt haben?«, fragte Hyry skeptisch.

Ssifuss schüttelte den Kopf. »Dass nicht«, sagte sie wenig hilfreich. »Etwass anderess.«

»Was denn?«, wollte Hyry wissen.

Die Schlange schüttelte noch einmal den Kopf. »Weisss nicht«, sagte sie. Lucrezia verstand es so, dass die Schlange die menschlichen Worte nicht kannte, die für eine angemessene Erklärung nötig gewesen wären.

Hyry schüttelte den Kopf, aber sie fragte nicht weiter nach, sondern ging zu den Packpferden und zog die Wasserhäute aus den Bündeln, die über dem Rücken der Tiere lagen.

»*Sie* scheinen nicht übermäßig zu leiden«, sagte die ältere Frau zu Lucrezia und zeigte auf die entfärbten Flecken an den Flanken und Widerristen beider Tiere. Da sie am Ende der Gruppe gelaufen waren, hatte ihnen niemand die Fliegen vertreiben können, und wegen der Masse des Gepäcks, das sie tragen mussten, hatten sie mit ihren Schwänzen nicht weit ausholen können. Lucrezia untersuchte die Stellen, wo sich die ›Schmetterlinge‹ in die Haut – oder eher in das zottelige Fell – eingegraben hatten, und stellte fest, dass Hyry Recht hatte; selbst wenn man diese Stellen berührte, zeigten die Pferde keinerlei Anzeichen von Schmerz.

»Welchen Weg sollten wir denn deiner Meinung nach nehmen?«, fragte Lucrezia Hyry, die damit beschäftigt war, Wasserhäute und Flaschen zu füllen.

»Ich nehme nicht an, dass hier etwas nach Nahrung riecht, oder?«, hakte Hyry bei der Schlange nach. »Das Zeug, das wir noch haben, ist kaum mehr essbar.«

Die Schlange gab keine Antwort.

»Nun«, sagte Hyry, »für mich sieht der eine Weg genauso gut aus wie der andere. Wenn der linke besser riecht, sollten wir ihn nehmen.«

»Es leben Vögel hier, die vielleicht ein gutes Mahl abgeben«, bemerkte Lucrezia, »aber es ist nicht gut, die Sicherheit der Straße zu verlassen und ihnen nachzujagen – oder sie auch nur aufzusammeln, falls Ssifuss einen von ihnen mit ihrem Bogen abschießen kann. Irgendwo vor uns muss es Nahrungsquellen geben. Diese Wesen, die wie Menschen aussehen, müssen auch wie Menschen essen, und vielleicht haben Riesenschlangen auch einen Riesenappetit. Vielleicht wachsen im Wald nicht nur diese scheußlich stacheligen Dinger, sondern auch Obstbäume.«

»Warum teilt sich die Straße eigentlich?«, fragte Hyry nachdenklich, als sie die Wasserhäute auswechselte. »Doch wohl nicht, um Reisende zu verwirren, auch wenn es für uns so scheinen mag. Es muss eine andere Logik dahinterstecken. Vielleicht gibt es mehr als einen Ort, an den die Häscher gehen müssen… oder mehr als einen Ort, von dem sie kommen.«

»Ich weiß es nicht«, sagte Lucrezia. »Du hast allerdings Recht – wir sollten Ssifuss ihren Willen lassen, wenn wir keine bessere Entscheidung treffen können.« Sie sah wieder die Schlange an, doch Ssifuss hatte dem nichts hinzuzufügen. Lucrezia zog die Luft ein und versuchte sich vorzustellen, was Ssifuss entdeckt haben mochte. Die warme Brise war keinesfalls geruchslos, doch die schwachen Düfte sagten ihr nichts. Schon bildete sich wieder eine Wolke aus kleinen Fliegen um sie herum und sie entfernte sich von dem Teich. »Vielleicht sind wir selbst nur Insekten, die sich den Weg über die Oberfläche eines gigantischen Nadelkissens bahnen«, bemerkte sie.

»Glücklicherweise hatte ich bisher wenig mit Nadelkissen zu tun«, bemerkte Hyry. »Ich habe keinen engen Kontakt zu Näherinnen gehabt.«

»Es war schwer, einen solchen Kontakt im Inneren Sanctum zu vermeiden«, gab Lucrezia zurück. Sie fragte sich, warum Hyrys Bemerkung sie so verlegen machte. »Als Zauberlehrling hatte ich einen besseren Zeitvertreib als Handarbeiten, aber ich hatte mehr Schwestern, als ich zählen konnte, und nur den wenigsten von ihnen hatte man halbwegs nützliche Künste beigebracht, mit denen sie sich beschäftigen konnten. Vermutlich war es aber trotzdem ein dummer Vergleich. Kein Nadelkissen, das ich je gesehen habe, hatte Nadeln mit so reich verzierten Schäften oder tausend Spinnweben zwischen den Nadelköpfen.«

»Ich glaube nicht, dass es Spinnweben sind, Hoheit«, sagte Hyry und schaute hoch in den Baldachin des seltsamen Waldes und auf die grauen Fäden, die dort in Überfülle hingen und wie die zerrissenen und rußgeschwärzten Überreste von Spitzenvorhängen aussahen, die ins Feuer geraten waren. »Wenn *das* Spinnweben sind, dann habe ich keine Lust, den dazugehörigen Spinnen zu begegnen.«

Lucrezia kehrte zu ihrem Pferd zurück und nahm die Zügel in die Hand, bevor sie einen Fuß auf den Steigbügel setzte. Das Pferd wich etwas zurück, aber es war von irgendjemandem gut genug dressiert worden, um seinen instinktiven Widerstand zu unterdrücken. Lucrezia hatte nichts dagegen, dass Ssifuss wieder die Führung übernahm. Sie folgte der Schlange, ohne darauf zu warten, dass sich Hyry mit ihrem Pferd neben sie setzte. Die geteilten Wegstränge waren nicht ganz so breit wie die einzelne Straße, sodass es schwierig gewesen wäre, nebeneinander zu reiten.

Als sie die ersten beiden sich auftürmenden Spitzen hinter sich gelassen hatte, sah Lucrezia, dass die Straße, die sich zwischen den Gebilden hindurchwand, nun noch enger wurde. Obwohl die Nadeln zu einer scharfen Spitze ausliefen, war die Basis der Stämme knollenartig; sie erinnerten Lucrezia unwillkürlich an große Eier – Eier, aus denen die schwersten Lanzen wachsen würden, mit denen die Kavallerie ihres Vaters ausgerüstet war. Weil sie so gerade und senkrecht standen, schnitten sie nicht das Sonnenlicht ab, so wie es ein richtiger Wald getan hätte, und die Fäden, die sich wirr um die Spitzen schlangen, waren hier nicht allzu dicht; dennoch gab es überall Schatten, die mit unerwarteten Farben gesprenkelt waren. Die silbernen Spitzen waren keineswegs hell wie Spiegel, aber sie reflektierten das Licht in alle Richtungen und brachen die Schatten in komplizierten Mustern auf.

Je tiefer sie in den Wald drangen, desto seltsamer wurden die Schatten. Der Baldachin über ihren Köpfen wurde allmählich dichter, und Lucrezia entdeckte geringe Anzeichen von Bewegung in ihm, doch die Stechfliegen waren hier viel seltener als draußen. Die wenigen ›Schmetterlinge‹, die sie sah, waren weiß, und sie ließen nicht erkennen, ob die Haut von Schlangen oder Pferden anziehend auf sie wirkte. Je weiter die drei kamen, desto schmaler wurde die Straße. Lucrezia riss sich den Ärmel ihres Hemdes an einem scharfen Ast auf, der wie ein Stahlnagel aus einem der Bäume herausragte. Wenn der Ärmel nicht so locker gesessen hätte, hätte sie sich wahrscheinlich schlimm geschnitten.

Lucrezia drehte sich im Sattel um und warnte ihre Gefährtin, vorsichtig zu sein, doch sie selbst hätte vorsichtiger sein sollen. Während sie den Kopf nach hinten gewandt hatte, ritt sie in eines der fadenähnlichen Gebilde hinein, das sich quer über den Weg gespannt hatte und in dem seltsamen Licht unsichtbar gewesen war. Es war weder stark noch straff genug, um sie vom Pferd zu werfen, aber es legte sich fest genug um ihr Haar, um ihr den Kopf zurückzuziehen, was ihr Schmerzen am Hals bereitete. Als der Faden aus der nächstliegenden Verankerung riss, gelang es dem losen Ende irgendwie, sich um Lucrezias Schultern zu legen.

Der Faden war klebrig. Als Lucrezia versuchte, ihn durchzureißen, heftete sich der gewundene Strang um ihre Finger. Er fiel ihr leicht über die Schultern, während das Pferd langsam weitertrottete, und dann legte er sich um ihren Hals.

Zunächst schien es nur eine leichte Unannehmlichkeit zu sein, sodass Lucrezia nicht sofort ihr Pferd anhielt. Stattdessen ruderte sie mit den Armen herum und versuchte so, den sich schlängelnden Faden zu entfernen. Sie zerriss ihn an vielen Stellen, doch die einzelnen Teile hingen hartnäckig an ihrer Kleidung und ihrer Haut, und während das Pferd sie weiter vorwärts trug, geriet sie in Kontakt mit einem weiteren Faden und dann mit noch einem.

Als Ssifuss sich umdrehte, um zu sehen, was los war, und einen unartikulierten Warnschrei ausstieß, war es bereits viel zu spät.

Lucrezia hielt endlich das Pferd an; schon hatte sich ihr ein halbes Dutzend Fäden um den Hals und die Brust gelegt und sich in ihrem Haar und ihrer Kleidung verstrickt. Die umherwehenden Enden weiterer Fäden schienen nun regelrecht nach ihr zu suchen; sie trieben von allen Seiten auf sie zu und glitten von den stacheligen Zweigen, die sich über die Straße wölbten.

Die Prinzessin öffnete den Mund, weil sie Hyry eine zweite und dringendere Warnung zurufen wollte, doch das war ein weiterer Fehler; die dünnen Fäden gierten noch mehr danach, ihre Zunge zu packen, als sich an ihre Kleidung zu hängen. Einer der Fäden zog sich fest um ihre Kehle zusammen, würgte sie und erstickte so den Alarmschrei, bevor sie ihn ausstoßen konnte. Während sie es trotzdem versuchte, arbeiteten sich weitere Fäden in ihrem offenen Mund vor und hängten sich wie widerspenstige Härchen an ihren Gaumen. Andere berührten die Augen und zwangen Lucrezia, sie zu schließen.

In Windeseile – zumindest schien es so – war die Prinzessin geknebelt und versuchte verzweifelt, Luft in die Lunge zu ziehen. Es gelang ihr nicht. Nach wenigen Minuten spürte sie, wie sie ohnmächtig wurde – und sie vermochte die Hände nicht frei zu bekommen, um sich besser an den Zügeln festhalten zu können, damit sie einem schmerzhaften Sturz entging.

14

Der Kriegsschauplatz hatte gerade erst den ›Wald‹ aus dornigen Gewächsen verlassen, die den Garten bis in die geschützte Zone hinein umgaben, doch Andris war klar, dass der Kampf bereits seit einiger Zeit toben musste. Er wusste nicht, wie dicht der schützende Wald war oder wie gut er mit Fallgruben und anderen Verteidigungsanlagen ausgestattet war, doch er begriff, dass der Wald mit genügend List und Macht geschaffen worden war, um jeder normalen Invasion standzuhalten, denn sonst wäre der Garten längst nicht mehr da. Doch das hier war keine gewöhnliche Invasion.

Die Kreaturen, die aus den Bäumen sprangen, waren reptilienartig – vermutlich bestanden sie aus Krokolidfleisch oder etwas Ähnlichem –, aber sie ähnelten ein wenig den großen, grauen Vögeln, die ihn auf seiner unglücklichen Wanderung durch die Bittersüßen Sümpfe heimgesucht hatten. Er glaubte nicht, dass sie tatsächlich über längere Strecken fliegen konnten, denn dafür waren sie zu groß, doch als sie auf den Boden herabstiegen und die großen, fleischigen Flügel zusammenfalteten, die die Handgelenke mit den Oberschenkeln verbanden, vermutete er, dass sie durchaus zu erstaunlichen Gleitflügen in der Lage waren.

Er nahm an, dass sie durch den versteinerten Wald gelangt waren, ohne den trügerischen Boden zu berühren, und dass ihre dicke, schuppige Haut sie vor allen Anschlägen und Fallen schützte, zu denen die Baumkronen fähig waren. Andris vertraute nicht darauf, dass sich die festen Dornen und die zupackenden Zweige der halb menschlichen Büsche als bessere Verteidigung herausstellen würden.

Die angreifenden Kreaturen hatten klauenähnliche Hände, die spitze, aus einer glitzernden, nicht-metallischen Substanz bestehende Dolche gepackt hielten, doch das waren nicht ihre besten Waffen. Ihre Münder besaßen lange Reihen scharfer und hässlicher Zähne, und ihre langen Hälse erlaubten es ihnen, wie die grauen Vögel mit dem Kopf zuzustoßen. Auch hatten sie lange Schwänze. Sie waren zwar nicht so massig wie die der Riesenschlangen, doch sie waren trotzdem dazu in der Lage, harte Schläge auszuteilen und als zusätzlicher Halt zu dienen, wenn es nötig wurde. Der lebende Boden hätte sie vielleicht packen und festhalten können, wenn sie lange genug auf ihm gestanden hätten, doch ihre Bewegungen waren schnell und frenetisch. Sie ließen sich nicht erwischen.

Andris hatte schon mehrere Schlachten beobachtet, aber er war nie dazu in dem Bewusstsein gezwungen worden, dass er sich nicht bewegen konnte. Er konnte weder fortlaufen noch sich in das Getümmel stürzen – es kostete ihn bereits schreckliche Anstrengungen, wenn er sich umdrehen und erkennen wollte, was hinter ihn vorging.

»Kannst du sie sehen, Arilla?«, rief er, ohne sie ansehen zu können.

»Ich sehe sie«, erwiderte sie. »Hab keine Angst. Es sind schwache Geschöpfe, die man leicht zerreißen kann. Wenn nichts Schlimmeres nachkommt, sind wir in Sicherheit.«

Das kam Andris wie ein leichtsinniger Optimismus vor – oder es war eine offene Lüge. Er konnte sich nicht vorstellen, dass Arilla um seinetwillen lügen würde; daher nahm er an, dass sie sich selbst beruhigen wollte.

Die Reptilien hatten runde Füße mit Schwimmhäuten daran wie der Wächter, und am Ende des Schwanzes saß eine gespreizte Membrane. Andris begriff sofort den Sinn ihres Körperbaus. Der Boden innerhalb des Gartens war vielleicht fester als im Wald, doch er war möglicherweise zu schnellerer Deformation in der Lage; diese Monstren waren dazu geschaffen, sich auf allen Arten von lebendem Boden zu bewegen, vorausgesetzt, sie standen niemals still. Sie schienen allein zu dem Zweck erschaffen worden zu sein, den sie augenblicklich erfüllten: zur Zerstörung der mit Bewusstsein begabten Geschöpfe des feindlichen Bodens.

Diese Erkenntnis war Grund genug zur Angst, doch Andris fand darin auch Grund für einen gewissen grimmigen Stolz. Wenn Krieger herkamen, um ihn und seinesgleichen zu töten, dann mussten er und seine Gefährten im System der Dinge von besonderer Wichtigkeit sein. Was immer Arilla auch sagte oder dachte: Er und Wesen wie er selbst besaßen eine genau definierte und wesentliche Bedeutung in dem Spiel, dessen Züge hier gemacht wurden.

Zumindest im Augenblick gab es nicht das geringste Anzeichen von Schwäche in der Strategie der Angreifer. Nachdem sie von den Bäumen heruntergesprungen waren, tanzten und hüpften sie fiebrig in alle Richtungen. Sie wurden von einer gegnerischen Macht verfolgt und gejagt, die ihnen gegenwärtig im Verhältnis von zwei zu eins überlegen war, doch ihre verrückten Bewegungen waren keinesfalls nur defensiv. Die große Mehrheit ihrer Feinde waren mit Speeren bewaffnete Menschen und Schlangen in Menschengröße, die viel kleiner als die Eindringlinge waren und eine wesentlich geringere Reichweite hatten; die Riesenschlangen, die sich in der Minderheit befanden, waren langsamer und unbeweglicher. Das Hauptziel der rasenden Reptilien bestand darin, die chimärischen Büsche zu Tode zu hacken und zu zerfetzen und dann fortzulaufen. Zu diesem Zweck waren sie gekommen, und sie störten sich nicht daran, welche Kräfte sich gegen sie wandten.

Auf den ersten Blick zählte Andris sechzehn Marodeure, aber bereits nach wenigen Minuten erschienen ein Dutzend weitere und ihnen folgten keine Verteidiger mehr. Doch das war kaum von Bedeutung; selbst wenn es hundert Verteidiger welcher Rasse auch immer gewesen wären, hätten sie nicht derart viele tobende Reptilien vernichten oder in Schach halten können.

Der Vorteil der Angreifer, die sich immer noch in den Garten ergossen, schien so groß zu sein, dass Andris bereits befürchtete, man könne sie niemals aufhalten. Die Speere, die von den kleineren Gegnern geschleudert wurden, prallten auch dann ab, wenn sie eigentlich hätten treffen sollen; offenbar war die schuppige Haut der Monstren widerstandsfähiger, als es den Anschein hatte. Die Versuche der Riesenschlangen, ihnen den Weg abzuschneiden, wirkten lächerlich unbeholfen und nutzlos.

Da Andris selbst bereits solche Giganten getötet hatte, konnte er nicht glauben, dass so schreckliche Kreaturen wie die Krokolidvögel viel von ihnen zu befürchten hatten. Wenn der Kampf auf offenem und ungefährlichem Gelände stattgefunden hätte, hätten die Reptilien mit den Schlangen und Speermännern sicherlich kurzen Prozess gemacht, doch der Boden war nicht überall fest und sicher, sondern mit liegenden Wächtern übersät, die noch weitaus fürchterlicher waren als die mobilen Einsatzkräfte des Gartens.

Als Andris zum ersten Mal sah, wie einer der Invasoren von den Zweigen eines der Baummenschen eingefangen und festgehalten wurde, begriff er, wie lebenswichtig es für die Reptilien war, immer in Bewegung zu bleiben. Die betreffende Chimäre musste unter den Angriffen zweier schwarzer Dolche und der schrecklichen Zähne leiden, doch es gelang ihr, die Zweige als Schild für ihr menschliches Gesicht zu gebrauchen. Sobald sich das Reptil in festem Griff befand, konnte eine der Riesenschlangen endlich ihre ganze Kraft einsetzen. Das riesige Geschöpf warf seinen Speer mit so viel Kraft, dass er die schützende Haut durchdrang; dann packte die Schlange zu, zerriss die Flügelmembranen und brach dem Feind die langen Armknochen.

Danach gelang es dem blutenden, aber noch lebenden Busch mit Leichtigkeit, seine Glieder um den gefährlichen Kopf zu wickeln und ihn außer Gefecht zu setzen.

Das ist ein Selbstmordkommando, dachte Andris. *Obwohl sie so schlau und mächtig sind, müssten sie zu hunderten kommen, um eine Chance zu haben, sich bis zur Hügelspitze durchzukämpfen. Alles, was sie können, ist ausschlagen, abreißen und verstümmeln … aber selbst wenn sie die Hälfte der Chimären im Garten töten, können sie dem Boden selbst nur Kratzer zufügen. Sie sind wie die Dragomitenkriegerinnen: entbehrliche Teile eines größeren Ganzen – aber diesen Nestkrieg können sie unmöglich gewinnen. Obwohl die Bäume früher schon verletzt wurden, ist der Boden selbst gesund und stark und nicht seuchengeschüttelt und in Verwesung begriffen.*

Nun war *er* in leichtsinnigen Optimismus verfallen. Eine neue Gruppe Reptilien taumelte bereits aus dem Wald hervor, und es gab keine weiteren Schlangen oder Menschen mehr, die sie aufhalten konnten, und auch den Baummenschen fiel es nicht leicht, sie zu fangen. Andris fragte sich, ob nicht doch noch hunderte von Invasoren kommen würden. Wie vermochte er bloß Beruhigung angesichts der Überzeugung zu finden, dass man den lebenden Boden nicht umbringen konnte? *Andris* konnte getötet werden – und es war der Mord an Geschöpfen wie ihm, der augenscheinlich das Ziel des Angiffs bildete.

Der untere Hang des Gartens war nun so überfüllt, dass sich die Reptilien einander im Weg standen. Er sah, wie zwei von ihnen mit einem dritten zusammenprallten, der niedergeschlagen worden war, während sie von den Riesenschlangen in Verwirrung gebracht wurden; dann sah er, wie einige der kleineren Verteidiger umhersprangen und ihre Speere in die weicheren Körperteile der Reptilien stießen.

Die Schlacht dehnte sich jetzt nach allen Seiten aus, da eine Bresche in den Waldwall geschlagen und so etwas wie ein Durchgang in ihm geöffnet war. Drei weitere Reptilien wurden von belebten Büschen ergriffen und festgehalten und von zahllosen Dornen gestochen und beharkt – doch die Büsche erlitten im Gegenzug dafür schreckliche Verletzungen, und Dutzende von ihnen wurden zerfetzt und verwundet, ohne dafür ihrerseits wesentlichen Schaden anrichten zu können.

Wenn die Reptilien ihre Aufmerksamkeit auf ihre aktiveren Gegner gerichtet hätten, wäre es ihnen vielleicht gelungen, sie in Bausch und Bogen abzuschlachten, doch ihr vorrangiges Ziel, den Büschen zu schaden, kam sie teuer zu stehen, denn die Menschen und die Schlangen formierten sich neu und führten ihre

Angriffe jetzt etwas wirkungsvoller aus. Andris fragte sich, warum die Invasoren ihre Feinde nicht planvoll nacheinander angriffen, zuerst die Riesenschlangen fällten und dann mit den Menschen und den menschengroßen Schlangen aufräumten; die Büsche, die ihre hauptsächlichen Opfer waren, konnten schließlich nicht fortlaufen. Er vermutete aber, dass sie einfach nicht die Zeit für ein solches Vorgehen hatten und dass ihnen jeder Augenblick, den sie auf dem gefährlichen Boden verbrachten, ohne auf ihre Hauptziele einzuschlagen, als verloren galt.

Der lebende Boden war nicht elastisch genug, um sich zu öffnen und sie auf einen Schlag zu verschlingen, doch jetzt reagierte er auf jeden Schritt, und Andris sah, dass der verrückte Tanz der Reptilien nicht ausschließlich von ihrer eigenen Beweglichkeit herrührte. Sie wurden von dem sich bewegenden Boden andauernd aus dem Gleichgewicht gebracht, und obwohl es ihnen keine Schwierigkeiten bereitete, die Front ihres gemeinsamen Angriffs zu beiden Seiten vorwärts zu treiben, kamen sie kaum den Berg hinan.

Sie können den Boden selbst nicht töten, dachte Andris und zwang sich dazu, eine ruhige und wohl erwogene Einschätzung der Lage abzugeben, denn es gab sonst nichts, was er hätte tun können. *Das könnte man nur mit viel raffinierteren Waffen erreichen. Trotzdem muss das, was sie augenblicklich tun, einen wesentlichen Sinn ergeben. Wenn sie versuchen, uns zu verletzen, greifen sie in Wirklichkeit die Intelligenz an, die der Boden aufgenommen hat, und damit die Weisheit und die Überlieferungen, die er auf diese Weise angesammelt hat. Diese Überlieferungen und diese Weisheit müssen daher wertvoller sein als die winzigen Kreaturen, die wir in unserem Fleisch beherbergen. Beweist das, dass diese Angreifer von einem lenkenden Verstand ausgesandt wurden, der genau weiß, was er tut, und die Fähigkeit zum Pläneschmieden besitzt – oder ist das*

Ganze nur ein weiterer blinder, von einem Automaten ausgeführter Schachzug, ein weiterer tödlicher Reflex eines gesichtslosen und gedankenlosen Giganten?

Jetzt stiegen keine weiteren Reptilien mehr von den Bäumen herunter; es schien, dass es doch nicht hunderte waren, aber ihre zu einer Bewegung fähigen Gegner waren nur noch dünn gesät. Obwohl die Angreifer nicht innehalten wollten oder konnten, um sich auf die Vernichtung der Menschenimitate und der schwerfälligen Schlangen zu konzentrieren, gingen die Verteidiger einer nach dem anderen zu Boden, hingestreckt von zufälligen Dolchstößen oder reflexartigen Bissen.

Diesmal hatte Andris allen Grund zu bedauern, dass die Riesenschlangen nicht annähernd so fürchterlich waren, wie sie aussahen; sie waren so gut wie verloren. Ihren kleineren Artgenossen erging es noch schlechter; es standen nur mehr zwanzig auf den Beinen. Er sah, dass auch der Wächter niedergemetzelt worden war; Blut sprudelte aus einer schrecklichen Wunde an seinem Hals. Andris verspürte einen Stich des Bedauerns. Irgendwie hatte er das Gefühl, dass er und der Wächter noch nicht fertig miteinander gewesen waren oder dass zumindest die wachsame Gegenwart dieser Kreatur in so vielen seiner verworrenen Träume ein Rätsel darstellte, das seiner Lösung harrte.

Jetzt kamen die Angreifer schneller hügelaufwärts voran. Die Büsche, an denen sie vorbeiliefen, waren durch ihre Attacken verwüstet worden, und es war schwer, weiterhin die Hoffnung zu bewahren, dass mehr als bloß eine Hand voll ihre verwundbaren menschlichen Teile zu schützen vermocht hatte.

Inzwischen tanzten nur noch zwei Dutzend Reptilien umher, doch die mobilen Streitkräfte ihrer Gegner waren so sehr dezimiert, dass die Eindringlinge ihr tödliches Werk mit größerer Wirkung als zuvor durchführen konnten. Diejenigen, die von den angegriffenen Baummenschen eingefangen und festgehalten wurden, konnten nicht mehr von willigen Helfern mit Speeren durchbohrt werden; sie mussten von den dornenbewehrten Ästen selbst erstochen und erwürgt werden, und diese Kämpfe verliefen oftmals so blutig, dass sie in gegenseitiger Vernichtung endeten.

Der Kriegsschauplatz war jetzt viel näher gekommen; Andris fürchtete, dass sie ihn letztlich erreichen und verschlingen würden. In einem Umkreis von fünfzig Met um ihn herum befanden sich acht oder zehn Reptilien, von denen jedes sich augenblicklich umdrehen und seine Wut an ihm auslassen konnte. Sie waren viel fähiger im Kratzen, Beißen und Ausreißen als ihre Artgenossen. Nun, da sie so weit gekommen waren, näherten sie sich wieder einander, aber sie kamen sich nicht nahe genug, um erneut zufällige Zusammenstöße zu riskieren. Andris wusste, dass er zumindest mit einem von ihnen würde kämpfen müssen – und er wusste auch, dass er für einen solchen Kampf äußerst mangelhaft gerüstet war, obwohl er so viel Arbeit in die Geschmeidigkeit seiner Glieder gesteckt hatte.

Die bewegungsfähigen Verteidiger gingen noch immer einer nach dem anderen zu Boden; sie wurden mit nachlässiger Verachtung niedergeschlagen. Jetzt mussten sich alle Baummenschen selbst um ihre Verteidigung kümmern, und die Bewegungen ihrer Zweige wurde zunehmend wilder, als Angst und Verzweiflung Besitz von ihnen ergriffen. Wenn sie glaubten, sie würden wiedergeboren, egal was nun mit ihnen geschah, dann waren sie offenbar nicht stark genug in ihrem Glauben, um sich kampflos zerstören zu lassen. Welche Träume und Erinnerungen sie sich auch immer bewahrt und welche Selbsterhaltungsinstinkte sie verloren haben mochten, so war ihnen ihr gegenwärtiges Leben doch sehr kostbar.

Andris bemerkte, dass viele der Baumleute versuchten, ihre Zweige um sich zu schlingen und sie so fest wie möglich zu bündeln, damit sie ihre Gesichter hinter mit zahllosen Dornen bestandenen Schilden verbergen konnten, doch er bemerkte auch, dass diese Strategie unzulänglich war. Die Reptilien waren zu gut im Schlagen und Beißen und mähten die dornigen Käfige erbarmungslos nieder.

Die Invasoren schienen zu gewinnen, auch wenn der bebende Boden noch trügerisch genug war, um sie umzuwerfen, sodass sie das Gleichgewicht verloren, und sobald sie hinfielen, konnten sie leichter von suchenden Ästen ergriffen und dann in einer Weise gehalten werden, die den Schaden, den sie mit ihren Zähnen und Waffen anrichten konnten, gering hielt. Die Marodeure hatten die Hälfte ihrer Kämpfer verloren, doch sie waren noch immer in der Überzahl.

Andris wurde erst jetzt deutlich bewusst, wie zufrieden er damit gewesen war, zur Hälfte eine Pflanze zu sein, als die Enttäuschung darüber, nicht den Abhang hinunterlaufen und sich in das Schlachtengetümmel stürzen zu können, in ihm zu einer starken Wut hochkochte. Er bemerkte, dass sich seine zahlreichen Glieder bereits bewegten und sich im Vorgefühl des Augenblicks ausstreckten, an dem einer dieser Feinde schließlich zu ihm kommen und mit ihm kämpfen würde. Zwar war ihm bewusst, dass er eigentlich Angst haben sollte, weil seine Kampfreflexe auf den Einsatz zweier Arme und Beine ausgerichtet waren, aber er blieb trotzdem furchtlos. Er war zum Kampf mit allen Mitteln bereit, ja er gierte geradezu nach dem Kampf um seiner selbst und des Gartens willen. Er hatte weder seine Verbindung mit dem Boden bewusst akzeptiert noch die anderen Baummenschen bisher als seine Artgenossen angesehen, doch die Umstände ließen keinen anderen Schluss zu, und ihm war klar, dass diese marodierenden Reptilien als Todfeinde anzusehen waren.

Er erhielt seine Gelegenheit früher, als er erwartet hatte. Als sich die Reptilien dem Hügelkamm näherten, wurden sie immer begieriger darauf, Andris zu erreichen, und hielten kaum inne, wenn sie an Buschmenschen vorbeisprangen, deren Gedanken ausschließlich auf ihre eigene Verteidigung gerichtet waren.

Zwei stürmten gleichzeitig mit Mordabsichten auf Andris zu und er zahlte es ihnen in gleicher Münze heim. Während er sich zur Wehr setzte, kam ihm der Gedanke, dass er in den ungeschulten Augen seiner Angreifer nicht anders als seine viel ältere Nachbarin wirken musste. Indem sie ihre Aufmerksamkeit auf ihn bündelten, reagierten sie möglicherweise auf den angeborenen Befehl, alles zu riskieren, um die wertvollsten Individuen des gesamten Gartens zu vernichten.

»Und bin ich etwa nicht der Beste?«, rief er fröhlich, als sie sich auf ihn stürzten und in die Reichweite seiner zahllosen Arme kamen. »Ist die Saat, die man mir gegeben hat, etwa nicht in übermenschlichem Fleisch aufgegangen? Wenn ich noch nicht der Baum der Erkenntnis bin, dann bin ich sicherlich bereits der Baum des Todes!«

15

Fraxinus zögerte anzuhalten, doch es blieb ihm nichts anderes übrig. Sie waren bis tief in die Nacht hinein gereist, und mindestens eines der Pferde, die den Wagen zogen, wäre zusammengebrochen, wenn sie noch einen weiteren Kim hätten zurücklegen müssen. Fraxinus wusste nicht genau, was die Schatten bedeuteten, die sich über dem westlichen Horizont erhoben, denn auf Andris Myrasols Karte war dort nichts verzeichnet, und der Kaufmann wollte sich ihnen nicht zu sehr nähern, ohne eine klarere Sicht auf das zu haben, was vor ihnen lag. Er hatte hingegen eine leidliche Vorstellung von dem, was hinter ihnen lag – aber wie bedrohlich dieser Feind auch sein mochte, so war es doch ein Feind, der einmal besiegt worden war und bisher keinen zweiten Angriff gewagt hatte. Er wusste, dass nicht alle seinen Überlegungen zustimmen würden, und war darauf vorbereitet, die unvermeidlichen Einwände zu hören.

»Wenn wir uns hier bis zur Morgendämmerung niederlassen«, sagte Shabir düster, »können uns die Affenköpfe ganz nach Belieben umzingeln.«

Fraxinus hatte ein Gegenargument parat, aber Ereleth war schneller. »Wenn sie das tun, sind sie noch dümmer, als ich dachte«, meinte sie. »Um einen Ring um uns zu ziehen, müssten sie sich so weit verteilen, dass die Dragomiten sie einen nach dem anderen wegputzen könnten.«

»Die eine mit dem verwundeten Bein wäre dabei aber keine Hilfe«, gab Merel zu bedenken. »Aulakh scheint das Bein gut gerichtet zu haben, aber sie hat viel an Schnelligkeit verloren.«

»Auch Vaca Metra ist eine Kriegerin«, sagte Ereleth. »Sie wurde geschaffen, um in der Dunkelheit zu arbeiten, und sie ist genauso geritten wie du; also sollte sie in der Lage sein, wachsam zu bleiben. Du kannst ja mit ihr gehen, falls sie Freiwillige sucht. Stehle uns noch ein paar Pferde, wenn du kannst.«

Vaca Metra kam nun zum Wagen zurück und gab einen Bericht über den Zustand des Bodens in der Umgebung. Fraxinus hatte die bestmögliche Stelle ausgesucht, aber in der Nachbarschaft gab es eine große Anzahl fließender Steine, und es würde nicht einfach sein, Orte zu finden, an denen diejenigen, die Wache halten mussten, ihre Posten beziehen konnten. Inzwischen schlief mit Ausnahme von Dhalla niemand mehr außerhalb des Wagens, und selbst die Riesin suchte sich ihren Ruheplatz mit großer Sorgfalt aus.

Obwohl Fraxinus den Wagen stundenlang gelenkt hatte, wollte er an der ersten Wache teilnehmen. Die anderen waren mit verschiedenen Arbeiten noch mehr in Anspruch genommen gewesen als er. Die Dragomiten hatten die Ergebnisse ihrer Beutesuche mit erstaunlicher Regelmäßigkeit abgeliefert, auch wenn eine von ihnen ihren Beitrag durch die erlittene Verletzung um die Hälfte hatte reduzieren müssen. Die Erträge hatten Mossassor und Merel ohne Unterlass beschäftigt; das, was nicht tranchiert, gesäubert und gekocht werden musste, musste dennoch untersucht und gelagert werden. Aulakh Phar und Shabir hingegen waren gezwungen gewesen, sich mit einer ganzen Reihe von kleineren Reparaturen und Instandhaltungsarbeiten zu befassen, die Phars Improvisationstalent bis aufs Äußerste beansprucht hatten. Selbst Ereleth war vollauf damit beschäftigt gewesen, sich um die Pferde und die Riesin zu kümmern.

Es war nicht unbedingt nötig, dass jemand zusammen mit Fraxinus Wache hielt, da die beiden Dragomiten zu beiden Seiten des Lagers in einem Bogen patroullierten, dessen Scheitelpunkt in einiger Entfernung vor dem Wagen lag, doch Mossassor begleitete ihn trotzdem; sie behauptete, sie sei nicht müde genug, um schlafen zu können.

»Isst gut, glaube ich«, sagte die Schlange, als sie eine geeignete Stelle etwa zehn oder fünfzehn Met hinter dem Wagen gefunden hatten und in die Richtung schauten, aus der mögliche Schwierigkeiten am wahrscheinlichsten kommen würden. »Wenn Ssonne aufgeht, werden wir lebenden Boden ssehen. Jesst nahe bei Gärten.« Fraxinus kannte Mossassor inzwischen gut genug, um zu erkennen, dass sie versuchte, sich selbst bei Stimmung zu halten; hinter ihrer unbewegten Maske wusste die Schlange genau, wie schlecht die Dinge standen und wie viel schlechter sie noch werden konnten.

»Leider nicht nahe genug«, erwiderte Fraxinus. Er hielt seine Stimme ruhig und schlug einen geschäftsmäßigen Ton an. »Auf Myrasols Karte erstreckte sich der Handschuh der Freude, der den Weg zur Wiege der Chimäre markiert, nicht weiter als einen oder zwei Tagesritte, aber wenn ich es richtig sehe, ist dieser Schatten da vorn mehr als zweimal so weit von der Mitte der Welt entfernt. Wenn er die Grenze des lebenden Bodens bezeichnet, müssen die so genannten Bewohner der Tiefe stark gewachsen sein, seit die Karte erstellt wurde. Selbst wenn sich der Pfad durch die Silbernen Dornen bis an den Rand des neuen Grenzlandes erstreckt, wird es ein schwieriger und gefährlicher Weg sein.«

»Jeder Tag, der ssu Ende geht, isst gut«, beharrte Mossassor. »Weg war sschwierig, aber wir ssind noch auf ihm. Ssind sstark, sstur, nichtss kann unss aufhalten.«

»Ich wünschte, ich könnte das glauben«, gab Fraxinus zu. »So alt und gebrechlich einige von uns sind, so sind wir doch noch am Leben und kampfbereit. Ich wünschte, ich könnte aus dem Umstand Mut schöpfen, dass die Affenköpfe kein zweites Mal angegriffen haben, aber ich frage mich unwillkürlich, warum sie sich damit zufrieden geben, uns nur zu folgen. Vielleicht wissen sie etwas, das wir nicht wissen.«

»Ssu dumm, um überhaupt wass ssu wisssen«, meinte Mossassor.

»Vielleicht«, pflichtete Fraxinus ihr bei. »Aber sie sind noch immer irgendwo hinter uns. Sie haben uns nicht vergessen.«

»Haben Angsst vor den Dragomiten«, sagte die Schlange nur. »Halten ssich von ihnen fern.«

»Dragomiten sind ganz schön Angst einflößend«, stimmte Fraxinus ihr zu. »Eure Fähigkeit, Frieden mit ihnen zu schließen, muss sehr nützlich für euch sein. Genauso nützlich ist es für all die anderen Rassen, die mit ihnen die Welt teilen, dass die Dragomiten die meiste Zeit im Kampf gegeneinander verbringen. Wenn sich alle Dragomiten aus den Bergen zu einer einzigen Streitmacht zusammenschließen würden, wären sie sicherlich unbesiegbar. Shabirs abgerissene Truppe hat sie zwei Jahre lang in Schach halten können, weil sie nur dutzendweise aus den Bergen kamen und durch Hunger und Erschöpfung geschwächt waren. Wenn drei oder vier dieser Gruppen ihre Kräfte zusammengeschlossen hätten, wäre es ihnen ohne weiteres möglich gewesen, sich einen Weg durch das Schmale Land zu bahnen und jede beliebige Anzahl neuer Nester zu gründen, aber das haben sie nicht getan. Wenn sie miteinander genauso gemeinsame Sache machen könnten wie mit uns, könnten sie die Weltherrschaft erlangen.«

»Ssind nicht sso gemacht«, lautete Mossassors Einschätzung.

Fraxinus glaubte nicht, dass diese Auffassung angemessen oder schlüssig war. Schließlich hatte eine wesentliche Minderheit der Nester sowohl menschliche Hügelköniginnen als auch solche Königinnen, deren Substanz die Wände der Nester bildete. Ihre Intelligenz war geborgt, aber trotzdem handelte es sich um Intelligenz. Selbst nachdem die Berge verseucht worden waren, mussten die Hügelköniginnen die Mittel gehabt haben, um eine unbesiegbare Streitmacht aufzustellen, wenn es ihnen bloß gelungen wäre, die endlose Routine der Nestkriege zu unterbrechen. Dadurch, dass sie getrennt blieben, hatten sie praktisch fast alle

Nester der allmählichen Zerstörung überantwortet. Vielleicht hatte General Shabir mit seiner Behauptung Recht gehabt, dass es sich bei den Hügelfrauen um Sklavinnen handelte. Sie waren keine herkömmlichen Sklavinnen der Dragomitenköniginnen, aber es hatte den Anschein, als seien sie Sklavinnen des Instinkts und der Tradition, und die Ketten, die sie banden, konnten offensichtlich erst gesprengt werden, wenn das Nest praktisch tot war. *Wir sind hier alle eines Geistes,* hatte die Hügelkönigin zu Ereleth gesagt, doch die Gemeinsamkeit, die sie mit ihren Töchtern teilte, war auf unversöhnliche Gegnerschaft zu ihren Artgenossen gegründet. Er fragte sich, ob die größeren Königinnen, die sich um die Wiege der Chimäre zusammendrängten, anders waren.

Soweit Fraxinus sehen konnte, war nicht klar, ob die Schlangen viel besser dran waren als jene Menschen, die sich mit den Dragomitennestern verbündet hatten. Die Schlangen wussten zu wenig über ihre eigene Art und ihren eigenen Platz im Plan der Dinge – anscheinend sogar weniger als die Salamander. Den Salamandern war es zumindest gelungen, eine gewisse Kontrolle über den lebenden Boden zu erlangen, der ihre ›Erwachsenen‹ hervorbrachte; die Schlangen hingegen wussten nicht einmal, wie ihre ›erwachsene‹ Form aussah. Sie waren gut im Vergessen, wie sie mit verdrehtem Stolz behaupteten. Mossassor zufolge war das so, weil sie gut im Vergessen sein *mussten* – aber die Schlange wusste nicht, warum das so war. Es war nur eine Überlieferung, gefestigt durch endlose Wiederholung. Auch die Schlangen waren Sklaven von Instinkt und Tradition.

Aber die Menschen sind nicht anders, rief sich Fraxinus gewissenhaft in Erinnerung. *Auch wir sind von dem lebenden Boden aufgenommen worden und auch wir unterliegen seinen rätselhaften Kräften. Den Bewohnern der Tiefe scheint es egal zu sein, dass wir aus einer anderen Welt stammen; sie gehen mit uns so gleichgültig um wie mit Schlangen und Salamandern und unterwerfen das menschliche Fleisch allen Arten seltsamer Metamorphosen. Jetzt schwebt unsere ganze Spezies in der Gefahr, weggedrängt zu werden, sowohl als Einzelwesen wie auch als Gesamtheit. Es reicht nicht, dass die Salamander ihren eigenen Mutterboden kontrollieren können; wenn wir als vernunftbegabte Wesen die Vorherrschaft auf der Welt behalten wollen, müssen wir den gesamten lebenden Boden unter unsere Kontrolle bringen – einschließlich der Weite der Dragomitenhügel und der Unendlichkeit der fließenden Steine. Wenn uns das nicht gelingt, werden die Bewohner der Tiefe schließlich eine Spezies erzeugen, die das kann: eine Spezies, die aus Fleisch und Stein, aus Salamandern und Schlangen, Dragomiten und Menschen zusammengesetzt sein wird. Warum haben uns unsere Urväter der Gnade einer Welt wie dieser ausgeliefert? Warum haben sie uns nicht alle weggebracht, sobald sie den Fehler bemerkten, den sie gemacht hatten?*

Er wusste natürlich, dass es auf seine zweite Frage drei mögliche Antworten gab. Vielleicht hatten die Urväter geglaubt, dass die Menschen gegen die Bemühungen der Bewohner der Tiefe obsiegen würden. Vielleicht hatten sie geglaubt, dass man den Bewohnern der Tiefe erlauben sollte, aus menschlichem Fleisch in Kombination mit allem anderen Fleisch, mit dem sie arbeiteten, das Beste zu machen. Vielleicht war es auch einfach nur zu spät gewesen, das, was sie getan hatten, rückgängig zu machen, und es war ihnen nichts anderes übrig geblieben, als ihre Kinder dem Schicksal zu überlassen, wie immer dieses aussehen mochte.

Die Überlieferungen bevorzugten natürlich die erste Antwort. Der *Überlieferung der Genesys* zufolge bestand der Sinn des menschlichen Lebens darin, das Böse zu bekämpfen, wo immer es angetroffen wird. Aber Fraxinus war inzwischen zynisch genug geworden zu erkennen, dass die Überlieferung genau dies sagen musste, selbst wenn es eine Lüge darstellen sollte. Wie sonst konnte sie die Taten ihrer Schöpfer rechtfertigen?

Mossassor zischte plötzlich. Fraxinus hatte genügend Zeit in Gesellschaft der Schlange verbracht, um dies als Warnung zu verstehen. Er ergriff die Halbpike, die er zur Verteidigung mit sich führte.

»Wo?«, fragte er.

Mossassor zeigte nach Nordwesten. »Dragomite isst fort«, sagte sie.

Fraxinus versuchte sich zu erinnern, ob die Dragomite, die auf der rechten Seite patroullierte, diejenige mit dem zusammengeflickten Bein oder die gesunde war, doch er war sich noch immer unsicher, als er bereits einen Schrei hörte.

Es war sowohl ein Wutgeheul als auch ein Wort und es lautete offenbar: »Nein!« Sie war vom Geklapper eisenbeschlagener Hufe begleitet.

Fraxinus wusste, dass Mossassor aus dieser Entfernung unmöglich der Dragomite Befehle geben konnte und dass Vaca Metra im Wagen schlief. Er hatte keine Ahnung, wie flexibel die Reaktionen der Kriegerin waren oder wie detailliert die Befehle waren, die Metra ihr gegeben hatte. Er konnte nur abwarten, was die Dragomite aus der Dunkelheit anschleppen würde.

Schließlich kam sie mit einem einzigen Körper heran, den ihre Kiefer fest umklammert hielten. Es war ein menschlicher Körper. Sie legte ihn mit erstaunlicher Sanftheit vor Fraxinus' Füßen ab. Es war ein Mann, anscheinend durch und durch menschlich; Fraxinus erkannte ihn sofort, obwohl er mit dem Gesicht nach unten lag. Es war Ex-Sergeant Purkin aus König Belins Zitadellengarde.

Fraxinus kniete nieder, legte die Hand auf den Hals des Mannes und tastete nach dem Puls. Nachdem er ihn gefunden hatte, suchte er den Körper nach tödlichen Wunden ab, wozu er ihn umdrehen musste. Purkin blutete aus einer Kopfwunde und der rechte Arm war unter dem Ellbogen gebrochen, doch beide Wunden waren ihm anscheinend bereits vor einigen Stunden zugefügt worden. Die Dragomitenkriegerin hatte Zurückhaltung geübt und ihm keine weitere Verletzung beigebracht. Ob der Grund darin lag, dass sie die Bedeutung des Wortes ›Nein‹ gelernt oder Purkins Geruch erkannt hatte, oder ob sie sorgfältig unterwiesen worden war, wusste Fraxinus nicht. Es machte keinen großen Unterschied. Die Kopfwunde war schlimm, und das zerschmetterte Glied war so verdreckt, dass es sich bestimmt entzünden würde. Soweit Fraxinus wusste, hatten weder Phar noch Ereleth die medizinischen Mittel, um ein brandiges Glied zu behandeln, und falls Phar eine Amputation versuchen wollte, bestand die Gefahr, dass er damit nur die Arbeit vollendete, die der Feind begonnen hatte.

»War allein«, sagte Mossassor, als die Dragomite wieder davongeeilt war. »Hat verssucht, unss ssu erreichen.«

Fraxinus versetzte dem Verwundeten eine Ohrfeige und versuchte dann, ihn aufzuheben. Purkins Bewusstlosigkeit konnte nicht tief gewesen sein, denn er kam recht schnell zu sich. Fraxinus schloss daraus, dass er entweder aus Angst oder Entsetzen ohnmächtig geworden war.

»Ich dachte, du wärest nach Hause unterwegs«, sagte Fraxinus. Es gelang ihm nicht, die Härte aus seiner Stimme zu verbannen.

»War ich auch«, erwiderte der Sergeant mit schwerer Zunge. »Mit euch hätte ich eine Chance gehabt.« Er schien nicht im Geringsten reumütig zu sein, doch er hatte Verstand genug, nicht allzu wütend zu klingen.

»Waren das die Wesen mit den Tierköpfen?«, fragte Fraxinus.

Das Sternenlicht war hell genug, damit er Purkins Nicken erkennen konnte.

»Wenn du dich mit uns zusammengetan hättest«, sagte Fraxinus, »wärst du in *unserer* Schlacht auf der Gewinnerseite gewesen.«

Dem auf dem Rücken liegenden Purkin gelang es immerhin zu sagen: »Ich weiß.« Fraxinus vermutete, dass dies dem Eingeständnis eines Fehlers so nahe kam, wie es dem Sergeanten möglich war. Nach einer Pause fügte der Verwundete hinzu: »Wie schlimm?«

»Schlimm«, bestätigte Fraxinus. »Phar wird besser als ich wissen, was zu tun ist. Kannst du aufstehen und zum Wagen gehen? Wenn Mossassor und ich dich tragen müssen, wird dein zerfleischter Arm noch stärker belastet.«

Purkin murmelte etwas, doch Fraxinus verstand es erst, als der Sergeant es noch einmal wiederholt hatte.

»Wartet nicht bis Tagesanbruch«, sagte er. »Zu viele, zu nahe.«

Fraxinus blickte zum schwarzen Horizont und fragte sich, wie viele Halbmänner dazu nötig waren und wie nahe sie sein mussten, um einen Mann wie Purkin dazu zu zwingen, das Risiko des Zusammenstoßes mit einer Dragomitenpatrouille auf sich zu nehmen. Das war nicht gerade ein beruhigender Gedanke.

»Sind noch andere da draußen?«, wollte Fraxinus wissen. »Hat sonst noch jemand überlebt?«

Purkin schüttelte den Kopf, doch Fraxinus traute ihm nicht genug, um als erwiesen anzusehen, dass er die Wahrheit sagte, selbst wenn er genau wissen sollte, ob er der einzige Überlebende war.

»Steh auf«, sagte Fraxinus. Seine Stimme war rau vor Bitterkeit. »Wenn du bis zum Wagen gehen kannst, wirst du vielleicht überleben.«

Zuerst sah es so aus, als wolle Purkin wieder den

Kopf schütteln, doch dann besann er sich eines Besseren. Er sagte: »Eine Minute.«

Als aber die Minute verstrichen war, bedeutete Purkin mit seiner heilen Hand, dass er nicht aufstehen konnte. Fraxinus musste den Drang unterdrücken, den Mann zu treten, doch schließlich nahm er den Sergeanten so sanft wie möglich bei den Schultern und winkte Mossassor zu, die gehorsam Purkins Beine anhob.

Von welchem Nutzen ist er für uns mit einem solchen Arm?, dachte Fraxinus, auch wenn er angesichts dieses Gedankens nicht gerade stolz auf sich war. *Es wäre besser, ihn hier für die Aasfresser liegen zu lassen, als mit ihm unsere Nahrung und unser Wasser zu teilen, während er auf der Schwelle des Todes hockt.* Laut sagte er nur: »Wenn du früher gerufen hättest, hättest du dein Pferd mitbringen können. Die Kriegerin hat es wohl nicht erwischt, denn sonst wäre sie bereits zurück.«

Purkin entschuldigte sich nicht. Fraxinus und die Schlange gingen schwankend auf den Wagen zu und trugen den Verwundeten zwischen sich. Purkin blinzelte das Blut fort, das nun wieder aus seiner Kopfwunde floss, aber er beschwerte sich nicht darüber, wie er behandelt wurde.

»Ich kümmere mich am besten selbst um ihn«, sagte Fraxinus mit einem Seufzer, als sie den Sergeanten über das Rückenbrett in den Wagen hievten. »Es hat keinen Zweck, Aulakh jetzt schon aufzuwecken. Ich weiß, wo die Wundsalbe ist.«

Mossassor entfernte sich von dem Wagen und suchte zuerst den Horizont ab, bevor sie hoch in den Himmel schaute, der im Norden und Westen von unbeweglichen Wolken eingerahmt wurde. »Wessen mit sseltssamen Köpfen werden nicht in der Dunkelheit kommen«, vermutete sie, auch wenn es sich dabei eher um reinen Optimismus als um eine vernunftgeleitete

Beurteilung handelte. »Angsst vor Dragomiten. Ssehr grossse Angsst.«

»Wir alle haben sehr große Angst«, erklärte Fraxinus und wünschte, er wäre von dieser Behauptung nicht so überzeugt. »Das Problem ist, dass keiner von uns weiß, wie man auf diese Angst reagieren soll – und wenn wir am Ende alle das Falsche tun, wird keiner von uns überleben.«

16

Lucrezia versuchte mit aller Macht, bei Bewusstsein zu bleiben, aber es gelang ihr bloß, ihren Aufstieg zum Dach des Waldes in einen kaleidoskopartigen Bilderstrom ohne Folgerichtigkeit oder Zusammenhang zu verwandeln. Die Fäden, die sie hochhoben und in sich aufsaugten, pressten ihre Arme gegen den Körper und umwickelten ihre Beine, sodass jede Bewegung praktisch unmöglich wurde. Sie wanden sich auch um ihr Gesicht, aber dort waren sie nicht so dicht und fest; sobald sie Lucrezia in sicherem Griff hatten, ließ das würgende Gefühl nach.

Als ihre Empfindungen wieder zusammenhängender und klarer wurden, erkannte sie, dass sie mitten in der Luft in einiger Entfernung von der nächst gelegenen lanzenähnlichen Baumspitze hing. Die Sonne ging unter, und obwohl die Flammensterne hell schienen, schwand das Licht schnell. Sie sah deutlich, dass sie hoch über dem unsichtbaren Boden schwebte, doch ihre unmittelbare Umgebung war bereits zu einer schrecklichen Wirrnis aus Glimmern und Schatten geworden.

Die Zweige, die sich von den spitzen Dendriten fortstreckten, waren großzügig mit schlaff herabhängenden Gebilden umkleidet, die wie gigantische Vorhänge aus Spinnenseide aussahen. Sie waren transparent, aber dennoch verwehrten sie Lucrezia den Durchblick. Sie wirkten viel zu schwach dazu, einen so schweren Körper wie den ihren in der Luft halten zu könnten, doch sie wusste, dass das nur eine Täuschung war, denn sie war in genau einem solchen Netz gefangen.

Als Lucrezia nach vielen beharrlichen Versuchen endlich den Kopf bewegen konnte, gelang es ihr, das Gesicht von fast allen Fäden zu befreien. Jetzt konnte sie nach unten schauen und erkannte dabei, dass ihr Körper – wie sie bereits vermutet hatte – so vollkommen umsponnen war, dass er im Grunde zu einem Kokon geworden war. Ihr erster Instinkt bestand darin, die Arme und Beine anzuspannen, um sich freizukämpfen, aber sobald sie festgestellt hatte, dass sie ihre Fesseln durchaus zu lösen vermochte, packte sie eine neue Angst. Wenn die Fäden, die sie in der Luft hielten, so schnell zerreißen konnten wie die auf ihrem Gesicht, wäre es äußerst unklug, um sich zu schlagen, da sie dann leicht in die düstere Tiefe fallen konnte. Sie hatte keine Ahnung, wie weit sie sich über dem Boden befand, und ob der Boden unter ihr nun besonders hart oder besonders weich sein mochte, eines war er gewiss: besonders gefährlich.

Sie sah nach oben, um zu erkennen, wie sie aufgehängt war und woran sie hing. Es war kein ermutigender Anblick; die Stränge, die von ihren Schultern ausgingen, wirkten gefährlich dünn und ihre Verankerung verlor sich in dem hauchzarten Gewebe.

Noch immer umschlossen einige klebrige Fäden ihren Kiefer und andere spannten sich noch über ihre Lippen, doch sie bewegte nun vorsichtig die Gesichtsmuskeln in der Hoffnung, wenigstens diesen Teil ihres Körpers freizubekommen. Das Band, das sie bis zur

Bewusstlosigkeit gewürgt hatte, wand sich anscheinend nicht mehr um ihren Hals. Dafür war sie anfänglich sehr dankbar, bis sie sich fragte, was die Entfernung dieses Bandes wohl bedeutete. Wenn es sie gerade genug gewürgt hatte, um ihr das Bewusstsein zu nehmen, und dann seinen Griff gelockert hatte, zeugte dies sicherlich von einem sorgfältig in die Tat umgesetzten Vorsatz.

Wenn dem so war, dann war sie gefangen genommen worden – aber von wem oder was und warum?

Nach einiger Zeit geduldiger Bemühungen hatte sie sich genügend Raum freigekämpft, um sprechen zu können, und sofort rief sie: »Hyry!«

Die Antwort kam von oben und hinten. »Bewegt Euch nicht zu schnell, Hoheit! Versucht nicht einmal, Euch zu drehen. Ich kann Euch sehen, aber wenn Ihr darum kämpft, mich zu sehen, werdet Ihr damit nur erreichen, dass sich die Fäden noch enger um Euch schließen… und wenn Ihr zu heftig versuchen solltet, Euch freizuarbeiten, könntet Ihr herunterfallen.«

»Bist du verletzt, Hyry?«, fragte Lucrezia. »Kannst du Ssifuss sehen?«

»Ich habe mir keine Knochen gebrochen«, erwiderte die Händlerin. »Ich glaube, Ssifuss ist entkommen, weil sie zu Fuß und nicht zu Pferd unterwegs war.«

»Hast du sehen können, was uns wie Fische an der Angelleine hier hochgezogen hat?«

»Alles, was ich sehen und fühlen konnte, waren immer mehr von diesen verfluchten Fäden, die von oben herabfielen – ganze Laken davon wogen durch die Luft. Ich vermute, dass sie so etwas wie Netze sind, aber ich habe nicht gesehen, wie jemand sie ausgeworfen hat. Über und unter uns gibt es viele von diesen Geweben, die wahrscheinlich von irgendwelchen Kreaturen gesponnen wurden, aber ich habe noch keine solchen Spinner gesehen – zumindest nicht klar und deutlich. Ich habe umherhuschende Schatten gesehen, konnte aber weder ihre Größe noch ihre Gestalt erkennen. Wenn es Spinnen oder etwas Ähnliches sind, reiße ich mich nicht gerade darum, ihre Bekanntschaft zu machen.«

»So viel zur Unfehlbarkeit einer Schlangennase«, sagte Lucrezia. »Wir hätten besser den anderen Weg genommen.«

»Er führte in denselben Stachelwald«, erinnerte sie Hyry. »Diese Menschenfischer werden ihre Angeln nicht nur in einen einzigen Fluss halten. Wenn sie ein Teil des großen Organismus sind, dessen Körper unter uns liegt, haben sie vermutlich die Fähigkeit, zwischen ihren Artgenossen und Fremden zu unterscheiden. Und falls sie nur eine günstige Gelegenheit abpassen, haben die menschenähnlichen Wesen, die diese Straßen benutzen, vermutlich Mittel und Wege, um sie sich vom Leib zu halten.«

Lucrezia folgte diesem unheilvollen Gedankengang nicht so genau, wie sie es hätte tun sollen. Ihr Geist füllte sich mit eigenen, schrecklichen Gedanken. *Wenn diese Netze von Spinnen gewebt wurden, wie groß müssen diese Spinnen dann sein? Leben wir nur noch deshalb, weil sie Frischfleisch bevorzugen?* Sie blickte wild um sich und suchte das Netz ab, das über ihr hing und dessen Bestandteile durch ihr eigenes Gewicht zu einem flachen Kegel verzerrt waren – aber es gab keine Anzeichen für eine Spinne, die am Rande des Netzes lauerte und bald auf die Erschütterungen reagieren würde, die durch Lucrezias Bewegungen ausgelöst wurden.

»Versucht, ruhig zu bleiben, Hoheit«, sagte Hyry. »Die Netze scheinen lebendig zu sein und auf unsere Bewegungen zu reagieren. Die einzelnen Fäden sind zwar meist dünn und können reißen, aber das Ganze ist erstaunlich stark – und es wird durch jeden Faden, den wir zerreißen, zur Tätigkeit angetrieben.«

Vielleicht gibt es überhaupt keine Spinnen, dachte Lucrezia. *Vielleicht müssen wir nur mit den Netzen ringen. Aber wenn das stimmt, was machen sie dann mit uns und warum? Wie sollen wir uns je befreien können?*

»Seid vorsichtig, Hoheit«, sagte Hyry. Ihre Stimme senkte sich zu einem eindringlichen, weithin hörbaren Flüstern. »Ich kann sehen, wie sich etwas bewegt, näher bei Euch als bei mir. Es ist hinter und über Euch. Haltet Euch ruhig; dann wird es vielleicht an Euch vorüberhuschen.«

Lucrezia konnte sich nichts Schlimmeres vorstellen, als gesagt zu bekommen, dass etwas hinter ihr sei und sie sich nicht umdrehen dürfe. Sie versuchte zu tun, was man ihr geraten hatte, und sich vollkommen still zu halten, aber sie konnte spüren, wie sich die zusammengeballten Fäden um sie herum verlagerten, als diese sich unter einem näher kommenden Gewicht dehnten. Sie ertrug es nicht mehr und versuchte den Kopf zu drehen, um zu sehen, was da auf sie zukam, doch sie schaffte es nicht weit genug, bevor die Fäden sich strafften. Was immer das Ding auch sein mochte, es war nicht so gewaltig, wie sie befürchtet hatte; sein Körper schien nicht größer als eine geballte Faust zu sein, auch wenn es lange Beine hatte, die in alle Richtungen tasteten.

Sie spürte eine plötzliche Berührung hinten am Hals, dann eine weitere. Sie wusste, dass die Kreatur sich mit winzigen Füßen nach ihr ausstreckte, von denen nun je einer auf jeder Schulter lag. Das Geschöpf stütze sich an ihr ab. Sie wollte seine Augen nicht sehen und nicht einmal wissen, was es war. Sie wollte es nur loswerden und es in die dunkle Tiefe stürzen, doch ihre Arme waren gefesselt.

Sie spürte einen leisen Stich hinten am Hals und dann eine Taubheit, die jegliche Empfindungen unterdrückte. Sie stellte sich ein obszönes Mundteil vor, das Blut aus ihren Adern saugte. Sie wollte Hyry zurufen und sie fragen, was los sei, doch ihr blieben die Worte im Hals stecken.

Das ist das Ende, dachte sie. *Ich muss sterben; mir wird das verfluchte Blut der Schlange ausgesaugt.*

Dann gab es einen leichten Schlag, und das, was leicht auf ihrer Schulter geruht hatte, wurde fortgewischt.

Lucrezia versuchte noch einmal, sich umzudrehen. Sie war überzeugt, dass nichts schlimmer war als die Unkenntnis dessen, was da vor sich ging, doch sie vermochte nichts zu erkennen außer einem viel größeren Schatten, der aus der Finsternis auftauchte, und selbst diesen konnte sie nur aus den Augenwinkeln heraus sehen.

»Ssei sstill«, zischte eine Stimme, die eindeutig nicht die von Hyry war. »Bisst ssicher, wenn sstill bisst.«

»Ssifuss?«, fragte sie, doch sobald sie diesen Namen ausgsprochen hatte, wusste sie, dass es nicht Ssifuss war. Dieses Wesen hier zischte in einer tieferen Tonlage.

»Sstill«, zischte die Schlange noch einmal so nahe an Lucrezias Ohr, dass sie den Atem der Kreatur spüren konnte. »Musss durchsschneiden, aber darf dich nicht fallen lasssen. Bisst ssicher, wenn du mir vertrausst. Sstill jesst.«

Es war nicht einfach, diesem Befehl zu gehorchen. Offenbar schnitt die Schlange gerade das dickste der Fadenknäuel durch, das Lucrezia umschlungen hielt, nämlich dasjenige, das sie an das Netz band und in Position hielt. Sie hatte keine Ahnung, wie die Schlange es geschafft hatte, nicht gefangen zu werden, oder wie sie sich der Kreatur entledigt hatte, die das Blut der Prinzessin hatte trinken wollen – und sie hatte ebenfalls keine Ahnung, wie die Schlange sie sicher auf den Boden zurückbringen wollte. Auf alle Fälle war ihre Rettung keine einfache Angelegenheit.

»Hyry!«, rief sie unsicher und leiser, als sie vorgehabt hatte.

»Alles in Ordnung, Hoheit«, lautete die gleichermaßen leise Antwort. »Es sind keine Feinde. Sie versuchen uns zu befreien, wenn es geht.«

Die Schlange streckte einen Arm aus, damit Lucrezia ihn sehen konnte. Sie war erstaunt über dessen Dünne. Mossassor und Ssifuss waren zwar weit davon entfernt gewesen, stämmig zu sein, doch dieses Individuum hier musste fast so schlank und leichtgewichtig sein wie die geflügelten Salamander, die sie im Riff gesehen hatte. Sie konnte sich nicht vorstellen, dass es ihr Gewicht zu tragen vermochte, doch es war nicht allein. Seine Gefährtin näherte sich aus einem anderen Winkel; Lucrezia beobachtete, wie die zweite Schlange gewandt an einem der Hauptfäden des über ihr hängenden Netzes entlangglitt. Sobald sie aber oberhalb von Lucrezia angekommen war, wurde diese unsanft umgestülpt, und all ihre Empfindungen versanken in einem plötzlichen Schwindelgefühl.

Einen Augenblick lang glaubte sie, dass die beiden Schlangen sie losgelassen hatten und sie sich im freien Fall befand, doch das war nur eine Illusion. Sie hielten sie gut fest, obwohl ihre eigene Position sicherlich gefährlich war. Lucrezias Abstieg erfolgte zwar nicht ohne Angst und Unbequemlichkeit, aber auch nicht allzu plötzlich.

Als sie schließlich den Boden erreicht hatte, wurde sie auf die Seite gelegt, während eine der schlanken Schlangen die Fesseln in Angriff nahm, in denen Lucrezia noch immer gefangen war. Die Kreatur besaß offensichtlich ein gewisse Geschicklichkeit im Umgang mit ihnen, denn sie befreite die Prinzessin weitaus schneller als erwartet. Der Untergrund, auf dem man sie abgesetzt hatte, war hart und anscheinend ungefährlich; sie vermutete, dass es die Straße war. Bald gelang es ihr, sich aufzusetzen und mit den eigenen Händen die verbliebenen Fäden von ihrem Gesicht zu entfernen.

Erst jetzt bemerkte sie Ssifuss, die in der Nähe wartete. »Freunde«, sagte sie, als Lucrezia sie ansah, doch die Schlange klang genauso überrascht und unsicher wie Hyry. Sie hatte nicht um diese Hilfe gebeten und war zweifellos erstaunt, dass sie sie erhalten hatte.

Da die Sonne bereits untergegangen war, herrschte hier unten eine unangenehme Dunkelheit; die zwischen den Baumspitzen umherflatternden Weben sperrten einen großen Teil des Sternenlichts aus. Lucrezias Blick hatte sich so gut wie möglich auf die Lichtverhältnisse eingestellt, doch es war schwierig, viel zu erkennen. Sie erhaschte nur einen flüchtigen Blick auf die beiden Schlangen, die jetzt Hyry Keshvara herunterbrachten, aber sie hörte sie, als sie den Waldboden erreicht hatten und sogleich in ihrer eigenen Sprache losredeten. Ssifuss gesellte sich zu ihnen und ließ Lucrezia allein. Sie wischte sich die Überbleibsel ihrer Fesseln ab.

Es gelang ihr, sich der meisten zu entledigen, aber nicht alle ließen sich entfernen. Einige von denen, die sich an ihr Hemd und ihre Hose geheftet hatten, waren nun so sehr mit dem sich auflösenden Gewebe der Kleidung verschmolzen, dass sie inzwischen einen wesentlichen Beitrag zum Zusammenhalt von Lucrezias Garderobe zu leisten schienen. Die übrigen Fäden waren nicht schnell genug gewesen, um sich mit ihrer Haut zu verbinden, doch als sie mit den Fingern über ihre Wange strich, konnte sie winzige Erhebungen ertasten, und sie musste nur auf ihre Handrücken schauen, um zu erkennen, worum es sich dabei handelte: Es war, als wüchsen plötzlich viele winzige, graue Haare auf ihrer Haut.

Sie legte die Hand an den hinteren Teil des Halses

und stellte fest, dass dort tatsächlich eine Wunde war, aus der Blut sickerte. Sobald sie diese Stelle berührt hatte, fiel die schützende Taubheit von ihr ab und wurde von einem Gefühl des Brennens abgelöst. Sie fragte sich, was wohl aus ihr geworden wäre, wenn das Wesen, das dabei gewesen war, sie auszusaugen, seine Mahlzeit hätte beenden können.

Sie begab sich an Hyry Keshvaras Seite und half der älteren Frau dabei, die Überreste ihres eigenen Kokons fortzuwischen. Das abstrakte Muster, das von denjenigen Fäden gebildet wurde, welche sich nicht fortwischen ließen, war am deutlichsten an den Wangen und dem Kinn der Händlerin zu sehen. Als Hyry ihre Handrücken untersuchte, stieß sie einen schwachen Laut des Ekels aus.

»Bei mir sieht es noch schlimmer aus«, sagte Lucrezia trocken. »Du wirst schließlich schon seit Jahren grau.«

Die Schlangen – einschleißlich Ssifuss waren es sechs – plapperten immer noch drauflos. Es war schwer zu sagen, ob die Neuankömmlinge Ssifuss Fragen stellten oder ihr Befehle gaben, doch sie schien große Schwierigkeiten zu haben, ihre eigenen Sätze auszusprechen, ohne andauernd unterbrochen zu werden.

Die kniende Lucrezia hatte Hyry gerade erst gefragt, ob sie ihren vampirhaften Besucher deutlich hatte sehen können, als sie plötzlich *alle* unterbrochen wurden. Sie konnte die Umrisse der Gestalten nicht erkennen, die da aus dem Dach des Waldes herabstiegen, doch sie hörte deutlich das Geräusch ihrer Schwingen, als sie auf die versammelten Schlangen zusurrten.

Die Schlangen zerstreuten sich, aber nicht in wilder Unordnung. Die vier Fremden begaben sich zuerst zu den Bündeln, die sie auf dem Boden zurückgelassen hatten, bevor sie sich an den Aufstieg gemacht hatten. Das Sirren der Flügel wuchs zu einem plötzlichen

Sturm aus. Die von dem Walddach herabsteigenden Kreaturen drehten sich ruckartig um. Zwei der Schlangen zündeten rasch ein Licht an, indem sie die winzigen Streichholzflämmchen an etwas hielten, das zischte und spotzte und harte, orangefarbene Funken in alle Richtungen versprühte.

Die fliegenden Funken brannten sternschnuppenartige Nachbilder in Lucrezias Gesichtsfeld und blendeten ihre an die Dunkelheit gewöhnten Augen. Die folgende Verwirrung und der Umstand, dass sie unbedingt den Kopf unten halten wollte, machten es ihr schier unmöglich zu sehen, was um sie herum geschah.

Später war sie sicher, dass es mindestens ein Dutzend Angreifer gewesen waren, aber sie wusste nicht, ob es sich um Fledermäuse oder Rieseninsekten gehandelt hatte oder ob sie so groß wie ein Menschenkopf oder nur so groß wie eine Faust gewesen waren. Um was für Wesen es sich auch immer gehandelt haben mochte – sie waren mit verblüffender Geschwindigkeit hierhin und dorthin gesurrt und hatten sich immer wieder auf die Köpfe der Schlangen gestürzt, doch die grellen, zischenden Lichter hatten sie verwirrt, und sie waren so schnell wieder in die Nacht abgedreht, wie sie aus ihr hervorgekommen waren. Als das Feuerwerk zu einem beständigeren Glimmen heruntergebrannt war, waren die Kreaturen verschwunden.

Die Schlangen nahmen sofort wieder ihr schnelles Gespräch auf. Es hatte für Lucrezia nicht den Anschein, dass sie sich stritten; Ssifuss nickte inzwischen heftig. Als eine Gesprächspause eintrat, hatte sich Hyry von den Fäden befreit und erhob sich versuchsweise. Auch Lucrezia stand auf und sah, dass eine der schlanken Schlangen sie abschätzend ansah.

»Von weit her«, sagte die Schlange und sah Lucrezia mit einem fragenden Blick an, auch wenn sie den Satz eher wie eine Feststellung denn wie eine Frage ausgesprochen hatte. Lucrezia starrte auf dieselbe abschätzende Art zurück und bemerkte, dass die Vielfalt der Musterung, die die schuppige Haut der Schlange sprenkelte, von den kürzlich erhaltenen Ausschmückungen noch gesteigert worden war, deren Ausmaß Lucrezias eigene Infektion in Form von einigen dünnen Streifen nur sehr leicht erscheinen ließ.

»Ja«, antwortete sie. »Ihr auch?«

»Müsssen vorssichtig ssein«, sagte die Schlange. »Andere von drausssen auch hier. Mörder. Grossse Eidechssen. Sschlimm.«

Lucrezia erinnerte sich, dass Ssifuss einige der Pflanzenfresser in den Sümpfen als ›große Eidechsen‹ identifiziert hatte, aber diese waren nicht besonders gefährlich oder böse gewesen. Sie sah nun Ssifuss an und hoffte auf eine eingehendere Erklärung.

»Pferde gut«, war alles, was Ssifuss sagte. »Aber bessser jesst nicht mehr reiten.«

Lucrezia wandte sich wieder derjenigen Schlange zu, die zu ihr gesprochen hatte. »Herzlichen Dank dafür, dass ihr uns gerettet habt«, sagte sie. »Ihr sucht nach dem Garten, nicht wahr?«

Die Schlange nickte. »Isst kein guter Boden«, sagte sie. »Andere noch sschlechter. Töten, Verwirrung… isst sschwer durchssukommen. Bin Lississee. Name Lucressia, ssagt Ssifuss.«

»Ich bin Lucrezia«, sagte sie zustimmend und betonte ihren Namen sorgfältig, auch wenn sie wusste, dass die Schlange bereits ihr Bestes getan hatte, ihn richtig auszusprechen. »Und das hier ist Hyry Keshvara.«

»Warum habt ihr uns gerettet?«, fragte Hyry geradeheraus. »Als ihr euch durch die Weben oberhalb des Bodens geschlagen habt, seid ihr ein ziemliches Risiko eingegangen.«

Lississee drehte den Kopf in Hyrys Richtung. »Ssind nicht wie *ssie*«, sagte sie erstaunlich gefühlsbetont. »Ssind *Freunde*.«

»Welche *sie* meinst du?«, fragte Hyry. »Die Reiter, die mit den Riesenschlangen ausziehen, um Gefangene zu machen?«

»Nicht ssie«, erwiderte die Schlange. »Meine *Flieger* – Eichdechssenmeisster. Nicht wie wir – am bessten vergesssen.«

Lucrezia erinnerte sich daran, dass Schlangen gut im Vergessen sein mussten. »Waren diese Wesen die Flieger, die du meinst?«, fragte sie und fuhr leicht mit der Hand durch die Luft, um zu zeigen, dass sie die erst kürzlich verschwundenen Kreaturen meinte.

Lississee schüttelte den Kopf. »Nicht ssie«, sagte sie ungeduldig. Sie suchte nach Worten, um eine bessere Erklärung geben zu können. Als sie keine fand, sah sie Ssifuss an, doch auch Ssifuss schüttelte den Kopf.

»Mossassor hat gesagt, dass wir zusammen nach dem Garten suchen sollen«, warf Hyry vorsichtig ein. »Menschen und Schlangen zusammen. Als Verbündete, nicht als Feinde.« Sie enthielt sich eines Kommentars über Ssifuss' anfängliche Haltung zu diesem Vorschlag.

»Sstimmt«, sagte die schlanke Schlange schnell. »Aber dass nicht gute Erde. Isst *unsser* Boden, aber nicht gut. Eure Erde vielleicht auch für unss bessser. Isst unss verssprochen worden.«

»Das hat Mossassor auch gesagt«, meinte Hyry. »Unsere Überlieferungen sagen dasselbe – aber niemand scheint zu wissen, wer was versprochen hat und wann und warum.«

»Vor langer Sseit«, sagte Lississee. »Nicht leicht, ssicher ssu ssein. Isst Mythoss, aber isst auch Wahrheit, versstehsst du? Glauben wir. Haben grossse Flieger gessehen, wisssen, dasss diesser Boden sschlecht isst, auch wenn er unsserer isst. Mythoss isst jesst leichter ssu glauben. Ihr ssucht auch, ssagt Ssifuss. Ihr wissst von Versssprechen – aber dass hier unsser Boden. Gefährlich. Vielleicht das Besste, wir unss abwenden.« Nachdem die schlanke Schlange diese Rede beendet hatte, richtete sie sich noch einen Sem höher auf, als sei sie wegen ihrer Beherrschung der menschlichen Sprache vor Stolz gewachsen.

»Auch wir suchen«, pflichtete Lucrezia ihr bei. »Zuallererst aber suchen wir nach unserem Freund. Er wurde vor einiger Zeit in den Bereich dieses Bodens gebracht. Ein großer Mann, viel größer als wir.«

Lississee schüttelte den Kopf. »Bösser Boden hier«, sagte sie. »Nicht sso sschlimm wie Boden, der Flieger produssiert, aber nicht gut. Unsser, aber sschlecht für unss. Gehen wohl bessser ssu eurem Boden. Dass isst unsser Plan. Isst Versssprechen – auch gut für unss.«

Lucrezia war nicht sicher, ob sie genau begriffen hatte, was die Schlange mit ihrem Gerede von *unserem* Boden sagen wollte, aber sie glaubte, dass sie einen Sinn darin finden konnte.

Sie sagte: »Wenn du das, was wir die *Wiege der Chimäre* nennen, als *unseren* Boden bezeichnest, dann ist es genau der Ort, wo wir hingehen wollen – aber zuerst müssen wir nach unserem Freund suchen. Wenn es noch eine Chance gibt, ihn zu retten, müssen wir sie ergreifen.«

Lississee schaute wieder zu Ssifuss herüber, die ihr wohl bereits von dieser Angelegenheit erzählt hatte. Sie schüttelte bedächtig den Kopf. »Isst nicht ssicher«, sagte sie. »Mörder vor unss. Bessser ssur anderen Erde gehen.«

»Ssie haben Angsst«, warf Ssifuss unglücklich ein. »Habe gessagt, isst Sschuld, aber jesst sschulden wir *ihnen* etwass. Isst sschwer. Ssie ssagen, Mythen ssind wahr – hier Erinnerung an alle Arten von Sschlangen, die bessser vergesssen. Ssagt, *wir* ssind jesst Krankheit, sschlimmer alss Mensschen, auch wenn Mensschen Krankheit gebracht haben. Ssagt, müsssen ssu besstem Garten gehen – *mensschlichem* Boden oder sso. Ssage, kann nicht, müsssen Andriss finden. Werde allein gehen, wenn nötig. Ihr ssagt dass Mossassor, wenn sie Garten erreicht.«

»Wir lassen dich nicht allein, Ssifuss«, erwiderte Lucrezia. »Ich verstehe zwar nicht, wie die Schlangen ihre Verpflichtungen berechnen, aber Andris hat mir mehr als einmal das Leben gerettet. Ich bin dir, Lississee, und deinen Gefährtinnen dankbar, aber ich muss zuerst zu *diesem* Garten gehen, wie unsicher das auch sein mag. *Dann* werde ich zur Wiege der Chimäre gehen, wenn ich es noch kann.«

Sie konnte Ssifuss' Reaktion auf diese Erklärung nicht abschätzen, doch Lississee sah ihre Gefährtinnen unsicher an und versuchte, ihre Reaktionen zu beurteilen. Zwei von ihnen sagten etwas; die anderen gestikulierten nur. Es schien keine wesentliche Unstimmigkeit zu geben.

»Isst entsschieden«, sagte Lississee zu Lucrezia. »Isst am bessten, wenn wir ssussammenbleiben. Alle gehen ssum Garten – aber müsssen unss vor Mördern in Acht nehmen. Wenn Boden …« Sie hielt inne, sah Ssifuss an und wartete darauf, dass die stämmigere Schlange ihr die fehlenden Worte vorsagte.

»*Sserfall und Verwessung*«, sagte Ssifuss auf eine Art, die geradezu unheimlich an Checuti erinnerte, von dessen Lippen die Schlange vermutlich diesen Fluch zum ersten Mal gehört hatte.

Lississee sah es verständlicherweise nicht als Fluch an. »Wenn *Sserfall und Verwessung* im Boden sstecken«, wiederholte sie zweifelnd, »dann ssind wir in grösssserer Unssicherheit alss vorher.« Sie hatte sich bereits angewandt, um ihr Bündel zu holen; auch ihre Gefährtinnen waren jetzt in Bewegung.

»Wir können nicht wisssen, ob überhaupt ein Boden ssicher isst«, fügte Ssifuss schnell hinzu. »Euer Boden isst vielleicht genausso sschlecht, Lucressia. Sselbsst wenn Mythen sstimmen, isst nichtss ssicher, nichtss gewisss. Vielleicht sschluckt dass Chaoss alless.«

Das war nicht gerade eine beruhigende Bemerkung, was die Fortsetzung ihrer Reise anbelangte, doch im Vergleich mit dem Schicksal, dem sie gerade entronnen war, schien Lucrezia jede andere Aussicht angenehm zu sein, und als sie fortging, um die Zügel ihres Pferdes zu ergreifen, war ihr Schritt so leichtfüßig, wie er nur sein konnte.

17

Als ihn die Reptilien mit ihren Zähnen und Dolchen anfallen wollten, handelte Andris. Er wünschte sich, er hätte seine Hände noch, und unternahm die größtmöglichen Anstrengungen, die Angreifer zu packen und festzuhalten. Seine Finger waren schon seit langem in Äste übergegangen, und er hatte keine Schultern und Ellbogen mehr, doch er machte Fortschritte in der Kunst, seine neuen Glieder zu winden, und war in der Lage, seinen Feinden Widerstand zu leisten. Das Gefühl der Unwirklichkeit, das ihn noch immer heimsuchte und ihn mit der Möglichkeit verhöhnte, dass alles nur ein Traum war, half ihm jetzt: Im Traum war alles möglich, und Fähigkeiten, die nie richtig ausgebildet worden waren, konnten trotzdem vorgetäuscht werden.

Leider waren die Signale, die sein gefangenes Gehirn aussandte, schrecklich verworren. Seine sinnlos gewordenen Instinkte und Reflexe waren noch immer in seinem Bewusstsein gespeichert, und der Druck des Kampfes drängte sie in den Vordergrund, sodass die Antwort auf den doppelten Angriff letztlich nur in einem verrückten und schlecht gezielten Umherschlagen mit seinen dornenbewehrten Ästen bestand. Er spürte, wie er traf, und wusste, dass er seinen Gegnern Schaden zufügte, aber er spürte auch die schlitzenden Klingen und schneidenden Zähne. Er war einige Zeit lang von jeder Empfindung des Schmerzes isoliert gewesen, doch jetzt brandeten Qualen durch ihn. Sie wurden von seinem Gehirn falsch interpretiert; es rief die Illusion hervor, dass sein alter Körper geschunden wurde, dass ihm die Haut in großen Streifen von den Armen gezogen wurde, während seine Gelenke ausgekugelt wurde.

Die bösartigen, schnabelähnlichen Schnauzen schnappten mit verwegener Brutalität nach seinem Gesicht. Wenn er nicht größer an Statur gewesen wäre als seine Artgenossen auf den Hängen, hätte Andris seine Augen nicht verteidigen können, doch die Neigung seiner gespreizten Zweige, aufgrund ihres Gewichts herabzuhängen, machte die fehlende Gewalt über ihre Bewegungen zu einem kleinen Teil wieder wett. Die Reptilien konnten sich keinen Weg durch das verworrene Gezweig bahnen; seine schiere Masse und die vielfältige Beschaffenheit hielten sie fern.

Obwohl die Schmerzen sehr stark waren, setzte Andris all seine Bemühungen für den Kampf ein. Allmählich hatte es den Anschein, dass er nicht mehr so zufällig und daher weitaus effektiver auf seine Feinde einschlug. Es war, als ob der qualvolle Kontakt mit den Angreifern Reflexe hervorrief, die bereits in seinen neuen Gliedern steckten und die kaum bewusster Befehle bedurften. Die wachsenden Spitzen wanden und krümmten sich, und die Dornen, die sie trugen, zerrissen das weiche Gewebe um die Nase der Bestien und bedrohten ihre wie irr starrenden Augen.

Andris versuchte, die herabbaumelnden Zweige noch tiefer zu senken und ihre Schlagkraft zu erhöhen. Er konnte nicht sagen, ob seine Anstrengungen viel zur Wirksamkeit seiner Verteidigung beitrugen, doch er sah, dass die Reptilien jetzt in ernsthaften Schwierigkeiten steckten. Ihre Artgenossen hatten den kleineren Baumleuten so schlimm zugesetzt, dass Andris nicht erwartet hatte, dass die Biester so verwundbar waren. Er begriff, dass seine dahingesagten Prahlereien mehr Gewicht besaßen, als er sich vorgestellt hatte; er hatte gewusst, dass er noch immer ein Riese war, aber er hatte nicht ganz verstanden, was das bedeutete. Seine Angreifer verletzten ihn zwar, aber die Wunden, die sie seinem neuen Körper beibrachten, waren viel unwesentlicher, als es aufgrund der Schmerzen den Anschein hatte.

Wenn die beiden Reptilien weiterhin gemeinsam vorgegangen wären, hätten sie ihm größeren Schaden zufügen können, doch es gelang ihnen nicht mehr, ihre Bewegungen zu koordinieren, und sie wurden unter den heftigen Schlägen seiner Glieder immer schwächer. Plötzlich war einer der beiden Angreifer ganz verschwunden.

Andris wusste nicht, ob es Arilla gelungen war, die Aufmerksamkeit des Ungeheuers von ihm abzulenken, oder ob es sich einfach ein leichteres Ziel gesucht hatte, aber sobald es fort war, hatte die allein zurückgebliebene Bestie kaum mehr eine Chance, dem Prügelregen Widerstand zu leisten. Sie teilte immer noch Bisse aus, doch ihre beiden Arme waren gebrochen und ihre Dolche somit nutzlos.

Das Reptil, das sein Ziel geändert hatte, hatte nicht viel mehr Glück. Arilla hatte ihre zahlreichen Glieder besser in der Gewalt als Andris, und sobald der Feind in Reichweite ihrer dornigen Auswüchse war, konzentrierte sie ihre ganze Kraft darauf, ihn niederzuschlagen. Innerhalb weniger Sekunden hatte sie die Kreatur in einer aus Zweigen gebildeten Schlinge gefangen und ihr beide Arme gefesselt. Nun zog Arilla sie hinauf in ihre luftige Krone. Das Wesen schrie laut auf.

Andris freute sich, als er diesen Schrei hörte, denn die meisten der anderen Schreie kamen von den Baumleuten auf den Hängen unter ihm.

Der Angreifer, der Andris weiterhin bedrängte, schwebte nicht in der Gefahr einer so schnellen Vernichtung, aber trotzdem war auch sein Schicksal besiegelt. Die Reflexe von Andris' umherpeitschenden Zweigen nahmen das Reptil arg mit; es wurde allmählich zu Tode geschlagen. Andris' Glieder zahlten einen hohen Preis für ihre ungeübte Zähigkeit, denn sie wurden von den Zähnen im umherdreschenden Kiefer des Wesens zerrissen und blutiger Saft regnete ihm wie aus einem Springbrunnen auf den Kopf.

Als Andris' Versuche, seinen ungewohnten Körper zu beherrschen, immer rasender wurden, wurden auch die Bewegungen seines Angreifers immer verzweifelter. Durch einen Dornentreffer verlor das Ungeheuer ein Auge, dann brach sein Genick unter dem zerschmetternden Schlag eines schwereren Baumgliedes. Es war kaum zu Boden gefallen, als Andris auch schon zwei weitere Reptilien auf sich zueilen sah.

Jetzt war Andris zuversichtlicher, dass er die Angriffe solcher Kreaturen abwehren konnte, doch es war ihm klar, dass sie seinem neuen Körper weiteren großen Schaden zufügen und ihm noch mehr Schmerzen bereiten würden. Als er die Neuankömmlinge sah, bestand seine erste Reaktion in der Hoffnung, dass Hilfe nahen würde, bevor sie ihn erreichten. Dabei dachte er an weitere Riesenschlangen oder Menschenimitate; er war überzeugt, dass der lebende Boden weitere Verstärkungstruppen in der Hinterhand hatte. Als tatsächlich Hilfe kam, war er zunächst der Meinung, er hätte Recht gehabt, doch dem war nicht so.

Die Reptilien, die sich ihm näherten, wurden nicht durch einen Gegenangriff versprengt und auch nicht von hinten niedergeschlagen; sie wurden *zurückgerufen* wie Jagdhunde. Als er aber die Kreaturen sah, welche die Reptilien befehligten, wusste er, dass seine Exekution nur einen Aufschub erhalten hatte. Es war keine Hilfe gekommen; die Schlacht war lediglich in eine neue und noch schrecklichere Phase eingetreten.

Die Neuankömmlinge mussten den Garten in aller Ruhe betreten haben, nachdem ihre Stoßtruppen den Weg für sie freigemacht hatten, aber sobald sie an ihrem Ziel waren, bewegten sie sich mit großer Schnelligkeit. Sie waren so reptilienhaft wie ihre Jagdhunde, sahen jedoch den Schlangen viel ähnlicher. Sie waren fast so groß wie Mossassor und Ssifuss, aber viel dünner und ihre Schwänze waren so schmal die die Peitsche eines Wagenlenkers. Die Farbe und das Muster ihrer schuppigen Haut glichen denen der Schlangen und ihre kleinen Lendenschurze ähnelten dem von Ssifuss. Aber andere Teile ihrer Anatomie hatten nichts Schlangenhaftes an sich. Ihre Köpfe waren humanoid, wenn auch nicht größer als die Köpfe von Neugeborenen. Sie hatten Lippen, die menschlich aussahen, aber ihre schlangengleichen Augen hatten nichts Menschliches an sich, und ihre Nase war so platt, dass man sie kaum erkennen konnte.

Das Bemerkenswerteste aber war, dass sie wie monströse Libellen hierhin und dorthin surrten und von schnell schlagenden Insektenflügeln in der Luft gehalten wurden.

Da diese Kreaturen so dünn waren, konnte Andris sich nicht vorstellen, dass sie weit zu fliegen vermochten. Er bemerkte, dass sie lange Beine hatten, die trotz ihrer Dünne muskelbepackt waren. Es war sich sicher, dass sie den Wald, der den Garten umschloss, nicht überflogen hatten, aber es war leicht einzusehen, dass die Flügel sehr hilfreich dabei waren, die vielen Fallen zu vermeiden, die der lebende Boden gestellt hatte.

Sie schossen so schnell durch die Gegend, dass es schwer war, ihre Anzahl zu schätzen, aber es waren auf alle Fälle mehr als zwanzig. Genauso schwer war es anfangs, deutlich zu erkennen, was sie taten, während sie zwischen dem Rand des Waldes und dem Garten hin und her pendelten – und die freie Sicht wurde noch erschwert durch große Wolken aus grauem Rauch, der von mindestens einem Dutzend der am tiefsten gelegenen Baumleute aufstieg. Ihre Schreie waren immer durchdringender geworden und erfüllten die Luft mit Qual und Pein.

Andris begriff dumpf, dass die fliegenden Kreaturen die Bewohner des Gartens verbrannten.

Das war kein leichtes Ziel, denn die zarten Flieger konnten nur kleine Gegenstände tragen. Außerdem mussten sie vorsichtig sein, damit sie nicht in Reichweite der sich spreizenden Zweige ihrer Opfer kamen, denn sonst würden ihnen sogleich die zarten Flügel gebrochen werden. Einige benetzten ihre Opfer mit einer leicht entzündlichen Flüssigkeit, während andere das Feuer brachten. Die Baumleute waren angesichts solcher Anschläge nicht gänzlich hilflos; diejengen, die noch unverletzt waren, konnten die Flammen ersticken oder sich wirksam vor der brennbaren Flüssigkeit schützen. Aber leider waren nur wenige unverletzt.

Soweit Andris sehen konnte, war kein Mensch und keine Riesenschlange mehr auf dem Posten. Auch gab es keine Anzeichen mehr von dem Wächter oder einem ihm ähnlichen Wesen. Er wusste, dass es Verstecke im Fels gab, in denen Dutzende von Geschöpfen dieser geringen Größe Unterschlupf finden konnten, aber er konnte sich nicht vorstellen, dass sich die Aufseher des Gartens dort versteckten, während dessen ortsgebundener Population ein so schrecklicher Schaden zugefügt wurde.

Andris war sowohl entsetzt als auch hilflos. Im Augenblick war er von dem Bewusstsein der Gefahr, in der er selbst schwebte, noch nicht überwältigt; es war der Anblick solch mutwilliger Zerstörung, der ihn ängstigte. Selbst wenn er noch der alte Andris gewesen wäre, hätten ihn die Schreie der bei lebendigem Leibe verbrennenden Geschöpfe zutiefst berührt; selbst dann hätte er gewusst, dass sie wie jedes andere gefühlsbegabte Wesen Stimmen und Gedanken und Empfindungen hatten. Der Umstand, dass er jetzt selbst einer von ihnen und auch selbst verletzt worden war, verlieh ihm ein besseres Verständnis des genauen Ausmaßes ihrer Qualen, aber die rohe Grausamkeit der angreifenden Flieger hätte er auf alle Fälle erkannt.

Das Grauen hielt ihn nicht von der Erkenntnis ab, dass die Flieger nicht nur mit Zerstörung beschäftigt waren. Wenn sie ihre behelfsmäßigen Bomben abgeworfen hatten und zurück zum Wald flogen, um neue zu holen, waren sie nicht mit leeren Händen unterwegs. Sie brachten sich sogar mehr als scheinbar nötig in Gefahr, indem sie sehr nah an einigen noch nicht in Flammen stehenden Büschen vorbeiflogen und manchmal unter die tiefsten Äste griffen und gewisse Gegenstände vom Boden auflasen.

Er erkannte, dass das, was sie auflasen, Früchte waren, welche die Reptilien während der ersten Angriffswelle von den Zweigen der halb menschlichen und halb schlangenhaften Bäume gelöst hatten. Das war wohl der Grund gewesen, warum die erste Welle der Reptilien sich nicht damit zufrieden gegeben hatte, die

Wächter des Gartens zu töten, sondern ihre selbstmörderischen Angriffe auf die Baumleute ausgedehnt hatte. Aber das ergab für Andris keinen Sinn. Er musste nicht der Sohn eines Obstbauern sein, um zu wissen, dass der einzige Grund, warum Bäume Früchte hervorbrachten, darin lag, ihre Samen zu verbreiten; es war für einen Baum wesentlich, dass seine Früchte aufgesammelt und gegessen wurden, sodass die harten Samen darin so weit wie möglich verstreut wurden. Es gab keinen offensichtlichen Grund für diese Marodeure, die Bäume, die die Früchte hervorgebracht hatten, zu vernichten; wenn sie sie haben wollten, hätte man ihnen sicherlich erlaubt – und sie vielleicht sogar noch großzügig ermuntert –, die Früchte einzusammeln und mitzunehmen.

»Warum?«, brüllte er. Er hoffte, dass Arilla ihn trotz des Lärms hören konnte. »Warum tun sie das?«

Ihre Antwort ging zum Teil in dem allgemeinen Aufruhr unter, doch er verstand die Worte ›Zerstörer‹ und ›Natur‹. Dann erinnerte er sich daran, dass seine Einschätzung von dem, was einen Sinn ergab und was nicht, auf seinem Verständnis des irdischen Lebens beruhte und dass er sich jetzt in einer ganz anderen Welt befand, in der die Fortpflanzungssysteme weitaus komplizierter waren.

Vielleicht besaßen die Früchte in dieser Welt eine andere Bedeutung – aber wenn das der Fall war, warum hatten dann die Bronzenen Früchte aus diesem Garten zusammen mit einem detaillierten Bericht über die Bedingungen für ihre erfolgreiche Aufzucht an Hyry Keshvara verkauft? Selbst ein Albtraum sollte einen besseren Sinn ergeben als das hier.

Die fliegenden Kreaturen wüteten jetzt weiter hügelaufwärts, aber ihr Vorgehen war nicht mehr so methodisch wie zuvor; sie wurden nachlässig. Andris schloss daraus, dass sie in Eile waren und wieder verschwinden wollten und zudem genau wussten, dass sie nicht jeden einzelnen Baum im Garten vernichten konnten. Die Feuer, die sie entfacht hatten, würden nicht in einer trägen Woge von Baum zu Baum überspringen und langsam mussten den Wesen die Brennvorräte ausgehen. Drei von ihnen waren bereits von rächenden Zweigen niedergeschlagen worden, während sie nach den zu Boden gefallenen Früchten gegriffen hatten, was zu dem Verlust von drei Vierteln der größeren Reptilien hinzugerechnet werden musste. Wenn sie den Angriff zu lange weiterführten, liefen sie Gefahr, so stark dezimiert zu werden, dass sie ihre Beute nicht mehr sicher nach Hause bringen konnten.

Natürlich war hier die Hoffnung der Vater des Gedankens, und Andris erkannte bald, dass seine eigene Sicherheit vor den Angriffen keineswegs garantiert war. Jetzt, da die Eindringlinge langsam an die Grenzen ihrer Möglichkeiten stießen, schien sich ihr Ziel zu ändern. Anstatt die Baumleute anzugreifen, die sich unmittelbar oberhalb derjenigen befanden, welche gerade erst in Brand gesetzt worden waren, überflogen einige der schlangenhaften Kreaturen nun die Bewohner des oberen Hügels und wandten sich Arilla und ihm selbst zu.

Die ersten kamen mit leeren Händen und hatten offenbar vor, Früchte aufzusammeln. Dieses Ziel führte dazu, dass sie ihre Aufmerksamkeit zunächst auf Arilla konzentrierten, denn Andris hatte noch keine Früchte hervorgebracht. Durch Arillas kurzen Kampf mit einem der flügellosen Wesen hatten sich nur ein paar überreife Früchte gelöst; die zwei, die Andris sehen konnte, hoben sich feuerrot gegen den moosigen Boden rings um ihren Stamm ab, und ihre niedrigsten Zweige befanden sich so hoch über dem Boden, dass diese Früchte einfache Ziele zu sein schienen.

Doch der Schein trügte. Als der erste der Flieger herabstieß, ließ Arilla ihre geschmeidigen Zweige mit tödlicher Kraft nach unten fahren und zerschmetterte die brüchigen Flügel der Kreatur. Eine andere folgte ihr unmittelbar nach und erlitt dasselbe Schicksal. Die tödlichen Schläge wurden mit einer solchen Präzision ausgeführt, dass Andris einen Jubelschrei ausstieß.

Der dritte Flieger, der zunächst vorgehabt hatte, seinen Gefährten zu folgen, änderte sofort seine Zielrichtung und schoß auf den beschatteten Raum zu, der unter Andris' eigener Krone lag. Es war ein dümmlicher Schachzug, denn es gab nichts, was dieses Risiko gerechtfertigt hätte. Andris schlug mit aller Kraft aus. Es war ein verzweifelter, unbeholfener Schlag, bei dem mehr Glück als Können im Spiel war, doch er war erfolgreich. Er spürte die Berührung, als seine Dornen die Flügel des Geschöpfes zerrissen und es zu Boden geschmettert wurde. Der Flieger schrie auf. Andris war froh über diesen Laut, auch wenn die unheimliche Ähnlichkeit mit einem menschlichen Schrei ein leicht besorgtes Erschauern in ihm hervorrief.

Die nächste Gestalt kam leider nicht mit leeren Händen – und sie hatte genug gesehen, um zu wissen, wer der gefährlichere Feind war. Sie schleuderte etwas tief in Arillas Krone. Andris hörte nicht, wie der Gegenstand zerschellte, doch er wusste, dass es sich dabei um einen zerbrechlichen Behälter handelte, und er wusste, was sich darin befand. Ein weiterer Flieger folgte dem ersten. Auch wenn Andris schrecklich verdreht war und die Rinde an seinem Stamm bereits knackte, weil er sehen wollte, was mit seiner Gefährtin geschah, versuchte er doch, seine längsten Äste nach ihr auszustrecken. Er hoffte, die flatternden Füße oder den Schwanz des Neuankömmlings zu erwischen, doch dieser warf seine Feuerfackel mit tödlicher Präzision. Das Blattwerk, mit dem Arilla sich abschirmen wollte, musste bereits erheblich beschädigt sein. Die Flüssigkeit, mit der sie übergossen war, fing Feuer.

Arilla schlug sofort mit ihren Zweigen wie wild um sich und wäre sicherlich in der Lage gewesen, das Feuer zu löschen, wenn nicht andere Flieger mit Nachschub an Flüssigkeit herbeigekommen wären.

Andris streckte sich und wollte sie einfangen, aber es gelang ihm nicht, bis Arilla einen von ihnen mit einem flüchtigen Schlag niederstreckte und er in Andris' Reichweite sauste, worauf er den Angreifer am Rücken erwischte. Dieser Treffer hätte einer robusteren Kreatur wahrscheinlich nichts ausgemacht, doch die Knochen des Fliegers waren so leicht und Andris' neue Glieder so schwer, dass das Geschöpf zerschmettert zu Boden ging.

Die anderen wandten sich ab und flohen; Arillas Früchte ließen sie unberührt. Einer aber nahm zwei von Andris' abgebrochenen Zweigen mitsamt den zerdrückten Blüten daran mit, als er fortsurrte.

Innerhalb einer Minute waren die Eindringlinge verschwunden; der Wald, der den Garten umschloss, hatte sie verschluckt. Das Vermächtnis ihres Besuches waren die anhaltenden Schreie, welche die brennenden Bäume ausstießen; nicht einer von ihnen war still.

Die lautesten Schreie kamen von Arilla. Sie schnitten nicht nur wegen ihrer Heftigkeit wie ein Messer durch Andris, sondern auch, weil sie ihn seine eigene, absolute Hilflosikeit spüren ließen. Er war jetzt stärker als je zuvor – trotz dem, was Seth in der Wirrnis seiner Träume zu ihm gesagt hatte, entwickelte er langsam Hoffnungen und Phantasien echter Unsterblichkeit –, aber er war in der Erde verwurzelt und unfähig, die zwanzig Met zu überbrücken, die ihn von seiner nächsten Nachbarin trennten… und es war ihm vollkommen unmöglich, ihr zu helfen, als die Flammen ihr allzu schwaches Fleisch umschlossen.

Er konnte sie nicht einmal mehr direkt ansehen, denn die Drehung seines Torsos wurde ihm unerträglich. Es blieb ihm nichts anderes übrig, als sich abzuwenden.

Die Schmerzen in seinem seltsamen neuen Körper ließen bereits nach; sie wurden reflexmäßig betäubt. Er kämpfte gegen die Schläfrigkeit, die sie ersetzte, aber trotzdem zog sie ihn tiefer und tiefer in den finsteren Strudel seines von der Wirklichkeit gesättigten Traumes, bis er sich jenseits allen Sehens und allen Hörens verloren hatte.

Der einzige Schrei, der jetzt noch in ihm widerhallte, war sein eigener, doch dieser war nie in einen wirklichen Laut gekleidet gewesen. Er war etwas Geheimes, ein Innerstes, eher Phantom als Wirklichkeit, eher Fluchtgedanke als innere Stimme – aber er war real und ehrlich.

18

Die Ladefläche des Wagens war dank Purkins Ankunft so unzumutbar überfüllt, dass Fraxinus der Versuchung nicht widerstehen konnte, eines der Reservepferde zu satteln und vorauszureiten. Nach so vielen Tagen im Innern des Karrens oder auf dessen Fahrerbank lag in der verhältnismäßigen Ungebundenheit des Reitens ein köstliches Gefühl von Freiheit. Zwar war er nun dafür verantwortlich, den Weg auszukundschaften und Ereleth vor möglichen Fallgruben zu warnen, doch das war ein vergleichsweise geringes Übel.

Die durchbrochene Wolke im Südwesten hatte sich kaum bewegt, und der Tag war so schön wie der gestrige, doch die steigende Sonne befand sich noch hinter ihm und er wurde weder vom Licht noch von der Hitze geplagt. Die beiden Dragomiten liefen ebenfalls dem Wagen voraus, aber sie hielten Abstand zu Fraxinus. Das Pferd, das er ritt, hatte noch immer große Angst vor den Kriegerinnen und wurde störrisch, wenn sie ihm zu nahe kamen.

Von den halb menschlichen Reitern, die dem Karren gefolgt waren, seit sie das Scharmützel verloren hatten, war nichts mehr zu sehen. Wenn sie der Expedition überhaupt noch folgten, waren sie entweder hinter den östlichen Horizont zurückgefallen oder hielten sich im grellen Glanz der Morgensonne verborgen. In jedem Fall hatte Fraxinus keine Angst mehr vor ihnen. Nun beschäftigte ihn mehr das, was vor ihnen lag.

Die Silbernen Dornen waren unverwechselbar. Sie erstreckten sich wie riesige Nadeln hoch in den Himmel und waren weitaus größer als die oberen Begrenzungen der kupferfarbenen Netze, die sich schwach um ihre Stämme abzeichneten. Die Spitzen der Dornen fingen das Licht auf eine Weise ein, die vorgaukelte, dass sie in Flammen standen. Selbst aus dieser Entfernung konnte Fraxinus erkennen, dass es dort, wo die Dornen am dichtesten zusammenstanden, eine Lücke in der geschwungenen Linie der großen Palisade gab. Für ihn sah es aus wie ein Tor: das Tor zum Handschuh der Freude. Wie weit sich das Nest des Phönix auch ausgedehnt haben mochte, der Handschuh existierte noch, und Fraxinus hatte guten Grund zu der Annahme, dass er sich bis nach Idun erstreckte – hin zur Wiege der Chimäre und dem Becken des Lebens.

Fraxinus war zu vorsichtig, um sich dessen allzu sicher zu sein, und er hegte die Befürchtung, dass vor ihnen noch weitere Schwierigkeiten und Kämpfe lagen, doch seine Entschlossenheit geriet deshalb nicht ins Wanken. Es war noch immer das größte Abenteuer seines Lebens und seiner Meinung nach ein Triumph, der alles andere in den Schatten stellte, was in Xandria in jenen Generationen erreicht worden war, an die man sich noch zurückerinnerte. Er hätte sich eine disziplinierte Gefolgschaft gewünscht, war aber nicht gänzlich unzufrieden mit dem abgerissenen Haufen, der ihm zur Verfügung stand. Er schloss immerhin eine Königin, eine Riesin und einen General ein, die allesamt der Geschichte noch mehr Würze verliehen, wenn und falls man sie in ehrfürchtigem Ton später einmal in der Getreidebörse von Xandria und den Tavernen an der Küste hinter der Mauer der Zitadelle erzählte.

Fraxinus tauchte so tief in diese Phantasien ein, dass es trotz seiner besseren Sicht Vaca Metra und nicht er selbst war, welche die herannahenden Reiter zuerst entdeckte. In diesem Licht waren seine Augen besser als ihre, und eigentlich hätte es ihm möglich sein sollen, die Reiter vor ihr zu identifizieren, aber es war wiederum sie, die einen Schrei ausstieß und rief, es seien Freunde.

Er beobachtete überrascht, wie die Dragomite, auf der Metra ritt, ihre Geschwindigkeit bis zum Maximum steigerte, während diejenige, deren verletztes Bein von Phar zusammengeflickt worden war, darum kämpfte, mithalten zu können. Es verging eine volle Minute, bevor Fraxinus begriff, dass sie eine Nestschwester erkannt hatten. Als er den zweiten Reiter erkannte, trieb er sein Pferd zu einem schnellen Trab an. Gnädigerweise bestraften ihn die gemusterten Steine nicht für seine Eile. Seine Freude schwand jedoch, als er sah, in welchem Zustand sich die Reiter befanden. Sie waren nicht wie Purkin verwundet, aber sie hatten offensichtlich gelitten.

Als Fraxinus Checuti zum letzten Mal gesehen hatte, war das Gesicht des Meisterdiebs noch rund und weich gewesen und sein Bart und Lockenhaar sorgsam gepflegt. Jetzt war der Mann eindeutig dünn und sein Gesicht von Narben und sonderbaren Wunden übersät. Seine Augen waren tief in die Höhlen gesunken und sein schwarzes Haar war verwildert. Jume Metra war schon immer dürr gewesen, und als Fraxinus sie das letzte Mal gesehen hatte, hatte sie ernst und stur auf ihn gewirkt. Jetzt sah sie wie ein Phantom aus und ihre Haut war wie von Pilzsporen gesprenkelt. Ihr Blick war unnatürlich leer, als sei sie nicht ganz bei Bewusstsein. Vaca Metras Zustand war nicht annähernd so schlecht, und Fraxinus fragte sich unwillkürlich, was sie wohl denken mochte, als sie auf ihre Schwester zurannte, die bereits abgestiegen war und die hinkende Dragomite begrüßte.

Checuti empfing Fraxinus mit einer Spur von Pomp. »Der König der Diebe heißt den König der Kaufleute willkommen«, sagte er mit krächzender Stimme, als sich die beiden Reittiere trafen und anhielten.

Fraxinus streckte die Hand aus und Checuti ergriff sie. Jetzt waren sie alte Freunde, obwohl Fraxinus wusste, wie wahrscheinlich es war, dass Checuti in Xandria zumindest teilweise auf seine Kosten reich geworden war. Fraxinus sah, dass auch die Hände des Diebes verletzt waren. Checuti entging seine Reaktion nicht.

»Es ist nicht so schlimm, wie es aussieht«, sagte der Meisterdieb krächzend. »Wir sind stark zerkratzt worden, als wir uns einen Weg durch die Bittersüßen Sümpfe gebahnt haben, und die Narben sind bei unserem Ritt um das Riff wieder aufgebrochen. Überall, wo wir hinkamen, gab es Wesen, die ganz wild darauf waren, sich an unsere Haut zu heften, aber sie haben uns nicht verletzt und scheinen auch nicht giftig gewesen zu sein. Ich bin zwar nicht mehr der hübsche Jüngling, der ich einmal war, aber noch bin ich kein Wrack.«

»Ist niemand sonst bei euch?«, fragte Fraxinus schnell. »Habt nur ihr beiden die Reise durch die Bittersüßen Sümpfe überlebt?«

Checuti versicherte ihm etwas weniger rau: »Meinen Informationen zufolge nach ist der Einzige, der definitiv getötet wurde, der Soldat Herriman. Ich befürchte das Schlimmste für Andris Myrasol, und ich fürchte, dass diejenigen, die ihm nachgeritten sind, sich in höchste Gefahr begeben haben, aber als ich sie zum letzten Mal sah, waren die Prinzessin, Hyry Keshvara und Ssifuss, die Schlange, am Leben und so wohlauf wie möglich. Jume Metra und ich haben die Route genommen, die ich für weniger gefährlich hielt, aber sie stellte sich als etwas schwieriger heraus, als ich vermutet hatte. Ich hoffe von ganzem Herzen, dass der Weg der Prinzessin und ihres Gefolges weniger schrecklich war, als es den Anschein hatte. Ich vermute übrigens, dass diese Kreaturen mit den Menschenkörpern und Affenköpfen nicht gerade eure Freunde sind, oder?«

»Was habt ihr gesehen?«, fragte Fraxinus, der von einem plötzlichen Frösteln ergriffen wurde.

»Ah! Also habt ihr sie getroffen. Sie sind vor wenig mehr als zwei Stunden in die große Prachtstraße eingebogen, kurz nach Anbruch der Dämmerung. Glücklicherweise hatten Metra und ich uns schon versteckt, nachdem wir von langbeinigen Krokoliden verfolgt und von riesigen Schlangen mit einer Haut wie aus Gemmen bedroht worden waren. Wenn man die Zeit hätte, sie einzusammeln, könnte man die Schlangenhäute in Xandria wahrscheinlich für ein kleines Vermögen verkaufen. Aber die größten dieser Monstren haben Fänge, die einen Fuß lang sind, und ich wollte die Behauptung, dass sie ungiftig sind, nicht unbedingt nachprüfen.«

»Diese Kreaturen mit den Affenköpfen – oder andere, die ihnen ähnlich sehen – waren hinter uns her«, sagte Fraxinus. »In der vergangenen Nacht sind sie über Purkins Männer hergefallen. Vielleicht haben sie es für das Beste gehalten, sich vor uns zu setzen, sobald sie sich über unsere Richtung im Klaren waren, und uns in einen Hinterhalt zu locken. Aber es ist auch möglich, dass sie eigene Angelegenheiten zu regeln haben. Du sagst, sie sind in die große Prachtstraße eingebogen? Ich vermute, das spricht wieder einmal dein Sarkasmus aus dir.«

»Nur ein bisschen«, gab Checuti zu. »Entlang der Biegung des Riffs stehen die Silbernen Dornen nur vereinzelt und mischen sich mit allen Arten von steinigen Gewächsen. Ihre kupfernen Artgenossen scheinen die Zweige nicht gerade halten zu können, denn sie winden sich auf entschieden exzentrische Weise in alle Richtungen. Entlang dieser seltsamen Straße ist das Reich der Dornen unangefochten und sie wachsen in regelmäßigen Linien und wirken wie Reihen von Wächtern. Es gibt noch andere Straßen, die auf das Zentrum zulaufen, aber sie sind gewunden und folgen den Wellen des verschrumpelten Bodens. Die Straße zur Wiege der Chimäre ist anders. Sie ist keineswegs so gerade wie der Pfeil, mit dem Prinz Myrasols Karte sie symbolisiert hat, aber ihre Kurven sind sanft und sie ist eben. Die Silbernen Dornen sind so ordentlich um sie herum angeordnet, dass sie eine Art Hecke bilden – oder vielleicht sollte ich es einen durchbrochenen Wall nennen, denn es ist herzlich wenig an ihnen, das irdischer Vegetation gleicht.«

»Die Gesprenkelte Wüste ist genauso«, sagte Fraxinus. »All ihre Bäume bestehen aus Stein und sind mit Gemmen übersät – und ich für meinen Teil habe zu viele Juwelenschlangen gesehen, als dass ich ihre Häute noch als wertvoll betrachten könnte, wie groß sie auch immer sein mögen. Also ist der Spalt da vorn wirklich eine Art Tor, das den Zugang zu so etwas wie einer Straße frei macht. Du sagst, es gibt noch andere Straßen?«

»Nicht von Menschenhand errichtet«, erwiderte Checuti rasch, »und auch nicht von Schlangenhand. Aber es stimmt: Es sind in gewisser Weise wirklich Straßen. Der lebendige Boden ist voller Fallgruben und Treibsand, und viele seiner steinernen Haare und Rückgrate sind mit Schleppnetzen ausgestattet; es erfordert große Vorsicht, wenn man in Sicherheit über seine Oberfläche reisen möchte. Der Boden will, dass Kreaturen wie du und ich – ganz zu schweigen von Ssifuss und Mossassor – über ihn ziehen, vorausgesetzt, wir gehen genau dorthin, wohin er uns führt. Was liest du daraus, o mächtiger Kaufmannsabenteurer?«

»Das ist bemerkenswert«, gab Fraxinus zu.

»In der Tat«, erwiderte Checuti. »Ich bin ein wenig auf der umzäunten Straße geritten und sie scheint so sicher wie jede beliebige Straße in Xandria zu sein – auch wenn sie ihren nicht zu knappen Anteil an Banditen und Aasfressern hat, wenn ich das, was du eben gesagt hast, richtig deute. Es ist fast so, als sei die Wiege der Chimäre entschlossen, Schutzmaßnahmen für ihre Besucher zu ergreifen und diese so gut wie möglich vor den Übergriffen des rivalisierenden Bodens abzuschirmen. Leider aber rät mir meine lange Erfahrung als Dieb und Patron der Diebe, mich vor Straßen in Acht zu nehmen, die allzu einladend sind. Diejenigen, die die größten Anstrengungen unternehmen, unvorsichtige Besucher in Versuchung zu führen, sind üblicherweise diejenigen, die keinesfalls vorhaben, sie wieder laufen zu lassen.«

»Wir beide haben in verschiedenen Welten gelebt«, meinte Fraxinus darauf. »In meiner sind es diejenigen, die etwas verkaufen wollen, welche die größten Anstrengungen unternehmen, Besucher willkommen zu heißen und sie höflich wieder aus dem Laden hinauszubegleiten, weil sie die oft übertriebene Hoffnung hegen, dass die Kunden wiederkommen.«

»Hast du jemals jemanden getroffen, der von der Wiege der Chimäre zurückkam und dem solch großzügige Einladungen noch in den Ohren klangen?«, fragte Checuti. Als Fraxinus nichts darauf antwortete, fügte der Dieb hinzu: »Ich auch nicht.«

Inzwischen war auch der Wagen bei den Reitern angekommen und die anderen wollten ebenfalls mit Checuti sprechen. Merel Zabio war schon heruntergesprungen und rannte auf ihn zu.

Vielleicht ist diese Welt ja doch für Diebe und nicht für Kaufleute gemacht, dachte Fraxinus. *Wenn dem wirklich so ist, dann ist es eine Tragödie – denn selbst den Dieben geht es dort am besten, wo die Händler erfolgreich Handel treiben.*

Mossassor folgte Merel Zabio. Die Schlange war ebenso neugierig auf Nachrichten von Ssifuss wie Merel auf Nachrichten von Andris Myrasol. Checuti war von seinem Pferd heruntergeklettert und auch Fraxinus war inzwischen abgestiegen. Er hörte dem kurzen Bericht aus zweiter Hand zu, den Checuti von Myrasols Heldentaten in den Bittersüßen Sümpfen und im Großen Riff sowie von Ssifuss' bewährter Unterstützung gab, doch als er genug gehört hatte, ging er zu der Stelle, wo sich Jume Metra und ihre Schwester noch immer umarmten. Sie ließen voneinander ab, als er sich näherte, blieben aber zwischen den beiden Dragomitenkriegerinnen, die ihre massigen Kiefer nun stolzer als seit vielen Tagen erhoben zu haben schienen.

»Ich freue mich, dass du unversehrt bist«, sagte Fraxinus zu der Hügelfrau, obwohl er sich nicht sicher war, ob *unversehrt* die richtige Bezeichnung für ihren Zustand war. »Eure Kriegerinnen haben uns ein dutzend Mal das Leben gerettet; ich wünschte nur, die ganze Truppe hätte überlebt.« Er war nicht ganz aufrichtig, denn er wusste genau, dass die Kriegerinnen schon vor geraumer Zeit ihren eigenen Belangen nachgegangen wären, wenn die ganze Truppe einschließlich der Arbeiterinnen überlebt hätte. Jetzt waren sie nur noch bei ihm, weil sie kein Nest mehr hatten, und er fragte sich unwillkürlich, ob sich diese Situtation nun vielleicht änderte.

Vielleicht hatte Jume Metra die Art seiner Bedenken erkannt; jedenfalls gab sie ihm schnell die für ihn wichtigste Information. »Alle Eier sind fort«, sagte sie traurig. »Und mit ihnen ist auch alle Hoffnung geschwunden.« Er hatte keine Zeit, sich über die erste Aussage zu freuen, denn die zweite beunruhigte ihn bereits wieder.

»Was werdet ihr jetzt tun?«, fragte er.

Jume Metra erwiderte seinen Blick auf eine Art, die er weder bei ihr noch bei einer ihrer Schwestern gewohnt war. Ihr verwüstetes Gesicht und ihr benommener Ausdruck zeigten noch ein wenig von der stolzen Entschlossenheit, die Fraxinus vertraut war. »Wir sind zusammen«, sagte sie. »Es gibt kein Nest mehr, aber wir sind zusammen und wir sind noch immer Kriegerinnen. Wir werden zusammen kämpfen und zusammen sterben. Das ist alles, was uns bleibt.«

»Ich hoffe, dass wir nicht sterben werden«, sagte Fraxinus milde. »Ich hoffe immer noch, dass wir das Herz des vor uns liegenden Gebietes erreichen und reicher als zuvor wieder aus ihm herausreiten werden – auch wenn unser Reichtum vielleicht nur in Weisheit bestehen mag.«

»Wir sind Kriegerinnen«, wiederholte Jume Metra. Ihre schwache Stimme stand im Gegensatz zur Bedeutung ihrer Worte. »Wir legen uns nicht hin und sterben, so wie müde Arbeiterinnen es tun. Wir kämpfen, bis wir sterben. Wir sind zusammen und werden zusammenbleiben bis zum Ende. Ihr habt für uns gekämpft und das werden wir euch nicht vergessen.«

Fraxinus hegte den starken Verdacht, dass sie ihre eigenen Absichten sorgfältig in den Jargon des Nestes übertrug und dazu den Code der Kriegerfrauen benutzte. Ob sie das nur wegen Vaca Metra tat, vermochte er nicht zu entscheiden, aber er war sicher, dass sie menschlicher und in ihrer Menschlichkeit durchschnittlicher war, als sie zugeben wollte.

»Danke«, sagte er. »Wenn wir nicht alle auf derselben Seite gestanden hätten, wären wir längst untergegangen, egal was bei der Brücke passiert wäre. Solange wir noch zusammen sind, haben wir meiner Meinung nach eine Chance. Die Straße zur Wiege der Chimäre liegt offen vor uns. Wenn uns die Halbmenschen eine Falle gestellt haben sollten, sind wir darauf vorbereitet. Jetzt können sie uns nicht mehr aufhalten.« Er wünschte, er würde sich so tapfer und zuversichtlich fühlen, wie er klang oder zu klingen versuchte. Dieses Zusammentreffen war ein freudiges, aber es wäre ein weitaus besseres Omen gewesen, wenn die beiden nicht so dünn und entstellt wären – und es wäre unendlich besser gewesen, wenn sich Hyry Keshvara und Prinzessin Lucrezia in ihrer Gesellschaft befunden hätten. Er wusste, dass Ereleth einen weitaus vollständigeren Bericht über das Schicksal der Prinzessin verlangen würde, und er fragte sich, wie Keshvara und Checuti überhaupt damit einverstanden gewesen sein konnten, getrennte Wege zu gehen – aber im Augenblick war der Meisterdieb vollauf beschäftigt.

Fraxinus kehrte zum Wagen zurück und führte Jume Metras Pferd, das sie ihm gern überlassen hatte. Es waren bereits intensive Verhandlungen darüber geführt worden, wer im Wagen fahren und wer reiten sollte, da jetzt mehr Pferde zur Verfügung standen. Shabir hatte eines für sich beansprucht, weil er angeblich der erfahrenste Kavallerist der Gruppe war – oder zumindest der erfahrenste, der noch beide Arme zur Verfügung hatte. Auch Aulakh Phar hatte eines für sich in Beschlag genommen, nur weil er eine gute Aussichtsposition auf die Silbernen Dornen haben wollte. Aus demselben Grund wollte auch Fraxinus sein Pferd nicht hergeben.

Als sie schließlich wieder loszogen, war Fraxinus unerwartet froh darüber, zu dritt in einer Reihe reiten zu können und Phar rechts neben sich zu haben. Es wäre noch besser gewesen, wenn sich Hyry Keshvara zu seiner Linken befunden hätte – und er hatte noch immer nicht ganz begriffen, warum sie nicht hier war, obwohl Checuti seinem Bericht inzwischen weitere Details hinzugefügt hatte –, aber im Augenblick war er mit der Situation zufrieden und konzentrierte seine Aufmerksamkeit auf die Straße vor sich.

»Jetzt geht es endlich los«, sagte er zu Phar. »Ich hatte gehofft, mit weitaus mehr Leuten und Vorräten hier anzukommen, aber wenigstens sind wir hier.«

»Andere waren vor uns hier«, erwiderte Phar nachdenklich. »Wir sind nicht die Ersten, die diesen Weg nehmen.«

»Wir haben sie bereits einmal besiegt, und wenigstens wissen wir, dass sie da sind«, betonte Fraxinus. »Wenn sie auch nur ein bisschen Verstand haben, werden sie uns in Ruhe lassen. Sie müssen immer noch der Ansicht sein, dass Dhalla unbesiegbar ist, und jetzt haben wir drei Leute mehr als zuvor.«

»*Sie* habe ich nicht gemeint«, sagte Phar. »Ich meinte all die Salamander und Schlangen und die anderen Menschen, die in den letzten Jahren durch dieses seltsame Tor geschritten sind. Wir kommen aus dem hohen Norden, und es sind mindestens zwei Jahre vergangen, bevor uns die Neuigkeiten erreichten, dass die Dragomitenberge jetzt passierbar sind. *Wir* stehen gerade am Anfang, aber die Zeit des Entstehens hat ihren Höhepunkt überschritten und läuft vielleicht ihrem Ende entgegen. Wir wären dumm, wenn wir glaubten, dass wir die Ersten sind, die auf dieser breiten Straße reisen, und Checuti hat uns korrekterweise daran erinnert, dass wir keiner einzigen Seele begegnet sind, die in die andere Richtung gereist ist – mit Ausnahme der Affenmenschen. Wenn *sie* von der Wiege der Chimäre kommen, dann haben sie nicht Weisheit von dort mitgebracht, sondern blinde und abscheuliche Blutlust.«

»Er hat Recht«, meinte Shabir. »Das hier ist ein Selbstmordkommando.«

»Warum bist du dann noch bei uns?«, wollte Fraxinus wissen. »Und warum ist Checuti bei uns?« Noch während er diese Frage stellte, kannte er die Antwort; er hatte sie schon von Jume Metra gehört, die sie in etwas keckere Worte gekleidet hatte.

»Es ist wie bei jedem Selbstmord«, sagte der General. »Selbstmord ist alles, was einem übrig bleibt, wenn alle anderen Möglichkeiten erschöpft sind. Wir wissen, dass wir nie mehr nach Hause zurückkehren werden – selbst diejenigen von uns nicht, die noch ein Zuhause haben.«

»Das steht nicht fest«, widersprach Fraxinus ihm. »Fest steht allerdings, dass wir schon sehr weit gekommen sind und noch ein langer Weg vor uns liegt. Wir gehören nicht zu den Leuten, die schnell aufgeben – kein Einziger von uns. In gewisser Weise sind wir alle Krieger.« Er hatte die Pflicht, dies zu sagen, denn schließlich war er der Anführer, aber trotzdem war es keine Lüge. Wie Jume Metra war er tatsächlich ein Krieger im besten Sinne des Wortes. Das waren sie alle. Sie waren zusammen und würden zusammen weitermarschieren, selbst wenn sie verwandelt aus der ganzen Sache herauskommen sollten – oder wenn sie gar nicht mehr aus ihr herauskamen.

19

Lucrezia war erleichtert, als sie über sich das helle Tageslicht erspähte. Die Dichte des ›Waldes‹, durch den sie wanderten, war bedrückend geworden. Trotz der ineinander verwachsenen Baumkronen war es nicht völlig dunkel, denn überall gab es ausgedehnte Flecken leuchtenden Mooses, doch dieses Licht war nicht im Geringsten tröstlich. Ihr schien es ein krankes Licht zu sein, das sie an einen Ausdruck erinnerte, den sie einmal gehört hatte: die Phosphoreszenz der Fäulnis.

Trotz ihrer glasartigen Härte schienen alle Teile des Waldes genauso stark von Zerfall überzogen wie die zerbröckelnden Mauern der seit langem verlassenen, baufälligen Hütten, die sie in den nördlichsten Gegenden des Schmalen Landes gesehen hatte. Auch wenn Lucrezia die Region, die sie nun durchquerten, noch immer als ›Wald‹ ansah, glich sie inzwischen eher einem Netz aus Tunneln, die in irgendeine feste Substanz eingegraben waren – aber es war nicht wie in einem Dragomitennest, dessen Tunnel warm und weich gewesen waren. Hier war nichts weich und nichts war warm. Der Körper der Dragomitenkönigin hatte ihre Schutzpflicht sogar dann noch erfüllt, als sie krank gewesen war und im Sterben gelegen hatte, doch dieser Ort hier war so weit wie möglich vom Herz der gewaltigen Kreatur entfernt, die vielleicht tief unter ihren Füßen hauste, und die Verwesung war außer Kontrolle geraten.

Dort, wo offenbare Anzeichen von Leben verblieben waren, war dieses gefährlich. Zwei von Lississees Gefährtinnen waren bereits in Fallgruben geraten, und es hatte beachtlicher Anstrengungen bedurft, um sie zu befreien. Wenn sie nicht Ssifuss und Hyry bei sich gehabt hätten, wären sie vielleicht verloren gewesen oder zumindest ernsthaft verletzt worden, doch zum Glück war Ssifuss viel stärker als ihre dürren Verwandten und Hyry war geschickter mit den Händen.

Angesichts all dessen und der Angst vor den nahen Fäden, die sich andauernd zu den anderen Parasiten auf der Haut zu gesellen drohten, war es kaum überraschend, dass Lucrezias Stimmung sich bei dem Gedanken hob, wieder hinaus in das Sonnenlicht treten zu können. Unglücklicherweise war ihre angenehme Vorfreude nur von kurzer Dauer. Beinahe im gleichen Augenblick, als sie in das Tageslicht trat, wurde sie jäh von einem Grauen gepackt, das intensiver war als alles, was sie in den leprösen Tiefen empfunden hatte.

Durch die ruhige Luft des Gartens trieb noch immer Rauch, auch wenn die Feuer bereits vor langer Zeit ausgebrannt waren. Die beißende Trockenheit stach ihr in die Nase, konnte aber den süßlichen Gestank von totem Fleisch nicht ganz überlagern.

Zuerst glaubte sie, dieser Geruch nach totem Fleisch steige von den Leichnamen auf, die zu allen Seiten verstreut lagen und bereits halb von dem geduldigen Boden aufgesaugt worden waren; es war, als versänken die Körper in einem zähflüssigen grünen Meer. Doch dann erkannte sie, dass diese nicht die einzigen Opfer der Katastrophe waren, die diesen Ort heimgesucht hatte.

Im Herzen jedes ausgebrannten Baumes stand noch ein schwarzer Strunk aufrecht, der von all seinen Blättern und den meisten seiner Zweige entkleidet war – und innerhalb der zersplitterten und verkohlten Borke befand sich Fleisch einer anderen Art: Fleisch, das selbst jetzt noch Flüssigkeiten absondern konnte. In die geschwärzte Borke waren Gesichter eingezeichnet: menschliche Gesichter, deren Münder in unterbrochenen Qualen weit offen standen, und einige Schlangengesichter mit gespaltenen Zungen, die aus schmaleren Mundhöhlungen heraushingen.

Lucrezia wusste, dass sie nicht so erstaunt sein sollte. Sie hatte solche Chimären schließlich bereits früher einmal gesehen und hatte erwartet, sie hier vorzufinden. Sie hatte genau gewusst, nach welcher Art Garten sie suchte – doch nichts, was sie bisher gesehen oder gekannt hatte, war in der Lage gewesen, sie auf den entsetzlichen Anblick der ausgebrannten Bäume vorzubereiten, von deren menschlichen Teilen noch etliche lebten – trotz der Verletzungen, die sie erlitten hatten. Die Augen des nächsten Baumes standen noch offen, aber sie konnten nichts mehr sehen; sie waren geblendet worden. Dennoch drehten sich die Augen langsam in ihre Richtung. Die verwundete Baumkreatur hatte die Gegenwart der Neuankömmlinge auf irgendeine Weise gespürt, aber sie gab keinen Laut von sich. Entweder war ihre Lunge versengt und zerfetzt oder sie kümmerte sich einfach um nichts mehr.

Lucrezia starrte die blinden Augen und den geschwärzten Körper einige Zeit lang an und erwog das Ausmaß dieser persönlichen Tragödie. Dann hob sie den Kopf und schaute den Hügel hoch. Die Tragödie multiplizierte sich erst mit zehn, dann mit fünfzig. Das Grauen wurde nicht wesentlich dadurch gemildert, dass es noch genauso viele Bäume mit prächtigem Grün wie geschwärzte Hülsen gab oder dass das lebendige Blattwerk umso üppiger war, je höher Lucrezias Augen den Hügel hinaufwanderten. Einige der Überlebenden trugen noch zerbrechliche weiße Blüten; andere waren mit kurzlebigen, hellroten Früchten beladen.

Sie schaute noch höher, auf die Spitze des Hügels, wo die beiden höchsten Bäume als schrecklich schlecht zusammenpassendes Paar standen. Der erste war schwarz wie Kohle; seine toten Äste streckten sich in alle Richtungen wie die schützenden Dornen einer Distel; der zweite war sattgrün und sein Stamm war bleicher als alle anderen in diesem Garten; er hatte die Farbe frisch geprägten Messings. Es war diese Farbe, die Lucrezias Aufmerksamkeit fesselte; mehr musste sie nicht sehen. Es machte nichts aus, dass die schreckliche Ahnung, die ihr in den Kopf sprang, in Anbetracht der wenigen Zeit, die seit der Schlacht im Riff vergangen war, kaum glaubhaft war. Sie *wusste.*

Sie rannte sofort los und kümmerte sich nicht um mögliche Fallen des moosigen Bodens. Sie sprang über die halb verdauten Leichname von Menschen, Riesenschlangen und unnatürlich langen Krokoliden. Sie hielt erst an, als sie unmittelbar vor den geschlossenen Augen des Baumes stand, und rief mit aller Kraft: »Andris!« Jetzt konnte sie seine Umrisse erkennen, und obwohl diese umgestaltet und neu verteilt waren, erkannte sie in ihnen den Bernsteinfarbenen. Der geweitete Mund war noch immer *sein* Mund und die breite Stirn *seine* Stirn.

Als er nicht antwortete, rief sie seinen Namen noch einmal und dann ein drittes Mal. Sie rief immer weiter, selbst als Hyry Keshvara sie zu beruhigen versuchte.

Schließlich zeigte ihr Schreien Wirkung. Welche neuen Sinne er auch erworben haben mochte – hören konnte er noch.

Nachdem sich seine schläfrigen Augen geöffnet hatten, starrte er sie mindestens dreißig Sekunden lang trübe an – so lange, dass sie sich bereits fragte, ob er überhaupt dazu in der Lage war, ihre eigenen, seltsam gemusterten Züge zu erkennen, oder ob er ihren Namen noch aussprechen konnte.

Schließlich aber fragte er: »Lucrezia? Seid Ihr das?«

»Ja«, sagte sie. »Ich habe ein paar zusätzliche Linien im Gesicht, aber es ist noch immer das meine.«

»*Das* weiß ich«, sagte er mit belegter Stimme. »Ich frage mich, ob Ihr bloß eine neue Einbildung aus meinem Traum oder ob Ihr Wirklichkeit seid. Ihr seid es nicht *wirklich*, oder?«

»Ich bin es wirklich«, versicherte sie ihm, auch wenn sie nicht wusste, wie sie ihm einen Beweis dafür liefern sollte, falls er sie darum bat.

»Keshvara?«, fragte er und sah an Lucrezia vorbei. »Ist das Ssifuss, die da den Hügel heraufkommt?«

Lucrezia machte sich nicht die Mühe, diese Beobachtung zu bestätigen. Sie sah auf den Kadaver herab, der schmerzlich langsam in den Boden unter Andris' verblüffender Krone hinabgezogen wurde. Sie konnte sein Gesicht nicht erkennen, doch der Körper sah aus wie der einer Schlange, wenn sie auch noch viel dünner als Lississee war und zerknitterte Flügel hatte. Die Tatsache, dass Lississee gesagt hatte, sie habe ›große Flieger‹ gesehen und dass dies ›unser Boden‹ war, erhielt plötzlich eine neue Bedeutung.

»Lucrezia?«, fragte Andris noch einmal. »Warum seid Ihr hergekommen?«

»Um dich zu retten«, antwortete sie mit unveränderter Stimme. »Es scheint, dass wir zu spät gekommen sind. Das tut mir Leid.«

Nun hatte sich Ssifuss zu ihnen gesellt. Lississee und die anderen Schlangen waren auf den unteren Hängen geblieben und stellten eigene Nachforschungen an.

»Zerfall und Verwesung!«, krächzte Hyry. Es schien so, als atme sie jetzt erst die Luft aus, die sie schrecklich lange in ihrer Kehle zurückgehalten hatte. »Das ist doch nicht möglich. Es dauert ein ganzes Leben, bis ein Baum so groß werden kann.«

»Anscheinend nicht, wenn er in lebendem Boden eingepflanzt ist«, murmelte Lucrezia.

»Boden voller plötzlichem Leben, das nach Ausdruck lechzt«, fügte Andris mit seltsam unsicherer Stimme hinzu. Es war, als taumele sein Bewusstsein am Rande des Deliriums. »Vielleicht habe ich das selbst verursacht, indem ich dem Garten seine anderen Strünke geraubt habe. Diese Schlachten, die wir für Venerinas Deisten geschlagen haben... Am Ende haben sie bloß meine Träume noch lebhafter gemacht und meine Verwandlung noch ausufernder. *Ihr* müsst doch die Ironie darin erkennen können, Prinzessin. Ihr habt lange gewartet, bis Ihr mich so sehen konntet, aber schließlich seid Ihr eine Prinzessin – die Welt selbst beugt sich vor Euren Launen.«

»Nicht!«, bat Lucrezia. Sie kämpfte die Tränen zurück: Tränen der Wut, Tränen der Bitterkeit, Tränen der Qual. Sie hasste sich, weil sie Andris' augenblicklichen Zustand früher einmal selbst hatte herbeiführen wollen. Sie hasste die ganze Welt, weil diese ihre Launen mit böswilligem Eifer angestachelt hatte.

»Tut mir Leid«, sagte Ssifuss. Sie befand sich bereits lange genug in menschlicher Gesellschaft, um in diese Worte echtes Gefühl legen zu können. »Ssollte sselbst verssucht haben. Dachte, wäre dass besste, Hilfe ssu holen. Tut mir Leid.«

»Ich glaube, es tut mir auch Leid«, erwiderte Andris zurückhaltend, »aber ich bin mir nicht sicher. Es ist genauso schwierig, die echten Gefühle von den falschen zu trennen, wie Traum und Wirklichkeit zu unterscheiden. Ich bin mir nicht einmal sicher, ob eine solche Unterscheidung sinnvoll ist. Ich bin nicht mehr der, der ich war. Ich weiß nicht genau, was ich *bin*, aber ich bin nicht mehr, was ich war. Das hier ist nicht mehr der alte Andris, der wie durch Hexerei im Holz irgendeines magischen Baumes gefangen ist – das ist der neue Andris. Anderer Körper, anderer Geist. Ich würde es euch gern erklären, wenn ihr so lange warten könnt, bis ich es mir erst einmal selbst erklärt habe.«

Lucrezia wollte ihm versichern, dass sie warten würde, aber sie konnte es nicht.

»Was ist hier passiert?«, wollte Keshvara wissen.

»Ah«, sagte Andris. »Einfacher Anfang; später wurde es immer komplizierter. Vielleicht werde ich auch das erklären können, wenn ich die Zeit habe, um mich zu sammeln. Zuerst kamen die tanzenden Krokolide; sie haben alles zerschnitten und zerbissen – dann kamen die fliegenden Eichdechsen und haben Feuerbomben geworfen. Wenn man bedenkt, dass sie gewöhnlich keinen Gebrauch vom Feuer machen, setzen die Artgenossen der Schlangen es erstaunlich gern als Waffe ein. Schade, dass wir nicht bis zum Feuer des Salamanders gekommen sind – das *Schlangenfeuer* hat uns in der letzten Zeit ziemlich schlechte Dienste erwiesen. Nicht deines, Ssifuss – auch nicht das deiner engeren Verwandten, sondern das der Artgenossen, die ihr so gern vergessen wolltet. Weißt du, das Vergessen war wahrscheinlich ein Fehler. Meine Artgenossen haben zwar nicht viel erreicht, indem sie sich erinnern, aber Vergessen ist auch nicht der richtige Weg. Vielleicht muss man sich in der Mitte halten, aber ich bezweifle, dass das jemandem schon einmal gelungen ist. Nicht hier… nicht auf *diesem* Boden.«

»Er phantasiert«, flüsterte Lucrezia Hyry ins Ohr. »Hier wird wohl jeder verrückt.«

Andris' Metamorphose hatte seinem Gehör nicht geschadet. »Ich nehme mir nur meinen gerechten Anteil am Wahnsinn der Welt«, gab er zurück. »Ich phantasiere nicht. Irgendwie ergibt alles einen Sinn. Ich behaupte nicht, dass uns dieser Sinn gefallen wird, aber es steckt eine gewisse Logik dahinter. Wenn ich genug Zeit hätte, könnte ich sie wohl herausbekommen – und jetzt ist es nicht mehr unmöglich, dass ich diese Zeit haben werde. Selbst wenn die fliegenden Schlangen zurückkommen oder andere in ihrem Kielwasser – selbst wenn ich in Stücke gehauen, zu Feuerholz zerhackt und zu Asche verbrannt werden sollte, bin ich jetzt ein Teil des Traumes, ein Teil der Phantasie des Bewohners der Tiefe. Ich werde nicht sterben. Ich bin nicht unsterblich im gewöhnlichen Sinn, aber ich bin nun ein Teil des Ganzen und werde das irgendwie auch bleiben. Selbst wenn der Krieg der Schlangen zu den Fliegern und nicht zu den Riesen getragen wird, werde ich ein Teil davon sein. Genau wie Ihr, Prinzessin. Vielleicht wird man Euch keinen Baum in Euer zartes Fleisch pflanzen oder Euch in den lebenden Boden einsaugen und Euer Fleisch und Eure Knochen verschlingen, doch in Eurem Blut war schon etwas Nichtmenschliches, lange bevor die Spinnen ihre Netze über Euer liebreizendes Gesicht gewebt haben.« Seine Stimme brach; vielleicht hatte seine Lunge einen Schwall beißender Luft von seinem toten Baumgefährten eingesogen.

»Versuch im Augenblick nicht, noch mehr zu sagen«, meinte Lucrezia, trat einen Schritt vor und hob die Hand zu einer Geste, die selbst ihr leer erschien.

Er beachtete sie nicht. »Wir sind nie *vollkommen* menschlich gewesen«, sagte er mit krächzender Stimme zu ihr. »Nicht seit dem Tag, da unsere Urväter auf diese Welt kamen, und auch schon vorher nicht. Bevor diese ganze Geschichte begann, waren wir jedoch rein menschlich und sonst gar nichts. Diese Welt ist nicht wie die, die uns geboren hat, und was die vergänglichen Überlieferungen die Welt der Träume nennen, ist in Wirklichkeit die Welt außerhalb des Traums, die Welt, die noch nicht ganz in den Traum hineingezogen ist. Wir stecken jetzt in ihm. Wir befinden uns in dem Traum und in dem Spiel, und auch wenn die Deisten das Innere nach außen und das Obere zuunterst kehren, wenn sie sich an den *Wandellosen* wenden, haben sie doch eine gewisse Vorstellung von der *wahren* Wirklichkeit. Ich wünschte, ich könnte jetzt zur Wiege der Chimäre gehen, aber das kann ich nicht. Sie kann nicht sehr weit von hier entfernt sein. Ich bin sicher, dass *ihr* sie erreichen werdet, wo ihr doch bereits so weit gekommen seid.«

»Isst nicht…«, setzte Ssifuss an, doch Andris war nun in Schwung gekommen und ließ sich nicht mehr so leicht unterbrechen.

»Schon indem ihr mir gefolgt seid, habt ihr mehr getan, als man hätte erwarten können«, fuhr er fort, »und dafür danke ich euch, aber jetzt könnt ihr nichts mehr für mich tun, und im Augenblick gibt es Dinge von großer Dringlichkeit, die ich nicht verstehe. Anscheinend ist die Zeit der Sammler vorbei und die Zeit der Mörder gekommen. Wenn ihr der Sache auf den Grund gehen wollt, solltet ihr keinen Aufschub dulden. Hoffentlich wollt ihr es, denn ich würde das Ganze wirklich gern verstehen. Wenn ich schon ein Baum sein und weiterleben muss, dann möchte ich lieber der Baum der Erkenntnis als irgendein gewöhnlicher Baum sein. Ihr seht, das ist immer noch mein Problem: Ich habe nie vergessen können, dass ich einmal ein Prinz war, und ich habe nie akzeptieren können, dass meine Größe nur Zufall ist. Immer diese Ambitionen, immer diese Verblendungen… und jetzt: die größte Verblendung, gekrönt von der höchsten Ambition. Der Traum, dass ein Mensch alles sein kann; der Traum, dass alles einen Sinn ergibt; der Traum, dass nichts absurd ist… Ich würde Euch gern etwas fragen, wenn ich darf. Werdet Ihr mir eine Gefälligkeit erweisen, Prinzessin, so wie es in den Geschichten der Reisenden die Prinzessinnen aus Macht und Gnade immer tun?«

Dieser Wortschwall war zu viel für Lucrezia gewesen; sie hatte den roten Faden schon lange verloren. Alles, was sie sagen konnte, war: »Was?«

»Kommt zurück und berichtet mir, was Ihr gefunden habt. Das wüsste ich nur zu gern. Ich kann nicht behaupten, dass ich es wissen *muss*, aber ich wüsste es halt gern. Vielleicht muss ich es ja doch wissen – zumindest könnte es für mich selbst wichtig sein.«

»Vielleicht ist das eine dumme Frage«, sagte Hyry Keshvara, die Lucrezia absichtlich das Wort abschnitt, »aber gibt es eine Möglichkeit, den Prozess rückgängig zu machen? Gibt es einen Weg, dich wieder in das zu verwandeln, was du vorher warst?«

»Nein«, sagte Andris. »Der Boden vermag vieles und vielleicht sogar das, wenn er das Bewusstsein seiner selbst hätte und in der Lage wäre, seine Energien zu leiten, aber das kann er nicht. Er hat so etwas wie Gedanken und so etwas wie Absichten, aber er hat keine Stimme und kann nicht auf Bitten oder Fragen antworten. Vielleicht sollte ich das stärker bedauern, als ich es tue, aber die Natur des Traumes macht das schwierig. Es ist natürlich nicht wirklich ein Traum – es ist nur so, dass sich mein Geist zusammen mit meinem Körper ändert –, aber ich sehe keine andere Möglichkeit, wie ich sonst über diesen Zustand nachdenken oder darüber reden sollte. Ich vermisse mein altes Selbst, aber ich kann mein neues Selbst nicht so sehr hassen, wie es mein altes Selbst getan hätte. Wisst ihr, ich bin mein ganzes Leben lang ein Wanderer gewesen. Praktisch ohne Wurzeln. Bin immer weiter gegangen, ohne ein Ziel im Kopf zu haben, ohne wirklich etwas erreichen zu wollen. Das hier ist nur ein weiterer Schritt – wieder ein Sprung ins Ungewisse. Mit der Ausnahme, dass es diesmal wirklich das Ungewisse ist und nicht nur eine weitere Stadt und ein weiteres Gefängnis und eine weitere Unendlichkeit auseinander brechender Decken und verrottender Wände.«

»Du musst nicht alles auf einmal sagen«, meinte Lucrezia. »Wir haben Zeit. Wir müssen uns ausruhen. Wir haben genug Zeit.«

»Nein«, versicherte Andris ihr. »Ihr habt vielleicht alles andere, aber keine Zeit. Der Höhepunkt eilt uns entgegen. Das Schicksal nähert sich uns schnell. Bedenkt aber, dass das nicht so schlimm ist, wie es sich anhört. Das Schicksal ist nicht gütig, genauso wenig wie das Schlangennest, in das ich mich verlaufen habe, aber es ist auch nicht bösartig. Ich glaube, ich kann ertragen, das zu sein, zu dem ich nun werde, und wenn ich mein jetziges Dasein auch vielleicht nicht mag, kann ich mich doch in einen Geisteszustand versetzen, aus dem die Idee des Mögens völlig verbannt ist. In einem Traum kann man das tun und das hier ist ein Traum. Ihr müsst nicht um mich weinen oder euch quälen, weil ihr mich nicht vor diesem Schicksal errettet habt. Ihr schuldet mir nichts und ihr habt mir nie etwas geschuldet, aber wenn ihr etwas für mich tun wollt, dann kommt zu mir zurück, wenn ihr bei der Wiege der Chimäre wart, und sagt mir, was dort vor sich geht. Das würde ich wirklich gern wissen. Vielleicht werde ich dann in der Lage sein, euch zu erklären, in welchem Zustand sich diese Welt jetzt befindet und was aus ihr werden wird. Ich kann es beinahe sehen, aber Sehen ist nicht genug. Man muss die Möglichkeit haben, es zu durchdenken. Tut mir Leid, Keshvara, aber du hast Recht. Ich *phantasiere*. Das sollte ich nicht tun.«

Hyry war von seinem Eingeständnis überrascht. »Mach dir keine Sorgen deswegen«, erwiderte sie abwehrend.

Nun kamen Lississee und die anderen Schlangen hinzu; sie hatten die Untersuchung des unteren Hanges abgeschlossen.

»Isst nicht sso sschlimm«, sagte Lississee. »Nicht

für unss. Nicht ssicher, aber sschwach. Ssicher genug, wenn Flieger nicht ssurückkehren.«

»Sie haben bekommen, was sie wollten«, sagte Andris.

»Was wollten sie denn haben?«, fragte Lucrezia schneller als alle anderen.

»Früchte«, antwortete Andris. »Früchte und mutwillige Zerstörung. Sie wollen natürlich nicht, dass sich die Früchte in diesem Boden fortpflanzen. Sie wollen deren Zeugungskraft für ihren eigenen Boden verwenden. Hier steht Schlange gegen Schlange – ich vermute, dass es anderswo anders ist.«

»Sind denn diese geflügelten Wesen und nicht die Riesenschlangen die ausgewachsene Form der Schlangen?«, fragte Hyry Keshvara.

»Beide«, sagte Lississee.

Jetzt verstand Lucrezia, was die Schlange meinte, wenn sie von diesem Ort als ›unsserem Boden‹ sprach. Es gab mehr als eine Metamorphose, der die ›juvenilen‹ Schlangen unterworfen waren; vielleicht gab es sogar Dutzende. Aus diesem Grund mussten die Schlangen so gut im Vergessen sein: Sie mussten dem Drängen ihres Fleisches widerstehen, das – zumindest gelegentlich – versuchte, sie zur unerwünschten Reife zu verführen. Dieser Zustand war nicht nur deshalb unerwünscht, weil er Dummheit bedeutete, sondern auch, weil die erwachsenen Arten in einem gewalttätigen, ewigen Existenzkampf gefangen waren.

»Gibt es im Augenblick etwas, was wir für dich tun können, Andris?«, fragte Lucrezia. »Können wir dich mit irgendetwas versorgen?«

Der Ausdruck in seinen Augen war schwer zu deuten, auch wenn sein Gesicht noch erkennbar und nicht eine so groteske Karikatur seines früheren Selbst war, wie es bei ihr oder Hyry der Fall gewesen wäre, wenn sie in Bäume verwandelt worden wären. Er hatte aber immer die Fähigkeit besessen, ein Rätsel zu sein. Alle Bernsteinfarbenen waren so – zumindest in den Augen der Goldenen.

»Ich weiß es nicht«, sagte er nach einer kurzen Pause. »Mir ist klar, dass es absurd klingt, aber ich weiß es wirklich nicht. Es ist so einfach zu träumen; da ist es schwer, sich auf etwas so Triviales wie Wünsche zu konzentrieren.«

Es könnte schlimmer sein, sagte Lucrezia zu sich selbst. *Er könnte ein geschwärzter Leichnam sein. Er könnte von Angst und Schrecken aufgefressen werden. Er könnte vollkommen verrückt und zu keinerlei Gedanken mehr fähig sein. Sind wir denn besser dran, wenn man bedenkt, dass der fremde Boden auch in unser Fleisch eindringt? Trotz allem stehen wir noch auf derselben Seite… und wir sitzen im selben Boot. Er hat Recht. Wenn man in einer so seltsamen Welt wie dieser umhertreibt, ist es schwer, sich auf etwas so Triviales wie Wünsche zu konzentrieren.*

Wenn es nicht so schwierig gewesen wäre, hätte sie sich gewünscht, irgendwo anders und bloß nicht hier zu sein; doch so, wie die Dinge standen, war es nicht einmal einfach, ihre eigene Erschöpfung zu spüren.

»Wenn es möglich sein sollte, werde ich hierher zurückkommen«, versprach sie und meinte jedes ihrer Worte ehrlich. »Was immer auch geschieht – wenn ich bei der Wiege der Chimäre war, werde ich tun, was ich kann, um zurückzukommen. Verlass dich darauf.«

20

Andris wusste nicht, was er angesichts der Ankunft von Lucrezia, Ssifuss und Hyry Keshvara im Garten empfinden sollte. Er war noch nicht ganz davon überzeugt, dass sie nicht doch nur reine Phantasiegeschöpfe seiner Einbildungskraft waren, die er unbewusst heraufbeschworen hatte, um sich nach der Verwüstung des Gartens Trost zu spenden. In gewisser Weise schien aber die Möglichkeit, dass sie doch real waren, noch merkwürdiger zu sein als die Möglichkeit, dass er sich völlig in seinen Traumgespinsten verirrt hatte.

Er wusste nicht, ob Hyry und Lucrezia hier in Sicherheit waren, auch wenn er ihnen im Schutz seiner ausgebreiteten Krone Zuflucht gewähren konnte. Er hatte die Wahrheit gesagt, als er davon gesprochen hatte, dass er sich mit seinem neuen Seinszustand abgefunden hatte, aber er wollte auf keinen Fall, dass sie dasselbe Schicksal erlitten. Er hegte jedoch den Verdacht, dass sie in noch größerer Gefahr schwebten, wenn sie von hier fortgingen. Er war davon überzeugt, dass die Zeit des Entstehens ihren Höhepunkt erreicht hatte und damit auch den Höhepunkt ihrer Gefährlichkeit. Jedoch war er sich auch bewusst, dass die Zeichen auf ihren Gesichtern möglicherweise andeuteten, dass es für sie bereits zu spät war – dass sich das fremde Fleisch schon in ihnen ausgebreitet hatte und diese allmähliche Besitzergreifung unumkehrbar war.

Jetzt, da Arilla zum Schweigen gebracht, aber noch nicht vollkommen vernichtet worden war, hatte Andris das Gefühl, als sei er ganz allein in dem Garten. Keshvara hatte sechzig Überlebende unter den Baumleuten an den Hängen gezählt, aber niemand davon war in der Lage, bequem mit ihm ein Gespräch zu führen, und niemand war geneigt, es auch nur zu versuchen. Hyry zufolge schienen die meisten von ihnen die Fähigkeit zur intelligenten Unterhaltung aufgegeben zu haben. Vielleicht war es ihnen nicht gelungen, diese Kunst während ihrer anfänglichen Umwandlung beizubehalten. Sie konnten schreien und murmeln, aber nichts Sinnvolles reden.

Die schlanken Schlangen, die sich mit Lucrezia und Ssifuss zusammengetan hatten, hatten Wasser und Nahrung gefunden, die sie in der Sicherheit der Verstecke verzehren konnten, in denen ihre riesigen Artgenossen untergebracht gewesen waren; also litten sie keine Not. Es war ihnen gelungen, sich in den Höhlen bequeme Lagerstätten zu schaffen, die vor unwillkommener Gesellschaft sicher waren. Wenn einige der beweglichen Diener des Gartens das Massaker überlebt hatten, waren sie fortgezogen, bevor Lucrezias Gruppe eingetroffen war.

Während Lucrezia und ihre Gefährtinnen ihr Behelfslager aufschlugen, überließen sie Andris seinen Sorgen, doch bald kehrte die Prinzessin zu ihm zurück. Inzwischen war es ihm gelungen, seine Gedanken in eine logische Reihenfolge zu bringen, und er war nicht mehr so hellwach gewesen, seit er zum ersten Mal gefangen genommen worden war. Er war entschlossen, die Launen seines Traumes zu kontrollieren und sich selbst so eingehend zu disziplinieren, dass Lucrezia ihm einfach glauben musste, dass er sich grundsätzlich nicht verändert hatte und kein Mitleid brauchte. Er war nicht sicher, warum er das Gefühl hatte, er schulde ihr das, aber so war es nun einmal.

Die Prinzessin erzählte ihm von der Wunde, die sie aus der zweiten Schlacht davongetragen hatte, und wie die Kombination aus der Wundsalbe und der Behandlung des Arztes sie einige Tage lang in einen tiefen, aber oft unterbrochenen Schlaf geschickt hatte. Sie berichtete ihm von ihrem Treffen mit Jume Metra, von ihrer Wiedervereinigung mit Checuti und von ihrer Freude, als sie entdeckte, dass Hyry Keshvara unter den befreiten Gefangenen war. Sie sagte ihm, dass Checuti und Metra ausgezogen waren, um sich mit Fraxinus zu treffen, nachdem ihnen von fliegenden Salamandern versichert worden war, dass er sich wieder auf den Weg gemacht hatte. Sie berichtete ihm auch, was Hyry Keshvara ihr über Merel Zabios Genesung von ihren eigenen Wunden erzählt hatte, und über ihre Reise nach Antiar.

»Fraxinus hat noch zwei Dragomitenkriegerinnen und Dhalla«, fasste die Prinzessin für Andris zusammen. »Es ist sehr wahrscheinlich, dass Jacom Cerri, Aulakh Phar und Merel mit Amyas, dem Bronzenen, nach Süden gegangen und dabei von den Söldnern beschützt worden sind, und dass sie sich inzwischen wieder Fraxinus angeschlossen haben. Wenn es noch möglich sein sollte, die Wiege der Chimäre auf dem Weg über den Handschuh der Freude zu erreichen, werden sie es sicherlich tun.«

»Das sind wirklich gute Nachrichten«, pflichtete Andris ihr bei. »Ihr seid Helden, jeder Einzelne von euch. Wer hätte gedacht, dass wir so vieles sehen und überleben würden? Was für eine Geschichte Ihr und Keshvara erzählen könnt, wenn Ihr nach Xandris zurückkehrt!« Er hatte es für unhöflich gehalten, zu sagen: *falls* ihr zurückkehrt. Sie klagte genauso wenig über die Infektion, die ihr Gesicht entstellte, wie er über seine eigene Metamorphose.

»Wir haben noch einen langen Weg vor uns«, sagte sie. »Auch wenn Lississee der Ansicht ist, dass der Boden in der Wiege der Chimäre besser als dieser hier ist, wird man uns dort vielleicht nicht gerade willkommen heißen. Wenn wir tatsächlich Fraxinus begegnen sollten, werden wir auf alle Fälle zurückkommen und dir über alles Bericht erstatten. Fraxinus wird dich bestimmt selbst sehen wollen, und Merel…«

Sie beendete den Satz nicht, sondern wartete auf seine Reaktion.

»Ja«, sagte er mit sorgfältig kalkulierter Besonnenheit. »Es wäre schön, wenn ich Merel noch einmal sehen könnte. Ich will ihr erklären, dass mein Schicksal nicht so schlimm ist. Vielleicht glaubt sie Euren Versicherungen nicht.«

»Sie wird es vielleicht nicht einmal glauben, wenn sie es aus deinem Mund hört«, gestand Lucrezia.

»Vermutlich – und ich werde sie bestimmt nicht bitten, die Frucht zu essen, die ihr erlauben würde, das Ganze zu verstehen. Sie ist menschlicher als Ihr oder ich.«

»Wirklich?«

»Ich glaube schon. Falls auch sie blinde Passagiere im Blut hat, sind sie nicht so seltsam wie das Blut der Schlange oder der Geist des Sees. Es sind Passagiere, die für sie und nicht für sich selbst tätig werden. Sie unterliegt möglicherweise nicht der Gefahr einer Verwandlung ins Unirdische, wenn sie sich die mutigsten Jäger und die heimtückischsten Parasiten vom Leibe halten kann.«

»Ist das bei mir etwa nicht so?« Er bemerkte, dass Lucrezia verzweifelt versuchte, ihren Tonfall neutral zu halten.

»Vielleicht«, erwiderte er verständnisvoll. »Ihr könnt genauer als ich sagen, was wirklich in Euch arbeitet. Vielleicht ist es etwas, das aus einer früheren Zeit des Entstehens übrig geblieben ist, vielleicht auch nicht. Wie auch immer – es hat Euch noch nicht infiziert, außer vielleicht mit Rastlosigkeit. Die hatte ich immer schon, und zwar so stark, dass eine Zeit der Unbeweglichkeit genau das Richtige für mich ist und mir sehr gut tut.«

Der Ausdruck auf ihrem verwüsteten Gesicht deutete an, dass sie ihm nicht glaubte. »Was passiert, wenn die Flieger zurückkommen?«, fragte sie. »Was passiert, wenn andere Krieger den ungeschützten Garten betreten?«

»Ich bin nicht hilflos«, sagte er. »Ich bin ungeübt, aber nicht hilflos. Ich bin ungewöhnlich schnell gewachsen, aber ich kann meine neue Gestalt unter Kontrolle bekommen, wenn ich daran arbeite. So leicht wird man mich nicht vernichten, und es kann durchaus sein, dass man mich überhaupt nicht vernichten kann, weil ich jetzt mit etwas vereinigt bin, das noch sehr viel tiefer in der Hülle der Erde vergraben liegt.«

»In Ordnung«, sagte sie, »wir wollen also annehmen, dass keine weiteren Feinde kommen, oder dass sie dir zumindest nichts antun können, falls sie doch kommen sollten. Aber was ist, wenn du noch immer hier bist, nachdem diese seltsame Zeit vorüber ist? Was geschieht dann?«

»Ich weiß es nicht«, sagte er ihr wahrheitsgemäß. »Ich vermute, dass mein Traum dann in eine neue Phase eintreten wird. Vielleicht werde ich tausend Jahre oder länger schlafen, ohne zu träumen. Vielleicht werde ich nie mehr aufwachen – aber warum sollte ich davor Angst haben, wo ich doch in den letzten Zehntagen ein Dutzend Mal hätte sterben können? Ich habe nicht gezählt, wie oft ich bewusstlos war, ohne zu ahnen, ob ich je wieder aufwachen würde. Ich will nicht behaupten, dass ich mich daran gewöhnt hätte, aber so ist das Leben nun einmal. Der Gedanke, dass ich in eine schreckliche Chimäre verwandelt worden bin, sollte mich genauso wenig entsetzen wie der Gedanke an das mögliche Schicksal eines solchen Monstrums. Ich kann noch immer Schmerzen verspüren, aber ich besitze eine neue Art von Gelassenheit, mit der ich die Schmerzen übertünchen und lindern kann. Wenn sich so ein Baum fühlt, war es vermutlich dumm von mir, am Menschsein jemals Spaß gehabt zu haben.« Diese Aussage war weit davon entfernt, ehrlich zu sein, aber als er sie gemacht hatte, erkannte er, dass sie nicht so sinnlos war, wie er zunächst geglaubt hatte.

Sie deutete auf den menschlichen Kopf, der auf einem von Andris' zahlreichen Ästen saß. »Hat er schon einmal die Augen geöffnet?«, fragte sie. »Hast du sein Leben erneuert, so wie er es wollte?«

»Noch nicht«, sagte Andris. »Ich hatte ein paar seltsame Gespräche mit ihm in meinen Träumen, aber er ist so unreif wie meine anderen Früchte. Ich bin mir überhaupt nicht sicher, ob das die Art von Leben ist, die er haben wollte, selbst wenn geborgtes Blut seinem Hirn wieder zu arbeiten ermöglicht, aber ich wage zu behaupten, dass er damit zufrieden sein wird, wenn er nicht mehr bekommen kann.«

»Zumindest bist du nicht allein«, sagte sie. Es klang so, als zweifle sie an dem Wert dieser Art von Gesellschaft. Andris zweifelte selbst daran; diese Vertrautheit war nicht sehr ansprechend für ihn, und auch war Seth nicht die Person, mit der er freiwillig einen solchen Umgang gepflegt hätte.

»Ich glaube nicht, dass Einsamkeit ein Problem sein wird«, sagte er. »Genauso wenig wie Hunger oder Durst. Eher sind Albträume das Problem, aber ich kann mit ihnen umgehen. Übriges solltet Ihr ein paar Früchte aufsammeln – nicht um eure Feinde damit zu füttern, sondern als Opfergabe für die Wiege der Chimäre. Ihr braucht Euer Leben nicht aufs Spiel zu setzen, indem Ihr sie einsammelt; die Leute am Hang werden sich bereitwillig von ihnen trennen.«

»Sind das wirklich *Leute*?«, fragte Lucrezia leise. »Sind das immer noch Menschen?«

Andris verstand. Eigentlich lautete die Frage: Bist *du* noch ein Mensch?

»Ich bin mir nicht sicher«, antwortete er mit entwaffnender Ehrlichkeit. »Es ist schwer zu sagen, wo die Grenzen der Bedeutung dieses Wortes liegen. Selbst wenn man sie noch Leute nennen kann, folgt daraus nicht notwendigerweise, dass sie noch dieselben Leute sind, die sie einmal waren. Vielleicht kann man diese Art von Transformation einfach nicht in Einklang mit unserer Vorstellung von *Identität* bringen. Vielleicht sind wir alle schon tot, und das ist das Leben nach dem Tode, das der Gott der Deisten verspricht – ein Traum jenseits des Todes, der von einem mysteriösen Prozess in Gang gehalten wird, den wir nicht verstehen können. Ich weiß nicht, was ich bin oder wer ich bin, aber wenigstens im Augenblick erinnere ich mich noch an meinen Namen und an meine Geschichte. Ich bin Andris Myrasol, exilierter Prinz aus Ferentina, und alle Früchte, die an meinen Zweigen reifen, sind *meine* Früchte, so wie auch die Dornen, die ich trage, meine Dornen sind. Vielleicht sind sie giftig, und vielleicht gehören die Samen, die sie tragen, einem unergründlichen Bewohner der Tiefe, aber sie gehören gleichzeitig auch mir. Das ist mein Leben, Lucrezia. Das ist das, wozu ich geworden bin. Es ist nicht so schrecklich, dass ich es nicht ertragen könnte, ohne verrückt zu werden. Ich träume, aber ich bin nicht verrückt. Wenn ich nur mit jemandem reden könnte, der die richtigen Worte kennt und die letzten Stücke des Puzzles an die richtige Stelle legen kann, so würde ich wahrscheinlich einen vollkommen rationalen Bericht darüber abgeben, was hier geschieht und wie Kreaturen wie ich – um Kreaturen wie Ihr erst gar nicht zu erwähnen – in dieses System hineinpassen.«

»Wenn deine Früchte bei meiner Rückkehr reif sind, werde ich einige davon mitnehmen – nach Xandria, falls wir uns entschließen sollten, dorthin zurückzugehen«, sagte Lucrezia.

»Das ist gut«, meinte Andris. »Aber wenn Ihr Euch dazu entschließen solltet, einen Baum wie diesen hier zu pflanzen, dann gebt seine Früchte bitte nicht einem armen Idioten aus dem Gefängnis Eures Vaters. Findet jemanden, der verzweifelt genug ist, um freiwillig zuzustimmen – jemanden mit einer unheilbaren Krankheit.«

Hyry Keshvara kam hinter der Prinzessin den Hügel hinauf. Zunächst bemerkte Lucrezia sie nicht, doch als sie sah, dass Andris über ihre Schulter blickte, drehte sie sich um.

»Das Essen ist fertig«, sagte die Händlerin.

Lucrezia dankte ihr, wandte sich aber nicht sofort von Andris ab. »Ich werde zurückkommen«, sagte sie zu ihm, als befürchtete sie, er könnte sonst glauben, sie wolle ihn im Stich lassen.

»Keine Eile«, sagte Andris. »Die Zeit vergeht schnell in diesen Tagen – ich vermute, das ist eines der Privilegien meines augenblicklichen Zustands. Aber Ihr dürft nicht zu lange hier bleiben – diesem Boden geht es in Kriegszeiten nicht gut und seine Feinde könnten die Möglichkeit erkennen, ihn vollends zu zerstören.«

Sie gab keine Antwort darauf, doch sie hob den Arm zum Gruß, als sie fortging.

Sie war gerade erst gegangen, als Ssifuss ihren Platz einnahm. Es schien, dass die Schlange unbedingt ein privates Wort mit ihm wechseln wollte.

»Isst Sschuld«, sagte die Schlange. »Sschulde noch.«

»Nein«, sagte Andris zu ihr. »Alle Schulden sind beglichen. Du solltest jetzt an Mossassor denken. Soweit ich mich erinnere, schuldest du ihr noch etwas.«

»Werde ich tun«, sagte Ssifuss. »Lississee kennt Verssprechen auch – Verssprechen, dass Mensschen Sschlangen wie unss gemacht haben.«

Andris wusste, warum die Kreatur die Notwendigkeit verspürte, ausdrücklich hervorzuheben, dass der in Idun geschmiedete Pakt zwischen Menschen und Schlangen ›wie unss‹ bestand, aber er konnte sich nicht vorstellen, wie sie sich angesichts der Aussicht darauf fühlte, in einen Krieg zwischen verschiedenen erwachsenen Formen ihrer eigenen Rasse hineingezogen zu werden.

»Ich glaube, ich weiß, was das für ein Versprechen war«, sagte Andris. »Meine Urväter haben den Deinen versprochen, dass sie ihr Möglichstes tun würden, um eure Art gegen die Versuchungen eures eigenen Fleisches zu schützen. Sie erkannten, dass deine Art etwas mit ihrer gemeinsam hatten, und zwar aufgrund eurer Empfindungsfähigkeit und Intelligenz, und sie borgten etwas von euren in der Tiefe lebenden Eltern, mit dem sie versuchten, die Zukunft ihrer und eurer Kinder zu sichern. Wir sind noch immer durch diesen Vertrag gebunden – nicht nur du und ich, sondern alle Menschen und Schlangen –, obwohl der Plan schief gegangen ist und trotz allem, was inzwischen passiert ist.«

»Glaube dass auch«, pflichtete Ssifuss ihm bei. »Werde ssurückkommen, wenn möglich. Versspreche dass.«

»Danke.«

»Besster, den ich je gessehen habe«, fügte die Schlange hinzu und streckte einen Finger aus, um anzudeuten, dass sie von Andris sprach. »Riessensschlangen töten, töten, töten. Habe dass nie geglaubt. Held. Isst richtiges Wort, oder? Held.«

»Du auch«, versicherte Andris ihr. »Ich hätte es auch nicht geglaubt, wenn ich dich nicht im Einsatz erlebt hätte. Wir beide haben gegen ein kleines Heer gekämpft und gewonnen. Wir beide sind Helden.«

»Sspäter kein Held mehr«, klagte Ssifuss. »Ssu viele. Mussste Hilfe holen. Ssu sspät.«

»Es hat keinen Sinn, ein toter Held zu sein«, bemerkte Andris. »Du hast richtig gehandelt. Du hast alles getan, was du tun konntest, und das war enorm viel. Du hast Hilfe geholt, und es ist noch nicht zu spät. Es hat mir verdammt gut getan, dich und Lucrezia wieder zu sehen. Ich lebe noch und bin noch im Rennen – und wir stehen noch alle auf derselben Seite. Ich werde noch immer im Rennen sein, wenn du bei der Wiege der Chimäre warst und wieder zurückgekommen bist.«

»Mensschen ssind keine Krankheit«, sagte Ssifuss und berichtigte so ihre frühere Meinung. »Krankheit der Welt isst Ssache dess Wechsselss. Weisss dass jesst. Ssind alle auf dersselben Sseite, wie Mossassor ssagt. Ssalamander auch.«

»Du hast Recht«, pflichtete Andris ihr bei. »Ich weiß, dass es manchmal kaum einen Unterschied zu machen scheint, auf welcher Seite man steht, wenn man bedenkt, dass wir mit den Bewohnern der Tiefe oder mit den winzigen Wesen, die in uns selbst leben, nicht in Kontakt treten können, aber wenigstens für uns beide macht es einen Unterschied. Und ich glaube, es macht auch im größeren Zusammenhang einen Unterschied. Empfindungsvermögen und Intelligenz sind das Vorrecht von Wesen wie uns und verbleiben uns, auch wenn die Wesen in uns die Kontrolle übernehmen und uns die Bewohner der Tiefe verschlucken. Wir müssen darum kämpfen, unser Empfindungsvermögen und unsere Intelligenz zu erhalten, egal wo wir sind und was aus uns wird. Nur darum geht es – und davon bin ich überzeugt. Kannst du mir folgen? Verstehst du, worauf ich hinauswill?«

Es war eindeutig, dass die Antwort *nein* lautete, aber es war genauso eindeutig, dass die Schlange versuchte, Andris zu verstehen. Auch das war in gewisser Weise ein heroischer Kampf. Schließlich könnten sie überhaupt nicht miteinander reden, wenn sie auf Andris' Verständnis der Schlangensprache angewiesen wären.

»*Werde* ssurückkommen«, sagte die Schlange noch einmal. »Isst Verssprechen. Nicht Sschuld – Verssprechen.«

»Ich weiß«, sagte Andris. »Ich verstehe. Ich werde hier sein. Wenn es *menschen*möglich ist, werde ich wohl noch hier sein, nachdem alle, die ich gekannt habe, tot und begraben sind. Ich weiß nicht, ob das Versprechen der Unsterblichkeit und die Hoffnung darauf überhaupt etwas bedeuten, aber wenn die Klüfte zwischen diesen fieberhaften Zeiten überbrückt werden können, indem man sich nur richtig anstrengt, dann werde ich mein Bestes tun. Ich verstehe noch nicht ganz, was hier vor sich geht, aber ich werde es weiterhin zu verstehen versuchen. Deswegen sind wir alle schließlich hier.«

Er erläuterte absichtlich nicht genauer, was er mit ›hier‹ meinte, aber er war sich nun sicherer als zuvor, dass er wusste, warum er hier war, oder es zumindest wissen würde, und zwar bald.

TEIL DREI

Als Werkzeug der Zerstörung und Bestimmung an der Wiege der Zukunft

Die Menschen wurden von einer Welt erschaffen, die anders ist als jene, die sie kennen; sie ist mit ihr verwandt, aber nicht identisch. Kein Mensch dieser Welt wird je die Welt sehen, die ihn erschaffen hat, aber dennoch kann sie in Träumen geschaut werden. Keine Erinnerung an die Welt, welche die menschliche Rasse erschuf, hat in dieser Welt überlebt, und auch gibt es keinen Bericht über sie in den geheiligten Überlieferungen, aber was im Blut niedergeschrieben ist, kann niemals völlig ausradiert werden, und die flackernde Flamme, welche die tiefsten Träume erhellt, kann niemals völlig erlöschen. Die Gezeiten im menschlichen Blut sind weitaus stärker als die unwesentlichen Gezeiten, welche die seichten Meere der Welt aufwühlen, denn die Menschen sind Kinder anderer und unvorstellbar ferner Meere.

Die Menschen wurden von einer Welt erschaffen, die anders ist als jene, die sie kennen, und deswegen werden sie die Welt neu erschaffen, aber die Welt, die sie erschaffen, wird weitaus seltsamer sein als die Welt, die sie erschaffen hat, und als die Welt, auf die sie gekommen sind. Der Mensch, der die neu erschaffene Welt erblicken wird, wird erst in hundert Generationen geboren werden, und doch kann die Art dieser neuen Schöpfung bereits in Träumen geschaut werden. Es existiert kein Bericht über diese neu zu erschaffende Welt in dieser Welt, und auch in den Überlieferungen findet sich keine entsprechende Erwähnung, doch was im Blut des Menschen geweissagt ist, wird eines Tages im Antlitz und im Fleisch der ganzen Welt eingeschrieben sein.

Die Menschen wurden von einer Welt erschaffen, die anders ist als jene, die sie kennen, aber ihr Wesen wurde nicht allein durch jene Welt bestimmt. Alle Welten und alle lebenden Wesen sind Kinder der großen und unauslotbaren Tiefe, der Dunkelheit zwischen den Sternen, und alle sind miteinander verwandt, wie verschieden sie auch zu sein scheinen. Das lebende Wesen, das den Höhepunkt der Geschichte des Lebens sehen wird, wird erst in einer Million Generationen geboren und kann doch schon im Traum geschaut werden. Noch kann das Schicksal des Lebens nicht berechnet werden, doch die Hoffnungen und Ängste, die durch unsere Träume wirbeln, sind dazu bestimmt, eines Tages zu größeren Gezeiten anzuschwellen, und der in Blut und Fleisch der Menschen und Welten verkörperte Traum wird zu ruhmreicher Wirklichkeit werden.

Die Überlieferungen der Ultimogenesys

1

Die Straße zur Wiege der Chimäre führte nicht direkt von Osten nach Westen. Sie wich einige Grade nach Süden ab. Auch zog hier die Sonne nicht genau von Ost nach West über den Himmel, denn das Nest des Phönix lag hunderte Kim südlich des Äquators. Die Beschaffenheit des Lichts, das den Weg erhellte, dem Fraxinus folgte, wurde langsam, aber spürbar durch den Lauf der Sonne über den Himmel verändert.

Am frühen Morgen schwebte die Sonne kurze Zeit zwischen den hohen, silbernen Rahmen des ›Tores‹, das sie kurz nach Tagesanbruch passiert hatten. Solange die Sonne in dieser Position stand, war der Weg vor Fraxinus verblüffend hell; die großen Palisaden zu beiden Seiten der Strecke reflektierten das Licht zwischen sich, sodass es den Anschein hatte, als treibe die Expedition auf einem Fluss aus Feuer entlang. Es war unmöglich, einen Blick zurückzuwerfen, während die Sonne derart eingerahmt war; wann immer Fraxinus über seine Schulter schaute, wurde er geblendet. Es war, als fließe der Feuerstrom aus einem Höllenschlund hervor.

Sobald die Sonne so weit gewandert war, dass sie von dem nördlichen Pfosten des Tores verfinstert wurde, änderte sich alles. Eine oder zwei Stunden lang war sie nicht mehr zu sehen und tauchte die Straße in Schatten, auch wenn das Licht noch von den Spitzen der südlichen Palisade reflektiert wurde und sich in der Dunkelheit zerstreute. Nun war es das Band des blauen Himmels, das wie ein stattlicher Fluss aus Licht aussah.

Lange vor dem Mittag aber kletterte die Sonne hoch genug, um über die Spitzen der südlichen Dornen zu spähen, die nicht so dicht gedrängt neben dem Weg standen. Nun war das Licht noch verwirrender; es kräuselte sich um Fraxinus, während er sein Pferd vorwärts zwang. Es war nicht nur der Wechsel von Licht und Schatten; die Muster der Spiegelungen waren vielfältig und veränderten sich andauernd. Es war, als treibe er in einer stürmischen Meeresenge inmitten eines Ozeans aus Licht.

Die vorherrschenden Farben waren Silber und Weiß, aber sie waren mit all den vertrauten Tönungen des Steinfraßes vermengt: mit Pastellgrün, Ockergelb, Rostbraun und verblichenem Mauve. Fraxinus zweifelte keinen Augenblick daran, dass die Straße unter der Oberfläche lebte, aber das flache Bett, auf dem der Wagen so glatt dahinrollte, war reglos. Diese Oberfläche und die unregelmäßigen Säulen, die sie einzäunten, waren nur eine einzige Naht in der äußeren Schale eines Wesens, dessen flüssiges Gewebe tief in der Erde verborgen lag. Es war eine Heimat für zahllose zueinander in Konkurrenz stehende parasitäre Gewächse.

Fraxinus hatte die Silbernen Dornen zunächst mit den Prunkbäumen in der Gesprenkelten Wüste verglichen, doch als er sich nun zwischen ihnen befand, spürte er eher die Unterschiede als die Gemeinsamkeiten. Die Gesprenkelte Wüste war durch und durch gläsern gewesen; ihr ›Sand‹ war pulverisierter Kristall, ihre ›Bäume‹ gemmenverzierte Rhapsodien in Bleiglas und ihre Tierarten waren mit zahlreichen winzigen Schuppen wie mit Juwelen besetzt. Die Silbernen Dornen und die Straße, zu deren Seiten sie Wache hielten, wirkten hingegen eher wie polierter Kalkstein. Die Schäfte der Dornen glichen stämmigen Stalagmiten, und dort, wo sie einen Wall bildeten, verschmolzen sie oft miteinander, wie es Stalagmiten tun, die unter einem Riss in einer Höhlendecke wachsen, auch wenn es hier keine Stalaktiten gab, die wie Reihen angefeilter Zähne von oben herabhingen. Erst wenn sie sich auf ihre scharfe Spitze hin verengten, wurden die Dornen silbern, und das Silber, das ihren Namen rechtfertigte, glich mehr dem matten Glanz von Fischschuppen als dem harten Glanz eines Spiegels.

»Das ist wirklich eine Wand, nicht wahr?«, sagte Aulakh Phar. »Das hier könnte die natürliche Heimat allen Steinfraßes sein, der die Gebilde unserer Steinmetzen befällt. Die Pulver und Formen, mit denen menschliche Handwerker Schotter in wohl geformte Blöcke verwandeln, haben ihr Gegenstück sicherlich in dem Prozess, durch den dieser lebendige Boden seine Haut formt. Oder ist das alles nur Zufall?«

»Das bezweifle ich«, erwiderte Fraxinus. »Vielleicht wurden die Techniken, die die ersten Meister der Überlieferung unseren Steinmetzen gaben, eher von örtlichen Materialien und Prozessen bestimmt als aus dem Schiff importiert. Vielleicht haben die Urväter ihren Kindern nur einen neuen Weg gezeigt, auf dem sie die Hilfsmittel nutzen können, die diese Welt bereitstellt.«

»Wenn es so gewesen sein sollte, müssen sie gewusst haben, dass jedes Gebilde, das wir errichten, von den Dingen befallen werden würde, die diesen seltsamen Korridor verseuchen. Es wäre unendlich passender gewesen, wenn sie uns etwas anderes angeboten hätten, das nicht so schnell verrottet.«

»Wenn es so einfach gewesen wäre, uns den unvergänglichen Stein zu geben, dann hätten sie es bestimmt getan«, entgegnete Fraxinus. »Sie haben versprochen, dass ihn das Becken des Lebens irgendwann hervorbringen wird, also haben sie sicherlich seine Bedeutung erkannt. Das Schiff, das die Dunkelheit zwischen den Sternen durchsegelte, unterlag angeblich nicht dem Zerfall, doch die Stadt, die die Leute aus dem Schiff erbauten, als sie sich anfangs hier niederließen, musste sich als verwundbarer herausgestellt haben, als sie erwartet hatten. Vielleicht war es Zufall gewesen; vielleicht war das, was noch unverrottbar gewesen war, als es auf diese Welt gebracht wurde, plötzlich dem Zerfall unterworfen. Wäre es möglich, dass das Schiff frei von Rostfraß und seinen verwandten Arten und auch frei von Steinfraß war, sodass seine Metalle und Keramiken praktisch unvergänglich waren?«

»Das glaube ich kaum«, sagte Phar und schüttelte den Kopf. »Steriles Eisen, das von Rostfäule freigehalten wird, bleibt anfällig für ganz normale Arten von Rost, solange es Wasser und Luft in seiner Nähe gibt. Jedoch deutet die Überlieferung an, dass die Art von Plastik, die wir kennen, ursprünglich nur eine von vielen war und dass es sowohl stabiles Plastik als auch unstabiles gegeben hat. Wir stellen Plastik nur noch her, um Sprengstoff daraus zu machen, indem wir uns seine ausgeprägte Neigung zur Fäulnis zunutze machen, aber es gibt Hinweise in den Überlieferungen, dass unsere entferntesten Vorfahren andere Arten von Plastik zu dem entgegengesetzten Zweck hergestellt haben: nämlich um dem Zerfall zu widerstehen. Wie ich vor nicht allzu langer Zeit schon zu Andris Myrasol gesagt habe: Die Überlieferungen verschiedener Handwerkergilden bestätigen uns, dass unsere Vorstellung von Zerfall viel zu allgemein ist und eine ganze Reihe von Prozessen umfasst, die in chemischer Hinsicht sehr verschieden voneinander sind, auch wenn sie alle dieselben Auswirkungen haben – nämlich die Schwächung der menschlichen Kunstfertigkeit. Für das bloße Auge gleicht Steinfäule den Parasiten, die Baumstämme und Boden- und Deckenplanken heimsuchen, aber es gibt einen großen Unterschied. Holz ist *Nahrung* für die Organismen, die es zersetzen; Stein nicht.«

»Er wird doch genauso weggefressen«, warf Shabir ein.

»O nein«, beharrte Phar. »Wir nennen es nur *wegfressen*, weil es für das bloße Auge so aussieht, aber unsere Sehfähigkeit ist viel zu schwach, um molekulare Ereignisse zu beobachten.«

»Wenn es dir gefällt, kannst du natürlich Haarspalterei betreiben und dem Aberglauben frönen«, gab Shabir zurück, »aber das ist doch alles bloß Gerede. Es ist nicht wichtig, wie du die Dinge nennst. Wichtig ist nur, wohin diese Menschen mit den Affenköpfen verschwunden sind. Die Säulenwand neben uns hat für meinen Geschmack zu viele Löcher – hinter jedem davon könnten unsere Feinde lauern. *Davor* sollten wir uns in Acht nehmen und nicht vor dem Fraß, der entweder die Wälle auffrisst oder etwas macht, das nur wie Fressen aussieht.«

Fraxinus ignorierte den General, so wie er Jacom Cerri damals ignoriert hatte, als der Hauptmann einen Hang dazu verspürt hatte, ähnliche Reden über die Wichtigkeit praktischer Dinge zu schwingen. Er sagte: »Du willst damit andeuten, dass Steinfäule eher eine Art Rost und kein Zerfall ist.«

»Ja und nein«, lautete Phars nicht sonderlich hilfreiche Antwort. »Ja, es läuft mehr als nur ein Prozess ab, aber nein, man kann die Unterschiede nicht einfach damit erklären, dass man statt eines Wortes zwei verwendet. Es ist weitaus komplizierter. Und es ist durchaus wichtig, wie wir die Dinge nennen und warum wir ihnen die jeweiligen Namen gegeben haben. Natürlich müssen wir nach den Affenköpfen Ausschau halten, denn sie werden bestimmt einen Hinterhalt legen, wenn sie die Möglichkeit dazu haben, aber wir sollten uns auch fragen, warum Myrasols Kartenzeichner dieses Ding hier den Handschuh der Freude genannt haben. Sie hätten es auch die Weiße Straße nennen können, aber das haben sie nicht getan.«

»Ich sehe in dieser Bezeichnung keinen Sinn, auch wenn einige dieser zusammengeballten Säulen wirklich wie Finger aussehen«, sagte Shabir.

»*Durch den Handschuh laufen* ist in Xandria ein bekannter Ausdruck«, erklärte Fraxinus. »Er bedeutet, dass man einem gefährlichen Weg folgt. Was das mit einem Handschuh zu tun hat, weiß ich nicht. Dieser Teil der Bezeichnung warnt uns vielleicht davor, dass der Boden hier nicht gerade ungefährlich ist, auch wenn er weit besser als draußen in der Ebene der fließenden Steine aussieht. Vielleicht sind die Affenköpfe nicht die einzigen Wesen, die auf uns warten. Die Überlieferung gebietet uns, in regelmäßigen Intervallen zur Wiege der Chimäre zurückzukehren, aber sie warnt uns auch vor dem vergifteten Land um sie herum. Diese Straße wurde instand gehalten, obwohl der Ring, den Myrasols Karte das Nest des Phönix nennt, jetzt viel weiter verläuft als früher, aber die Tatsache, dass er eingezäunt ist, deutet an, dass es Dinge gibt, die unter Kontrolle gehalten werden müssen. Die Kaufleute haben ein Sprichwort, an das mich Checuti freundlicherweise vor wenigen Stunden noch erinnert hat: Gute Straßen ziehen gierige Räuber an. Vielleicht trifft dieses Sprichwort auch hier zu.«

»Wenn wir uns bloß um Räuber Sorgen machen müssten«, murmelte Shabir, »wären wir in keiner großen Gefahr. Leider sind es Mörder.«

»Wer ist jetzt derjenige, der spitzfindige Unterscheidungen trifft?«, erwiderte Phar. »Aber du hast Recht. Ihnen ist offenbar überhaupt nicht daran gelegen, uns zu bestehlen; sie wollen uns tot sehen. Oberflächlich betrachtet unterscheiden sie sich nicht von der Streitmacht, die du gegen uns geführt hast. Auch wenn du im Irrtum warst, hattest du ein klares Ziel: Du wolltest absolut sichergehen, dass die dragomitischen Flüchtlinge keine Nester südlich der Grenze errichten konnten, die du mit verbrannter Erde gekennzeichnet hattest. Auch die Affenwesen müssen ein Ziel haben, selbst wenn sie nur Schachfiguren irgendeines gewaltigen gemusterten Steins sind, aber wir kennen dieses Ziel nicht. Warum sollte es einem Halbmenschen oder einem gigantischen gemusterten Stein etwas ausmachen, ob Leute auf dieser Straße unterwegs sind oder nicht? Warum sollte es etwas ausmachen, ob sie im Letzten Bollwerk weiterleben oder nicht? Wenn die Affenköpfe keine Räuber sind, was haben sie dann durch unsere Vernichtung gewonnen? Wir sollten zudem nicht vergessen, dass die Halbmenschen, mit denen Checuti zusammengetroffen ist, durchaus Räuber gewesen sind, denn sie haben Menschen gestohlen – anscheinend deswegen, weil sie ihren monströsen Herrn mit ihnen füttern wollen.«

»Ihre monströse *Herrin*«, berichtigte Fraxinus ihn. »Was immer diese ins Gigantische vergrößerten gemusterten Steine auch sonst sein mögen, sie sind sicherlich weiblich. Sie sind fruchtbarer und ihre Nachkommen sind verschiedenartiger, als es bei einer Dragomitenkönigin der Fall ist, auch wenn sie nur in Intervallen von tausenden von Jahren gebären. Das Becken des Lebens muss eine von ihnen sein, denn warum würde die Wiege der Chimäre sonst eine Wiege genannt und das Nest des Phönix ein Nest?«

»Was ist ein Phönix?«, wollte Shabir wissen.

»Ein mythischer Vogel«, klärte Phar ihn auf. »Ein Vogel, der keine Eier legt, aber einmal in tausend Jahren ein Nest baut. Das Nest fängt Feuer und der Vogel verbrennt, wird aber in den Flammen jünger und stärker als je zuvor wiedergeboren. Verstehst du jetzt, welchen Sinn Benennungen haben? Die Kartenzeichner wollten uns etwas Wesentliches über die Zeiten des Entstehens mitteilen – über ihre Seltenheit und über die Beteiligung einer Art von Feuer, die sonst das Feuer des Salamanders genannt wird.«

»Aber all das ist weniger hilfreich als es sein könnte, weil die Metaphern durcheinandergebracht und die Bedeutungen schrecklich verdreht wurden«, warf Fraxinus ein. »Die Schwierigkeit mit Worten wie *Feuer* liegt darin, dass sie alles Mögliche bedeuten können... so wie *Zerfall* und *Verwesung*. Allerdings kann die Erinnerung eines Menschen nur einige tausend Wörter und Bedeutungen speichern. Aus diesem Grund brauchen wir Meister der Überlieferungen, die sich darauf spezialisieren, alle Bereiche des Wissens zu pflegen. Wenn wir über sämtliche Wörter verfügten, die wir wirklich brauchen, benötigten wir noch weitere hundert verschiedene Meister der Überlieferung. Selbst diejenigen, die wir haben, können sich zuweilen nicht mit ihresgleichen verständigen und schon gar nicht ihre breit gefächerten Fähigkeiten wirksam zusammenschließen, um eine starke Gemeinschaft zu bilden. Wir Xandrianer sind stolz auf unsere Besitzungen und Leistungen, aber in den Augen der Urväter sind wir wahrscheinlich kaum besser als die Bewohner der Neun Städte.«

»Ebla ist zivilisiert«, sagte Shabir scharf. »Fäll kein Urteil über einen Ort, den du nie gesehen hast.«

Phar ließ sich von dieser Unterbrechung nicht ablenken. »Der Umstand, dass manche Wörter verschiedene Bedeutungen haben können, ist nicht unbedingt ein Nachteil oder das Resultat eines mangelnden Wortschatzes«, fuhr er nachdenklich fort. »Wenn ein Wort zwei verschiedene Bedeutungen hat, bedeutet dieser Zufall, dass es irgendeine Verbindung zwischen diesen Bedeutungen gibt. Was wiederum bedeutet, dass es keineswegs ein Zufall ist. Wir müssen sowohl die Verbindungen als auch die Unterschiede im Kopf behalten. Die Verwesung von Leichen und die Verwesung von Steinen mag zwar etwas ganz Verschiedenes sein, aber trotzdem gibt es möglicherweise eine Verbindung zwischen ihnen, die über den bloßen Anschein hinausgeht. Vielleicht waren die Urväter wirklich überrascht, als ihre Stadt dem örtlichen Steinfraß zum Opfer fiel, aber ich glaube, es steckt mehr dahinter. Sie mussten eine Vorstellung davon gehabt haben, wie die Welt wirklich war, bevor sie ihre Stadt erbauten, selbst wenn sie anfangs nicht wussten, dass die gemusterten Steine weitaus größere Artgenossen hatten. Ich glaube, sie wurden von etwas viel Seltsamerem und Bedrohlicherem als von bloßem Steinfraß überrascht. Sie sind daraufhin nicht einfach abgehauen, sondern haben den gesamten Plan geändert – und die Schlangen und Salamander haben ihr Leben ebenfalls geändert. Was für eine Art von Feuer es auch gewesen sein mag, das schließlich an der Stelle brannte, die unsere Urväter *Das Nest des Phönix* nannten – es war etwas, das sie sowohl erstaunte als auch alarmierte.«

Phar hätte weitergeredet, wenn er nicht dazu gezwungen worden wäre, eine Pause einzulegen, weil Checuti von hinten auf sie zuritt und sich zu ihnen gesellte, da er ihnen unbedingt etwas sagen musste. Fraxinus fragte sich, ob es nur das Licht war, das das Gesicht des Meisterdiebs schlimmer als je zuvor aussehen ließ, oder ob sich die in seine Züge eingepflanzte Verrottung tatsächlich langsam und unerbittlich ausbreitete.

»Purkin tobt«, berichtete Checuti. »Ereleth meint, dass sein Arm bald amputiert werden muss, denn sonst ist es zu spät. Dhalla sagt, dass wir von einem Rudel großer Hunde verfolgt werden, wenn auch in respektvollem Abstand – sie behauptet, dass du ihnen schon einmal begegnet bist.«

Fraxinus schlug unwillkürlich die Hände zusammen, sodass die Finger über die Bisswunden fuhren, die noch immer in seinem Fleisch eingezeichnet waren. Die Infektion durch den Biss des Höllenhundes war beim Feuer des Salamanders abgeheilt, aber er verspürte nicht gerade den Wunsch, dergleichen noch einmal zu erleben.

»Es sind nur Aasfresser«, sagte Phar abwehrend.

»Wenn sich Aasfresser an unsere Fersen heften, bedeutet das, dass sie Beute erwarten«, bemerkte Shabir, »vielleicht bessere Beute als das da.« Er wies auf verstreute Knochen, die an den Rändern der Straße lagen. Es waren keine Menschenknochen; sie stammten von einer Kreatur, die größer und stärker als ein Mensch war. Es war nicht die erste Knochenansammlung, an der sie vorbeigekommen waren; sie alle waren mit der gleichen Präzision abgenagt worden.

Fraxinus warf einen Blick auf die beiden Wälle vor ihnen, die am Horizont zusammenzulaufen schienen. Plötzlich wirkten sie wie eine Falle und nicht mehr wie ein Schutzwall. Die Sonne stand jetzt hoch am Himmel und erreichte ihren Zenit und ihre größte Kraft, die zivilisierte Menschen dazu anhielt, die Mittagsstunden im Schlaf zu verbringen. Die durchbrochene Palisade zu ihrer Rechten war besonders dort, wo sich die Steinsäulen nicht trafen und miteinander verschmolzen, mit tiefen Schatten gesprenkelt, während die linke in blendenden Flammen stand. Wie gut sie auch Wache halten mochten: Hier gab es hervorragende Verstecke für eine ganze Legion von Feinden, in denen diese abwarten und den richtigen Augenblick für einen Angriff abpassen konnten.

»Wir sollten besser eine kleine Pause einlegen«, sagte Fraxinus, zerrte an den Zügeln und gab Ereleth mit der Hand ein Signal. »Aulakh, kümmere dich bitte um…«

Er hatte keine Zeit mehr, um Purkins Namen auszusprechen. Es war, als sei sein Signal schon lange und ungeduldig von heimlichen Beobachtern erwartet worden, die jetzt mit schrecklichem Eifer darauf reagierten.

General Shabir hatte nicht einmal mehr genug Zeit, um anzumerken: »Hab ich's euch doch gesagt.«

2

Lucrezia hatte sich nie zuvor so seltsam gefühlt wie jetzt, als sie auf die Spitze des Baumes zukletterte, zu dem Andris Myrasol geworden war. Sie wusste, dass sie niemals einen anderen Baum derselben Art hätte erklettern können, denn die Zweige hätten sich unter ihr und um sie herum bewegt und ihr zumindest jede Unterstützung verweigert, wenn sie sie nicht sogar eingekesselt, gewürgt und mit ihren vielen Dornen gestochen hätten. Andris hingegen tat sein Möglichstes, um ihr den Aufstieg zu erleichtern; er versuchte sogar, sie so hoch wie möglich zu heben, und unternahm die größten Anstrengungen, damit er sie nicht verletzte.

Es war leicht, ihn sich so vorzustellen, wie er gewesen war, groß und bernsteinfarben, und wie er sie mit seinen starken Armen hochgehoben und in der Luft gehalten hatte. Das war jetzt schwieriger für ihn, denn nun hatte er hundert Arme statt zwei, und er hatte noch nicht gelernt, sie geschickt einzusetzen. Aber er war jetzt viel größer. Wenn er nur die Gewalt über seinen neuen Körper erlangen könnte, wäre er wohl dazu in der Lage, Lucrezia höher zu heben, als Dhalla es vermocht hätte – aber ob er sie hoch genug heben konnte, damit sie über den versteinerten Wald blicken konnte, der den Garten umgab, stand noch nicht fest.

In der Zwischenzeit versuchte sie, sich selbst einen Weg nach oben zu bahnen; sie balancierte auf den dickeren Ästen und bewegte sich sehr behutsam, weil sie zufällige Stiche befürchtete.

Lucrezia hoffte, dass sie bis zur Wiege der Chimäre würde sehen können. Hyry und Ssifuss waren übereinstimmend der Meinung gewesen, dass sie im Süden liegen musste, nämlich im Zentrum des großen, durch das Riff gebildeten Kreises, und dass sie nicht weiter als zwei Tagesmärsche entfernt sein konnte, falls der Boden gut genug für einen Fußmarsch war. Sie hatten auch darin übereingestimmt, dass es viel zu optimistisch war, eine Straße wie die zu erwarten, auf der sie hergekommen waren. Im Gegenteil, es war wahrscheinlicher, dass sie auf eine Barriere stoßen würden, die diesen lebenden Boden hier von seinem Nachbarn trennte, aber sie hofften dennoch, dass der Weg zur Mitte der Welt irgendwie passierbar war.

Jetzt befand Lucrezia sich hoch genug, um über die näher gelegenen Teile des Walddaches blicken zu können, das von diesem Aussichtspunkt aus eher wie ein schlecht gedecktes Dach aus zersplittertem Schiefer aussah. Unglücklicherweise war sie noch nicht hoch genug, um über die Spitzen der höchsten Gebilde hinwegsehen zu können.

»Jetzt bist du dran«, sagte sie zu Andris. »Du musst mich noch ein paar Met höher heben. Ich halte mich an diesen beiden Zweigen fest und lasse meine Füße, wo sie jetzt sind. Spürst du meine Stiefel?«

»Ja«, versicherte Andris ihr. »Haben deine Hände festen Halt?«

Sie hielt die beiden Zweige unmittelbar hinter den Spitzen, wo sie nicht dicker waren als ihre eigenen schlanken Handgelenke. »Ja, jetzt«, bestätigte sie.

»Halt dich fest«, sagte er und hob sie hoch.

Dies geschah alles andere als sanft, aber sie wusste nicht, ob der Grund für ihr Wackeln und Schwanken in ihrer Unsicherheit oder in seiner Ungeschicklichkeit lag. Sie musste höher steigen, als sie vermutet hatte, aber Andris' Reichweite war auch viel größer, als sie es sich hatte vorstellen können.

Sie hatte sich sorgfältig so postiert, dass sie nach Süden blickte, doch das, was sie als Erstes hinter dem Schutzwall sah, lag nicht in dieser Richtung. Links von ihr tauchte die Spitze eines kegelförmigen Hügels auf, die mit einem Grün bedeckt war, das näher als alles, was sie seit Tagen gesehen hatte, an die Farbe irdischer Vegetation herankam. Sie berichtete Andris davon, aber falls er sie gehört hatte, gab er zumindest keine Antwort.

»Da *ist* etwas am südlichen Horizont«, fuhr sie fort, als sie schließlich so hoch wie möglich stand. »Sogar mehr als nur ein Etwas. Es ist alles ziemlich verschwommen. Die Luft ist nicht klar und es liegt ein Dunst über der Gegend; vielleicht ist es sogar Nebel. Es gibt mindestens drei Spitzen, aber ich glaube nicht, dass sie eng beieinander stehen. Zwei von ihnen befinden sich ungefähr nebeneinander. Die nächste ist auch die niedrigste und nur sehr schwer zu erkennen, aber sie scheint so sauber geformt zu sein wie ein menschliches Artefakt. Es sieht zwar irgendwie wie die Spitze einer vierseitigen Pyramide aus, aber ich bin mir nicht sicher. Ich glaube nicht, dass das Gebilde weiter als ein paar Km von uns entfernt steht, aber von dem Gebiet dazwischen kann ich überhaupt nichts erkennen. Wenn das Becken des Lebens wirklich ein Becken ist, bin ich vielleicht nicht hoch genug, um es erkennen zu können.«

Und wenn die Mitte der Welt wirklich so etwas wie ein Bauchnabel im Fleisch ist, wie ihn die Überlieferungen manchmal beschrieben, könnte ich ihn ebenfalls nicht sehen, dachte sie. *Aber wenn die Pyramide tatsächlich eine Pyramide ist, könnte sie durchaus innerhalb der Grenzen der Wiege der Chimäre liegen.*

Sie warf einen Blick nach rechts und entdeckte eine purpurfarbene Fläche, die sie als den Baldachin eines weiteren exotischen Waldes ansah. Dann blickte sie rasch über ihre Schulter; sie wagte nicht, sich weiter zu drehen, damit sie nicht den Halt verlor. Sie konnte gerade noch den inneren Rand des Riffs erkennen, dessen kupferne Windungen sich mit silbernen Spitzen und ein paar verstreuten, im Sonnenlicht gleißenden Gemmen vermischten.

Dieser Anblick schien ihr keine angemessene Belohnung für die Anstrengungen zu sein, die sie und Andris gemacht hatten.

»Lass mich jetzt wieder herunter«, rief sie. Sie war sich noch nicht sicher, ob er ihre längeren Ausführungen vorhin gehört und deren Hauptpunkte verstanden hatte. Sie schwankte und taumelte, als er sie herunterließ, und beinahe wäre sie in seine dornige Krone gestürzt, doch ihre Hände hatten noch immer festen Halt. Bald konnte sie sich ihren Weg hinab wieder selbst suchen, und sie gelangte zum Boden, wobei sie sich nur wenige Kratzer zuzog.

»Nun«, sagte sie, »wir müssen nur einen Weg südwärts durch den Wald finden; wenn wir an der anderen Seite wieder herauskommen, werden wir schon sehen, was es zu sehen gibt.«

»Ich wünschte, ich könnte euch einen Führer besorgen«, sagte Andris, »aber anscheinend habe ich alle menschlichen und schlangenhaften Verbündeten verloren, und ich bin mir auch nicht sicher, ob ich ihnen Befehle geben könnte, wenn sie noch hier wären.«

Lucrezia schaute mit klopfendem Herzen den Hang

hinab. »Es scheint, dass du bald Gelegenheit haben wirst, das herauszufinden«, sagte sie.

Sie stand an seiner Seite und war seinem Blick von daher nicht im Weg, doch er musste sich umdrehen, um die Stelle sehen zu können, auf die sie nun zeigte. Seine ganze Krone rotierte, als er sich bewegte, und seine Blätter raschelten auf höchst eigenartige Weise.

Die Kreatur, die den Hang heraufkam, war kein menschliches Wesen, aber Lucrezia war hoch erfreut, als sie erkannte, dass es sich auch nicht um eine Riesenschlange handelte. Sie sah eher wie ein aufrecht gehender Frosch aus und hatte einen breiten Mund und Glubschaugen. Ihre Haut war ähnlich wie die der Schlangen gemustert, doch die Schuppen waren viel kleiner und glatter. Sie war nackt und – wenigstens soweit Lucrezia es erkennen konnte – geschlechtslos.

»Hast du so etwas schon einmal gesehen?«, fragte sie leise.

»Nicht dieses Wesen«, erwiderte er. »Aber ein anderes, das ihm nicht unähnlich gesehen hat und in den dunkelsten Phasen meines Traumes anwesend war. Ich habe es den Wächter genannt, aber ich glaube, der Wächter, den ich gesehen habe, wurde von den Eidechsen getötet. Das hier muss ...«

Er beendete den Satz nicht, aber Lucrezia vermutete, dass er sich fragte, ob dieses Wesen hier ein Neugeborenes aus dem lebenden Stein war – ein Ersatz für die Kreatur, die zugrunde gegangen war. Sie verstand, warum Andris sich selbst unterbrochen hatte.

Wenn ein solches Geschöpf völlig ausgewachsen und aktiv aus dem Schoß des Steins heraustreten konnte, mochte ihm vielleicht noch eine ganze Legion folgen. Vielleicht wurde gerade eine ganze Schar von falschen Menschen und Riesenschlangen ausgebrütet, während die vorherige Truppe langsam wieder vom Gewebe ihres Schöpfers absorbiert wurde.

Die froschähnliche Kreatur warf nicht einmal einen Blick auf Lucrezia. Als Erstes stellte sie sich vor das geschwärzte und bewegungslose Gesicht des ausgebrannten Baumes, den Andris Arilla genannt hatte. Es studierte dessen reglose Gestalt einige Minuten lang, bevor es sich Andris zuwandte und sich mit ungewöhnlich starren Augen den fragenden Blicken des Menschen und des Baumes aussetzte. Es blinzelte überhaupt nicht, doch Lucrezia erkannte eine durchsichtige Lidmembrane, die in einem horizontalen Bogen über das konvexe Auge hin und her schnellte.

»Kannst du sprechen?«, fragte Andris.

»Ja«, sagte das Wesen. Es lag kein schlangenhaftes Zischen in seiner Aussprache, doch das J war etwas undeutlich. Offenbar hatte es die Sprache erkannt, in der die Frage gestellt worden war.

»Hast du einen Namen?«

Darauf sagte es nichts. Lucrezia dachte hartherzig, dass die Konversation wohl sehr eingeschränkt sein würde, wenn sich das Vokabular der Gestalt nicht einmal auf ein ›Nein‹ erstreckte.

»Ich habe Geschöpfe wie dich schon einmal gesehen«, sagte Andris ruhig. »Hier und im See des Farblosen Blutes und sogar in den Tiefen eines Dragomitennestes. Ich weiß nicht genau, *was* du bist, aber du bist mir vertraut. Verstehst du, was ich sage?«

Vielleicht verstand es, vielleicht auch nicht. Statt einer Antwort schaute es von der einen Seite zur anderen und gestikulierte vage in die Richtung des ausgebrannten Baumes. »Schlecht«, sagte es.

»Wirklich nicht gut«, pflichtete Andris ihm bei. Lucrezia schaute den Hügel herab. Hyry Keshvara kam herauf, mit einem Wurfspieß in der Hand. Lucrezia machte sich nicht die Mühe, ihr zu signalisieren, dass es im Augenblick keinen Grund für einen Alarm gab. Das konnte Hyry schließlich selbst sehen.

Als die Gestalt nichts weiter sagte, versuchte Andris es noch einmal: »Wenn du verstehst, was ich sage, würde ich mich über eine Bestätigung sehr freuen. Was bist du? Zu welchem Zweck bist du hier?«

Es war nicht leicht, den Ausdruck auf den fremdartigen Gesichtszügen zu lesen, doch Lucrezia vermutete, dass das Wesen verwirrt und unsicher war, als ob es keine Ahnung habe, was es war und zu welchem Zweck es hier war und dies gern selbst wüsste. Sie wartete darauf, was es sagen würde, falls es überhaupt eine Antwort gab. Es wechselte die Stellung, als Hyry die Gruppe erreichte und sich neben Lucrezia stellte, aber es starrte noch immer auf das Gesicht, das in dem Stamm des riesigen Baumes steckte – auf das Gesicht, das deutlich als das von Andris Myrasol zu erkennen war, zumindest für jemanden, der ihn so gut kannte wie Lucrezia.

»Versuche zu erinnern«, sagte es schließlich. Es klang mehr wie ein wehleidiges Versprechen als wie ein Befehl. Lucrezia fragte sich, aus welcher fernen Vergangenheit diese Erinnerungen ausgegraben werden mussten.

»Ich wünschte, ich könnte dir helfen«, sagte Andris mit einer gekünstelten Förmlichkeit, die beinahe makaber wirkte, »doch ich bin selbst fremd hier. Mein Name ist Andris Myrasol – oder zumindest lautete er so, als ich noch ein Mensch war –, aber was der Zweck meines Hierseins ist, kann ich immer noch nicht sagen. Wir sind anscheinend die Gefangenen eines der Bewohner der Tiefe – einer Mutter der Schlangen, die ihre Produktion inzwischen auf viele andere Arten von Nachkommenschaft ausgedehnt hat. Vielleicht ist der Bewohner der Tiefe nur eine Kreatur mit einem dumpfen und einfachen Instinkt und zieht aus seinen Anstrengungen nichts anderes als Verwirrung und Wahnsinn, aber wir sollten hoffen, dass es nicht so ist.

Wir sollten hoffen, dass hinter all dem so etwas wie ein Plan steckt, denn ansonsten wären wir beide bloße Traumgespinste, nichts als Ungeheuer, die nur zu dem Zweck erschaffen wurden, die Verkörperungen des Nachtmahrs zu sein. Was du dir wünschst, weiß ich nicht, aber wenn ich schon dazu verdammt bin, ein Baum zu sein, dann will ich ein Baum der Erkenntnis und nicht irgendein müßiger Busch sein, der Früchte hervorbringt, die kein Pfanzenfresser je pflücken und deren Samen niemals irgendwo wachsen wird.«

Lucrezia bemerkte, dass die Kreatur noch nicht soweit war, um solche Ideen verstehen zu können – falls sie jemals dazu in der Lage sein sollte –, aber sie verstand, was Andris vorhatte. Wenn das Wesen sogar um die Erinnerung an die Sprachen, die es kannte, kämpfen musste, dann brauchte es einen Anstoß.

»Denk dir einen Namen aus«, sagte sie sanft und trat einen Schritt vor, um besser die Aufmerksamkeit der großen Augen fesseln zu können. »Denk dir einen Namen aus und sieh ihn als deinen eigenen an. Das wäre doch ein Anfang, oder?«

Es schien ihr so etwas wie ein Sieg zu sein, als sich die Kreatur zu ihr umwandte, und es war ein noch größerer Sieg, als sie erneut sprach.

»Weiß, was ich bin«, meinte sie – und dann, weniger sicher: »Weiß, was ich war.«

»Was bist du?«, fragte Andris.

Als darauf keine Antwort kam, obwohl sich die Kreatur wieder Andris zugewandt hatte, fragte Lucrezia: »Was *warst* du?«

»Geist«, antwortete das Geschöpf. »War Geist.«

Das war die unwahrscheinlichste aller möglichen Antworten, denn das Wesen bestand offensichtlich aus Fleisch und Blut. Lucrezia war versucht, ihm zu sagen, dass es keine Geister gab, aber sie stellte fest, dass sie sich dessen gar nicht mehr so sicher war. Wenn dieses

Geschöpf von der Oberfläche eines gemusterten Steins ausgestoßen worden war, war es vielleicht wirklich der Widerhall irgendeiner früheren Kreatur, die vor tausend – oder zehntausend – Jahren in denselben Stein eingesaugt worden war. Vielleicht waren alle Kreaturen, die sie in der letzten Zeit gesehen und bekämpft hatte, verkörperte ›Geister‹ von Individuen, die früher einmal ein Leben wie das ihre geführt hatten. Sie fragte sich, ob Andris jetzt auch ein Geist war. Oder würde er erst zu einem werden, wenn die Zeiten des Entstehens vorüber waren und er als Chimäre der einen oder anderen Art in einem zukünftigen Zyklus wiedergeboren wurde?

»Was warst du, bevor du zu einem Geist wurdest?«, fragte Andris, der offenbar denselben Gedanken nachgehangen hatte.

Diese Frage war zu schwierig.

»*Wo* warst du ein Geist?«, fragte Lucrezia einer plötzlichen Eingebung folgend.

Wieder ließ sich die Kreatur dazu herab, ihr einen seltsamen Blick zuzuwerfen. »Nirgendwo«, sagte sie, als ob sie die Vorstellung, irgendwo gewesen zu sein, als beängstigend empfände.

»Wir haben etwas zu essen«, warf Hyry Keshvara ein. Vermutlich war sie der Meinung, dass man besser bei den einfachsten Themen blieb. »Möchtest du etwas essen? Bist du hungrig? Durstig? Wir haben auch Wasser.«

Sie hatte ins Schwarze getroffen. »Ja«, sagte das Geschöpf. »Hungrig. Durstig. Hungriger Geist. Versuche zu erinnern.«

»Komm hier entlang«, sagte Hyry und zeigte mit dem Schaft ihres Speeres hügelabwärts. Für Lucrezia hatte sie nur ein leichtes Schulterzucken übrig.

Die Kreatur folgte sanftmütig der Richtung ihres Speeres, aber nach einigen Schritten hielt sie an. Sie hatte Ssifuss entdeckt, die ihr entgegeneilte. Das Geschöpf stieß einige Klick- und Zischlaute aus.

Auch Ssifuss hielt an. Sie war erstaunt, aber offenbar nicht beunruhigt.

»Wass isst?«, fragte die Schlange.

»Wir wissen es nicht«, antwortete Lucrezia. »Was hat es gesagt?«

»Ssagt, ess isst…«, Ssifuss zögerte. »Wass isst Menschenwort für Totess, dass ssurückkommt?«

»Geist«, sagte Lucrezia. »Es hat dir gesagt, dass es ein Geist ist. Uns hat es dasselbe gesagt – aber es scheint sich nicht daran erinnern zu können, was oder wo es war, bevor es zu einem Geist wurde.«

»Erinnert ssich«, sagte die Schlange. »Konnte aber nicht ssagen. Ich auch nicht. Kann ess aber sseichnen.«

Es wäre zweifellos von Vorteil gewesen, wenn Ssifuss wirklich hätte zeichnen können, aber sie hatte außer ihren stummelartigen Fingern und der Luft nichts, womit oder worauf sie ein Bild hätte malen können. Sie musste das dreidimensionale Bild dreimal in die Luft zeichnen, bevor Lucrezia schließlich begriff, was es war.

»Das ist eine Pyramide«, sagte sie schließlich. »Eine vierseitige Pyramide. Und ihr werdet nie erraten, was ich gerade südlich von hier gesehen habe, und zwar dort, wo unserer Meinung nach die Wiege der Chimäre liegen muss. Das könnte unser Glück sein. Ich hoffe nur, dass sich unser freundlicher Geist an seinen Heimweg erinnert.«

»Ihr solltet ebenfalls hoffen, dass er überhaupt nach Hause gehen will«, warf Hyry ein. »Das will schließlich nicht jeder, wie Ihr sehr wohl wisst.«

»Nicht heim«, sagte die froschähnliche Kreatur; sie hatte eifrig das wesentliche Wort herausgepickt. »Botschaft. Kreuzweise. Stimmen müssen sprechen. Hoffnung, nicht Heim. Kein Heim. Botschaft. Bin Bote.«

»Genau das haben dir die geflügelten Salamander auch gesagt«, meinte Lucrezia zu Ssifuss. »Sie waren ebenfalls Boten.«

»Welche Botschaft hast du denn?«, wollte Keshvara wissen. »Wer soll sie empfangen? Wer hat sie abgeschickt?«

»Stimmen müssen sprechen«, wiederholte das Geschöpf. »Schweigen ist schlecht. Hoffnung in Stimmen. Beobachten und lernen. Hören und sagen. Verbindungen herstellen. Boden zu Boden, Stimme zu Stimme. Kreuzweise. Immer kreuzweise, egal wie lange.«

Lucrezia erkannte, dass das Geschöpf mehr einer Schlange glich, als es zunächst den Anschein gehabt hatte. Es konnte die menschlichen Wörter recht gut aussprechen, aber es dachte nicht in der Menschensprache. Es übersetzte so gut wie möglich, fand aber nicht die richtigen Begriffe. Es fiel ihm genauso schwer wie Ssifuss, sich klar auszudrücken, aber Ssifuss hatte auch nicht viel mehr verstanden, als das Wesen zu ihr etwas in ihrer eigenen Sprache gesagt hatte.

Lucrezia sagt langsam: »Wenn diese Wesen die Nachkommenschaft der Wiege der Chimäre sind und als Boten zu anderen Böden und anderen Gärten geschickt wurden, um Intelligenz einzusammeln, muss es in der Wiege der Chimäre Leute geben, die dazu in der Lage sind, etwas mit dieser Intelligenz anzufangen. Es müssen zumindest *Stimmen* dort sein. Vielleicht gibt es dort Leute, die aktiv und wohl überlegt an diesem verrückten Krieg teilnehmen und versuchen, ihn zu einem vorausberechneten Ende zu bringen – eben Leute, die diese Wesen erschaffen haben, um Intelligenzen einzusammeln und Botschaften zu überbringen.«

Unter anderen Umständen hätte ihr niemand widersprochen, doch Andris war nun anders als früher. »Es muss Stimmen geben«, pflichtete er ihr bei. »Und es muss ebenfalls Bewusstsein geben – aber es sind bestimmt keine *Leute* oder etwas, das auch nur entfernt an Leute erinnert. Wenn es nämlich Menschen wären, könnte uns diese Kreatur hier sehr viel genauer sagen, was seine eigentliche Aufgabe ist.«

»Aber die Wiege der Chimäre ist *unser* Boden«, sagte Lucrezia. »Lississee sagt das auch. Es ist menschlicher Boden, der von menschlichen Wesen geschaffen wurde.«

»Das hier ist Schlangenboden«, rief ihr Andris in Erinnerung. »Es hat sich vieles verändert, seit die Leute aus dem Schiff fortgegangen sind. Wir können nur sicher sein, dass das, was inzwischen im Garten von Idun lebt, chimärisch ist – wie wir selbst. Vielleicht hat das Becken des Lebens etwas geboren, das weiser und besser als menschliche Wesen ist.«

Unter anderen Umständen hätte das Anhängsel des vorletzten Satzes ausgesprochen rätselhaft geklungen. Doch so, wie die Dinge standen, hallte es wie eine tödliche Bedrohung in Lucrezias Gedanken wider. Sie hob ihre verzierte Hand und berührte damit ihr verziertes Gesicht.

Wie wir selbst, dachte sie. *Wie wir selbst*. Sie konnte aber trotzdem nicht glauben, dass das Becken des Lebens etwas Besseres oder Weiseres als menschliche Wesen hervorgebracht hatte. Wenn dem so wäre, wären diese Geschöpfe inzwischen längst in die Welt hinausgezogen und hätten sogar Xandria erreicht. Aber wessen Stimmen versuchten, trotz aller Schwierigkeiten einen Dialog zwischen den verfeindeten Böden in Gang zu bringen, wenn das Becken nichts Besseres geboren hatte? Welche Bande wollten sie mithilfe dieser absurden lebenden Werkzeuge knüpfen?

Sie sagte zu der froschähnlichen Gestalt: »Wenn du zur Pyramide in der Wiege der Chimäre gehen willst, kommst du besser mit uns.«

Sie hatte keine Ahnung, ob das Geschöpf entweder aus Verwirrung oder aus Unfähigkeit keinerlei Dankbarkeit zeigte, aber das, was es schließlich sagte, war unheilvoll genug, um Lucrezia eine Gänsehaut über den Rücken zu jagen.

»Alle Geister«, flötete es auf seltsam singende Weise. »Alle Geister jetzt. Beinahe fertig. Alle Geister jetzt.«

3

Erst als der Besuch sich seinem Ende zugeneigt hatte und sich die Reisenden schließlich wieder verzogen hatten – sie wurden noch immer von Lississee und den wendigen Schlangen und nicht von dem verwirrten ›Geist‹ geführt, den die mütterliche Erde des Gartens hervorgebracht hatte –, fand Andris Muße, seine neue Situation eingehend zu untersuchen. Als die anderen bei ihm gewesen waren, hatte er die Pflicht verspürt, ihre Belange über die seinen zu stellen. Lucrezia, Ssifuss und Hyry waren ihm in der Hoffnung gefolgt, ihn vor einem Schicksal bewahren zu können, das schlimmer als der Tod war, und dazu war so viel Mut erforderlich, wie keiner von ihnen je zuvor aufgebracht hatte. Sie hatten in kühnem und leichtsinnigem Trotz ihr Leben aufs Spiel gesetzt. In gewisser Hinsicht verdeutlichte das ihre eigene Verzweiflung. Auch sie waren in einen neuen und albtraumhaften Geisteszustand verfallen, in dem kein Platz mehr für gewohnte Besonnenheit und Überlegung war. Dennoch: sie hatten es getan und sie hatten es für ihn getan. Sie hatten es für einen Fremden getan, für einen Ausländer, mit dem sie zufällig ein zeitlich begrenztes Bündnis eingegangen waren. Es blieb ihm nichts anders übrig, als auf diese Geste zu antworten.

Im Nachhinein aber erkannte er auch, dass diese Begegnung so etwas wie ein Versuch gewesen war – eine Herausforderung für seine Fähigkeit, mit seinen früheren Artgenossen zu kommunizieren. Er hatte die größten Anstrengungen unternommen, um ›aufzuwachen‹ und so menschlich wie möglich in seiner Konversation zu sein, und auf diese Weise hatte er die Grenzen seiner neuen Identität rigoros ausgeforscht. Das hätte er nicht vermocht, als er noch in seiner Einsamkeit gefangen gewesen war, und auch die exotische Gesellschaft, in der er sich nun befand, war in dieser Hinsicht nicht hilfreich; es war nötig gewesen, andere Menschen als Zeugen und Hintergrund für seine Gedanken zu haben. Niemand konnte bei Abwesenheit anderer menschlicher Wesen völlig menschlich bleiben oder exakt herausfinden, wie menschlich er war.

Jetzt wusste er es und konnte seine Entdeckung bei seinen weiteren Überlegungen mit berücksichtigen. Er hatte die größtmöglichen Anstrengungen unternommen, wieder einen vertrauten Umgang mit seiner eigenen Art zu pflegen, und nun hatte er die Gelegenheit, die Grenzen seines Erfolgs und Misserfolgs abzustecken.

Auch wenn Lucrezia nicht dieselbe Zuneigung für ihn hegte wie Merel, war sie dennoch innig vertraut mit ihm; sie war vollauf dazu in der Lage gewesen, die Rolle derjenigen Person zu spielen, die berufen war, ihn als das zu definieren und widerzuspiegeln, was er bereits war und zu was er noch werden würde. Jetzt, da Lucrezia fortgegangen war, durfte er zugeben, dass er nicht mehr der Mann war, der er einmal gewesen war – er war überhaupt kein Mann mehr. Die froschähnliche Gestalt hatte ihm dabei geholfen, das zu begreifen, indem sie ihm gesagt hatte, was er war und auf ewig sein würde: ein Geist.

Selbst wenn eine weitere Mutation es ihm erlauben würde, entweder seinen ursprünglichen Körper oder einen vergleichbaren zurückzubekommen, wäre er doch niemals mehr der Andris Myrasol, der er früher einmal gewesen war, oder auch nur irgendetwas, das *jener* Andris Myrasol jemals hatte werden wollen. Er wäre dann ein Andris Myrasol, der früher einmal ein chimärischer Baum gewesen war, und damit wäre er immer noch ein Auswuchs eines Bewohners der Tiefe.

Er wäre im Wesentlichen immer noch ein Produkt des Bodens, der ihn angenommen und Andris' Fleisch mit seinem verschmolzen hatte. Er war jetzt mit den Riesenschlangen verwandt und mit den dummen Halbmenschen und den einsamen Geistern; vor allem aber war er mit den Baummenschen an diesem Hang und mit der toten Arilla verwandt.

Als Lucrezia und ihre Gefährtinnen gegangen waren und er sich wieder dem Traum hingegeben hatte, war Andris deshalb damit zufrieden, sich voll und ganz auszuliefern. Er wusste, dass er in den Traum hineingehörte.

Er hoffte, noch weitere Gelegenheiten für Gespräche mit Individuen wie Lucrezia zu erhalten – vielleicht sogar mit Lucrezia selbst, falls sie ihr Versprechen erfüllen konnte –, aber er wusste, dass dann bereits alles anders sein würde. Er würde keinen Versuch mehr machen, sich als sein früheres Selbst zu verkleiden; von jetzt an wollte er sich ganz dem Prozess des *Werdens* überantworten. Die Person, die mit Lucrezia reden würde, falls diese überhaupt zurückkommen sollte, würde die Person sein, zu der er geworden war, und nicht etwa ein Echo der Person, die er früher einmal gewesen war.

Er wusste, dass er von nun an den Traum ernst nehmen musste, und so schob er die Frage beiseite, was real war und was nicht. In gewisser Weise hatte er seine Traumgespinste bereits ernst genommen, als er noch phantasierend durch die Bittersüßen Sümpfe gewandert war, doch er begriff jetzt, dass die Ernsthaftigkeit, die er damals über das Ganze zu legen versucht hatte, falsch und dem Deistenglauben ähnlicher gewesen war, als er vermutet hatte. Er hatte genau wie sie so etwas wie eine magische Offenbarung von seinem Delirium erwartet, so als ob es ein Orakel wäre, das durch seine Seele zu ihm sprach. Während die Deisten nach neuen Erkenntnissen über Gott Ausschau gehalten hatten, hatte er nach neuen Erkenntnissen über ein wahrhaft gottloses Universum gesucht, aber er hatte seinen Traum wie eine Botschaft behandelt oder zumindest wie einen Strom aus Gefühlen, die von irgendeinem inneren Organ erfasst wurden. Jetzt akzeptierte er, dass es nicht so war – aber wie es sich in Wirklichkeit verhielt, hatte er immer noch nicht begriffen; er suchte noch nach der besten Formulierung dafür.

Er sagte sich, dass der Traum – als er noch der Geist der Wasser gewesen war – in einer Weise gewirkt hatte, dass die Erkenntnisse und Gefühlsströme, die Andris bereits gehabt hatte, geordnet und organisiert wurden. Jetzt, da das Produkt des Samens aus dem Garten hinzugefügt worden war, hatte sich der Traum ausgeweitet und schloss neue Gefühlsströme und neue Erkenntnisse ein – zumindest waren sie neu für Andris. Oder war es auch hier anders herum? Wäre es sinnvoller zu sagen, dass ›er‹ neu für *sie* war?

Er war nun eine Chimäre, war ein Teil und ein Stück des Gartens und der Kreatur, dessen Organ der Garten war, aber in gewisser Hinsicht war er schon immer eine Chimäre gewesen. Er hatte schon immer fremde Dinge in seinem Blut gehabt – Passagiere, die nicht bloß Parasiten waren, sondern Kreaturen, die an seinem ureigenen Wesen teilhatten, so wie sie am Wesen jeder lebendigen Rasse auf der Welt teilhatten. Er konnte nicht einmal sicher sein, dass sie nur seinen Körper mit ihm geteilt und sich von seinem Blut ernährt hatten; falls sie auch seine Gedanken mit ihm geteilt hätten, hätte er sie ohne weiteres als Teil seines eigenen Bewusstseins angesehen, als Bestandteile seiner eigenen Identität, die unauflöslich mit dem Rest verbunden waren. Da sich jetzt sein Geist änderte und gleichzeitig mit seinem Körper eine tief greifende Metamorphose durchmachte, war er sich des Unterschieds zwischen seinem gegenwärtigen und seinem früheren geistigen Zustand sehr deutlich bewusst – doch dieses deutliche Bewusstsein würde mit der Zeit dahinschwinden; er würde sich so sehr an seinen neuen Geisteszustand gewöhnen, dass der alte in seinem Gedächtnis wie ein gewöhnlicher Traum nach dem Aufwachen verblassen würde.

Auch Schlangen sind gut im Vergessen, dachte er. *Sie müssen es sein. Jedes Wesen mit Bewusstsein, das zu Metamorphosen neigt, muss gut im Vergessen sein. Anscheinend haben die Salamander gelernt, wie sie ihre Metamorphosen beschränken können, wenn auch nicht auf das Minimum, das den Menschen immer als normal erschienen ist. Sie haben sich zumindest bis zu einem gewissen Grad von dem Zwang der Vergesslichkeit befreit. Wenn man den Überlieferungen trauen kann, haben die Menschen die Geheimnisse beider Kniffe gelernt, als sie auf diese Welt kamen, sodass sie in der Lage waren, das Feuer des Salamanders dafür zu benutzen, um Riesinnen zu erschaffen, und mit dem Blut der Schlange erschufen sie andere Arten von Chimären – einschließlich solcher wie Seth und Jume Metra sowie weitere täuschend menschliche Rassen. Da die Urväter an diesen Geheimnissen teilhatten, konnten sie die Wiege der Chimäre erschaffen – einen Garten, der eine Stadt ersetzte; ihr eigener Bewohner der Tiefe. Aber es hat nicht ganz so funktioniert, wie es ursprünglich geplant war. Es gab bereits*

Bewohner der Tiefe und auch bei ihnen setzte ein Lernprozess ein. Sie durchdrangen die Geheimnisse, von denen die Menschen glaubten, sie hätten sie für sich selbst erschlossen. Es ist so vieles gelernt und vergessen worden, dass die Teile des Puzzles verstreut und durcheinandergeworfen worden sind und niemand sagen kann, welche Art von Verstand man braucht, um sie alle wieder zusammenzusetzen, falls das überhaupt noch möglich ist.

In der Zwischenheit kam die Nacht, kam der Tag, kam wieder die Nacht. Die Maske, die Andris trug und die sorgfältig eine wiedererkennbare Darstellung jener Gesichtszüge zeigte, auf die sein früheres Selbst stolz gewesen war, änderte ganz allmählich ihre Linien. Seine Augen waren jetzt öfter geschlossen als offen und seine Ohren für gewöhnlich unaufmerksam. Sein Geruchssinn war nicht mehr an das Gewebe in seiner Nase gebunden, sondern viel weiter ausgedehnt. Zunächst sah er die Signale, die dieser Sinn empfing, noch als ›Gerüche‹ an, aber mit der Zeit gelang es ihm, diese grobe Art des Denkens hinter sich zu lassen. Auch die Tastempfindungen waren jetzt sehr viel ausgedehnter und wesentlich verändert. Er dachte noch immer in Kategorien wie ›Druck‹, ›Schmerz‹ und ›Hitze‹, aber die dahinter liegenden Vorstellungen waren bereits umgebildet worden; der Schmerz, den er nun kannte, war ein neuer Schmerz, aber er wusste nicht mehr, wodurch er sich von dem alten unterschied. Er war sich den neuen Empfindungen wie dem Wind in seinen Zweigen oder der Bestäubung seiner Blüten viel stärker bewusst als früher, aber selbst diese Gefühle zogen sich langsam in den Hintergrund seines Bewusstseins zurück; er sah sie als so selbstverständlich an, dass sie keiner Aufmerksamkeit mehr bedurften und kein Staunen mehr in ihm hervorriefen.

Seths abgetrennter Kopf war nun völlig mit Andris' Zweigen verwachsen, und er befand sich anscheinend wieder in einem Zustand, in dem er sprechen konnte, aber dazu brauchte er nicht den Mund zu öffnen – es hätte ihm auch nicht viel geholfen, wenn er ihn hätte öffnen können, denn schließlich fehlte ihm die Lunge zur Belebung seiner Stimmbänder. Wenn er sprach, dann war es so wie früher, dann war er nur eine Traumerscheinung; doch Andris glaubte, dass Seth *selbst* sprechen konnte und es auch tat.

»Ich habe dich um einen eigenen Körper gebeten, *Bruder*«, meinte er, aber es klang nicht so bitter, wie Andris befürchtet hatte.

»Ich habe getan, was ich konnte«, sagte Andris zu ihm. »Wäre es dir lieber gewesen, wenn ich dich in den Eingeweiden der Dragomitenkönigin zurückgelassen hätte? Dann wärst du zur reinen Nahrung für die Gewinner des Nestkrieges geworden.«

»Es ist schon in Ordnung. Du hast getan, was du konntest, und dafür danke ich dir. Zweifellos hättest du für dich selbst ein anderes Schicksal bevorzugt.«

»Vielleicht«, sagte Andris.

»*Vielleicht?* So spricht ein Mann, der sich sein ganzes Leben lang frei bewegen konnte, der wie selbstverständlich unter der Sonne und den Sternen einhergegangen ist, der gegessen und getrunken hat, was er wollte und wann er wollte – und der mit hunderten Frauen geschlafen hat.«

»Leider nicht mit hunderten«, gestand Andris. »Nicht einmal mit einem Dutzend.«

»Aber es hätten hunderte – oder wenigstens Dutzende – sein können, wenn du dir die Mühe gemacht hättest.«

»So leicht war das nicht. Wenigstens kam es mir nicht so vor.«

»Das ist unwichtig«, sagte Seth ungeduldig. »Es geht darum, dass du all das als selbstverständlich hingenommen hast. Wenn du dieselbe Zeit noch einmal verleben dürftest, würdest du dich damit nicht mehr aufhalten, weil du es schon gehabt hast. Du hattest es, und es ist nur natürlich, dass du danach etwas anderes versuchen möchtest, etwas Neues, denn erst dann hast du wirklich alles gehabt. Du kannst über die möglichen Schicksale nachdenken, die dir hätten widerfahren können, und dann ehrlich sagen, dass du *vielleicht* ein anderes bevorzugt hättest. Ich hatte ein anderes Leben; für mich war alles, was du als selbstverständlich hingenommen hast, nur Überlieferung und Legende. Ich bin nie auf Beinen herumgelaufen; ich habe nie die Sonne oder einen anderen Stern gesehen.«

»Jetzt kannst du sie sehen«, sagte Andris. »Die Sonne ist die, deren Anblick du nicht ertragen kannst, aber die Namen der Flammensterne kann ich dir nicht nennen und schon gar nicht die ihrer silbrigen Gefährten; ich habe noch nie Ahnung von Astronomie gehabt.«

»Darum geht es nicht«, beharrte Seth. »Du willst absichtlich nicht verstehen.«

»Das stimmt nicht«, sagte Andris. »Ich unternehme heroische Anstrengungen, um alles und jedes zu verstehen, und ich mache Fortschritte. Als ich im Dragomitennest war, kam eine Kreatur zu mir in die Zelle, in der ich zusammen mit Jacom Cerri eingesperrt war, und öffnete die Wand so problemlos, als würde sie eine Naht in einem verrotteten Hemd auftrennen. *Komm mit mir*, sagte sie immer wieder. Ich hatte eigentlich angenommen, dass *du* sie geschickt hattest, dass du uns zu der Kammer, in der wir dich gefunden haben, gerufen hattest. Ich habe mich geirrt, nicht wahr? Du hattest sie überhaupt nicht geschickt.«

»Wie hätte ich das denn tun können? Woher hätte ich wissen sollen, dass ihr da wart?«

»Und es war auch kein Zufall, dass eine solche Kreatur über mich gewacht hat, als mir die Saat gegeben wurde, die mich zu dem gemacht hat, was ich jetzt bin, oder dass eine weitere erschaffen wurde, während Lucrezia und Hyry Keshvara hier waren. Als Philemon mir eine von ihnen in dem See zeigte, glaubte ich, es wäre nur eine weitere unirdische, entfernt mit den Schlangen und Salamandern verwandte Kreatur, aber auch das stimmte nicht. Weißt du, wie diese Geschöpfe heißen?«

»Geister«, meinte Seth. »Sie tun nicht viel und ihre Gesellschaft ist nicht gerade unterhaltsam, aber sie sind harmlos und auf ihre Art amüsanter als Arbeiterinnen und Kriegerinnen.«

»Sie sind Geschöpfe der Wiege der Chimäre«, sagte Andris, »zumindest ursprünglich. Ich vermute, dass sie in Anbetracht der promiskuitiven Gewohnheiten der Bewohner der Tiefe inzwischen von allen Arten von lebendem Boden reproduziert werden, aber ursprünglich wurden sie von der Wiege der Chimäre geboren. Ich glaube, sie sind ein Teil des Genesys-Plans.«

»Ist das nicht alles?«

»Ja, aber einige Teile waren von Anfang an da und mussten in den Plan aufgenommen werden, ob es den Urvätern gefiel oder nicht. Ich glaube, dass die Geister ein Teil der Hilfsinstrumente des Plans sind.«

»Sie sind weder sehr klug noch sehr gesprächig. Eigentlich machen sie den Eindruck, dass sie ausgesprochen dämlich sind.«

»Das sind sie nicht. Sie sind auch nicht teilnahmslos. Wenn mich derjenige aus dem Dragomitennest nicht zu dir gebracht hätte, wärest du jetzt nicht hier. Wenn er uns drei nicht aus dem Bauch der Dragomitenkönigin herausgeführt hätte, wäre ich wohl ebenfalls nicht hier.«

»Das war weder eine altruistische noch eine heldenhafte Tat«, sagte Seth verächtlich. »Das Wesen folgte bloß seinen Instinkten.«

Andris erwiderte darauf: »Wenn das stimmt, dann folgte es Instinkten, die den Plan unserer Urväter unterstützen. Es brachte uns beide zusammen, und das tat es aus einem bestimmten Grund, auch wenn es diesen Grund vielleicht nicht kannte. Der Geist, der bei der Ankunft von Lucrezia und Hyry erschien, ist mit ihnen zur Wiege der Chimäre gegangen – nicht als Führer im gewöhnlichen Sinne des Wortes, auch wenn er wahrscheinlich den Weg kennt, wenngleich er ihn nicht mitteilen kann, sondern als... nun ja, als Führer in einem anderen Sinn oder wenigstens als Zeuge und Bote.«

»Was bei näherer Betrachtung nicht unbedingt ein schreckliches Schicksal ist«, bemerkte die Drohne, »besonders wenn man es mit dem vergleicht, ein Baum sein zu müssen.«

Andris verstand dieses Argument, auch wenn es brutal vereinfacht war. Er wusste, dass er nicht nur ein Baum war; ebenso wenig war er nur ein Baum, der einmal ein Mensch gewesen war. Er *wurde* nicht zu einem Baum oder zu einem Hybriden aus menschlicher und pflanzlicher Substanz. Er war mit dem Fleisch eines der Bewohner der Tiefe vereinigt, der früher einmal bloß die Mutter der Schlangen und vielleicht einiger mit ihnen in Gemeinschaft lebender Parasiten gewesen, doch nun zu etwas weitaus Komplizierterem und Bizarrerem geworden war. Und das, zu dem er selbst wurde, war noch viel seltsamer.

»Wir befinden uns mitten im Krieg«, sagte er zu seinem argwöhnischen Bruder. »Es ist ein sehr gewalttätiger Krieg, in dem eine Menge Blut vergossen wird und viele Wesen ihr Leben verlieren, aber es geht weder um Blut noch um einzelne Leben, und es ist nicht die Art von Krieg, bei der es Gewinner und Verlierer sowie Eroberer und Eroberte gibt. Letztendlich sind alle Kriege Fusionsprozesse; wenn der Kampf vorüber ist, setzen sich die Eroberer bei den Eroberten fest und vermischen sich mit ihnen, sodass die nachfolgenden Generationen von beiden abstammen. Darum geht es bei kritischer Untersuchung in diesem Krieg: nicht um Zerstörung, sondern um Verschmelzung.«

»Ich weiß alles über Verschmelzung«, versicherte ihm die Drohne sarkastisch. »Ich habe mein ganzes Leben verschmolzen mit dem Körper des einen oder anderen Wirtes verbracht. Für dich ist das vielleicht eine reizvolle Vorstellung, aber ich würde gern einmal etwas anderes ausprobieren, wenn ich die Gelegenheit dazu hätte.«

»Ich glaube, das ist der Kern der Sache«, sagte Andris zu ihm. »Ich glaube, das ist der Schlüssel. Metamorphose bedeutet, dass etwas entsteht, was es vorher nicht gegeben hat. Hier neigt zumindest in den Zeiten des Entstehens alles dazu, zu etwas zu werden, was es vorher nicht war. Es geht um Testen, Versuchen, Auskundschaften… und in der Zwischenzeit werden die Ergebnisse ausgewertet, der Fortschritt abgeschätzt und das Neue auf der Waage des Beständigen abgewogen.«

»Redest du immer so?«, fragte Seth. »Ein bisschen hochtrabend für meinen Geschmack.«

»Aber natürlich«, meinte Andris. »Ich bin ein Prinz aus Ferentina, ein gebildeter Mann, der mit einem großen Reichtum an ererbter Arroganz ausgestattet ist. Ich bin vielleicht zu einem Vagabunden geworden – und schließlich zu einem Baum –, aber manche Dinge kann man selbst durch die tiefst greifende Metamorphose nicht auslöschen.«

»Ein einfaches *Ja* hätte gereicht.«

»O nein. Vielleicht für einige Kreaturen, aber niemals für unsereins. Wozu sonst dient das alles?«

»Was fragst du mich? Keine Ahnung!«, meinte sein selbst ernannter Bruder.

Andris war aber erst einmal vollauf damit beschäftigt, sich selbst zu fragen. Wenn die Boten regelmäßig zwischen der Wiege der Chimäre und den anderen Gärten hin und her liefen und mit ihren ›überkreuzten Bewegungen‹ eine Gemeinschaft aus ortsgebundenen Stimmen schufen, musste er seine Rolle in dieser Gemeinschaft so gut wie möglich spielen. Warum sollte er nicht danach streben, eine wichtige oder sogar unverzichtbare Rolle zu übernehmen? Er war schließlich früher einmal ein Prinz gewesen und war so sehr an diese Rolle gewöhnt, dass er sie nicht einmal als Vagabund hatte abschütteln können.

»Ich habe so viel von der Welt gesehen wie jeder beliebige lebende Mann«, sagte er laut – auch wenn es jetzt kein Traumgesicht gab, das ihn hören konnte. »Ich habe so viel Weisheit in mir wie jedes andere Wesen, egal wie wenig ich von der Überlieferung besitze oder wie wenig ich darauf vertraue. Wenn man die Zukunft vorhersehen kann, werde ich sie vielleicht noch sehen; wenn die Zukunft noch erschaffen werden muss, kann ich vielleicht eine Rolle dabei spielen. *Es gibt Jahreszeiten in den Angelegenheiten der Menschen, und es wird sie immer geben, auch wenn die Menschen, die in der uns bekannten Welt leben, aus der Wiege der Chimäre geboren wurden und einst wieder aus ihr hervorgehen werden.*«

Er hatte einmal gehört, wie Carus Fraxinus diese Worte zitiert hatte, ohne sie zu verstehen. Sollte er Fraxinus wieder sehen, so hoffte er, dem Kaufmann genau erklären zu können, was sie bedeuteten.

4

Sobald die Kreaturen mit den nichtmenschlichen Köpfen aus den weißen Wällen zu beiden Seiten von Fraxinus ausschwärmten, erkannte er, dass er seine Streitkräfte nicht bestmöglich aufgestellt hatte.

Als er seine Feinde das letzte Mal gesehen hatte, waren sie ausnahmslos beritten und nicht so zahlreich gewesen und ihre Bewaffnung hatte hauptsächlich aus Keulen und Wurfspeeren bestanden. Er war davon ausgegangen, dass ihre Kavallerie durch Lücken in der Schutzpalisade angreifen würde, und hatte vergessen, dass sie keine erfahrenen Reiter waren und die Pferde nur genommen hatten, weil sie die Ebene so am besten durchqueren konnten. Nun, da sie sich auf vertrauterem Gebiet befanden – auch wenn es nicht der lebende Boden war, der sie ausgebrütet hatte –, hatten sie Verstärkung bekommen und waren zu ihrer ureigenen Taktik zurückgekehrt.

Als sie über den Wall kamen, wirbelten sie bereits ihre eigentlichen Waffen – keine Speere, sondern gewaltige Netze, die sich während des Wurfs ausbreiteten und mit schrecklicher Eleganz und scheinbarer Sanftheit auf ihre Ziele niedergingen. Die Fäden, aus denen diese Netze gewebt waren, sahen so fein aus, dass es den Anschein hatte, ein einziger Schnitt mit einem guten Messer könne sie in der ganzen Länge durchtrennen, doch es wurde sehr bald deutlich, dass das nicht so leicht ging. Das Netz, das mit tödlicher Genauigkeit auf Shabir geworfen worden war, lag nicht lose auf ihm, sondern schmiegte sich um seinen Torso, als wäre es ein gieriger lebender Organismus. Checuti entwischte dem Netz, das man nach ihm geworfen hatte. Phar und Fraxinus waren die Einzigen, die sich zu weit in der Mitte der Straße befanden und daher kein lohnendes Ziel abgaben.

Fraxinus hatte beide Dragomiten an die Spitze geschickt, sodass sie etwa zwanzig oder dreißig Met vor den drei Pferden herliefen, die von Phar, Shabir und ihm selbst geritten wurden, doch als er angehalten hatte, waren sie weitergegangen, da sie sein Signal nicht mitbekommen hatten. Jetzt waren sie volle vierzig Met entfernt, und jede war von etlichen Netzen erwischt worden, die ihre Feinde, die noch nicht einmal von den Wällen heruntergekommen waren, ausgeworfen hatten. Jume Metra, die die gesunde Dragomite geritten hatte, war zwischen deren Rückenwirbeln gefangen und kämpfte darum, ihren Chitinspeer freizubekommen.

Der Wagen war Fraxinus in einer Entfernung von zwanzig Met gefolgt, während Dhalla und Checuti die Nachhut gebildet hatten. Dieser Zwischenraum von zwanzig Met hatte sich auf etwa zehn Met vermindert, sodass die Mitte der Kolonne jetzt enger zusammengeschlossen war, während Checutis Vorausritt Dhalla sich selbst überlassen hatte. Fraxinus wusste, dass die Plane über dem Wagen Ereleth, Mossassor, Merel und Vaca Metra vor den Netzen schützte, aber er wusste auch, dass Dhalla und die Dragomiten Unterstützung brauchten.

»Zurück, Checuti!«, schrie er. »Aulakh – hilf den Dragomiten! Merel – nimm Pfeil und Bogen und hilf Dhalla, wenn du kannst!«

Er hatte keine Zeit, um weitere Befehle zu brüllen, und es blieb ihm ebenso wenig Zeit, Shabir bei seinem Kampf gegen das Ding beizustehen, das ihn umschlungen hielt. Männer mit Affenköpfen rannten auf den Kaufmann zu und hatten offenbar vor, ihn vom Pferd zu stoßen.

Er hatte nun sein Schwert gezogen und schlug sofort

nach dem ersten Angreifer, der in seine Reichweite kam. Die Stahlklinge erwischte die Kreatur im Gesicht und raubte ihr das Augenlicht. Er hätte nur zu gern noch zwei oder drei von ihnen niedergemetzelt, aber das Wesen, das sich ihm von der anderen Seite aus näherte, duckte sich tief und zielte mit seiner Waffe – einer Art Pike – auf die Beine seines Reittieres. Das Pferd handelte reflexartig und tänzelte erstaunlich gewandt umher. Leider besaß Fraxinus nicht die Fähigkeit, bei solchen Bewegungen des Tieres mit seiner Waffe zu zielen, und daher war er keineswegs überrascht, dass seine kühnen Schläge nichts als Luft trafen. Ironischerweise war es Shabirs Pferd, das sich um den Mann mit der Pike kümmerte, indem es mit einem Hinterbein ausschlug, dessen schweres Hufeisen der Kreatur den Schädel spaltete.

Zu Fraxinus' Enttäuschung folgten den beiden ersten Angreifern keine weiteren Feinde. Als er sein ängstliches Pferd beruhigte, sah er, dass der Hauptangriff auf die Vorhut und die Nachhut zielte, denn dort befanden sich die gefährlichsten Widersacher der Affenmenschen. Ein rein menschlicher Taktiker hätte den ersten Angriff vermutlich auf das eine oder andere dieser beiden Ziele konzentriert und sich danach erst einmal rasch zurückgezogen, wie auch immer das Ergebnis ausgesehen hätte. In Anbetracht der ihm zur Verfügung stehenden Kräfte und derjenigen seiner Feinde hätte ein umsichtiger General sich bestimmt für einen Zermürbungskrieg entschieden – für eine ganze Serie von kurzen Scharmützeln –, aber das entsprach nicht der Art der Affenköpfe. Das hier war ein Großangriff, der mit selbstmörderischer Wildheit ausgeführt wurde.

Obwohl die Angreifer ihre Truppe aufgespalten hatten, war Fraxinus sicher, dass sie nichts in Reserve hatten; sie wollten die Dragomitenkriegerinnen und die

Riesin so schnell wie möglich ausschalten und dann den Kampf mit totaler Entschlossenheit durchziehen und alles zwischen der Vorhut und der Nachhut vernichten.

Wenn die Ungeheuer mehr Pfeile und Bogen – und die Geschicklichkeit, sie richtig zu gebrauchen – besessen hätten, wären sie in der Lage gewesen, viel mehr Schaden anzurichten, als es ihnen tatsächlich während der ersten Sekunden ihres hektischen Angriffs gelang, als die Männer auf den Pferden noch verwirrt waren. Wenn sie jedoch nur die armseligen Speere und Keulen aus dem letzten Angriff eingesetzt hätten, wäre die Not der Angegriffenen längst nicht so groß gewesen. Ein Dutzend der Kreaturen war aber mit so vielen Halbpiken und Schwertern mit Metallklingen bewaffnet, wie sie von Purkins Männern hatten erbeuten können, und das machte sie gefährlich, obwohl sie zu Fuß und nicht hoch zu Ross auf die Dragomitenkriegerinnen zustürmten.

Fraxinus sah, dass beide Dragomiten durch die Netze ernsthaft behindert wurden; das anschmiegsame Material wand sich ihnen um den Kopf, und obwohl ihre gewaltigen Kiefer nicht von etwas so Zartem gefesselt werden konnten, waren doch ihre Augen und Antennen nun fest umwickelt. Sie konnten nichts mehr sehen und hatten das wichtigste Element ihres Tastsinns verloren. Obwohl sie herumwirbelten und mit ihren Kiefern hierhin und dorthin schnappten, gelang es ihnen bloß, ihre Feinde umzuwerfen, und auch das nur mehr aus Glück als aus Berechnung.

Die Halbmenschen mit den besten Klingen machten keinen Versuch, einen großen Bogen um die Kiefer zu schlagen; sie drängten zu fünft oder sechst gleichzeitig vor und hackten nach den Beinen der Dragomiten.

Fraxinus hatte Phar zugerufen, ihnen zu Hilfe zu reiten, doch der ältere Mann konnte diesem Befehl nicht folgen; gleichermaßen entschlossene Halbmenschen hackten nach den Beinen seines Pferdes und sein Ross war weder so schnell noch so klug wie das von Fraxinus. Die Affenköpfe brachten es zu Fall, und Phar stürzte mit einer Gewalt, die markerschütternd sein musste. Den Bruchteil einer Sekunde lang zögerte Fraxinus, doch die Loyalität verdrängte alle taktischen Überlegungen. Er vergaß die Dragomiten und eilte Phar zu Hilfe.

Als einer der Affenmenschen seine Keule hob, um Phar das Hirn herauszuprügeln, schlitzte Fraxinus den Angreifer mit einem brutalen Schlag nach unten auf. Er erstach noch eine der Kreaturen mit einem sehr viel flüchtigeren Hieb, doch nun hatte er leichtsinnigerweise sein Reittier in Gefahr gebracht. Das Pferd war nicht klug genug, um den Schlägen auszuweichen, die jetzt auf seine Beine zielten; während es zu entkommen versuchte, wirbelte eines seiner Hufe ein Netz auf, das zu Boden gefallen war, und sofort wand es sich um das Fesselgelenk des Tieres.

Das Pferd stolperte. Fraxinus zog seine Füße aus den Steigbügeln, als es taumelte, und wagte nicht abzuwarten, ob es das Gleichgewicht wiederfand. Als es zu Boden ging, sprang er von ihm herunter und benutzte die Spitze seines Schwertes, um sich kurz abzustützen, bevor er wieder aufsprang und die Klinge zu seinem Schutz schwang. Er war keinen Augenblick zu früh. Zwei der Kreaturen, die Phar hatten töten wollen, waren im Handumdrehen bei ihm, und er musste seine ganze Kraft einsetzen, um das Schwert zwischen ihnen herumtanzen zu lassen. Wenn sie geübte Fechter gewesen wären, wären sie trotz ihrer groben Waffen zurückgewichen und hätten so den Winkel zwischen ihnen und Fraxinus vergrößert, aber sie waren nur Spielzeuge ihres mörderischen Instinkts und kamen beide zugleich auf ihn zu.

Fraxinus schlitzte beiden mit einem einzigen Hieb seines Schwertes die Bäuche auf, aber er musste ihnen noch den Gnadenstoß versetzen, denn ansonsten wären sie zu der Stelle gekrochen, an der Phar niedergegangen war, auch wenn ihre Eingeweide sich dabei über die ganze Straße verteilt hätten. Fraxinus rammte die Klinge durch die Augenhöhle des einen und hatte gerade noch Zeit, das Schwert wieder herauszuziehen, um es dann in den umherschlagenden Arm des anderen zu stoßen, in dessen schweineartige Schnauze er seinen Stiefel gezwängt hatte.

Als er auch die zweite Kreatur erledigt hatte, schmerzten seine Handgelenke heftig von der Anstrengung – die Klinge war schwer und er war näher an der Erschöpfung, als er vermutet hatte.

Nun hatte er eine Atempause, denn jemand hielt ihm den Rücken frei und schlug mit einer Klinge um sich, die viel dünner war als seine eigene. Einen Moment lang glaubte er, es sei Merel, doch als er den Kopf nach seinem Verbündeten umdrehte, entdeckte er, dass es Ereleth war. Er wich zurück, als die Spitze des dünnen Floretts von links nach rechts schwang, denn er nahm an, dass sie mit Gift eingerieben war, doch sie lachte nur über seine Besorgnis – und zu Recht, wenn man den großen Abstand zwischen ihnen in Betracht zog.

»Zwei von derselben Sorte, Fraxinus!«, rief sie und erinnerte ihn so an eine Einschätzung, der er unter viel ruhigeren Umständen einmal beigepflichtet hatte.

»Vielen Dank, Majestät!«, rief er zurück; seine Dankbarkeit war völlig ehrlich. Sie hatte drei der Kreaturen zu Boden geschickt, deren Schicksal besiegelt war, falls sie nicht schon tot waren.

Er drehte sich wieder um, weil er wissen wollte, wie es um die Dragomiten stand. Leider sah es sehr schlecht aus.

Affenköpfe mit Halbpiken tänzelten noch um die massigen Kiefer herum, während flinkere Kämpfer sich um die Beine der Kriegerinnen kümmerten und sie mit harten Schlägen brachen. Keine der Kriegerinnen drehte sich jetzt mehr; keine von ihnen würde je wieder aufrecht stehen können. Die eine hatte drei gebrochene Beine, die andere nur zwei, aber es waren beides Hinterbeine. Ihre Kiefer schlugen wie im Fieber aus, aber ihre Bewegungen waren ziellos; sie hatten ein halbes Dutzend ihrer Angreifer verkrüppelt oder getötet, aber eine größere Anzahl war noch immer am Leben. Jume Metra war es schließlich doch gelungen, sich aus dem Netz zu befreien, aber sie zögerte, von der Dragomite herunterzuspringen, da sie dann sofort von Feinden umgeben sein würde.

Fraxinus hatte nun keine Wahl mehr.

»Kümmert Euch um Phar!«, brüllte er Ereleth zu und eilte dann mit voller Geschwindigkeit den verletzten Dragomiten zu Hilfe.

Eine der Kreaturen warf sich ihm entgegen, aber es war ein dummer Fehler von ihr, allein gekommen zu sein. Auch wenn sie Fraxinus' ersten Hieb parierte und dann einen eigenen Schlag führte, besaß sie doch keinerlei Geschicklichkeit, und die erste Riposte, der sie sich je stellen musste, war gleichzeitig die letzte. Dann kamen zwei Halbmänner gemeinsam heran; einer von ihnen hatte eine Halbpike, doch die Kreatur hatte diese schwere Waffe bereits so lange geschwungen, dass sie sie kaum noch vom Boden hochbekam. Fraxinus trat die Pike mit dem Stiefel beiseite und schlitzte der Kreatur den weichen Bauch mit nachlässiger Grausamkeit auf. Das zweite Geschöpf konnte tatsächlich einen Schlag landen, doch Fraxinus spürte ihn kaum; seine Kriegsbrunst war nun so groß, dass er auf gewöhnliche Schmerzen gar nicht mehr reagierte. Er schlug den Halbmenschen mit der flachen Seite seines Schwertes nieder, dann schnitt er ihm die Luftröhre durch.

In der Zwischenzeit fällten die umherdreschenden Dragomitenkiefer zwei andere Angreifer, und Metra musste mindestens einen weiteren getötet haben, denn Fraxinus hatte gerade noch bemerkt, dass kein Feind mehr übrig war, als er plötzlich vornüber fiel.

Recht spät begriff er, dass die Wunde, die er davongetragen hatte, am Bein war und dass dieses trügerische Glied ihm jetzt jede Unterstützung verweigerte. Er fiel weitaus plumper und schwerer zu Boden, als er sich hätte wünschen können, aber wenigstens verschlimmerte der Fall nicht die soeben erlittene Verletzung. Er setzte sich bereits wieder auf, als Jume Metra ihm zu Hilfe kam. Sie allein hätte ihn wohl kaum wieder auf die Beine bringen können. Obwohl sie noch aufrecht stand, befand sie sich in einem schlechteren Zustand als er; die bereits entfärbte Haut ihres Gesichts und ihr dünnes Hemd waren durchtränkt von Blut.

Er hielt sie zurück, als sie versuchte, ihm aufzuhelfen. Er drehte sich um, weil er sehen wollte, was hinter ihm geschah. Phar und Shabir lagen noch am Boden, aber Ereleth hatte ihre Stellung gehalten. Vor dem Wagen gab es keine Feinde mehr; wenigstens hier war die Schlacht gewonnen.

Er konnte nicht deutlich erkennen, was hinter dem Wagen passierte, aber dort war der Kampf offenbar noch in vollem Gange. Er sah, wie ein Mann mit dem Rücken zum Wall kämpfte und sich gegen zwei Affenköpfe verteidigte. Das konnte nur Checuti sein. Dhalla hingegen erblickte er nirgendwo. Nicht einmal die Spitze ihres massiven Speeres war zu sehen; eigentlich sollte er an allen Seiten der Stellung herumwirbeln, die sie zu verteidigen hatte. Vielleicht aber hatte sie im Augenblick weder die Zeit noch den Platz, um ihre Waffe wie eine Sense zu gebrauchen; vielleicht schwang sie sie weniger grob – oder vielleicht war sie gar nicht mehr in das Lage, sie zu schwingen.

Noch immer herrschte ein gewaltiger Lärm, doch Fraxinus konnte aus dieser Kakophonie nicht deutlich genug heraushören, wer noch lebte und aktiv war. Stahl krachte gegen Stahl oder Stein und Stein oder Holz gegen Holz. Stimmen erhoben sich, die entweder von Menschen oder von Schlangen stammen mussten, denn die Affenköpfe kämpften schweigend. Es herrschte totale Verwirrung.

Das ist kein Blut aus einer Arterie, sagte er sich mit der Klarheit eines Arztes. *Es ist zu dick und fließt zu langsam. An einer solchen Wunde kann ich nicht sterben.*

Jume Metra schlug nun zu ihrer Linken aus und hieb einen weiteren Affenkopf nieder, der hinter einer verdächtig ruhigen Dragomite hergekommen war. Fraxinus humpelte an Metras rechte Seite und fing die Kreatur ab, als sie vor dem Schlag auswich. Seine eigene Klinge traf auf Holz, als ein Vergeltungsschlag auf seinen Kopf gezielt wurde, doch das gab Metra genügend Zeit, ihre Chitinklinge dem Angreifer in die Seite zu bohren und ihm die Eingeweide unter den Rippen zu zerfetzen. Die Klinge fuhr viel leichter in den Körper, als sie wieder herauskam. Metra brauchte Zeit, um sie freizuzerren. Fraxinus erledigte den zuckenden Halbmann für sie mit einem groben Schlag, dessen gefühllose Brutalität nur allzu natürlich erschien.

Fraxinus war in seiner Jugend ein guter Fechter gewesen, und im Verlauf seiner Karriere als Kaufmann hatte er ein dutzend Mal in bitterem Ernst gekämpft, aber er war noch nie in einen so wahnsinnigen und brutalen Kampf wie diesen verwickelt worden. Er wusste, dass es nicht reine Geschicklichkeit – und ein völliger Mangel an menschlichen Gefühlen für die

Wesen, die er getötet hatte – gewesen war, die ihm durch das Gefecht geholfen hatte.

Schnell warf er einen Blick zurück zu der Stelle, wo Checuti noch immer angegriffen wurde. Er sah, wie der Halbmann versuchte, dem Meisterdieb den Kopf mit einer sausenden Halbpike abzuschlagen, und beobachtete mit gefühlloser Objektivität, dass die Reichweite der Waffe ein wenig zu groß war. Die Klinge zischte an Checutis Kinn vorbei, und ihr Schwung trug sie so weit fort, dass der echte Mensch keine Probleme hatte, sich über den falschen herzumachen. Checuti besaß genügend Verstand, um so lange zu warten, bis sein Gegner ihm nahe genug gekommen war. Denn schlitzte er ihn mit seiner Klinge dort auf, wo menschliche Haut in tierisches Fell überging. Fraxinus sah zu, wie der Halbmann zu Boden ging, und dachte, dass seine Kehle so blutig aufgeschlitzt worden war, als hätte man dazu ein gut geschliffenes Rasiermesser benutzt.

Er war sich darüber im Klaren, dass an seinem Geisteszustand etwas nicht stimmte, aber er war nicht sicher, was es war.

Nun hielt Checuti nach weiteren Gegnern Ausschau, aber er schien keine mehr zu finden. Fraxinus verspürte eine plötzliche Welle des Triumphs.

»Wir haben gewonnen!«, sagte er laut. »Wir haben gewonnen!« Aber Jume Metra hatte sich bereits von ihm zurückgezogen; sie kümmerte sich um die Dragomiten, und es war klar, dass sie deren Zustand nicht gerade als Sieg ansah. Eine lebte noch, aber sie war so gut wie tot. Sie besaß nicht mehr genügend Beine, um ihre Körpermasse anzuheben.

Fraxinus erinnerte sich an das Rudel Höllenhunde, das Dhalla im Kielwasser der Kolonne gesehen hatte. Ein so üppiges Mahl hatten sie wohl nicht erwartet. Er humpelte fort, um zu sehen, was aus den restlichen Expeditionsteilnehmern geworden war.

In Anbetracht der Tatsache, dass sie nie vorgehabt hatten, wieder zu fliehen, hatten die Halbmänner den Zeitpunkt ihres Angriffs gut gewählt und ihren Überfall mit List und Tücke geplant. Zwar stand keiner von ihnen mehr aufrecht, aber sie hatten so viel Schaden angerichtet, wie sie wohl erwartet hatten, und vielleicht sogar noch etwas mehr.

Shabir lag reglos da und war von den eng an ihm hängenden Fäden völlig eingesponnen. Es war schwer zu sagen, wie viel von dem Blut, das dieses Tuch bedeckte, sein eigenes war. Vaca Metra lag gleichermaßen ausgestreckt da, voller Blut und bewegungslos. Aulakh Phar saß aufrecht; Ereleth kümmerte sich um ihn. Er hielt einen zerfetzten Arm umfasst und blutete schwer aus einer Kopfwunde, aber erst als Fraxinus den Wagen umrundete, erfüllten sich seine schlimmsten Befürchtungen.

Dhalla lag am Boden.

Die Riesin war von Leichnamen umgeben, von denen einige unordentlich zu zweit oder dritt aufgetürmt waren, aber auch sie lag darnieder. Merel und Checuti beugten sich über sie und beide schienen zutiefst besorgt zu sein. Sie erwarteten offensichtlich nicht, dass sich die Riesin noch einmal erheben würde. Auch Checuti war verletzt und taumelte leicht; es hätte Fraxinus nicht überrascht, wenn er ebenfalls umgefallen wäre. Mossassor kauerte sich gegen den Wall, der demjenigen gegenüberlag, an welchem Checuti die Stellung gehalten hatte. Die Schlange war offenbar verletzt, doch es war unmöglich zu sagen, wie schlimm es war.

Aber wir sind noch mehr als zwei Tage von der Wiege der Chimäre entfernt, dachte Fraxinus, *und wir müssen noch herausfinden, warum die Kartenzeichner dies einen Handschuh genannt haben. Sicher ist nur, dass wir hier bisher keinerlei Freude gefunden haben, sondern nur Sorgen im Überfluss.*

In der Ferne konnte er schwarze Tupfer erkennen. Das mussten die Höllenhunde sein, die sich von dem blendend weißen Hintergrund abhoben wie ein Schwarm träger Fliegen von einem bewölkten Himmel.

Als die unwiderstehliche Erregung der Schlacht spurlos verschwunden war, begriff Fraxinus, dass er keinen Sieg errungen hatte. Die Affenköpfe waren abgeschlachtet worden, aber sie hätten beinahe ihr Ziel erreicht.

Ist das die eigentliche Art dieses Krieges?, fragte er sich. *Ist es das, was wir herausfinden sollten – dass es hier nichts gibt als Tod und noch mehr Tod, als Vernichtung und noch mehr Vernichtung? Was wären wir doch für Narren, die wir unsere Heimat und die Zivilisation unseres Reiches verlassen haben, wenn sich herausstellen sollte, dass es hier nichts gibt außer tausend verschiedenen Todesarten!*

5

Lucrezia war sehr erleichtert, als sie aus den dunklen Tiefen des Waldes heraustrat, der Andris' Garten umgab. Sie wusste, dass das Wiedereintauchen ins Sonnenlicht keinesfalls das Ende ihrer Probleme bedeutete – die unbekannten Gefahren, denen sie sich noch stellen mussten, mochten sogar größer sein als die zum Teil bekannten Risiken, die in der fast vollkommenen Dunkelheit lauerten –, aber trotzdem war sie dankbar. Die Aussicht auf eine weitere Begegnung mit den vampirhaften Spinnenwesen und ihren denkenden Netzen war ihr ausgesprochen schrecklich erschienen.

Obwohl sie und ihre Gefährtinnen keinem Pfad hatten folgen können, hatten sie keine allzu großen

Schwierigkeiten dabei gehabt, sich einen Weg durch das Dickicht zu bahnen. Ihre einstmals scharfen Klingen waren inzwischen stumpf geworden, aber der Wald hatte ihrem Marsch nur wenig aktiven Widerstand geleistet. Vielleicht war diese stillschweigende Willfährigkeit eine Folge der Tatsache, dass die Fallen des Waldes entwickelt worden waren, um Feinde draußen und nicht drinnen zu halten, aber sie hegte unwillkürlich die Hoffnung, dass es Andris möglich gewesen war, einen gewissen Einfluss auf das riesige Wesen auszuüben, mit dessen Fleisch er nun unauflöslich verbunden war. Sie wollte glauben, dass es nun wirklich *sein* Garten war, dass er durch seine Rekrutierung auf ewig verwandelt war und dass er zugunsten von Andris' Freunden auf dessen Befehle hörte.

Das Gebiet südlich des Waldes war keineswegs so wie das im Norden. Die vorherrschenden Farben waren viel dunkler und die Linien des Geländes etwas sanfter. Die Arten von ›Vegetation‹, die im Territorium innerhalb des Riffs sehr üppig gediehen, waren hier weitaus spärlicher vertreten. Dort, wo Gebilde im Überfluss auf dem unebenen Boden sprossen, waren sie nicht sehr scharf umrissen; es war beinahe so, als sei die gesamte Landschaft ineinander verschmolzen gewesen und trenne sich erst jetzt langsam wieder. Das wellenartige Gelände konnte man leicht als ein aufgewühltes Meer ansehen, dessen Wellen und Wirbel plötzlich zähflüssig geworden waren und sich dann zu steinerner Härte verdichtet hatten – natürlich mit Ausnahme derjenigen Stellen, die zwar hart zu sein schienen, aber tatsächlich weich oder sogar flüssig waren und nur darauf warteten, alles zu verschlucken, was den Fuß auf ihre trügerische Oberfläche setzte.

Lississee und ihre Gefährtinnen schienen besser als Lucrezia und Hyry in der Lage zu sein, einen sicheren Pfad durch die fremdartige Landschaft zu finden.

Lucrezia fragte sich, ob das daran lag, dass sie außerordentlich aufmerksame Beobachter waren, oder ob sich ihre Sinne in jahrmillionenlanger Evolution an solche Fallen angepasst hatten. Das hier war schließlich ihr angestammter Boden, auch wenn er seit ihren Urgroßeltern gemieden wurde, da sie inzwischen ihre eigenen Fortpflanzungssysteme entwickelt hatten.

Seit der Durchquerung des Riffs hatte Ssifuss Etliches gelernt, aber sie gab gern zu, dass Lississee und ihre schlanken Gefährtinnen ihr in navigatorischer Hinsicht überlegen waren. Aus diesem Grund ging Ssifuss mit Lucrezia und Hyry und begnügte sich damit, dem Kurs zu folgen, den ihre Artgenossinnen einschlugen. Der froschartige ›Geist‹ hielt sich bei den dünnen Schlangen auf, die es anscheinend genauso schwer fanden wie Hyry und Lucrezia, Informationen aus ihm herauszubekommen. Er sprach in ihrer Sprache fast genauso undeutlich wie in der menschlichen.

»Das muss doch eine seltsame Erfahrung für dich sein«, sagte Lucrezia zu Ssifuss, als sie vorsichtig in die Fußstapfen der dünnen Schlangen traten, »zu wissen, dass Wesen wie dasjenige, das tief unter unseren Füßen verborgen liegt, früher einmal die einzigen Erzeuger deiner eigenen Art waren, bevor deine unmittelbareren Vorfahren sich von ihnen freigekämpft haben.«

»Immer noch an ssie gebunden«, erwiderte die Schlange; sie wirkte peinlich berührt. »Noch nicht frei. Die, die auss falsscher Erde geboren werden, haben echte Erde im Blut und in den Knochen. Versstehe Mossassor jesst. Dinge, die am bessten vergesssen ssind, nicht leicht ssu vergesssen – Vergesssen hat Preiss.«

Lucrezia runzelte die Stirn, während sie die Logik dieser Worte zu begreifen versuchte.

»Was sie meint«, warf Hyry ein, »ist Folgendes: Obwohl sie und Mossassor aus Eiern geschlüpft sind, die in der *falschen Erde* in einem behelfsmäßigen Nest lagen, sind sie Kopien von Kopien von Kopien von Individuen, die von den Bewohnern der Tiefe erschaffen wurden. Bei einer nichtgeschlechtlichen Fortpflanzung durch Dutzende von Generationen mag es ein allmähliches Nachlassen des Instinkts geben – vielleicht ist es das, was Ssifuss mit *Vergessen* meint –, doch er kann nicht vollkommen ausgerottet werden. Vermutlich fühlen einige ihn stärker als andere, aber bestimmt empfinden alle Schlangen den sanften Druck ihrer früheren Seinsweise. Solche Wesen wie das, auf dem wir gerade gehen, sind noch immer die einzigen Schöpfer derjenigen Schlangen, welche die in den Eiern steckenden Erbinformationen verändern können, und die Schlangen sind dafür noch in gewisser Weise empfänglich – doch diese Empfänglichkeit ist gefährlich, denn nicht nur die Schlangen haben sich weiterentwickelt, seit sie sich die Freiheit erkämpft haben. Während die Schlangen Intelligenz und Technologie kultiviert und eine neue Gesellschaftform errichtet haben, wurden ihre alten Mütter immer erfindungsreicher. Zu der Zeit, als die Bewohner noch die Mütter der Schlangen waren, waren sie in ihren chimärischen Bemühungen sicherlich weitaus weniger ehrgeizig als jetzt.«

»Vielleicht ließ ihnen der Treubruch ihrer Nachkommen keine andere Wahl«, vermutete Lucrezia.

»Vielleicht«, meinte Hyry skeptisch. »Aber wenn man den Überlieferungen trauen kann, ereigneten sich die wirklich großen Umwälzungen erst nach der Ankunft unserer Vorfahren – und sie ereigneten sich *wegen* ihrer Ankunft. Die Vermischung irdischen und unirdischen Lebens in den Körpern der Bewohner leitete eine völlig neue Ära in ihrer Produktivität ein. Wir alle leben mit den Folgen dieses Zusammentreffens – sowohl Menschen als auch einheimische Lebensformen.«

Während sie redete, hob Hyry die Hand ans Gesicht und fuhr die tief eingegrabenen Linien nach, die das Ergebnis der Verschmelzung ihrer Hautzellen mit den Fäden war, die sie für kurze Zeit gefangen genommen hatten. Keiner von ihnen war dieser Brandmarkung entgangen. Es bestand kaum Hoffnung darauf, dass die Abwehrkräfte des Körpers solche Schädigungen so leicht bekämpfen konnten wie die unwesentlichen Infektionen, an denen die Xandrianer üblicherweise litten. Die Schlangen – die viel mehr von diesen Stigmata besaßen, weil ein viel größerer Teil ihrer Haut unbedeckt war – zeigten noch keine Anzeichen einer Entkräftung, aber das bedeutete nicht, dass diese Plage harmlos war.

»Wir sitzen in der Falle, nicht wahr?«, meinte Lucrezia nüchtern. »Wir sind zwar vielleicht jeder Fallgrube und jedem Treibsand ausgewichen und haben uns aus den Netzen und von den blutsaugenden Spinnen befreit, aber wir sind nicht entkommen. Wenn wir außerhalb des Riffs geblieben wären, hätten wir den Zerfall unseres Körpers und Geistes möglicherweise gering halten können, so wie es bei Venerinas Leuten der Fall war, aber der lebende Boden stößt einfach zu viele Arten von Sporen aus. Die meisten dieser Sporen scheinen nicht zwischen der Oberfläche des lebenden Bodens und der Haut unseres Körpers unterscheiden zu können. Was glaubst du, müssen wir sterben? Oder werden wir nur verwandelt, so wie Andris?«

»Ich weiß es nicht«, sagte Hyry grimmig. »Ich bin mir lediglich einer einzigen Sache sicher: Wenn es einen Schutz gegen die Art von Verwandlung gibt, die uns im Griff hat – und die eines Tages die ganze Welt im Griff haben wird –, dann können wir ihn nur im Nest des Phönix finden. Und auch wenn man uns sagt, dass die Wiege der Chimäre nicht weniger gefährlich ist als all die anderen lebenden Böden, müssen wir darauf vertrauen, dass unsere Urväter wussten, was sie taten, als sie ihr solche Verteidigungsmittel verschafften. Wenn das bedeutet, dass wir um ein Wunder bitten müssen… nun, Hoheit, um was sonst könnten wir noch bitten?«

Lucrezia musste erst einmal die gedanklichen Folgen verdauen, die mit dieser Auffassung einhergingen, bevor sie sagte: »Ich frage mich, ob es das ist, was unsere Vorfahren den Schlangen und Salamandern versprochen haben: ein Wunder, das alle drei Rassen davor bewahrt, zurück in den hirnlosen Leib ihrer erfinderischen Mutter gezogen zu werden.«

»Wer weiß das schon?«, meinte Hyry. »Mossassor und Ssifuss werden diese Hoffnung hegen – und Lississee auch –, denn ansonsten hat das, was sie sich vorgenommen haben, nicht mehr Sinn als das, was wir uns vorgenommen haben. Verstehst du, was wir sagen, Ssifuss? Hast du uns folgen können?«

»Glaube sschon«, erwiderte die Schlange. »Glaube, sstimmt. Für unss musss nächsster Garten Antwort haben, ssonsst ssind wir verloren. Für andere isst Hoffnung vielleicht woanderss, aber nicht für unss.«

Das lange Zusammenleben der Schlange mit den Menschen hatte es ihr ermöglicht, verwickelten Gesprächen in der Menschensprache gut folgen zu können, aber trotzdem war Lucrezia nicht sicher, ob Ssifuss alles verstanden hatte, was Hyry und sie gesagt hatten.

»Wenn das alles stimmt«, bemerkte sie nachdenklich, »dann hattest du Recht, nicht wahr? Die Menschen und die anderen Arten irdischen Lebens, die sie auf deine Welt mitgebracht haben, könnte man wirklich als Krankheit ansehen. Wenn Hyry Recht hat, sind wir schuld daran, dass eure früheren Mütter verwirrt und gefährlich wurden. Wenn die Urväter nicht hergekommen wären, hätten die Schlangen und Salamander vielleicht ihre eigene Art erfolgreich kultivieren und die Kontrolle über ihre Mutationsfähigkeit übernehmen können.«

»Vielleicht«, war alles, was Ssifuss darauf zu sagen hatte.

»Es kann jedoch nicht beabsichtigt gewesen sein«, warf Hyry ein. »Die Urväter wussten sicherlich nicht, was geschehen würde. Vielleicht wussten sie nicht einmal, dass es die Bewohner der Tiefe gibt. Als alles schief lief, versuchten sie wohl, die Dinge wieder ins Lot zu bringen – dessen können wir sicher sein, obgleich wir nicht sicher sein können, dass ihre Bemühungen von Erfolg gekrönt waren.«

Lucrezia fragte sich, was der Ausdruck ›die Dinge ins Lot bringen‹ in diesem Zusammenhang bedeuten sollte. Die Überlieferungen sprachen davon, dass die Region um die Wiege der Chimäre herum durch ihre eigenen Schöpfungen verseucht worden war, aber es machte nicht den Eindruck, als sei das nur ein unglücklicher Unfall. Die Urväter hatten den Garten von Idun geschaffen, um ihre zerfallene Stadt zu ersetzen, und die Überlieferungen deuteten an, dass sie bereits vorher gewusst hatten, dass es ein *Garten der Gifte* sein würde. Selbst die Menschen, welche die Urväter ausgesandt hatten, damit sie die Welt bevölkerten, hatten sich über etwas beschwert, das die Überlieferungen zurückhaltend als ›Ungerechtigkeit‹ beschrieben, und die Meister der Überlieferung hatten darauf geantwortet, dass die Wiege der Zukunft böse Dinge gebären *musste*, denn nur so würde ihrem letztendlichen Zweck gedient. Das schien ein seltsamer Weg zu sein, um ›die Dinge ins Lot zu bringen‹ – aber vielleicht hatte es keinen anderen gegeben.

»Wie sehr unterscheiden sich die verwirrten Mütter der Schlangen von den anderen?«, fragte Lucrezia, obwohl sie eigentlich nicht erwartete, dass Hyry oder

Ssifuss ihr eine Antwort darauf geben konnten. »Gibt es noch welche, die nicht von der Krankheit angesteckt wurden, die die Menschen mitgebracht haben? Die fließenden Steine sind bestimmt noch genauso wie vor Jahrmillionen und auch die meisten Dragomitenköniginnen scheinen sich ihre Unfähigkeit zu radikaler Erneuerung bewahrt zu haben. Sicherlich sind einige ihrer größeren Verwandten noch nicht an irdischen Infektionen erkrankt.«

»Keine Ahnung«, sagte Ssifuss knapp und bündig. »Weite Welt.«

Weil in diesen Worten keine Zischlaute vorkamen, schienen sie irgendwie noch unheilvoller zu sein, als sie eigentlich waren – aber die Welt war in der Tat viel zu weit, als dass irgendeine auf ihr lebende Kreatur hätte sagen können, was in ihren entferntesten Regionen lauerte. Wenn es aber wirklich so war, dass all die lebenden Böden, deren Kinder die Schlangen waren, von irdischen Einflüssen zerrüttet worden waren, dann verstand Lucrezia Mossassors beharrliche Behauptung, dass die Menschen den Schlangen etwas schuldeten.

Unvermittelt stieß eine von Lississes Gefährtinnen einen Alarmschrei aus.

»Flieger!«

Da Lucrezia gesehen hatte, was die Flieger dem Garten angetan hatten, den sie und ihre Gefährtinnen erst vor kurzem verlassen hatten, verspürte sie nicht den leisesten Wunsch, Angehörigen dieser Rasse zu begegnen. Sie wusste inzwischen nur zu gut, dass nicht alle Individuen, die einander ähnlich sahen, auch ähnlich reagierten, aber sie wagte nicht zu hoffen, dass diese Flieger sich von denen unterschieden, die Andris' Aufenthaltsort heimgesucht hatten. Als sie in die Richtung schaute, in die Lississee wies, war sie dankbar dafür, dass die Flieger nichts als kleine Tupfer am Rande der Wahrnehmung waren und dass sie nicht auf ihre Gruppe zuzuhalten schienen.

Einen Augenblick lang versuchten Lucrezias an das Treiben der irdischen Welt gewöhnten Augen ihr vorzugaukeln, dass die Flieger winzige und recht nahe Wesen waren – als ob es Stubenfliegen oder Wespen in einer Entfernung von nur einigen Met wären –, aber dieser perspektivische Irrtum korrigierte sich schnell. Bald erkannte Lucrezia, wie groß sie wirklich waren, und das erlaubte es ihr, den Kurs der Flieger genauer zu berechnen. Ihre Erleichterung schwand, als sie bemerkte, dass die Wesen zwar nicht direkt auf sie zuflogen, aber ihre Flugbahn schräg zu dem Kurs verlief, dem Lississee folgte, und zwar in einem Abstand von weniger als zweihundert Met.

»Ich glaube nicht, dass sie uns feindlich gesonnen sind«, sagte sie optimistisch. »Sie werden nicht abdrehen und uns angreifen.«

»Noch nicht«, murmelte Hyry ängstlich.

Die Flieger änderten ihren Kurs nicht, aber trotzdem begriff Lucrezia plötzlich, dass ihre Hoffnung auf den mangelnden Angriffswillen der Geschöpfe reichlich verfrüht gewesen war. Sie *waren* feindselig und sie *griffen* an – aber sie griffen einen anderen, noch nicht deutlich sichtbaren Feind an, der sich hinter einer der großen ›Wellen‹ versteckt hatte, die mitten auf der Oberfläche des gläsernen Meeres erstarrt waren.

Lississee zögerte noch, aber zwei ihrer Gefährtinnen drängten bereits voran und bewegten sich noch schneller als zuvor. Sie wollten deutlich sehen, was sich vor ihnen befand – denn sie mussten bald selbst damit kämpfen, was immer es war. Ssifuss lief hinter ihnen her, und Hyry folgte Ssifuss und hatte die längste Klinge gezogen, die sie besaß.

Lucrezia ergriff die Waffe, die sie aus der Kriegsbeute im Riff mitgenommen hatte. Es war ein langer

Dolch mit einer scharfen Spitze und drei stumpfen, dreieckig angeordneten Kanten – eine ideale Waffe für eine Hexe, aber sie hatte keine starken Gifte mehr übrig, mit denen sie ihn hätte einreiben können. Sie rannte hinter Hyry und den Schlangen her und war fest entschlossen, neben ihnen Stellung zu beziehen, falls es nötig werden sollte.

Sie lief so schnell, um die anderen einzuholen, dass Hyry sie aufhalten musste, als die Schlangen eine Position erreicht hatten, von der aus sie sehen konnten, was los war. Lississee entschied jetzt plötzlich, dass Vorsicht vonnöten war. Hyry veranlasste Lucrezia dazu, sich zu ducken; der Kopf wurde ihr so schnell heruntergedrückt, dass sie nicht einmal erkennen konnte, vor was sie sich verstecken sollte. Sie kroch seitwärts zu einer Stelle, von der aus sie über die niedrige Barrikade spähen konnte, hinter der sie sich verschanzt hatten.

Die anderen suchten nach ähnlichen Positionen. Lucrezia bemerkte, dass die froschartige Gestalt so neugierig wie all ihre Gefährten war; dieser Eindruck wurde noch durch ihre großen und unschuldig wirkenden Augen verstärkt.

Es waren fünf Flieger zu sehen, aber sie waren – zwangsweise – nur sehr leicht bewaffnet. Sie hatten bloß zwei Gegner, aber diese Gegner waren außerordentlich beängstigende Erscheinungen. Lucrezia glaubte nicht, dass fünfzig Flieger sie töten könnten.

Die beiden flugunfähigen Kreaturen hatten lebhaft gestreifte Körper von der Größe eines Pferdes – eines stämmigen Pferdes von der Art, die gezüchtet wurde, um Pflüge oder schwere Wagen zu ziehen, im Gegensatz zu einem leichten Reitpferd – und ihr Kopf war sogar noch größer als der von Dhalla. Sie hatten auch einen Schwanz, so dick wie einer von Andris Myrasols Ästen und mehr als vier Met lang. Der segmentierte Schwanz endete in etwas, das wie ein gewaltiger Dorn aussah, und Lucrezia bezweifelte nicht einen Augenblick, dass dieser Dorn genauso giftig war wie alle echten Dornen, von denen sie bisher gehört oder die sie gesehen hatte. Der Kopf, der größer als der der Riesin war, wirkte jedoch genauso menschlich wie ihrer, doch die Gesichtszüge waren eindeutig männlich.

»Was ist *das*?«, fragte Lucrezia die Händlerin.

»Ich will es nicht beschwören«, antwortete Hyry, »aber ich glaube, es sind Manticoren.«

Lucrezia beobachtete, wie sich die menschenköpfigen Monstren auf die Hinterbeine erhoben und die Luft mit ihren riesigen Tatzen peitschten, die in allen Richtungen vor schrecklichen Krallen strotzten. Die Flieger waren viel schneller, und sie entkamen den ausschlagenden Gliedern der Manticoren anscheinend mit Leichtigkeit, doch Lucrezia bemerkte, dass sie einen weiten Bogen um die Klauen machten; sie hüteten sich vor den Konsequenzen einer Begegnung mit ihnen.

Andris hatte Lucrezia erzählt, wie Flieger, die möglicherweise zur selben Art wie diese hier gehörten, die Baumleute bombardiert hatten, zuerst mit brennbarer Flüssigkeit und dann mit brennenden Zündschnüren. Die fünf, die die Manticoren quälten, warfen auch etwas, aber die Objekte, die sie ihren Feinden entgegen schleuderten, waren zu klein, als dass man sie aus dieser Entfernung deutlich hätte erkennen können. Lucrezia vermutete, dass es sich um kleine Wurfspieße handelte. Den Fliegern ging jedoch recht bald die Munition aus, und sobald sie keinen Nachschub mehr hatten, surrten sie in lockerer Formation nach Südwesten davon. Sie blieben nicht lange in der Luft, sondern stiegen in einer Entfernung von kaum zweihundert Met wieder ab und rannten mit ihren langen, dünnen Beinen davon, als erwarteten sie eine wilde Verfolgungsjagd. Innerhalb einer Minute waren sie verschwunden.

Aber die Manticoren nahmen die Verfolgung nicht auf. Sie waren auf alle viere zurückgefallen, und es schien eher Erschöpfung als Verachtung zu sein, die sie davon abhielt, ihren Angreifern nachzusetzen. Sie kauerten sich mit einander zugewandten Gesichtern hin; es war, als ob sie ihre Verletzungen verglichen. Zumindest einige der Wurfspieße mussten ihr Ziel erreicht haben, und sie hatten offenbar größeren Schaden angerichtet, als es zunächst den Anschein gehabt hatte. Lucrezia fragte sich, ob hier Hexenwerk im Spiel war.

Eine der Manticoren legte sich hin und rollte sich auf die Seite. Es war unmöglich festzustellen, ob sie wegen ihrer Schmerzen zu Boden gegangen oder betäubt war oder ob sie einem verletzten Fuß nur die volle Last ihres Gewichts ersparen wollte. Die zweite Manticore verließ sofort ihren Gefährten und kam unmittelbar auf die Stelle zu, wo die Menschen, die Schlangen und der froschartige Geist kauerten; ihr Versuch, sich zu verstecken, war anscheinend nicht erfolgreich gewesen.

»Können nicht sschneller laufen«, sagte Lississee ängstlich. »Müsssen kämpfen – alle ssussammen oder alle verloren.«

Lucrezia sah die Folgerichtigkeit von Lississees Vermutung. Wenn es zum Kampf kommen sollte, bestand ihre einzige Hoffnung darin, das massige Ungetüm zu umzingeln, dann von allen Seiten auf es loszugehen und zu hoffen, dass diejenigen Schlangen, die mit Speeren bewaffnet waren, einen oder zwei davon ins Ziel bringen konnten, bevor dieser Furcht erregende Schwanz zu viele von ihnen niedergemäht hatte.

»Wartet!«, sagte Lississee; sie meinte damit, dass alle

auf ihr Kommando warten sollten – aber als Lucrezia noch einmal über den weichen Rand der Barriere lugte, sah sie, dass die Manticore angehalten hatte.

»Sind Menschen hier?«, rief die Kreatur. Ihre Stimme war so gewaltig wie ihr Mund. Sie war noch fünfzig Met entfernt, doch die lauten Töne drangen problemlos herüber.

»Bleibt unten«, sagte Lississee, aber mit dieser sinnlosen Haltung war Lucrezia nicht länger einverstanden. Sie erhob sich, sodass die Manticore alles oberhalb ihrer Hüfte sehen konnte. Sie hielt ihre Waffe noch in der Hand, aber sie hielt sie so niedrig wie möglich.

»Ja!«, rief sie. »Es sind Menschen hier. Wir wollen nur unseren Weg fortsetzen. Wir haben keinen Grund, um mit euch zu kämpfen.« Hyry stellte sich neben sie; Lucrezia war froh über diese Unterstützung.

»Wir haben ebenfalls keinen Grund, um mit euch zu kämpfen«, erwiderte die Manticore, »und wir brauchen geschickte Hände. Wollt ihr uns helfen?«

»Isst Lisst«, zischte Lississee.

Lucrezia war sich ziemlich sicher, dass es keine List war. Kreaturen, die so mächtig wie die Manticoren waren, hatten es nicht nötig, so schwächliche Wesen wie Lucrezia und ihre Gefährtinnen zu überlisten. Sie hatte inzwischen zu vielen fremdartigen Lebewesen gegenübergestanden, um sich noch vor schierer Größe oder Seltsamkeit zu fürchten.

»Gern«, sagte sie. Sie kletterte über die Barriere und steckte gleichzeitig ihre Klinge weg. Hyry war nur einen halben Schritt hinter ihr. Ohne zu zögern gingen sie auf das Ungeheuer zu. Die Manticore beobachtete ihr Näherkommen mit einem unauslotbaren Ausdruck in den großen Augen, doch sie wandte sich ab, bevor die Menschen sie erreicht hatten, und führte diese zu ihrem am Boden liegenden Gefährten.

»Danke«, sagte das Wesen und warf einen Blick über seine Schulter.

Lucrezia brachte es nicht über sich, zu sagen: »Keine Ursache.« Stattdessen nickte sie nur leicht. Sie war froh, als sie sah, dass die Manticore lächelte und dass nichts Räuberisches in diesem Lächeln lag.

6

Ereleth saß neben Dhallas Kopf und beobachtete das leichte Flattern der geschlossenen Lider, als sich die Augen darunter von einer Seite zur anderen bewegten. Sie wusste, dass die Riesin jetzt träumte, aber sie wusste nicht, ob das ein gutes Zeichen war. Beinahe hatte sie den Eindruck, dass sie selbst träumte, obwohl sie eindeutig nicht schlief.

Ereleth war von den Messern der Angreifer nicht schwer verwundet worden, doch die Verletzungen, die sie davongetragen hatte, hatten seltsame Auswirkungen. Die Schmerzen waren keineswegs stark – sie waren vielmehr bis zu einem Grad gedämpft, der fast schon angenehm war –, aber sie fühlte sich sehr leicht im Kopf. In Anbetracht der Tatsache, dass die Expedition soeben ihren härtesten und verlustreichsten Kampf überstanden hatte, war ihr Rausch höchst unpassend und daher ausgesprochen rätselhaft. Auch konnte sie sich nicht in die Hoffnung flüchten, dass er nur die Nachwirkung ihres Kriegsfiebers war, denn ein ähnliches Gefühl hatte auch Sergeant Purkin überfallen, obwohl er doch gar nicht an dem Kampf teilgenommen hatte. Vor der Schlacht hatte der Gardist offensichtlich große Schmerzen gelitten – es war sogar so schlimm gewesen, dass sie zu der Entscheidung gelangt war, seinen brandigen Arm zu amputieren, egal ob ihn die Operation nun heilte oder umbrachte –, aber jetzt war sein Delirium sehr viel ruhiger. Auch er schien im wachen Zustand zu träumen und die Infektion in seinem Arm hatte sein Erscheinungsbild dramatisch verändert. Ereleth hatte schon oft brandige Glieder gesehen, aber sie hatte noch nie beobachtet, dass sich ein Brand so wie dieser hier entwickelte, bei dem die Fäulnis, die das Fleisch auffraß, ihrerseits von etwas so Hartem und Glasartigem wie Flaschenglas aufgefressen wurde.

Aulakh Phar und General Shabir waren neben den Sergeanten gelegt worden; sie waren beide ohne Bewusstsein, aber nicht reglos. Auch ihre Augen wanderten hinter den geschlossenen Lidern umher und sie murmelten unablässig irgendetwas. Ihr Zustand war kaum weniger unheimlich als der von Purkin, doch Ereleth hatte weder Überlegungen noch Sympathie für sie übrig, solange Dhalla verletzt dalag. Der Herzschlag der Riesin war nicht mehr unregelmäßig, doch es blieb abzuwarten, ob ihr Herz eine weitere Frequenzerhöhung ertrug – und sei es nur die leichte Erhöhung, die nötig wurde, wenn sie erwachte und aufzustehen versuchte.

Die einzigen Leichname, die sie gezwungenermaßen den Höllenhunden überlassen mussten, waren die von Vaca Metra und den Dragomiten. Ereleth wusste, dass mindestens zwei von denjenigen, die als reit- oder gehtauglich erachtet wurden, in den Wagen geschickt worden wären, wenn dieser nicht schon so überfüllt wäre. So wie sie selbst hatten auch Checuti und Jume Metra während des Kampfes Kopfwunden erlitten und die Infektionen ihrer Haut waren erheblich schlimmer geworden. Ihre Wunden hatten wie bei Purkin rasch einen glasigen Überzug bekommen. Fraxinus behauptete, es gehe ihm gut, doch nach Ereleths

Einschätzung war das einzige Mitglied der Expedition, dessen Zustand wirklich zufriedenstellend war, Mossassor, die von der Schlacht zwar einige Prellungen, aber keine richtige Wunde davongetragen hatte. Merel, die den Wagen fuhr, pflegte ihre schlecht bandagierte Oberschenkelwunde, und Fraxinus hatte eine Beinwunde und brutale Schläge gegen den Kopf und die Schultern erhalten.

»Es wird jetzt dunkel«, berichtete Merel, während sie über ihre Schulter blickte. »Wir können aber noch problemlos weiterfahren. Die bleiche Farbe der Steine fängt das Sternenlicht ein und die Straße ist noch fest und eben.«

Problemlos! Das Wort hallte ironisch in Ereleths Gedanken wider. Merel und sie maßen dem Wort ›problemlos‹ ziemlich unterschiedliche Bedeutungen bei.

Früher einmal hätte es Ereleth geärgert, dass Merel sie nicht mit ›Majestät‹ oder zumindest mit ›Eure Gnaden‹ anredete, aber diese Art von Feingefühl war ihr inzwischen abhanden gekommen. Sie hatte zwar nicht vergessen, dass sie einmal eine Königin gewesen war und das Mädchen nur eine Kleinkriminelle, aber dieser Unterschied war inzwischen beinahe bedeutungslos geworden. Das Innere Sanctum von Xandria und das Hafengebiet hinter der Zitadelle waren nur einen Steinwurf voneinander entfernt gewesen, doch sie und Merel hatten in völlig verschiedenen Welten gelebt. Die Schranken, die für Ordnung in Ereleths Leben gesorgt hatten, waren so unnachgiebig gewesen, dass die beiden niemals hätten zusammentreffen und schon gar nicht miteinander reden können, doch das alles war nun Vergangenheit. Hier gab es selbst im Verständnis der Hexenkönigin keine erkennbare Ordnung mehr und auch keine Schranken, die sie beide hätten trennen können.

»Wenn uns sonst niemand auflauert«, fügte Merel

müde hinzu, »werden wir den Mittelpunkt übermorgen erreichen. Nur noch eine Nacht nach dieser hier.« Das war nichts Neues; dem Mädchen war bloß unbehaglich zumute und deshalb wollte es reden. Vor nicht langer Zeit hätte Ereleth sie auf ihre verachtungsvolle Art ignoriert, doch jetzt war sie großzügiger gesinnt.

»Wir können nur hoffen, dass uns niemand auflauert«, sagte sie, »aber selbst wenn der Weg zum Herzen frei sein sollte, müssen wir uns auf weitere Überraschungen und Schwierigkeiten in der Wiege der Chimäre einstellen.«

»Sagen Eure geheimen Gebote Euch das?«, fragte das Mädchen nicht ohne eine gewisse Frechheit.

»Nein«, antwortete die Hexenkönigin; in ihrer Stimme lag nur eine Spur von Bitterkeit. »Sie sagen mir lediglich, dass ich dorthin gehen muss und was ich mitnehmen soll. Falls es dort etwas oder jemanden gibt, der mich willkommen heißen wird, fürchte ich, dass er enttäuscht sein wird. Ich habe zwar eine Schlange, aber ob es die richtige Schlangenart ist, weiß ich nicht. Ich hatte eine Schülerin mit Schlangenblut, aber sie ist ihre eigenen Wege gegangen, so wie die Salamander, die im Feuer des Salamanders geboren werden. Wenn andere Hüter der geheimen Gebote hierher gekommen sind, sollte ich vermutlich hoffen, dass sie größere Umsicht bewiesen haben.« Sie *vermutete* nur, dass sie es hoffen *sollte*, weil sie nicht ganz die gegenteilige Hoffnung aufgeben wollte, dass sie und nur sie allein die Geistesstärke und Gewitztheit besessen hatte, der jahrhundertealten Aufforderung zu gehorchen. Außerdem stand sie unter dem wachsenden Einfluss des schrecklichen Verdachts, dass die geheimen Gebote sie betrogen hatten. Allmählich befürchtete sie – und ihre Befürchtung war durch Fraxinus' sorgfältige Argumentation und durch Phars grellen Skeptizismus angeheizt worden –, dass ihre Gebote falsche Überlieferungen darstellten, die überhaupt nicht von den Urvätern erschaffen worden waren. Eine Zeit lang hatte sie sich an die Hoffnung geklammert, dass sie wenigstens von jemandem erfunden worden waren, der tatsächlich während früherer Zeiten des Entstehens die Wiege der Chimäre besucht und erkannt hatte, was sich dort befand, doch seit kurzem hatte sie sogar den Glauben daran verloren.

»Die Prinzessin tut mir Leid«, sagte Merel in sorgfältig neutralem Tonfall. »Sie hätte mit Checuti gehen und keinen eigenen Weg einschlagen sollen. Es überrascht mich, dass sie das getan hat.«

Ereleth vermutete, dass der letzte Satz der einzige war, den Merel ehrlich meinte. »Das ist überhaupt nicht überraschend«, erwiderte sie. »Lucrezia hat nie getan, was man von ihr erwartete. Sie war schon immer durch und durch halsstarrig. Sturheit kann für eine Hexenkönigin von Vorteil sein, aber Lucrezia hatte sie nicht im Griff. Sie hat immer viel zu viel von Keshvara gehalten, und anscheinend sind sie noch nicht lange genug zusammen, damit Lucrezias Illusionen endlich zerplatzen. Sie versucht immer noch das zu sein, was Keshvara in ihren Augen war: eine große Abenteurerin. Warum eigentlich nicht? Das sind wir doch wohl auch, ob es uns gefällt oder nicht. Jeder Schritt, den wir machen, verrät unsere Kühnheit und Verwegenheit.«

»Mir blieb keine andere Wahl«, erwiderte Merel, als wolle sie sich entschuldigen. »Ich hatte nie die Gelegenheit, eine andere Lebensweise anzunehmen. Ich bin immer eine Diebin gewesen. Ich war nicht einmal eine Piratin – das ist nur einer von Checutis Späßen. Für mich war die Planung der direkten Zukunft immer eine Sache des nächsten gefährlichen Abenteuers. Leichtsinn ist meine Lebensart, aber kühn bin ich eigentlich nicht – ich hatte mich nur daran gewöhnt,

Angst zu haben, weil es kaum einen Augenblick gab, in dem ich keine hatte. Ich habe mir schon tausendmal gesagt, dass ich nur einmal sterben kann, aber schon hundertmal beinahe gestorben wäre, doch die Angst stirbt nie. Ich spüre sie noch immer, auch wenn sie jetzt seltsamerweise betäubt ist. Es hat zu viele Schwierigkeiten und ein zu großes Sterben gegeben. Ich ertrage es nicht mehr.«

»Wie geht es deinem Bein?«, fragte Ereleth.

»Es tut nicht mehr weh«, entgegnete Merel; anscheinend sah sie keinen Grund, darüber erstaunt zu sein. »Glaubt Ihr, dass die Prinzessin und Keshvara eine Chance haben, Andris zu finden? Die Schlange muss der Meinung gewesen sein, dass es tatsächlich eine gewisse Chance gab, oder?«

»Es gibt immer eine Chance«, sagte Ereleth zu ihr, auch wenn sie das selbst nicht glaubte. »Wenigstens müssen wir darauf hoffen. Wir sind zu weit gekommen, um jetzt noch behaupten zu können, dass es keine mehr gibt. Wir haben unsere letzte Chance zur Heimkehr vertan, als wir Purkin fortgejagt haben – und anscheinend haben wir auch ihn damit verdammt.«

Purkin regte sich, als sein Name fiel, aber er wachte nicht auf.

»Ihr seid viel tapferer als ich«, gestand Merel neidlos. »Wenn mir geheime Gebote überliefert worden wären, hätte ich sie wahrscheinlich einfach ignoriert. Die Bequemlichkeiten des Inneren Sanctums der Zitadelle zu verlassen, um durch die halbe Welt zu reisen und dabei die ganze Zeit kämpfen zu müssen – nun, das ist echter Mut. Selbst wenn ich wüsste, dass ich eine Riesin zur Hilfe hätte, so hätte ich es mir lange überlegt und wäre dann genau da geblieben, wo ich war.«

»Du bist offenbar weiser, als ich es war«, meinte Ereleth trocken.

»Das will ich damit nicht sagen.«

»Ich weiß. In Wirklichkeit war ich weder tapfer noch dumm. Mich hat bloß die Sinnlosigkeit geängstigt, die mein Dasein bedrohte. Wenn meine letzte Schülerin gegangen wäre, wäre ich plötzlich zu einem Nichts geworden. Ich konnte nicht dort bleiben, wo ich war… und alles, was ich je gewesen war oder zu sein vorgegeben hatte, war in meine Überlieferungen gehüllt – in meine *Hexerei*. Was wäre mir denn übrig geblieben, wenn ich die Forderungen der geheimen Gebote ignoriert hätte? Was wäre ich dann noch gewesen?« *Und was bin ich jetzt?*, fügte sie im Stillen hinzu.

Merel war offenbar überrascht. Zumindest zögerte sie, bevor sie weiterredete. »Ihr habt keine Vorstellung davon, was wir in der Wiege der Chimäre finden werden, oder?«, fragte sie schließlich.

»Nein«, sagte Ereleth ehrlich. »Das habe ich nicht. Ich bin nicht einmal mehr überzeugt davon, dass es einen guten Grund für uns gibt, dorthin zu gehen und nachzusehen. Ich habe versucht, mir diese Überzeugung zu bewahren – nicht nur wegen der Überlieferungen und der geheimen Gebote, sondern wegen allem, was Fraxinus und Phar aufgrund ihrer Überlegungen herausgefunden haben –, aber es ist mir nicht gelungen.«

»Fraxinus glaubt immer noch, dass es wichtig ist«, bemerkte Merel. »Er ist jetzt entschlossener denn je.«

»Das muss er auch sein. Was sonst sollte ihn jetzt noch vorantreiben?«

»Nein«, entgegnete Merel, »es ist mehr als das. Ich weiß nicht, ob ich alles verstehe, aber ich weiß, dass er kein Narr ist. Er glaubt, dass er etwas Wichtiges tun muss, und er ist der Meinung, dass er gute Gründe hat, warum er das glaubt.«

»Vielleicht«, gestand Ereleth ein. Sie wünschte sich, dass das Gefühl des Schwimmens in ihrem Kopf aufhörte, und fragte sich, ob sie wieder nüchtern würde, wenn sie weiterredete. Bevor Merel die Gelegenheit hatte, etwas zu sagen, fuhr Ereleth fort: »Das Land, das Xandria und dessen Reich hervorgebracht hat, ist wahrscheinlich durch die natürliche Barriere der Dragomitenberge von den Auswirkungen früherer Zeiten des Entstehens verschont geblieben. Aber das wird nicht immer der Fall sein. Wenn Xandria nicht dasselbe Schicksal wie die Städte der Ebene und das Letzte Bollwerk erleiden soll, müssen seine Meister der Überlieferung wissen, was hier geschieht – und sie müssen neue und weitaus bessere Überlieferungen schaffen als diejenigen, die wir geerbt haben, damit unsere Nachkommen auf die *nächste* Zeit des Entstehens und auch auf die danach folgende vorbereitet sind. Wir müssen in Erfahrung bringen, wohin diese Veränderungen führen, wenn wir lernen wollen, sie zu umgehen oder zu kontrollieren.«

»Dann sollten wir hoffen, dass Fraxinus am Leben bleibt«, erwiderte Merel trocken. »Irgendwie glaube ich nicht, dass Xandrias Meister der Überlieferung auf mich oder Checuti hören werden – ja nicht einmal auf Aulakh Phar.«

Ereleth dachte: *Die Vorstellung, dass die großspurigen Meister Xandrias auf irgendjemanden von uns hören werden, ist in der Tat allzu optimistisch. Vielleicht war den Schöpfern der geheimen Gebote nichts anderes übrig geblieben, als zu einem solch raffinierten Mittel zu greifen, nachdem alles andere schief gegangen war. Werden sie Fraxinus überhaupt zuhören, oder müssen wir darauf hoffen, dass uns die Wiege der Chimäre den unvergänglichen Stein schenkt, in den wir unsere Lektion einritzen können?*

Laut sagte sie jedoch: »Ich hoffe, dass wir alle am Leben bleiben. Wir müssen hoffen, dass es möglich ist, die Geheimnisse der Wiege der Chimäre zu durchdringen und sie zu unserem eigenen Nutzen umzusetzen.

Wir haben mindestens einen Grund zu der Annahme, dass das tatsächlich möglich ist.«

»Welchen?«, wollte Merel wissen.

Dhalla bewegte sich schwach im Schlaf; irgendetwas in ihren Träumen hatte sie beunruhigt. Ereleth streckte die Hand aus und legte sie zur Beruhigung auf die Stirn der Riesin. Sie hoffte, dass sich der Traum nicht in einen Albtraum verwandelte. Selbst eingebildete Ängste könnten das angegriffene Herz der Riesin überbeanspruchen. Purkin murmelte etwas Unhörbares; wie zur Antwort darauf verstärkten Aulakh Phar und Shabir ihr beharrliches, aber unverständliches Gebrabbel.

»Der Grund liegt hier neben mir«, sagte Ereleth. »Die Meister, die die Riesinnen erschaffen, müssen dieses Geheimnis irgendwie erlernt haben. Es ist möglich, dass sie vom Feuer des Salamanders inspiriert wurden, aber ich bezweifle, dass man ihnen eine Mutter der Salamander gab, damit sie diese für ihre eigenen Zwecke gebrauchen konnten. Falls sie lebenden Boden aus dem Nest des Phönix gestohlen und ihn ihrem eigenen Willen unterworfen haben sollten, gibt uns ihr Beispiel die Hoffnung, dass die Menschen in diesem seltsamen Wettkampf doch die Gewinner sein können.«

Sie hätte weitergeredet, wenn sie nicht unterbrochen worden wäre. »Majestät«, sagte Merel besorgt, »Ihr solltet Euch das besser selbst ansehen.« Da Merel ihren Titel verwendete, konnte es sich nicht um etwas Unwesentliches handeln. Sie erhob sich und bückte sich dann ein wenig, damit sie unter der Plane des Wagens hindurchsehen konnte. Merel hatte die Pferde bereits gezügelt und sie hatten angehalten.

Mossassor und Jume Metra mussten hinter dem Wagen sein; Ereleth konnte keine von beiden sehen. Fraxinus und Checuti waren nebeneinander hergeritten, doch Checuti war ein wenig zurückgefallen; er hielt den Kopf geneigt und schien Schwierigkeiten zu haben, sich im Sattel zu halten. Das war egal; Fraxinus war der alleinige Herrscher über die Expedition, und es war ausschließlich seine Pflicht, dem gegenüberzutreten, was sich ihnen in den Weg stellte und wie schrecklich es auch sein mochte.

Merel hatte Recht gehabt, als sie behauptet hatte, dass die Bleiche der Straße, auf der sie entlangrollten, und die beinahe ununterbrochenen Wälle zu beiden Seiten gut dazu geeignet seien, das Sternenlicht einzufangen. Die Wesen, die sie erwarteten, waren gleichermaßen bleich und auch sie schienen das Sternenlicht im Glimmern ihrer Haut einzufangen. Ereleth verglich ihre Blässe unwillkürlich mit der der Marmorfiguren, die neben einigen der reich verzierten Eingänge der Zitadelle von Xandria standen. Wenn der Steinfraß frisch von ihren ausladenden Formen abgescheuert war, schienen auch sie wie schreckliche Phantome zu gleißen.

Die mächtigsten der Kreaturen, die ihnen den Weg versperrten, waren genauso groß wie Dhalla. Sie waren so gewaltig wie das riesige Pferd, auf dem Dhalla von der Zitadelle losgeritten war, und weitaus stämmiger. Jede dieser drei Gestalten war von der Spitze der Vorderpfoten bis zu den Schläfen des menschenähnlichen Kopfes mindestens vier Met hoch. Ihre katzenartigen Körper waren nicht kürzer als zehn Met, wobei der Schwanz noch nicht eingerechnet war.

Ihre kleineren Begleiter, die ebenfalls zu dritt waren, waren weitaus weniger beeindruckend, aber kaum weniger einzigartig. Es waren froschgleiche Humanoide, nicht größer als Merel oder sie selbst. Ihre breiten Gesichter und vorstehenden Augen machten einen merkwürdig unschuldigen Eindruck.

»Was ist das?«, fragte Merel atemlos, als sie beobachtete, wie Fraxinus sich mit bewundernswerter Gelassenheit auf das Wesen zubewegte. Ereleth versuchte sich vorzustellen, was Fraxinus in diesem Augenblick dachte, aber es gelang ihr nicht. Sie waren zwar wesensverwandt, aber trotzdem hatte Ereleth keine Ahnung, welche Überlegungen er anstellen mochte. Wenn die größeren Kreaturen ihn angriffen, war er verloren – und seine Gefährten ebenfalls. Wenn sie den Wagen nicht durchlassen sollten, blieb er eben, wo er war. Diesmal hegte Fraxinus sicherlich die Hoffnung, dass er seine kaufmännischen Fähigkeiten anbringen konnte.

»Die größeren Geschöpfe heißen Sphingen«, sagte Ereleth. Sie sagte es voller Überzeugung, denn sie hatte früher schon einmal Sphingen gesehen – in den Wandgemälden, die die Mauern von Belins Innerem Sanctum schmückten. Sie wusste sogar etwas über das Geheimnis und die Symbolkraft der Sphinx, denn schließlich war Ereleth eine Königin unter den Hexen. Jedenfalls wusste sie genug, um es als möglich anzusehen, dass die Meister der Wiege der Chimäre Sphingen als Wächter am Eingang zu ihrem Reich benutzten. Sie hoffte auf die Möglichkeit, Fraxinus darüber in Kenntnis zu setzen.

»Und die anderen?«, fragte Merel. »Andris hat mir etwas über ein gewisses Wesen erzählt, dem er in dem Dragomitennest begegnete...«

»Ich erinnere mich daran«, unterbrach Ereleth sie. »Seine Beschreibung ergab für mich keinen Sinn, aber sie war genauer, als ich es ihm zugetraut hätte. Warum sind es keine richtigen Menschen, wenn sie doch aus der Wiege der Chimäre kommen? Fraxinus hatte gehofft, hier Menschen zu finden, dessen bin ich mir sicher.«

Fraxinus hatte inzwischen sein Pferd gezügelt und befand sich kaum mehr ein Dutzend Met von der

Reihe der drei Sphingen entfernt. Ereleth erwartete, dass einer der froschähnlichen Humanoiden vortreten würde, aber sie hielten sich in der Nähe ihrer Gefährten, und es war eine der Sphingen, die schließlich die angespannte Stille durchbrach.

»Habt keine Angst«, sagte sie mit volltönender Stimme. »Wir werden euch nichts tun. Kommt ihr von weither?«

Fraxinus schien überrascht über diese Frage, doch er beantwortete sie trotzdem schnell und Ereleth vernahm die Erleichterung in seiner Stimme. »Jawohl. Und es war keine leichte Reise. Ich fürchte, es gibt in dieser Gegend einige Wesen, die zu verhindern versuchen, dass jemand die Mitte der Welt und das Becken des Lebens erreicht.«

»Das befürchte ich auch«, sagte die Sprecherin der Sphingen. »Woraus besteht deine Gruppe?«

»Aus neun Menschen, einschließlich einer Riesin, und darüber hinaus haben wir eine Schlange bei uns. Vier Menschen liegen schwer verwundet im Wagen; ohne Hilfe werden sie es nicht bis zur Wiege der Chimäre schaffen.«

»Die Hilfe ist hier«, erwiderte die Sphinx, so wie es Fraxinus gehofft haben musste. »Wenn sie lebendig so weit gekommen sind, werden sie jetzt nicht sterben. Der Handschuh der Freude liegt noch vor euch, aber ihr seid ab jetzt vor allen Gefahren in Sicherheit.«

Vor allen Gefahren in Sicherheit! Ereleth wiederholte diese Worte still für sich. Das war mehr, als Fraxinus erwartet haben konnte, und mehr, als sie selbst zu hoffen gewagt hatte.

»Ich hatte angenommen, dass wir dem Handschuh der Freude bereits seit anderthalb Tagen folgen«, sagte Fraxinus.

»Nein«, antwortete die Sphinx. »Er liegt vor euch und man kann ihn nicht umgehen, aber wir werden euch hindurchführen. Wir können euch nicht vor seinen Auswirkungen abschirmen, aber wir können euch versprechen, dass euch kein Leid geschehen wird. Die Verletzten werden geheilt werden und ihr werdet vor weiteren Angriffen sicher sein. Wir werden euch zum Schoß der Welt geleiten.«

Nun ist es ein Schoß, und es ist ebenso ein Nabel, eine Wiege und ein Nest, sagte Ereleth still zu sich selbst. *Diejenigen, die die Namen ausgesucht haben, haben das Beste aus ihrer Wahlfreiheit gemacht – oder aber es ist ihnen einfach nicht gelungen, eine befriedigende Antwort auf das Rätsel zu finden, dem sie sich gegenübersahen.*

»Welche Auswirkungen hat denn der Handschuh der Freude?«, fragte Fraxinus besorgt.

»Ihr werdet so etwas wie einen Rausch verspüren«, klärte ihn die Sphinx auf. »Es ist nicht unangenehm, aber ihr könntet einschlafen oder träumen, während ihr noch wach seid. Habt keine Angst.«

Ereleth war von dieser Antwort nicht im Geringsten überrascht; sie hatte bereits eine Verbindung zwischen dieser Aussage und dem Zustand ihrer Patienten – und auch ihrem eigenen – hergestellt.

»Und was ist, wenn wir uns dazu entschließen sollten, umzukehren?«, murmelte Checuti, der sein Pferd bis auf drei Meter an Merel und Ereleth herangebracht hatte. »Was macht das für einen Unterschied in euren Versprechungen und Prophezeiungen?« Seine Stimme klang dumpf; offensichtlich hatte der vorhergesagte Rausch ihn bereits gepackt; doch aus seinem Tonfall hörte Ereleth heraus, dass Checuti ihn nicht als unangenehm empfand.

Die Sphinx konnte unmöglich gehört haben, was Checuti gesagt hatte, es sei denn, dass sie ein ungewöhnlich scharfes Gehör hatte, doch wie zur Antwort sagte sie: »Ihr werdet sicherlich sterben, wenn ihr umkehrt. Ihr habt keinen Grund, uns zu fürchten –

und es bleibt euch nichts anderes übrig, als uns zu vertrauen.«

So sieht es wohl aus, lauteten Ereleths unausgesprochene Gedanken, doch Fraxinus war diplomatischer. »Wir freuen uns über euren Beistand«, antwortete er nach einer kurzen Pause. »Mein Name lautet übrigens Carus Fraxinus. Ich bin Kaufmann, und meine Heimat ist Xandria, eine Stadt an den Ufern des Gleitenden Meeres, mehrere tausend Kim nördlich von hier.«

Die Sphinx nannte weder ihren eigenen Namen noch die ihrer Gefährten. »Ihr seid willkommen«, sagte sie. »Ihr alle, ohne Ausnahme. Die Gefahr ist für alle gleich. Während das System, von dem wir alle ein Teil sind, ohne Unterbrechung weiterläuft, werden wir gemeinsam zu seiner Rettung beitragen.«

»Will er damit etwa sagen, dass wir alle so groß wie er werden und auf allen vieren laufen müssen?«, murmelte Checuti. Jetzt blickte er Ereleth direkt mit seinen fiebernden Augen an, die in einem Gesicht steckten, das eher aus einer Maske als aus Fleisch zu bestehen schien.

»Wenn wir es müssen«, murmelte Ereleth darauf, »sollten wir mit unseren Herzen vorsichtig sein. Wir könnten schnell zu groß für sie werden.«

Sie konnte den Ausdruck auf Fraxinus' Gesicht nicht sehen, doch sie konnte ihn sich vorstellen. Ein sicheres Geleit zur Wiege der Chimäre war nur das Zweitwichtigste, das er sich gewünscht hatte; wichtiger war für ihn ›das System, von dem wir alle ein Teil sind‹ und dessen Kraft zur ›Rettung‹.

Leider war sie nicht länger bereit, den vorsichtigen Andeutungen der Sphinx ihr Vertrauen zu schenken. Sie baute eher auf Checutis Instinkt. Wenn es ihm gut genug gegangen wäre, um es auszusprechen, hätte er sicherlich wieder einmal darauf bestanden, dass sich ein weiser Dieb vor offenen Einladungen in Acht nehmen sollte.

7

Als sich Lucrezia erst einmal an ihre Begleiter gewöhnt hatte, fand sie, dass die Begegnung mit den Manticoren das Beste war, was ihr seit langem widerfahren war. Sie war schnell zu der Überzeugung gelangt, dass die Ungetüme ihr nichts getan hätten, auch wenn sie nicht in der Lage gewesen wäre, ihnen beizustehen, doch die Tatsache, dass sie ihnen helfen konnte, hatte sich zu ihrem eigenen Vorteil ausgewirkt. Unter anderen Umständen hätten sich die Kreaturen wahrscheinlich in ihrer üblichen Geschwindigkeit auf den Weg zur Wiege der Chimäre gemacht, anstatt sich zu einer Gemeinschaft mit Menschen und Schlangen herabzulassen.

Die Dienste, die sie und Hyry den beiden Manticoren – die Vekoren und Kasabil hießen – geleistet hatten, waren recht einfach gewesen, hatten aber Kasabil eine Menge Unannehmlichkeiten erspart. Die beiden Wurfpfeile, die in Vekorens Fell steckten, wären kein Problem gewesen, ob sie nun vergiftet waren oder nicht, denn das Haar wuchs ihm so dicht, dass die Pfeile kaum die Haut darunter geritzt hatten, doch einer von denen, die Kasabil getroffen hatten, hatte sich in seine Pfote vergraben, und zwar in die Falte, die als Hülle für eine seiner Krallen diente. Dort war die Haut ungeschützt, und der Wurfpfeil erhob sich kaum über die Ränder der Falte, sodass die Manticore ihn nicht mit den Zähnen herausziehen oder mit der Zunge entfernen konnte. Doch Lucrezias geschickte Finger hatten ihn ohne große Schwierigkeiten gepackt und aus dem Fleisch gelöst.

Obwohl Lucrezia das Gift, in welches der Wurfpfeil getaucht worden war, nicht bestimmen konnte, hatte sie aufgrund seiner Wirkung erraten, um was es sich handeln musste, nachdem sie das Fleisch um die Wunde herum untersucht und ihr die Manticore von ihren augenblicklichen Empfindungen berichtet hatte. Lucrezia hatte dem Wesen ein Linderungsmittel aufgetragen, das zumindest die Schmerzen fortnahm, auch wenn es zu sonst kaum etwas taugte. Für diesen unerbetenen Dienst waren die Manticoren aufrichtig dankbar.

»Ihr solltet nicht versuchen, euren Boden von hier aus zu erreichen«, hatte Vekoren zu ihr gesagt, nachdem sie erklärt hatte, wohin sie unterwegs waren. »Es gibt einen besseren Weg für Menschen und Schlangen, auf dem Geschöpfe wie wir Schutz gegen Wesen wie diese gewähren.« Mit *diese* meinte er die giftigen fliegenden Schlangen.

»Meinst du damit den Handschuh der Freude?«

Keine der beiden Manticoren kannte diesen Namen; also wechselte sie rasch das Thema und kam zum zweiten wesentlichen Punkt. »Warum sollten dort Manticoren Wache stehen und den Menschen ihren Schutz anbieten?«

»Es sind keine Manticoren«, sagte Kasabil. »Wir gehören zu einem anderen Boden. Vielleicht waren unsere entferntesten Vorfahren wie die Tiere, die euer Boden hervorbringt, aber es könnte auch sein, dass deren entfernteste Vorfahren wie wir waren. Was ist der Handschuh der Freude?«

Lucrezia hätte lieber Antworten auf ihre eigenen Fragen erhalten, aber sie empfand es inzwischen als seltsam tröstlich, dass die Manticoren ihr gegenüber neugierig waren. Es fügte dem bemerkenswerten Umstand, dass die großen Geschöpfe auf dem Weg zur Wiege der Chimäre waren, einen beruhigenden Schuss Unsicherheit hinzu. Sie sah das zufällige Zusammentreffen mit den Manticoren als Beweis dafür an, dass der Krieg innerhalb des Riffs nicht nur kämpfende

Streitmachten, sondern auch Pakte benötigte, und die Neugier war wiederum ein Beweis dafür, dass es sogar für Wesen wie Lucrezia Möglichkeiten gab, an solchen Pakten mitzuwirken.

»Unseren Überlieferungen zufolge«, hatte sie den Manticoren mitgeteilt, »handelt es sich dabei um eine Route, die sich früher einmal vom östlichen Rand des Nestes des Phönix bis zur Mitte der Welt erstreckte – auch wenn das, was nun anscheinend das Große Riff genannt wird, viel größer ist als der Kreis auf unseren Karten. Warum benutzt ihr diesen Weg nicht, wenn er doch besser ist?«

»Es ist der beste Weg für Menschen«, hatte Kasabil wiederholt, »aber nicht für uns. Seine Wächter sind deiner Art und auch den Schlangen freundlich gesonnen, wenn sie sich in menschlicher Begleitung befinden, aber obwohl diese Wächter mit den Manticoren fleischesverwandt sind, sind sie doch nicht bodenverwandt, und ihre Überlieferungen verlangen von ihnen nicht, dass sie uns durchlassen müssen. Es ist überall dasselbe – Manticoren müssen ihren eigenen Weg finden.«

»Warum wollt ihr überhaupt zu Wiege der Chimäre gehen?«, hatte Lucrezia gefragt.

»Um zu sehen, was es dort zu sehen gibt, und zu hören, was es zu hören gibt«, hatte Vekoren zu ihr gesagt. »Früher einmal war unser Boden nicht menschlich, aber er hat menschliches Fleisch bereitwilliger aufgenommen als andere Böden, und unsere Überlieferungen gebieten uns ein Interesse an menschlichem Boden. Wir sind in Begleitung eines Menschen und eines Molchs losgezogen, aber zu vielen Mördern begegnet – beide waren verloren.«

Als Lucrezia Vekoren darüber unterrichtet hatte, dass das Geschöpf, das er einen Wassermolch nannte, sich ihr gegenüber als ›Geist‹ zu erkennen gegeben hatte, hatte Vekoren erwidert: »Der Mensch war ebenfalls ein Geist, aber keiner von der schwatzhaften Sorte. Unser Boden ist sehr gut in der Bewahrung der Überlieferungen.« Jede Aussage, welche die Kreatur machte, schien mehr Fragen aufzuwerfen, als Antworten zu geben.

Lucrezia hatte ihr Bestes getan, um die Befragung fortzuführen, doch Vekoren hatte ihr geraten, sich zu beeilen und weiterzuziehen, weil die Gefahr bestand, dass die Flieger mit besseren Waffen und Unterstützung ihrer reptilischen Artgenossen zurückkamen.

Es hatte nur einer sehr kurzen Unterredung mit Lississee und Ssifuss bedurft, bevor sie zu dem Schluss kamen, dass sie Dummköpfe wären, wenn sie nicht die Gelegenheit ergriffen, sich mit den Manticoren zusammenzutun – wenn diese Geschöpfe bereit waren, ihre Gegenwart zu duldenen. Eine Manticore schien so viel wert zu sein wie ein halbes Dutzend menschlicher Kavalleristen; mit zwei solchen Bestien zu ihrem Schutz waren sie in einer besseren Ausgangssituation als mit drei Dragomitenkriegerinnen. Als Lucrezia Lississee berichtete, dass die Manticoren bereits zwei zweibeinige Gefährten verloren hatten, bemerkte die Schlange dazu bloß, dass das Gebiet, das sie durchquert hatten, offenbar extrem gefährlich gewesen sein musste.

Obwohl die Manticoren durch Kasabils Verletzung sowieso etwas langsamer vorangekommen wären, mussten sie nun aber ihre Geschwindigkeit erheblich herabsetzen, wenn sie mit den Menschen und Schlangen zusammenbleiben wollten. Sie beschwerten sich jedoch nicht darüber, und Hyry fragte sich laut, ob sie einen bestimmten Grund dafür hatten, in Gesellschaft zu reisen. Lucrezia nahm an, dass sie nur die Verpflichtung empfanden, sich für die ihnen geleisteten Dienste zu revanchieren, doch Hyry blieb skeptisch.

»Sie müssen der Meinung sein, dass wir ihnen nützlich sein können«, flüsterte die Händlerin, als sie eine Kolonne mit Vekoren an der Spitze bildeten. »Natürlich nicht als Kämpfer, und es geht auch nicht um unsere geschickten Hände, sondern um irgendwas anderes. Sie wissen offensichtlich nicht, was sie in der Wiege der Chimäre finden werden, aber sie wissen, dass es menschlicher Boden ist und dass seine Wächter angewiesen sind, menschliche Wesen bevorzugt zu behandeln – was sich bestimmt auf *echte* menschliche Wesen bezieht und nicht auf Wesen wie die, die mich gefangen genommen und Euch beinahe lebendig verbrannt haben.«

»Das sollte uns egal sein«, erwiderte Lucrezia. »Uns werden sie sicherlich nützlich sein, wenn es hier Feinde gibt.«

Vermutlich *gab* es hier Feinde, denn als die Nacht hereinbrach, erhaschten sie flüchtige Blicke auf Bewegungen zu beiden Seiten ihrer Strecke. Manchmal hatte es für Lucrezia sogar den Anschein, dass ein jeder Schatten auf dem dunklen Boden lebendig war und sich bewegte, doch ihre Gruppe wurde von nichts bedroht, was Zähne oder Klauen, Klingen oder Wurfspieße hatte. Die Manticoren hatten einen Geruch an sich, der selbst für den schwach ausgebildeten menschlichen Geruchssinn stark war. Er musste allen anderen Kreaturen signalisieren, dass sie sich fern halten sollten. Wann immer ein Schatten herankam, der groß genug war, um bedrohlich zu wirken, verschwand er rasch wieder.

Die Manticoren hatten kein Gepäck dabei. Offensichtlich waren sie daran gewöhnt, sich ihr Essen zu erjagen und überall dort zu trinken, wo sie Wasser fanden – aber auch das erwies sich für ihre neuen Gefährten als positiv, denn sie waren viel bessere Wassersucher als Lississees Schlangen. Als sie schließlich neben einem schlammigen Teich eine Pause unter dem offenen Himmel einlegten, ging Vekoren freiwillig los, um Fleisch zum Braten zu beschaffen.

Während die Schlangen ein Feuer entzündeten, versuchte Lucrezia genauere Antworten auf die Fragen zu bekommen, auf die Vekoren nicht weiter eingegangen war. Sie nahm Hyry mit zu der Stelle, wo Kasabil sich hingelegt hatte.

»Wie geht es deinem Fuß jetzt?«, fragte Lucrezia zunächst.

»Taub«, erwiderte die Manticore. »Aber was für ein Gift es auch gewesen sein mag – es hat keinen Schaden angerichtet. Obwohl der Spieß fest in der Falte steckte, ist doch sein Kopf nicht tief genug eingedrungen, und die Salbe, die du mir gegeben hast, tut gut. Ein wenig Schlaf wird die Heilung vorantreiben.«

»Wir verstehen immer noch nicht, warum ihr zur Wiege der Chimäre unterwegs seid«, sagte Hyry mit offener Ungeduld. »Wir verstehen eigentlich nicht einmal genau, was ihr seid. Euer Kopf und eure Stimme sind menschlich, aber der Rest scheint eher einem Albtraum entsprungen zu sein.«

Kasabil schien nicht beleidigt, aber auch nicht belustigt zu sein. »Warum überrascht es dich, hier auf Chimären zu stoßen?«, fragte er milde. »Deine Urväter haben diesen Ort erschaffen oder waren zumindest der Grund für seine Erschaffung. Was sonst solltest du also erwarten? Haben die Schlangen dich noch nicht gefragt, warum alles so gekommen ist?«

»Ich vermute, wir sollten wirklich nicht überrascht sein«, pflichtete Lucrezia ihm zögernd bei, »aber wir kommen aus dem hohen Norden, wo das irdische Leben vollständig alle Arten unirdischen Lebens verdrängt hat, wie sie außerhalb des Riffs gedeihen – von den Arten innerhalb des Riffs ganz zu schweigen. Unsere Überlieferungen sagen uns, dass auch wir Chimären sind, und als wir auf die ersten anderen Wesen trafen, hatten sie eine menschliche Gestalt – es waren Hügelfrauen, die aus Eiern ausgebrütet worden waren, welche eine Dragomitenkönigin gelegt hatte. Die Kriegerinnen, die uns zum nördlichen Teil des Riffs brachten, waren rein äußerlich ebenfalls menschlich. Danach haben wir einen Garten besucht, der voller Menschen ist, die in Bäume verwandelt sind, und ihr seid sicherlich nicht seltsamer als sie – aber der Umstand, dass wir diese Dinge gesehen haben, bedeutet nicht, dass wir sie verstehen. Wir sind dankbar dafür, dass ihr uns erlaubt habt, euch zur Wiege der Chimäre zu begleiten, aber wir wären noch viel dankbarer, wenn ihr uns sagen würdet, was wir dort vorfinden werden.«

»Warum seid *ihr* zur Wiege der Chimäre unterwegs?«, entgegnete Kasabil.

Hyry seufzte, doch Lucrezia sah ein, dass es eine faire Frage war.

»Seit mehr Generationen, als unsere Überlieferungen zählen konnten«, erklärte sie, »waren die Nationen des Nordens vom Süden durch die Dragomitenberge getrennt, die unüberwindbar zu sein schienen. Als die Berge durch eine Plage entvölkert wurden, ergab sich die Möglichkeit für uns, Gebiete zu besuchen, die wir nur aus unseren ältesten Überlieferungen kennen. Die einzigen Beschreibungen, die wir besaßen, fanden sich in Landkarten, die aus einem so frühen Zeitalter stammen, dass sie bereits nicht mehr zu den gegenwärtigen Küstenlinien der nördlichen Meere passen.

Wir haben die Berge glücklich überquert und waren auf dem Weg zum Feuer des Salamanders, als wir angegriffen wurden. Hyry und ich wurden von unseren Freunden und voneinander getrennt. Geflügelte Salamander überbrachten uns schließlich die Nachricht, dass der Rest unserer Expedition noch immer auf dem Weg ist und die Wiege der Chimäre auf der Straße zu erreichen versucht, die ihr beschrieben habt – doch anstatt sie zu treffen, gingen wir auf die Suche nach einem Mitglied unser eigenen Gruppe, das von Wesen gefangen genommen wurde, die wie Menschen aussahen, aber keine waren. Unser Freund ist in einen Garten gebracht und in einen Baum verwandelt worden. Jetzt wollen wir uns mit unseren anderen Freunden in der Wiege der Chimäre treffen.«

Die Manticore hörte mit offensichtlichem Interesse zu. Lucrezia war sich der Auslassungen in ihrem Bericht nur zu bewusst. Sie hätte es nicht als sonderlich ungerecht empfunden, wenn die Kreatur ihr gesagt hätte, dass sie, wenn sie schon keine Ahnung hätte, was sie an ihrem Ziel erwartete, von der Manticore keine weitergehenden Erklärungen verlangen dürfe. »Ich habe den Garten, in dem Leute zu Bäumen werden, nicht gesehen«, sagte er, »aber ich habe von ihm gehört. Nicht zwei Böden sind gleich, wie es scheint. Wenn jemals der Tag kommen sollte, an dem es nur noch einen einzigen Boden gibt und die ganze Welt seine Herrschaft erwartet, wird dieser Boden der Überlebende eines langen und bitteren Kampfes sein, in dem eine ganze Menge verloren gegangen ist. Leider ist nichts unsterblich – nicht einmal das Leben, das tief in der Weltkruste sitzt. Du und ich werden vielleicht wiedergeboren, aber wir können uns dessen nicht sicher sein, und es besteht immer die Gefahr, dass wir zu Geistern von der geschwätzigen Sorte werden.

Vekoren und ich gehen aus demselben Grund zur Wiege der Chimäre, aus dem einige unserer Brüder zu anderen Böden und einige sogar hinaus in die Welt hinter dem Riff gegangen sind. Wir sind Suchende. Wir sehen vielleicht für menschliche Augen Furcht einflößend aus – albtraumhaft, wie deine Freundin es genannt hat –, aber das ist nur so, weil wir die Mittel haben, uns zu verteidigen. Auch die Wächter eures Bodens sind Furcht einflößend; die Arbeit des Suchens hingegen überlassen sie ihren schwächeren Artgenossen. Neues Blut kommt leichter zu eurem Boden, und zwar wegen der Überlieferungen, die euch eure Urväter hinterlassen haben, und wegen der Gebote, die sie in eurem Fleisch verkörpert haben. Die Schlangen aus der Welt hinter dem Rand gehen ebenfalls bereitwilliger zu eurem Boden als zu ihrem eigenen – und Salamander dienen anscheinend sogar als dessen Boten. Ich behaupte nicht, all das zu verstehen, aber wir alle müssen mit unserem unvollkommenen Verständnis leben. Alles ändert sich – selbst die Wiedergeborenen und der Boden, der sie hervorgebracht hat –, und diejenigen, die sich weigern, ihre Rolle im endlosen Wandel zu spielen, sind verloren.«

Wieder einmal enthielt diese Rede vieles, was Anlass zu weiteren Fragen gab, doch Hyry Keshvara hatte keine Schwierigkeiten damit, einen besonderen Teil herauszufiltern und gnadenlos zu hinterfragen. »Was meinst du, wenn du sagst, dass *du und ich vielleicht wiedergeboren werden*?«, fragte sie offen heraus.

»Ich meine es genau so, wie ich es gesagt habe«, erwiderte Kasabil gelassen. »Fleisch, das der lebende Boden in sich aufnimmt, kommt vielleicht später in einer ähnlichen oder auch verschiedenen Gestalt wieder aus ihm hervor und der frühere Verstand findet möglicherweise ein Echo in dem wiedergeborenen Fleisch. Ich bin wie du ein Erstgeborener, der eine Kindheit hatte, und mein Verstand gehört mir allein – aber wenn ich meinen Verstand bei meiner Rückkehr mit in den lebenden Boden nehmen kann, kommt er vielleicht später wieder aus ihm hervor – zumindest teilweise, wenn nicht sogar als Ganzes. Wenn ihr aber wegen einer solchen Wiedergeburt hergekommen seid, müsst ihr euren Boden sehr sorgfältig wählen und euch seinen Launen unterwerfen. Ihr habt inzwischen bestimmt schon viele Geister gesehen, aber habt ihr einen einzigen gesehen, der eure Intelligenz widerspiegelt? Fleisch lässt sich viel leichter wiedererschaffen als die Erinnerung und nichts wird ohne Verlust oder Veränderung nachgebildet.«

Lucrezia folgte dem Gang seiner Argumentation problemlos, doch Hyry benötigte eine weitere Klarstellung. »Wenn ich mich von dem gierigen Treibsand verschlucken lasse, werde ich dann eines Tages wieder ausgespuckt? Willst du das damit sagen?«

»Ja. Ich habe geglaubt, dass ihr aus diesem Grund hier seid – dass die Unsterblichkeit der Köder ist, den eure Überlieferungen auslegen, um euch zurück zur Wiege der Chimäre zu locken. Wenn dem so ist, dann ist es eine täuschende Verlockung; es gibt viel mehr Wege hin zum Vergessen als zur Wiedergeburt und viele der Wege zur Wiedergeburt sind trügerisch.«

»Unsere Überlieferungen versprechen viel weniger«, bemerkte Lucrezia trocken. »Sie bieten uns die Möglichkeit, den unvergänglichen Stein zu finden, aber sie empfehlen uns dazu nicht, uns in das Herz der schnell fließenden Steine zu begeben.«

»Eure Überlieferungen sind weise«, meinte Kasabil, nachdem er einige Augenblicke überlegt hatte. »Es gibt viele Arten von Böden, und selbst die großzügigsten sind weit davon entfernt, vertrauenswürdig zu sein. Ich würde keinem anderen als meinem eigenen trauen und zweifle sogar an ihm. Das, was wir über euren Boden wissen, deutet darauf hin, dass er gefährlicher als unserer ist, aber wenn wir es mit Sicherheit wüssten, wären wir nicht hier. Unvergänglicher Stein, sagst du? Ist es das, was der Boden nach dem Willen eurer Urväter hervorbringen soll? Wir kennen diese Bezeichnung, haben den dahinterstehenden Gedanken aber nie ernst genommen. Alles ist unserer Meinung nach vergänglich, jetzt und in alle Ewigkeit.«

Hyry war noch immer an der anderen Sache interessiert; schließlich war sie eine Händlerin, die sich auf die Suche nach etwas begeben hatte, das sie in Xandria in klingende Münze umsetzen konnte, und es gab immer einen guten Markt für Mittel und Wege, das Leben zu verlängern. »Ich bin mir nicht sicher, ob man es überhaupt als Unsterblichkeit ansehen kann«, sagte sie. »Was auch immer nach hundert oder tausend Jahren aus einem steinernen Schoß herauskommt, kann doch nicht ich selbst sein, selbst wenn es meine Erinnerungen hat und meinen Namen trägt. Wenn ich von einem dieser Schattenpfühle verdaut worden bin, dann bin ich tot, und was immer er nach meinem Abbild erschafft, wäre doch jemand anderes, der in eine völlig veränderte Welt geworfen wird.«

»So ungefähr«, stimmte die Manticore zu. »Aber trotzdem – du und ich werden uns hinlegen und bald einschlafen, wenn wir unseren Anteil von Vekorens Beute gegessen haben. Wenn wir wieder aufwachen, hat unser Fleisch eine kleine Verwandlung durchgemacht und unsere Erinnerungen haben sich leicht verändert. Sollen wir denn behaupten, dass die Erwachenden nicht wir selbst sind, sondern andere Personen, die nur unseren Namen und die ein wenig leichter gewordene Last unserer Vergangenheit tragen?«

Er ist ein Philosoph!, dachte Lucrezia. *Selbst in diesem von Kriegen gebeutelten Land, in dem sich der Boden selbst in einem endlosen Kampf um die Vorherrschaft befindet, gibt es Wesen, die denken und hinterfragen, die abwägen und Vermutungen anstellen. Vielleicht wartet hier ein Schicksal, das mindestens so gut ist wie jedes andere im hoch ummauerten Xandria.*

»Aber wir wurden in der Zwischenzeit nicht gefressen«, gab Hyry stur und beharrlich zurück. »Auch hat sich dann die Welt, in der wir uns wiederfinden, nicht bis zur Unkenntlichkeit verändert.«

Das hat sie doch bereits, dachte Lucrezia und erinnerte sich daran, wie sie im Wald der Absoluten Nacht von einer Drohne gestochen und in den Tiefen des Dragomitennestes wieder ins Leben zurückgerufen worden war. Laut sagte sie: »Aber die irdische Larve, die sich in einen Chitinkokon einschließt und als Fliege wieder herauskommt, wird als dasselbe Individuum angesehen.«

Hyry erwiderte darauf: »Aulakh Phar zufolge kann man Schlangen als empfindungsbegabte Larven ansehen, die sich fortpflanzen können, ohne einer Metamorphose zu unterliegen – und es scheint mir, dass sie gelernt haben, sich vor der Möglichkeit einer solchen Metamorphose zu fürchten, weil sie die daraus hervorgehenden Wesen nicht mehr als *sie selbst* ansehen können. Sind wir denn nicht zu dem Schluss gekommen, dass der Grund, warum sie so ausgezeichnet im Vergessen sein müssen, darin liegt, dass sie sich von dem Vermächtnis des Reizes lösen müssen, der sie dazu führt, ihre Intelligenz und Gemeinschaft aufzugeben, um zu dummen Riesen oder hirnlosen Fliegern zu werden?« Sie wandte sich wieder an Kasabil. »Wäre ich bei meiner Wiedergeburt eine Manticore, wenn ich zu eurem Boden gehen und von ihm aufgesogen würde?«

»Das bezweifle ich«, sagte Kasabil. »Meine Brüder und ich sind ausnahmslos Erstgeborene, auch wenn das vielleicht nur einer vorübergehenden Laune zuzuschreiben ist. In dieser Hinsicht gleichen wir euch mehr als die Menschen, die sich unter unseren Lehrern befanden. *Sie* sind voll ausgewachsen und mit fertigem Verstand und lückenlosen Erinnerungen aus dem flüssigen Stein hervorgekommen.«

»Die Geister von Menschen, die vor langer Zeit lebten…«, sagte Lucrezia nachdenklich. »Waren all deine Lehrer Kreaturen wie unser Geist, den du als Molch bezeichnet hast?«

»Die meisten waren wie ihr«, erwiderte Kasabil. »Es gab auch andere Arten, obwohl unser Boden nicht so abenteuerlustig ist wie einige andere.«

»Und was war der Zweck deines Unterrichts?«, wollte Hyry wissen.

Es lag eine Spur von Verärgerung in ihrer Stimme, aber die Manticore schien ihr das nicht zu verübeln. Ihre Antwort war jedoch keineswegs direkt. »Wenn ich dir dieselbe Frage nach deinem Unterricht stellen würde«, sagte Kasabil milde, »was würde dann wohl die Antwort sein?«

Hyry wusste keine Entgegnung darauf.

»Er hat Recht«, sagte Lucrezia. »Das, was man uns gelehrt hat, ist ein Gemisch aus vielen verschiedenen Dingen, die nicht auf einen einzigen Zweck hinauslaufen. In gewisser Weise lernen wir zu überleben und uns selbst zu erhalten – und jenseits dessen bleibt die Welt ein Rätsel, das wir entweder erforschen oder auf sich beruhen lassen können. Wir leben, weil wir entdecken, dass wir lebendig sind, und die Welt ist so, wie wir sie erfahren. Wir müssen für uns selbst entscheiden, wie wir das Beste aus unserem Leben machen, ob wir nun Lehrer haben oder nicht.

Es ist sinnlos zu erwarten, dass uns irgendjemand genau sagen kann, was in der Wiege der Chimäre oder in den anderen lebendigen Gegenden in ihrer Nachbarschaft vor sich geht oder wie das letztendliche Ergebnis all dieser Turbulenzen aussehen wird. Es ist nicht nur so, dass es niemand weiß, sondern eher so, dass es niemand wissen *kann*. Innerhalb der Grenzen unseres Selbst tun wir alle das, zu was wir uns entschlossen haben, und keiner von uns kann sagen, welche Ziele wir dabei im Sinn haben, und schon gar nicht, was das Ergebnis unserer Wahl sein wird. Wir sind zur Wiege der Chimäre unterwegs, weil wir für uns selbst und für die anderen, die eines Tages vielleicht begierig unseren Geschichten lauschen werden, herausfinden wollen, was diese Wiege enthält – und anscheinend ist es bei Kasabil genauso.«

»Exakt«, sagte die Manticore. »Mein Fleisch ist bereits genau wie das eure mit allen Arten von kleinen treibenden Sporen verschmolzen. Wie ihr, so bin auch ich bereits zu einer Metamorphose verdammt. Ich habe genauso große Angst wie ihr vor dem, was geschehen wird. Wie ihr wage ich zu hoffen, dass es mehr als die bloße Auslöschung sein wird. Ich würde sehr gern eine bessere Erklärung der Welt hören als die, die ich geben kann – genau wie ihr.«

»Und aus diesem Grund sind wir Freunde und nicht Feinde«, beendete Lucrezia diese Rede für ihn. »Aus diesem Grund stehen wir alle auf derselben Seite.«

Hyry bemerkte trocken: »Für mich klingt das, als seien wir alle auf derselben Seite, weil wir alle auf genau dieselbe Art und Weise verdammt sind – weil wir alle verloren sind und wenig oder sogar keine Aussicht darauf haben, jemals wieder in unsere Heimat zurückzukehren.«

»Was du Heimat nennst, ist in Wirklichkeit gar keine Heimat«, bemerkte die Manticore und bewies damit, dass sie doch nicht so sehr ihren Befragern glich, wie sie mit ihrer letzten Rede angedeutet hatte. »Nur lebender Boden kann ein echtes Zuhause geben. Wenn ihr wirklich intelligent seid, dann solltet ihr mit uns nach Hause gehen… immer vorausgesetzt, dass es uns gelingt, wieder von der Wiege der Chimäre fortzukommen, wenn wir einmal einen Fuß dorthin gesetzt haben. Das ist die beste Gelegenheit für euch, noch einmal zu leben, nachdem der lange Schlaf vorüber ist.«

»Das kannst du nicht mit Sicherheit sagen«, meinte Lucrezia. Sie wusste selbst nicht, ob sie das als Aussage oder als Frage ansah, bis sie hinzufügte: »Oder?«

»Nicht mit Sicherheit«, gab die Manticore zu, »aber ich glaube, dass ich eher zu einer Vermutung in der Lage bin als du… oder?«

8

Es gab kein imposantes Tor, das den Pfad, dem Fraxinus und seine Gefährten bisher gefolgt waren, von dem Handschuh der Freude trennte, den sie anscheinend jetzt erreicht hatten. Auch hatte sich die Richtung des Weges nicht im Geringsten geändert. Sie waren um keine Ecke gebogen und hatten keine Brücke überquert. Dennoch akzeptierte Fraxinus die Tatsache, dass es nicht mehr dieselbe Straße war.

Der Boden, über den er ritt, war noch immer hart, weiß und eben, doch der ›Zaun‹, der zu beiden Seiten errichtet gewesen war – und der bisher aus Elementen bestanden hatte, die den Schäften der Silbernen Dornen geähnelt hatten –, war nun durch völlig andere Gebilde ersetzt worden. Hinter ihm waren noch immer Silberne Dornen sichtbar, die sogar höher als ihre näher am Riff stehenden Gegenstücke waren, doch der nächste von ihnen war mehr als hundert Met vom Rand der Straße entfernt. Der Raum dazwischen wurde von wild wucherndem Dickicht eingenommen, dessen Hauptbestandteile vergrößerten Gerstenhalmen ähnelten.

Wenn dieses Dickicht nicht jeder Farbe entbehrt hätte – all seine Elemente waren selbst im vollen Sonnenglast weiß oder silbergrau –, hätte ein unaufmerksamer Beobachter es beinahe als irdische Vegetation ansehen können, doch der Schein trog. Wenn die Stängel so zart wie Gerstenhalme gewesen wären, hätten sie im Wind geschaukelt, aber dazu waren sie viel zu steif. In der Morgendämmerung war es bewölkt gewesen, und der Wind blies frischer als seit vielen Tagen, doch die nur scheinbar zarten Halme widerstanden seinem Druck. Fraxinus hatte die Hand ausgestreckt und einige von ihnen berührt. Sie waren weit davon entfernt, zerbrechlich zu sein; sie fühlten sich sogar sehr widerstandsfähig an. Sie waren biegsam, aber es brauchte mehr als nur den Wind, um sie zu biegen.

Das taufeuchte Morgenlicht beleuchtete einen seltsamen Dunst, der über dem Dickicht lag. Auch wenn der Wind nicht dazu in der Lage war, die Schäfte der seltsamen Pflanzen zu bewegen, reichte er doch völlig aus, um dichte Staubwolken aufzuwirbeln, deren Bestandteile Fraxinus als Pollen angesehen hätte, wenn die Pflanzen irdisch gewesen wären. Der Staub trieb in trägen, silbernen Wirbeln über den Weg, und Fraxinus konnte es nicht vermeiden, etwas davon einzuatmen. Er war sicher, dass dies der Handschuh der Freude war. Er hatte zweifellos bereits ein wenig von dem Staub eingeatmet, bevor er das Dickicht erreicht hatte, und noch viel mehr, als die Sterne noch geschienen hatten, denn erst im Tageslicht bemerkte er, wie ausgedehnt die Wolken waren.

Fraxinus wusste, dass der Staub nicht harmlos sein konnte, auch wenn seine unmittelbaren Auswirkungen keineswegs unangenehm waren, aber er wusste ebenso, dass es keinen Sinn hatte, seinen Gefährten zu sagen, sie sollten sich in irgendeiner Weise gegen diese Infektion schützen. Er band sich ein Stück Stoff vor den Mund und die Nase, weil er verhindern wollte, dass seine Schleimhäute von den Partikeln verstopft wurden, aber es war ihm klar, dass diese kaum mehr als symbolische Geste ihn nicht wirklich zu schützen vermochte. Bestenfalls würde die Maske die Wirkung etwas vermindern, sodass er wenigstens wach und im Besitz seiner Kräfte blieb. Er war nicht im Mindesten überrascht, als er entdeckte, dass die Symptome seines Rausches immer schlimmer geworden waren, seit er den Sphingen begegnet war, aber er zog ein wenig Trost aus dem Umstand, dass sie ihn eindeutig noch als fähig zum Reiten ansahen.

Checuti hatte schon seit zu langer Zeit nicht mehr richtig geschlafen. Er war in eine regelrechte Trance gefallen, während sie verbissen bis Mitternacht und darüber hinaus weitergeritten waren, doch die Ankunft des Tageslichts half ihm, sich ein wenig wachzurütteln, und Fraxinus unterstützte ihn sofort dabei. Das Gesicht des Meisterdiebs war ein Wrack. Die gläserne Masse, die sich über seiner Kopfwunde gebildet hatte, bedeckte inzwischen bereits die Hälfte seines Gesichts, aber er schien sich gnädigerweise seiner eigenen Monstrosität nicht bewusst zu sein.

»Wir müssen möglichst aufrecht und alarmbereit bleiben«, wies er seinen Gefährten an. »Der Wagen ist schon überfüllt, und ich bezweifle, dass diese zarten Froschkreaturen da vorn stark genug sind, um einen Mann von deinem oder meinem Umfang zu tragen, selbst wenn sie eine Trage dazu benutzen. Vielleicht wird uns eine der Sphingen zwischen den Zähnen tragen, aber das könnte noch unbequemer sein.«

»Es ist schon so lange her, dass ich zuletzt eine gute Flasche Wein getrunken habe; deshalb ist mir das hier beinahe willkommen«, murmelte der Meisterdieb undeutlich, als er es Fraxinus nachmachte und ein Schutztuch hinter dem Kopf festknotete, »aber das hier ist nicht bloß Alkohol. Das, was wir einatmen, sind Samen – die Samen des lebenden Bodens.«

»Ich weiß«, pflichtete Fraxinus ihm bei, »aber es ist

viel zu spät, um sich darüber Sorgen zu machen. Schon als ich dir außerhalb des Riffs begegnete, sah ich, dass deine Haut von Sporen zersetzt war; vermutlich war es sogar damals schon zu spät für eine Umkehr. Was uns diese Infektionen auch immer antun werden – wir können nichts mehr dagegen unternehmen.«

»Hast du es geschafft, bessere Antworten von diesen ungeduldig vor uns her galoppierenden Kreaturen zu bekommen?«, fragte Checuti. Er hätte sicherlich bereits früher gefragt, wenn er der Meinung gewesen wäre, dass es Neuigkeiten gab. Es war schon einige Stunden her, seit Fraxinus *diesen* ungleichen Kampf aufgegeben hatte.

»Ich glaube, sie haben sich eine verführerische Rede vorbereiten lassen und diese abgeliefert«, sagte Fraxinus zu ihm. »Sobald sie ihren Teil gesagt hatten, waren sie eifrig darauf bedacht fortzukommen. Sie haben sich huldvoll dazu herabgelassen, ihre Geschwindigkeit etwas zu verlangsamen, aber ihre Eile bedeutet, dass ihr Bestehen auf unserer Sicherheit vielleicht nicht ganz so ernst gemeint ist, wie wir es uns wünschen könnten.«

Checuti unternahm sichtliche Anstrengungen, um sich aufzurichten, und er zwang sich dazu, das Gespräch fortzuführen. »Also haben sie dir nicht gesagt, was das für ein Plan ist, von dem wir alle ein Teil sind, oder welche Rettung sie für uns im Sinn haben?«

»Noch nicht«, gestand Fraxinus. »Ich vermute, wir sollten sie jetzt im Tageslicht noch einmal fragen. Wenn die Feinde, vor denen sie sich fürchten, nachtaktiv sind, befinden sie sich nun vielleicht in besserer Stimmung.«

Checuti hustete heiser und musste danach sein Tuch wieder festbinden. »Lass mich das herausfinden«, sagte er. »Du solltest nachsehen, wie es den anderen geht. Vielleicht ist bald wieder Platz im Wagen.«

Fraxinus nickte. Wenn es Checuti gelingen sollte, mehr als die Standardantwort, dass man schon bald sehen werde, was vor einem liege, aus den Sphingen herauszubekommen, wäre er zufrieden damit, es aus zweiter Hand zu erfahren. Er zügelte sein Pferd und ermöglichte so dem Wagen, mit ihm gleichzuziehen. Merel hielt noch immer die Zügel gepackt; sie hatte sich umfassender als alle anderen gegen den treibenden Staub verhüllt; Ereleth hingegen hatte sich nicht einmal die Mühe gemacht, eine Maske anzulegen. Merels Augen waren glasig und fest auf den Rücken der ziehenden Pferde gerichtet; es war allein die Hexenkönigin, die Fraxinus' Anwesenheit bemerkte. Er band die Zügel seines Pferdes an die Lehne der Fahrerbank und hievte sich auf den Wagen. Ereleth machte Platz für ihn, als er über die Bank kletterte und sich vorsichtig in dem engen Innenraum bewegte.

»Sind Eure Patienten ruhiger geworden?«, fragte Fraxinus und sah zu Shabir hinunter, der ihm am nächsten lag.

»Sie sind noch nicht tot«, antwortete sie. »Es geht ihnen möglicherweise ein klein wenig besser, und wenn sie im Schlaf murmeln, soll es mir egal sein. Ich fühle mich selbst besser. Ich würde es nicht *Freude* nennen, aber es löscht eindeutig die Schmerzen aus. Meine alten Knochen haben seit mehr Tagen geschmerzt, als ich zählen kann, und meine ganze Hexenkunst hat es nicht vermocht, diese Schmerzen zu unterdrücken – aber hier reicht bereits die Luft dazu aus.«

»Es ist gut, dass wir die Affenköpfe vernichtet haben, bevor das hier begann«, bemerkte Fraxinus und schaffte sich Platz, damit er neben Shabir niederknien konnte. »Wenn ich jetzt kämpfen müsste, wäre ich bestimmt viel zu langsam, und es wäre mir egal, ob ich verletzt würde. Leider sind wir dem einen Hinterhalt nur entgangen, um in einen weiteren, viel sanfteren und unwiderstehlicheren zu fallen. Vielleicht war es reine Dummheit von mir, uns hier hineinzuführen.«

»Vielleicht«, pflichtete Ereleth ihm bei, »aber unsere eigene Dummheit steht der deinen nicht nach, denn schließlich sind wir dir freiwillig gefolgt. Es kommt, wie es kommt, und wir werden eine ganze Menge von diesem Staub in unseren Körper aufnehmen, bevor wir das Ende der Straße erreichen. Wir können ihm und seinen Auswirkungen nicht entkommen.«

In dieser Bemerkung lag so viel Wahrheit, dass Fraxinus versucht war, seine behelfsmäßige Maske fortzureißen, aber er war noch vorsichtig genug und wollte die Auswirkungen wenigstens verlangsamen. Er schaute zurück durch die ein wenig beiseite geschobene Plane am hinteren Ende des Wagens. Er konnte Jume Metra sehen, die hinter dem Karren herritt, und bemerkte, dass auch sie sich ein geborgtes Stück Stoff um den unteren Teil ihres Gesichts gewunden hatte; Mossassor wurde von der Plane verdeckt.

»Offensichtlich glauben die Sphingen, dass sie uns sicher zur Wiege der Chimäre bringen können«, sagte Fraxinus. »Wir müssen von einem gewissen Nutzen für sie sein, denn sonst wären sie bestimmt nicht gewillt, uns zu beschützen. Ich glaube, wir können darauf vertrauen, dass wir jetzt noch nicht sterben werden und dass jeder, der in trunkene Erstarrung fällt, zur rechten Zeit wieder aufwachen wird.«

Fraxinus hatte die Hände gesenkt, sodass seine Finger auf den Planken des Wagenbodens neben Shabirs ausgestrecktem Körper ruhten. Plötzlich wurde seine Hand von einer anderen gepackt. Er sah, dass Shabirs Augen aufgerissen waren. Er war überhaupt nicht sicher, dass der General wach war, obwohl Shabir seinen Namen nannte und ihn dann drängend wiederholte.

»Ich bin hier«, sagte Fraxinus im beruhigendsten

Tonfall, zu dem er fähig war. »Schlaf, wenn du kannst. Wir werden bald am Ziel sein.«

Shabir sagte noch etwas, doch selbst als er es wiederholte, verstand Fraxinus die Worte nicht. Ereleth hatte dem Gemurmel der Träumer schon viel länger zugehört und begriff vor Fraxinus, was der General meinte.

»Er sagt, dass du sein Freund bist«, berichtete ihm die Königin. »Er scheint darauf zu bestehen.«

»Ja«, sagte Fraxinus zu dem General. »Ich bin dein Freund. Das war ich schon immer, auch wenn du es nicht gewusst hast. Mach dir jetzt um die Vergangenheit keine Gedanken mehr; das ist alles vergessen und vergeben. Was zählt, ist die Zukunft.«

Nun hielt Shabir eine viel längere Rede, die Fraxinus völlig unzusammenhängend erschien.

»Er will dir etwas geben«, sagte Ereleth schließlich als Zusammenfassung dessen, was sie von dem Wortschwall mitbekommen hatte. »Er will, dass du es nach Ebla bringst, wenn du kannst... zu seiner Familie. Nimm es, Fraxinus. Er ist nicht in der Verfassung, sich Ausflüchte anzuhören, wie gut gemeint sie auch immer sein mögen.«

Shabir wühlte bereits unter seinem zerrissenen und blutigen Unterhemd. Schließlich zerrte er ein an einen Lederriemen hängendes Metallamulett hervor, das er offenbar um den Hals getragen hatte, seit er in der Gesprenkelten Wüste an Bord des Wagens genommen worden war. Es hatte offenbar eine große persönliche Bedeutung für ihn. Sein Wortschwall hielt an, aber Fraxinus versuchte nicht mehr, ihm zu folgen, sondern verließ sich für die Übersetzung auf Ereleths geschultes Ohr.

»Er sagt, dass es ein Fehler von ihm war, uns anzugreifen«, berichtete Ereleth mit einem schiefen Grinsen. »Er sagt, dass er das alles bedauert. Er will, dass du das Amulett seiner Familie bringst und ihr sagst, dass er bis zum Schluss sein Bestes getan hat.«

Man musste Fraxinus nicht noch einmal sagen, dass dies nicht die Zeit für Ausflüchte war – und wie sollte er den Mann davon überzeugen, dass er nicht sterben würde? Er zog den Riemen über Shabirs Kopf und steckte das Amulett in eine seiner Taschen.

»Vergeben und vergessen«, sagte er noch einmal. »Du hast das getan, was du deiner Meinung nach tun musstest. Du warst ein tapferer Mann, und du hast nie aufgehört, ein tapferer Mann zu sein. Wenn ich die Möglichkeit dazu habe, werde ich das jedem sagen, der es wissen sollte.«

Dann sah er nach Aulakh Phar und erwartete beinahe, dass auch der alte Mann einige letzte Worte sagen wollte – doch Phar hatte sich noch tiefer in seinen eigenen Träumen verloren.

»Checuti gibt ein Zeichen«, sagte Merel. »Du solltest nachsehen, was er will.«

Fraxinus kletterte zurück auf die Fahrerbank und setzte sich von dort aus zurück in den Sattel. Er löste die Zügel und zwang sein widerstrebendes Pferd, wieder schneller zu traben. Er holte Checuti etwa zwanzig oder dreißig Met hinter den flott ausschreitenden Sphingen und ihren rätselhaften Gefährten ein.

»Sie sagen, dass wir in Sicherheit sind«, berichtete der Meisterdieb fieberhaft. »Sie sagen, dass einige schlafen und alle träumen werden, aber sie werden uns sicher zum Schoß der Welt bringen – was meiner Meinung nach das Becken des Lebens ist. Was das Schicksal angeht, das uns dort erwartet… sie sind nicht gerade übereifrig mit Erklärungen. Ich glaube, du hast Recht – sie hatten einen netten Text, den sie rezitieren sollten, und genau das haben sie getan.«

»Sie wissen, dass uns nichts anderes übrig bleibt, als ihnen zu folgen, wohin sie uns auch immer führen mögen«, sagte Fraxinus grimmig. Checutis Gesicht war so verwüstet, dass er dessen Anblick kaum mehr ertragen konnte, aber er zwang sich dazu, nicht wegzusehen.

»Ich würde mich sehr viel besser fühlen, wenn sie menschlich wären«, murmelte Checuti. »Wenn der von den Urvätern ersonnene lebende Boden noch schrecklichere Ungeheuer als die anderen Bewohner der Tiefe hervorbringt, welche Hoffnung bleibt uns dann?« Er fasste sich an den Kopf, während er sprach, um anzudeuten, dass er genau wusste, was mit ihm geschah.

»Wir müssen so ruhig wie möglich bleiben«, sagte Fraxinus. Ihre Führer und Wächter hatten zu Checuti nichts anderes als zuvor zu Fraxinus gesagt, aber er war froh, dass der selbst ernannte Prinz der Diebe wenigstens weiterhin gegen seine Schläfrigkeit ankämpfte.

»Was auch kommen mag, wir müssen es hinnehmen«, krächzte Checuti. »Wenn wir in Sphingen verwandelt werden, hat das sicherlich auch seinen Vorteil – aber ich fände es gar nicht gut, nach dem Vorbild der anderen Wesen umgestaltet zu werden. Ich habe Kröten schon immer gehasst.«

»Eine Sphingentruppe würde sicherlich einen Aufruhr verursachen, wenn sie entlang der großen Gratstraße auf die Tore von Xandria zumarschiert«, stimmte Fraxinus ihm zu. »Wenn wir sie mit nach Hause nehmen könnten, wäre Belin vielleicht sogar versucht, seine Riesinnen heimzuschicken und statt ihrer Sphingen als Wächter einzusetzen – aber ich bezweifle, dass die Sporen, die augenblicklich in uns Wurzeln schlagen, die Macht haben, uns in solche Wesen zu verwandeln.«

»Und ich bezweifle, dass Sphingen sich als Wächter des Inneren Sanctums empfehlen würden«, sagte Checuti trocken, »wenn man bedenkt, dass sie so offensichtlich männlich sind.«

»Was man sich auch für schmutzige Geschichten über Riesinnen und hübsche Gardisten erzählt«, gab Fraxinus zurück, »so ist meiner Meinung nach doch kaum ein befriedigender Verkehr zwischen ihnen möglich. Dasselbe gibt auch für solche Ungeheuer wie die Sphingen und Belins vierzig Frauen, wie frustriert sie auch sein mögen.« Er versuchte zu lachen, doch der Witz war einfach nicht gut genug. Er entschloss sich, froh über diesen misslungenen Scherz zu sein, denn albernes Gelächter wäre nur ein Beweis für die schrecklichen Auswirkungen des vergifteten Staubes gewesen.

»Wenn das der Weg in den Tod oder in eine grauenvolle Verwandlung ist«, sagte Checuti mit einer Stimme, die kaum mehr als ein Wispern war, »dann ist es zumindest ein gnädiger Weg. In Anbetracht der Tatsache, dass ich nichts zu verlieren und alles zu gewinnen habe, bin ich wenigstens dankbar dafür, dass ich dem, was uns am Ende der Straße erwartet, ohne übergebührliche Beschwerden gegenübertreten kann.« Unter den gegebenen Umständen war das eine tapfere Behauptung.

Fraxinus stellte sich vor, dass eine Art Geist durch seine Adern kreiste und all die unwesentlichen Schmerzen auslöschte, die ihn ansonsten gequält und belästigt hätten, und ihn mit einem prächtigen Wohlgefühl erfüllte. Seine Glieder fühlten sich ungewöhnlich leicht an, doch den Rest hatte er sich selbst zusammengesponnen. Diese Phantasie zerbröckelte, als sein Kopf plötzlich auf ausgesprochen unangenehme Weise zu schwimmen schien. Ereleth hatte Recht gehabt: In dieser Droge steckte mehr Taubheit als Freude.

»Du solltest Proben der Pflanzen einsammeln, die diesen Staub produzieren, o mächtiger König der

Kaufleute«, schlug Checuti vor. »Von allem, dem wir bisher begegnet sind, verspricht das hier den besten Profit… vorausgesetzt, dass seine Nebenwirkungen nicht immer derart heftig sind.« Der Dieb fasste sich wieder an die glitzernde Schläfe, und Fraxinus konnte den Neid in seinen Augen sehen, als Checuti die relative Gesundheit in den Gesichtszügen seines Gefährten betrachtete.

»Vielleicht sollte ich das wirklich tun«, sagte Fraxinus schwach. Das war im Augenblick die beste Antwort, die er zu geben vermochte.

»Wir müssen natürlich bedenken«, fuhr Checuti krächzend fort, »dass schon viele andere vor uns hier waren, und nicht einem Einzigen von ihnen ist es gelungen, ein Vermögen zu machen. Diese Wunderdroge muss Andris Myrasols alten Kartenzeichnern zumindest dem Ruf nach bekannt gewesen sein, aber ich bezweifle, dass sie jemals auf dem Markt von Xandria feilgeboten wurde. Vielleicht wachsen die Samen in keinem anderen Boden als diesem hier. Soweit ich beobachten konnte, sind solche Pflanzen nicht einmal in die Außenbezirke des Landes innerhalb des Riffs gelangt. Das würde natürlich dann einen Sinn ergeben, wenn sie als Lockmittel hier stünden – oder als Belohnung für die Tapferen und Tollkühnen.«

Nun schaute Fraxinus hoch zum Himmel und beobachtete eine Herde fliegender Kreaturen über sich. Es waren weder Vögel noch geflügelte Salamander; er wusste nicht, um was es sich handelte. Sie waren in südlicher Richtung unterwegs, aber es schien, dass sie ihn im gleichen Augenblick bemerkten, als auch er sie sah, und sie änderten sofort ihre Richtung ein wenig und stiegen tiefer. Er beobachtete sie etwa eine Minute und war halb davon überzeugt, dass sie angreifen würden, doch schließlich drehten sie ab und nahmen ihren ursprünglichen Kurs wieder auf. Er fragte sich, ob sie das taten, weil sie die Sphingen bemerkt hatten.

»Die Sphinx hat uns geraten, keine Zeit zu verlieren«, sagte Checuti anscheinend besorgt, denn Fraxinus hatte sein Pferd wieder gezügelt. »Wir haben noch einen langen Weg vor uns.« Der Wagen hatte zu ihnen aufgeschlossen und Jume Metra wiederum hatte ihn beinahe eingeholt. Als Fraxinus schließlich Checutis Drängen nachgab, war die Hügelfrau bereits hinter ihnen.

»Stimmt etwas nicht mit Mossassor?«, fragte Fraxinus, während er zu ihr zurückblickte.

»Läuft noch«, berichtete Metra abwehrend. Das war es offensichtlich nicht, was sie aus ihrer Apathie aufgerüttelt hatte.

»Geht es dir gut?«, fragte Fraxinus, obwohl er wusste, das das eine lächerliche Frage war. Es ging ihr wohl kaum wesentlich schlechter als den anderen, die noch reiten konnten.

Sie erwiderte seinen Blick mit stumpfen und leichenhaften Augen. »Das Nest ist tot«, sagte sie. »Es ist schon seit langer Zeit tot.«

»Das weiß ich«, erwiderte Fraxinus diplomatisch, »und ich bedauere es. Ohne die Anstrengungen deiner Kriegerinnen wären wir alle schon tot. Es tut mir ehrlich Leid wegen Vaca Metra.«

Die Kriegerfrau starrte ihn noch immer an, als ob sie sich zu erinnern versuchte, was sie hatte sagen wollen. »Ich...«, begann sie. Sie hielt sogleich inne, doch Fraxinus war trotzdem erstaunt. Er wusste, wie bemerkenswert es war, wenn eine Hügelfrau die erste Person Singular verwendete.

Metra zog das Stück Stoff herunter, mit dem sie die untere Hälfte ihres Gesichts umwickelt hatte, doch diese Geste bedeutete nicht, dass sie sich geschlagen gab. Ihr Gesicht war nicht ohne Verunstaltungen, aber im Vergleich zu Checuti wirkte es richtig gesund. Sie sah den Kaufmann noch immer mit einer Eindringlichkeit an, die ihn an die Art erinnerte, auf die Shabir seine Hand ergriffen hatte. Anscheinend spürte mehr als einer seiner Gefährten, dass die Zeit für Aussprachen gekommen war. »Ich kann nichts fühlen«, sagte sie. »Ich kann überhaupt nichts fühlen.«

Fraxinus schloss daraus, dass sie der Meinung war, der Verlust ihrer Empfindungen sei eher eine persönliche Schwäche als die Auswirkung des Staubes, den sie alle einatmeten. Sie glaubte, sie verwandle sich, weil die letzten Bewohner des Nestes bei dem Angriff der Affenköpfe gestorben waren und sie völlig und wahrhaft allein gelassen hatten.

Sie hatte sich nicht in diesem Zustand befunden, als sie zusammen mit Checuti um das Riff gereist war, weil sie Grund zu der Hoffnung gehabt hatte, dass sie ihre Schwestern wieder sehen würde – was ja auch geschehen war, obwohl ihre Wiedervereinigung tragisch kurz gewesen war. Zwar hatte sie die aus dem Nest geretteten Eier verloren, doch solange sie lebende Schwestern gehabt hatte, hatte sie noch zu einem größeren Verband gehört. Jetzt war das Grauen absoluter Einsamkeit in ihr erwacht und der betäubende Staub hatte dieses seltsame Gefühl in ihr nur noch verstärkt. Sie war nach vorn geritten, weil sie näher sein wollte – nicht *ihm* näher, sondern irgendjemandem, und weil er als Anführer verpflichtet war, seiner Gefolgschaft Sicherheit zu geben, fühlte er sich zu einer Antwort gezwungen.

»Es ist zu spät, um sich zu fürchten«, sagte er laut, damit die anderen ihn ebenfalls hören konnten. »Und es ist zu spät zum Trauern. Wir müssen uns dem stellen, was kommen mag.« Er verspürte einen Stich der Tapferkeit und des Triumphes, doch er wusste, dass er sich dazu nicht beglückwünschen durfte. Der Staub machte es zu einfach. Der Staub machte allmählich alles zu einfach. Er hatte das Gefühl, als entferne sich die Welt mit jeder Minute weiter von seinem zerbrechlichen Bewusstsein. »Reite mit Checuti«, sagte er zu Metra, da er glaubte, sie wäre mit dem Dieb vertrauter als mit allen anderen. »Ich reite nach hinten und leiste Mossassor Gesellschaft.«

Metra nickte, aber er war nicht sicher, ob es sich dabei um Zustimmung oder nur um einen Reflex handelte. Auch Checuti nickte in höflicher Anerkennung dieser Entscheidung. Fraxinus ließ den Wagen an sich vorbei und wartete auf die Schlange.

Mossassor trug keine Maske; der Staub schien sie kaum zu belästigen. »Isst gut«, sagte sie heldenhaft, noch bevor Fraxinus eine Frage stellen konnte.

»Leider ist es nicht so gut«, widersprach Fraxinus, »aber wir werden das, was da vor uns liegt – was immer es auch sein mag –, bald erreicht haben. Jetzt kann uns nichts mehr aufhalten. Niemand wird uns angreifen und nichts wird uns von unserem Kurs abbringen. Wir haben keine Feinde mehr außer denen in uns selbst.«

»Ssifuss ssagte, würden nie den Garten erreichen«, bemerkte Mossassor. »Hatte Unrecht. Hatte mit allem Unrecht.« Es klang nicht triumphierend, aber auch nicht gerade enttäuscht.

»Wir alle hatten Unrecht«, erwiderte Fraxinus; eine plötzliche Bitterkeit hatte Besitz von ihm ergriffen. »Was wir auch erwartet und erhofft haben mögen – das hier war es nicht. Ich hatte gehofft, auf Menschen zu treffen, mit denen ich reden und handeln kann. Du hattest gehofft, Menschen zu finden, die eine Schuld bezahlen sollen, welche in der fernsten Vergangenheit begründet liegt. Stattdessen haben wir Sphingen gefunden und Frösche, die auf den Hinterbeinen laufen, und lebenden Staub, der uns die Lunge und den Magen mit irgendeiner Fäulnis füllt. Wir haben noch nicht einmal unser Ziel erreicht, aber es ist jetzt schon offensichtlich, warum so wenige von denen, die diese Reise vor uns unternommen haben, die Chance zur Rückkehr hatten.« *Aber das stimmt nicht*, dachte er, als die Worte aus ihm hervorsprudelten. *Ich bin der Anführer; ich sollte Mossassor beruhigen. Sie ist zwar eine Schlange, aber sie ist trotzdem ein Mitglied meiner Truppe.*

»Isst gut«, lautete Mossassors unerschütterliche Antwort. »Isst *noch* gut. Ssuchen nach Garten ssussammen, wie Überlieferungen ssagen. Jemand musss ess tun. Isst nötig. Ssind wir. Nahe dem Ende jesst. Morgen isst vorbei. Isst gut. Isst *ssehr* gut.«

Diesmal musste Fraxinus ein völlig unangebrachtes Lachen unterdrücken, das ungerufen bereits bis zu seinen Lippen gekrochen war, obwohl die Aussage der Schlange keineswegs ein Scherz war. Er dachte an Checuti und Shabir, an Ereleth und Jume Metra, an Aulakh Phar und Merel und an sich selbst.

»Du hast Recht«, sagte er und fragte sich, wie er das glauben konnte, selbst wenn es die Wahrheit sein sollte. »Wir haben das getan, was wir tun wollten, was immer auch geschehen mag. Egal was uns am Ende der Straße erwartet – *wir haben nicht versagt.*«

9

Die Pyramide, deren Spitze Lucrezia von Andris' Krone aus gesehen hatte, erhob sich wie die Türme von Xandria aus dem Herzen eines ausgedehnten Komplexes kleinerer Gebäude. Es gab Kegel und Würfel, Zylinder und Tori, halbkugelige Kuppeln und eiförmige Körper. Jeder einzelne Umriss schien auf seine elementare Form reduziert zu sein, doch es gab kein erkennbares System in ihrer Verteilung; sie waren so wahllos zusammengewürfelt und aneinandergedrängt wie die Gebäude in Xandria oder die Steinpflanzen des Großen Riffs.

Lucrezia vermutete, dass die Wesenheiten, die den ›Garten‹ von Idun bildeten, von derselben Art wie diejenigen waren, aus denen auch das Große Riff bestand, auch wenn sie keine organischen Formen nachahmten. Aus der Ferne und unter dem matten, grauen Licht des dicht bewölkten Himmels sah diese Ansammlung eher wie eine Stadt denn wie ein Garten aus, doch Lucrezia weigerte sich, dieser Illusion nachzugeben. Die Überlieferungen sagten, dass die Menschen aus dem Schiff in Idun eine Stadt erbaut hatten, dass sie aber gezwungen gewesen waren, sie durch einen Garten zu ersetzen. Wenn sich der Garten in den Jahren nicht wesentlich verändert hatte, hatten sich seine Erbauer damals offenbar dazu entschieden, ihn ihrer ersten Schöpfung anzugleichen. Falls er damals völlig anders ausgesehen hatte, war es ihm mit der Zeit offenbar gelungen, erstaunliche Fortschritte in dem Versuch zu machen, das zu wiederholen, was vorher verloren worden war.

Ich vermute, es hat keinen Sinn, sich nach dem Grund dafür zu fragen, dachte sie. *Die Wege der Urväter sind unergründlich, und jegliche Überlieferung, die das hier erklärt, muss ihren sündhaften Abkömmlingen in ferner Vergangenheit verloren gegangen sein.*

Bei der Annäherung an den seltsamen ›Garten‹ wurde der Boden immer trügerischer. Er wurde von tiefen Spalten durchkreuzt; dazwischen war er schartig und aufgebrochen. Lississee und ihre Gefährtinnen erwiesen sich als sehr geschickte und bemerkenswert wendige Springer, aber obwohl die Schuppen an ihren Sohlen hart wie Flaschenglas waren, schnitten sie sich die Knöchel und Füße auf. Lucrezias Stiefel waren inzwischen fast vollkommen verrottet und die von Hyry wiesen große Löcher auf, sodass sie beide sehr vorsichtig sein mussten; ohne die Hilfe der beiden Manticoren hätten sie die größten Schwierigkeiten gehabt, den letzten Kim zurückzulegen, und dabei hätten sie wohl eine Menge Blut vergossen. Ssifuss war nicht so gewandt wie ihre Schlangenschwestern, aber sie war stärker und kam ohne jegliche Verletzung durch, wenn sie auch sehr langsam war. Der schweigsame Geist schien sehr viel zarter als alle anderen zu sein und er war nicht so leicht wie Lississee, doch seine kraftlosen, lilienartigen Füße bewältigten die scharfen Kanten besser als jeder andere, und seine froschähnlichen Beine waren zu Schritten in der Lage, die selbst die Manticoren beschämte.

Ironischerweise kamen sie der Gefahr, eines der Mitglieder ihrer zusammengewürfelten Expedition zu verlieren, dann am nächsten, als eine von Lississees Freundinnen auf Treibsand trat, während sie allzu geziert auf ihren zarten Füßen balancierte, doch Lississee streckte rasch ihren Schwanz als Rettungsleine aus und mit geringer Unterstützung von Ssifuss konnte sich die Schlange schließlich befreien.

Während sie mit diesem problematischen Manöver beschäftigt waren, war es schwierig, die sie erwartende Landschaft aufmerksam zu beobachten, und es war völlig unmöglich, ein vernünftiges Gespräch zu führen. Erst als sie wieder auf besserem Boden standen, konnten sie sich sammeln und ihre Situation einschätzen. Sie untersuchten ihre Wunden und behandelten sie so gut wie möglich, doch die Vorräte an Wundsalbe, die Lucrezia und Hyry bei sich gehabt hatten, waren erschöpft, und zumindest einige aus der Gruppe schienen blutige Fußabdrücke zu hinterlassen, wo sie gingen und standen.

Lucrezia vermutete, dass solche Fußabdrücke deutlich zu sehen waren, denn sie erkannte jetzt, dass die Pfade, die sich zwischen den verschiedenen geometrischen Formen herwanden, aus dem Weiß jüngst bloßgelegter Knochen bestanden. Selbst aus dieser Entfernung waren schon viele Fußspuren auf ihnen zu sehen.

Der stumme Bericht blutiger Spuren diente als eine ganze Reihe von Warnungen; als Lucrezia und ihre Gefährten näher kamen, erkannten sie, dass Höllenhunde in der Stadt waren und Krokolide ebenfalls und ein Dutzend anderer Wesen mit schmalen Füßen und einer riesigen Schrittlänge. Die Pfade waren nicht nur mit Fußspuren, sondern ebenfalls mit Abfall übersät, unter dem sich auch Knochen mit gedörrter Haut und zottigen Haarsträhnen daran befanden.

»Mörder sind hier gewesen«, sagte Lucrezia zu Hyry. »Ich wage zu behaupten, dass auch Flieger in ihrem Gefolge waren.« Augenblicklich waren allerdings außer kleinen Insekten, die es hier in außergewöhnlicher Fülle gab, keine fliegenden Wesen zu sehen. Sobald die Expedition innerhalb der Grenzen des Gartens war, flogen ›Schmetterlinge‹ von der Art auf sie zu, die ihre Farben mit dem verschlungenen Muster der Schlangenschuppen verschmolzen; man musste sie mit rudernden Armen vertreiben.

Die Vorsprünge, die aus dem Grundgestein des Gartens hervorwuchsen, waren meistens weiß; wenige waren in pastelligem Blau oder Purpur getönt, und viele schmückten verwickelte Muster aus schwarzen Tupfern. Nur einige maßen weniger als zwei Met, obwohl viele der kugelförmigen Gebilde lediglich halb so hoch waren. Die Kegel hingegen reckten ihre Spitzen fünf oder sechs Met in die Luft, und einige der Ovoiden waren bis zu zehn Met hoch und erweckten dennoch den Anschein, dass die Hälfte ihrer Masse unter der Oberfläche lag.

Soweit Lucrezia sehen konnte, befand sich nirgendwo ein Portal. Falls einige der in der Nähe stehenden Strukturen innen hohl waren, gab es zumindest keinen offensichtlichen Weg, um in ihr Inneres zu gelangen. Lucrezia untersuchte das Material einiger Vorsprünge in ihrer Nähe. Wie sie bereits erwartet hatte, waren sie hart wie Stein. Sie zweifelte nicht daran, dass diese Gebilde lebten – oder dass etwas tief unter ihnen lebendig war, aber sie besaßen keine spürbare Wärme.

»Ich hatte so etwas wie einen Willkommensgruß erwartet«, sagte sie und schaute sich um. Damit meinte sie, dass sie gehofft hatte, hier menschliche Wesen anzutreffen.

»Vielleicht wären wir herzlicher empfangen worden, wenn wir den Haupteingang genommen hätten«, meinte Hyry.

»Wir müssen noch immer vorsichtig sein«, warnte Kasabil sie. »Der dunkle Boden liegt hinter uns, aber das heißt nicht, dass wir jetzt in Sicherheit sind.«

Der Geist war inzwischen ungeduldig geworden und wollte nicht länger warten; er marschierte bereits in die Richtung der Pyramide, warf aber ein- oder zweimal einen Blick über die Schulter zurück, als wolle er sich vergewissern, dass die anderen ihm folgten. Das taten sie auch, obwohl Kasabil nun keineswegs mehr der Einzige war, der hinkte, und als Lucrezia zurückschaute, sah sie, dass die Blutspuren, die sie hinterließen, jedem, der sich die Mühe machen sollte, sie zu verfolgen, ihre genaue Route zeigte.

»War es schon immer so wie jetzt?«, fragte Lucrezia Kasabil, der sich mit großer Aufmerksamkeit umschaute.

»Das bezweifle ich«, erwiderte die Manticore. »Dies hier ist nicht das, was ich erwartet habe. Der Garten, den unser eigener Boden für die Benutzung und Unterstützung unserer menschlichen Geschwister angelegt hat, ist ganz anders. Ich habe wohl angenommen, euer Boden brächte etwas Ähnliches hervor – vielleicht habe ich das als zu selbstverständlich angesehen. Ich wage zu behaupten, dass sich dieser Garten bei jeder Zeit des Entstehens verändert. Einige der Masken, die die Bewohner tragen, machen nach jedem Erwachen eine ganze Reihe von Veränderungen durch, als ob sie nach einer schwer zu bestimmenden Vervollkommnung suchten. Wenn man euren Überlieferungen trauen kann, arbeitet die Evolution dieses Bodens auf ein bestimmtes Ziel hin.«

»Auf den unvergänglichen Stein, der für Inschriften dienen soll«, murmelte Lucrezia und hegte den Verdacht, dass die Manticore sie foppen wollte. »Vielleicht unterliegt diese Funktion einem Dauertest. Die schwarzen Tupfer, die diese Gebilde verzieren, gleichen keiner Art von Steinfäule, die ich bisher gesehen habe, und die Muster darauf scheinen nicht zufällig zu sein. Es ist keine *Schrift* – jedenfalls nicht die Art Schrift, die wir in Xandria lernen –, aber es ist auch kein wahlloses Gesprenkel.«

»Das kann ich nicht glauben«, sagte die Manticore. »Wenn aber dieser Stein hier oder irgendein anderer wirklich unvergänglich wäre, hätten wir allen Grund, das zu bedauern.«

»Warum?«, wollte Lucrezia wissen. »Unsere Überlieferung bezeichnet ihn als große Wohltat und das habe ich auch immer so gesehen. Die Mauer, die die Stadt meines Vaters umgibt, benötigt die ununterbrochenen Anstrengungen hunderter Männer, damit sie ihre Festigkeit behält. Wenn sie aber aus unvergänglichem Stein errichtet wäre, bräuchte sie keine andauernde Erneuerung, genauso wenig wie die Häuser, in denen die Menschen leben – und die Ärmsten würden am meisten davon profitieren, denn ihre Hütten sind die schlechtesten. Inschriften in unvergänglichem Stein würden ewig halten und die Meister der Überlieferung zumindest ein wenig von ihrer Last befreien. Mich erschreckt das Ausmaß der Steinoberfläche, die man benötigen würde, um das gesamte menschliche Wissen darauf einzumeißeln – sie wäre wahrscheinlich größer als die Große Mauer von Xandria –, aber das, was man auf solche Weise konservieren könnte, würde allen und nicht nur wenigen zur Verfügung stehen, so wie es bei den Überlieferungen der Genesys sein sollte. Vermutlich würden sich die Meister der Überlieferungen aus den einzelnen Gilden dagegen auflehnen, doch das Wort meines Vaters ist Gesetz, und ich bin sicher, dass er den Sinn des Ganzen erkennen würde.«

»Die Menschen sind nicht die einzigen Wesen auf der Welt, die Mauern errichten«, bemerkte Kasabil. »Euer Körper ist weich und ihr habt geschickte Hände; eure Werkzeuge sind euren Händen angepasst und ihr tragt sie in Beuteln und Säcken. Die Wesen, die sich hier im Krieg befinden, sind aus anderem Fleisch gemacht und sie verwenden alle möglichen Arten von Material für die Schaffung ihrer eigenen Körper. Für sie würde unvergänglicher Stein das Versprechen – oder zumindest die Hoffnung – der Unverwundbarkeit bedeuten. Wenn sie derart gepanzert wären, könnten sie auf ewig weiterkämpfen und sich allen zukünftigen Veränderungen widersetzen.«

»Wäre das denn so schlecht?« Nicht Lucrezia hatte diese Frage gestellt, sondern Vekoren. Lucrezia war ein wenig verwirrt, als sie entdeckte, dass Manticoren zu gegenteiligen Meinungen in der Lage waren, genauso wie Schlangen oder Menschen.

»Ich glaube schon«, antwortete Kasabil. »Das Ende dieses Kampfes ist noch nicht abzusehen. Wenn wir eine bessere Lebensweise entdecken wollen, müssen wir die Macht der Veränderung bewahren; sie darf nicht erstickt werden.«

»Die Existenz des unvergänglichen Steins würde weiteren Wechsel nicht ausschließen«, sagte Vekoren. »Vielleicht ist es ja das Geheimnis des unvergänglichen Steins, das uns alle hergeführt hat.«

»Wenn das stimmen sollte, dann haben wir versagt.« Diesmal kam die Unterbrechung von Hyry Keshvara. »Seht euch doch um!« Sie zeigte auf die höheren Teile einer Zusammenballung aus aufrecht stehenden Zylindern. Lucrezia warf einen Blick auf sie und erkannte die Überfülle der vertrauten Färbungen von Steinfraß. »Hier unten sind die Oberflächen frisch gesprossen«, sagte Hyry zu ihnen. »Ihr müsst nur nach oben sehen, auf das, was einige Zeit der Luft und damit auch den treibenden Sporen ausgesetzt war; dann erkennt ihr, dass diese Mauern mindestens so vergänglich sind wie die große Mauer in Xandria. Wenn diese rohen Formen in der Hoffnung errichtet wurden, dass sie ihre geometrische Unschuld bewahren, dann hat diese Hoffnung bereits getrogen.«

Lucrezia spürte eine gewisse Enttäuschung, auch wenn sie nicht den geringsten Grund zu der Annahme gehabt hatte, dass irgendetwas in diesem Garten frei von den Heimsuchungen sei, die die Welt durcheinanderwirbelten. Für kurze Zeit hatte sie sich einbilden können, dass es hier tatsächlich etwas Neues und Wunderbares gab und dass sie unter den Entdeckern war, doch sie war rasch wieder auf den Boden der Tatsachen zurückgeholt worden. Sie hatte mehr von dem Streitgespräch mitbekommen wollen, das zwischen Vekoren und Kasabil entbrannt war, weil sie herauszufinden gehofft hatte, was die Manticoren dachten und wie ihrer Meinung nach die Zukunft aussah, doch sie hatten ihren Streit inzwischen beigelegt und liefen hinter der Gestalt her, die sie ›Molch‹ nannten.

Obwohl sie keinen geraden Weg nahmen, kamen sie der großen Pyramide, die das Zentrum dieser stummen Entfaltung allzu vergänglichen Steins bildete, näher und näher. *Das ist das wahre Herz des Rätsels,* dachte Lucrezia. *Diese schäbigen Gebäude sind nichts anderes als der zerklüftete Rand des lebenden Bodens. Wenn es hier Antworten auf unsere Fragen gibt, dann werden wir sie bestimmt innerhalb der Pyramide finden.* Sie ging etwas schneller und dachte, dass nun nichts mehr geschehen würde, bis sie das Herzstück des ›Gartens‹ erreicht hatten – aber dieser Erwartung erging es nicht anders als allen bisher gehegten.

Sie umrundeten eine weitere Ecke und gingen an einer kubischen Formation vorbei, die sich bis zu zwei Met über Vekorens stolzen Kopf erhob, und standen plötzlich vor einer Kreatur, die sogar noch größer als die Manticore war. Ihr menschliches Gesicht war dreimal so breit wie das von Lucrezia und ihre träge dreinblickenden Augen schienen in der Tat riesig. Sie bewegte sich so rasch auf den herumspringenden Geist zu, dass Lucrezia die Luft wegblieb, doch das Monstrum öffnete nicht seinen dicklippigen Mund, um die froschähnliche Kreatur zu verschlucken. Stattdessen lächelte es einen Willkommensgruß.

Der Molch hielt vor dem Vierbeiner an, der einer Manticore ähnelte, dessen Schwanz aber nicht wie der eines Skorpions aussah, und außerdem war sein Körper nicht gestreift. Das Froschwesen flötete einen langen Satz in einer unbekannten Sprache, doch die einzige Reaktion des Neuankömmlings bestand in einem bedeutungsschweren Nicken.

Die beiden Manticoren waren stehen geblieben. Sie waren sehr argwöhnisch; ihre Skorpionschwänze waren aufgerichtet und schnellten hin und her wie zwei giftige Schlangen, die sich zum Angriff bereit machten. Lississee und Ssifuss hatten auf der Stelle innegehalten, und die anderen Schlangen waren ihrem Beispiel gefolgt. Lucrezia spürte, dass auch sie sich nicht mehr bewegen sollte, doch sie ging immer noch langsam voran, als ob irgendein Instinkt sie dazu treibe, bei den Verhandlungen mit diesem gebieterischen Gegner die Führungsrolle zu übernehmen. Irgendetwas im Gesicht dieser Kreatur wirkte seltsam beruhigend. Es war ein sehr hübsches Gesicht – hübscher als das von Kasabil oder Vekoren und sogar hübscher als das von Andris Myrasol oder Jacom Cerri.

Der Geist sagte wieder etwas in der Sprache, die Lucrezia nie zuvor gehört hatte. Sie warf einen Blick zurück auf Ssifuss, doch die Schlange schüttelte den Kopf; auch sie konnte kein Wort verstehen.

»Seht!«, rief Hyry Keshvara. Lucrezia gehorchte und sah, dass hinter dem hübschen Vierbeiner eine weitere Gestalt aufgetaucht war: ein zweiter Molch, der sich so eifrig wie der erste bewegte. Derjenige, der sie vom Garten der Baumleute bis hierher begleitet hatte, unterbrach sofort seine einseitige Konversation und ging auf seinen Artgenossen zu. Beide Kreaturen breiteten die Arme aus und wollten sich offenbar umarmen.

Dieser Anblick war so absurd, dass Lucrezia unwillkürlich lachen musste, aber niemand fiel in ihr Lachen ein. Die beiden Molche umarmten sich tatsächlich, als sie voreinander standen, aber es war eine weitaus intimere Umarmung, als sie je für möglich gehalten hätte. Einen Augenblick lang hingen sie aneinander wie Liebende – und dann bemerkte die Prinzessin, dass ihr Fleisch zerfloss und sie miteinander verschmolzen. Lucrezias Belustigung verwandelte sich in Grauen und ihr Lachen gefror.

Sie wandte sich an Kasabil. »Wusstest du…?« Sie verstummte, als Kasabil nickte; offensichtlich war dieser Aspekt des Molchverhaltens den Manticoren vertraut. Sie versuchte sich zu erinnern, was genau der Geist im Garten der Baumleute zu seiner Rechtfertigung gesagt hatte. Er war wie Kasabil und Vekoren ein

Sucher, ein Sammler von Informationen – und vermutlich war dies einer der Wege, auf denen er die Informationen, die er gesammelt hatte, weiterleitete. Lucrezia sagte sich, dass sie keinen Grund hatte, überrascht zu sein; Menschen hatten diese Kreatur entworfen, indem sie von dem Gebrauch machten, was sie über die Eigenarten und Möglichkeiten des lebenden Bodens wussten, für den solche Verschmelzungen eine Selbstverständlichkeit waren.

Die Verschmelzung der beiden Geschöpfe vollzog sich schneller, als Lucrezia es für möglich gehalten hätte. Zwei oder drei Minuten lang war eine sich windende Fleischmasse mit zu vielen Armen, zu vielen Beinen und zu vielen Augen zu sehen – und keiner deutlichen Gestalt –, doch dann schälte sich wieder ein einziges Individuum heraus: ein Molch, der doppelt so stämmig wie seine ›Eltern‹ war, sich aber sonst nicht wesentlich von ihnen unterschied.

»Mach dir keine Sorgen«, murmelte Kasabil. »Außer Angehörigen ihrer eigenen Art begrüßen sie niemanden auf diese Weise.«

»Ich glaube, das andere Wesen ist eine Sphinx«, bemerkte die Prinzessin, weil sie irgendetwas sagen wollte. »Ich habe ihre Beschreibung in einigen der Geschichten gehört, die man sich im Inneren Sanctum erzählt.«

»Es kümmert mich nicht, wie es heißt«, gab Hyry zurück. »Ich will bloß wissen, was es vorhat. Wenn es ein Dutzend seiner Freunde herbeiruft, um sich den Manticoren entgegenzustellen…« Sie wurde ängstlich, weil die Sphinx ihren Blick von den Molchen abgewandt hatte und nun sie alle ansah.

»Ihr müsst eine schwierige Reise hinter euch haben«, sagte sie schließlich. »Es gibt einen leichteren Weg für Menschen und Schlangen – ihr hättet nur nach ihm suchen müssen. Aber ihr seid willkommen.«

Hyry Keshvara wollte darauf etwas erwidern, doch Lucrezia berührte sie am Arm und die Händlerin beugte sich diesem Befehl. Lucrezia trat vor und begab sich in die Reichweite der Vorderpfoten der Sphinx.

»Mein Name ist Lucrezia«, sagte sie hochtrabend. »Ich bin durch den Wald der Absoluten Nacht gereist, habe die Dragomitenberge überquert und die Bittersüßen Sümpfe durchschritten, habe im Norden der Neun Städte und am nördlichen Rand des Großen Riffs Kämpfe ausgefochten und einen Garten besucht, in dem Menschen von Bäumen verschluckt werden. Es ist eine anstrengende Reise gewesen und ich bin der bestmöglichen Route gefolgt. Das hier sind meine Freunde.« Sie nannte einen nach dem anderen beim Namen, auch wenn sie dabei etwas unentschlossen auf Lississees Gefährtinnen deutete, weil sie diese noch nicht auseinanderhalten konnte. Als sie die Vorstellung beendet hatte, sagte sie: »Kasabil und Vekoren haben uns dabei geholfen, den Garten zu erreichen; ich hoffe, du wirst sie genauso willkommen heißen wie uns.«

Die Manticoren hatten bereits ihren Stachel gesenkt. Die Sphinx schien über diesen Vorschlag nachzudenken. Lucrezia spürte, dass es das Beste war weiterzureden. Sie sagte: »Ich weiß nicht, was es bedeutet, aber mir wurde seit meiner Kindheit gesagt, dass in meinen Adern das Blut der Schlange fließt und dieses mir irgendwie die Pflicht auferlegt, so rasch wie möglich herzukommen. Aus diesem Grund bin ich hier.«

»Du bist jetzt in Sicherheit«, beruhigte die Sphinx sie. »Menschen und Schlangen sind gleichermaßen willkommen, und wir freuen uns, die Manticoren zu sehen. Wir müssen eine Botschaft überbringen und hoffen, dass sie bereit sind, uns als Boten zu dienen. Wir benötigen etwas, das sich ihr Boden vielleicht bewahrt hat, und wir haben etwas, das wir als Ausgleich anbieten möchten.«

Lucrezia drehte sich um und schaute die beiden Manticoren an, die von dieser Entwicklung genauso überrascht waren wie sie selbst. Schließlich sagte Hyry Keshvara: »Warum braucht ihr sie zur Überbringung eurer Botschaft? Wenn ihr eine Botschaft aussenden müsst, könnt ihr sie doch persönlich überbringen.«

Die Sphinx ließ nicht erkennen, ob sie beleidigt war. Sie sagte nur: »Wir übertreten niemals die Grenzen von Idun und können nicht sicher sein, ob ein Molch sein Ziel erreichen wird. Das Erwachen steht kurz vor dem Ende und die Zeit drängt. Willst du die Nachricht überbringen, Vekoren?«

Lucrezia vermutete, dass die Sphinx Vekoren ausgewählt hatte, weil Kasabil noch immer etwas hinkte.

»Was für eine Nachricht?«, fragte Vekoren.

»Wenn du mit zur Pyramide kommst«, sagte die Sphinx, »wirst du sie dort erhalten. Keines meiner Geschwister wird dir etwas antun, aber du tätest gut daran, die Erzeugnisse anderer Böden zu meiden. Wirst du die Nachricht überbringen?«

»Ich bin hergekommen, um herauszufinden, was es herauszufinden gibt«, erwiderte die Manticore. »Ich vermute, dass eine Botschaft eine so gute Antwort wie jede andere ist – vielleicht sogar eine bessere –, aber ich kann nicht versprechen, dass sie erhört wird. Was haben wir denn, was du benötigst?«

Die Sphinx hob den Kopf ein wenig höher. »Eine Erinnerung«, sagte sie, und bevor sie sich abwandte und der Gruppe den Weg wies, fügte sie hinzu: »Wir sollten keine Zeit verlieren. Das hier ist kein sicherer Ort, obwohl wir hart gearbeitet haben, um ihn sicher zu machen. Die Feinde, die versucht haben, euch aufzuhalten, sind selbst hier nicht machtlos. Der Krieg steht für uns eher vor der Kapitulation als vor dem Sieg – aber das Geschick wird sich noch wenden. Das muss es und das wird es.«

Das Geschöpf sagte nichts weiter, sondern wirbelte mit einer Eleganz herum, die in Anbetracht des engen Raumes, der für dieses Manöver zur Verfügung stand, erstaunlich war. Auch der zusammengesetzte Molch hatte sich bereits umgewandt und rannte auf die Pyramide zu. Er lief mit unglaublicher Geschicklichkeit, wenn man bedachte, dass er noch vor wenigen Minuten zwei getrennte Wesen gewesen war.

»Folgt mir«, rief der Molch mit einer Stimme, die deutlicher und stärker war als die seiner Vorgänger. »Folgt mir und alles wird gut werden. Sicher jetzt. Sicher für immer.«

Das hätte Lucrezia ihm gern geglaubt, doch sie wagte es nicht.

10

Als Fraxinus endlich das Ende der Straße erreichte, hatte er beinahe jeden Bezug zur Wirklichkeit verloren. Ihm war undeutlich bewusst, dass er seit mehr als einem Tag nicht mehr gegessen hatte und dass seit einem halben Tag kein Tropfen Wasser mehr zwischen seine Lippen gekommen war, aber der Betäubungseffekt des Handschuhs der Freude war so stark, dass er weder Hunger noch Durst verspürte. Er fühlte seine totale Erschöpfung, aber selbst diese schien nicht mehr zu sein als eine Erweiterung seiner Gefühllosigkeit.

Er hatte nicht geschlafen – und deshalb auch nicht geträumt, wenigstens nicht im üblichen Sinne –, aber aus allem, was er sah und hörte, war jegliche Bedeutung so vollständig gewichen, dass er genauso gut hätte glauben können, er wäre in einer bizarren, alles verschlingenden Halluzination gefangen. Die Straße war zu einer Art Tunnel geworden, der sein gesamtes

Sein begrenzte und das Sein selbst auf einen festen Pfad ohne Biegungen, Kreuzungen oder Wahlmöglichkeiten eineingte.

Es wäre einfach gewesen, den Kampf aufzugeben und sich dem Automatismus auszuliefern: den Körper zu einer fleischigen Marionette werden zu lassen, sich mechanisch nach programmierten Reflexen zu bewegen, während sein Verstand in einer Passivität versank, in der es weder Verantwortlichkeit noch Gefühle gab. Es wäre eine gewisse Erleichterung gewesen, alles loszulassen, und er zweifelte nicht daran, dass eben das der Sinn des Handschuhs der Freude war, falls dieser mit Absicht geschaffen worden war. Und aus diesem Grund bekämpfte Fraxinus dessen betäubende Auswirkungen. Er errichtete so viele Verteidigungslinien wie möglich gegen diesen Zustand, der einem schleichenden Tod gleichkam, welcher seine Intelligenz ausschalten wollte.

»Ich bin kein Schaf, dass sich zufrieden zum Schlächter führen lässt«, sagte er hart zu sich selbst. »Es ist egal, welche Absichten diese aus den Mythen entlehnten Kreaturen haben oder welchen Zweck die Architekten der Wiege der Chimäre verfolgten. Ich habe meine eigenen Gründe, warum ich hier bin, und ich habe meine eigenen Ziele. Ich muss mich diesen Zielen unterwerfen, egal welche Hindernisse mir in den Weg gelegt werden. Ich schulde diesen Kreaturen nichts für ihren schwachen Willkommensgruß, und wenn sie mich nur hierher bringen, um mich dem lebenden Boden zu verfüttern, muss ich all meine Kräfte zusammennehmen und Widerstand leisten.«

Jegliche Hoffnung darauf, dass die Werkzeuge der Wiege der Chimäre etwas anderes im Sinn hatten, als die Besucher ihrem eigenen lebenden Boden zu übergeben, war in dem Augenblick verschwunden, in dem er herausgefunden hatte, was der Handschuh der

Freude war – aber es hatte keinen Zweck, diese Erkenntnis mit seinen Gefährten zu teilen. Es hatte zwar eine sehr kurze Zeitspanne gegeben, in der es ihm möglich gewesen wäre, all seine Kraft zusammenzunehmen und eine Warnung zu rufen, aber er begriff nur zu bald, dass sie sinnlos gewesen wäre. Diejenigen, die einer Warnung Beachtung schenken konnten, waren auch zu eigenen Überlegungen in der Lage.

Als sie das Ende der schmalen Straße erreicht hatten, versuchte Fraxinus mit aller Gewalt, seine Aufmerksamkeit auf die Umgebung zu konzentrieren, doch er war zu lange auf der schmalen Straße gewesen und zu erschöpft und zu sehr mit Drogen voll gepumpt. Die Würfel und Kegel des ›Gartens‹, den die Sphinx den Schoß der Welt genannt hatte, schienen für seine Sinne nur aus abstrakten Entwürfen zu bestehen, die an die Wände seines inneren Selbst gezeichnet waren. Sie erschienen ihm eher als ein Ersatz für die Welt denn als ein Aspekt von ihr: eine brutale theoretische Verminderung ihrer Vielgestaltigkeit. Ihre Tönungen waren nur die Echos von Farben, die wahllos auf einen gebleichten Hintergrund geschleudert worden waren; ihre Formen waren karikaturenhafte Andeutungen viel reicherer und komplexerer Gebilde.

»Es wäre eine schreckliche Ironie«, sagte er zu sich selbst, wobei er jedes Wort mit äußerster Sorgfalt aussprach, »wenn ich das Ziel, das ich so lange gesucht habe, erreichen würde, ohne es sehen zu können – von einem schwungvollen Handel mit seinen Einwohnern ganz zu schweigen. Ich muss wenigstens sehen können; ich muss wenigstens wissen, was ich mir da so teuer erkauft habe.«

Aber leider reichte es nicht aus, dies zu sagen; um seine Wünsche in die Tat umzusetzen, hätte er seine Sinne besser im Griff haben müssen.

Sein Pferd trottete hinter den drei Sphingen und

ihren froschähnlichen Gefährten her. Es stand so stark unter Drogen wie er selbst. Aufrecht und steif saß er auf dem Rücken des Tieres: ein Stäubchen hinfälliger und flimmernder Intelligenz, das in einer zweifelhaften Leere dahintrieb. Wenn er in der Lage gewesen wäre, die Hand zum Mund zu führen, hätte er so kräftig wie möglich hineingebissen in der Hoffnung, eine Brücke aus Empfindungen zur Außenwelt zu schlagen, aber es gelang ihm einfach nicht.

Als das Pferd schließlich zum Stillstand kam, konnte Fraxinus nicht absteigen. Als das Pferd in den Knien einknickte und zusammenbrach und aus der Umkrallung des Automatismus in den Tod entlassen wurde, wurde sein linkes Bein unter dem Körper des Tieres eingeklemmt. Er spürte zwar nicht das Gewicht des Pferdes, wohl aber, dass er gefangen war. Zwei der froschähnlichen Geschöpfe mussten ihn befreien und stützen, denn ohne Hilfe konnte er nicht mehr stehen.

Nun waren weitere Froschkreaturen herangekommen; er konnte sie zwar nicht zählen, aber es mussten Dutzende sein. Sie gingen zu Checuti und Jume Metra und halfen ihnen beim Abstieg von ihren erschöpften Reittieren. Er sah, wie andere zum Wagen gingen. Einige kletterten auf die Fahrerbank, während andere sich am hinteren Ende zu schaffen machten. Kein einziger Mensch war mehr in der Lage, ohne Hilfe zu gehen – nur Mossassor stand noch aufrecht und konnte sich bewegen. Man schickte sie einfach in die Richtung der Pyramide; alle anderen mussten getragen werden. Fraxinus vermutete zumindest, dass alle getragen wurden – außer Dhalla, die zu schwer war –, denn er bekam nicht mehr viel mit.

Er wurde von zwei der froschähnlichen Kreaturen flankiert. Sie stützten ihn, doch einen Teil seines Gewichts vermochte er selbst zu tragen, und er tat sein Bestes, damit es so aussah, als könne er noch gehen.

Als er zum Portal in der Basis der Pyramide gezogen wurde, spürte er, wie ein schwaches Gefühl in seine Beine zurückkehrte. Wenn seine Helfer nur weit genug mit ihm gingen, würde er die Kunst des Laufens schon wieder erlernen. Dieses Gefühl wurde noch durch die Kälte verstärkt, die abrupt die Hitze des Tages ersetzte, als er durch das Portal in das schattige Innere der Pyramide gelangte. Zwar zitterte er nicht, doch der klamme Griff, in dem ihn sein zerfallendes Hemd hielt, schien plötzlich viel fester geworden zu sein.

Fraxinus versuchte die innere Architektur der Pyramide zu erkennen, aber er erhaschte nur einige unzusammenhängende Eindrücke. Die schattenhafte Kälte des Bodens spürte er sogar durch die Sohlen seiner Stiefel. Die Wände schienen unverkleidet zu sein; sie wiesen keineswegs jene Aufsehen erregenden Muster auf, welche die ›Wände‹ der Kristallstadt bedeckt hatten. Der dunkle Korridor war mindestens dreißig Met lang und nicht breit genug, dass mehr als zwei Leute nebeneinander hergehen konnten. Er bemerkte, dass der Raum dahinter besser erleuchtet war, doch als er durch ein zweites Paar Säulen schritt, verstärkte die Beleuchtung seine Verwirrung noch. Das hier war nicht die ruhige Biolumineszenz des Waldes der Absoluten Nacht; es glich eher dem gespiegelten und gebrochenen Licht im Feuer des Salamanders.

Als seine krötenartigen Führer anhielten, wäre er beinahe hingefallen, doch er war inzwischen stark genug, um sich abzufangen und aufrecht zu halten. Dieselbe Entschlossenheit, die seine Beine steif hielt, stärkte nun auch den Rest seines Körpers. Seine Helfer verstanden ihn sofort, aber sie sprachen ihn nicht an. Sie traten lediglich einen Schritt von ihm fort und ließen ihn allein stehen. Links und rechts von ihm legten die anderen Froschwesen seine Gefährten auf den Boden. Keiner von ihnen schien etwas dagegen zu haben.

Fraxinus sah, dass die gläsernen Auswüchse, die zunächst Checutis Wunde versiegelt und dann ihr Reich langsam ausgedehnt hatten, inzwischen den gesamten Kopf des Diebes bedeckten. Als zwei weitere Froschwesen Purkin niederlegten, erkannte Fraxinus, dass der Zustand des Sergeanten sogar noch schlechter war: Der Mann war bereits halb versteinert. Wenn der Kaufmann in der Lage gewesen wäre, sich normal fortzubewegen, wäre er zu Aulakh Phar gegangen und hätte nachgesehen, wie es ihm ging, doch er brauchte seine ganze Kraft, um aufrecht stehen zu können.

Über dem flachen Vorplatz, auf den die Körper niedergelegt wurden, wölbte sich nichts als ein schwaches Lichtzelt – aber genau das war auf seine Weise der wunderlichste Aspekt des Raumes, in dem sie sich befanden. Fraxinus vermutete, dass die Pyramide mindestens zweimal so hoch wie die Türme von Xandria war, doch ihre zentrale Kammer besaß keine Säulen oder Gewölbe oder irgendeine horizontale Unterteilung, die als Decke oder Boden diente. In Anbetracht der Tatsache, dass die Steigung auf allen vier Seiten so sanft war, dass ein Mensch sie verhältnismäßig bequem ersteigen konnte, musste der umfriedete Raum weitaus größer sein als jeder, den er bisher gesehen hatte.

Fraxinus zwang sich dazu, dieses einzigartige Wunder zu bestaunen und zu überdenken.

Von dem Hof aus, in dem sich Belins Stallungen befanden, konnten die Untertanen des Königs zur großen Mauer und dem Turm des Inneren Sanctums sowie dem Stück Himmel dazwischen hochschauen. Fraxinus hatte das einmal getan und war sich durch die vereinten Bemühungen des Architekten und der Steinmetzen wie ein Zwerg vorgekommen – doch hier überfiel ihn ein weitaus stärkeres Schwindelgefühl. Das Gewölbe war vollkommen umbaut, präzise geformt und geschickt erleuchtet. Fraxinus spürte, wie ihm der Kopf ins Schwimmen geriet, als er zu der Spitze des Raumes emporschaute: zu dem verschwindenden Punkt, in dem sich alle Linien trafen. Er musste sofort wieder nach unten blicken, denn er hatte schwer mit der Gravitation zu kämpfen, die ihn zu Boden zu ziehen versuchte.

Er gewann den Kampf und schaute sich nun vorsichtiger um.

Der Raum, der von der Basis der Pyramide umschlossen wurde, war viel größer als jeder Hof in der Zitadelle von Xandria, aber er ähnelte keineswegs einem Hof. Der größte Teil des Raumes wurde von einem künstlichen See eingenommen, der aus einer klebrigen Substanz bestand, dessen reglose Oberfläche dennoch auf seine Wasserähnlichkeit hindeutete. Fraxinus war nicht im Mindesten davon überrascht. Genau so etwas hatte er erwartet; die Überlieferungen bezogen sich auf ein Becken des Lebens und hier war es.

Die geraden Seiten des Beckens verliefen parallel zu den Wänden der Pyramide. Wenn Fraxinus hätte laufen können, wäre es ihm möglich gewesen, das Becken auf einer Terrasse zu umrunden, die so breit war, dass sechs oder sieben Menschen auf ihr nebeneinander hergehen konnten. Die äußeren Begrenzungswände der Terrasse waren so wenig mit Figuren geschmückt wie die des Korridors, aber sie besaßen alle eine Reihe von türlosen Portalen, die vermutlich zu kleineren Kammern führten.

Fraxinus war überrascht, dass seine Truppe von niemandem außer den Froschwesen begrüßt wurde, die bisher den Eindruck bloßer Diener gemacht hatten. Niemand war durch die inneren Portale herausgekommen, um einen Blick auf das zu werfen, was der Pyramide übergeben worden war: kein Mensch, keine Schlange, kein Salamander. Die Sphingen waren draußen geblieben.

»Es sollte doch wohl eine größere Zeremonie geben«, sagte Fraxinus verhalten. »Wenigstens das haben wir uns verdient. Wir sind tausende von Kim gereist, nur um an diesen Ort zu kommen, und haben das Recht auf ein Empfangsritual.« Er hätte etwas gerufen, wenn er sicher gewesen wäre, seine Stimme über ein Winseln hinaus erheben zu können. Außerdem war der Gedanke daran, dass seine Stimme in diesem riesigen Raum widerhallte, seltsam einschüchternd.

Erst als er sah, wie zwei der froschähnlichen Kreaturen einen seiner Gefährten zu dem Becken trugen und offenbar vorhatten, den Körper in die Flüssigkeit hinabzusenken, verspürte Fraxinus den notwendigen Antrieb zu handeln. Diesen Anblick konnte er nicht mehr in Passivität ertragen.

»Nein!«, schrie er. Sein Schrei kam jedoch nur als abgewürgtes Flüstern heraus. Er machte einen Schritt nach vorn, dann noch einen – und mit jedem Schritt wurde der nächste leichter.

Die Froschwesen drehten sich um, als sie seine Stimme hörten, und sie hielten inne, als sie sahen, dass er auf sie zukam. Sie hätten Zeit genug gehabt, ihre Tat zu vollenden, wenn sie es gewollt hätten, aber sie warteten. Fraxinus sah, dass sie den Körper von Aulakh Phar trugen.

»Nein«, sagte er noch einmal, sobald er in ihre Reichweite gekommen war. »Das erlaube ich nicht.«

Wenn sie sich ihm widersetzt hätten, wäre es ihm wohl unmöglich gewesen, sie aufzuhalten, da er kaum die Kontrolle über seine Glieder hatte, doch die Froschwesen versuchten nichts dergleichen.

»Muss getan werden«, sagte einer von ihnen mit einer piepsigen Stimme, die seltsam wehklagend klang.

»Nicht ohne einen *Grund*«, keuchte Fraxinus. Er hätte *Erläuterung* gesagt, wenn er sicher gewesen wäre, dass er dieses Silbengewirr herausgebracht hätte.

»Er wird nicht sterben«, sagte die zweite Kreatur ernsthaft. »Er wird *leben*. Das ist die einzige Möglichkeit.«

»Muss getan werden«, sagte die erste noch einmal.

Vor Ungeduld über seine eigene Unfähigkeit schlug Fraxinus drauflos. Er traf die Kreatur an ihrem absurd breiten Mund. Es war nur ein plumper Schlag mit der offenen Hand, doch zu mehr war Fraxinus nicht fähig.

Die Arme des Froschwesens waren damit beschäftigt, Phars Beine zu halten; daher konnte es den Schlag nicht abwehren. Es fiel rückwärts, mehr aus Überraschung als wegen des Schlages selbst, und Phars Körper fiel zu Boden. Die Kreatur kam langsam wieder auf die Beine, setzte aber nicht zu einer Vergeltungsmaßnahme an.

»Nein!«, sagte Fraxinus erneut. Er biss die Zähne zusammen und wollte einen längeren Satz formulieren. »Erst müsst ihr uns… *alles* sagen.«

»Keine Zeit«, sagte das besser verstehbare der beiden Wesen »Kein Grund.« Fraxinus sah diese Zurückweisung als eine offene Beleidigung an.

»*Es gibt verdammt gute Gründe!*«, beharrte er.

»Muss getan werden«, wiederholte die Gestalt, die er niedergeschlagen hatte.

»Nicht Mord«, erläuterte die andere und starrte Fraxinus mit ihren großen, dunklen Augen an, als sei er ein Narr. »Ist Leben – nur Leben hier. Ihr seid jetzt Teil davon – werdet es immer sein. Ist Leben, nicht Tod. Hab keine Angst. Kein Grund zur Angst.«

Fraxinus wollte noch einmal losschlagen, aber er schämte sich vor sich selbst für diesen Wunsch. Wenn die Droge ihn nicht so benebelt hätte, wäre ihm wohl etwas Besseres eingefallen, aber all das hier war wie eine verrückte Halluzination, wie ein absurd schlimmer Traum, aus dem er nur aufzuwachen brauchte. In der Zwischenzeit…

Er machte einen weiteren schlingernden Schritt vorwärts und kniete sich neben Aulakh Phars auf dem Rücken liegenden Körper nieder. Er hob den Kopf des alten Mannes hoch und zwang den Körper in eine sitzende Position. Phars Haupt war von einem seltsamen Überzug bedeckt, der weicher und verkrusteter, aber nicht hübscher als die glasige Haut auf Checutis Gesicht war. Der alte Mann lag in tiefer Bewusstlosigkeit. Es war schwer vorstellbar, dass er jemals wieder aufwachen sollte; er gab einfach zu wenige Lebenszeichen von sich. Dort, wo sich noch sein eigenes Fleisch zeigte, war es kalt; er schien kaum mehr zu atmen.

Das ist gigantisch ungerecht, dachte Fraxinus. *Aulakhs Wissen hat uns hergebracht; all die Erklärungen, die wir uns ausgedacht haben, beruhten auf seinen Informationen. Er muss einfach in der Lage sein zu sehen, was es zu sehen gibt, und zu entdecken, was es zu entdecken gibt. Er muss!*

Fraxinus blickte in das Becken, in welches die Froschwesen den Körper hatten tauchen wollen. Die zähflüssige Oberfläche verströmte ein schwaches Glimmen und bewegte sich leicht: Langsame Wellen gingen in trägen Kräuselungen von ihrem Mittelpunkt aus. Fraxinus konnte geisterhafte Umrisse darin erkennen: die Körper von Menschen und Schlangen. Weiter hinten entdeckte er dünnere, undeutlichere Formen, bei denen es sich vielleicht um geflügelte Salamander handelte, die aus dem tapferen Herzen des Feuers des Salamanders geboren worden waren… und ein paar größere Gestalten, die alles und nichts sein konnten. Die schwerfällige Flüssigkeit des Beckens bewegte sich um sie herum, sodass es den Anschein hatte, als treibe sie durch unsichtbare Venen und Arterien.

Was habe ich denn erwartet?, fragte sich Fraxinus. *Wir sind hergekommen, um das Becken des Lebens zu finden, und hier ist es… aber wir sind gekommen, um es zu sehen, und nicht, um uns ihm zu ergeben. Wir kamen auf der Suche nach Verständnis und nicht, damit man uns sagt, es gebe keine Zeit und keinen Grund für Erklärungen!*

Laut sagte er: »Das kann ich nicht erlauben.«

»Du musst«, war die einzige Antwort, die er erhielt.

»Nein«, sagte er beharrlich.

Es war nicht abzusehen, wie lange dieses Spielchen weitergegangen wäre, bis er es endlich verloren hätte – denn er hatte nicht die Kraft, es zu gewinnen, und nun hatte er auch keinen Gefallen mehr daran. Die Froschwesen blickten bereits an ihm vorbei auf eine Gestalt, die gerade hereingekommen war.

Fraxinus hatte beinahe erwartet, dass es Dhalla war, denn sie war das einzige Mitglied der Expedition, das nicht hereingetragen worden war, doch als er sich umdrehte, erkannte er, dass die Person, die dort stand – und die erst vor wenigen Augenblicken aus dem Korridor getreten sein musste –, Prinzessin Lucrezia war.

Sie schien wunderbarerweise in der Lage zu sein, selbständig zu gehen, und der klare Ausdruck in ihren Augen verriet, dass sie nicht lange dem Handschuh der Freude ausgesetzt gewesen war.

»Fraxinus?«, fragte sie. »Was ist los?«

Er wünschte, er hätte die Kraft, es ihr zu erklären, aber er brachte es nicht einmal fertig, überhaupt etwas zu sagen.

»Ist meine Mutter hier?«, fragte die Prinzessin und sah sich nach den liegenden Körper und ihren geduldigen Wärtern um.

»Ja«, sagte Fraxinus, als die Stille unerträglich wurde. »Wir sind alle hier.«

»Was stimmt nicht mit dir?«, fragte sie, aber er bemerkte, dass sie bereits begriff – zumindest ansatzweise. »Ihr seid auf dem einfachen Weg hergekommen«, fügte sie hinzu, als er keine Antwort gab. »Ihr seid auf der Straße hergekommen, die auf der Karte eingezeichnet ist, und habt herausgefunden, dass der Weg mit Giften übersät ist. Ich bin selbst solchen Straßen gefolgt. Die Geister haben vor, euch an den lebenden Boden zu verfüttern, und sie haben euch bereits dazu vorbereitet.«

Geister?, dachte Fraxinus, aber trotzdem nickte er.

»Unglücklicherweise«, sagte sie und schaute sich nach der schweigenden Menge um, »ist der Boden schon in uns. Es gibt kein Entkommen. Es hat nie eines gegeben. Wir sind schon seit längerer Zeit verdammt, als wir uns vorstellen können. Uns bleibt nur übrig, nach vorn zu gehen in der Hoffnung, dass wir durchkommen. Es ist wirklich möglich durchzukommen. Weißt du, es gibt Geister und Geister – diese hier sind weder die einzige noch die beste Art.«

Fraxinus tat sein Möglichstes, um eine intelligente Antwort zu formulieren, aber alles, was er schließlich hervorbrachte, war: »Schon tot.«

Lucrezia sagte: »Aus der Sicht der Bewohner der Tiefe waren wir nie wirklich lebendig. Ihrem Verständnis zufolge ist das hier der Anfang und nicht das Ende.«

Fraxinus wünschte sich, dass er es gewesen wäre, der etwas so Geschliffenes und Wunderbares gesagt hatte, aber er war bereits dankbar dafür, dass es überhaupt jemand ausgesprochen hatte. Leider war auch das noch immer keine Erklärung; es war viel zu glatt, um eine Antwort zu sein. Er drückte Aulakh Phars Kopf gegen seinen Bauch, als ob das Verlangen, seinen Freund zu beschützen, bereits ausreichte, um einen solchen Schutz tatsächlich zu ermöglichen.

»Ist er tot?« Es war Hyry Keshvara, die voller Angst diese Frage stellte; sie stand nun neben der Prinzessin. Jetzt kamen hinter ihnen andere Wesen heran: es waren ausnahmslos Schlangen. Eine von ihnen, die stämmiger als der Rest war, rannte sofort zu der Stelle, an der Mossassor schließlich niedergesunken war.

»Nein«, sagte Fraxinus, obwohl er sich dessen nicht mehr sicher war. Er war nicht mehr sicher, ob der Sterbende jemals wirklich lebendig gewesen war oder ob es hinter dem Rand dieses phantastischen Kriegsgebiets überhaupt Leben gab. Aber selbst inmitten dieser schrecklichen Verwirrung gelang es ihm, den allerwichtigsten Gedanken im Kopf zu behalten: Er hatte sein Ziel erreicht und die meisten seiner Gefährten waren bei ihm. Das Bündnis, das er mit Phar und Keshvara geschmiedet hatte, war wieder intakt, und überall um sie herum erstreckte sich die Wiege der Chimäre und wartete darauf, dass sie endlich mit ihren verspäteten Nachforschungen begannen.

Dann warf sich ihm der redegewandtere Geist entgegen. Es wäre nicht so schlimm gewesen, wenn sie sich wie annähernd gleichstarke Kämpfer gegenüber gestanden hätten, doch es kam anders.

Etwas Weiches und Schleimiges umhüllte seine wartenden Arme und überflutete sein Gesicht. Die froschähnliche Kreatur produzierte die Flüssigkeit in solch erstaunlichen Mengen, dass sie ihr gesamtes Fleisch in eine Protoplasmamasse zu verwandeln schien. Es war, als habe die Kreatur vor, ihn zu ertränken… oder ihn *aufzulösen*. Dagegen hätte er sich auch dann nicht wehren können, wenn er sich in einem besseren Zustand befunden hätte; es wäre wie ein Kampf gegen einen Wolkenbruch oder gegen Nebel gewesen. Es hätte ihn in jedem Fall mit äußerster Leichtigkeit überwältigt, ob er nun unter Drogen stand oder nicht.

Es gibt kein Entkommen, dachte er – oder vielleicht hallten diese Worte nur in seinem Kopf wider, ohne einer aktiven Wiederholung zu bedürfen. *Es hat nie eines gegeben.*

11

Lucrezia hätte im vergeblichen Bemühen, Carus Fraxinus zu helfen, nach vorn stürmen können, obwohl sie wusste, dass sie nichts auszurichten vermochte, aber sie erhielt nicht einmal die Gelegenheit dazu. Sobald die Geister vereint vorwärts hasteten, um ihren Anspruch auf sein lebendes Fleisch durchzusetzen, wurde sie von Hyry Keshvara gepackt und nach hinten gezerrt. Offensichtlich befürchtete die Händlerin, dass sie dasselbe Schicksal wie Fraxinus erleiden würden, wenn sie dort blieben, wo sie waren. Sie zog Lucrezia auf den schmalen Korridor zu, durch den sie hergekommen waren. Auch wenn Lucrezia zunächst gezwungen werden musste, sich in Gang zu setzen, richtete sie doch bald ihre ganze Kraft auf eben dieses Ziel.

Sie wusste natürlich, dass jeder Gedanke an Flucht vollkommen absurd war, aber es gab Grund zu der Hoffnung, dass draußen Hilfe wartete; dort mussten die beiden Manticoren und die Sphinx sein, die eine gewisse Autorität über die Molche auszuüben schienen. Sie hatte keine Ahnung, wie diese Hilfe aussehen würde, aber wie Fraxinus verspürte sie das dringende Bedürfnis nach einem Aufschub, bis alles ausreichend erklärt war. Vielleicht stimmte das, was die Molche gesagt hatten, und es gab keine andere Alternative als die, alle Besucher dem flüssigen Fleisch im Becken innerhalb der Pyramide auszuliefern, aber es sollte keinesfalls auf eine solch herrische Weise geschehen. Unter dieser rationalen Gedankenschicht aber lag eine Quelle blinder Panik, die Lucrezias wahre Antriebskraft war. Als sie durch das Portal schritt, wuchs diese Panik, deren Griff immer würgender wurde.

Auf dem Weg zur Pyramide hatte Lucrezia die Wiege der Chimäre als einen verlassenen Ort angesehen. Die flüchtigen Spuren von Höllenhunden und Krokoliden, die sie auf den abfallübersäten ›Straßen‹ erblickt hatte, waren für sie nur ein weiterer Beweis für diese Verlassenheit gewesen. Obwohl verblasste Fäulnisflecken das vorherrschende Weiß besudelten, hoben sie den Eindruck nur noch hervor, dass diese ganze Gegend ein riesiger Knochenhaufen war: ein See aus Schlachthausabfall, gesäubert von Aasvögeln. Lucrezia hatte schon immer gewusst, dass der Ort lebendig war, aber er hatte nicht das geringste Anzeichen von Leben gezeigt, sodass sie ihn als eine andere Version der Dragomitenhügel ansah.

Doch jetzt war das Leben machtvoll in ihn zurückgekehrt.

Ein plötzlicher, stürmischer Zustrom von Farbe hatte die Luft mit tanzenden Wolken erfüllt. Die Wolken begnügten sich aber nicht damit, die Luft zu erfüllen; sie malten die kalten, geometrischen ›Gebäude‹, die sich um die Pyramide ballten, mit breiten und grellen Pinselstrichen an. Es war, als habe sich der düstere Himmel aus einer Laune heraus entschlossen, eine Sintflut vielfarbiger Schneeflocken auszuspeien, deren Aufgabe es war, triumphierend Besitz von allen vorstehenden Oberflächen zu nehmen.

Dieses Schauspiel war zweifellos wunderschön, aber es war auch erschreckend. Die fünf Pferde, die noch aufrecht standen – vier von ihnen waren noch vor Fraxinus' Wagen gespannt –, hatten die Augen vor Entsetzen weit aufgerissen. Als sich Farbkleckse auf ihrem

Rücken und ihren Lenden niederließen, wieherten und bockten sie, doch nur wenige Kleckse erhoben sich daraufhin wieder in die Luft. Die Sphinx, der zusammengesetzte Molch und die beiden Manticoren waren bereits fort – wohin, war nicht zu erkennen. Sie waren sicherlich nicht den Menschen und den Schlangen in die Pyramide gefolgt.

Lucrezia wusste, dass die Farbwolken aus den ›Schmetterlingen‹ bestanden, die sie schon oft gesehen hatte, aber sie hatte bisher nicht einen Augenblick angenommen, dass es so viele von ihnen gab. Sie hatte keine Ahnung, was diese Invasion bedeutete, aber sie kam rasch zu dem Ergebnis, dass es ihr nicht gut tun würde, sich diesem Ansturm zu ergeben.

Als sich die ersten Schmetterlinge auf ihrer Schulter niederließen und an ihr Haar klammerten, wischte sie sie reflexartig fort. Es war zwar unmöglich, sie alle wegzuscheuchen – denn für jeden, den sie verjagte, kamen drei neue –, aber jene, mit denen sie in Kontakt kam, waren leicht abzupflücken. Aufgrund ihrer früheren Beobachtungen wusste sie, dass diese Wesen wie jeder irdische Schmetterling vier Flügel hatten, die mit allen Farben des Regenbogens gemustert waren, doch ihre Körper waren wie kleine, schwarze Stöckchen mit zwölf sehr kurzen Beinen. Sie hatten weder Augen noch einen Mund noch Antennen. Genau genommen hatten sie überhaupt keinen Kopf.

Auch Hyry Keshvara wurde sofort aktiv. Sie fegte die Wesen aus Lucrezias Haar und zerrte an ihrem Arm, um diejenigen loszuschütteln, die sich in ihrem zerfetzten Ärmel verfangen hatten – aber das verschaffte denen, die sich bereits auf ihrer eigenen Haut niedergelassen hatten, lediglich eine bessere Haftmöglichkeit.

Die Pferde wurden immer aufgeregter; sie schüttelten viele der farbenfrohen Flieger ab, aber bei jedem der

Reittiere hingen schon mindestens hundert Schmetterlinge an den verschiedensten Körperteilen, hauptsächlich am Rücken und am Hinterteil. Diejenigen Schmetterlinge, die sich auf den weißen Wänden der Geisterstadt niedergelassen hatten, breiteten ihre Flügel aus und drückten ihr eigenes Muster auf die monochrome Fläche unter ihnen. Der fade weiße Untergrund verschwand allmählich und wurde von kaleidoskopischer Verwirrung aufgesogen. Jetzt versuchte Hyry die Prinzessin wieder zurück durch das Portal zu ziehen, aus dem sie gerade erst herausgestürmt waren, doch Lucrezia wehrte sich dagegen. Bevor sie die Pyramide betreten hatte, war sie kurz in den Wagen geklettert und wusste daher, dass er nicht leer war.

»Dhalla!«, schrie sie, als sie Keshvaras Druck entkommen war und zu dem ›Vorhof‹ hinuntersprang, wo der Wagen stand. Hyry zögerte nur einen Augenblick, dann folgte sie ihr.

Vekoren und Kasabil hatten zusammen mit der Sphinx und dem zusammengesetzten Froschwesen neben dem Wagen gewartet, aber nicht in ihm Zuflucht gesucht. Außer der Riesin, die noch bewusstlos, aber keinesfalls reglos war, befand sich niemand im Wagen. Die Leinwand an der Rückseite des Karrens war nicht zugezogen, und daher waren bereits Dutzende von Schmettlingen in das Innere eingedrungen. Dhalla reagierte auf ihre Gegenwart und warf sich herum, als ob ein schrecklicher Albtraum sie im Griff hätte.

Die Laken, die über Dhallas Körper ausgebreitet waren, waren ursprünglich nicht für eine Riesin gewebt worden, und daher lugte viel nacktes Fleisch unter ihnen hervor, doch die Eindringlinge zogen keine Oberfläche einer anderen vor, und so hatte sich keines der Wesen bisher allzu fest in Dhallas Haut festgesetzt. Lucrezia wischte ein Dutzend dieser Kreaturen weg, während sie vorwärts kletterte. Dann schlug sie Dhalla mit der Faust gegen die Schulter. Bei jeder anderen Person hätten solche Schläge Verletzungen hervorgerufen, doch Lucrezia war mit Dhalla aufgewachsen. Sie wusste, dass nichts anderes wirkte. Während sie zuschlug, brüllte sie: »Dhalla! Dhalla! Ich bin's, Lucrezia!«

Lucrezia hatte früher schon einmal versucht, die Riesin wachzurütteln, und es war ihr nicht gelungen. In ihrem Geschrei lag jedoch mehr als bloße Verzweiflung; zuvor war die Riesin still gewesen, aber jetzt war sie sehr unruhig. Auch hoffte Lucrezia, dass Dhalla auf ihren Namen reagierte, falls sie überhaupt noch zu einer Reaktion in der Lage sein sollte.

Dhallas Unruhe verstärkte sich, und der Schatten eines Stirnrunzelns erschien auf ihrem angespannten Gesicht, doch die Schreie schienen für sie nicht mehr als ein Teil ihres schlechten Traumes zu sein. Sie öffnete die Augen nicht.

Lucrezia prügelte noch härter auf sie ein und schrie erneut: »Ich bin's, Lucrezia! Wach auf, um der Fäulnis willen! Ich bin's! *Lucrezia!*«

Diese Kombination zeigte endlich Wirkung. Die Augenlider der Riesin flatterten und ihre ruckartigen Bewegungen wurden ruhiger und zielgerichteter. »Lucrezia?«, murmelte sie, während sie sich mit ihren gewaltigen Händen über die Unterarme wischte und sich so von den Parasiten befreite.

»Ja! Wir müssen nach drinnen gehen! Sofort! Wir müssen Fraxinus und Ereleth retten – von uns selbst ganz zu schweigen. Das kann niemand außer dir!«

Die Riesin öffnete die Augen weit und tat so, als wolle sie aufstehen, doch sie hielt inne, als sie kaum eben den Kopf von dem behelfsmäßigen Kissen erhoben hatte. Sie schien überrascht zu sein, dass ihr Körper ihr nur so widerstrebend gehorchte.

»Nicht hinstellen«, befahl Lucrezia ungeduldig.

»Schlängele dich einfach mit den Füßen voran aus dem Wagen und stell dich dann erst hin. Es ist nicht weit – nur drei oder vier Schritte für eine Riesin.«

In der Zwischenzeit wischte Hyry die Wesen fort, die sich auf Lucrezias Kopf und Rücken niederließen, und auch ihren eigenen Körper hielt sie so frei wie möglich. Lucrezia vermutete, dass es nichts ausmachte, wenn sich die Wesen auf ihrer Kleidung festsetzten, und dass man sie wahrscheinlich selbst dann leicht ablösen konnte, wenn sie sich mit all ihren winzigen Beinen festgeklammert hatten, aber sie wusste, dass sie keine Zeit verlieren durften und möglicherweise noch einiges vor ihnen lag, falls sie in das Innere der Pyramide zurückkehrten. Je mehr Flieger sie jetzt entfernten, desto weniger waren es später.

Lucrezia war klar, dass es keinen endgültigen Sieg über die Ansprüche des lebenden Bodens geben konnte, doch sie wollte jede Sekunde ausnutzen, in der sie noch ihr altes Selbst besaß – und sie wollte so viel Zeit wie möglich für Carus Fraxinus und Ssifuss, für Checuti und Mossassor, für Ereleth und all die anderen herausschinden, die noch die Augen öffnen und das Rätsel der Wiege der Chimäre erkennen konnten.

Mit schmerzlicher Langsamkeit rutschte Dhalla auf das Heck des Wagens zu. Die beweglichen Bretter, die die hintere Klappe bildeten, waren nicht heruntergelassen, doch Dhalla machte sich nicht die Mühe, darüber zu klettern. Sie zerschmetterte sie mit einem groben Tritt ihres gestiefelten Fußes und wand sich weiter voran. Säcke und Kisten fielen vom hinteren Ende des Wagens herunter auf den harten Untergrund, aber niemand achtete darauf.

Dhalla ließ die Beine ohne Schwierigkeiten auf den Boden herunter, aber Lucrezia wusste, dass die eigentliche Prüfung noch kam. Konnte die Riesin stehen?

Sie konnte – aber nicht ohne Schwierigkeiten. Wenn

sie nicht so riesig gewesen wäre, hätten Lucrezia und Hyry ihr ein wenig helfen können, aber sie waren selbst für gewöhnliche Menschen nicht gerade groß und ihrer beider Scheitel lag etwa in der Höhe von Dhallas Bauchnabel. Sie drängten sie mit den Händen in die richtige Richtung, aber sie konnten sie nicht stützen.

Die Riesin wankte wie betrunken, aber sie stolperte den richtigen Weg entlang. Lucrezia und Hyry versuchten, die vielfarbigen Flecken zu entfernen, die sich auf den Armen und Beinen der Riesin niederließen, und sie ruderte auch selbst mit den Armen und zerstreute die Farbwolken, die sich bereits um ihr Gesicht und ihre Schultern legten.

Wie Lucrezia gesagt hatte, waren es eigentlich nur drei oder vier Riesinnenschritte bis zu dem wartenden Portal, dessen Düsternis jetzt trotz der am anderen Ende wartenden Schrecknisse einladend wirkte. Tatsächlich benötigte Dhalla aber sieben Schritte, bis sie die Öffnung erreichte, und sie wäre auf dem Hang zweimal beinahe gefallen. Am Ende gelang es Hyry und Lucrezia, sie zum Spalt und durch ihn hindurch zu bringen, und sie folgten ihr, sobald genug Platz für sie war. Jetzt blieb ihnen nichts anderes mehr übrig, als in dieselbe Richtung zu gehen. Sie bürsteten sich die Schmetterlinge ab und zertraten sie, wenn sie abfielen. Als sie jedoch durch das zweite Portal schritten, gab es keine weiteren willigen Hände mehr, die ihnen beim Säubern hätten helfen können.

Den Geistern war es gelungen, fünf der Körper, die auf dem Boden gelegen hatten, dem Becken des Lebens zu übergeben; Checuti, Purkin, Shabir, Jume Metra und Ereleth versanken gerade in der protoplasmischen Flüssigkeit. Wegen des Eingreifens von Fraxinus und Ssifuss waren bisher weder Phar noch Mossassor dem lebenden See anvertraut worden, doch nur ein einziger weiterer Mensch war wach genug, um den

Geistern Widerstand leisten zu können, und das war Merel Zabio.

Leider hatten weder Merels Erwachen noch die Bemühungen von Fraxinus und Ssifuss die gewünschte Wirkung gezeigt. Alle drei hatte dasselbe Schicksal ereilt; jeder war in einer weiten schleimigen Umhüllung eingeschlossen. Da Lucrezia gesehen hatte, wie zwei Geister miteinander verschmolzen waren, hatte sie eine gewisse Vorstellung von dem, was jetzt geschah; die Froschwesen konnten offenbar außergewöhnliche Mengen der schleimigen Substanz ausscheiden, wobei sie selbst deutlich schrumpften. Alle drei Protoplasmamassen hoben und senkten sich, als die in ihnen Gefangenen die klebrigen Umhüllungen abzuwerfen versuchten, was ihnen jedoch nicht gelang.

Von Lississee und den anderen schlanken Schlangen war nichts zu sehen; sie waren verschwunden. Wenn sie geflohen waren, konnten sie sich nur in die inneren Kammern der Pyramide zurückgezogen haben. Inzwischen erwartete mindestens ein Dutzend Molche die Neuankömmlinge, und sie kamen wie ein Mann heran, um die Riesin abzufangen. Lucrezia erkannte, dass die Riesin jetzt zum ersten Mal eine Schlacht schlagen musste, die sie nicht gewinnen konnte. Was vermochte ihre übermenschliche Kraft gegen einen Feind auszurichten, der sein eigenes Fleisch auflösen und sie in flüssigem Leben ertränken konnte?

Lucrezia wusste, dass die Geister nicht unverwundbar waren. Man konnte sie zerschmettern oder in zwei Hälften schneiden – das war das Schicksal desjenigen gewesen, der Andris durch den Dragomitenhügel geführt hatte, und auch desjenigen, den er als Wächter bezeichnet hatte. Sie wusste aber auch, dass es zwecklos war, hier ein solches Zerstörungswerk zu versuchen. Sie befanden sich zu nahe am Herzen des Bewohners der Tiefe, um seinen Häschern entgehen zu können.

Lucrezia fühlte sich vollkommen hilflos. Weder innerhalb noch außerhalb der Pyramide schien es einen behelfsmäßigen Fluchtweg zu geben. Sie wollte sich aber genauso wenig wie Fraxinus kampflos der Einsaugung und Auslöschung ergeben. Wie Fraxinus verlangte auch sie zuerst nach Antworten; sie wollte erfahren, was aus ihr werden würde und wie und *warum*.

»Drinnen!«, schrie jemand, während Lucrezia noch versuchte, ein halbes Dutzend der Flugwesen aus den Haaren zu puhlen. Es war Hyrys Stimme gewesen, und sie meinte *tiefer* drinnen – den Raum hinter den dunkleren Portalen, die in die Wände der Pyramide eingelassen waren. Es war ein absurder Befehl, doch Lucrezia begriff die Panik, die ihn hervorgebracht hatte. Lississee und ihre Gefährtinnen mussten ähnlich reagiert haben.

Dhalla schwankte und versuchte, seitwärts mit den Händen auszuschlagen. Sie taumelte hierhin und dorthin in dem sinnlosen Versuch, die vorsichtigen Geister, die sich um sie herumbewegten, zu zerschmettern. Lucrezia öffnete den Mund, um eine Warnung zu rufen, aber die Worte blieben ihr im Hals stecken, als sie begriff, wie zwecklos sie waren. Dhalla stolperte noch immer voran, als könne sie jetzt, da sie in Schwung gekommen war, nicht mehr anhalten; die Geister mussten sie nicht einmal vorwärts ziehen oder sie auf den Weg locken, den sie nehmen sollte. Sie traf eines der Wesen, dann ein zweites; sie torkelten fort. Dann hatte Dhalla den Rand des großen, dickflüssigen Beckens erreicht und machte einen Schritt zu viel. Ihr Bein sank in das Becken und ihr Körper stürzte hinein. Sie breitete die Arme weit aus, als wolle sie ihren Fall abbremsen. Lucrezia zuckte in Erwartung eines gewaltigen Platschens zusammen, doch es kam kein solcher Laut. Es war, als ob die Riesin in ein großes Melassefaß gefallen wäre.

Der lebende See empfing sie dankbar und saugte sie in sich hinein.

Dhalla machte einige schwache instinktive Schwimmbewegungen, doch sie kam überhaupt nicht voran. Sie musste das Bewusstsein verloren haben, als sie hineingefallen war.

Lucrezia fühlte sich krank; es war, als habe sie ihr ganzes Leben in dieser zweifelhaften Masse verschwinden gesehen. Betäubt wandte sie sich ab und folgte Hyry durch das dunkle Portal.

Sie hätte erwarten können, was als Nächstes geschah, aber sie vermochte nicht mehr schnell und klar genug zu denken. Als sie in die Dunkelheit rannte und sich immer noch geistesabwesend ins Gesicht und Haar griff, um das letzte halbe Dutzend Schmetterlinge loszuwerden, stolperte sie über etwas, das auf dem Boden lag. Sie taumelte zur Seite und versuchte sich vor dem Sturz zu bewahren. Dabei stieß sie mit einer Wand zusammen.

Dieser Zusammenstoß hätte ihr eigentlich jeden Knochen im Körper erschüttern müssen, doch er tat es nicht. Es war kaum ein richtiger Zusammenstoß gewesen, weil die Wand wie ein weiches Kissen nachgegeben hatte, das sie empfing und in festerem Griff als jeder Schmetterling hielt. Es war, als sei sie wie Dhalla in ein zähflüssiges Becken gefallen – mit der Ausnahme, dass dieses Becken senkrecht stand. Sie hielt reflexartig den Atem an, als sich die Wand um ihr Fleisch schloss und ihren gefangenen Körper in die vollkommene Finsternis führte.

Mit bemerkenswerter Geschwindigkeit wurde sie nach unten und zur Seite gezogen, aber sie hatte ihren Orientierungssinn verloren und wusste nicht, ob sie nach rechts oder links trieb oder wie schnell sie in die Tiefen unter dem Körper der Pyramide abstieg. Sie musste ausatmen, obwohl sie nur zu gut wusste, dass sie danach nicht mehr einatmen könnte, und kämpfte noch um den Erhalt ihres Bewusstseins.

Es hatte den ganz den Anschein, dass sie bloß noch um eine einzige weitere, sinnlose Sekunde ihrer Geistesgegenwart kämpfen konnte, aber trotzdem versuchte sie es.

Erwartungsgemäß verlor sie.

12

Als die Sintflut aus klebriger Flüssigkeit Fraxinus umhüllte, versuchte er, eine Bewegug nach hinten zu machen. Er krallte sich die Finger ins Gesicht, um die schreckliche Substanz fortzuziehen, aber er fand keinen Halt in ihr. Sie überschwemmte sein Gesicht, nahm ihm die Sicht und verstopfte ihm Nase und Mund. Er fiel fast sofort zu Boden, kämpfte aber weiter und öffnete die Lippen einen Spaltbreit, damit er atmen konnte. Er rollte sich hin und her und hoffte, auf diese Weise die Substanz über den Boden verteilen und sich von ihr befreien zu können, aber auch das gelang ihm nicht. Sie hatte ihn fest im Griff und ließ sich nicht ablösen.

Er hörte das Rufen von Schlangenstimmen. Obwohl er kaum ein Dutzend Wörter von Mossassors Sprache gelernt hatte, wusste er, dass Ssifuss ihre dünneren Freundinnen zu Hilfe rief. Was immer sie antworteten, es klang nicht ermutigend.

Hätten die Froschgeister sich ihm genähert, als er gegen den langsam erstarrenden Kokon kämpfte, hätten sie ihn problemlos aufnehmen und zum Rand des Beckens tragen können, aber solange er sich noch bewegte, ließen sie ihn in Ruhe. Da er sich vor dem fürchtete, was geschehen mochte, wenn er zur Reglosigkeit erstarrt war, bewegte er sich mit aller Kraft weiter, auch wenn er sehr genau wusste, dass er den Kampf bereits verloren hatte. Ihm war schwindlig und er war erschöpft, aber wenigstens war er halb betäubt; er trat weiter aus und wunderte sich über die Verzögerungen seiner Anstrengungen.

Jetzt leckte die Flüssigkeit in seinen Mund. Er konnte die Lippen nicht vor ihr verschließen, weil er nicht mehr durch die Nase atmen konnte. Die Temperatur der Substanz war geringer als seine eigene, aber der Unterschied war nicht sehr groß. Sie schmeckte salzig, war aber nicht Ekel erregend. Zuerst versuchte er, sie nicht zu schlucken, aber er vermochte sie nicht mehr auszuspucken, und schließlich blieb ihm nur die Wahl, nicht mehr atmen zu können oder sie herunterzuschlucken – also schluckte er. Es war ein Gefühl, als rutsche eine sirupartige Medizin durch seine Speiseröhre in den Magen.

Noch immer kämpfte er; noch immer gelang es ihm, seine Gliedmaßen in Bewegung zu halten; noch immer erreichte er damit nichts weiter als einen Aufschub seines Schicksals.

Er spürte eine Vibration im Boden, als etwas – oder jemand – sehr Großes an ihm vorbei zum Becken des Lebens ging. Er hörte, wie eine Stimme »Drinnen!« schrie, und erkannte sie als die von Keshvara. Vielleicht hätte er etwas zurückrufen können, wenn er all seine Bemühungen auf dieses Ziel ausgerichtet hätte, aber das erschien ihm sinnlos zu sein.

Er rollte sich noch immer über den Boden, doch jetzt drückte ihn die Flüssigkeit mit mehr als nur mit ihrem Gewicht nieder. Sie versuchte ihn aktiv dazu zu zwingen, ruhig zu sein und flach ausgestreckt auf dem Boden zu liegen – und währenddessen wurde der Boden unter ihm zunehmend weicher. Es war, als öffne der Untergrund einen eigenen Mund, um ihn zu verschlucken.

Die Grube, in die er schrecklich langsam fiel, schien nicht tief zu sein, doch ihre Seiten waren elastisch. Sobald er reglos war – der Druck der Flüssigkeit hatte jetzt seinem wahnsinnigen Umherschlagen ein Ende gesetzt –, flossen ihm die Seiten entgegen und umgaben und begruben ihn. Seine Arme und Beine waren so fest umschmiegt, dass er sie nicht mehr bewegen konnte, aber wenigstens konnte er noch eine Zeit lang atmen – bis er spürte, dass eine weiche, kissenartige Oberfläche wie von einer unwiderstehlichen Hand auf sein Gesicht gepresst wurde.

Er kämpfte um Atemluft, bekam aber keine mehr. Wenn er den Mund öffnete, drang ihm bloß mehr von der Flüssigkeit in den Schlund und griff nach den beiden Öffnungen hinter seiner Zunge. Er konnte sie nicht aufhalten; sie floß ihm in zwei Strömen sowohl durch die Speiseröhre als auch durch die Luftröhre.

Nun erwartete er, das Bewusstsein zu verlieren, aber er verlor es nicht. Nach einem Augenblick hektischen Schwindels, der von einem schrecklichen Gefühl des Eindringens begleitet wurde, als sich seine Lungen mit der kalten Flüssigkeit füllten, wurden seine Gedanken wieder klar. Er war blind und taub, und sein Tast- und Geschmackssinn waren durch die Geschmacklosigkeit der Substanz, die ihm Mund und Nase füllte, neutralisiert, doch noch immer gelangte Sauerstoff in seinen Blutkreislauf. Er konnte noch denken; sein Gehirn hatte dieses Privileg bisher nicht aufgeben müssen, obwohl es stark unter Drogen stand.

Er war sicher, dass er sich bewegte, aber er wusste nicht, wohin er getragen wurde. Er vermutete, dass es sowohl hinab als auch nach vorn ging, aber er hatte keinen Beweis, der seine Vermutung stützte. Die ihn umgebende Substanz war so einförmig in ihrem Druck und ihrer Temperatur, dass er auch den Tastsinn zusammen mit den anderen vier verloren zu haben schien.

Da er von allen von außen kommenden Reizen abgeschnitten war, versuchte Fraxinus die verstreichende Zeit mit Hilfe seines Herzschlags zu messen, der anscheinend regelmäßig genug war, um als Bemessungsgrundlage zu dienen. Während die Minuten vorübergingen, hatte es den Anschein, als werde er außerordentlich stark für das Gefühl des Blutflusses in seinen Adern sensibilisiert – aber er war sich nicht sicher, ob er dieses Gefühl nur eigens verstärkte, um die beispiellose Leere in ihm auszufüllen.

Er hatte keine Angst mehr. Zumindest hatte er keine Angst mehr vor dem Sterben. Was immer ihn fesselte, wusste offenbar, wie man ihn am Leben erhielt, und genau das hatte es vor. Für eine Weile hoffte er, er werde in eine geheime und völlig abgeschlossene Enklave der Pyramide gebracht, wo er mit seinen Gefährten wiedervereint würde, aber ein solches Ausströmen in einen Raum fand nicht statt.

Noch mehr Zeit verging. Er hatte keine Ahnung mehr, ob er sich überhaupt noch bewegte. Er hätte gesprochen, wenn es ihm möglich gewesen wäre, aber das war es nicht. Er hätte gegen seine Einkerkerung angekämpft, nur um das perverse Vergnügen des Widerstands zu genießen, aber er konnte den Druck auf seine Glieder weder verringern noch erhöhen, wie viel Willenskraft er auch auf die Anspannung seiner Muskeln verwendete.

Was nun?, dachte er. Er formte die Worte sehr sorgfältig. Vielleicht war die Invasion seines Selbst derart vollkommen, dass auch seine innersten Gedanken nicht verborgen blieben.

Es gab aber keine erkennbare Antwort.

Irgendwie verlor er den Kontakt zu seinem Herzschlag. Es war, als habe dessen unerbittliche Regelmäßigkeit denselben Effekt wie die Einförmigkeit seines Gefängnisses: Er verschwand einfach aus Fraxinus' Bewusstsein. Er würde nicht merken, ob ein Jahr oder nur eine Minute verging. Er versuchte, seine Gedanken bewusst in Worte zu kleiden, damit diese so etwas wie einen Maßstab bildeten, aber da er nichts hatte, an dem er das Fortschreiten seiner schwerfälligen Gedanken messen konnte, war es duchaus möglich, dass ein Satz, der sonst in wenigen Sekunden ausgesprochen war, sich nun eine Stunde oder länger in seinen Gedanken hinzog.

Wie zum Ausgleich dafür spürte er, dass die betäubenden und einschläfernden Auswirkungen des Handschuhs der Freude nicht mehr so bestimmend waren. Er fühlte, dass er immer munterer wurde und nicht mehr so erschöpft war.

Vielleicht sollte ich zu schlafen versuchen, sagte er zu sich selbst, *aber wenn ich das Bewusstsein in dieser Situation aufgebe, kann ich beim Aufwachen nicht sicher sein, ob ich das alles nur geträumt habe.*

Er nahm an, dass die Zeit noch immer auf die gewohnte Weise verging, aber er fragte sich unwillkürlich, ob das nicht vielleicht doch eine Illusion war. Vielleicht schlief er bereits und hatte sich in einem Traum verloren. Vielleicht war eine Minute objektiver Zeit in seinem gegenwärtigen Zustand so ungewöhnlich verlängert, dass sie eine ganze Ewigkeit zu dauern schien – oder vielleicht war es genau umgekehrt und es vergingen Jahre in der Welt draußen, während er diese Gedanken formte. Er fragte sich, ob er sein Herz vielleicht nur deshalb nicht mehr spürte, weil er sich gerade zwischen zwei unnatürlich gedehnten Schlägen befand.

Kannst du mir Nahrung und Wasser sowie Luft geben?, fragte er, obwohl er wusste, dass er keine Antwort erhalten würde. *Vermutlich kannst du das. Ich könnte den Rest meines Lebens in einer solchen Einfriedung verbringen – wenn man eine derartige Existenz denn als Leben bezeichnen kann. Ich würde verrückt werden, nicht wahr? Oder würde es mir gelingen, die schreckliche Leere realer Erfahrungen mit allen Arten von Erdachtem anzufüllen?*

Bisher erhoben sich keine offensichtlichen Träume, die die Leere zu füllen vermochten. Es blieb ihm die Hoffnung auf seine bevorstehende Freilassung – und die Furcht davor, dass sie vielleicht erfolgte.

Wie sehr ich mir doch wünsche, dass du mit mir redest, sagte er; er hätte die Worte laut ausgesprochen, wenn er es gekonnt hätte. *Ich muss es mir einfach wünschen, auch wenn ich keinen wirklichen Grund zu der Annahme habe, dass du eine Stimme oder Verstand besitzt.* Nach einer kleinen Pause fügte er hinzu: *Aber Ereleth hat mir gesagt, dass sogar eine Dragomitenkönigin aufgrund ihrer Partnerschaft mit einer menschlichen Hügelkönigin eine Stimme besitzt; also werde ich stur weiterhoffen.*

Sein Herz machte einen Sprung, als er diesmal tatsächlich so etwas wie eine Antwort erhielt, obwohl sie vielleicht nur auf Zufall und nicht auf einer verstandesmäßigen Reaktion beruhte. Die Dunkelheit, die ihn einschloss, wurde nun von einem rosafarbenen Licht erhellt, das durch seine geschlossenen Augenlider leuchtete.

Er war nicht sicher, ob er die Augen öffnen konnte, aber er versuchte es, und schließlich gelang es ihm, die Lider auseinanderzuziehen.

Die gedickte Flüssigkeit, die ihm die Augen verschlossen hatte, war noch da und drückte ihm jetzt so sanft und bestimmt gegen die Augäpfel, wie sie vorhin gegen die geschlossenen Lider gedrückt hatte, aber sie war bereits lichtdurchlässig und wurde langsam völlig transparent. Ob dies an einem Wechsel im Zustand der Trägerflüssigkeit oder an seinen andauernden Bewegungen lag, wusste er nicht, aber das Wichtigste war, dass er überhaupt sehen konnte.

Er konnte sehen, was mit der Wiege der Chimäre geschah, und zwar von einem Aussichtspunkt aus, der in der Nähe der Pyramidenspitze liegen musste.

Der ›Garten‹ von Idun war nicht mehr in Grau und Pastellblau getönt, mit Flecken aus Steinfäule gesprenkelt und mit komplizierten Mustern aus schwarzen Tupfern gestreift. Der Garten von Idun war nun eine Farborgie, und diese Farben befanden sich sowohl auf seinen Oberflächen als auch in den lebenden Wolken, die noch umherwirbelten.

Er erkannte sofort, woraus diese lebenden Wolken bestanden; ihm waren die ›Schmetterlinge‹ bereits aufgefallen, als sie ihm beim Handschuh der Freude über den Weg geflattert waren, und er hatte die Wesen untersucht, die es sich in Checutis und Jume Metras Fleisch bequem gemacht hatten, während sie dem Rand des Großen Riffs gefolgt waren. Er sah allerdings, dass sich auch größere und dunklere Umrisse innerhalb der Wolken abzeichneten – Umrisse, die sich ruhiger und eleganter bewegten als die kleinen Schmetterlinge. Einige davon waren Vögel, doch andere waren größer als Vögel; Fraxinus vermutete, dass einige nur auf Nahrungssuche waren, doch andere hatten vielleicht ehrgeizigere Ziele.

Als die Umrisse von Idun noch einfarbig gewesen waren, hatten sie entfernt an Gebäude erinnert. Der Garten hatte den Eindruck gemacht, den Geist der Stadt zu beherbergen, die vorher an diesem Ort gestanden hatte. In ihrer Vielfarbigkeit jedoch sah er jetzt wirklich lebendig und keineswegs mehr geisterhaft aus und erinnerte auch nicht länger an von Menschenhand geschaffene Gebäude. Die Ovoide und die

Zylinder wirkten nun wie die Kappen und Stängel gigantischer Pilze, während die Kegel und Kuben im Aufruhr der alles zudeckenden Farben ihre genau bestimmten Umrisse verloren hatten.

Eine Weile hatte derselbe Verhüllungseffekt jeglichen Eindruck von Bewegung unterdrückt und diese als reine optische Täuschung dargestellt, doch als etwas Zeit verging, erkannte Fraxinus, dass es tatsächlich eine Bewegung innerhalb des Körpers der geisterhaften Stadt gab.

Neue Gebilde wuchsen; alte wechselten ihre Form; vielgestaltige Kreaturen bewegten sich halb verborgen zwischen ihnen. Er überzeugte sich davon, dass er Pferde und Sphingen sehen konnte, aber es gab auch viele andere Wesen, die zu keiner dieser beiden Arten gehörten.

Fraxinus hatte angenommen, dass die Schmetterlinge, die er auf den letzten Etappen seiner Reise gesehen hatte, von irgendeinem rivalisierenden Boden in Gang gesetzte Eindringlinge waren und dass ihre Anwesenheit in der Luft über der Wiege der Chimäre unwillkommen war. Jetzt fragte er sich, ob das überhaupt stimmte. Er folgte diesem Gedankengang in die pfadlose Wildnis der Spekulationen und war dankbar dafür, dass er dazu wieder in der Lage war. Vielleicht waren die Formen, die er so eingehend beobachtet hatte, während er und seine Gefährten auf die Pyramide zumarschiert waren, lediglich Fruchtböden, denen diese farbigen Wesen als Pollen dienten. Vielleicht war das alles nur eine Art pseudosexuellen Verkehrs, der in dem unirdischen Boden die Art von Wagnis reproduzierte, die grundlegend für die Evolution fast aller irdischen Lebensformen war. Sollte man denn schließlich nicht erwarten, dass die Wiege der Chimäre die grundlegenden Eigenschaften beider Welten in sich vereinigte: der Welt, die er und seinesgleichen jetzt bewohnten, und der Welt, von der ihre Urväter einst aufgebrochen waren?

Wenn dem so war, fragte er sich, wie passten dann er und seine Gefährten in dieses System? Vielleicht sahen die Sphingen und die froschähnlichen Kreaturen die Menschen und Schlangen als bloße Sporen an: als Mahlgut für die Mühle der Schöpfung, die Idun genannt wurde und die anscheinend nicht nur ein bloßer Nabel und schon gar keine Wiege, also keine Welt der Neugeborenen, sondern der Schoß einer Welt war, die noch Form annehmen musste. Waren Aulakh Phar und Ereleth und der ganze Rest lediglich Gefäße mit Rohmaterial, die von dem Becken des Lebens verdaut und in ihre wesentlichen Bestandteile aufgebrochen werden mussten? War es bei ihm selbst anders, trotz der Tatsache, dass ihm die Gabe des Sehens gewährt wurde, damit er das Schicksal der gespenstischen Gewächse des Gartens überblicken konnte?

Je länger Fraxinus über diese letzte Frage nachdachte, desto mehr Grund für Optimismus entdeckte er. Er hatte keine Schwierigkeiten, sich selbst davon zu überzeugen, dass er vor der Metamorphose, die die Wiege der Chimäre überrannte, geschützt war und dass er nur in den Körper der Pyramide aufgenommen worden war, damit er zumindest eine Zeit lang vor der Möglichkeit einer vorzeitigen Verwandlung geschützt war. Falls er schließlich selbst verwandelt werden sollte, würden die Schmetterlinge sicherlich nicht die Werkzeuge seiner Metamorphose sein.

Er bemühte sich angestrengt, seinen Optimismus auf seine Gefährten auszudehnen. Wenn er geschützt wurde, warum sollte dasselbe dann nicht auch für Phar und Ereleth, Mossassor und Checuti, Purkin und Shabir gelten? Vielleicht hatten ihm die Geister die Wahrheit über das gesagt, was getan werden musste, auch wenn sie sich nicht die Zeit für Erklärungen genommen hatten. Vielleicht würde es ein freudiges Wiedersehen geben.

Leider konnte er das nicht ganz glauben.

Wenn all das stimmte, dachte er, dann würde das bedeuten, dass die Pyramide Bewusstsein und Klugheit besaß, womit sie ihre Angelegenheiten regelte… aber dafür hatte er keinen Beweis entdeckt, und selbst die Sphingen, die ausgesandt worden waren, um ihn mit ihren täuschenden und salbungsvollen Versprechungen zu begrüßen, hatten ihm *davon* nichts gesagt.

Er beobachtete, wie der Garten von Idun in neuer Pracht erblühte, und studierte mit forschendem Blick das ruhige Fließen seiner reifenden Umrisse.

Die Farbwolken dünnten sich aus, verschwanden schließlich ganz und nahmen die dunkleren Schatten mit sich. Regen fiel aus dem grauen Himmel, der schwarz wurde, bevor die echten Wolken sich zerstreuten, und die Sterne kamen hervor.

Jetzt, da die orgiastischen Farben von dem bleicheren Licht der Flammensterne gebändigt wurden, waren die Bewegungen innerhalb des Gartens leichter zu erkennen. Er sah pirschende Sphingen, deren Haut nicht länger weiß war. Er sah auch Pferde mit vielfarbigem Fell. Als er nach dem Wagen und den um ihn herum verstreuten Trümmern Ausschau hielt, entdeckte er keine Spur davon, aber er war sich nicht sicher, von welcher Seite der Pyramide er herabblickte. Es war durchaus möglich, dass ihm die Sicht auf den Karren versperrt war. Er lenkte seine Aufmerksamkeit auf den entfernteren Boden und sah, dass dort kleinere Kreaturen zwischen den pilzartigen Gebilden umherhuschten: ein paar kaleidoskopische Höllenhunde und etliche zweibeinige Kreaturen, welche denselben Gang hatten wie die Froschwesen, die ihn diesem seltsamen Gefängnis übergeben hatten.

Er hoffte, mehr zu sehen, wenn die Sonne wieder

aufging, besonders falls sie durch einen blauen Himmel ziehen sollte, aber während er wartete, trieb er in eine seltsame Folge von Träumen, in denen er nicht nur sehen, sondern sich auch bewegen konnte.

Doch jedes Mal, wenn er entdeckte, dass er ging oder ritt, wurde die Freude daran schnell von dem schuldbewussten Wissen überwältigt, dass seine Bewegungen nicht real waren. Solche Augenblicke voll unangenehmer Erkenntnis waren stets von dem Gefühl des Erwachens und einem vorübergehenden Gefühl der Erleichterung gefolgt, aber nach jedem anscheinenden Erwachen kam bald die Erkenntnis, dass das, was er als Leben und Freiheit angesehen hatte, nur ein weiteres Phantom des Schlafes war. Bald war er vollkommen verwirrt. Immer wieder verlor er jegliches Zeitgefühl, aber er ergab sich niemals ganz den Träumen, die ihn mit all ihrer heimtückischen Macht von der ihm verbliebenen geistigen Gesundheit wegzuzerren versuchten. Sobald eine falsche Realität die Kontrolle über ihn zu erlangen drohte, vermochte er sich ihr unnachgiebig zu entziehen und ihre Verführungen in den Abgrund des Vergessens zu verbannen.

Ich sollte diese Versuchungen vergessen, dachte er einmal, *denn sonst könnte eine von ihnen ein Ersatz für das Leben werden – und dann wäre ich verrückt und meine Verbindung mit der Wirklichkeit auf Dauer unterbrochen.* Unglücklicherweise war die Wirklichkeit selbst viel zu sehr zu einem Traum – oder eher zu einem Albtraum – geworden, als dass er in ihr hätte Trost finden können. Er verlor sich in seiner eigenen Verwirrung und hatte keine Ahnung, ob er ein paar Stunden oder ein paar Tage schlief, während die Bewegungen außerhalb der Pyramide verblassten und ziellos zu werden schienen.

Schließlich aber spürte er, dass er wieder unter die Herrschaft des Bewusstseins und der Zeitenfolge geriet. Nun verblassten die Farben auf den Gebilden des

Gartens so langsam, wie sie zuvor aus der Atmosphäre herabgefallen waren. Sie leckten allmählich aus den Kegeln und Kuben heraus, die erneut rein und makellos wurden; ihre Linien waren wieder scharf gezogen und ihre Winkel exakt.

Schritt für Schritt kehrte der Garten zu seinem früheren Zustand zurück. Es war, als sei seine Liebelei mit der Pracht selbst nichts als ein greller Traum gewesen, dem nun widerstrebend langweilige Nüchternheit folgte.

Fraxinus wusste nicht, ob dieser erneute Wechsel ein Grund für Bedauern oder Jubel war, aber er wagte zu hoffen, dass diese Änderung auf seine baldige Freilassung hindeutete. Sein Optimismus versprach ihm, dass er freikam, sobald die ›Normalität‹ in Idun wieder hergestellt war – und dass er dann die Erklärungen erhielt, die er bisher vergeblich gesucht hatte.

Aber bevor dies geschah, wurde er Zeuge weiterer merkwürdiger Ereignisse.

Sobald die Sphingen zu ihrer üblichen weißen Farbe zurückgekehrt waren, sah er keine Höllenhunde und auch keine froschähnlichen Humanoiden mehr – zumindest für eine gewisse Zeit. Als jedoch die Nacht hereinbrach – vielleicht zum vierten oder sogar zum fünften Mal –, bemerkte er eine neue Invasorentruppe. Es waren keine feigen Flüchtlinge; sie kamen stolz daher und schienen ein festes Ziel zu haben und die Sphingen gingen ihnen höflich aus dem Weg.

Unter den Neuankömmlingen waren Kreaturen wie die Sphingen, aber sie hatten einen lebhaft gestreiften Körper und einen Skorpionschwanz; Fraxinus erkannte sie sogleich als Manticoren. Sie waren zu sechst und sie waren nicht allein. Jeder von ihnen trug einen Reiter.

Fünf der Manticorenreiter waren Froschwesen von der Art, die Lucrezia ›Geister‹ genannt hatte, aber der

Sechste war *wirklich* ein Geist in dem Sinn des Wortes, den Fraxinus als den wahren ansah: ein Mann, der von den Toten zurückgekehrt ist.

Zumindest machte der Mann den Eindruck, dass er ein richtiger Mann war, obwohl es vollkommen unmöglich war, dass er der Mann war, der er zu sein schien. Fraxinus bemerkte, dass er sogar maßgeschneiderte Kleidung von einer Qualität trug, die der Kaufmann südlich der Dragomitenberge noch nie gesehen hatte.

Falls ich schon wieder träumen sollte, dachte Fraxinus, *dann ist das ein interessanterer und verlockenderer Traum als all jene, die ich im Handumdrehen losgeworden bin. Und falls ich nicht träumen sollte, hat es den Anschein, dass das Schicksal noch einige Überraschungen bereithält. Ich vermute, dass ich dafür dankbar sein sollte. Wenn das Schicksal noch Überraschungen für uns hat, gibt es auch noch Hoffnung, sowohl für mich als auch für die anderen.*

13

Lucrezia ging barfuß über den kalten Steinfußboden des Thronsaales. Sie lief an den massiven und mit komplizierten Schnitzmustern versehenen Säulen vorbei, die die gewölbte Decke trugen. Der Saal war so entworfen worden, dass er mehrere hundert Leute aufnehmen konnte, aber jetzt war er völlig überfüllt. Die Bänke, die für die Alten und Kranken in die Wände eingelassen waren, waren voll besetzt, genauso wie der offene Raum, in dem die gewöhnlichen Bürger standen. Die Einfriedungen, in denen die Kaufleute und Landbesitzer zusammenkamen, quollen über, und die großen, hölzernen Bänke, auf denen die Adligen sonst höchst bequem saßen, waren derart überbesetzt, dass niemand mehr Ellbogenfreiheit hatte.

Der Raum war nicht schlecht erleuchtet, aber alles in ihm – einschließlich der Leute – schien seltsam vage zu sein. Es war unvorstellbar, dass Belins loyale Untertanen nichts als eine Masse verwischter Schatten waren; also kam Lucrezia zu dem Schluss, dass der Luft in diesem Raum etwas fehlen musste. Tatsächlich war die Atmosphäre seltsam dick, wie dunkler und nicht fühlbarer Dunst. Trotz des verzerrenden Effekts dieser Dichte gelang es ihr jedoch, einige Gesichter in ihrer Nähe zu erkennen.

Checuti, der gefeierte König der Diebe, hatte sich irgendwie in die Bank gezwängt, die gewöhnlich dem Lord-Schatzmeister vorbehalten war. Vielleicht saß er jetzt dort, weil er praktisch das Monopol am Vorrat der frischen Münzen in der Stadt hatte.

Auf den Platz, der eigentlich dem Prinz-Kommandanten der Streitkräfte gehörte, hatte sich General Shabir von Ebla und der Vollversammlung der Neun Städte gesetzt. Sie wusste, dass es das erste Mal war, dass ein bloßer Söldner zu einer solchen Position gelangt war, aber sie nahm an, dass er sie wegen seiner Tapferkeit in der Dragomitenschlacht erhalten hatte.

Der oberste Diener der Zitadelle und seine Familie wurden von dem grauhaarigen Arzt und Kaufmannsabenteurer Aulakh Phar begleitet, der den Steinmetzen des Reiches das wertvolle Geheimnis des unvergänglichen Steins gebracht haben sollte – aber wenn das stimmte, dann hüteten die Zunftleute dieses Geheimnis sehr gut.

Der dunkle Alkoven, der üblicherweise von dem Mann benutzt wurde, den einige Auserwählte als den Obersten der Geheimpolizei kannten, war leer, wenn man von der unbedeutenden Anwesenheit einer Frau absah. Lucrezia glaubte natürlich nicht, dass es Jume Metra war. Wie könnte *sie* hier sein?

Es ergab keinen Sinn. Sie wusste das, aber sie war nicht sicher, wohin dieses Wissen sie führte. Welche Schlüsse sollte sie daraus ziehen, dass es keinen Sinn ergab? Hatte es denn jemals einen Sinn ergeben?

Der gewaltige Thron – der protzigste und unverschämt hässlichste Sessel in der Stadt und daher auch in der ganzen Welt – durfte natürlich von niemand anderem als von Belin selbst benutzt werden, aber der kleinere Thron daneben, der nur bei bestimmten zeremoniellen Gelegenheiten aufgestellt wurde, war der rätselhaftesten seiner vielen Gemahlinnen zugewiesen worden: der Hexenkönigin Ereleth.

Hinter dem kleineren Thron stand als Dienerin die Furcht einflößende Gestalt einer vier Met hohen Riesin, und Lucrezia freute sich, sie als Dhalla identifizieren zu können. Hinter Belins eigenem Thron stand auf weitaus weniger auffallende Weise Sergeant Purkin aus der Zitadellengarde; er machte den Eindruck, als wäre er lieber an Jume Metras Stelle.

In Belins Blick lag eine kalte Härte, die Lucrezia erkannte und verstand. Was immer ihr Vater war und wie immer er auch vor ihr erschien, so war er doch das Zentrum eines unvorstellbar großen Netzes aus Autorität und Intrige, das sich bis zum Nest des Phönix und darüber hinaus erstreckte. Er war das Herz und der Grundstein eines politischen Gebildes, das die Urväter als unmöglich angesehen hatten. Von Goran berichtete man, er habe gesagt: »In dieser Welt kann es keine Reiche geben, und die Gemeinschaft der Menschen, die ihre Stärke und ihren Glanz darstellt, muss auf andere Weise erhalten werden.«

Aber Goran und seine Gefährten hatten auch zu den Menschen dieser Welt gesagt: »Ihr müsst in die Welt hinausgehen und euch vermehren. Ihr müsst in alle

Gebiete gehen, die euch zu unterstützen vermögen: in jeden Wald, zu jeder Ebene und an jeden Strand. Ihr müsst überall dort eigene Städte errichten, wo es euch möglich ist, und sie so gut wie möglich gegen Fäulnis und Zerfall schützen… *denn der Zweck des menschlichen Lebens ist es, das Böse zu bekämpfen, wo immer es angetroffen wird.*«

Auch wenn Fäulnis und Zerfall die ursprünglichen Übel waren, wusste Lucrezia doch, dass das Chaos am schlimmsten war. Jeder wusste das.

»Geht es dir gut, meine Tochter?«, fragte Belin sanft.

Lucrezia wusste, dass sie sagen sollte: *Ja, vielen Dank, Majestät,* aber sie sagte es nicht. Als Belin gesprochen hatte, hatte sie eine andere Stimme gehört, die wie ein leises Echo in der Wölbung über ihrem Kopf widergehallt hatte, auch wenn es kein richtiges Echo sein konnte, denn seine Worte waren nicht die gewesen, die der König ausgesprochen hatte.

Das flüchtige Gewisper hatte gesagt: »Wenigstens einer von euch muss eins mit uns werden.«

Lucrezia starrte angestrengt in Belins Gesicht und sah, dass es sich sofort in andere Züge auflöste. Im selben Augenblick sah sie, wie der plumpe Körper des Königs zu größeren Proportionen anschwoll und sich mit dem unsinnig pompösen Sessel verband. Das flüchtige Bild zweier schlecht zusammenpassender Dragomitendrohnen legte sich über die Gesichter von Dhalla und Sergeant Purkin. Jetzt wusste sie, dass das alles nur Täuschung war: keine bloße Illusion, sondern *bewusste* Täuschung.

Man erwartet von uns, dass wir hier alle eines Geistes sind, dachte Lucrezia, *aber das sind wir nicht. Wir sind getrennt und werden es immer sein, egal was mit unserem Fleisch geschieht. Wir sind frei, wie tief wir auch immer eingekerkert sein mögen.*

»Ich weiß, was du bist«, sagte Lucrezia zu der Kreatur auf dem Thronsessel. »Du kannst mich nicht mit dieser Schau täuschen. Vielleicht bist du dazu in der Lage, meine Erinnerungen anzuzapfen, aber *mich selbst* kannst du nicht berühren. Ich weiß, wo ich bin, und ich weiß, was du bist.«

Es war Ereleth, die darauf eine Antwort gab: »Nein, meine Tochter«, sagte sie mit ihrer eigenen Stimme. »Das weißt du nicht.«

»Du bist nicht meine Hausmutter«, entgegnete Lucrezia. »Du bist nur ein Scheinbild. Meine Hausmutter befindet sich weit über uns; sie ist im Becken des Lebens ertrunken. Ertrunken und tot, zerfressen und verfault durch die Wirkstoffe des Handschuhs der Freude. Du bist nur eine Maske, die der lebende Boden trägt. Das alles hier ist eine Maske des lebenden Bodens.«

»Was bin ich?«, fragte Belin in einem einschmeichelnden Tonfall, den der echte König niemals zustande gebracht hätte. »Was bin ich denn deiner Meinung nach?«

»Du bist die Hügelkönigin dieser betrügerischen Mutter der Schlangen«, sagte Lucrezia. »Vielleicht glaubst du, dass du die Stimme des Bodens selbst bist, aber das bist du nicht. Du bist bloß ein weiteres Werkzeug, so wie die Sphingen und die Molche, die Manticoren und die nachgemachten, in Schlangenhaut gekleideten Menschen. Du bist überhaupt kein Monarch – du bist bloß ein Sklave, der an der großen Mauer arbeiten muss, bis er nicht mehr kann und dann in das Innere Sanctum geschickt wird, damit die Hexenkönigin an ihm die Macht ihrer Gifte demonstrieren kann. Das ist natürlich nur metaphorisch gemeint – mir fehlen die Worte, um deine Lage korrekt zu beschreiben.«

»Gut gemacht, Prinzessin«, sagte Checuti, als wäre er stolz auf sie. »Ich könnte fast dem Glauben erliegen, dass Ihr die Macht habt, uns alle von hier fortzuschleusen.«

»Ihr missversteht das«, warf Aulakh Phar ein. Es war nicht klar, ob er zu Lucrezia oder den anderen sprach. »Keiner von uns hat es je verstanden. Wir waren zwar schlau, aber nicht schlau genug.«

Gemurmel rollte durch die Menge: Tausend Stimmen verkündeten etwa halb so viele persönliche Meinungen.

»Eure Untertanen sind aufsässig«, sagte Lucrezia zu dem falschen König. »Mein wirklicher Vater hat sich immer über die Undankbarkeit seines eigenen Volkes beschwert, das hartnäckig an seinem lächerlichen Neid auf Belins einunddreißig Frauen und seine hundert Kinder festhielt… ganz zu schweigen von seiner üppigen Tafel und seinen wundervollen Kleidern. Sie sahen ihn nie als das an, was er war: als den überlasteten Mann, der die Ordnung in ihrem Leben aufrechterhielt, als den Helden, der lang und hart arbeitete, um das Chaos in Schach zu halten. Um das Böse zu bekämpfen, wo immer er es aufspürte. Um die Bosheit der wieder mächtig gewordenen Bewohner der Tiefe zu bekämpfen – der unerwarteten Feinde, die die Urväter erst entdeckten, nachdem sie ihre Stadt errichtet hatten.«

»Hier gibt es keine Untertanen«, erwiderte ihr Vater. »Selbst in einem Dragomitennest können die Menschen das Böse bekämpfen. Wie sehr auch das Nest danach streben mag, dass *alle eines Geistes sind,* so wird es das am Ende doch nie erreichen. Bei den Müttern der Schlangen ist es genauso; diejenigen, die – unbewusst, aber deshalb nicht weniger eindringlich – die Einheit von Absicht und Zweck zu erreichen versuchen, werden am Ende nicht die Oberhand gewinnen. Selbst wenn es ihren Häschern gelingen sollte, jeglichen Wettkampf auszulöschen, wären sie im Inneren doch immer noch geteilt. Das Chaos kann nicht durch die Aufbürdung einer unnachgiebigen Ordnung besiegt werden; man kann ihm nur durch ein Gleichgewicht begegnen.«

»Gleichgewicht?«, wiederholte Lucrezia zweifelnd.

»Wahrscheinlich hältst du dich für ein fest gefügtes Wesen«, sagte ihr falscher Vater leidenschaftslos, aber sehr ernst zu ihr, »so als wärest du aus unvergänglichem Stein gemeißelt – aber das bist du nicht. Die Moleküle und Zellen, die deinen Körper bilden, befinden sich in einem Zustand ständigen Fließens und werden andauernd abgestoßen und ersetzt. Du befindest dich in einem fortwährenden Zustand der Erneuerung; die Stabilität deiner Gestalt ist vergleichbar mit dem Umriss der Fontäne in einem Springbrunnen, der ebenfalls nur durch die Beständigkeit des Fließens und nicht durch Fixierung gebildet wird. Du unterscheidest dich weder sehr von den Geistern, die von den Bewohnern der Tiefe reproduziert und benutzt werden, noch von den Bewohnern der Tiefe selbst. *Ordnung erhebt sich aus dem Chaos,* Lucrezia; sie ist eher ein kontinuierlicher Fluss als ein Prozess der Erstarrung. Ein individuelles Leben stellt einen Augenblick des Gleichgewichts in der ungestümen Hetzjagd der Evolution dar und ist eher ein Aspekt des Wechsels als dessen Verneinung. Dein Leben, mein Leben und das Leben aller hier Versammelten sind reine Augenblicke in einem Kontinuum ohne Fixpunkte.«

»Das stimmt, meine Tochter«, sagte Ereleth.

»Das stimmt«, gab Aulakh Phar zu, »aber es ist nicht die ganze Wahrheit.«

»Es ist verdammt egal, ob es stimmt oder nicht, Hoheit«, erwiderte Checuti. »Die Frage ist – könnt Ihr hier herauskommen? Wenn Ihr Wunder wirken könnt, nehmt uns mit.«

»Das könnt Ihr nicht«, meinte Phar.

»Das darfst du nicht«, sagte Ereleth.

»Aber wenn Ihr es könnt, Hoheit«, warf Purkin schnell ein, »dann wäre ich Euch sehr dankbar, wenn Ihr mich mitnehmen würdet. Ihr braucht mich, damit Ihr sicher nach Xandria kommt.«

Diese letzte Bemerkung, die so dümmlich wie keck war, veranlasste Lucrezia dazu, Dhalla anzuschauen, doch Dhalla schwieg.

»Das ist nur ein Traum«, sagte Lucrezia zu dem zweifelhaften Wesen auf dem Thron. »Ich weiß, dass du diesen Traum sehr sorgfältig lenkst, weil du sowohl innerhalb meines Verstandes als auch innerhalb meines Körpers bist, aber es ist trotzdem nur ein Traum, dem ich nicht trauen kann.«

»Er ist das Einzige, dem du trauen *kannst*«, versicherte ihr die Person, die Belins Gestalt angenommen hatte. »Näher kannst du oder jeder andere nicht zum Herzen dieses Mysteriums vordringen. Du hast Recht: Ich bin nicht die Stimme der Wiege der Chimäre; ich bin nur eine Stimme unter vielen. Ich kann nicht alle Einzelheiten der Vergangenheit erklären und nicht alle Einzelheiten der Zukunft vorhersagen – aber wenn man hier überhaupt zur Erkenntnis gelangen kann, dann ist dieser Ort der richtige dafür. Das hier ist die einzige Stimme, die zu hören du die Möglichkeit hast. Der Boden kümmert sich nicht darum; er tut, was er tut. Die Sphingen und Molche sind lediglich seine Werkzeuge, wie du richtig bemerkt hast.«

»Bist du menschlich?«, fragte Lucrezia. Sie wusste zwar, wie die Antwort lautete, aber sie wollte sie trotzdem hören.

»Nein«, sagte die Stimme und legte die väterliche Maske ab. »Das bin ich nicht. Deiner Auffassung von Leben nach lebe ich nicht einmal und habe auch nie gelebt. Ich bin nur eine Maschine: eine Erinnerungsmaschine –, aber hier drinnen ist das eine Unterscheidung ohne jegliche Bedeutung. Hier ist die Grenze zwischen dem Organischen und dem Anorganischen genauso verschwommen wie die Grenze zwischen dem Irdischen und dem Unirdischen, und zwar aus denselben Gründen. An Bord des Schiffes, das die Dunkelheit zwischen den Sternen durchsegelte, gab es einige, die die Raum-Zeit als Bühne ansahen, auf der eines Tages eine Art von Endkampf zwischen dem Organischen und dem Anorganischen ausgetragen werden würde, aber sie waren dumm. Die ganze Raum-Zeit ist eine Bühne, auf der das Organische und das Anorganische schließlich aufeinandertreffen und sich unentwirrbar vermischen werden und ihre Schöpferkraft auf jede mögliche Weise zur Schau stellen werden... Aber letztendlich wird es zu einem Gleichgewicht kommen.«

Das ist eine Botschaft für Andris Myrasol, nicht für mich, dachte Lucrezia. *Er ist derjenige, der den Geist der Wasser in sich aufgenommen hat, welcher schon unbedeutenderen Menschen einen Gott vorgegaukelt hat, der ebenso falsch ist wie mein Vater hier. Aber der Geist der Wasser hat ihm eine tiefe und rätselhafte Vision vom Lauf der Dinge gezeigt.*

»Was ist der Sinn von all dem?«, fragte sie. »Warum stehe ich hier? Warum wird mir eine besondere Zuhörerschaft gewährt, während all meine Freunde in diesen Traum aufgesogen und von dem Sumpf aufgelöst wurden, in den sie unglücklicherweise gefallen sind?« Während sie dies sagte, erkannte sie aber, dass einige ihrer Freunde durch Abwesenheit glänzten. Hyry war nicht hier. Fraxinus war nicht hier. Ssifuss war nicht hier. Merel Zabio und Mossassor waren ebenfalls nicht hier, obwohl sie bestimmt zusammen mit Fraxinus in der dunklen Kammer gewesen waren, die das Becken des Lebens beherbergte.

»Die Wahrheit braucht Botschafter«, sagte der falsche Belin als Antwort auf ihre Frage.

»Also willst du mich gehen lassen?«, fragte Lucrezia. Sie war sich nicht sicher, ob sie die Bedeutung seiner Worte richtig verstanden hatte.

»Du wirst immer hier sein«, sagte Belin zu ihr, als wäre er ihr Vater, der ihr – scheinheilig – versicherte, dass sie immer einen Platz in seinem Herzen haben würde, selbst wenn er sie über das Meer schickte, um den Prinzen von Shaminzara zu heiraten. »Der eine ist jetzt Teil des anderen. In gewissem Sinne waren wir das schon immer.«

»Weil ich das Blut der Schlange habe.«

»Weil du menschlich bist und in diese Welt gehörst und nicht in die Dunkelheit zwischen den Sternen. Du und ich, wir sind artverwandt. Wir sind alle miteinander verwandt, auch wenn wir traurigerweise voneinander getrennt sind.«

Jetzt bin ich mit Maschinen genauso verwandt wie mit Schlangen, dachte sie. Laut sagte sie: »Soll ich also in die große, weite Welt zurückgehen und deine Saat in meinem Körper tragen?«

Zum ersten Mal in diesem ungewöhnlichen Drama schaute Lucrezia an ihrem eigenen Körper herunter und sah, dass die wulstigen Narben, die sich durch die mit ihrer Haut verschmolzenen Netzfragmente gebildet hatten, verschwunden waren. Ihr Fleisch war gereinigt – oder vielleicht *zurückgefordert* – worden.

»Ja«, sagte Belin unzweideutig.

»Und was ist mit den anderen?«, wollte Lucrezia wissen; sie meinte damit diejengen, deren Gesichter sie hier sah.

»Noch nicht«, sagte die Gestalt auf dem Thron.

»Noch nicht?«, wiederholte Lucrezia skeptisch.

»Du brauchst keine Angst zu haben«, teilte ihr die Stimme voller Ernst mit.

»O doch«, sagte Checuti. »Habt Angst. Hört nie auf damit. Wenn Ihr aufhört, Angst zu haben, wird es Euch erwischen. Glaubt mir, ich weiß es.«

»Habt nicht mehr Angst als bisher«, warf Phar ein. »Aber habt auch nicht weniger Angst.«

»Ein bisschen weniger würde nicht schaden«, meinte Ereleth.

»Ihr dürft ihnen nicht glauben, Hoheit«, warf Purkin ein. »Ihr dürft nichts von dem glauben, was Ihr seht oder hört, solange Ihr in diesem Zustand seid. Ihr seid in dem Becken ertrunken, wie wir alle. Ihr müsst es selbst herausfinden. Vergesst nicht, dass Ihr mich braucht.« Sie hatte von Purkin noch nie eine hohe Meinung gehabt; er war ihr immer als der geborene Verräter erschienen, der auf seine Gelegenheit wartete, aber sie wusste, dass das, was er sagte, einen Sinn ergab – ausgenommen den letzten Satz. Sie *musste* dieses Problem selbst lösen.

»Dhalla?«, fragte sie und schaute in das Gesicht der schweigenden Riesin. »Brauche ich ihn wirklich?«

»Ich fürchte, ja, Hoheit«, sagte die Riesin. »Ihn oder andere wie ihn. Sucht Euch unbedingt bessere als ihn, wenn Ihr könnt, aber Ihr werdet immer Männer wie ihn brauchen.«

»Das stimmt nicht«, sagte Jume Metra. »Sie glaubt es, aber es stimmt nicht. Schwesternschaft ist besser; Dragomiten brauchen keine Söldner.« Lucrezia wusste, dass das nicht der Wahrheit entsprach; Carus Fraxinus und all seine Gefährten hatten den Dragomiten als Söldner gedient, so wie die Dragomiten später dem Kaufmann gedient hatten.

»Das ist ohne Bedeutung«, meinte Ereleth. Ihre befehlsgewohnte Stimme schnitt durch die lauter werdende Debatte. »Wichtig ist nur, dass wir alle unser Ziel erreicht haben – zumindest vorläufig. Ich bin meinen geheimen Geboten gefolgt, und sie haben mich nicht so himmelschreiend hintergangen, wie ich zuerst angenommen hatte. Aulakh Phar hat ein paar der Antworten gefunden, die er haben wollte, und ein Leben, dessen Intensität er nicht erwartet hatte. Dhalla befand sich am Rande der Auslöschung, aber sie fiel erst, als Hände da waren, um sie aufzufangen. Jume Metra hat ein neues Nest. Checuti muss nicht mehr der König der Diebe sein und hat endlich eine Heimat gefunden. Purkin wird nie mehr pflichtvergessen sein. Und du, meine Tochter, hast dir deinen Herzenswunsch erfüllt. Du bist jetzt eine Abenteurerin, vor der eine ganze Welt liegt – und du bist eine Meisterin der Überlieferung, die nun Zaubermittel besitzt, welche noch nie jemandem zur Verfügung gestanden haben.«

Das ist ein Traum, erinnerte Lucrezia sich. *Ich kann keinem einzigen Wort trauen. Ich muss alles selbst herausfinden.*

Sie sah zu der Wand hinter dem Thron auf, deren üppige Draperien beiseite gezogen worden waren und die nun ein Symbol sowie eine Inschrift offenbarte. Das Symbol war ein Pluszeichen und die Inschrift lautete: WANDEL UND ZERFALL: NICHTS ANDERES SEHEN WIR. ICH BITTE DICH, WANDELLOSER: GEH NICHT WEG VON MIR.

»Du kannst doch kein Deist sein«, sagte sie zu ihrem falschen Vater.

»Das Pluszeichen bedeutet, dass niemand wirklich allein ist«, erklärte Belin ihr mit sanfter und liebevoller Stimme. »Wir alle existieren als Zahlen in einer Gleichung, in der sich die Welt drinnen und die Welt draußen zur ultimativen Summe aufaddieren. Wandel und Zerfall sind ewig, und nichts ist immun dagegen, aber in ihrem endlosen Fluss erscheinen immer wieder Kontinuitäten und dehnen sich aus; sie enthalten den Wandel und widerstehen ihm trotzdem. Es gibt Ordnung im Chaos, mein Kind, es gibt Gleichgewicht im

Aufruhr, es gibt ein Universum und wir alle sind ein Teil davon; wir alle spielen in seiner Geschichte mit.«

»Aber wir stehen nicht alle auf derselben Seite, oder?«, fragte sie.

»Das muss sich noch erweisen«, antwortete die Gestalt auf dem Thron. »Ich glaube, dass wir alle auf derselben Seite stehen können, wenn es uns gelingt, einen Weg zur Harmonie zu finden – aber ich bin darauf programmiert, so zu denken. Anscheinend sind einige Kreaturen anders programmiert. Es gibt kein Schicksal; die Zukunft ist *ungestaltet* und *unvollendet* und vielleicht wird sie das auf ewig bleiben. Aber wir sollten hoffen, dass wir eines Tages alle auf derselben Seite stehen werden, auch wenn es jetzt noch nicht der Fall ist.«

»Das ist keine schlechte Hoffnung«, meinte Checuti, »aber sie ist sicherlich umsonst.«

»Jawoll«, sagte Purkin. »Ob schlecht oder nicht, sie ist sinnlos.«

»Das kann ich nicht akzeptieren«, meinte Jume Metra.

»Ich auch nicht«, fügte Dhalla hinzu.

»Ich könnte es akzeptieren, aber ich will es nicht«, sagte Aulakh Phar.

»Und was meinst du dazu, Mutter?«, fragte Lucrezia, als eine kurze Pause entstand.

»Ich meine, dass es egal ist, ob das hier ein Traum oder die Wirklichkeit ist«, bemerkte Ereleth in ihrem üblichen autoritären Tonfall. »Genauso wenig macht es etwas aus, wer oder was durch diese lächerliche Parodie deines thronenden Vaters zu dir spricht. Wichtig ist nur, ob die Dinge einen Sinn ergeben. Das musst du nicht für dich allein entscheiden. Du bist nicht die Einzige, die Botschafter und Schöpfer der Überlieferung spielen soll. Du wirst Zeit genug haben, dir darüber klar zu werden, wenn du aus dieser fleischigen Gruft herausgekommen bist.«

Diesmal ließ Lucrezia es zu, dass das Schweigen ein wenig länger dauerte. »Ich war immer eine begabte Schülerin«, sagte sie schließlich. »Ich habe dich nie gemocht, aber ich habe immer darauf vertraut, dass du mir die Wahrheit sagst.«

»Ich habe dich gemocht«, teilte ihr die Hausmutter mit, ohne beleidigt zu sein, »und ich habe immer sicherzustellen versucht, dass das, was ich dir sagte, auch stimmte.«

Lucrezia wusste, dass dies das Ende der Botschaft sein musste, und so war es.

14

Fraxinus wurde vom Klang einer Stimme wachgerüttelt. Er wusste, dass es eine Stimme war, auch wenn sie unsagbar tief klang und er die Worte nicht verstehen konnte. Es war, als befinde er sich unter Wasser und als seien die Worte, die recht nahe bei ihm ausgesprochen wurden, bis zur Unkenntlichkeit verzerrt.

Er versuchte die Augen zu öffnen, spürte jedoch, dass etwas sein Gesicht bedeckte und die Augen verklebt hatte. Als er die Hände zu heben versuchte, um dieses Hindernis zu entfernen, bemerkte er, dass auch seine Arme gebunden waren, und als er versuchte, sich aufzurichten, entdeckte er, dass sein ganzer Körper in einer elastischen Membrane steckte. Er kämpfte gegen diese seltsame Bedeckung an und spürte, wie sie zerriss, als er Arme und Beine spreizte. Sobald die Membrane einmal einen Riss hatte, fiel sie schnell auseinander; es gelang ihm, ihre Überreste von den Händen und aus dem Gesicht zu puhlen. So schnell wie möglich riss er die Augen auf.

Das Licht, das seine offenen Augen begrüßte, war blendend hell, aber er war vorgewarnt worden, was – oder wen – er sehen würde. Deshalb war er nicht überrascht, dass das besorgte Gesicht, das über ihm schwebte, Jacom Cerri gehörte.

»Wir dachten, du wärest tot«, meinte er und war stolz, dass er so sachlich bleiben konnte. »Purkin sagte uns, die Affenköpfe hätten dich getötet.«

»Das hat er vermutlich geglaubt«, sagte Jacom milde. »Ich bin verletzt worden und habe so die schlimmste Phase der Schlacht verpasst, aber ich bin gerettet worden.«

»Von wem?«

»Von einer Manticore. Bist du im Nest des Phönix Manticoren begegnet?«

Fraxinus erinnerte sich an das, was er gesehen hatte, aber er war sich nicht sicher, ob eine Vision als Begegnung zählte. Er blinzelte noch immer in das helle Licht, doch jetzt konnte er sehen, dass er und Jacom sich nicht im Freien befanden. Die Wände, die sie umgaben, und die Decke über ihnen waren durchscheinend; die Umrisse sagten ihm, dass sie sich in der Spitze der Pyramide befinden mussten. »Warum hat dich die Manticore hierher gebracht?«, fragte er.

»Das hat sie nicht«, sagte Jacom. »Sobald ich die Wahl hatte, habe ich sie darum gebeten, dass sie mich herbringt. Ich war mir sicher, dass du hören wolltest, was ich zu sagen habe, und ich wollte dich wieder sehen. Auf dem Weg haben wir Boten getroffen, die in der entgegengesetzten Richtung unterwegs waren. Ich wage zu behaupten, dass sie an meiner Statt einen anderen Geist mitgebracht hätten, wenn ich Probleme gemacht hätte.«

»Einen anderen Geist?«, fragte Fraxinus. »Aber du bist doch kein Geist – die Affenköpfe haben dich doch nicht umgebracht.«

»Ich bin wirklich so etwas wie ein Geist«, sagte Jacom zu ihm und warf einen Blick auf seine Kleidung. Sie entsprach in Farbe und Form genau seiner alten Gardehauptmannsuniform, aber Fraxinus wusste, dass es nicht seine alte Uniform sein konnte. Sie war neu zugeschnitten und genäht und zeigte nicht die geringste Spur von Zerfall oder Verschleiß. Nachdem Fraxinus das bemerkt hatte, hob er den Blick und betrachtete Jacoms Gesicht. Auch dieses machte einen unmöglich frischen Eindruck – unmöglich selbst für einen reifen Bürger Xandrias und erst recht für jemanden, der die gierigen Gifte des Nestes des Phönix überlebt hatte. Das Gesicht des Soldaten war so hell wie der Kopf des Königs auf einer frisch geprägten Münze.

In Xandria konnten zwar Münzen aufgefrischt werden, nicht aber Menschen; hier hingegen galten wohl andere Regeln. Fraxinus berührte sein eigenes Gesicht und suchte mit den Fingerspitzen nach Runzeln und Narben. Er fand keine.

»Ich verstehe«, sagte Fraxinus zu dem jüngeren Mann. Nach einer kurzen Pause fügte er hinzu: »Wenn wir Geister sind, sind wir allerdings recht massive Geister.«

»In der Tat«, stimmte Jacom ihm zu.

Fraxinus wurde plötzlich von einem schrecklichen Gedanken heimgesucht. »Willst du mir etwa sagen, dass tausende von Jahren vergangen sind, seit dieser Froschmann mich mit seiner Sintflut von Schleim überdeckt hat? Ist das hier eine *neue* Zeit des Entstehens?«

»Es ist noch dieselbe«, versicherte Jacom ihm. »Wir waren ein paar Tage und nicht ein paar Jahrhunderte lang gefangen. Man hat mir gesagt, dass jene, die jahrhundertelang schlafen, viel eher vergessen, wer sie waren, und auch viel eher zu Veränderungen ihrer Gestalt neigen. Was wir mitgemacht haben, war wirklich eine Art Schlaf und nicht der Tod – aber wir sind nicht mehr ganz das, was wir vorher waren. Wir sind adoptiert worden.«

»Du willst damit sagen, dass wir Chimären sind – dass der lebende Boden seine eigene Substanz dazu benutzt hat, um uns wieder herzustellen?«

»Wir waren schon immer Chimären«, erwiderte Jacom. »Aber jetzt sind wir Chimären einer anderen Art: adoptierte Söhne seltsamer Eltern. Dein Schöpfer ist von Menschen gemacht worden, aber er unterscheidet sich nicht so sehr von meinem, der…«

»…eine Mutter der Schlangen ist«, beendete Fraxinus den Satz. Er wollte unbedingt zeigen, dass ihm jetzt der größte Teil des Rätsels der Wiege der Chimäre klar war. Dennoch bedauerte er diesen Anspruch auf einen intellektuellen Höhenflug sogleich: Er war so versessen darauf wie vorher, mehr zu wissen, und ihm war nicht die Art und Weise entgangen, auf die Jacom gesagt hatte: *Man hat mir gesagt.*

Der Gardehauptmann war mehr als bereit, Fraxinus' Grobheit zu übersehen. »Wir wurden von gewissen lästigen Passagieren gesäubert. Die meisten von ihnen haben wir bei der Überquerung des lebenden Bodens aufgelesen«, erklärte Jacom. »Dafür haben wir andere erhalten, die ihren Platz eingenommen haben, aber sehr viel entgegenkommender sind – sie haben allerdings ihre eigenen Ziele. Versteh mich nicht falsch; es sind keine ihnen bewussten Ziele, aber Ziele sind es nun einmal. Wir sind nicht aus Gefälligkeit in unseren früheren Zustand zurückversetzt worden und es ist auch kein Handel. Wir behalten die Möglichkeit, uns frei zu entscheiden, aber trotzdem sind wir die Werkzeuge anderer Wesen – Schachfiguren in einem größeren Spiel.«

»Der Genesys-Plan«, sagte Fraxinus. »Zumindest die

erweiterte Fassung – als die Stadt Idun durch einen Garten ersetzt wurde.«

»Es begann als Plan«, pflichtete Jacom ihm bei, »aber ich glaube, jetzt ist es darüber hinausgegangen. Die Urväter hatten anscheinend ein Ziel im Sinn, aber sie konnten die Veränderungen, die der lebende Boden anordnete, nicht lenken.«

Fraxinus stand auf und entfernte energisch die letzten Überreste des Kokons, in dem er eingeschlossen gewesen war. Er musste nicht näher an die transparente Wand herangehen, um zu sehen, dass die Oberflächen der Wiege der Chimäre jetzt blendend weiß und die labyrinthischen Pfade, die sich um die verschiedenen Gebilde wanden, frei und rein waren. Der Glanz des Mittags und Fraxinus' erhöhter Aussichtspunkt trugen vermutlich zu dieser Helligkeit bei, doch es hatte sich eine echte Veränderung ereignet, seit der Wagen die letzten Kim auf die Pyramide zugeschlingert war.

»Wo sind die anderen?«, fragte er. »Leben sie?«

»Außer dir und ihr habe ich bisher noch niemanden gesehen.«

Fraxinus drehte sich um, damit er sehen konnte, worauf Jacom zeigte. Er erkannte eine auf dem Rücken liegende Gestalt, die – wie er selbst bis vor wenigen Minuten – von einer weichen, durchscheinenden Membrane umgeben war. »Mossassor?«, fragte er, aber er konnte genügend Einzelheiten durch die trübe Umhüllung sehen, die ihm verrieten, dass die Zeichnungen auf der schuppigen Haut der Schlange nicht die von Mossassor waren. Sein nächster Gedanke war, dass es Ssifuss sein mochte, doch auch dessen war er sich nicht sicher – es war lange her, seit er Mossassors skeptische Gefährtin das letzte Mal gesehen hatte. Fraxinus kniete sich und streckte die Hand aus, als wolle er die zweite Haut zerreißen, doch dann überlegte er es sich anders und stand wieder auf.

»Ich wurde praktisch sofort verschlungen, sobald ich die Pyramide betreten hatte«, berichtete Jacom weiter. »Das hatte ich erwartet, aber ich hätte gern mehr Zeit gehabt, um mich umzusehen. Ich wurde ein zweites Mal durch und durch sondiert. Dann wurde ich hier wieder ausgespien. Es ist eine außergewöhnliche Erfahrung, aber ich vermute, dass wir beide uns daran gewöhnen werden.«

»Also hat der Boden letztlich doch ein faires Spiel mit uns getrieben«, murmelte Fraxinus. »Er wollte uns nicht nur gierig verschlingen. Wenn man es uns doch erklärt hätte! Aber wo sind die anderen?«

»Zieh keine falschen Schlüsse«, warnte Jacom ihn. »Du und ich wurden genauso reproduziert, wie wir es uns gewünscht haben, aber das ist nicht unbedingt das Schicksal all derer, die hierher gebracht werden. Uns wurden unser Körper und unser Geist zurückgegeben, und wir haben noch einen freien Willen und das alles, aber das ist nur so, weil dieser Boden und derjenige, zu dem ich gebracht wurde, derartige Werkzeuge benutzen. Sie benutzen auch andere, und ich habe keine Ahnung, wie die verschiedenen Schicksale zugewiesen werden. Wenn der Boden uns nicht verschluckt hätte, wären wir unwiderruflich von den winzigen Wesen verwandelt worden, die wir bereits aufgenommen hatten… aber wir sind auch von denen verwandelt worden, die jetzt in uns sind, und der Boden hätte uns so leicht vernichten können, wie er uns gerettet hat.«

»Wer hat dir das alles gesagt?«, fragte Fraxinus ganz offen.

»Andere Geister«, antwortete Jacom und lächelte schwach angesichts dieser teilweisen Ausrede. »Ich weiß nicht, wie verlässlich sie sind, und sie wissen es selbst nicht einmal, aber sie haben sich ihre Neugier bewahrt. Sie glauben, dass es keine weiteren Wesen wie sie gibt – nicht einmal hier in dem von Menschenhand geschaffenen Garten –, aber das ist vielleicht nur Selbstüberschätzung.«

»Und diese anderen Geister haben dir erklärt, was hier vor sich geht?«

»Sie haben mir gesagt, was sie denken und glauben, und ich weiß nicht, wie weit man dem trauen kann, aber ich vermute, dass sie mit ihren Ansichten über den Anfang des Ganzen richtig liegen. Falls ihre Erinnerungen nicht reine Phantasie sind, müssen sie sehr viel besser als wir wissen, was in der fernen Vergangenheit geschah. Ihre Überlieferungen sind höchstens ein paar Generationen alt; sie können nicht annähernd so stark zerfressen und verändert sein wie die unseren.«

»Erzähl mir davon«, bat Fraxinus. In diesem Stadium mehr zu sagen wäre reine Verschwendung gewesen. Jetzt war es an der Zeit zuzuhören.

»Aulakh Pahr hat dir bestimmt alles berichtet, was passiert ist, bevor wir von den Halbmenschen angegriffen wurden«, sagte Jacom gelassen. »Wenn du Purkin begegnet bist, weißt du auch von ihm etwas über den Angriff. Nach der Schlacht wurde ich… nun, ich sagte eben *gerettet*, aber damals hatte es eher den Anschein, als sei ich gefangen genommen worden. Die Manticore hat mich zu dem Boden mitgenommen, aus dem sie geboren wurde… und der Boden hat mich aufgenommen. Du weißt, wie das ist, denn du hast es ebenfalls durchgemacht. Warst du ohnmächtig oder die ganze Zeit über bei Bewusstsein?«

»Ich war in gewisser Weise bei Bewusstsein«, sagte Fraxinus.

»Genau wie ich«, meinte Jacom. »Ich spürte, wie mir die Substanz wie schleimiger Schlamm durch die Kehle und dann in die Lunge rann… Ich hatte mehr

Angst, als ich es je für möglich gehalten hätte, aber das spielt jetzt keine Rolle mehr. Das Zeugs musste in mich eindringen, doch es wollte mich lebend und in wachem Zustand. Es wollte sowohl die Informationen in meinem Kopf als auch die in meinem Körper. Anscheinend sind nur wenige lebende Böden so großzügig. Einige löschen alle Überreste von Intelligenz in ihren aktiven Werkzeugen aus, obwohl doch Werkzeuge, die sich ein gewisses Maß an Schlauheit und Kommunikationsfähigkeit bewahrt haben, eigentlich sehr wertvoll sein müssten.«

Fraxinus erinnerte sich an die schweigenden Affenköpfe, die wortkargen Sphingen und die rätselhaften Froschwesen, aber er sagte nichts.

»Ich glaube, sie waren schon anders, bevor das Schiff hier eintraf und es außer den Müttern der Schlangen und der Salamander noch keine Bewohner der Tiefe gab«, fuhr Jacom fort. »Ich glaube, dass sich einige von ihnen bereits in einem tödlichen Wettstreit befanden, in dem die erwachsenen Schlangen ihre Schachfiguren waren. Irgendwie hat sich der Manticorenboden bemüht, mein Innerstes nicht zu sehr zu beeinträchtigen. Dem Geist zufolge, der mich ausgefragt hat, ist dieser Boden darin immer sehr geschickt gewesen. Der Geist sagte mir übrigens, dass sein Name Valeran sei. Er hat behauptet, er sei die Rekonstruktion eines Abkömmlings der Menschen aus dem Schiff, und zwar in der vierten Generation. Er wusste, dass er eine Rekonstruktion war und dass er nicht wirklich tausende von Jahren geschlafen hatte, und er gab zu, dass er nicht sagen könne, ob er eine sehr detailgetreue Reproduktion sei und ob seine Erinnerungen verlässlich seien oder… Nun, wenn er mir nur Märchen erzählt hat – wenn er selbst nur ein Märchen war –, dann werden wir niemals Genaueres erfahren. Ich habe ihm die Geschichte meines Lebens und die

Geschichte unserer Expedition erzählt – ich habe ihm von dir und Phar berichtet und von Keshvara, Ereleth und der Prinzessin. Ich habe ihm von Xandria erzählt. Im Gegenzug hat er mir seine Geschichte erzählt. Ich war ehrlich zu ihm; ich hoffe, dass er es ebenfalls war.

Als das Schiff, das unsere Vorfahren auf diese Welt brachte, sein Landungsboot herabsandte – das Schiff selbst ist hier nie gelandet –, erwarteten die Menschen aus dem Schiff dem Geist zufolge, dass sie die einzelnen Bestandteile ihrer eigenen Zivilisation ohne große Schwierigkeiten auf diesem Planeten installieren konnten. Sie oder ihre eigenen Vorfahren hatten früher schon andere Welten besät. Genau so nannten sie es: *besäen*. Die anderen Welten, die sie besät hatten, waren allesamt von reichem und verschiedenartigem Leben besiedelt gewesen. Anscheinend kann es ohne Leben keine lebenserhaltende Atmosphäre geben; deshalb waren die einzigen Welten, die sie besäen konnten, diejenigen, die bereits eingeborenes Leben besaßen, das grob dem auf jener Welt ähnelte, von der sie kamen. Sie hatten sich daran gewöhnt, dass eine Welt, die eine Atmosphäre wie ihre eigene besaß, auch ähnliche Lebensformen hervorbrachte, die sie vor keine unlösbaren Probleme stellte. So schien es auch mit dieser Welt zu sein, selbst nachdem die ersten Einwanderer gelandet und einige Zeit hier verbracht hatten.«

Der Soldat machte eine Pause, die lang genug war, um Fraxinus zu der Frage zu bewegen: »Was ist denn schief gelaufen?«

»Anscheinend brachten die ersten Menschen, die auf die Oberfläche herabkamen, Millionen winziger Maschinen mit: Valeran nannte sie Nanomaschinen. Sie waren wirklich sehr klein – zu klein, um sichtbar zu sein. Der Schaum, aus dem die Steinmetzen Ziegel und Steinblöcke machen, besteht aus solchen Maschinen oder aus Abkömmlingen von ihnen, genauso wie die Pasten, aus denen unser Plastik besteht … Ich habe immer an Phars Gerede über Kreaturen gezweifelt, die zu klein sind, als dass man sie sehen könnte – Bakterien und so weiter –, aber Valeran versicherte mir, dass ich keine Ahnung habe … dass es jenseits des Sichtbaren viel mehr gibt, als ich mir je erträumt hätte …«

Fraxinus verstand, warum Jacom so beunruhigt klang. Der Hauptmann hatte sich nie geschämt, seine Verachtung für Phars ›abergläubische‹ Erklärungen herauszuposaunen. Seine Bekehrung musste tief greifend sein.

»Bakterien und Viren sind keine Maschinen«, erwiderte Fraxinus. »Es sind lebende Wesen.«

»Da fangen die Probleme an«, sagte Jacom dunkel. »Soweit ich es verstehe, war diese Unterscheidung selbst den Menschen aus dem Schiff nicht ganz klar. Sie hatten unzählige der Nanomaschinen in sich, die sie gesund hielten – anscheinend hatten sie keinerlei Krankheiten und sie lebten sehr lange, weil die Nanomaschinen alles unter Kontrolle behielten. Sie besaßen auch andere Nanomaschinen, die sie *freilassen* konnten: Maschinen, die sich wie lebende Organismen fortpflanzten und bei schrecklich komplizierten Konstruktionen zusammenarbeiteten. Diese kleinen Maschinen konnten Werkzeuge, Kleider, Häuser und sogar ganze Städte fertigen.

Valeran zufolge war alles, was die ersten Menschen auf der Oberfläche einer neuen Welt tun mussten, einige Millionen dieser Maschinen freizulassen, die bereits die Reproduktionsbefehle in sich trugen, bis es genug von ihnen – und genügend Arten – gab, um eine ganze Stadt aus dem Boden zu stampfen. Sie konnten Metalle isolieren und neu zusammensetzen und Steine brechen und wieder neu aufstellen. Auf diese Weise wurde die Stadt Idun, die in den Überlieferungen erwähnt wird, errichtet – genau so, wie andere Städte auf anderen Welten errichtet worden waren… mit der Ausnahme, dass auf diesen anderen Welten die Städte auch stehen blieben.

Wie die Menschen selbst, so war auch die Stadt, die die Urväter errichteten, voller Nanomaschinen, die sie erhalten und bewahren sollten: Maschinen, von denen man annahm, dass sie *unter Kontrolle* waren. Woraus sie auch immer bestanden haben mögen – und einige von ihnen waren bestimmt aus denselben Bestandteilen wie das lebende Fleisch gemacht, auch wenn die meisten wohl aus Metallen und steinartigen Substanzen bestanden –, sie waren alle kontrollierbar und alle *programmiert*. Wenn einmal etwas mit ihnen falsch lief, konnten sie angehalten und ausgelöscht werden – *deaktiviert* war das Wort, das Valeran gebrauchte. Selbst diejenigen aus Fleisch waren gegen Wandel und Mutation geschützt. Wenigstens nahm man das an; sie waren es in der Vergangenheit immer gewesen, sowohl auf anderen Welten als auch in der Dunkelheit zwischen den Sternen.

Valeran verstand die Einzelheiten selbst nicht, und einiges von dem, was er verstand, konnte er nicht erklären, weil ich die entsprechenden Worte nicht kannte. Um es kurz zu machen: die Kontrollmechanismen, welche die Nanomaschinen überall sonst auf Kurs hielten, reichten hier nicht aus. In dem Schiff und auf anderen Welten waren die einzigen Dinge, welche die klare Grenze zwischen Fleisch und Stein sowie Metall verletzten, die Nanomaschinen. Sie waren gebaut, um diese Grenze zu überqueren, aber ihre Planung und Konstruktion setzte voraus, dass die Grenze dort draußen, wo sie ihre Arbeit machen mussten, immer kristallklar war. Aber diese Welt hier war anders, auch wenn die Menschen aus dem Schiff es erst nicht erkannten. Diese Welt besaß schon ihre eigenen natürlichen Nanomaschinen, die nicht nur aus Fleisch bestanden – Bakterien und das alles –, sondern auch aus Stein. Hier gab es den *lebenden Boden.*

Die Urväter kannten natürlich die fließenden Steine und glaubten, sie seien interessant. Sie fanden sehr bald heraus, dass, obwohl Schlangen und Salamander sich fortpflanzen konnten, sie trotzdem mit verschiedenen Arten des lebenden Steins verwandt waren, und das, was die Urväter als einen normalen Fortpflanzungszyklus ansahen, war in Wirklichkeit eine Art der Pädogenese. Unglücklicherweise dauerte es eine Weile, bis sie zu dieser Erkenntnis kamen, und als sie endlich herausgefunden hatten, wie alles zusammenpasste, verrottete die Stadt Idun schon. Die Nanomaschinen waren außer Kontrolle geraten, weil sie bereits Kontakt zu dem lebenden Boden aufgenommen hatten und auf eine Art mutierten, die die Menschen aus dem Schiff niemals für möglich gehalten hätten. Sie integrierten sich in alle Arten von Chimären, die der lebende Boden hervorbringen konnte… und all das geschah, lange bevor die Menschen der Welt die Gelegenheit hatten, Zeugen der ersten Zeit des Entstehens zu sein.

Valeran zufolge schien dieses Problem für die Urväter nur ein unwesentliches Ärgernis zu sein. Es hatte den Anschein, als ob das Problem sehr leicht unter Kontrolle zu bringen sei. Nur eine Hand voll der Menschen, die frisch auf diese Welt gekommen waren, machten sich von Anfang an ernste Sorgen; die anderen glaubten noch, es sei ein interessantes und lohnendes Problem. Die Menschen aus dem Schiff sahen es als eine Möglichkeit an, ihre winzigen Maschinen noch besser zu machen. Sie wussten nicht, dass der fundamentale Lebensrhythmus hier in einem weitaus größeren Maßstab als ihrem eigenen operierte; sie glaubten, die Bewohner der Tiefe seien andauernd im Schlaf und ewig langsam. Sie wussten nichts von den Zeiten des

Entstehens… und als sie darüber von den Schlangen und Salamandern aufgeklärt wurden, erkannten sie die Bedeutung dieser Information nicht.

Es fiel ihnen schwer, die Sprache der Schlangen und der Salamander zu erlernen – und es war genauso schwer für die Schlangen und Salamander, die Menschensprache zu verstehen. Die verschiedenen Rassen hatten nie genug gemeinsame Worte oder gemeinsame Vorstellungen. Die Urväter wussten nicht, was geschähe, wenn die Bewohner der Tiefe wirklich einmal Gebrauch von dem machten, was sie in sich aufgenommen hatten. Sie wussten ebenfalls nicht, was mit dem lebenden Boden geschähe, den sie für sich selbst schufen, indem sie die einheimische Biotechnologie mit ihrer eigenen verbanden.

Als die erste Zeit des Entstehens die hybriden, eigentlich von den Menschen erschaffenen Monstren hervorgebracht und sie in den Kampf mit jenen geschickt hatte, die die Urväter so sorgfältig entworfen hatten, war das Schiff bereits fort. Die Menschen der Welt mussten allein mit diesem Ausbruch fertig werden… und seitdem versuchen ihre Abkömmlinge genau das Gleiche, indem sie die Überlieferungen anpassen, um das zu berücksichtigen, was sie gelernt haben, aber sie verlieren dabei immer mehr, als sie gewinnen.«

Jacom war inzwischen derart in Schwung gekommen, dass Fraxinus keine Gelegenheit erhielt, ihn zu unterbrechen.

»Die Urväter und ihre unmittelbaren Nachkommen hatten geglaubt, es sei einfach, diese Welt zu erobern«, fuhr der Hauptmann fort, wobei er noch einmal hervorhob, was er schon gesagt hatte. »Sie glaubten selbst dann noch, es sei einfach, als sie herausfanden, dass sich diese Welt erheblich von denen unterscheidet, die sie bisher gesehen hatten. Sie hatten keine Angst vor dem Zerfall, weil sie glaubten, ihn unter Kontrolle bringen zu können… aber da irrten sie sich.

Valeran wurde in einer Zeit geboren, als das wahre Ausmaß der drohenden Katastrophe noch nicht erkannt worden war, da es noch keine Zeit des Entstehens gegeben hatte. Die erste, die die Menschen mitmachten, war diejenige, der Valeran zum Opfer fiel – oder eher diejenige, die ihm ewiges Leben gewährte, das seine unwissenden Vettern mit ganz anderen Mitteln zu erlangen und zu bewahren versuchten. *Er* sah es am Anfang so, dass er zum Opfer geworden war, doch sein Geist hat sich eine andere Denkweise zu Eigen gemacht. Weißt du, selbst Geister können lernen. Selbst Geister können sich ändern. Ihnen bleibt tatsächlich gar nichts anderes übrig; da sich die Welt um sie herum verändert, können sie nicht dieselben bleiben, weder im Fleisch noch im Geist.«

Fraxinus schloss aus Jacoms Tonfall, dass der Hauptmann nicht mehr über Valeran oder über Urgeschichte redete.

»Ich vermute, dass ich jetzt ewig leben werde«, fuhr Jacom fort. Der Fluss seiner Worte wurde langsamer. »Was immer mit diesem Körper geschieht – andere werden mit meinen Erinnerungen und meinen Wünschen erwachen. Ich werde natürlich nicht derselbe bleiben. In gewisser Weise sind wir jetzt unsterblich, aber wir sind nicht immun gegen Veränderungen. Ich *kann* nicht derselbe bleiben. Und du auch nicht. Und die Welt genauso wenig. *Nichts* kann das.

Um das herauszufinden, sind wir hergekommen, nicht wahr? Wir wollten wissen, wie wir die Veränderungen aufhalten und das xandrianische Reich auf ewig bewahren können. Nun, hier ist die Antwort: Wir können es nicht. Die Bewohner der Tiefe kann man weder umbringen noch einsperren; sie haben die Nanomaschinen bereits adoptiert und uns ebenfalls. Es ist so, wie Valeran sagt: Es bleibt uns nichts anderes übrig als zu akzeptieren, was wir sind, und den Bewohnern der Tiefe dabei zu helfen, die Adoption allen Lebens auf der Welt zu vollenden – egal wie lange das dauern mag.«

15

Jacom hielt in seinem Bericht inne. Er war durch die Art, wie Carus Fraxinus ihn ansah, ernsthaft verwirrt. Er konnte es dem Mann nicht verübeln. Er wusste, dass er die Lage der Dinge nicht so klar hingestellt hatte, wie es sich der Kaufmann gewünscht hätte. Er selbst wünschte sich, dass sie ihm klarer wären. Sicherlich fragte Fraxinus sich, wie verlässlich seine Informationsquelle war, und er würde sich nur zu gern selbst darüber Klarheit verschaffen.

Vielleicht war es Höflichkeit, die Fraxinus dazu veranlasste, sich abzuwenden, während er über das Gehörte nachgrübelte. Der Kaufmann blickte über das ausgedehnte, weiße Gebiet der Wiege der Chimäre, und Jacom folgte der Richtung seines Blicks und betrachtete die bizarre Landschaft, deren seltsame Symmetrie von ihrem einzigartig privilegierten Aussichtspunkt aus offen zutage lag.

Der Bewohner muss uns aus genau diesem Grund hergebracht haben, dachte Jacom. *Aber wie ist ihm das gelungen, wenn man bedenkt, dass er keine Stimme und keine eigene Intelligenz besitzt? Wo er doch nur irgendeinem Programm folgt, das ihm von den Urvätern eingeschrieben wurde? Selbst dieses muss unter dem Zerfall und den Mutationen der Jahrhunderte gelitten haben. Wie kann es also sein, dass der lebende Boden noch immer einige Aus-*

erwählte unter seinen Besuchern besonders willkommen heißt? Wie kommt es, dass die Sphingen noch immer Boten zwischen den Gärten hin und her schicken, um mit Erinnerungen zu handeln?

Nicht zum ersten Mal wünschte er, er wäre nicht eine so vollkommene Replik seines früheren Selbst. Sein Körper war vielleicht besser als je zuvor, aber sein Geist war noch immer von denselben Unsicherheiten und denselben Ängsten und denselben Unzulänglichkeiten umgeben.

»Die Wiege der Chimäre ist bestimmt als Beschützer der Menschheit entworfen worden«, sagte Fraxinus schließlich. »Irgendwie müssen die Urväter sie der Erhaltung jener Gesellschaft geweiht haben, die auf der anderen Seite der Dragomitenberge existiert. Die Überlieferungen geben uns Versprechen, auch wenn sie uns vor dem vergifteten Boden warnen.«

»Das war der dahinter stehende Gedanke«, bekräftigte Jacom. »Valeran sagt, dass es ein unmöglich zu erreichendes Ziel war – dass es der Wiege der Chimäre genauso bestimmt war, zu verfallen, wie es auch den Müttern der Schlangen bestimmt war.«

»Ist Valeran jemals hier gewesen?«

»Nein«, gab Jacom zu. »Aber die Manticoren sind hier gewesen; sie sind Sammler – Sammler von Informationen wie auch Sammler neuen Blutes. Der Boden, der mich adoptiert hat, hat keinen eigenen Verstand, aber er speichert den Verstand sorgfältig in seinen Werkzeugen. Auch die Wiege der Chimäre geht sorgfältig damit um, aber trotzdem benutzt sie Menschen und Schlangen als Werkzeuge – vielleicht ist es ein besserer Boden als die meisten anderen, aber er unterscheidet sich nicht wesentlich von ihnen… zumindest sagt das Valeran.«

»Ich verstehe nicht, wie er sich da sicher sein kann«, wandte Fraxinus ein. »Das hier ist kein Krieg aller gegen alle – dein Hiersein ist der Beweis dafür. Es ist vielleicht ein Existenzkampf, aber es ist nicht bloß eine Frage von Töten oder Getötetwerden, und genauso wenig ist es offensichtlich, dass das einzige mögliche Ende dieses Kampfes die Adoption allen Lebens auf der Welt durch den siegreichen Boden ist. Falls sich die Bewohner der Tiefe schließlich zu einem einzigen Wesen verbinden sollten…«

Der Kaufmann hatte innegehalten, weil sich die am Boden liegende Schlange nun regte. Sie war erwacht und testete die Stärke der Fleischwände, die sie gefangen hielten.

Jacom empfand unwillkürlich ein flaues Gefühl im Magen bei der Aussicht, seine ganze Geschichte noch einmal erzählen zu müssen, und zwar in Worten, die eine Schlange verstehen konnte.

Fraxinus kniete sich wieder neben die Schlange. Sobald die Kreatur ein Loch in die sie umschließende Membrane gerissen hatte, zog Fraxinus diese in Fetzen von der Schlange herunter.

»Ssifuss?«, fragte der Kaufmann. »Bist du Ssifuss?«

»Bin Ssifuss«, bestätigte die Schlange mit rauer Stimme. »Wo Mossassor?«

»Das wissen wir nicht«, sagte Fraxinus schnell. »Wir beide scheinen in einer Kammer in der Spitze der Pyramide abgelegt worden zu sein, und zwar nach einer Reise durch das Fleisch des lebenden Bodens, die mindestens eine Unterbrechung hatte. Jacom ist auf der Suche nach uns von einem anderen Boden gekommen. Falls noch andere freigelassen wurden…«

Jacom begriff, warum der Händler den Satz unvollendet ließ. Es gab keine Möglichkeit, dem ›falls‹ zu einem sinnvollen Schluss zu folgen.

Ssifuss sah an ihrem Körper herunter. »Bin nicht…«, sagte sie, doch dann gelang es auch ihr nicht, den Gedankengang zu vollenden.

»Die Wiege der Chimäre ist keine Mutter der Schlangen«, sagte Jacom und hoffte, dass diese Information hilfreich war. »Sie bringt keinerlei erwachsene Schlangen hervor. Ich vermute, du bist hier sicherer als irgendwo sonst innerhalb des Kreises.«

Ssifuss schien diese Neuigkeiten nicht gerade als beruhigend zu empfinden; sie starrte noch immer an sich herab.

»Dann sind also diese froschähnlichen Wesen keine Abkömmlinge der Schlangen?«, fragte Fraxinus.

»Ich weiß nicht genau, was sie sind«, gab Jacom zu, »aber die ersten wurden aus menschlichem Fleisch gebildet. Sie waren dazu bestimmt, verschiedene Aufgaben auszuführen. Wie auch die Manticoren sammeln sie Informationen, aber sie haben ihre eigene Art, sie zu speichern und mitzuteilen.«

Fraxinus half Ssifuss auf die Beine. »Ssollte Mossassor ssein«, sagte sie zweideutig.

»Du warst doch bei Lucrezia, nicht wahr?«, fragte Fraxinus. »Ich habe dich gesehen, kurz bevor dieses Froschding mich angesprungen hat. Du hast die Bittersüßen Sümpfe mit ihr durchquert.«

Ssifuss nickte. »War bei Andriss«, sagte sie. »Ssu retten verssucht... ssu spät.«

»Andris ist tot?«, fragte Jacom und wunderte sich, warum ihm diese Schlussfolgerung so schrecklich wehtat.

Ssifuss schüttelte erneut den Kopf. »Vielleicht noch sschlimmer«, sagte sie. »Gefangen. Verwandelt. Verloren. Noch nicht alle Sschulden bessahlt, nicht alle Verssprechen gehalten. Isst sschlecht. Musss Mossassor finden. Alle Mythen wahr.«

Gefangen, hallte es in Jacom wider. *Verwandelt. Er hatte nicht so viel Glück wie Fraxinus und ich. Wie viele andere sind so sanft behandelt worden wie wir? Sind wir die Einzigen? Lucrezia!* »Ich wünschte, wir hätten die

Macht, Forderungen zu stellen«, sagte er laut, »aber die haben wir nicht. Falls die Bewohner der Tiefe Ohren haben und es ihnen möglich ist, auf unsere Bitten zu reagieren, dann tun sie es heimlich und verbergen ihre Macht vor uns. Wir werden erst dann alle von hier wegkommen, wenn eure Adoptivmutter dazu bereit ist. Ich vermute, dass sie euch nach Lust und Laune freilassen wird. Es ist möglich, dass ihr Mossassor nie wieder sehen werdet, egal ob sie noch lebt oder schon tot ist.« Als er aber *Mossassor* sagte, meinte er *Lucrezia*.

»Wass isst loss?«, fragte Ssifuss wehmütig.

»Es scheint so«, sagte Jacom, als ob er sich seiner eigenen Schlussfolgerungen versichern wollte, »dass wir zu Schachfiguren in einem Krieg zwischen deinen eigentlichen Vorfahren geworden sind – den Vorfahren, von denen sich deine unmittelbareren Vorfahren zu befreien versuchten, damit sie ihre Intelligenz und ihre Gesellschaftsstruktur bewahren konnten. Vielleicht wäre es euch gelungen, so wie es den Salamandern gelungen – oder beinahe gelungen – ist, doch als unsere Urväter aus einer anderen Welt hier eintrafen, erhielten deine entfernteren Verwandten das unbeabsichtigte Geschenk eines riesigen neuen Waffenarsenals. Die Salamander scheinen die Kontrolle über das Feuer des Salamanders behalten zu haben, sowie eine Überlieferung, die ihnen vorschreibt, sich zu verschanzen, wenn das tapfere Feuer den zu leistenden Tribut an die Bewohner innerhalb des Riffs erlassen hat, doch deine und unsere Art sind stärker in diesen Konflikt verwickelt. Wir können nur hoffen, dass die Reibungen zwischen diesen riesigen fließenden Steinen uns nicht zu Brei zermalmen werden – aber wir drei scheinen bisher Glück gehabt zu haben.«

Ob diese Erklärung nun angemessen war oder nicht – für Jacom war sie weit davon entfernt –, schien sie die Schlange doch erst einmal zufrieden zu stellen. Ssifuss nickte bedächtig, während sie weiter das Muster der glänzenden, aufgefrischten Schuppen untersuchte, die ihren Körper bedeckten.

»Valeran sagte, dass ich den lebenden Boden nicht als einen zu groß geratenen gemusterten Stein oder auch nur als eine kompliziertere Art von Dragomitenhügel ansehen sollte«, erklärte Jacom den beiden in Ergänzung seiner früheren Aussagen. »Obwohl die Bewohner der Tiefe grundlegende Eigenschaften miteinander teilen, unterscheiden sie sich so sehr voneinander, wie ich mich von einer Schlange oder einem Pferd unterscheide, und sie unterscheiden sich von einem Dragomitennest oder einem gemusterten Stein so stark, wie ich mich von einer Ameise oder einem unsichtbaren Wurm unterscheide. Der Boden, der mich adoptiert hat, ist Valeran zufolge kraft der Verbindungen zu ihm und seinesgleichen enger mit den Menschen verwandt als alle anderen – sogar enger als die Wiege der Chimäre und alles, was aus ihr hervorgeht.«

»Und warum sollte dieser Boden eine bessere Verwandtschaft für uns sein?«, fragte Fraxinus skeptisch.

»Vermutlich weil er so vollkommen menschliche Geister benutzt.«

»Das tut ein Dragomitenhügel auch«, entgegnete Fraxinus.

Jacom war nicht sicher, ob man die Hügelfrauen als Geister ansehen konnte, da sie als unwissende Kinder aus Eiern schlüpften, doch er verstand, was Fraxinus meinte. »Ich hatte keine Ahnung, ob ich Valeran glauben sollte«, gab er zu. »Ich weiß es immer noch nicht. Ich glaube, dass ich ihm all die Fragen gestellt habe, die auch du ihm gestellt hättest. Was ist das für ein Krieg, in den wir verwickelt sind, und warum bin ich ein Gewinn, um den man kämpft? Warum wird die Welt plötzlich von Seuchen und Räuberhorden überschwemmt, die sich jedes Jahr weiter nach Norden ausbreiten? Wie wird das Ende aussehen? Er konnte nicht all diese Fragen beantworten – zumindest nicht verständlich oder gerade heraus –, aber ich bin sicher, dass er sein Bestes getan hat.«

»Da bin ich mir auch sicher«, pflichtete Fraxinus ihm bei, »und er hatte Recht, wenn er darauf bestand, dass die Bewohner der Tiefe sehr verschieden voneinander und von den niedrigeren Arten sind. Aber sie unterscheiden sich ebenfalls stark von den Menschen, und ich glaube, dass ich sie auch jetzt noch nicht als Artgenossen ansehen kann – und schon gar nicht als schätzenswerte Artgenossen.«

»In dieser Hinsicht haben wir wohl keine andere Wahl«, sagte Jacom zu ihm. »Dein Fleisch ist jetzt das Fleisch des Bodens; sein Fleisch ist in dir. Es ist identisch mit dir.«

»Ich bin noch immer ich selbst«, beharrte Fraxinus. »Wenigstens soweit es das Bewusstsein meines Selbst angeht: Es hat sich nicht verändert. Mein Körper hat sich vielleicht angesteckt, aber ich kann immer noch frei wählen, was ich mit ihm anstellen will – und sobald ich aus diesem glasigen Gefängnis entlassen bin, werde ich immer noch entscheiden können, wohin er geht und warum.«

Jacom hatte keinen Grund, ihm zu widersprechen, aber ihm fiel auf, dass Fraxinus trotzig klang, als erwarte er, dass von irgendwoher Widerspruch komme.

»Bist du sicher, dass dein Wille noch dein eigener ist?«, fragte Jacom. »Vielleicht scheint er nur deiner zu sein und ist in Wirklichkeit ein Teil des höheren Willens deiner Adoptivmutter?«

»Ich glaube nicht, dass auch nur einer der Bewohner der Tiefe einen *höheren Willen* besitzt, mit dem er über den niedrigeren Willen seiner Werkzeuge herrscht«, entgegnete Fraxinus. »Wenn das, was du mir gesagt hast, stimmt, dann ist das nicht die Art, auf die sie funktionieren. Für Wesen wie uns – einschließlich Ssifuss – ist das Bewusstsein Eigentum des Ganzen; für die Bewohner ist das Bewusstsein aber anscheinend bestenfalls Eigentum gewisser Teile.«

»Ich bin mir nicht sicher, ob ich das verstehe«, sagte Jacom. »Ich glaube es zwar, aber ich begreife nicht ganz, wie das der Fall sein kann. Wenn ein Teil eines Organismus ein Bewusstsein hat, sollte man es doch als das Bewusstsein des Ganzen ansehen, oder etwa nicht? Warum kann es nicht zur Intelligenz des Ganzen werden und daher das Ganze dirigieren? Oder gibt es viele gegensätzliche Teile, von denen keiner den Rest unterdrücken kann?«

»Sieh es einmal so«, meinte Fraxinus, der langsam in Fahrt kam. »Kreaturen wie wir – damit schließe ich Schlangen und Salamander genauso ein wie Menschen – betrachten die Herrschaft des Bewusstseins als beinahe absolut, weil wir die Fähigkeit haben, die Bewegungen unseres Körpers zu lenken. Und trotzdem laufen in unserem Körper viele Vorgänge ab, die uns nicht bewusst sind und die wir nicht kontrollieren können – und wir dürfen nicht vergessen, dass unser Körper auch funktioniert, wenn wir im Schlaf sozusagen das Bewusstsein verlieren. Die Bewohner der Tiefe haben nicht die Fähigkeit, sich zu bewegen, und ihr Schlafäquivalent dauert sehr lange. Ein einzelnes, alles überspannendes Bewusstsein wäre für ein solches Wesen nicht so nützlich wie für uns.

Bewusstsein und Klugheit waren für die lebenden Böden niemals so nützlich wie für einige der Wesen, die sie hervorbringen – Schlangen und Salamander zum Beispiel –, und deshalb entwickelten die lebenden Böden kein eigenes Bewusstsein. Als die Schlangen und Salamander die Fähigkeit zur Empfindung entwickelten, taten sie das unter dem selektiven Druck der Zwischenphase ihrer Existenz – Aulakh Phar nannte das die pädogenetische Phase. Jene Evolution bot ihnen die Möglichkeit dauerhafter Unabhängigkeit von den lebenden Böden.

Die lebenden Böden nahmen weiterhin Individuen beider Rassen wieder in sich auf, aber ursprünglich müssen sie dazu geneigt haben, diese Intelligenz auszuradieren, um weitere Metamorphosen zu erschaffen. Einige – aber sicherlich nicht alle – hatten bestimmt schon Vorbereitungen für die Speicherung von Verstand getroffen, noch bevor die Urväter ankamen, aber die neue Zuführung der winzigen Maschinen, die du beschrieben hast, verlieh wahrscheinlich sowohl diesem als auch anderen Prozessen eine größere Vielseitigkeit. Trotzdem bleibt es eine Tatsache, dass die Bewohner der Tiefe selbst heute noch keinen eigenen Verstand besitzen. Sie beherbergen verschiedenartigen, individuellen Verstand, aber sie bündeln ihn nicht zu einem sklavischen Werkzeug des Ganzen, so wie es die Dragomitennester tun – oder zu tun versuchen.

Der Wettstreit zwischen den Bewohnern ist noch immer ein Wettstreit von Vielschichtigkeit und Wandelbarkeit, von Invasion und Absorption. Die verstandesbegabten Individuen, die mit ihnen verbunden sind, sind keineswegs nur Zuschauer, und einer von ihnen wird vielleicht einmal das alles überspannende Bewusstsein des Ganzen – oder dessen Erzeuger – sein, von dem er jetzt noch ein Teil ist, aber im Augenblick bleiben sie am Rande und sind ein Problem.«

Das war zu viel für Jacom, der sich den Schwierigkeiten einer solch gewundenen Argumentation nicht gewachsen fühlte. Ssifuss machte den Eindruck, als lausche sie angestrengt, doch Jacom konnte sich nicht vorstellen, dass die Schlange mehr verstand als er selbst. »Valeran zufolge«, warf er ein, »sind es weder unser Verstand noch unsere Erinnerungen, die für den lebenden Boden von Wert sind. Es sind die Nanomaschinen, die noch immer in uns sind... nicht diejenigen, die die Urväter uns gaben, damit sie uns gesund erhalten und von denen sich viele als untauglich erwiesen, sondern diejenigen, die von den Mutanten abstammen, welche der lebende Boden geboren hat. Er sagte, dass wir in gewisser Hinsicht eine Teststrecke für diese Maschinen sind, die nicht nur im Wettstreit mit unseren Beschützern überleben müssen, sondern selbst zu Beschützern werden sollen und damit nützliche Elemente zukünftiger Generationen von Chimären sind. Aus diesem Grund sagen uns die Überlieferungen, dass wir selbst Chimären sind – weil wir schon mit Legionen kleinerer Dinge vereinigt sind: Fleisch im Fleisch.«

Fraxinus nickte zustimmend und führte seine eigene Argumentation weiter aus: »Am Anfang muss es den Böden möglich gewesen sein, instinktive Befehle einzupflanzen, denen zufolge die Nachkommen ihrer eigenen Abkömmlinge während der Zeiten des Entstehens zu ihnen zurückkehren müssen – aber die Schlangen und Salamander lernten, wie man diese Kommandos modifizieren oder löschen konnte. Bei den menschlichen Produkten des Bodens waren sie wohl nicht sehr effektiv; das ist bestimmt der Grund dafür, dass die Bewohner der Tiefe jetzt sowohl Sammler als auch Zerstörer hervorbringen, welche die Abkömmlinge der Mikroorganismen zurückholen, indem sie deren Wirte abernten.«

»So wie du und ich abgeerntet worden sind«, sagte Jacom, weil er zeigen wollte, dass er *das* verstand.

»So wie wir alle«, stimmte Fraxinus ihm zu. »Die noch verbleibende Frage lautet: Was geschieht mit uns jetzt, da die Ernte eingebracht wurde? Was wird aus uns drei, falls wir nicht den geheimen Tiefen des Beckens des Lebens übergeben werden? Werden wir einfach freigelassen, damit wir die Saat – oder die Nanomaschinen –, die in uns eingepflanzt wurde, in die Länder des hohen Nordens tragen? Und wenn das der Plan ist, sollten wir uns ihm dann verweigern, damit wir unsere eigene Art nicht mit einer gefährlichen Infektion überziehen?«

Jacom hatte darauf keine Antwort. Niemand hatte eine. Valeran wusste nicht, was mit Geistern geschah, die in die Welt entlassen wurden, wenn sich die Zeiten des Entstehens dem Ende näherten.

»Wen Mensschen Krankheit ssind«, sagte Ssifuss, »dann verbreitet ssie ssich nicht sso sschnell.«

»Das stimmt«, sagte Fraxinus. »Wenn Individuen wie unseresgleichen früher schon einmal freigelassen wurden und die Bürde des Schlangenblutes in sich trugen, haben sie zumindest keine Seuchen entfesselt, die die Nordlande verwüstet oder den Boden belebt hätten, auf dem unsere Bauern ihr Getreide anbauen. Ich nahm an, dass sie keine Überlieferungen mitgebracht hätten, aber jetzt bin ich mir dessen nicht mehr so sicher. Die *Genesys-Apokryphen,* die uns dabei geholfen haben, herzukommen, könnten genau solche Überlieferungen sein.«

»Aber wenn die fremden Wesen, die uns adoptiert haben, wollen, dass wir Überlieferungen in unsere Heimat mitnehmen«, meinte Jacom, »warum machen sie dann nicht selbst diese Überlieferungen?«

»Das können sie nicht«, sagte Fraxinus. »Sie haben keinen eigenen Verstand, keine eigene Stimme – und keine eigenen Absichten. Wir sind bloß Zufälle im Spiel des Versuchens und Verwerfens, nur eine Art von Chimäre unter vielen.«

»Sswei Arten«, berichtigte Ssifuss ihn. Fraxinus ließ nicht erkennen, ob er ihr zustimmte.

»Wir sollten uns nicht zu früh freuen«, sagte Jacom. »Mein Adoptivboden hat mich freigelassen, aber eurer muss das noch tun. Er hat uns in die Spitze der Pyramide gebracht, damit wir durch diese bemerkenswerten Fenster schauen können, aber die Kammer hat keine Tür.«

Ssifuss sah sich um, weil sie sichergehen wollte, dass er Recht hatte.

»Das stimmt«, gestand Fraxinus mit sinkender Hoffnung ein. »Wir sind noch immer dem Wohlwollen des Unbekannten ausgeliefert und wissen nicht, was vor uns liegt, wenn und falls wir hier herauskommen.«

»Ich frage mich, warum sich das Fleisch der Pyramide die Mühe gemacht hat, uns so hoch zu heben, wenn sie wirklich beabsichtigt, uns freizulassen«, sagte Jacom.

Fraxinus runzelte die Stirn und ging nahe genug an die durchscheinende Wand heran, damit er nach ihr greifen und sie berühren konnte. »Du hast Recht«, murmelte er. »Die Fenster *sind* bemerkenswert. Selbst während ich geschlafen habe – oder in einen anderen Bewusstseinszustand hinübergeglitten bin, für den ich keinen Namen habe –, hatte ich ein Fenster, durch das ich hindurchsehen konnte. Es war nicht dazu da, Licht hereinzulassen, sondern um einen Ausblick zu gewähren. Falls diese hier dieselbe Funktion haben, was sollen wir dann hinter ihnen sehen?«

Noch als er sprach, wurde die Antwort deutlich.

»Ah«, sagte er in demselben murmelnden Tonfall. »Ich dachte, die Zeit des Entstehens sei zu Ende…«

Aber das ist sie nicht, beendete Jacom den Satz für ihn, auch wenn er sich nicht die Mühe machte, die Worte laut auszusprechen. *Hier zumindest muss noch eine letzte Phase vollendet werden.*

Ssifuss war praktischer veranlagt als ihre beiden Gefährten. Sie griff an ihnen vorbei und schmetterte die geballte Faust gegen die transparente Wand, die sofort in tausende winziger Splitter zerbarst. Jacom blieb geduckt, bis der Schauer vorbei war. Dann sah er wieder auf und schaute dem Garten von Idun bei einer weiteren Metamorphose zu.

16

Hyry Keshvara trat ohne Schwierigkeiten aus der Oberfläche des gemusterten Steins heraus. Die dünne und brüchige Schicht, die sie umschlossen hatte, war einfach zerbröckelt.

Sobald sie sich gesammelt hatte, blickte sie auf die Höhlung zurück, aus der sie soeben hervorgekommen war. Diese Kammer war schlecht erleuchtet, doch sie trug bereits nicht mehr Hyrys Umrisse. Sie vermutete, dass es in etwa einer Stunde nicht einmal mehr eine Narbe geben würde. Sie untersuchte die Zwillingsgestalten zu beiden Seiten des sich schließenden Spalts und fuhr mit den Fingern über ihre Umrisse. Keine von ihnen war Lucrezia; keine von ihnen war menschlich.

Hyry bemerkte, dass ihre Hand nicht mehr entstellt war; obwohl sie keinen Spiegel hatte, mit dessen Hilfe sie ihr Gesicht untersuchen konnte, vermutete sie, dass es gleichermaßen gereinigt war. Ihrem Tastsinn nach entsprach ihre Erscheinung einer Achtjährigen, aber soweit sie sich erinnern konnte, war sie auch in diesem Alter nicht schön gewesen.

Sie ging durch das Portal, in das die Panik sie hineingetrieben hatte. Im Innern der Pyramide befanden sich keine Schmetterlinge und kaum andere Kreaturen. Als sie fortgelaufen war, war der Raum voller Körper von Menschen und Schlangen gewesen, doch jetzt stand hier bloß ein einziges Individuum aufrecht und zwei lagen am Boden. Die Liegenden wurden von einer klumpigen Masse bedeckt, die sicherlich keine Decke war.

Sobald sie weiterging, drehte sich die Schlange nach ihr um.

»Kesshvara?«, fragte sie unsicher.

»Ich bin's«, bestätigte die Händlerin. »Lississee?«

»Ja. Isst Sschlange hier – dass da isst Menssch.« Lississee zeigte zuerst auf den Körper, über dem sie stand, und dann auf den anderen, der sechs oder sieben Met entfernt lag.

Hyry ging zu dem menschlichen Körper und kniete nieder, um das Gewebe und die Festigkeit seines Kokons zu testen. Einen Augenblick glaubte sie, es sei Lucrezia, doch sobald sie die Größe des Körpers abschätzen konnte, erkannte sie, dass er zu groß war. Die Membran war ledrig und schien nur eine Bedeckung zu sein; der Körper der Frau war nicht in die Oberfläche des gemusterten Steins eingelassen, so wie es bei Hyry der Fall gewesen war.

»Ich glaube, es ist Myrasols Cousine«, sagte sie. »Merel Zabio. Sie war bei Fraxinus.«

»Isst nicht Ssifuss«, sagte Lississee.

Hyry gesellte sich zu der Schlange und kniete für eine zweite Untersuchung nieder.

»Ohne eine deutlichere Sicht auf ihre Zeichnung kann ich mir nicht sicher sein«, sagte sie, »aber ich vermute, dass es Mossassor ist. Was wohl mit den anderen geschehen ist?«

Lississee zeigte auf die glimmende Oberfläche des lebenden Sees, der das Innere der Pyramide beinahe vollkommen ausfüllte. Hyry trat an seinen Rand und schaute in die trüben, seltsam leuchtenden Tiefen.

Dhallas mächtige Gestalt war unverkennbar. Sie schwebte mit dem Gesicht nach unten nur knapp einen Met unter der Oberfläche.

»Nun, wir haben es versucht«, murmelte Hyry. »Wenn das hier eine der Balladen wäre, die die stolzen Eltern von Xandria so gern ihren Kindern erzählen, hätte Dhalla mit etwas Unterstützung von Lucrezia und mir die Lage gerettet. Wir wären vor den Schmetterlingen geflohen und einem dunklen Herrscher gegenübergetreten, der die Verkörperung alles Bösen in der Welt war – und nachdem wir ihn am Ende einer langen und ruhmreichen Schlacht getötet hätten, hätten wir das Böse für immer aus der Welt vertrieben und so die Zukunft von Liebe und Lachen, von Schönheit und Tapferkeit gesichert. Doch so, wie es aussieht, ist diese ungeschlachte Riesin nur vom Regen in die Traufe geraten. Aber das hier ist doch das Nest des Phönix – vielleicht werden diese kalten Flammen das Salamanderfeuer neu entzünden, das angeblich in ihrem Herzen brennt.«

Während sie sich selbst mit dieser persönlichen Rhapsodie unterhielt und deren Erzählfluss benutzte, um die Fähigkeiten ihres wiedererwachten Verstandes zu testen, erforschten Hyrys Augen die Tiefen des Beckens; sie versuchte, den anderen, langsam herabsinkenden Schatten Namen zu geben.

Sie konnte Aulakh Phar und Checuti identifizieren, doch bei den anderen war sie sich nicht sicher. Einer konnte Ereleth sein; zwei andere waren auf alle Fälle männlich… was bedeutete, dass Lucrezia nicht hier war, es sei denn, sie war bereits außer Sichtweite gesunken. Auch schienen weder Fraxinus noch Ssifuss in dem Becken zu schwimmen. Die einzige sichtbare Schlange war so dünn wie Lississee, aber Hyry konnte nicht sagen, um welche von Lississees Gefährtinnen es sich handelte. Von dem zusammengesetzten Geist oder seinen einfacheren Artgenossen war nichts zu sehen – genauso wenig wie von den Sphingen.

Hyry drehte sich um und sah Lississee in die Augen. »Warum ich?«, fragte sie, womit sie meinte: *Warum bin ich die einzige Überlebende meiner Art?* Dies war eine Aussicht, die sie eher erschreckte als erfreute, auch wenn sie wusste, dass die Zeit kommen würde, in der sie es anders sah.

Lississee erwiderte ihren Blick und sagte: »Warum irgendjemand?«

Da in diesem Satz keine verräterischen Zischlaute steckten, hätte er von jedermann ausgesprochen werden können, sei es ein Mensch oder eine Schlange. Hyry war der Meinung, dass dieser Umstand irgendwie angemessen war.

Die am Boden liegende Schlange regte sich nun in ihrer Blase und Lississee kehrte sofort zu ihr zurück. Da Hyry daraus schloss, dass auch Merel noch am Leben sein musste, begab sie sich zu dem anderen hässlichen Haufen. Sie untersuchte die lederartige Membrane und hoffte, einen Riss zu entdecken. Ihre beharrlichen Finger kitzelten die Schläferin innerhalb einer Minute wach, und die sich freikämpfende Gestalt übte bald genügend Druck auf die sie umschließende Haut aus, dass sie auseinanderbrach. Danach war es ein Leichtes, den ganzen Körper herauszuschälen.

Wie Hyry trug auch Merel Kleider, die aufs Haar jenen glichen, die sie getragen hatte, als dieser seltsame Konflikt begann; nun aber waren sie sorgfältig aufgefrischt und erneuert.

»Keshvara?«, fragte Merel.

Hyry machte sich nicht die Mühe zu antworten. Sie wusste, was als Nächstes kommen würde. »Keine weiteren Menschen, soweit ich weiß«, sagte sie. »Nur du und ich, Lississee und… Mossassor.« Jetzt konnte sie erkennen, dass die zweite Schlange tatsächlich Mossassor war.

Beide Schlangen kamen auf die Händlerin zu, und

Mossassor begrüßte sie viel freudiger, als Merel es getan hatte. »Keshvara!«, sagte sie in einem Tonfall, den Hyry bereitwillig als Freude auslegte.

»Klar«, sagte sie. »Wir haben nach dem Garten gesucht, auch wenn wir nicht die ganze Zeit über zusammen waren, und wir haben ihn gefunden. Was jetzt?«

Mossassor hatte darauf keine Antwort parat; sie wandte sich an Lississee und redete mit ihr in ihrer eigenen Sprache. Vermutlich stellte sie dieselben Fragen, die noch vor wenigen Minuten Hyry beschäftigt hatten. Diese half Merel auf, dann ließ sie den Ellbogen der jüngeren Frau los, weil er rüde fortgezogen wurde.

Sobald sie sich befreit hatte, ging Merel zum Rand des leuchtenden Sees und begann zu zählen.

»Fraxinuss?«, wollte Mossassor wissen und sah Hyry fragend an.

»Nicht da. Verschwunden. Lucrezia auch. Ich vermute, es gibt noch Hoffnung für sie.«

»Und für Andris?«, fragte Merel.

»Nicht für Andris«, antwortete Hyry. »Er ist nicht tot, aber… nun, es gibt keine Hoffnung, wie du sie dir vorstellst.«

Merel öffnete den Mund, um eine weitere Frage zu stellen, doch Hyry schnitt ihr das Wort ab. »Wenn das hier eine Ballade wäre, wie stolze Eltern sie ihren Kindern innerhalb der sicheren Mauern von Xandria erzählen«, sagte sie roher, als sie eigentlich gewollt hatte, »dann würdest du zweifellos eine freudige Wiedervereinigung mit deinem geliebten Andris erleben, aber so stehen die Dinge nicht. Ob es überhaupt noch weitere Wiedervereinigungen geben wird, bleibt abzuwarten – und es bleibt auch abzuwarten, ob uns überhaupt die Flucht gelingt. Bevor wir irgendetwas anderes sagen oder tun, sollten wir meiner Ansicht nach herauszufinden versuchen, wie unsere Chancen stehen, von hier wegzukommen, oder nicht?«

Sie marschierte davon, ohne abzuwarten, was Merel darüber dachte, und empfand ein perverses Vergnügen daran, in den dunklen, zur Außenwelt führenden Korridor zu schauen und nicht den fragenden Blick der jungen Frau oder der soeben erwachten Schlange ertragen zu müssen. Sie fühlte sich noch nicht bereit, Erklärungsversuche zu machen oder auch nur einen Bericht über ihre eigenen Abenteuer zu geben. Soll Lississee es doch versuchen, wenn sie es für nötig hält, dachte Hyry.

Sie war ein wenig ermutigt – oder zumindest erleichtert –, als sie entdeckte, dass es am entgegengesetzten Ende des Tunnels noch Licht gab – sogar helles Tageslicht. Sie nahm nicht an, dass es noch derselbe Tag war, an dem sie der verwirrten Lucrezia bei ihrem sinnlosen Versuch geholfen hatte, Dhalla vor der Schmetterlingsplage zu retten, aber sie war froh, dass es wenigstens nicht Nacht war. Sie war zumindest so lange froh, bis sie in die blendende und leere Arena heraustrat, die sich vor der Pyramide erstreckte, und sah, was dort soeben begonnen hatte.

Die frisch gesäuberte Oberfläche des lebenden Steins, welcher der Wiege der Chimäre Ähnlichkeit mit einer geisterhaften Stadt verliehen hatte, brach auf – nicht nur an einer oder zwei Stellen, sondern überall. Wie die brüchige Umfassung, die zu Staub zerfallen war, als Hyry sich von der Wand der inneren Kammer der Pyramide freigekämpft hatte, so war auch die riesige weiße Schale durch den inneren Druck bereits pulverisiert worden. Aus jedem Ovoid und aus jedem verformten Kegel brachen die Kronen gewaltiger Bäume hervor, die in das strahlendste irdische Grün gekleidet waren, das sie je gesehen hatte.

Im Zuge ihrere Laufbahn als Händlerin hatte Hyry viel Zeit im Wald der Absoluten Nacht und in den angrenzenden Waldgebieten von Khalorn verbracht. Sie war auch zu mehr als hundert der Tausend Inseln gesegelt, von denen viele üppig bewaldet waren, doch solche Bäume wie hier hatte sie nie zuvor gesehen. Manche wirkten wie gigantische Farne, andere wie monströse Getreidestängel, unter die sich Kiefern und Eichen gemischt hatten. Die frisch ausgerollten Blätter waren noch feucht; viele, die eng zusammengefaltet gewesen waren, breiteten nun ihre wahren Formen aus, während andere langsam ihre Gesichter drehten und die helle Sonne begrüßten.

Sie wusste, dass es nichts anderes als normales Wachstum war, das sich im Griff einer ungewöhnlich starken generativen Energie befand, aber es schien so eifrig und alles verschlingend zu sein, dass es sie an rasende Flammen erinnerte. Es hatte den Anschein, als ob eine große grüne Feuersbrunst die unfruchtbare graue Oberfläche verzehrte, die der Garten jahrelang getragen haben musste.

Als sie und Lucrezia ihre zusammengewürfelte Truppe durch die monochrome Landschaft geführt hatten, war sie ihnen tot und verlassen erschienen und durch und durch unirdisch – aber dabei hatte es sich nur um eine Maske gehandelt, die genauso fremdartig gewesen war wie die Überzüge, die Merel und Mossassor geschützt hatten, während auch sie erneuert und aufgefrischt wurden. Die ›Schmetterlingssporen‹, die sich auf den ergrauenden Oberflächen niedergelassen und eine Orgie aus schlangenartigen Farben in sie eingeätzt hatten, hatten letztendlich nichts anderes erreicht als die Sporen, die sich einen Weg in ihre eigene Haut gewunden hatten. Ihr Zweck war dramatisch verändert worden; der lebende Boden hatte sie für seine eigenen, neuen Absichten umfunktioniert.

»Was ist los?«, fragte Merel atemlos. Vorhin hatte sie sich so schnell wie möglich aus dem Griff der Händlerin befreit, aber jetzt suchte sie ihre Nähe und den

Schutz menschlicher Gesellschaft, um dem Unbekannten begegnen zu können.

»Der unirdische Boden gebiert seine irdischen Nachkommen«, sagte Hyry zu ihr. »Aus diesem Grund ist der Garten schließlich erschaffen worden. Der lebende Boden, der früher einmal die Mutter der Schlangen war, adoptierte mit der Zeit irdische Lebensformen, um die Muster irdischen Lebens in sich zu integrieren. Und das hier ist das Mittel, mit dem die Urväter zurückgeschlagen haben: sie erschufen ihren eigenen mütterlichen Boden, damit er das unirdische Leben in die Schablone des irdischen presst.«

»Das hier sieht mir nicht gerade irdisch aus«, sagte Merel, womit sie meinte, dass es nicht wie die sanften, angepflanzten Wälder Xandrias aussah.

»Aber es ist irdisch«, versicherte Hyry ihr. »Irdisch plus... plus das, was immer man mit Gewinn vom Unirdischen borgen konnte. Es ist exotisch und chimärisch, aber seiner grundlegenden Organisation nach irdisch.«

Während sie redete, ging sie nach vorn auf den freien Platz, der noch immer die Pyramide umgab, und hielt bei der Krone eines der am nächsten stehenden Bäume inne. Im Umriss seines Stammes lag nichts auch nur entfernt Menschliches. Sie sah hoch zum dichten Laubwerk, das sich wie die Oberfläche eines Teichs kräuselte, als sich die Blätter unter einem wirbelnden Wind in alle Richtungen beugten.

»Aus diesem Grund gibt es Krieg«, sagte Hyry nachdenklich. »Ich hatte bereits daran gezweifelt, dass das alles einen Sinn ergibt, weil es den Anschein hatte, dass es lediglich Chimären gibt und jede Absorption nur eine Verschmelzung ist... dass am Ende das Irdische und das Unirdische so untrennbar miteinander verwoben sein würde, dass es keinen Sinn mehr hätte, es zu unterscheiden. Aber es geht nicht nur darum, diese beiden Lebensformen in einen einzigen Topf zu werfen und so lange umzurühren, bis sie homogen werden. Das letztendliche Ziel ist nicht Uniformität oder chaotisches Ducheinander, sondern eine neue Ordnung. Jeder dieser lebenden Böden – jeder Garten innerhalb des Riffs – neigt aufgrund von Versuch und Irrtum zu einem anderen Ausgleichssystem, zu einer anderen Art, das verschlungene Muster zu ordnen.«

»Aber es gibt nur einen einzigen Garten von Idun«, sagte Merel. »Und um ihn herum drängen sich Dutzende von Rivalen zusammen. Wie kann unser winziges Stückchen Boden hoffen, gegen die ganze Welt zu gewinnen?«

»Isst nicht sso ein Wettkampf«, warf Mossassor ein. »Isst nicht Mensschen gegen Sschlangen. Ssifuss hatte Unrecht, Mythen hatten Recht. Mensschen und Sschlangen *ssussammen.*«

Endlich verstand Hyry, was Mossassor ihr seit ihrem Zusammentreffen im Wald der Absoluten Nacht zu erklären versuchte. »Sie hat Recht«, sagte sie zu Merel. »Es geht nicht um den Kampf des Irdischen gegen das Unirdische oder um eine Schlacht um die Weltherrschaft. Innerhalb jedes Systems liegen einige Rassen im Kampf mit anderen – Rassen, deren Interessen diametral entgegengesetzt sind. Die Schlangen und Salamander waren bereits dabei, sich von ihrem entwicklungsbedingten Erbe zu befreien, bevor die Menschen hier ankamen. Das ist der Grund, warum sie in den Tagen der Urväter ein Bündnis mit uns eingingen. Sie konnten genauso viel wie wir durch die Bezwingung des lebenden Bodens und durch die Kontrolle seiner Fruchtbarkeit und Schöpferkraft gewinnen.

Lange vor dem Schiff, das die Dunkelheit zwischen den Sternen durchsegelte, müssen unsere entferntesten Vorfahren in der Welt, die unsere Rasse hervorgebracht hat, einen ähnlichen Kampf ausgefochten haben, um sich von der Bürde ihres eigenen evolutiven Erbes zu befreien und anstelle der blinden Natur Verstand und Gesellschaftsstrukturen zu entwickeln… und sie haben gewonnen, weil Verstand sowohl ihr Werkzeug als auch ihr Ziel war.

In den Vorgängen hier steckt ebenfalls Verstand, und zwar sowohl der Verstand von Schlangen und Salamandern als auch der von Menschen. Aus diesem Grund ist es egal, wer in der Minderheit ist. Aus diesem Grund haben sich einige der Bewohner der Tiefe gewandelt und ahmen nun den entwicklungsreichen Schub der Wiege der Chimäre nach, anstatt an ihrer Vernichtung zu arbeiten. Aus diesem Grund stehen die Manticoren auf unserer Seite. Aus diesem Grund schließlich wird die Ordnung, die aus all dem Chaos hervorgehen wird – eine Ordnung, die weder irdisch noch unirdisch sein wird –, nicht das Schlechteste, sondern das Beste von allem enthalten. Oh, Aulakh, du solltest hier sein, damit du das sehen kannst. Du warst derjenige, der uns die Mittel an die Hand gegeben hat, um all das zu verstehen; nicht ich, sondern du solltest es sein, der hier steht und Zeuge all dessen ist. Warum bin ich es?«

Was sie meinte, aber nicht zu sagen wagte, war: *Und warum dieses einfältige Mädchen, das vermutlich als Einzige von uns nicht in der Lage ist, es zu verstehen?*

»Gekämpft«, sagte Lississee.

Hyry sah die Schlange scharf an. Weil sie nicht die leiseste Ahnung hatte, wovon Lississee sprach, unterbrach dieser Einwurf den ungestümen Rausch ihrer intellektuellen Arroganz.

»Warum irgendjemand?«, erinnerte Lississee sie. »Isst Antwort. Einige gekämpft. Sschwer gekämpft. Andere konnten ess nicht. Ssu sschwach oder sschlafen noch. Ssie gingen ssum Becken. Lucressia, Ssifuss kämpften am härtessten. Müsssen gerettet ssein.« Nachdem sie ihre Rede beendet hatte, warf sie einen Blick zurück auf die Pyramide, als erwarte sie zu sehen, wie Lucrezia und Ssifuss aus dem im Schatten liegenden Portal schritten und somit ihre Argumentation untermauerten.

Und auch Fraxinus, dachte Hyry. *Er hat so hart wie jeder andere gekämpft. Er hätte niemals aufgegeben. Wenn es das ist, was unser Schicksal besiegelt hat, dann muss Fraxinus schon vor Stunden aus seinem steinernen Gefängnis ausgebrochen sein. Armer Aulakh! Zu alt, zu schwach... er war der Visionär in diesem verrückten Abenteuer, aber er konnte die Augen nicht mehr öffnen, um das Ende seiner Vision zu sehen.*

»Kannst du Stimmen hören?«, fragte Merel.

Hyry lauschte angespannt, aber das Geräusch so vieler raschelnder Blätter war wie das Grollen der stürmischen See, wenn sich ihre Wellen am Strand brechen; es hätte hundert Stimmen in einer Entfernung von hundert Met übertönt.

»Es ist nur der Wind«, sagte sie.

»Das glaube ich nicht«, beharrte Merel.

Hyry konzentrierte sich noch einmal und ihre Phantasie beschwor sogleich Stimmen aus der allgemeinen Verwirrung herauf. Sie glaubte, die Stimme von Aulakh Phar zu erkennen, die ihren Namen rief, und sie ahnte, was Merel hörte.

»Andris ist nicht hier«, sagte sie sanft. »Andris ist Teil eines anderen Waldes. Wenn wir Lucrezia und Ssifuss finden können, werden wir dich dorthin bringen – aber du musst dich vorbereiten. Wenn das hier eine Ballade wäre... aber es ist keine.«

Vielleicht hörte Merel zu, doch sie blickte auf etwas hinter Hyry: auf etwas, das durch den Wald auf sie zukam. Mossassor und Lississee schauten in dieselbe Richtung. Hyry drehte sich um, weil sie sehen wollte, auf was die anderen starrten. Sie war nicht übermäßig erstaunt, als sie den riesigen Kopf und den lohfarbenen

Körper einer Sphinx erblickte. Diese hielt mit ihren großen, feuchten Augen Hyrys neugierigem Blick stand.

»Ihr solltet hier nicht warten, es sei denn, ihr wollt bleiben«, sagte die Sphinx. »Der Wald ist nicht sicher und der Boden dahinter noch weniger. Wenn ihr vorhabt zu gehen, dann solltet ihr bald gehen.«

»Erwartet man denn von uns, dass wir gehen?«, fragte Hyry. »Willst *du* das?«

»Es steht euch frei, zu gehen oder zu bleiben«, erwiderte die Sphinx gleichgültig, »aber der Weg wird nicht einfacher werden.«

»Wo sind unsere Freunde?«, fragte Merel. »Sind wir die Einzigen oder gibt es noch andere?«

Es war zwecklos; die Sphinx hatte das gesagt, weswegen sie hergekommen war, und sie wandte sich bereits wieder ab.

»Warte!«, befahl Hyry ihr – und doch war sie überrascht, als sie sah, dass ihr Befehl Wirkung zeigte. Die Sphinx hielt an und schaute zurück.

»Als wir herkamen«, sagte Hyry, »hast du oder einer von deiner Rasse uns gesagt, dass der Krieg näher vor der Niederlage als vor dem Sieg stehe. Was hat das bedeutet?«

»Es bedeutet, dass wir euch nicht beschützen können, wenn ihr bleibt«, antwortete die Sphinx gelassen. »Es gibt zu viele Eindringlinge, zu viele Mörder. Der Boden hat alles aufgenommen, was er bei sich halten kann; jetzt muss er schlafen. Wenn ihr bleibt, müsst ihr gemeinsam mit ihm schlafen. Wenn ihr gehen wollt, geht bald. Es gibt Pferde im Wald; ich werde sie für euch zusammentreiben. Die Molche haben Sättel und andere Dinge in die Pyramide gebracht. Ihr müsst danach suchen und euch nehmen, was ihr brauchen könnt.«

»Wo sind unsere Freunde?«, fragte Merel erneut. »Sind noch andere freigelassen worden?«

»Sucht«, riet die Sphinx ihnen, bevor sie wieder im Wald verschwand. Diesmal machte Hyry keine Anstalten, sie zurückzurufen.

»Auf der Straße hierher war es dasselbe«, murmelte Merel. »Diejenige, die uns begrüßte, hielt ihre täuschende Rede und sagte dann nichts mehr. Wenn das hier menschlicher Boden ist, warum sind dann hier keine anderen Leute? Warum sagt uns keiner von Angesicht zu Angesicht, was wir wissen müssen?«

»Bewohner der Tiefe haben keine Sstimmen«, sagte Mossassor. »Ihre Sseit isst nicht unssere Sseit und ihr Plan nicht unsserer. Wird durchgeführt, egal wass wir tun.«

»Was sollen wir denn tun?«, fragte Hyry noch einmal. »Wir kamen, sahen und haben unseren Zweck erfüllt. Was wir wissen, haben wir selbst herausgefunden – es liegt an uns, welchen Schritt wir als Nächstes machen.«

»Müsssen ssuchen«, sagte Mossassor.

»Wir haben den Garten doch schon gefunden«, erwiderte Hyry.

»In *Pyramide* ssuchen«, sagte Mossassor, als ob das offensichtlich sei. »Wenn andere da, müsssen ssie finden. Wenn nicht...« Die Schlange schaute auf ihren Handrücken und drehte dann langsam den Unterarm, um ihn zu untersuchen. Hyry zog daraus schnell ihre Schlüsse. Sie besaßen bereits das, was der lebende Boden ihnen gnädig gewährt hatte, auch wenn sie nicht wussten, was dieses Geschenk wirklich wert war. Sie waren erneuert worden und bereit, die Reise des Lebens wieder aufzunehmen, wobei sie diejenigen Dinge verwenden konnten, welche die hilfreichen Molche in die Pyramide getragen hatten. Was sie dafür als Gegenleistung erbringen mussten, konnten sie nur erahnen – abgesehen davon, dass sie schon Aulakh Phar und Ereleth verloren hatten und Dhalla und Checuti und Jume Metra und...

»Du hast Recht«, sagte Hyry. »Wir müssen suchen, wie es uns die Sphinx geraten hat. Da uns die Mauern gerade erst freigelassen haben, vermute ich nicht, dass sie uns schon so bald wieder einfangen werden.«

»Ist das das Ende?«, fragte Merel und gab mit einer winkenden Handbewegung zu erkennen, dass sie damit den Wald meinte. »Ist die Zeit des Entstehens jetzt vorüber?«

»Ich weiß nichts über die Zeit des Entstehens«, antwortete Hyry, »aber es ist sicherlich nicht das absolute Ende. Das liegt noch tausende von Jahren in der Zukunft – und selbst dann wird es kein richtiges Ende sein; es wird …«

»… ein neuer Anfang sein«, sagte Merel müde. »Das weiß ich. Du glaubst vielleicht, dass ich dumm bin, aber das bin ich nicht. Fraxinus hat mit mir geredet. Phar auch. Du solltest nicht so überheblich sein. Schließlich müssen wir das hier alle zusammen durchstehen, nicht wahr?«

Hyry erinnerte sich daran, wie Merel halbtot auf der Ladefläche des wackligen Heukarrens gelegen hatte, der sie beide nach Antiar gebracht hatte. Damals war der Ausdruck vollkommener Unschuld auf ihrem Gesicht das vollkommene Negativ von Aulakh Phars verhutzeltem Gesicht gewesen. Wie viel Wasser war seitdem unter Shabirs gesprengten Brücken hindurchgeflossen?

»Tut mir Leid«, sagte sie. »Du hast Recht. Wir halten zusammen – gleiche Anteile von jeglichem Gewinn und Verlust. Wir sollten endlich herausfinden, wie hoch unser Verlust eigentlich ist.«

17

Lucrezia verstand nicht, warum ihr jemand ins Gesicht schlug. Sie war schließlich kein Kind mehr und auf keinen Fall hatte sie etwas falsch gemacht. Sie versuchte, der beleidigenden Hand zu entkommen, aber das war nicht möglich; hinter ihr war eine feste Wand, und es gab keinen Ort, wo sie hingehen konnte. Sie schien in einer Art von Alkoven gefangen zu sein, in dem sie sich nicht einmal zur Seite zu drehen vermochte.

Sie hob die Arme und spürte dabei, wie brüchige Scherben von ihnen abfielen.

»Lucrezia! Hoheit!« Der Klang dieser Worte brachte sie dazu, die Augen zu öffnen. Sie erkannte die Stimme, aber es dauerte einige Zeit, bis sie das Gesicht klar sehen konnte.

»Es ist alles in Ordnung«, murmelte sie belegt. »Ich kann dich hören. Du brauchst mich jetzt nicht mehr zu schlagen.«

Ihre Angreiferin – Hyry Keshvara – senkte gehorsam die Hand und trat einen Schritt zurück. Lucrezia schaute sich um und erkannte die beiden Gefährtinnen der älteren Frau ohne Schwierigkeiten. Sie war nicht überrascht, Lississee zu sehen, doch Merel Zabios Gegenwart hatte sie kaum erwartet.

»Wo sind wir?«, fragte sie, während sie ihren Blick auf die Umrisse des sie umgebenden düsteren Raumes richtete.

»In einer der inneren Kammern der Pyramide«, sagte Hyry zu ihr.

Lucrezia erinnerte sich. »Wir sind vor den Schmetterlingen davongelaufen und von den Wänden eingefangen worden.«

»Das stimmt. Aber die Gefangenschaft scheint uns

keinen Schaden zugefügt zu haben – im Gegenteil.« Zur Unterstützung ihrer Aussage fuhr sich Hyry über das Gesicht.

Lucrezia bemerkte die verwunderliche Jugendlichkeit im Aussehen der Händlerin, aber ihr eigenes Gesicht berührte sie nicht. Sie war noch immer in Erinnerungen versunken.

»Ich bin vor einer Weile aufgewacht«, fuhr Hyry fort. »Mossassor ist ebenfalls hier und sucht nach den anderen. Fraxinus und Ssifuss scheinen sich nicht in dem lebenden See zu befinden – wir haben noch die Hoffnung, sie in einem der gemusterten Steine eingebettet zu finden, so wie es bei uns der Fall war. Wir sind draußen gewesen – der gesamte Ort hat eine tief greifende Metamorphose durchgemacht. Eine Sphinx sagte uns, dass wir rasch fortgehen sollten; sie treibt augenblicklich Pferde für uns zusammen. Ich habe vier Sättel und ein halbes Dutzend Wasserhäute gefunden, aber sonst kaum etwas. Wie es scheint, müssen wir mit leichtem Gepäck reisen.«

»Ich habe meine Hausmutter gesehen«, sagte Lucrezia. »Ich habe mit ihr gesprochen.«

Hyry trat verunsichert einen Schritt zurück.

»Das ist unmöglich«, sagte Merel. »Sie ist im Becken. Genau wie Checuti.«

»Und Shabir«, sagte Lucrezia. »Jume Metra und Sergeant Purkin ebenfalls. Ich habe sie alle gesehen. Sie haben alle mit mir gesprochen.«

»Es war ein Traum, Hoheit«, erwiderte Hyry vorsichtig. »Ihr wart die ganze Zeit hier. Ich selbst bin in einer Art Blase im Boden aufgewacht, aber Ihr habt Euch überhaupt nicht bewegt.«

»Ich wurde aber bewegt«, versicherte Lucrezia ihr. »Die Wände sind flüssiger, als du glaubst. Ich war in den Tiefen der Pyramide. Ich habe mit jemandem oder etwas gesprochen, das schon immer dort unten war.

Es hat uns Stimmen gegeben, sodass wir einander verstehen konnten. Ich habe wirklich mit meiner Hausmutter gesprochen. Sie lebt. Sie alle leben.«

»Wenn man hier stirbt, ist es nicht so, als wenn man irgendwo anders stirbt«, sagte Hyry platt. »Hier wird alles, was gewöhnlich verloren geht, gespeichert. Selbst die Toten können träumen – aber sie sind alle wie Andris. Ereleth ist jetzt ein Teil von etwas anderem – wie alle.«

»Das weiß ich«, sagte Lucrezia. »Genau wie wir. Jetzt haben wir alle das Blut der Schlange – oder etwas Ähnliches.«

»Das Blut der Schlange kommt ihm nahe genug«, stimmte Hyry zu. »Aber es ist nicht nur das *Blut* der Schlange; genauso wenig ist es nur das Feuer des Salamanders, das den Wald draußen so hektisch geboren hat. Das hier ist unser Boden – er ist anscheinend darauf ausgelegt, vielseitiger als die anderen zu sein.«

»Alle auf dersselben Sseite«, warf Lississee ein, womit sie eine von Mossassors Lieblingsversicherungen wiederholte.

Lucrezia erlaubte es Hyry nun, sie von der Wand wegzuziehen, und sie sah zurück auf den steinernen Schoß, aus dem sie wiedergeboren worden war. Jetzt war er untätig und wirkte wie die aufgebrochene Schale eines geschlüpften Vogels. Es gab noch andere Gestalten zu beiden Seiten ihrer vorherigen Position, doch sie waren tiefer in den Stein eingelassen und ihre Umrisse waren nur erahnbar. Einer davon war der einer schlanken Schlange, ein anderer gehörte zu einer Manticore.

»Vekoren oder Kasabil?«, fragte sie und zeigte auf die Manticore.

»Keine Ahnung«, erwiderte Lississee. »Ssind noch andere in anderen Kammern. Mehr alss sswei. Auch die Wessen, die ssich sselbsst Geisster nennen. Viele von ihnen. Keine…« Sie zögerte und suchte nach dem richtigen Wort.

»Keine im Prozess des Wiederauftauchens«, half Hyry ihr. »Bisher gibt es nur dich. Wenn möglich, wird Mossassor Ssifuss finden. Zwischen ihnen existiert immer noch eine gewisse Schuld.«

»Ich erinnere mich«, versicherte Lucrezia ihr. Sie zögerte einen Augenblick, weil sie nicht wusste, was sie als Nächstes sagen sollte, doch dann schob sie die Geschichte ihres Abstiegs in die Tiefen, in denen der Bewohner lebte, beiseite; es war noch genug Zeit, sie irgendwann zu erzählen. Stattdessen fragte sie: »Was hat die Sphinx zu dir gesagt?«

»Sie sagte uns, dass wir am besten schnell fortgehen sollten, falls wir überhaupt fortgehen wollen. Die neue Version des Gartens von Idun sieht irdisch aus – sie ist wirklich wunderschön –, aber die Sphinx sagte, dass er noch gefährlich ist. Ich vermute, dass sich der lebende Boden genommen hat, was er brauchte, und jetzt keine weitere Verwendung mehr für uns hat – aber wir haben keinen Grund, an dem Rat der Sphinx zu zweifeln. Es sieht so aus, als würden wir von hier mit nur wenig mehr als dem weggehen, was wir auf der Haut tragen. Wir müssen uns unbedingt nach Nahrung umsehen.«

Die letzten Sätze sagte Hyry, als sie sich bereits auf dem Weg befand; Lucrezia führte sie aus der Pyramide heraus. Sie zögerte nur einen winzigen Augenblick, bevor sie dem gleißenden See den Rücken zukehrte und auf das Außenportal zulief. Sobald sie sich im Freien befand, hielt sie an und betrachtete das neue Antlitz der Mitte der Welt. Der Himmel war bewölkt, dennoch war der Wald wunderbar. Der Wind blies frisch und bewegte die Baumkronen mit einer Kraft, die erfrischend wirkte; es war, als breiteten die Bäume ihre Glieder aus und seien froh, nach langer Gefangenschaft in die Welt hinausgelassen worden zu sein.

»Aus gewöhnlichem Samen hätten die Bäume nicht so rasch wachsen können«, sagte Hyry. »Sie müssen bereits vorgeformt gewesen sein, so wie jeder andere Ausfluss des lebenden Bodens. Jetzt entfalten sie sich – sie strecken sich wie ein echter Schmetterling, der sich aus seinem Kokon befreit und die Flügel ausbreitet. Man kann schon sehen, wie sich Blumen formen – und es gibt Insekten und Vögel zwischen den Zweigen. Es ist nicht wie in dem Garten, in dem sich Andris befindet. Was auch immer diese Bäume hier sein mögen: Sie sind nicht halb menschlich.«

»Ich muss Andris sehen«, warf Merel ein. »Keshvara sagt, Ihr hättet versprochen, zu ihm zurückzukehren. Ich gehe mit Euch.«

Lucrezia nickte und gab damit ihr Einverständnis, während sie weiterhin den Blick auf den Garten richtete. Die Luft war feucht, und die Gerüche, die der Wald hervorbrachte, waren seltsam vertraut. Die einzigen irdischen Waldgebiete, die sie jemals durchquert hatte, waren diejenigen nördlich des Waldes der Absoluten Nacht, aber die scheinbare Vertrautheit der würzigen Luft rührte nicht nur aus der Erinnerung her. Hier gab es etwas grundlegender Irdisches, obwohl der Wald ein Produkt des unirdischen Bodens war. Sie verstand jetzt, warum Hyry sich selbst unterbrochen und gesagt hatte, der Garten sei wunderschön; etwas an der Kombination der vielen Grünschattierungen erfreute ihre Augen zutiefst. In ihrer Reaktion lag ein merkwürdiges Wiedererkennen, dessen Ursprünge weiter zurücklagen als in ihrem Leben in Xandria.

»Wir haben Früchte aus dem anderen Garten mitgebracht«, murmelte sie. »Auf die eine oder andere Weise müssen die Früchte aller anderen Gärten ihren Weg hierher finden – aber dies ist kein zufälliges Flickwerk. Es ist etwas Ganzes, das kompliziert ineinander verflochten ist.«

»Die Pyramide besitzt die Früchte, die wir mitgebracht haben«, sagte Hyry. »Die Pyramide hat *alles* genommen, was wir mitgebracht haben – nicht nur aus unserem Gepäck, sondern auch aus unserer Haut und unserem Blut. Sie hat den Vorteil, im Mittelpunkt des großen Kreises zu sein; jeder, der hierher kommt, bringt vielfältige Fracht mit. Wir haben Geschenke anderer Bewohner mitgebracht – mehr Infektionen und Gifte, als wir wissen. Jetzt werden sie alle in der Wiege der Chimäre genährt – aber Ihr habt Recht; es ist keine verwegene Mixtur. Es gibt eine gewisse Ordnung darin, die absichtlich aus dem Chaos herausgefiltert wird.«

»Gleichgewicht im Aufruhr«, zitierte Lucrezia.

»Der Schoß der Welt«, sagte Merel. »So nannte die Sphinx diesen Ort, als wir den Handschuh der Freude betraten. Ich vermute, dass es das hier ist, was er geboren hat.«

»Er hat zu viele Namen«, meinte Lucrezia. »Ich verstehe jetzt den Grund dafür, aber es ist ein bisschen verwirrend.«

»Mehr als nur ein bisschen«, sagte Hyry. Wahrscheinlich hätte sie erklärt, was sie damit meinte, wenn sie sich nicht abrupt umgedreht und auf eine Gruppe von Gestalten gestarrt hätte, die sich um eine der Ecken der Pyramide herumbewegten. Sie wurden angeführt von Carus Fraxinus.

Lucrezia hatte Carus Fraxinus nie innerhalb der Mauern von Xandria gesehen. Er hatte wie jedes andere Expeditionsmitglied unter einer langen und langsamen Verschlechterung seines Zustandes gelitten, während er durch den Wald der Absoluten Nacht gereist war, und hatte die Entbehrungen der Dragomitenberge überlebt. Sie hatte keine Erinnerung an ihn als zivilisierten und wohlhabenden Mann; als sie ihm zum ersten Mal begegnet war, war sein Haar von einem Gelegenheitsbarbier grob geschnitten gewesen, und sein Bart hatte die Form verloren, die nur mit Hilfe eines andauernd nachgefrischten Rasiermessers beibehalten werden konnte. Diese Faktoren hatten sich zu den Auswirkungen von Anstrengung und Erschöpfung addiert und ihr das Bild eines Mannes eingegeben, der andauernd unter Druck stand; der zwar wilden Widerstand leistete, aber hart geprüft wurde.

So sah er jetzt nicht mehr aus. Sein Haarschnitt war immer noch etwas unprofessionell, doch sein Bart war nun sorgfältig gestutzt, und seine Haut war so rein und makellos, dass sie noch stärker verjüngt zu sein schien als die von Hyry. Er wirkte entspannt; wenn er bessere Kleidung getragen hätte, hätte man ihn für einen Höfling ansehen können. Doch obwohl seine Kleidung streng funktionell war, war sie gut geschnitten und kaum abgetragen oder zerschlissen.

Seine Gefährten waren ein Mensch, eine Schlange und eine Manticore.

»Hoheit«, sagte Fraxinus und verneigte sich leicht unter ihrem erstaunten Blick. Hyry und Merel lächelte er noch freudiger an, aber Lucrezia wusste, dass er sie damit nicht kränken wollte; Keshvara war schon seit vielen Jahren seine Partnerin und Merel war seit dem Feuer des Salamanders in seiner Gefolgschaft gewesen. Die Schlange, bei der es sich um Ssifuss handelte, begrüßte sie sogar noch flüchtiger, und angesichts ihrer kürzlich gemeinsam überstandenen Abenteuer hätte sie daran durchaus Anstoß nehmen können, doch die Schlange wollte sie nicht beleidigen. Sie hatte sich rasch abgewandt, sobald sie sah, dass Mossassor aus dem Portal in der Pyramide heraustrat; auch das war verständlich.

Lucrezia war nicht sonderlich erstaunt, Fraxinus oder Ssifuss zu sehen. Sie hatte ja bereits Grund zu der Hoffnung gehabt, dass der Bewohner der Tiefe sie freigelassen hatte. Die Gegenwart des dritten Mitglieds der Gruppe aber war da schon eine andere Sache – und niemanden hätte die Prinzessin lieber begrüßt als diesen Mann.

»Jacom Cerri«, sagte sie in offenem Unglauben.

Er stellte sich vor sie und war so bezaubernd linkisch wie immer. Die Manticore war bei ihm.

»Hoheit«, sagte er. »Ich muss Euch eine Geschichte erzählen, die Euch sehr interessieren wird, und ich bringe Euch einen Freund, über den Ihr Euch freuen werdet. Das hier ist Kasdeja, der mich vor dem fast sicheren Tod errettete und mich unbeschadet durch das Nest des Phönix geführt hat.«

Lucrezia war froh, dass sie der Manticore lässig in die Augen sehen und sagen konnte: »Ich habe Brüder von dir getroffen, die Vekoren und Kasabil heißen. Weißt du, was aus ihnen geworden ist? Sind sie in Sicherheit?«

»Sie bringen eine Nachricht zu unserem Mutterboden«, berichtete ihr die Manticore. »Als wir uns begegneten, ging es ihnen gut.«

Jacom schaute sie eingehend an. Er hatte sie mehrere Male im Dachgarten auf dem Inneren Sanctum gesehen, aber immer nur aus der Entfernung. Als sie sich in den Dragomitenbergen wiederbegegnet waren, war sie ziemlich zerzaust gewesen. Jetzt sah er sie zum ersten Mal in ihrer besten Verfassung aus der Nähe.

»Ich habe auch eine Geschichte, die ich dir im Gegenzug für deine erzählen kann«, sagte sie zu ihm, »und ein wesentliches Stückchen des Puzzles, das uns zu verstehen hilft, was hier geschieht und was mit *uns* geschieht.«

»Das haben wir alle«, sagte Merel Zabio. »Sogar ich.«

»Wie hast du es geschafft herzukommen?«, fragte Hyry Jacom mit ihrem üblichen Mangel an Förmlichkeit, als sie sich kurz von Fraxinus abwandte.

»Ich bin auf einer Manticore geritten«, sagte Jacom zu ihr, wobei er seinen Blick auf Lucrezia gerichtet hielt und sich auf seinem Gesicht ein selbstzufriedenes Grinsen breitmachte. »Und ich kann zum allgemeinen Verständnis genauso viel beitragen wie du, auch wenn dir das unwahrscheinlich vorkommen sollte.«

»Wir alle sind die Erben Aulakh Phars«, sagte Keshvara. »Wir alle sehen die Welt jetzt mit seinen Augen. Ich glaubte, seine Phantomstimme zu hören, als ich in den Wald hineinging. Es war eine Illusion, aber das, was er mich lehrte, hat es mir ermöglicht, den Wald so zu sehen, wie er ist. Er hat dich doch auch unterrichtet, während wir zusammen mit Amyas' zusammengewürfelter Streitmacht nach Süden zogen, nicht wahr?«

Lucrezia war von der Zärtlichkeit in der Stimme der älteren Frau überrascht; es war das erste Mal, dass sie in dieser Weise von Aulakh Phar sprach, aber die Tatsache, dass sein Verlust sie am tiefsten traf, war nicht seltsamer als der Umstand, dass Lucrezia den Verlust ihrer Hausmutter mehr bedauerte als den Dhallas. Sie erkannte jedoch, dass Phar nur der vorübergehende Brennpunkt für Hyrys umfassenderen Kummer war, der sie ergriffen hatte, sobald ihr klar geworden war, dass die hier versammelten Leute die Einzigen waren, die diesen Boden wieder verlassen konnten. Die Verbindung von Freude und Trauer in der Stimme der Händlerin war seltsam, aber weit davon entfernt, unerklärlich zu sein. Als Lucrezia das begriff, schaute auch sie sich um und betrachtete die versammelte Gruppe so, als nehme sie all jene, die *nicht* hier versammelt waren, genauso wie die Anwesenden wahr.

»Niemand sonst?«, fragte Fraxinus Mossassor besorgt.

»Niemand«, antwortete Lucrezia, während die Schlange noch nach den richtigen Worten suchte, um zu erklären, dass sie die Pyramide so gründlich wie möglich durchsucht und nichts als ein paar abgelegte Gegenstände gefunden hatte. »Die anderen sind alle im Becken und keiner von ihnen wird so freigelassen werden wie wir – aber sie sind nicht ganz tot. Das Becken besitzt jetzt ihren Verstand und ihre Erinnerungen sowie ihr Fleisch.«

»Aber sie *sind* tot«, widersprach Hyry. »*Jetzt* sind sie tot, umgebracht von dem lebenden Boden, egal ob sie ein neues Leben als Geister erhalten und dabei ihre eigene Gestalt oder die einer gleichgültigen Sphinx oder eines schrecklichen Molches annehmen.«

Darauf folgte ein unangenehmes Schweigen.

»Die Überlieferungen haben gelogen«, fügte Hyry in sanfterem Ton hinzu. »Das sollten wir nicht vergessen. Ihre Lügen waren stark verbrämt, doch in Wirklichkeit haben sie die Spur für uns nur ausgelegt, um uns in den Tod und die Vernichtung zu locken.«

Es war Mossassor, die ihr widersprach. »Mythen keine Lügen«, entgegnete die Schlange. »Falssch erinnert, aber keine Lügen. Sso einfach isst ess nicht.«

»Lügen«, sagte Hyry nur.

»Ereleth erzählte mir, dass sie sich von ihren geheimen Geboten verraten fühlte«, warf Merel ein. »Aber ich habe beobachtet, was mit Checuti und Sergeant Purkin passiert ist. Das Zeugs, das ihnen über ihre Verletzungen wuchs, war wie lebendige Wundsalbe. Ohne das hätten sie es niemals bis hierher geschafft – und wenn wir nicht von der Pyramide geheilt worden wären, wären wir alle gestorben. Wenn das hier ein mörderischer Ort ist, dann ist es auch ein gnadenvoller, wenigstens für einige.«

Gleichgewicht im Aufruhr, dachte Lucrezia. *Der Kampf zwischen Leben und Tod ist hier schrecklich verworren, aber noch nicht in Chaos übergegangen. Zerfall und Verwesung mögen vielleicht jedes Mal außer Kontrolle geraten, wenn der Boden im Feuer des Salamanders brennt, aber sie wer-*

den immer wieder eingedämmt. »Wo warst du?«, fragte sie Fraxinus. »Mossassor konnte dich nicht finden.«

»Ich war an einem Ort, von dem aus ich alles beobachten konnte«, antwortete er nüchtern. »Ich bin zur Spitze der Pyramide gebracht worden – ich weiß nicht warum. Ich vermute, dass es bloß ein Lotteriespiel war. Einige wurden nach unten gebracht, andere nach oben.«

»Gekämpft«, warf Lississee ein. »Du. Ssifuss. Am härtessten von allen.«

»Vielleicht war es das«, pflichtete Fraxinus ihr vorsichtig bei. »Vermutlich ist das Bedeutendste daran, dass der Prozess vor einem Publikum stattfand, das so platziert wurde, dass es die beste Aussicht auf ihn hatte. Der lebende Boden hat vielleicht keine Stimme, aber er ist in der Lage, auf seine eigene Weise zu kommunizieren. Der Handschuh der Freude ist nicht nur eine Falle, die mit Lügenködern ausgelegt ist. Der Boden treibt ein faires Spiel mit denen, die ihm bringen, was er braucht; er stellt nicht nur Forderungen, sondern verteilt auch Belohnungen.«

»Es geht nicht um ein *faires Spiel*«, sagte Hyry ätzend. »Wenn der Boden – oder der Plan, nach dem er geschaffen wurde – es nicht nötig hätte, dass ein paar von uns zurück in die Welt hinter dem Riff gehen, wären wir alle in diesem Becken ertrunken. Wir sind nicht zu unserem eigenen Vorteil verschont worden. Es handelt sich nicht um eine *Belohnung*.«

Lucrezia wusste, dass das stimmte, und sie las in Fraxinus' Gesichtsausdruck, dass auch er es wusste. Der erneuerte Genesys-Plan sollte niemals vergessen oder geheim gehalten werden. Das Schaffen und Neuschaffen der Überlieferungen war ein Teil des Plans, und aus diesem Grund waren einige von denen, die der lebende Boden verschlungen hatte, zurückgekehrt, erneuert und gewappnet gegen die Verheerungen der

Länder innerhalb des Riffs. Aber was sollten sie den Leuten sagen, die in Nationen wie Xandria lebten? Sollten sie äußerst dringliche Warnungen aussprechen oder die Wahrheit verschweigen? War es überhaupt wichtig, was sie sagten, weil doch alles jahrtausendelang von Generation zu Generation weitergegeben würde und allen möglichen Verfälschungen und Zerfallserscheinungen unterlag? Schon früher waren Menschen hier gewesen und hatten diesen Ort wieder verlassen – aber alles, was von *ihren* Abenteuern übrig geblieben war, waren die fragmentarischen *Genesys-Apokryphen* und die geheimen Gebote sowie eine Hand voll romantischer Geschichten, die zweifellos von jedem neuen Erzähler umgedichtet wurden, damit sie befriedigender wurden.

Wenn wir bloß niederschreiben könnten, was wir wissen, sagte Lucrezia zu sich selbst, *und zwar auf eine Art, die nicht dem Zerfall preisgegeben ist, dann wäre dieses ganze verrückte Abenteuer nicht nötig gewesen. Wir hätten gewusst, was uns erwartet, und hätten unsere Entscheidungen nach diesem Wissen getroffen. Kasabil glaubte nicht, dass es jemals möglich sein wird, solche Erkenntnisse vollkommen zu bewahren. Er sagte, dass alles zerfällt. Aber solange sich alles ändert und die Schöpferkraft aktiv bleibt, wird alles, was grundsätzlich möglich ist, eines Tages auch Wirklichkeit werden – und das, was tatsächlich unvergänglich ist, wird nie mehr untergehen, wenn es erst einmal erschaffen ist.*

Die Baumkronen bewegten sich noch immer in der Brise; jedes Blatt bog sich auf seine eigene Weise unter dem Druck, sodass es den Eindruck machte, als brandeten majestätische Wellen durch den Laubbaldachin. Noch war von den versprochenen Pferden nichts zu sehen – und auch nichts von der Sphinx, die mit Hyry geredet hatte. Lucrezia bemerkte, dass sie keinen einzigen Molch mehr erblickt hatte, seit sie aus ihrem unnatürlichen Schlaf erwacht war; die einzige eindeutige Chimäre hier war nun Kasdeja, und er gehörte ebenso viel und ebenso wenig an diesen Ort wie sie selbst.

Jacom Cerri beobachtete sie noch immer und stand ein wenig zu nahe bei ihr, als wolle er ihr seinen Schutz gegen alle Arten von unbekannten Feinden anbieten. Fraxinus und Keshvara erörterten immer noch ihre Lage, während Mossassor und Ssifuss beiseite getreten waren, um ihre persönlichen Angelegenheiten zu regeln. Merel Zabio stand nahe bei Lississee, doch ihr Gesichtsausdruck verriet, dass sie sich ziemlich allein fühlte.

»Wir haben nichts gefunden«, sagte Hyry zu Fraxinus. »Uns ist nichts von dem geblieben, was wir aus Xandria mitgebracht hatten, und wir haben nichts dafür erhalten.« Etwas in ihrem Tonfall zeugte jedoch davon, dass sie in diesem Fall ein anderes System der Buchführung anwendete. Selbst Hyry war der Meinung, dass sie etwas erhalten hatten.

Lucrezias Blick traf sich mit dem von Cerri. »Nein«, sagte sie. »Du kannst mich nicht mit zurück nach Xandria nehmen. Dazu sind wir zu weit gekommen.«

»Das weiß ich«, sagte er sanft. »Glaubt mir, Hoheit, das weiß ich.«

18

Andris freute sich darüber, dass er wieder eine Zuhörerschaft hatte, denn er hatte viel zu sagen. Seine heldenhaften Geistesanstrengungen waren nicht umsonst gewesen, selbst wenn er nicht die Gelegenheit gehabt hätte, seine Schlussfolgerungen zu verbreiten, denn er wusste, dass die größte aller Schlachten noch ausstand und der größte Sieg noch errungen werden musste; aber er war trotzdem froh über die Gelegenheit, das ausführen zu können, was er entdeckt hatte.

Er wusste, dass es ausschließlich auf Spekulationen beruhte und nichts als ein Ergebnis seiner Träume war. Er wusste, dass der Geist der Wasser und all seine Entsprechungen genauso wenig einen intuitiven Zugang zu unzweifelhaften Wahrheiten verschaffen konnten, wie sie ihm Kenntnis vom Geiste Gottes zu bringen vermochten – aber er wusste auch, dass der Lohn der Spekulation und der aus Neugier geborenen Visionen nicht zu verachten war. Sie waren es, die hinter dem Pluszeichen lagen, das jeden überall daran erinnern sollte, dass das, was man als alltägliches Leben ansah, nur ein winziges Bruchstück von etwas viel Größerem war – und dass der Sinn und die Bedeutung des täglichen Lebens von dem abhingen, was hinter dem Plus lag.

Er sagte zu seinem Publikum: »Ich habe gelernt zu erkennen, dass es eine ganze Reihe sich ausdehnender Gefäße in Raum und Zeit gibt, deren Grenzen jenseits unserer Vorstellungskraft liegen. In uns gibt es eine Reihe von Mikrokosmen, von denen einer im anderen steckt. Wir können lediglich einen flüchtigen Blick auf die uns am nächsten liegenden erhaschen, während der Rest nur in der Einbildung existiert, so real er auch ist. Das, was wir mit Sicherheit über die Welt in uns selbst wissen, ist streng begrenzt, weil all ihre Bewohner zu klein sind, als dass wir sie sehen könnten, aber es ist uns durchaus möglich, ihre wundervolle Vielfalt zu würdigen. Ich weiß nicht, wie viel Wahrheit in dem liegt, was Aulakh Phar uns alles über Zellen und Korpuskeln, Bakterien und Viren, Atome und Moleküle erzählt hat, ganz zu schweigen von dem, was uns Jacom über Nanomaschinen und genetische Systeme berichtet hat, die der Genesys ihren Namen gaben, aber ich weiß mit Bestimmtheit, dass die Welt in mir so reich und so wundervoll ist, dass ihre Beschreibung deren Vielfältigkeit nicht einmal ansatzweise gerecht würde.

Aus dem gleichen Grunde haben wir nur ein ganz geringes Verständnis von der Welt, in der wir selbst nichts als winzige Teilchen sind. Die Welt besitzt eine eigene Individualität; aus dem Blickwinkel des nächst liegenden Makrokosmos ist sie eher eine Zelle als ein Körper, aber sie ist trotzdem so etwas wie ein Ganzes. Wir wissen das wegen des Himmels, wenn die Sonne untergeht, aber auch wegen der Überlieferungen, die uns von Schiffen erzählen, die die Dunkelheit zwischen den Sternen durchsegeln. Das Leben ist nicht nur hier, innerhalb und außerhalb vom Nest des Phönix; das Leben ist überall.

Ich wage zu behaupten, dass es überall Orte wie Xandria gibt, wo das Leben etabliert und stabil ist und wo mehr oder weniger Frieden herrscht; und ich bin mir absolut sicher, dass es überall Orte innerhalb des Riffs gibt, wo verschiedene Lebensformen einen brutalen Existenzkampf miteinander führen. Aber überall, wo es Ruhe und Stabilität gibt, gibt es auch Wandel, denn auch Verwesung und Zerfall sind überall und nichts liegt außerhalb ihrer Reichweite. Doch wo immer Verwesung und Zerfall außer Kontrolle geraten und das Chaos alles zu überwältigen droht, gibt es Schöpferkraft und die Möglichkeit – nicht das Versprechen, jedoch wenigstens die Möglichkeit – letztendlicher Harmonie.

Das Leben ist allumfassend, und auch die Spiele, die es spielt, sind allumfassend. Alles ist überall mit jedem verbunden, auch wenn diese Verbindungen mit den bloßen Augen nicht sichtbar sind. Jede Trennung ist zeitlich begrenzt; in der Ewigkeit ist alles Teil von etwas anderem.

Die Welt der Träume – in der wir alle leben, was wir aber nur dann erkennen könnten, wenn es uns gelänge, einen Schritt zur Seite zu machen und zurückzuschauen – wird immer erschreckend sein, denn das liegt in der Natur der Träume. Ich glaube nicht, dass ihr eine Vorstellung davon habt, wie viel Angst ich hatte, als ich von einem Traum in den nächsten glitt und dabei zu der Erkenntnis gezwungen wurde, dass *beide* Leben eine Art Traum gewesen waren – aber aus demselben Grund könnt ihr euch kaum vorstellen, dass diese Erkenntnis für mich nichts mehr bedeutete, sobald ich mich an sie gewöhnt hatte.

Ich hatte genau wie ihr geglaubt, dass das, was mit mir geschehen ist, das ultimative Grauen ist, ein Schicksal, schlimmer als der Tod – aber das ist es nicht. Ich wage zu behaupten, dass es wirklich Schicksale gibt, die schlimmer als der Tod sind, aber dabei fallen mir nur zwei ein: nicht nachlassende Schmerzen und unwiderrufliche geistige Zerrüttung, der ihr mich vielleicht verdächtigt, aber das wäre ein armseliges Urteil. Ich bin zwar nicht mehr der, der ich früher war, aber ich bin auf alle Fälle geistig so gesund wie ehedem. Ich bin, was ich bin, so wie ich war, was ich war, und die Aussichten, die ich habe, sind im Wesentlichen genauso wie die Aussichten, die ihr alle habt: Ich muss ich selbst bleiben, solange es geht, und aus jedem Schlaf, der mich übermannt, zurückkehren, egal wie lange er dauert.

Das ist die letzte Schlacht. Das ist die *einzige* Schlacht.

Man selbst zu bleiben bedeutet nicht nur, jedem Wechsel zu widerstehen, und nicht einmal, den Wechsel zu steuern; es bedeutet, den Wechsel zu akzeptieren und sich ihm anzupassen. Um das gut und gefühlvoll zu bewältigen, müssen wir uns daran erinnern, dass wir nicht nur Kinder der Welt, sondern auch Kinder der Welt der Träume sind. Die Lebendigkeit der Träume enthält die Hoffnung und das Drängen unserer sehnsüchtigen Herzen und die Verzweiflung unserer Angst vor Schmerzen, Wahnsinn und Tod.

Ich glaube, ich habe vieles über Träume gelernt, seit ich begriffen habe, dass man das gesamte bewusste Leben als eine Art Traum ansehen kann. Ich habe gelernt, dass Erinnerungen Verwesung und Zerfall unterliegen, so wie es sich mit allen Dingen verhält. Ich habe gelernt, dass all die Träume und scheinbaren Erinnerungen, die angeblich auf eine Art Paradies zurückblicken, nicht vertrauenswürdig sind – denn es gab nie ein Paradies, sondern nur eine andere Welt –, aber dass wir trotzdem an sie glauben müssen oder zumindest glauben sollten, dass in ihnen eine gewisse Wahrheit liegt, obwohl es Lügen sind, denn sie helfen uns zu erkennen, wo wir stehen. Ohne sie ist es viel schwieriger herauszufinden, wo wir in Zukunft stehen wollen.

Ich glaube, die besten Träume sind diejenigen, die voraus in die Zukunft blicken. Die Kunst der Prophezeiung ist viel trügerischer als die Kunst des Erinnerns, wenn man sie überhaupt eine Kunst nennen mag, doch solche Träume kann man vor den schlimmsten Rasereien von Verwesung und Zerfall in Sicherheit bringen.

Die Überlieferungen haben Recht, wenn sie darauf bestehen, dass es kein Schicksal gibt, denn die Zukunft existiert noch nicht, aber ich bin sicher, dass unsere Träume eine Rolle bei ihrem Entstehen spielen und dass man sie aus diesem Grund hüten muss. Wenn wir nicht die besten aller möglichen Träume träumen, wird die Zukunft ärmer sein, als sie sein muss. Ich glaube, die Überlieferungen haben ebenfalls Recht, wenn sie darauf bestehen, dass Eroberung immer eine Illusion ist und dass die einzige Art von wirklichem Sieg Aussöhnung ist.

Ich glaube nicht, dass man sich seiner Träume schämen oder vor ihnen Angst haben sollte; ich glaube, dass diejenigen, die nicht träumen können, auch nicht leben können – wenigstens nicht richtig. Die Zukunft gehört den Träumern. Genau wie die Vergangenheit. Genau wie das Universum selbst.

Was glaubt ihr, ergibt etwas davon einen Sinn, oder halte ich mich nur selbst zum Narren? Bin ich wahnsinnig geworden, ohne dass ich es bemerkt habe? Erleide ich unbewusst ein Schicksal, das schlimmer als der Tod ist?«

»Es ergibt einen Sinn«, sagte Carus Fraxinus wohlüberlegt.

»Du bist nicht verrückt geworden«, versicherte Lucrezia ihm.

»Wenn du sagst, dass es nicht schlimmer als der Tod ist«, antwortete Merel, »dann stimmt das halt. Die Frage ist…«

»Du bist, was du bist«, sagte Andris zu ihr. »Darum musst du kämpfen, egal was auch passieren mag. Wir hatten, was wir hatten, aber es war nicht für die Ewigkeit. Das ist keine Schande. Sieh dich um, Merel: Der Garten stirbt, wie es alle Gärten tun. Bald wird er ruhig und schweigsam sein. Danach… Ich weiß nicht, was danach kommt. Ich vermute, dass er in den Eingeweiden der Erde verschwinden wird. Wenn Fraxinus Recht hat, wird er erst in achttausend Jahren wieder erblühen. Ich habe vor, hier zu sein, wenn es soweit ist – falls ich kann.

Ich habe vor, hier zu sein und *der zu sein, der ich bin,* aber es wird sich zeigen, ob das möglich ist, und in der Zwischenzeit… nun, diese Phase meines Lebens wird zu Ende sein, wenn der größte Teil deines Lebens noch vor dir liegt. Wenn du wissen willst, was ich mir für dich wünsche: Ich will, dass du das bleibst, was du bist, und daraus das Beste machst. Das ist auch das, was ich selbst vorhabe. Geh mit Fraxinus – aber vergiss niemals, dass du eine Saat von dir selbst in der Wiege der Chimäre zurückgelassen hast und dass dir vielleicht ein weiteres Leben als Geist bevorsteht, wie mir möglicherweise auch. Erinnere dich ebenfalls daran, dass Lucrezia eine Frucht von mir zur Wiege der Chimäre gebracht hat, sodass ich nicht nur hier, sondern auch dort sein kann.

Nichts ist *zu Ende*, Merel, nicht einmal dann, wenn du stirbst. Du *wirst* sterben, aber das ist nicht das Ende. Was immer sonst enden wird: Die *Geschichte* endet nie und wir alle sind ein Teil der Geschichte… nicht nur *unserer* Geschichte, sondern *der* Geschichte. Welten in Welten, Wandel im Chaos… all das, was ich gerade ausgeplaudert habe.

Ich weiß, dass du mich verstehst – du warst immer genauso schlau wie ich, wenn nicht sogar schlauer. Jedermann kann verstehen, wenn er die Gelegenheit dazu erhält. Ist es nicht so?«

»Ja,« sagte sie. »Es ist so.«

Er hegte den Verdacht, dass nichts von dem, was er gesagt hatte, etwas an ihrer bereits getroffenen Entscheidung zu ändern vermochte, aber er hoffte, dass die Tatsache, dass er es gesagt hatte, die Folgen ihrer Entscheidung beeinflusste. Er war sicher, dass sie selbst die kleinste Einzelheit von dem, was sie nach seinem Willen niemals vergessen sollte, in Erinnerung behalten würde. Sie hatte ihn schließlich geliebt, als er noch ein Mann gewesen war.

»Warsst der Besste«, sagte Ssifuss zu ihm. »Der Allerbesste. Dumme Riessen, sso viele umgebracht.«

»Es freut mich, dass du es so siehst«, sagte Andris zu der Schlange. »Die Welt wäre ein seltsamer Ort, wenn die menschlichen Kinder dieselben Gefühle gegenüber ihren Erwachsenen hegten, aber ich begreife, dass es bei euch anders ist.«

»Ssind *nicht* Kinder«, versicherte Mossassor ihm ernsthaft. »Ssind echte Erwachssene, echte Sschlangen. Andere ssind nicht echt. Flieger, Riessen… alle sschlecht.«

»Im Augenblick vielleicht«, gab Andris zu. »Aber die Dinge können sich ändern. Wer weiß, was aus den Riesen würde, wenn sie die richtige Führung hätten? Wer weiß, was aus allem innerhalb des Großen Riffs wird, wenn Verstand und Intelligenz die Generationen hindurch bewahrt werden könnten? Jacom versichert uns, dass durchaus etwas dafür getan werden kann… es bleibt nur abzuwarten, wie viel.«

Natürlich gab es noch andere, persönlichere Gespräche, aber als er sich von der Last all dessen befreit hatte, was er seiner Meinung nach sagen musste, spürte er, dass er langsamer und langsamer wurde und tiefer und tiefer in eine Art von Traum hinabstieg, der hermetisch von allem anderen abgeriegelt war. Es fiel ihm immer schwerer zu sprechen oder auch nur zuzuhören, aber er strengte sich so sehr wie möglich an, damit seine Freunde nicht glaubten, er beuge sich demütig dem fremden, hölzernen Fleisch, das ihn verschlungen hatte.

»Ich werde nicht mit Fraxinus zurückgehen«, sagte Lucrezia. »Ich gehe in die entgegengesetzte Richtung, in unbekanntes Gebiet. Jacom will mit mir gehen – er war mir ja schon immer treu ergeben. Hyry besteht darauf, dass sie nicht mitgehen wird, aber sie wird es trotzdem. Auch sie ist mir immer treu ergeben gewesen, obwohl sie es niemals zugeben würde. Der königliche Rang bietet viele Vorteile, und ich werde ihn immer innehaben, egal wohin ich gehe oder was aus mir wird.«

»Der Rang einer Prinzessin wird Euch nicht vor dem Gefängnis bewahren«, sagte Andris zu ihr, der immer noch bestrebt war, seine mühsam angehäuften Weisheiten zu verbreiten, »aber er könnte Euch helfen, den Kopf hoch zu tragen, während Ihr einsitzt. Seid immer nett zu Spinnen – wenn Ihr es nicht seid, werdet Ihr von Fliegen geplagt.«

»Ich werde mich daran erinnern«, versprach sie. Dann zeigte sie auf den Kopf, der immer noch an einem der fast blattlosen Zweige hing. »Er lebt nicht wirklich, oder?«, fragte sie. »Er kann nicht wirklich mit dir reden. Wenn wir dich verlassen, wirst du allein sein.«

»Er lebt«, versicherte Andris ihr. »Es stimmt, dass er keine eigene Stimme hat, aber er lebt. Wenn die Zeit reif ist, wird vielleicht auch er als Geist wiedergeboren – aber nicht als einer von der froschartigen Sorte. In der Zwischenzeit… nun, ich bin nicht allein. Der Bewohner der Tiefe hat ebenfalls keine Stimme, aber er kann sich verändern. Mit fortschreitender Zeit ist alles möglich. Jedenfalls sollten wir fest daran glauben.

Unsere eigenen entfernteren Vorfahren waren auch einmal sprachlos und so dumm wie die Riesenschlangen. Vielleicht kommt einst die Zeit, in der der Geist meines Geistes sich vor die Intelligenz des Bodens stellen und sagen kann: Wir sind *nicht* alle eines Geistes hier und das sollte auch nicht unser Ziel sein.«

»Der Boden könnte ihm widersprechen«, gab Lucrezia zu bedenken.

»Vermutlich wird er das«, pflichtete Andris ihr bei. »Aber ich bin hier der Experte, nicht wahr? Ich bin derjenige, der weiß, dass es wirklich für alle möglich ist, auf derselben Seite zu enden, egal von wo aus man startet und was einem auf dem Weg dorthin widerfährt.«

»Das stimmt vermutlich«, sagte sie. »Sogar Mossassor und Ssifuss stehen jetzt auf derselben Seite. Sie haben ihre Schulden untereinander beglichen. Es scheint aber nicht leicht gewesen zu sein – und sie sind aus demselben Gelege gestartet und waren Kinder desselben Nests.«

Andris sagte darauf: »Manchmal finden die schärfsten und tödlichsten Auseinandersetzungen zwischen den am engsten miteinander Verwandten statt.« Auch darin war er Experte, weil er ein Prinz aus Ferentina war – doch auch Lucrezia hatte als eine von Belins vielen Töchtern in dieser Hinsicht ihre Erfahrungen.

»Ssifuss hat Recht«, sagte Lucrezia zu ihm, kurz bevor sie sich von ihm verabschiedete. »Du bist der Beste, den es je gegeben hat – aber nicht, weil du so viele Riesenschlangen getötet hast.« Das war jedoch nur hohle Schmeichelei, und er war nicht skrupellos genug, um sie zurückzugeben.

Es war natürlich Merel, die sich als Letzte von ihm verabschiedete; sie hatte das Recht dazu.

»Ich werde es niemals vergessen«, sagte sie zu ihm.

»Ich auch nicht«, versprach er ihr im Gegenzug. »Und wenn ich nie sage, dann hoffe ich, dass ich auch nie *meine*.«

»Ich genauso«, sagte sie – und das war keine hohle Schmeichelei.

19

Die Mauern von Xandria waren so sorgfältig instand gehalten worden, dass es den Anschein erweckte, als hätten sie sich in den drei Jahren überhaupt nicht verändert. Als Fraxinus und seine Gefährtin durch das südliche Tor schritten, wurde er von einem unerwarteten Ansturm der Vertrautheit überrannt. Es war nicht so, dass der Zerfall nicht seinen üblichen Tribut von der Stadt gefordert hätte, doch die Stadt konnte inzwischen so gut mit seinen Verheerungen umgehen, dass sie seine Auswirkungen wettmachte. Obwohl die Stadt niemals aufgehört hatte, sich selbst zu erneuern, war sie doch noch dieselbe, die er damals verlassen hatte – und weil es dieselbe Stadt war, fiel er allmählich in sein altes Selbst zurück, während er sich gewissenhaft einen Weg durch die bevölkerten Straßen bahnte. Als er bei seinem Haus auf dem Torcberg ankam, glaubte er fast schon, noch derselbe Mann zu sein, der es damals verlassen hatte.

Sein Sohn und seine Schwiegertochter begrüßten ihn mit all dem Erstaunen und der Freude, die einem Mann in seinem Alter, der so lange fort gewesen war, gebührte – und mit noch ein wenig mehr, denn er schien jetzt jünger als am Tag seiner Abreise zu sein. Seine Enkel, die sich nicht einmal an ihn erinnerten, grüßten ihn mit all der Verwunderung und Aufregung, die einem Mann gebührt, über dessen Heldentaten sie so viele Geschichten gehört hatten. Der Tag wurde sogleich zu einem Feiertag erklärt, und Diener wurden im Laufschritt ausgesandt, damit sie die Märkte ihrer besten Waren beraubten, während Fraxinus und seine Gefährtin ein Bad nahmen und danach die besten und frischesten Kleider anzogen, die man finden konnte.

Es war offensichtlich, dass die Geschäfte während Fraxinus' Abwesenheit gut gelaufen waren, so wie er es erwartet hatte. Schließlich war Xury ein geschulter Sohn und Erbe.

Fraxinus lenkte von den vielen Fragen ab, die man ihm nach seinem großen Abenteuer stellte, denn er wollte seine Geschichte auf seine eigene Weise und zu einer ihm passenden Zeit erzählen, aber dennoch sickerte sie langsam durch, weil seine Gefährtin – die so vieles davon mit ihm geteilt hatte – derart von der Aufregung der Stunde gepackt wurde, dass sie unwillkürlich alle Fragen sogleich zu beantworten versuchte, auch wenn sie sorgsam Fraxinus' ausdrücklichem Befehl gehorchte, keine Namen zu nennen.

Als Mitternacht heranrückte und fast jeder langsam einschlief, war schon sehr viel berichtet – aber nichts wirklich erklärt – worden über Dragomiten und Manticoren, Menschen mit Affenköpfen und Riesenschlangen, Gemmenschlangen und Krokolide, gemusterte Steine und lebenden Boden. Es war tatsächlich bereits so viel und auf solch blumige Weise gesagt worden, dass die erste Frage, die Xury stellte, als sie schließlich allein waren, lautete: »Wie viel davon ist wahr?«

»Du hast noch nicht einmal die Hälfte gehört«, versicherte Fraxinus ihm. »Nicht einmal ein Viertel. Was wir gesehen und getan haben, ist nicht nur seltsamer, als du dir vorstellst – es ist seltsamer, als du dir vorstellen *kannst*.«

Xury war noch nicht bereit, das zu glauben, doch er ließ es fürs Erste durchgehen. »Wer ist denn diese Merel?«, wollte er wissen. »Sie kommt bestimmt hier aus der Gegend, obwohl sie eine so blasse Haut hat, aber sie war nicht bei dir, als du aufgebrachst.« Was Xury wirklich wissen wollte, war: *Hast du vor, wieder zu heiraten?*

»Ihr Nachname lautet Zabio«, sagte Fraxinus. »Sie hat sich uns in Khalorn angeschlossen.«

»Diesen Namen kenne ich irgendwoher«, meinte Xury und runzelte die Stirn.

»Das ist schade«, sagte Fraxinus. »Sie wird ihn vermutlich ändern müssen. Belins Offiziere hatten schon immer ein gutes Gedächtnis.«

»Weswegen wird sie gesucht?«, fragte Xury, doch dann erinnerte er sich an die Serie von Aufregungen, die zeitweise die ganze Feierlichkeit von Fraxinus' Abreise in den Schatten gestellt hatten. »Sie ist eine von Checutis Komplizen – eine von dem halben Dutzend, die als verschwunden gelten!«

»Ich weiß sogar, wo Checuti selbst abgeblieben ist«, sagte Fraxinus nüchtern.

Xury schüttelte nachdenklich den Kopf. »Ich vermute, du weißt nicht, was aus der entführten Prinzessin und der verschwundenen Hexenkönigin geworden ist?« fragte er. Er hatte nicht die leiseste Ahnung von der Wahrheit.

»Das will ich Belin nicht erklären müssen«, sagte Fraxinus. »Es gibt wahrhaftig keine Möglichkeit, wie ich ihm das verständlich machen kann. Keine von beiden wird man jemals wieder sehen. Die Prinzessin lebt und es geht ihr gut, genauso wie dem Gardehauptmann, der sie zurückbringen sollte, aber sie sind nach Süden gegangen und wir nach Norden. Wenn sie jemals nach Xandria zurückkommen sollten, haben sie den ganzen Globus umrundet.«

»Den ganzen Globus umrundet?«, wiederholte Xury.

»Um die ganze Welt gegangen«, übersetzte Fraxinus.

»Ich weiß, was das bedeutet«, sagte Xury. »Ich wusste bloß nicht, dass das überhaupt möglich ist. Ich habe geglaubt, dass solche Geschichten reine Mythen und Erfindungen sind.«

»Das ist das entscheidende Problem der Überlieferungen«, bemerkte Fraxinus. »Nach einer gewissen Anzahl von Generationen werden Mythen und Erinnerungen ununterscheidbar, und Erfindungen und Tatsachen werden so unentwirrbar miteinander verwoben, dass niemand mehr sagen kann, wo die einen enden und die anderen anfangen. Nach einem weiteren halben Dutzend Generationen hat sich die Wahrheit so seltsam verändert, dass vermutlich niemand mehr ihre Bedeutung herausfinden kann. Das ist ein Problem, das mir lange Zeit keine Ruhe gelassen hat, während ich meine eigenen Überlieferungen zusammengestellt habe.«

»Meinst du damit die Geschichte deiner Reise zur Wiege der Chimäre?«

»Ich meine die Mythen und Erfindungen, die eine neue Horde von Abenteurern tausende von Jahren in der Zukunft leiten werden, wenn sich die Silbernen Dornen zurückziehen werden, um den Handschuh der Freude das sechste oder siebte Mal zu öffnen. Tatsächlich stelle ich gerade zwei Versionen der Überlieferung zusammen. Eine wird *Die Überlieferungen der Ultimogenesys* heißen und die andere *Die Weisheit des Baumes der Erkenntnis*. Selbst wenn eine davon verloren geht oder sinnlos wird, hoffe ich, dass die andere überlebt und noch ein Körnchen Wahrheit enthalten wird. Das ist das Höchste, auf das wir hoffen dürfen, bis das Becken des Lebens irgendwann einmal den unvergänglichen Stein hervorbringen wird.«

Xury gab keinen Kommentar dazu ab, dass ein Kaufmann Überlieferungen ersann. Alles, was er sagte, war: »Du hast also keinen unvergänglichen Stein gefunden?« Das hieß frei übersetzt: *Also war die Expedition in kommerzieller Hinsicht ein vollkommener Reinfall.*

»Keshvara ist ebenfalls bei der Prinzessin geblieben«, sagte Fraxinus ernst. »Ich glaube, sie wurde zwischen zwei Alternativen hin und her gerissen – aber am Ende hat sie sich zugunsten von Lucrezia und Jacom Cerri entschieden.«

»Das ist doch der Obstbauernsohn, oder?«, fragte Xury, was aber nicht bedeutete, dass es ihm egal war, was aus Hyry Keshvara geworden war.

»Ja. Lebt Cerri noch? Ist er noch unser Geschäftspartner?«

Xury nickte.

»Ich werde ihn sobald wie möglich besuchen«, sagte Fraxinus. »Er hat ein Recht darauf zu erfahren, was mit seinem Sohn geschehen ist.«

»Wohingegen der König kein Recht darauf hat, zu

erfahren, was mit seiner Tochter geschehen ist?«, konterte Xury.

»Bei Königen kann man nicht darauf vertrauen, dass sie den Überbringer der Nachricht nicht für ihren Inhalt verantwortlich machen. Bei Obstbauern kann man es. So ist nun einmal das Leben.«

»Und Aulakh?«, warf Xury behutsam ein. »So, wie ich es verstehe…«

»Du verstehst es falsch«, sagte Fraxinus. »Ich kann auch sein Schicksal erklären. Sein Tod ist nicht so endgültig, wie der von Belin sein wird – oder deiner.«

»Oder dein eigener?«

»Oder meiner«, pflichtete Fraxinus ihm bei, auch wenn er davon nicht vollkommen überzeugt war. Er wusste, dass sein Tod völlig normal sein würde, aber er war sich nicht sicher, wie viel die Pyramide tatsächlich von ihm genommen hatte. Auch war er sich nicht absolut sicher, dass sein ›wirklicher‹ Körper nicht doch noch dort war und im Becken des Lebens lag, während derjenige, den er jetzt trug – einschließlich des Bewusstseins – ein Duplikat war.

Xury hielt sich auffallend zurück, ihn zu einer Erklärung zu drängen.

»Wie dem auch sei«, sagte Fraxinus mit einem Seufzer. »Das interessiert dich noch nicht. Die letzten drei Jahre haben dich zu einem richtigen Geschäftsmann gemacht. Du willst sicher wissen, ob ich etwas erreicht habe, das die Mühe wert war. Das spüre ich deutlich. Also erst die ehrlichen Berichte und später die unwesentlichen Ausschmückungen. Nun, ich habe so etwas wie eine Handelsroute eröffnet. Es bleibt abzuwarten, wie gesichert sie ist und wie lange sie Bestand haben wird, aber so lange ihre Glieder halten, kann man etwas Geld damit verdienen.

Der Mittelpunkt der Unternehmung befindet sich in einem Ort namens Ebla. Das ist eine Stadt in einem schmalen Streifen fruchtbaren Landes südlich der Dragomitenberge. Augenblicklich ist es in Aufruhr, weil das Land unter einer Invasion aus dem Süden leidet, die nicht von Menschen – wenigstens nicht mehr –, sondern von verschiedenen Arten unangenehmer unirdischer Lebensformen geführt wird, besonders von einer Baumart mit einem sehr harten und geraden Stamm. Die Werkzeuge der Eblaner werden mit diesen Bäumen nicht fertig, aber xandrianischer Stahl sollte es ihnen erlauben, diese neuen Wälder unter Kontrolle zu bekommen, und ihr Holz ist widerstandsfähiger und gerader als jede in Xandria bekannte Art. Die eblanische Gesellschaft steht unter der Verwaltung eines jungen Bernsteinfarbenen namens Koraismi, der mit einer ortsansässigen Familie namens Shabir zusammenarbeitet.«

»Ich nehme an, dass du aktuellere Nachrichten als ich hast, weil du die Dragomitenberge innerhalb der letzten paar Zehntage überquert hast«, warf Xury ein, »aber ich habe gehört, dass sich die Dragomitenberge langsam von der Seuche erholen und deshalb wieder als äußerst gefährlich gelten.«

»Das wäre so«, sagte Fraxinus, »wenn es nicht die Leute gäbe, die dort in enger Gemeinschaft mit den Dragomiten leben. Es war nicht leicht, mit ihnen in Kontakt zu treten, aber es brauchte nur den Mut und die unermüdlichen Bemühungen einer Schlange namens Mossassor, die unser Verbindungsmann sein wird, wenn ich so sagen darf. Die Leute aus den Fünf Städten – früher gab es einmal neun, aber vier sind inzwischen aufgegeben worden – hatten Schwierigkeiten mit der Vorstellung, mit den Dragomitenleuten Verträge abzuschließen, aber als sie schließlich zu der Einsicht gezwungen wurden, dass sie nicht weiterkämpfen konnten… nun, es genügt zu wissen, dass wir innerhalb der Berge Verbündete haben, die ihr Bestes tun, um die Sicherheit von Konvois in beiden Richtungen zu garantieren, wofür sie einen Wegzoll erhalten, der nicht allzu hoch sein sollte. Es ist lebenswichtig, diese Straße offen zu halten, Xury. Wenn wir der Dämonisierung der Dragomiten ein Ende setzen und eine neue Grenze in den südlichen Ländern errichten könnten… aber das ist noch Zukunftsmusik.

Ich habe auch so etwas wie eine Kommunikation zwischen Ebla und einer merkwürdigen Gemeinschaft hergestellt, die am Ufer des Sees des Farblosen Blutes lebt. Sie haben einige ungewöhnliche Arzneimittel zu verkaufen – es ist besser, sie so und nicht als ›Hexenwerk‹ zu bezeichnen, wenigstens bis zu dem Tag, an dem man keine Flüsterpropaganda mehr dafür betreiben muss.

Was aber wichtiger, wenn auch unsicherer ist: ich habe einen Kommunikationskanal zwischen Ebla und dem Feuer des Salamanders eröffnet. Daran sind eine Schlange namens Ssifuss und ein Salamander namens Ixtlplt beteiligt. Es sind beides gute Geschöpfe und Ssifuss ist verwandt mit Mossassor; deshalb hoffe ich, dass diese Verbindung stabil bleiben wird. Das Feuer des Salamanders treibt regelmäßig Handel mit dem südlichen Teil der Gesprenkelten Wüste und besonders mit der Kristallstadt. Hinsichtlich der Waren, die wir bereits auf der nördlichen Route aus der Wüste importieren, wird es uns nicht viel bringen, aber ich habe längst ein halbes Dutzend Gegenstände gesehen, die noch nie auf den Markt von Xandria gekommen sind. Ich glaube, die Kristallstadt ist als Handelsquelle sehr vielversprechend; sie erfordert eine eingehendere Untersuchung, als sie mir möglich war, aber jetzt ist Zeit genug dazu.«

»Es heißt, dass Schlangen nie sehr lange als Mittler für Menschen arbeiten«, bemerkte Xury, auch wenn es Fraxinus nicht entging, dass er seinem Skeptizismus die Zügel angelegt hatte. »Bekommen diejenigen, die es versuchen, nicht Probleme mit ihrer eigenen Rasse, weil zu viele von ihnen glauben, dass wir Eindringlinge sind, die ihre Welt ausgeplündert haben?«

»Ich glaube nicht, dass Mossassor und Ssifuss derartige Probleme haben werden«, versicherte Fraxinus ihm. »Und was diejenigen angeht, die nach ihnen kommen... uns bleibt nur zu hoffen, dass die nächste Generation in ihre Fußstapfen treten wird.«

»Was ist denn mit diesem lebenden Boden?«, wollte Xury wissen. »Haben wir jetzt auch Repräsentanten im Garten von Idun, die schon fleißig das Wasser aus dem Becken des Lebens in Flaschen abfüllen, während wir hier reden?« Sein Sarkasmus sollte eher amüsant als beleidigend wirken und Fraxinus nahm ihn in genau dieser Weise auf.

»Der Krieg, der um die Wiege der Chimäre herum tobt, tritt langsam in seine ruhige Phase ein«, sagte Fraxinus zu seinem Sohn. »Die Bewohner der Tiefe werden wieder passiv und sie kehren innerhalb der nächsten Jahrtausende wahrscheinlich nicht zu ihrer glühenden Aktivität zurück. Das Nest des Phönix fällt der Verlassenheit anheim – aber deswegen ist der Boden dort nicht weniger gefährlich. Die Wälder innerhalb des Riffs werden undurchdringlich, und der Gewinn, den man machen kann, indem man sich tapfer einen Weg hindurchhackt, ist wahrscheinlich nur sehr gering.

Ich werde aber trotzdem Gerüchte ausstreuen, denen zufolge jeden, der sich dorthin wagt, wunderbare Schätze erwarten. Ich habe keine Ahnung, ob die Menschen tatsächlich einmal in der Ebene der fließenden Steine heimisch werden, und ich bezweifle, dass sie dort eine genügend große Belohnung erwartet, aber wenn es den Menschen gelingt, innerhalb oder außerhalb des Großen Riffs Fuß zu fassen, könnte sich das später einmal als äußerst nützlich erweisen. Eines Tages – vielleicht erst in hunderttausend Jahren – werden die Menschen eine Abmachung mit dem lebenden Boden treffen müssen, denn dann wird es nicht mehr genügend unbesiedelten Boden geben, um die Art von abgeschirmten Zuhause bereitzustellen, das wir in Xandria haben. Dies ist jetzt nun einmal unsere Welt und wir müssen uns ihr anpassen.«

»Es war immer schon unsere Welt«, erinnerte Xury ihn. »Woher die Leute aus dem Schiff auch gekommen sind, sie haben uns hierhin gebracht. Wann immer die Urväter lebten: Es ist schon so lange her, dass sie durchaus Produkte der Phantasie statt der Erinnerung sein könnten. Das hier ist unsere Welt und wir haben sie uns angepasst.« So etwas hätte er vor drei Jahren noch nicht gesagt, damals war er noch ein sehr viel jüngerer Mann gewesen. Dies war die erste Bemerkung, die Fraxinus die Kluft verdeutlichte, die unvermeidlich zwischen ihnen gewachsen war.

»Das ist eine der Lektionen, die meine neuen Überlieferungen zu lehren versuchen werden«, sagte Fraxinus milde. »Es geht weder darum, dass wir die Welt nach unseren Bedürfnissen umformen, noch darum, dass sie uns nach den ihren umformt. Adaption ist kein Prozess, der zu einer endgültigen Entscheidung führt; er endet nie. Die alten Überlieferungen haben Recht: Es gibt keine Eroberungen. Die Folge eines jeden Krieges ist eine Verschmelzung der Eroberer mit den Eroberten, eine gegenseitige Auflösung, die dem Wechsel neuen Antrieb gibt. Wir können die Welt genauso wenig nach dem Bild einer anderen verändern, wie die Welt uns nach dem Bild der Schlangen oder Salamander verändern kann, auch wenn es diesbezüglich nicht an Versuchen mangeln wird.

Am Ende… nun, es wird kein Ende geben, nicht hier und nicht anderswo. Die Geschichte wird immer weitergehen und nichts wird ihr ein Ende bereiten – weder der Tod der Welt noch der Tod der Sonne. Weißt du, jeder Tod ist nur das Vorspiel zur Wiedergeburt, und solange es Schiffe gibt, die die Dunkelheit zwischen den Sternen durchsegeln – oder solange es treibende Sporen gibt –, ist nichts wirklich verloren.

Es ist unwichtig, wie groß oder wie klein der Kreis ist, der auf der Karte eingezeichnet ist. Das Nest des Phönix ist sowohl in ihm als auch außerhalb; es ist nur so, dass das Feuer dort am tapfersten brennt, wo seine Eindämmung am stärksten ist. Idun ist überall und zu jeder Zeit; es zeigt sich bloß nicht immer als das, was es ist.«

»Irgendwie«, begann Xury sanft, »hatte ich vergessen, was für ein begeisterter Philosoph du immer warst und wie du es geliebt hast, von den Geheimnissen der Überlieferungen und des Universums zu schwärmen. Ich bin leider nicht Aulakh Phar, aber ich werde versuchen, seinen Platz einzunehmen. Das werde ich wirklich... wenn es das ist, was du willst.«

»Danke«, sagte Fraxinus ernst. »Eine Welt wie die unsere – und ich glaube nicht, dass es auf einer anderen anders ist – kann gar nicht zu viele Philosophen haben und diese können auch niemals zu begeistert sein.«

20

Diejenigen, die gerufen worden waren, kamen schließlich. Einer ritt auf einer Manticore, ein anderer auf einer Sphinx. Ihre Reise war nicht leicht gewesen. Sie hatte bei jedem Schritt voller Gefahren gesteckt, aber sie waren trotzdem gekommen. Sie wussten nicht, warum sie gerufen worden waren, und sie konnten auch nicht sicher sein, ob sie jemals dorthin zurückkehren würden, von wo sie gekommen waren, aber sie kamen und stellten sich vor den Baum der Erkenntnis, weil sie neugierig waren. Sie wollten hören, was er zu sagen hatte – zu ihrem eigenen Nutzen und zu dem der anderen aus ihrer Art.

Sie waren nicht enttäuscht von dem Anblick desjenigen, der sie gerufen hatte, denn er war ein Prinz unter den Bäumen, so glorreich in seinem Laubwerk wie in allem, das er in der vorherigen Welt gewesen war.

»Hast du einen Namen?«, fragte derjenige, der die Sphinx geritten hatte, und sah hoch zu dem Gesicht, das ihn so aufmerksam betrachtete.

»Nein«, antwortete der Baum. »Ich bin nicht der Mann, dessen Namen ich einst trug, und jetzt brauche ich keinen Namen mehr. Hast du einen Namen?«

»Ich habe viele Namen«, sagte der Mann, der die Sphinx geritten hatte. »Ich wage zu behaupten, dass ich noch viele weitere erwerben werde, wenn ich die Gelegenheit dazu erhalte. Ich war einst der König der Diebe und die liebsten Gewohnheiten sterben am schlechtesten.«

»Ich war einst Soldat«, sagte der Mann, der die Manticore geritten hatte, »aber das ist lange her. Weißt du zufällig, wie viel Zeit seitdem vergangen ist?«

»Die Sterne scheinen sich überhaupt nicht verändert zu haben«, antwortete die Stimme des Baumes, »aber ich war nie ein guter Astronom; also kann ich mir nicht völlig sicher sein. Ist es denn wichtig? Wer kann die flüchtigen Tage zählen, während die Bewohner schlafen? Es ist nur wichtig, dass ein neuer Morgen dämmert und die ganze Welt wieder erwacht ist. Ich bin sehr froh, euch beide zu sehen, denn wir müssen Pläne schmieden.«

»Müssen wir?«, fragte der Mann, der einst der König der Diebe gewesen war. »Ich dachte, wir müssten einen Krieg ausfechten. Jeder, den wir getroffen haben, scheint das zu glauben. Ich habe einen lieben, aber etwas ermüdenden Freund – er war einst Kaufmann, Arzt und Philosoph –, der darauf besteht, jedem, der ihm zuhören will, in aller Ausführlichkeit zu erklären, dass der Krieg eine reine Illusion ist, aber niemand scheint diese Tatsache den Mördern mitgeteilt zu haben, die ihr Bestes getan haben, um unserem Abenteuer ein Ende zu setzen. Was für Pläne kann man denn schon in einer Welt wie dieser schmieden?«

»Es gibt Systeme«, sagte der Mann, der einst Soldat gewesen war, »aber sie sind so viel größer als wir, dass ich befürchte, wir sind nichts anderes als Werkzeuge für sie. Sind wir denn nicht zu klein, als dass wir hoffen könnten, den Lauf der Dinge zu lenken?«

»Soldaten und Diebe denken vielleicht so«, sagte der Baum, »aber ich war Kartenzeichner und bin es noch immer – in gewisser Weise.«

»Wenn ich mich richtig an die Welt vor der Welt erinnere«, sagte der Geist des Königs der Diebe, »wurden ihre Landkarten nicht mehr benutzt, weil die Zeit und der Wandel immer weitergingen. Die Karten waren zu reinen Legenden geworden und zeichneten Wirklichkeiten auf, die sich schon lange gewandelt hatten.«

»Auch mir erscheint es so«, sagte der Geist des Soldaten. »Ich bezweifle, dass es jetzt die richtige Zeit ist, um Karten zu folgen. Ist es nicht eher eine Zeit für Forschungen?«

»Als ich noch Andris Myrasol war«, sagte der Baum zu ihnen, »zeichnete ich meine Karten so, wie es mir beigebracht worden war, und protestierte gegen das Böse in der Welt, wenn ihre Landschaften nicht mit meinen Karten übereinstimmten. Jetzt bin ich anders. Jetzt will ich Karten von der Welt zeichnen, so wie ich sie mir erhoffe, und ich sehe es als meine Mission an, die Landschaft damit in Einklang zu bringen, wie schwierig diese Arbeit auch sein mag und wie viel Zeit sie auch immer in Anspruch nehmen wird.«

»Als ich Checuti war«, sagte der Mann, der die Sphinx geritten hatte, »hätte ich das als ein dummes und hoffnungsloses Ziel angesehen, doch jetzt habe ich mich verändert. Jetzt kann ich dir versichern, dass es dumm ist, aber ich werde es sicherlich nicht hoffnungslos nennen. Der Unterschied zwischen einem König und einem Dieb besteht darin, dass der König der Diebe glaubt, der Akt des Diebstahls sei eher das Ziel als das Mittel; jetzt, da ich ein Geist bin, begreife ich, dass es außer der Ewigkeit nichts Stehlenswertes gibt. Ich kann nicht für jene sprechen, mit denen ich gemeinsam während der langen Nacht im Schlaf gelegen habe, aber ich bin bereit, dich bei deinen Plänen zu unterstützen, sobald ich mich ausgeruht habe.«

»Als ich Jacom Cerri war«, gestand der Mann, der die Manticore geritten hatte, »hätte ich dich als verrückt bezeichnet, doch jetzt bin ich anders. Ich bin damals Soldat geworden, weil ich eine falsche Vorstellung davon hatte, was es heißt, Soldat zu sein; jetzt bin ich Soldat, weil ich eine viel bessere Bedeutung dieses Wortes gefunden habe. Ich bin mehr als bereit, euch beiden zu helfen, wenn ich mich ausgeruht habe – und ich bin zuversichtlicher als mein Freund, dass jene, die gemeinsam mit mir im Schlaf gelegen haben, mir bei meiner Rückkehr voller Sympathie zuhören werden.«

»Mehr erbitte ich nicht«, sagte der Baum. »Ruht euch erst aus und dann werden wir beginnen.«

Während sich die Besucher ausruhten, rief der Baum der Erkenntnis Wesen herbei, die wie Menschen aussahen, und sandte sie aus, auf dass sie die Dragomitenberge mit Samen aus seinen Früchten überquerten, zum Zeichen der Wunder, die es nun in Idun und den umliegenden Ländern gab. Als Nächstes rief er die

Riesenschlangen herbei, die die ersten Kinder seiner Muttererde waren, und sandte sie aus, auf dass sie die Straßen beschützten, die zu dem Garten führten, und befahl ihnen, alle Reisenden willkommen zu heißen und sie vor sämtlichen Gefahren zu bewahren. Daraufhin rief er die Wächter herbei und befahl ihnen, kreuz und quer durch die Länder innerhalb des Riffs zu streifen, so viele Informationen wie möglich zu sammeln und sie auf ihre ureigene Weise weiterzugeben. Dann erst ruhte er selbst – und sogar jetzt musste er eine Störung ertragen.

»Wir sind hier nicht alle eines Geistes«, sagte sein Bruder zu ihm. »Das Versprechen, das du mir gegeben hast, ist noch immer nicht erfüllt. Du schuldest mir mehr als dieses hier und ich will es noch immer haben.«

»Ich habe es nicht vergessen«, antwortete der Baum der Erkenntnis. »Sei geduldig, dann werden all unsere Wünsche erfüllt – aber du musst mir Zeit lassen. Jetzt möchte ich eine Weile ruhen. Es ist noch viel zu tun – morgen und übermorgen und überübermorgen –, jetzt, da meine Freunde hier sind. Wenn ich meine Rolle spielen soll – wenn ich sie gut spielen soll –, dann muss ich einen ganz besonderen Traum träumen – denn es gibt vieles, an das man sich erinnern muss, und noch mehr, das man lernen muss, solange die Welt noch jung ist.«

Nachbemerkung des Autors

Meinem Herausgeber John Jarrold schulde ich großen Dank, der dieses exzentrische planetarische Abenteuer in Auftrag gab und es bis zu seiner Fertigstellung begleitete. (Ich brauche wohl kaum hinzuzufügen, dass am Anfang keiner von uns ins Auge fasste, dass der Roman im Original 560 000 Wörter lang werden sollte.)

Ich möchte auch Jane Stableford und Teleri Beaty für ihre unschätzbare Unterstützung beim Korrekturlesen der vorletzten Fassung aller drei Bände danken.

Den nützlichsten Assistenten, den ich bei der Routinearbeit der Welterschaffung hatte, war der Naturhistoriker Plinius der Ältere, dem ich selbstverständlich ewig dankbar sein werde.

Brian Stableford, Reading, Mai 1996